ハヤカワ文庫JA

〈JA1325〉

日本ＳＦ傑作選５　光瀬 龍

スペース・マン／東キャナル文書

日下三蔵編

早川書房

8170

目次

第一部

第二部

第三部

日本SF傑作選5　光瀬　龍

スペース・マン／東キャナル文書

第一部

無の障壁

《冥王星所在全機関オヨビ辺境管理者ハ至急、現在ノ情況ヲ辺境経営部ヘ通報セヨ。冥王星所在全機関オヨビ辺境管理官ハ……》
《コチラ、第七一天文台。コチラ第七一天文台。コノ通信ヲ傍受セル天文台、観測所ナラビニ船舶ハ応答セヨ。コチラ第七一天文台。コノ通信ヲ傍受セル……》
《……セル通信ハスベテK四九方位信号所ヲ中継セヨ。シカルノチ……》
《火星第七天文台ハ、ムコウ三六時間、通常ノ観測業務ヲ中止スル……》
《冥王星近傍ノ全船舶ハ以後、第八〇一航路管理局ノ指揮下ニ入レ。冥王星近傍ノ全船舶ハ……》
《……吸収スペクトルハ黄帯二八七・三〇マイクロ・オングストローム。中心温度ハオヨソ一八万四〇〇〇度C。放射線ニ注意セヨ。放射線ニ注意セヨ……》
《……冥王星、応答セヨ。冥王星応答セヨ……》

「無線機をとめろ」

通信士のコバが手を伸ばしてスイッチを切った。

一瞬、脳底が褪めるような静寂がきた。

灯を消した観測室の内部では、観測装置にしがみついている人影が黒い石像のように動かなかった。言葉を発する者もなく、ただ息づかいだけが火のように熱く、烈しかった。

赤道儀は正確にその夜の冥王星の位置を指していた。五百インチ反射望遠鏡の巨鏡は、ほとんど黒に近いダーク・グリーンのフィルターレンズの底で、白熱する原子の雲を映していた。数千万度のプラズマが電光のように飛び交い、これまで人類が見たこともない厖大なエネルギーを放射していた。それは昨日まで冥王星とよばれたものであった。放射線測定機のモーターの回る低いうなりが間断なく聞こえていた。分光器が自動的にフィルムを交換してゆく音が、リズミカルな点滴をかなでていた。

「教えてください、台長！　冥王星がどうしてあんなことに」

観測員の一人が、黒い人影の中から身を動かして叫んだ。その語尾のふるえが皆の胸にせり上がってくる不安を耐えきれぬまでに高めた。視線は闇の中で、さっきから石像のように立ちつくしたきりの、台長のハウにそそがれた。ハウの言葉を待つ皆の心は、目に見えない細い白金の線のようにうちふるえた。

「落ち着け。みんな。そのうち、正確な情報が入ってくるだろうから、それまで待つんだ」

ハウは深く息を引いて腕を組んだ。

壁面の観測装置の一角に、ふっ、とパイロットランプがともった。あざやかなオレンジ色の二重円が描いたように浮き上がった。ハウのあごがぐいと引き締まった。

「ダン！　波長測定装置の冷却器の回路を入れるんだ。しっかりしろ」

ハウの鋭い怒声が飛んだ。スクリーンいっぱいにひろがる白熱の大光球に、我を失っておののいていたダンが、にわかに正気をとりもどして冷却器の操作盤にはしった。パイロットランプの消えた跡には、そこだけ、さらに濃い暗黒が残った。突然、観測員の一人がたまりかねたように無線機にかけ寄ってスイッチを入れた。

《……航路管理局ハ冥王星ニムカウ全船舶ノ……停止スル。大圏航路管……》

《爆発ニツイテ予測サレ……提出セヨ。コチラ辺境管理部……》

《……SOS……多用途貨……第九一ダフネ。SOS……》

混乱に混乱を呼ぶ声が奔騰するように観測室に充満し反響した。猛烈な磁気嵐が通信網を縦横に寸断し、観測員たちの耳を刺した。

「消せというのにわからんか」

ハウの体が動くより早く、誰かの手がスイッチをたたいた。

にわかによみがえった静寂の中で、誰かが低くすすり泣いていた。それは恐怖や悲哀とは別なところでいつまでもつづいていた。

「いいか。しっかりするんだ。私だってこの頭がどうかなってしまったのだとしか思えない。しかし、あれは夢や幻ではないのだ。いいか、みんな。がまんして観測を続けるんだ」

「台長、あれは核爆発でしょうか」

ハウはその声のしたほうにわずかに頭を向けた。

「さあ、私にもわからない」

ハウはそれきりもう口を開こうとしなかった。削いだようなほおにきびしい線を浮かべて、コンタクト・サングラスの奥から、いよいよそのかがやきを強める巨大な光球を見つめていた。見つめていると、体の奥から烈しい胴震いが衝き上がってきた。ハウはそれを部下の観測員たちに知られまいとしてしきりに体の位置を変えた。呼吸するたびに、あごがわくわくと動くのを、歯をくいしばっておさえた。そんな自分を見せたら、部下はいよいよ動揺するに違いない――その意識だけがハウを平常と少しも変わらなく見せていた。

当直交代の時間はとうに過ぎていたが、誰も休息室へゆこうとする者はいなかった。

ふいに無線機にきらめくように灯がともった。緊急通信傍受を告げる自動選択装置のフラッシュだった。

「それ！　何か通信が入ったぞ」

ばらばらと何人かが無線機にとびついた。

汐騒のような遠いノイズの中で、聞きとれぬほど低い声がきれぎれにささやいた。

「……コチラ七〇一観測衛星。〈銀杏座《ぎんきょう》γ〉ノマイナス四・八一ヨリ〈北の魚座β8〉ノプラス三・九一。銀経四三・八八六、ニ沿ッテ移動中ノ光点アリ。観測中ノカタハ連絡クダサイ……」

「台長！　また例の光点です」

「こんなときに！」

観測員たちはわななく声をふりしぼった。

ハウは沈着に指令をくだした。

「三号望遠鏡とシュミット・カメラは報告位置をさがせ。主鏡はスターターを入れて指示を待て」
三、四人の観測員が九インチ望遠鏡とオートマチック・シュミットにとびついた。モーターの回転する音が高まり、新しい目標を求めて長大な金属の鏡胴はゆっくりと動きはじめた。
ハウは心のどこかで、わずかにほっとした。気の滅入るような絶望的な観測室の空気を少しでも他に転ずることができれば、今は有難かった。目の前で、一個の惑星が白熱の焔に包まれて消滅してしまうのを、じっ、と見つづけさせることの非常な危険を、ハウは感じていた。たしかにハウをのぞく全員は、正常な精神の支え得るぎりぎりの恐怖と不安にややもするとおのれを見失いがちだった。それは正常と狂気の微妙な境界にあった。

九インチ望遠鏡のレンズに、かすかに、小きざみにふるえるオレンジ色の微細な光点がやどっていた。決してまたたくことのない千億の星くずの中に、それは滴虫のうごめきにも似て、意志あるもののようにきらめいていた。その光点は動くともなく、いつかその位置を変えていった。集光器に誘導されて、望遠鏡とシュミット・カメラは少しずつ、その軸動を回転させていった。

「七〇一観測衛星に連絡して、正確な運動量と未来位置を算出するんだ。タウ、やってくれ」

次席のタウがうなずいて観測室の一方の壁面を埋める電子頭脳に情報を送りこんだ。無数のパイロットランプが騒然と明滅をはじめた。

「セーバーはスペクトルの分析を。クィは温度を調べろ」

観測室の内部に、にわかに夢からさめたような新しい活気が生まれた。しかしそれは、冥王星が突然、かがやく原子雲と化してしまった突然の恐怖と不安から、少しでも目をそらそうとするはかない気負いに過ぎなかった。観測員たちの目は、ともすれば、暗黒の虚空の一方に、目のくらむ光輝を放ちつづける冥王星の終焉の姿に吸い寄せられ、釘づけにされてしまうのだった。見れば見るほどそれは非現実的な破壊の光輝を放っていた。太陽のような、凄まじいが人間の心まで射しこんで、そこを熱くほてらすような光の矢とは全く異った、巨大なエネルギーの噴流と灼熱する放射線の嵐だった。その幾重もの濃淡を浮かべた輝く雲の塊は少しも動かず、じっ、とそこにかかっているのだった。

「……コチラ、七〇一観測衛星。貴下ノ協力ヲ感謝シマス。〈銀杏座γ〉ノ近傍ニ出現シタ光点ハ、コレマデ一四回、観測サレタモノト同様ノモノト判断サレマス。コノ光点ノ意味スルトコロニツイテ貴下ノ見解ヲオ寄セ下サレバ幸甚デス……」

七〇一観測衛星から送られてくる声音は、今夜の冥王星の爆発など全く知らないもののように冷静なひびきを伝えていた。

「七〇一はいやに落ち着いてやがるな。あの冥王星を見ないんだろうか？　台長、七〇一はどうしてあの光点にあんなに強い関心を持っているんですか」

「それはな、タウ。あの光点はどうやら天体ではなさそうなのだ」

「天体でない？」

観測員たちの目がいっせいに台長の顔にそそがれた。

「七〇一観測衛星は早くからそれを考えていたようだ。定次報告にも再三予備情報を送っている。私は最初は否定的だったんだが、近頃ではどうも頷ける面が強くなってきたのだ」

「台長！　天体でないとすると何なんですか」

「説明してください！　台長」

うわずった声がしがみつくように叫んだ。

「宇宙船かもしれない」

ハウがぽつりと言った。

誰もが呼吸を止め、死のような沈黙が流れた。セーバーがのろのろと床に腰をおろした。

「宇宙船！」

「宇宙船？」

「宇宙船、あれが」

しばらくたって皆の口から、おどろきとおそれがうめきとも、吐く息ともつかぬ叫びとなって洩れた。

「でも、台長！　宇宙船がなぜあのように光点になって見えるんですか」

「わからない。みんなも知っているようにあの付近の星域、つまり一光日の遠距離まで進出できるような高性能の宇宙船は、全太陽系内に数隻しかない。それも半数は航行不能の状態にある。残りのものの、航船管制局の運航情報によれば、現在、任務についているものはないはずだ」

「台長、でもあれが宇宙船だと、今、おっしゃいましたね」

「そうだ。われわれの観測の結果でも、角速度といい、スペクトルの分析結果といい、また発光の性質といい、あれはたしかに天体ではない。そしてむろん、人類の宇宙船でもない」

「人類の宇宙船ではない、と判断されるんですか」

「そうだ。しかし、それはおそろしい爆発を起こしてすでにガス体になってしまっているようだ」

「台長、宇宙船だとすると、それはどこからやってきたんでしょう」

「わからん。たぶんあの星くずの奥からだろう」

「それがなぜ、そんな烈しい爆発を起こしたのでしょう」

「厖大なエネルギーを放出している。あの冥王星と同じように、とうてい核爆発の比ではない」

「台長、もう一つ答えてください。あの冥王星の爆発と光点の出現とは何か関係があるのですか？」

「さあ、それはわからない」

ハウはむっつりと口を閉じた。これからいかなる型の破滅がやってくるのか――わからないのは、むしろそれだった。冥王星の爆発や、明らかに宇宙船とおぼしい光点の接近が、やがて来る何かとほうもない破滅の一つの前兆ではないだろうか。――ハウは重苦しい不安を心の奥底にねじ伏せた。

観測員たちは虚脱したように、うつろな視線をハウの顔に放っていた。二つの全く思いもかけなかった出来事が、彼らの心を幼児のように無心にさせてしまったようであった。

「さあ、仕事にかかろう。元気を出せ。そうだ。セーバーは七〇一を呼び出してくれ」

観測員たちは、急に思いなおしたように、それぞれの席《シート》へもどった。

冥王星はいよいよ、多彩な光の雲となってふくれあがり、レンズの底の微細な光点は生物のようにかすかにふるえていた。

冥王星に面した側の外鈑の温度が上昇したのだろう。そちら側の外鈑温度調節装置がヒィーンと鳴りはじめた。

「コチラ、四三観測衛星。七〇一、聞こえますか？　七〇一、聞こえますか？　情報を送ります……」

セーバーの声に重なって、どこかの機関が永久に応ずるはずのない冥王星を呼びつづけていた。

「……冥王星ハプス基地。定時連絡ヲ願イマス。……定時連絡ヲ願イマス……」

◇

連邦航路管理局発表

金星・木星間航路は流星群のため、本日より六日間、休航いたします。なお、このため地球・月間航路および火星・木星間航路は相当に混雑するとおもわれますので、同航路はA級、B級乗船票所持者のみ取り扱います。また緊急を要する貨物については特別発送許可証を発行いたします。

《連邦経営部ヨリ保安局ヘ　指令第九八二〇四Bノ七　秘

太陽系内ノスベテノ航路ヲ閉鎖、監視船ヲ配置シ、許可ナク航行スル船舶ハタダチニ撃破セヨ》

＊

連邦民生局発表

本日より十日間、各惑星表面の自然環境改良作業をおこないますから、惑星諸都市市民は地表に出ないようにしてください。もし故意に地上に出ると市民不適格重容疑で逮捕されますから充分に注意してください。

《連邦経営部ヨリ保安局へ　指令第九八二一Jノ七　秘
保安局ハソノ全力ヲモッテスベテノ都市ヲ封鎖セヨ。地表ニ出ル者ガアレバ即座ニ射殺スベシ。マタ現在地表ニアル者ハ当該地区ニ抑留、別命アルマデ保安局ノ管理下ニ置ク。人工惑星オヨビ各種人工衛星ノ居住者、勤務者ニツイテハソノ行動ヲ記録セヨ》

＊

連邦情報文化局ならびに民生局発表
立体TVネットワークの再構成作業のため、本日より当分の間、惑星間の立体交信を停止します。惑星内通信はすべてこれまでどおりです。航行中の船舶・都市間の交信も同様ですから注意してください。

《連邦経営部ヨリ保安局ナラビニ立体TV管理局へ　指令第九八二一八Eノ五　秘
惑星間ノ通信連絡ニ厳重ナ報道管制ヲシキ、特ニ船舶間オヨビ船舶・都市間ノ私的会話ニ注意セヨ》

＊

連邦経営部より各市民へ

最近、一部の市民の間に、辺境で極めて重大な事故が発生したとか、あるいは惑星の一個が消滅したとか、まことに信ずるに足りないうわさが流布されているようですが、賢明な市民のみなさんは決してそれら流言に惑わされることのないように注意してください。また、こうした流言を放って人を惑わす者は社会不適格者として厳重に処罰されます。

《連邦経営部ヨリ保安局ナラビニ都市公安部へ　指令第九八三二一Sノ四　秘
情報ガ漏洩シツツアリ。保安局ナラビニ都市公安部ハスミヤカニ漏洩源ヲ探知、処置セヨ。
事態ハ極メテ危険ナリ》

「首席、すべての処置を完了いたしました。なお、地球の一部に洩れた情報については、保安局の調査の結果、たまたま地表で作業をおこなっていたスペース・ポート作業員が望見し、同僚に話したのがポート周辺に広まったものと判明、ただちに関係者全員を逮捕、すでに処置を終わったとの報告が入りました。以上です」

真昼のような照明の下で、情報連絡官のひたいは水を浴びたように汗に濡れて光っていた。報告は終わったものの、いつまでも応えがないので、情報連絡官は、その緊張にゆがんだ顔をいよいよ蒼ざめさせて、石のように身を固くした。

老シドンは深く腕を組んでソファに身を沈めたきり動かなかった。厚いまぶたに半ば閉じられたその目が、何をとらえているのか日頃うかがいようもなかったが、今はことにその重く垂れたまぶたは居眠ってでもいるかのように暗い翳をやどしていた。

何を検討しているのか、広大な部屋の一方の壁面を埋める首席専用の電子頭脳《アシスタント》が、無数のパイロットランプを電光のように明滅させていた。

情報連絡官は困惑した表情を浮かべて、のび上がるように老シドンをうかがい見たが、思いきったようにそろそろと身を動かして立ち去ろうとした。

老シドンのまぶたがピクと動いた。

「情報連絡官。至急、代議員会を召集してくれたまえ」

情報連絡官はいっしゅん、石化したように不動の姿勢に返った。

「――辺境経営部に早急な対策を要求されることだろうが――」

老シドンはうめくようにつぶやいた。

「は？　何か」

情報連絡官は体をのり出してたずねた。

老シドンはうつむいてあごを引いたまま、うるさそうに手を振った。情報連絡官は一礼するとあたふたと去っていった。

老シドンはもう身動きもせず、深い静寂の中で、温度調節装置の自動スイッチの入るかすかな音が、澄んだ残響を引いた。

◇

まぶしい照明はいならぶ連邦代議員たちの目に痛いほど泌みた。その影を作らない海のような白い光の中に、疲労と倦怠がもやのように厚く垂れこめていた。誰の胸にも焦燥と不安がまっ黒に渦巻いていたが、十数時間の論議をついやしてもなお、具体的な対策一つ生み出せずにいた。

「天文情報センターは年々、莫大な予算を費消しながら、冥王星の爆発についてその前駆的徴候もつかめなかったとは、何という怠慢だ。今になって常識では考えられない爆発であるとか、宇宙物理学の根本概念をひっくりかえすような新しい事例だなどと、ふざけおって。そんなことは単なるごまかしにしか過ぎん。首席、わしはシティへ帰っていったいなんと説明したらよいのだ。木星だけは爆発しませんという、わしの保証書でもくばるか」

木星の都市連合の代表、J16―ハウエがその短軀にやり場のない不満をみなぎらせて議場をねめ回した。他の議員たちは、聞いているのか聞いていないのか、むっつりと黙りこんであらぬ方に視線を遊ばせていた。何も彼の怒りの言葉をまつまでもなく、出席しているすべての代議員たちが同様の不満で張り裂けそうな心を抱いているのだった。

「まあ、静かになさい。木星代議員」

議長席に身をしずめている全太陽系連邦の首席、老シドンが、つと片手をあげて制した。首席の位置に坐って九十年、厖大な連合のまとめ役として信望の篤いこの年老いた管理官の眉も、ハウエと同じように暗く惨憺たる色をたたえてひそめられていた。

「まあおたがいに過激な言葉は避けよう。天体情報センターとして決して業務をないがしろにしていたわけでもあるまい。レポートにある、常識では考えられない爆発、というのもたしかにほんとうだろう。今、われわれの求めるものは、今後も太陽系においてこうしたおそるべき災厄の突発する可能性ありと考えた上で、実施しておくべき計画をはっきりとうちたてることだ」

老シドンの抑揚のない乾いた声が、水に吸われるように反応もなく消えていった。

何十度となく同じ言葉がくりかえされ、同じ意見がむしかえされ、時間だけはようしゃなく過ぎていったが、新しい考え、また問題を少しでも解決の方向にみちびくような発言はいっこうに現われてこなかった。

老シドンの席の前のパイロットランプに灯がともり、コールサインがささやきはじめた。

「諸君、今、新しいデーターが入ったようだ。諸君も見てくれたまえ」

老シドンが合図すると、モニター・ルームでは代議員たちのスクリーンにも映像を送りはじめた。金緑色の波紋がゆらめくと、インターフォンが語り出した。

「コチラ七〇一観測衛星。銀経四三・八八六。〈銀杏座γ〉ノマイナス四・一一。〈北の魚座β8〉ノプラス三・〇二。光点移動中。ナオ……」

スクリーンの茫々たる暗黒の奥深く、かすかに輝く光点がゆっくりと移動していた。

「これがその、近頃うわさに聞く未知の飛行物体というものか？　どうも、わたしには信じられんが」

誰かがつぶやいた。それは、皆の胸にいやに実感をともなってひびいた。

代議員の一人が立ち上がった。

「議長、この〝宇宙船と覚しい飛行物体〟というものの正体を、もう少し確かめることはできないのかね。ただ太陽系外からの来訪者だと言われても、われわれにはよく納得できないのだ。記録によればたしか、二千年位前にも、こんな騒ぎがあったような気がするが、その時も、辺境出先機関の連中だけがしきりに騒いで危機をうったえたものだが、結局、何事もなく終わったようだ。今度もそれと同じようなことではないのか。冥王星の爆発という大問題をかかえた上でさらにこんな事件までできてわれわれを苦しめるのかね」

老シドンは、スクリーンから視線をその代議員の上に移して、口を開いたが、その口調はやや自信がなさそうだった。

「そうであってくれれば結構なことだ。しかし、今度の場合は、飛来の痕跡が、実にはっきりしている。ただ、なぜか、その宇宙船はきわめて大規模な爆発を起こして消息を絶ってしまい、一度も、太陽系内には進入してこないのだ。彼らが侵略の目的をもってやってきたものなら、われわれはこれまでその災害から未然に守られていたわけだが、冥王星の爆発という事態をみた今は、とうていそれを喜んでいるわけにゆかぬだろう。中央政庁としては冷静に事態のなりゆきを監視しているところだ」

他の代議員が立ち上がった。

「議長、その飛行物体の正体をたしかめるために、調査船を派遣する計画はどうなりましたか？」

「それについては、先日、人工惑星ダリヤ18の首席の発言に答えたように、調査員の訓練には、目下、連邦宇宙省が、その全力をあげてあたっているが、なにしろ、宇宙調査員の養成は一朝にしてできるものではない。人員、機械ともまことに困難をきわめている状態だ。しかし、間もなく、われわれの希望は達成されるだろう」

代議員席の後列から白髪長身の老議員が立ち上がった。枯木のような体に、草色の制服《ユニホーム》をまとい、声帯を傷めているとみえて、のどに小型のマイクをつけていた。

「連邦首席、辺境出先機関や、植民都市はこの問題について非常に不安を感じている。冥王星の爆発と結びついてこの調査と対策は焦眉の急なのだ。たとえば、実際には、侵略などということが起きなかったとしても、不安と動揺、また、中央政庁が辺境対策のためにもなんら具体的行動に出なかったとする失望感は、辺境機構に今後重大な影響をあたえるだろう。それが、ひいては全太陽系連邦の経営にまで深刻な影を落すだろう」

太陽系の果てにある一辺境都市の代表はかたい言葉でおのれの主張を結んだ。

老シドンは肩を落してソファに身を沈めた。

悪気のような沈黙が会議場を破った。

彼の発言を待つまでもなく、老シドンの胸の底に重くのしかかるのは、辺境に対する何らかの対策だった。地球をはじめ、月や、火星や、木星などの都市に対しては報道管制を布くことによって冥王星の爆発も太陽系外からの来訪者の存在も知らせないようにすることは簡単に、また完全にできた。知らせないですむことは知らせない。それが中央政庁のやりかただった。それに、市民は知りたがらなかった。

だが、辺境はそうしたやりかたでは駄目だった。そこではそこに生活する人々の一人一人が、酷烈な自然との闘争者であり、すべてのニュースは、その闘いのために巧妙に使われてゆかねばならなかった。

代議員たちは疲れきったまなざしを、意味もなくたがいに投げ合い、懶惰な姿勢で深い息を吐いた。

その様子をみてとって老シドンは、おのれも倦怠の色を今はあきらかに全身に浮かべてインターフォンに口を寄せた。

「それでは、本日の会議はこれで終わる。明日はどうしても具体策を決定したいから、各自結論を用意されたい。では」

一瞬のうちに、大会議場からは、すべての人の姿が消えていた。いちだん高い議長席も、それを半円形に囲んだ代議員席も幻のように消え、ただ強烈な照明を浴びて、部屋の中央の立体テレビ調整機だけが、低いうなりを発しているだけだった。

照明が、ふっ、と消えると、そのうなりも止まった。あとには真の闇黒と静寂だけが残った。

老シドンは個室《コンパートメント》の床を、黙々と歩き回っていた。明日までに具体策を、と言ったところで、その明日に何かの具体策が生まれようとはとうてい思えなかった。

　毎日、毎日、同じ言葉をもって会議は終わる。それは明日また会議をつづける、という意味だけでしかなかった。沈滞と無気力は、今や連邦の中核たる地球政庁の上に濃くひろがっておおうべくもなかった。老シドンは頭をふった。いったい、どうしたらよいのだ──一瞬、厖大なエネルギーとなって消えてしまった冥王星。どこの何もののしわざなのだろうか？　それとも全く未知の自然現象によるものなのか？　それさえ知ることができずにいてどうやって対策がたてられるというのだろう。明日は海王星が、明後日は天王星が、そして、木星が、火星が、つぎつぎと消失してゆくのかもしれない。ついに人類は原因不明の滅亡をとげるのだろうか。人類だけではない。全太陽系も。

　老シドンは足の運びを止め、壁面のスイッチに手を伸ばした。白亜の壁から大きな投光器がせり出し、淡い灯をともした。シャワー・ランプだった。彼はその光環の中に立って目を閉じた。体中の疲労が氷の溶けるようにみるみるうすれていった。皮膚の下層をこころよい刺激が波のように走った。

　そのとき、立体テレビのブザーが低く彼を呼んだ。スイッチを入れると壁面のインターフォンが彼に問いかけてきた。

「首席、本日の会議のオブザーバーとして出席していた第四三観測衛星の天文台長ハウが首席に急いでお目にかかりたいそうです」

　老シドンはちょっと考えてから言った。

「よし、つなぎたまえ」

ふいに、老シドンの前に、一人の男があらわれた。青灰色の制服《ユニホーム》が、乳白色の照明の下で、その男の顔色を暗く沈んだものに見せていた。

「何かね？」

「首席。突然、失礼いたします。宇宙調査員の養成には多大な困難がともなうとの首席の発言がありましたが、それについて一つの提案があります」

「それなら、明日の会議の席上で発言したらどうかね」

「それが、やや周囲の事情を考慮する必要があるかに思われますので、首席のプライベイト・タイムに、失礼をおして面会をお願いしました」

「で、その提案というのは？」

「首席、辺境地区がまだ太陽系連邦に併合されない以前に、木星に存在していた辺境経営部をおぼえておいでですか」

老シドンは両手を後に組んで男に正対した。かつて、老シドンが自らも一度は考えたことのある計画を、この男は語り出そうとしているようであった。

老シドンは男の言葉に先立って、ある一人の男のことを思い浮かべていた。

男が言葉を切ると、水のような静寂が老シドンを包んでひろがった。老シドンは、目で男に言葉をつづけるようにうながした。

シティは深い眠りの中に在った。

地球最大の都市。全太陽系連邦の首都。すなわち、全太陽系を一環とした地球文化圏の中枢都市であるシティは、千古の寂静の中に眠っていた。

人口一億二千万の市民たちは、貝殻に身をひそめた軟体動物のように、それぞれの個《コンパートメ》室《ント》の内部にあって、夢を見ることもない平穏な眠りをむさぼっていた。

たがいに立体的に連結する四つの大地下都市に集中した全住民は、一つに統合された時間の中で目覚め、活動し、そして眠るのだった。地表から完全に隔絶された生活には、もはや太陽の持つすべての意味は失われ、「自然」は全くここには侵入する余地がなかった。夜は眠るがための夜であり、星空のための夜ではなかった。

◇

この夜、シティのエア・ポートに影のようにすべりこんできた一隻の宇宙船があった。

それは幾千億の星くずの中から幻のようにあらわれた。その巨大なロウト形の船体に、オーロラのような冥王星の爆光を反射しつつ、しだいに高度を下げてきた。誘導管制所との間にひとしきり電波が交錯し、やがて宇宙船から目もくらむブレーキ・ロケットの噴流がほとばしった。厚い砂塵の幕が星空をおおいかくしていった。ロケットの吹き出す、すさまじい砂嵐は砂丘をうち払い、平原の盆地を流砂に埋めた。

船体から放射される熱流は舞い立つ砂塵を赤く輝かせた。尾端の巨大な反射鏡のふちから、ゆっくりと支持架が伸び出し、それが音もなく流砂にめりこんでゆくと、宇宙船は巨大な塔のようにそびえ立って静止した。

そのさらに高みから、満天の星は一度に落ちかかってくるようだった。宇宙船の舷側から、数十万燭光の光芒が矢のようにはしってたなびく砂塵の薄いベールを照らし出した。光芒はゆっくりと回転して、砂と闇の中からあらわれてくるであろうものを待っていた。外鈑の温度がもっと低くならなければ、何ものも近づくことができないのだった。宇宙船はなおしばらくの間、ゆらゆらと陽炎を吐きつづけた。

どこからか湧き出した地上車の群が、宇宙船へ向かって糸を曳くように集まりはじめた。宇宙船の巨体から太いリフト・チューブが伸びて下方の砂に届いた。一台の地上車がそれに横づけになった。

「輸送物件の引取責任者、中央政庁公安医務管理官のサウ、だ」

「私が船長のセイキです。すべて異常ありません」

二人の男は簡単なあいさつをかわして、リフト・チューブの出口から体をどけた。その背後から数人の乗員が、一メートルほどの大きな金属の球体をかかえてリフトからあらわれた。球体は光をはねかえして銀色に冷たく冴えた。そのまま静かに地上車の後部に積みこむ。数十本の柔軟なスプリングが球体をつるし、周囲からささえてゆらゆらと揺れていた。

「それでは、たしかに受け取りました」

「ごくろうさんでした。どうか首席によろしくお伝えください」

またひとしきり、風が吹き過ぎていった。焔に灼かれた微細な砂が、いかにも軽いもののように、幾すじもの風道を描いてはしった。

金属の球と、公安医務管理官を乗せた地上車は音もなく、弾丸のように砂の上をすべっていった。宇宙船の投げる青白い光芒のはずれ近く、流砂になかば円弧を埋めて巨大なトンネルが開いていた。地上車は一本の光の帯となってそのトンネルにすべりこんでいった。

流れるような砂が、いつか厚いコンクリートに変わり、さらに鏡のような強化プラスチックの光沢を放つと、壁面の地上車誘導回路が目のさめるような深緑色の蛍光を発した。幾つものエア・ロックを通過して、地上車はやがて、首都の幹線を影のようにかすめていった。幅広い回廊の中央を、数本の走路《ベルト》が河のように流れていた。地上車はたくみな操縦でその中央の高速走路《ハイ・ベルト》に車体を移していった。壮大な首都は古代の墳墓の内部のように静寂に包まれ、七千万の市民たちの眠りはその個室《コンパートメント》の中で今、深かった。

走路から走路へすべり移り、地上車はようやく《中央政庁エリア》とサインのまたたいている一角へ呑みこまれていった。その奥まった首席用個室では、老シドンがただ一人、ソファに深く身を沈めて、この地上車の到着を待ちわびているのだった。

◇

「ハン・レイ、もと辺境経営部部長。私は全太陽系連邦首席の老シドンだ。自分で老というのはおかしいが、これも名前だから、ふざけていると思わんでくれ」

老シドンは手を後に組むと、ゆっくりと室内を歩きはじめた。

「ハン。全太陽系連邦としては君に重大な任務を引き受けてもらいたいのだ。君もはなはだこころよからず思っていることだろうが、まあ聞いてくれ」

答えはなかったが、老シドンはかまわずつづけた。

「現在、全太陽系は実は非常な危機に直面しているのだ。全く未知の原因によって冥王星が爆発した。その爆発エネルギーはとうてい核反応の比ではない。海王星以遠の辺境航路は事実上閉鎖された。全人類の不安は、これがさらに、他の惑星にまでおよぶのではあるまいかということだ。原因がわからないので対策をたてようがない。今は厳重な報道管制を布いているので何とか保っているが、シティの外部にあって実際に見た者も多い。常時宇宙航路の任務についている者もある。かくしたとてとうていかくしきれるものではない。いずれは知れわたることだろう」

老シドンは言葉を切って反応を待った。しかし、おのれの言葉がむなしく壁に吸いこまれるのだけを感じて、老シドンは苦く眉を寄せ、ふたたび言葉をついだ。

「太陽系外から飛来する宇宙船とおぼしい奇妙な発光体について君はどう思うかね。一部では、冥王星はその宇宙船からの何らかの方法によって破壊されたのだと説く者もある。そうかもしれない。あるいはそうでないかもしれない。今、全天文台、観測所では総力をあげて、この二つの事件の結びつきを研究しているが、残念ながらまだ何もつかめていない。人類にとって運命の岐路だというのに。ハン、四三観測衛星のハウが、君の名を語ったとき、私は決めたのだ。いったん平穏なやすらぎを求めて現実の世界を去った君を、あえて連れもどした理由がそれだ。解ってくれるか。ハン」

老シドンは口をつぐんだ。自動温度調節装置のかすかなうなりが、遠い羽音のように物憂く流れてきた。長いことたって、老シドンは肩を落した。

「駄目か」

そのとき、はじめてハンは口を開いた。「老シドンよ。私の休息を阻害するどんな権利があなたにあるのか」

今度は老シドンが黙したままだった。

「太陽系が危機をむかえていると言ったようだ。また人類の岐路だとも言ったようだ。しかし、それが今の私と何の関係があるのだ。私は眠りたいだけだ。老シドンよ」

「君に対する非礼は心の底からわびる。ハン、君が、かつて示したあの辺境経営部の部長としての能力を、もう一回、人類のために役立ててくれないか」

「いまさらいやだと言ってもはじまらないだろう。こうして目覚めてしまった以上。しかし老シドンよ。かつて、その私を太陽系連邦にとっては有害な存在だと断じた中央政庁が、今私にむかしのようになれというのは考えてみれば皮肉な話ではないか」

「まあいい。やってくれるか？　ハン」

「私の衝動中枢が、やれ、と命令している。核酸のポテンシャルが高くなってきているからだ。よかろう。あなたのたのみは聞いてやろう」

その語尾にふくまれるかすかな笑いが侮蔑かそれとも自嘲か、老シドンには知ることができなかったが、

「そうか。やってくれるか」

「だが、老シドンよ。一つだけ言っておこう。調査というものは決して求めるものは出てこないものだぞ」

それがこの男の多くの功績のかげにつくられた結論なのだろう。

「わかった。ハン」

ふたたび石のような沈黙にかえったハンの前を、老シドンはこれも黙々と床に足音をひびかせて歩をひろった。多年の星霜に耐えてきた二つの心は、しかし、全く別々なところにあってたがいに目をそむけあっていた。

光子ロケットの巨大な反射鏡から噴き出した光子の束にうたれて、砂漠は一瞬、灼熱の蒸気となって燃えあがった。大気はごうごうとどよめいて無人の地表を津波のように捲いていった。四方の地平線は、ことごとく分厚な砂の壁におおわれ、舞い立つ微塵は時ならぬ薄明をもたらした。

二万五千トン型光子宇宙船《夜の虹号》は地球の引力圏を突破して一路、船首を大圏軌道にとった。秒速十七万九千キロメートル。なお、一秒、一秒、烈しい加速をつづけていった。

その四本の胴体を持った長大な梯形は、暗黒の空間を背景に白銀の幻のようにかがやいてい

た。

ルナ・シティの航路管制局《シグナル》、金星の航路監視所《W・O》、木星の、火星の、あらゆる電波が、《夜の虹号》の航跡を追って輻輳《ふくそう》した。

二百四十時間後、それは銀緯九十度。銀経一三五・四四度。冥王星の遠日点にひとしい距離を、秒速十九万キロメートルで突進していた。

ハンはすべての神経を、《夜の虹号》の位置と姿勢にそそいでいた。航法慣性装置《ソーサー》の電子頭脳が、彼の意を忠実に受けて、光子エンジンとレーダーの管理をつづけていた。レーダーにはほとんど同じ光度を持った二つの太陽がうつっていた。一つは遠く、一つは紅い。遠い方の太陽はややオレンジ色の光輝を放ち、近い方のそれは青紫色の鈍いかがやきを見せていた。木星や金星、地球などは二つの太陽の放つ電波に攪乱されてその姿を見出すことはできなかった。幾千億の微細な星々にまぎれこんで、もちろん視認も不可能だった。

銀河は《夜の虹号》の針路をおさえて広漠とひろがっていた。その中に、あるいは濃く、あるいは淡く、たなびく光の雲は、その一つ一つを見きわめることもできない遠い遠い星の群れだった。

宇宙船の前も、後も、また、右も、左も、数えることもできない幾千億の星くずだった。どんなに速力を出しても、速度感など全くなかったし、時間など何の意味も持たなくなってしまうのだった。人々の胸の中で、速度はすべてゼロになり、時間はすべて無限になる。やがて、宇宙船が動いていることすら、どうにも信じられなくなってくるのだった。勇気も、努力も、精神を支えるその他一切のもの、それらは広芒とひろがる千億の星くずの間に虚しく散じてしまう。

ひとたび、それに触れた者は二度と人間世界にもどれなくなる。喜びや悲しみ、また、愛や憎しみ、それらを喪ってきた者は人間社会に身を置く場所はない。しかし、もとより、星々はかれらを容れはしない。還るところのなくなった人々は、そのひそむ場所を自分でさがさなければならなかった。

ハンもその一人だった。星々に包まれた辺境での長い生活が、あるとき、ふいに彼自身を彼だけの世界にかり立てた。連邦も、シティも、そのほかの彼をとりまく一切のものから彼は離脱していった。そして――

ハンは星の海から目をそらして『ワアス』のスイッチを入れた。電波に光速を越える加速を与えるための磁場励起装置は、巨大な冷却器の中で重々しくうなりはじめた。

二千年代の終わりに『ワアス』が、火星の超光速研究所で完成してから、宇宙航行は新たな段階にはいったといってよい。真の太陽系外飛行が何の危険もなしに行なわれるようになったのだった。超光速で航行中の宇宙船の通信の問題が解明されたとき、超光速飛行は可能になった。人類は遠く太陽系の辺境にまで達し、なおはるかな星空の果てをめざした。

ハンの意図を察した電子頭脳は、レーダー・ビームを『ワアス』の回路に切りかえた。赤外線パイロットランプが、長大な触手の動きを示して点滅した。
宇宙船の速度を高めるにしたがって、レーダーの電波を加速してゆかねばならなかった。針路の前方に存在するかもしれぬ障害物を、すくなくとも三秒前に発見しなければならなかった。

長い長い時間がたっていった。

時間がたつのは太陽系時間に合わせてある船内の時計を信ずるしかない。それは地球を出発してより、すでに一光月の距離を進んだことを示していた。

それからさらに三光日を過ぎた。

突然、レーダーの警急ブザーが鳴りひびいた。ハンは電子頭脳の翻訳する情報に耳を傾けた。

『針路前方ヲ宇宙船ラシイ目標ガ通過中。位置、第一象限ヨリ第四象限へ $y^2=\sqrt{3x^2+9x-2x^2}$ 線上ニ在リ。距離ハ八千二百万キロメートルヨリ遠イ』

「とうとう見つけたぞ」

《夜の虹号》は、光の滝のように目もくらむ光子の流れを吐き出した。

かすかに輝くイオンをその飛跡に残して、巨大な影は流星のように突進を開始した。

「コチラ、太陽系連邦所属宇宙調査船《夜の虹号》。コチラ太陽系連邦所属宇宙調査船《夜の虹号》。貴船ニ接近シッツアリ。応答ヲ乞ウ。応答ヲ乞ウ」

ハンはもっとも翻訳しやすいA号記号表を用いて接触を開始した。それは宇宙船を使って宇宙旅行を行なう生物なら、容易に自分たちの思考、言語体系に置き換えることのできる普遍的論理性を持っていた。

「応答ヲ乞ウ。応答ヲ乞ウ。コチラ、太陽系連邦所属調査船《夜の虹号》」

ハンは辛抱強く通信をくりかえした。宇宙船との距離はすでに八十六万キロメートルにまで接近していた。これ以上近づくことは、操船上、非常に危険だった。

「応答ヲ乞ウ。応答ヲ乞ウ」

いつまでたっても答えはなかった。

「遭難船だろうか?」

その宇宙船は《夜の虹号》のコースを左に大きくはずれて遠ざかりつつあった。

「思いきって船を寄せてみるか」

ハンは電子頭脳に微航法を命じ、徐々に接近をはかった。

やがて、その宇宙船はスクリーンの奥に幻のように浮き上がってきた。

青白く輝くそれは、巨大な三角コルベンをさかさまに立てたようだった。高くはおそらく三千メートルはあるだろう。

ハンの内部を電撃のような恐怖がつらぬいた。同時にそれは人類よりはるかにすぐれた智慧にめぐり合ったことのすさまじい感動だった。いつか人類が遭遇しなければならないものについに対面したという奇妙な絶望感がハンを子供のように無力にした。稀薄化するおのれに耐えてハンは呼んだ。

「応答セヨ。貴船ノ目的地。貴船ノ属セル天体ノ所在ハドコカ?」

何の応えもなく、ただ、茫々と白い星の光だけだった。

ハンは途方にくれた。呼びかけに応じてくれない以上、詳細な調査はほとんど不可能だった。勿論、自動カメラのレンズは、材質や、重量などをあとからおしえてはくれるだろうが、それが判ったとて、実際には何の効果もない。どうせこれだけの宇宙船を建造する以上、地球的材料や艤装などでないことは最初からわかっている。それに、おどかして応えさせることのできる相手ではもちろんない。

ハンは呼びかけを自動発信装置にゆだねると、慣性航法に切り換えた。

巨大な三角コルベンと微細なピンとは、一定の間隔をおいて星の海をわたっていった。

どこから来て、どこへ行くのか。それを追うハンも、星の海に身をまかせていずこの果てへでもゆくつもりだった。

なんの変化もあらわれない二光日がさらに過ぎていった。

代謝調節機構《メタボライザー》の冷却器のコンプレッサーの震動が、いつか、ハンをこころよい眠りにさそいこんでいった。

何十年ぶりかでハンは夢を見た。夢の中で巨大な三角コルベンはコマのように回っていた。

青い影が砂漠の上に落ちると、そこからたくさんの人間が現われてハンに向かって〝たのむ〟と言った。その人々の顔をみると、それがすべて老シドンで、なぜか、ハンの顔から視線をそらしつづけるのだった。限りなくつづく回廊があって、その床はうず高く細塵におおわれ、中央に一隻の宇宙船が朽ち果てて横たわっていた。いちめんに錆をふいたその船腹に、ほとんど消えかかって彼の名が記されてあった。

誰かが影のように立っていた。お前は誰だ、ハンはたずねた。お前は誰だ。お前は誰だ。お前は誰だ。しかし、人影は黙ってハンを見すえるだけだった。

お前は誰だ、お前は。

そこでハンは目覚めた。目覚めると、荒涼たる悲哀感が、朝の嵐のように心を閉ざした。ハンの意識の中に一人の人物が入りこんできていた。それは透明な結晶のように、音もなく、ひっそりと立っていた。

「お前は誰だ」

夢のつづきか、これは。ハンはその人影に意識を集中した。しかし、なぜか、ハンはその人影に近づくことができないのだった。遠い柵を隔てるかのように、こちら側でハンはたずねた。

「誰だ？　お前は」

そのとき、突然、電子頭脳がハンにささやいた。

「宇宙船、キシロアンフェリス9、次席航宙士91――セキ。この船の指揮装置がほしい」

ハンは急速にわれにかえった。

「キシロアンフェリス9だと？　それがあの宇宙船の名前か？」

ハンの心はみるみる鋼鉄のように緊張した。突然、相手の方から接触が開始されたのだ。

ハンは全神経をとぎすました。

「指揮装置はどれか？」

人影は単調な声音でたずねた。

「指揮装置？　そんなものはこの船には積んでいないぞ。それよりもまず、こちらの質問に答えたまえ。あなたがたはどこから来たのか？　そしてまたどこへ行くのだ？」

波のようなかすかな震動が伝わってきた。相手は声もなく笑ったらしかった。

つき上がってきた烈しい怒りが彼を分断したが、一瞬、神経抑制機構がその割れ目を埋めた。彼を収めた培養タンクの冷却器がかん高いうなりをあげた。

操縦室の中央に、見馴れぬ明るいオレンジ色の衣服をまとった女が立っていた。

黒い髪を奇妙な形に結い上げ、その髪の黒と、明るい衣服とが、鮮烈な印象となってハンの目に灼きついた。ハンは映像投影機の力をかりて、船内の空間におのれの姿をあらわした。

二人は、広い操縦室の床に、仇敵をむかえるようにむきあって立った。

乳白色の照明を浴びて、二人の体を通して、壁面の機器の重なりが見えていた。

「質問にこたえろ。なにゆえ、太陽系に接近をはかるのか？　侵略が目的か？　それとも友好が目的か？　冥王星の爆発はあなたがたの攻撃ないしは示威によるものか？　それをあきらかにするのが私の任務なのだ」

「侵略、友好、そのどちらでもない。もし、われわれの仲間が、その、太陽系という星系に接近したとすれば、それは単なる航法上の理由に過ぎない」

「どこから来たんだ？」

女はそのほとんどが黒目の、強いまなざしをハンにそそいだ。

「ロ・リ・ア・ト」

ハンの電子頭脳は、ひどく言いにくそうに発音した。それは、ロリアト、と聞こえたが、それが正しいかどうかは、ハンにもわからなかった。

「いったい何の目的でやってきたのだ？」

しかし、電子頭脳はそこから先は、ほとんど翻訳不能になったらしく、二、三度、意味もない音声を発したきり、ふっ、と沈黙した。

電子頭脳の焦燥が、ハンには痛いほどわかった。

思いなおしたように、ふたたび言葉をつなぎはじめた。

「その電子頭脳は力が足りないようだ。キシロアンフェリスのものを使おう」

ハンはひどく侮辱されたような気がした。

「《夜の虹号》操縦士、地球調査員、ハン・レイ。今、あなたの質問に応じているひまはない」

突然、うるんだ流麗な声がハンの聴神経を風のように震わせた。これがおそらく、この女の肉声なのだろう。電子頭脳の翻訳機能もすばらしいものだったが、肉声回生装置の微妙さに、ハンは明らかな技術的敗北を感じた。

「われわれの航法指揮装置が故障を起こしてしまった。この宇宙船の装置をしばらく借りたい」

「さっきも言ったろう。この船にはそんなものは積んでいない」

「この船の頭脳中枢だ。今、操船のすべてをゆだねているだろう」

「別にそんな装置にたよっていない。この宇宙船をあやつっているのは私自身だ」

「あなたのことではない。ハン。その背後の恒温槽の中で、電子頭脳に直接、指令を与えているそれは何だ？　その中に入っているのは記憶コンデンサーか？　集中制御機構か？　たいへん興味あるはたらきをするようだ。それを改造して使うことにしよう」

女は、船室の中央部を占めるステンレス・スチールの恒温槽に影のように進み寄った。いつのまにか、女の後に、数個の人影があらわれていた。複雑な形のパラボラ・アンテナが船室いっぱいにひろげられた。

ハンは突然、凍結するような戦慄の中で叫んだ。

「止めろ！　それはおれだ。おれ自身だ！」

彼らの一人が、恒温槽と電子頭脳を結んでいる数十本の主回路のことごとくを切りはずした。聴覚器や視覚器のコードが断ち切られると、ハンは一瞬、暗黒の中へ落ちこんだ。代謝《メタ》調節機構《ボライザー》や浸透圧調節装置もろとも、恒温槽が支持架からはずされてゆく衝撃をかすかに感じたきり、ハンは気を失っていった。

遠い空がしだいに薄明をおびてくるように、ハンは少しずつ意識をとりもどしていった。たまらない不快感が重くよどんでいたが、代謝調節機構《メタボライザー》と浸透圧調整装置が完全にはたらいているのがうれしかった。

周囲の様子はまるでわからなかったが、時おり伝わってくるかすかな震動で、多数の人間の気配がわかった。それらの背後に、機械の震動が輻輳《ふくそう》していた。

突然、彼の心に鋭い呼びかけが入ってきた。

「地球人、ハン。部下が操船管理機構の一部かと思って、君を本船へ運んできてしまった。失礼を許してくれ」

「あなたが誰なのか、私にはわからないが、あなたは部下をもう少し教育しておいたほうがよろしいようだ」

ハンには音声機構がとりはずされたままだったが、思考はそのまま伝わるようだった。

「そうだ、まだ自己紹介をしていなかった。私はこの、キシロアンフェリス9の船長、トファス210だ。ご忠告はありがたくうけたまわっておく。さて、そこで二、三の質問に答えてもらおうか」

「どこの酋長だかしらないが、勝手に他人の船に部下を忍びこませてどろぼうのまねをさせ、その上、こんどは何を聞きたいのかね」

「これは手きびしい。まあ、いいでしょう。おたずねしたいことは、第一に」

「まて、その前に一つだけ聞かせてくれ？」

「なんでしょうか？」

「どうやって私をここへ運んできた？」

「それは簡単なことです。空間転位です」

「空間転位！　できるのか。それが！」

「あなたがたの星域文明では、まだ実用されていないようですね」

「残念ながら」

　ハンはじりじりと敗北の淵に落ちこんでゆくのを必死に耐えた。

「それでは教えてください。地球人はすべてあなたのような形態をとっているのかね？　どうも、その構造はよくわからないのだが、見たところ大脳だけのようだが」

「べつに私は地球人類の典型ではない」

「それにしても、きわめてコンパクトなその形態は大脳の機能だけを集約したもののようだが」

「これは私の趣味でね」

「趣味？　趣味とは何かね」

　声がいぶかしんだ。

「まあ、好きでやっているということかね」

「どうもよくわからない。しかし、環境の変化に耐えるには理想的な形態だ。だが、部下の話では、君はわずかの間だけ、人間の姿をあらわしたそうだが」

「補助電子頭脳の造影機構がそれをやるのだ」

ふ、と沈黙が流れ、また声がよみがえった。何かの考えをまとめたらしい。

「君をいろいろと調査した結果、故障した管制機構の一環として仕事をしてもらう」

「おい！　いいかげんにしてくれ。私には果たさなければならない重要な任務がある。お前たちと、どこまでゆくのかわからないような宇宙旅行に参加できると思うのか！」

「ハン。こんなことは言いたくないが、もし、君がどうしてもわれわれに協力できない、と言うつもりなら、その前に、今、君のおかれている状態を充分に考えてみてからにした方がいいぞ。わかるか」

「ひれつな奴め！」

ぷつりとすべての音は絶えた。蛋白質細胞のことごとくが破裂するかとおもわれた。代謝《メタ》調節機構《ボライザー》と、浸透圧調整装置が、全力をあげて、ハンをなだめにかかっていた。

あらたに、ハンに幾十本の回路がとりつけられた。そのうちの半数は彼の判断が直接、電子頭脳に送られて数値化されるための管制回路だった。ハンは、その数ミクロンという細い金属の糸が、おのれの海馬回転、第二百九十一照合区の抽出神経に溶着されるのを、しびれるような思いで感じていた。

励起装置がきびしい監視者のようにとりつけられた。塩分濃度を支配することによって強烈な刺激を加え、活動能力を高めようとする意図と思われた。

ハンは完全なとりことなって、巨大な三角コルベンの操船機構の一部と化してしまったのだった。

たしかに、人間の頭脳にまさる判断力を持った電子頭脳はなかった。彼の脳細胞を中継センターとしてさまざまな船内情報が流れていった。彼はそれを整理し、選択していった。彼の内部に生じた反応はただちに刺激回路を通じて、それぞれの任務を持った電子頭脳に送りこまれていった。

情報を整理しているうちに、ハンには、しだいにこの宇宙船についてさまざまなことがわかってきた。

船内には、ほぼ一万人近い人間を収容しているようであった。彼らの故郷である星域に何事か非常に重大な危険が発生し、とるものもとりあえず、宇宙船に乗りこんではるかに遠く宇宙空間へ脱出してきたもののようであった。その宇宙船の数も数万隻におよぶものと思われた。

彼らは太陽系については何の関心も抱いていないようだった。その点、単に近傍を通過したにすぎないと言ったあの女の言葉は正しかった。

しかし、ハンの内部には得体の知れぬ大きな疑惑が、そびえ立つ積乱雲のようにふくれ上がっていった。彼らをそれほどまでに追いたてた危機とはいったい何なのか？　太陽系人類とは比較にならぬほどすぐれた文明の所有者であるらしい彼らを、それほどまでにおそれさせ、遠く避難させるにいたった危険とはいったい何なのだろう？

ハンはふと、あの砂塵たなびく平原の地下深く、かくれひそむほとんど無力の人類を想った――老シドンよ。あなたは冥王星の突然の消滅と、未知の文明の所産とおぼしい宇宙船の接近をおそれたが、ここにあるものは、あるいはあなたの思いも及ばなかったような、ある絶望的な破滅のにおいだ。老シドンよ。時はあまりにあなたと人類に味方しすぎたようだ。永遠に近い時の流れは、実は人類にとって最大の裏切りかもしれない。老シドンよ、あなたの申し出を受けるとき私は言った。調査というものは決してのぞむような結果は出ないものだと。あなたにいま、もう一度その言葉をおくろう。私は行きつくところまで行くつもりだ。そこで私が何を見るか。たぶん見ない方がよいのかもしれない。老シドンよ。いつか、私がふたたび太陽系にかえりつくときがきたらあなたにほんとうの眠りというものをおしえてやろう。眠りというものはよいものだ。眠りというものは。老シドンよ――

ゆっくりと長い時間がたっていった。

突然、警急回路の安全装置が蛍光を発して吹き飛んだ。一瞬、泥のような混迷がハンを押し包んだ。代謝調整装置《メタボライザー》も神経抑制機構も白熱の焔を噴き、培養タンクの冷却器が黒煙に包まれて停止した。みるみるうすれてゆく意識の中で、ハンは必死に補助電子頭脳群にすがりついた。そこから流れこんでくる彼自身の意識の再生された断片が、涼風のように彼を喘がせた。そのままずるずると闇がきた。

深い穴の中からふいにおどり出るように、ぽっかりと意識がよみがえってきた。しばらくの間は濃霧に包まれたような空虚感が重くただよっていたが、やがて周囲の様子が少しずつ脈絡をとって固まりはじめた。

身の回りに何の変化も起こっていないのを悟るまでにまた何分かの時間を要した。破壊して火を噴いた代謝調整装置《メタボライザー》も神経抑制機構も、すべて修復されて完全に作動していた。ハンが気を失っている間に、電子頭脳が自己保障機構によって自らの傷をいやしたものに違いなかった。

「危ないところだった。それにしてもあの突然の衝撃はいったい何だったのだろう」

ハンは記録装置の回路をつなぐと記憶巣をたどっていった。

それによると、まずハンが意識を失っていた時間は二十一分十二秒だった。

「これだな。衝撃は船体の外鈑より十センチメートルのところで発生している。原因は……お、これは何だろう。ここに記録されているのは巨大なエネルギー放射だ。放射中心は非常に微細な一点だが。宇宙塵との衝突ではないし、第一、こんな巨大なエネルギーがそんな簡単な理由で発生するわけがない。百万分の一秒の間に約一千億メガトンのエネルギーが生まれている。だが……そんな巨大なエネルギーがなぜ、この船のすぐ外側で発生し、しかもこの船にはほとんど影響を与えていないのだろうか」

まだ、ともすればよどみがちになる思考力をふりしぼるようにして、ハンは記憶装置に示された精緻な数字の羅列をくみとっていった。そこには何か、ある非常に重大なものがかくされているような気がした。

遠く太陽系を離れて、異星域の宇宙船の内部に在り、問題の核心に触れえたかにみえながら、未だに何ら目的を果たせずにいる自分に、ハンはそのときたまらない焦燥と烈しい無力感を抱いていた。


——どこからか、何かが近づいてきた。それはかすかに、かすかに、微風にそよぐ一枚の葉のさやぎのように、そっとハンの心に触れてきた。

ハンは意識を凝結して接近してくる何かの意図を待った。それは船内のどこからか、しだいにはっきりと形をなしてハンの心に入りこんできた。

「ハン。あなたにお願いしたいことがあるのです。聞こえますか」

あの女だ。まぎれもないあのさわやかな音声は、忘れもしない91—セキだった。

ハンは固い殻を閉ざすように、じっとおのれの意識を深く殺して応えなかった。

ふたたびもうけられた陥穽かもしれなかった。

呼びかけはさらにつづいた。

「ハン、いつかはあなたをひどい目に合わせてしまってごめんなさい。任務とは言いながら、すまないことをしたと思っています。そのため、あなたはあれ以来、こうしてこの宇宙船の一部になってはたらかされている」

声は、遠くかすかになるかと思えば、彼のかたわらに立っているかと思われるほど近く高まって聞こえてきた。それは波のように、彼の内部へ寄せてはかえした。

ハンはじっとつぎの変化を待った。

「聞こえますか？　ハン。聞こえていたら応えてください」

ハンはしばらく沈黙を守った末、低く答えた。

「聞こえている」

「ああ、聞こえているのね、ハン。それではつづけます。聞いてください」

「こんどは私をどこへ連れてゆこうとするのかね」

女は声を呑んで沈黙した。

「そうなんです。いっしょに行っていただきたいんです」

女はにわかに烈しい焦燥をみせて叫ぶように言った。

ハンは冷たく笑った。

「操船の邪魔だ。どきたまえ」

「ハン！　聞いて。あなたをもとの場所に還してあげます。その前に、私のために一つだけやってほしいことがあるのです」

この女はいったい何をやってほしいというのだろう。しかも彼女自身のために、だと言う。

だが、還してくれるという条件を持ち出している。ここから脱け出して自由になれば、あとはこの女が何を企てようと、どうにでも処置できる。あるいはこれが脱出の機会かもしれない――ハンは瞬間的にそう判断すると慎重に言った。

「まず説明しろ」

女はしばらく黙っていたが、やがてうって変わった静かな口調でささやきはじめた。

「ハン。私たちの天体はキシロアスタータ第十四番惑星ロリアト。銀河系の中心近くにあります。いえ、あったのです。でも、もう今はないでしょう」

ハンは意識を集中してその言葉の持つ意味をさぐろうとした。

「ある理由で、私たちは船団を作って逃げ出さなければならなくなったのです。それはずっと遠く、銀河系の奥からやってきました。それを防ぐ何のてだてもなかったのです」

その暗く沈んだ声音のうらには、なぜか極度にたかぶった感情がおさえつけられていた。その感情の鮮烈さに、ハンはふとかすかな不安を感じた。それは炸裂する閃光のように意志の極限にまでたかめられていた。

「いったい何がやってきたのかね。ふせぎようもなかったとは」

女が語り出そうとしたとき、にわかに鋭い警戒の気配が動いた。女は船内のどこかの危険を感じたらしかった。

「今、説明しているひまはありません。お願いです。私に手を貸してください」

ハンは一息に言った。

「よし、何かわからんが手伝おう。しかしこの厖大な保護機構をすべてコンパクトなものにまとめてくれ」

「わかりました。今誰かが私を探しています。私はゆきます」

女の気配は遠く遠くうすれ、ついに船内のどこかへ消えていった。

どうやら、脱出の可能性が生まれたようだった。しかも女は、銀河系のはるかな深部に発生したきわめて異常な事件について語っている。

ハンはようやく、事態が自分に有利に展開してきたことを知った。

「Aマイナス二十一、Aマイナス二十二。電離度KK、つづいてKK。オーバ、なおもオーバ……」

突然、目の前に全天にひろがる恒星の大集団があった。それは星というよりも、空間そのものが幾千億、幾千兆のかがやく光の塊に細分され、渦まいて噴き出したようだった。微細な光点は背景にあってコロイド粒子のようにすき間もなく空間を埋め、巨大な無数の光球はおそろしい速さでこちらへぶつかってくるかのように白熱の焔をゆらめかせてふくれあがった。

それは太陽系から見る銀河系の、あのかすかな、また大河の流れにも似た茫漠たる星の光とは違って、原始の荒海、また、ほとばしる熔岩の灼熱のきらめきにも似たすさまじい光の氾濫だった。

これまでに、こんな破壊的ともいえる星の集団をハンは見たこともなかった。

だが、あれは——ハンの内部を電撃のように衝撃がはしった。

「なぜ、なぜあんなに星が見えるのだ」

たしかに一瞬前まで、傾斜計を読んでいたはずだったが、ここは違う！　ここは幾重もの船殻に厚く守られた宇宙船の内部ではない。

薄い外被に包まれた周囲には、ただ虚空が茫々とひろがっているだけだった。

「遭難したのか！」

凍るような恐怖の中で、ハンは全く変貌してしまっている自分を見出して息をつめた。代《メ》謝調整装置《タボライザー》も、神経抑制機構も、補助電子頭脳群もすべて一本の細い管《チューブ》に収められ、それがベルトのようにハンに巻きつけられていた。それだけではない。あきらかにエネルギー変換装置とおぼしい円筒が、無数の細い管を代謝調整装置に結んでいた。栄養物や、水やビタミンに代わる代謝エネルギーをそこから無限に供給するものと思われた。そしてそれらの一切をふくめた彼自身は、直径三十センチにみたない小さな球になっていた。

「どうしたわけだろう。これは」

ハンは突然あたえられた自由を喜ぶ前に、今、おかれている情況の判断に苦しんだ。

「ハン。それでいかがですか」

あの聞き覚えのある女の声が、突き刺すようにハンの内部にひびいた。

「91—セキ、といったな。これは君のしわざか」

女は流麗な語調で切りかえすように言った。

「あなたは自分をコンパクトにまとめてくれ、とおっしゃった。ご希望にそえたつもりです」

たしかにそう言った。ハンは言葉のつぎほを失って質問を変えた。

「しかし、これは素晴らしい技術ではないか。こんな工作が君にできるとは思えないが」

女は小さく笑った。

「私たちには何でもないことです。それに実際の工作は造機機構がやるのですから。ただあなたに処置を加えるのに二分ぐらいかかりました」

「そうか。傾斜計を見ていたら突然、目の前に星空があらわれてきたのには驚かされた」

「ハン。あなたの申し出は果たしました。今度は私の番です」

「やむを得まい。聞こう」

女はにわかに真剣な口調になった。

「ハン。漂流船を探してください。キシロアンフェリス97。私たちの乗っていたキシロアンフェリス9と同じ型の宇宙船です」

「漂流位置はわかっているのか？」

「だいたいわかっています」

「その漂流船をさがすことがそんなに重要なことなのか？」

女は答えなかった。ただ、そのとぎすまされた神経が異常な執念を波のように放射していた。

「よかろう。しかたがない。手伝ってやろう。その位置は?」

電子頭脳群の一つが回路を結ぶと、座標系を示すおびただしい数字が急流のように流れこんできた。ハンはそれを記憶巣に整理していった。

「しかし、91—セキ。位置はわかったが、どうやってそこへ行くんだ。見たところ宇宙船もないようだが」

「ハン。あなたの外被に重力場推進装置を刷りこみました。今あなたはそれを使っているではありませんか」

気づいてみると、ハンは秒速十四キロメートルで空間を移動しつつあった。

「重力場推進! まて、その刷り込むとはいったい何だ?」

「機構を二次平面に印刷したのです。あなたを包んでいる外被がそれです」

ハンを包んでいる外被は、あたかも大脳被膜のように薄く透明で、遠い星の光に青くきらめいていた。

「何も見えないようだが?」

「推進装置がはたらいているときはエネルギー放射のために見えないんです」

ハンは言葉もなく、うなずくよりしかたがなかった。もとより大脳だけだった彼が、いよいよコンパクトに整形され、精巧な補助装置に、加うるに推進装置を身につけ、限りない生命と自由を得たわけだったが、

「つまり私は生きた宇宙船というわけか」

——一目、老シドンに見せたいものだ。

自嘲に似た想いがふっ、とハンの胸をかすめた。星の間に生きつづけた者が、どうやらその行きつくところに行きついた、という痛烈な感慨がハンから言葉をうばった。

女がそっと動いた。

「ごらんなさい。あれが銀河系の中心部です」

女は声をひそめるように言った。

「銀河系の中心には恒星の大集団がある、ということは聞いていたが、あれがそうか」

ハンはその大渦のような星の光に心をさらしてうめいた。

「あそこに、大きな連星のような赤い星が見えるでしょう。左がキシロβ、右が十九の惑星を持ったキシロアスタータです」

「91—セキ。いつかキシロアスタータはもうないだろうと言った。あそこに光っているではないか」

「ハン。キシロアスタータまで、ここから約十八光年です。あそこに、この瞬間、何が起こったとしてもあと十八年たたなければ私たちの目には入らないのです」

「これはやられたようだ。91—セキ。そのキシロアスタータ星系の住民である君たちが、そうしてあわただしく宇宙船に乗って脱出しなければならなかった原因はいったい何だ？」

「ハン、あなたはM八二星雲をごぞんじですか？」

「M八二？　知っている。あの原因不明の爆発を起こしている星雲だ」

「ハン、それと同じ現象が、この銀河系の中心部にも起こっているのです」

91―セキの声は烈しくふるえた。

「それがわかったのは今から四千年も前でした。一隻の調査船がその報をもたらしたのです。キシロアスタータは、何とかしてその破滅からのがれるために、とうとう、あるスクリーンで銀河系の中心部をつつんでしまうことに成功したのです。それはたいへんな作業だったそうです。キシロアスタータ星系の人類は、それを作るために、銀河系に生まれ出てきたようなものでした。あらゆるエネルギーが動員され、どうやら完成したときには、あとにはひどい貧困しか残っていませんでした」

「その銀河系の中心部では何が起こっていたんだ？」

「反物質でできた星雲団が生まれていたのです」

「反物質星雲団！　しかし91―セキ。反物質が生まれたとしても、それはすぐ正の物質と結びついて消滅してしまうのではないか。星雲を作るというのは……」

「銀河系の中心部分ではマイナスの水素が作られ、それを中心に物質が組立てられているらしいのです。あるいはあるときから急に電荷が逆になったのかもしれません。そして、その部分の周辺ではおそろしい反逆が絶えず起こっているのです。反物質空間がどんどん広がってくるからなのでしょう」

「第二の銀河系の誕生か！」

あのキシロアンフェリス９の外殻の外で起こったすさまじい爆発。あれを反陽子との衝突と考えるなら納得がいった。そして、その船殻を取り巻いていたものは、その反対陽子防禦スクリーンだったのだ。

「そのスクリーンでも防ぐことはできなかったのか？」

ハンはせきこむようにたずねた。

「スクリーンにエネルギーを補給しつづけるのがしだいに困難になってきたのです。そして、しだいに力を失ってゆくスクリーンから洩れて飛びこんできた反物質粒子のために、惑星がつぎつぎと爆発してゆきました。太陽もまるで超新星のように不気味に輝きました。もう何もかもおしまいでした。最後に残っていた資材で宇宙船を建造するだけでした」

今こそハンには冥王星が爆発した原因がはっきりとわかった。銀河系の中心から飛び出した反物質粒子のうち、はるばる太陽系まで届いたものの直撃を受け、冥王星は一瞬のうちに巨大なエネルギーに化してしまったのだ。そして同様に、太陽系からのぞまれた爆発性の光点群も太陽系はるかに通過した彼らの脱出船団のうちの何隻かが、反物質粒子によってエネルギーの塊になって消滅したものだったのだ。

「すると、その爆発はやがて全銀河系にまで広がるわけか」

信じ難いドラマだった。信じなくともよいドラマだった。

ハンは、はるかな針路にあたって茫々とひろがる星々を見た。それは燦然とかがやく宇宙の壁だった。そのむこうに何が始まっているのだろう。たしかめることは不可能だった。たしかめなくてもよいことかもしれなかった。

ハンはふと、気を変えていった。

「で、その宇宙船の位置は？」

91―セキは何の感情もあらわれていない声で答えた。

「キシロβからマイナス九・七三一。第三象限への切線付近にあると思います」

「よし！　扇形に捜索してみよう」

ハンは音もなく星の海をななめにすべっていった。

ここに何があるにせよ、これから何がはじまるにせよ、この広大な空間の中から、ケシ粒のような微細な一点を見出すこと、星の光の中に埋没してただよう一隻の漂流船を探し出すこと、それが今のハンにはなし得ることのすべてだった。

「91―セキ。一つだけ聞くが、君はいったい、どこにいるのだ？」

とたんに女の気配はハンの意識の中からするりと脱け出した。

「私はあなたのすぐそばにいるんです。でもあなたからは見えないわ」

ハンは苦笑した。

「君たちは空間移動ができるからね。しかしそれが宇宙の果てまでできたらすばらしいが」

「そうしたらあなたの力なんか借りなかったわ」

「いや、私だってあの宇宙船につかまることはなかったさ」

ハンの胸に新しいいまいましさがこみ上げてきたが、すぐに消えていった。

ハンはレーダーでゆっくりと空間をまさぐった。おびただしい星々のざわめきがハレーションのようにレーダーのビームを乱した。

その中に、ハンは、さっきから気になるものを見つけていた。それははるかにハンの軌跡を追って、高速で接近をはかっていた。その反射波は奇妙なゆがみをあらわしていた。それはあきらかに反対陽子スクリーンのパルスと思われた。

「91—セキ。われわれは、追尾されているぞ。たぶん宇宙船だ」

「とうとう来たわね、キシロアンフェリス9だわ」

「追われているのは君か」

女は答えなかった。

「91—セキ、脱け出した君を彼らがわざわざ追ってくるほど、あの船では君は重要な任務を持っていたとみえる」

さらに答えがなかったが、追いつめられたものの気配が、ハンのかたわらで強烈に渦巻いていた。

ハンは十一個の補助電子頭脳群の全回路を動員した。エネルギー変換装置の受光板から流れこんでくる光エネルギーをコンデンサーに集中した。追跡してくる宇宙船は後方、八光分に迫っていた。

いかなる攻撃が加えられてくるか、ハンは意識を後方宇宙船に集中した。そこにあの巨大な三角コルベンをさかさまに立てたような姿が見えるような気がした。

「来たぞ！」

ハンは息をつめた。代謝調整装置《メタボライザー》がそれに応じてみるみるそのはたらきを高めた。ハンへのエネルギー注入が極限に達してくる。

今、追跡してやれる宇宙船を離れたものがあった。おそろしい速さでそのままハンに近づいてくる。

――なんだろう？　ミサイルだろうか？

検討しているひまはなかった。ハンはコンデンサーにたくわえているエネルギーをγ線に変換するとエネルギー変換装置から吐き出した。

はるかな後方で何かが爆発した。中性子が飛散するのがスクリーンに青白い光芒を曳いた。ハンはつづけざまにγ線のビームを送り出すと大きく変針して増速した。五カ所で爆発の光輝が開いた。宇宙船はそれを避けるようにいったん遠のき、ふたたび増速したハンに追いすがってきた。

「しつこい奴だ」

そのとき、警急装置がエネルギーの費消を中止するようハンに警告を送ってきた。コンデンサーとエネルギー変換装置が許容量をはるかに越す巨大なエネルギーの消耗に疲労しきったのだ。

「くそ！」

十一個の補助電子頭脳群のうち一個が全く沈黙していた。微弱な電流があえぐように流れ出しているだけだった。

ハンはコンデンサーを封じ、補助電子頭脳群を解放した。ふたたびエネルギー変換装置から注入され始めた強烈な活力に、代謝調整装置《メタボライザー》が汐のひくようにその活動を正常にもどしていった。しかし戦いはまだ終わっていなかった。追跡者はいぜんとして、一定の距離をたもって追尾していた。これ以上、さらに烈しい敵の攻撃が始まったらいかなる方法で防ぐべきか、ハンは苦慮した。そのおそれはまもなく現実のものとなった。追跡船が徐々に接近を開始した。

突然、警急装置が悲鳴をあげた。あらゆる機構が死の絶望に狂奔した。すさまじい閃光がハンの内部で灼熱の火花を散らした。消えかかる意識の奥底でハンは必死にエネルギー変換装置の受光板を衝撃のくる方向に向かって回転した。同時にコンデンサーを最高容量にまで上げた。宇宙船から送られてきた強大な電子の流れは、受光板によってみるみる吸収され、エネルギーとなってたくわえられた。警急装置がふ、と鳴りやんだ。ハンはいったんたくわえたエネルギーをふたたび電子の流れに変化させて交換装置から噴き出した。

五光分の距離まで接近していた宇宙船にとって、この反撃は致命的だった。電子の流れに捕えられた巨大な宇宙船は、みるみる白熱の焔と化してコースからそれていった。三角コルベン型の船体は青白い星のような光輝を放った。そのまま遠く遠く、千億の星くずの中にまぎれこみ、やがて見えなくなった。

ひどい疲労がハンを襲っていた。久しく忘れていた殺戮のあとの淵のような虚脱感がハンの内部に暗い翳を落した。

「いや、これは殺戮ではない。破壊かもしれないが決して殺戮ではない」

ハンはしきりにそう思おうとしたが、胸の底に沈む不快感はぬぐい去ることができなかった。

「91―セキ。もう大丈夫だ」

ハンは吐き棄てるように言った。

「ありがとう。ハン。さっきはもう駄目かと思ったわ」

91―セキの声はハンの胸にうるんだようにながれこんできた。

「君はあの船で何を担当していたんだね」

また答えないだろうか、とハンが思ったとき、女は素直に答えた。

「航法を担当していたんです。私が脱け出してきたので、キシロアンフェリス9は今後の航行が全くできなくなってしまったのです」

「しかし実に正確にわれわれを追ってきたじゃないか」

「あれは航法に頼ったのではありません、あなたの重力場推進の軌跡をレーダーでとらえたのです」

「私が後に曳いているわずかな空間のゆがみを探知してきたのか」

それにしてもおそろしい技量を持った連中だった。

「人間にはとてもできないことだ」

ハンはつぶやいた。


「さあ、捜索をつづけるとするか」

ハンは静かに、静かにハンはレーダーを回していった。かすかな呼び声、かすかな気配の一つも見逃さないように、ハンはレーダーの反応に意識を結集した。

女はその心の動きを全く止めて、静かにハンの作業を見守っていた。二十四時間が過ぎ、四十八時間が過ぎ、七十二時間目がやってきた。

キシロβはハンの右にあって遠く、落日のように無気味な色にかがやいていた。

ハンは、レーダーでその二重星の表面をなでさすっていった。その左、さらにその左。

スクリーンにきらりと何かが光った。ハンは、レーダーをゆっくりともどした。ふたたび、その捜査線上に何かが映った。三度目にハンはそれをようやく中央にとらえ、分析装置からの回答を待った。それはすぐ吐き出されてきた。

「材質不明のおそらくは宇宙船。周囲の空間に、重力場の影響とみられるはなはだしいゆがみが認められます。距離七光日。以上」

それは非常な速力でキシロアスタータ星系から遠ざかりつつあった。秒速十六万キロメートル。なおも増速しつつあった。

「91―セキ！　見ろ、あれが君の探し求めていた宇宙船か」

女は焰のようにそれを見た。その烈しい心の動きが、突然目のくらむような憎悪に染まるのを、ハンは冴えた心で聞いた。

「そうです。ハン。もう少し近づいて！」

「だが、まて。91―セキ。あそこには、君の言う危険がもはや近づいているのではないのか」

女は石のように押し黙った。

「聞け。91―セキ。あの船の中に君のもとめる何があろうとも、今は、危険を避けるべきではないのか。私のことを言っているのではない。君たち、君自身のことを言っているのだ。何がそんなにいったい憎いんだ。もとより、憎しみも、愛も君たちには無用のものだ。君たちがそんなことを覚えたってどうなる」

女の心はひどく震えていた。

「91―セキ。私には君の正体がわかっていた。君は非常に巧みに航路を算出した。君が探し求める宇宙船の位置を私に告げたが、あの複雑な計算に君は二秒も使わなかった」

「ハン！」

「しかし、なぜ、君は女をよそおったのだ？」

「ハン。私は別にあなたの星系の、女をよそおってはいません。私があなたに語りかけるとき、あなたはそれを〈女〉として再生していたのです」

「すると、君の〈女〉は私の心の影だというわけか」

――女、か。すがりついてくるものを女と理解したのは、それを潜在意識とするならあるいは自然な心の動きかもしれない。

あの高く結い上げた黒い髪、鮮烈な衣服の印象。それがいつ頃の私の内部に在ったのだろう。

ハンはふと、広漠たるおのれの心を聞いた。それはかすかに苦かった。

〈女〉はなぜかひっそりと笑った。その笑いは、その烈しい心のたかぶりに似ず、ハンの心を冷え冷えと凍らせるようなものをもっていた。

そのとき、突然、壮大な星々の壁が縦横にひび割れた。その割れ目は蒼白な光を噴いて電光のようにはしった。それは巨大な刃物で切り裂くように幅をひろげていった。星々はみるみるその白光に呑みこまれていった。

これまで、厖大な水量を支えていたダムが、その水圧に敗れてついに崩壊しはじめたような終焉のひとこまだった。

千億の星々は光を喪ってかき消えていった。その奥から目のくらむ光の壁があらわれてきた。

「逃げて！　ハン」

「行け！　憎しみのために」

十一個の補助電子頭脳のうちの最後尾の一個がふっ、と消えた。

電子頭脳たちで作られていた社会。その電子頭脳を作ったのは誰だったのだろう。そして、それからどうなってしまったのだろう。今はすべて知り得ようもなかった。迫ってくる死から逃れようとして、あの奇妙な形の宇宙船をあやつって遠く宇宙へ去ろうとした電子頭脳たち。しかしそのねがいが果たされたとはハンにはどうしても思えなかった。

求めて破滅に近づいていったあの〈女〉。憎しみも、憎しみでないものも、しょせん、彼らには不用なものだ。

ハンはおのれの任務が今、終わったことを知った。

《七〇一観測星ヨリ連邦首席へ　七〇一観測星ヨリ連邦首席へ

ハンノ消息、未ダ不明。アルイハ遭難シタモノト思ワレマスガ捜索続行中デス。正体不明ノ小光点ハ、ソノ後、全ク出現ヲ絶ッテイマス。冥王星ノ消滅ニ関スル調査ハ進行中デスガ、今後ノ科学ノ発展ニ待ツトコロ多大デス。目下ノトコロ、太陽系ニ異常アリマセン。コチラ、七〇一観測衛星》

勇者還る

さっきまで雲一つなく澄みわたっていた空は、いつのまにか薄い淡黄色の雲でおおわれてしまった。その雲を背景に、一隻の宇宙船がとがった舳を天に突き立てていた。

遠い管制所のビルの屋上のレーダーが、まるで異郷の塔《パゴダ》のように、くっきりとその複雑な形を浮きあがらせていた。

宇宙船をアリのようにとりかこんでいたおびただしい群集は、もうあらかた散ってしまって、それに代って数十台の作業車が、食べ残しを荒らすハイエナの群れのように今のろのろと宇宙船めざして四方から近づいていた。

ドラム罐の上に立っている私の前を、群集の最後の一団がぞろぞろと河のようにゲイトへ向って動いていった。どの顔も、内側からあぶられているような気負ったつやを、ほおやひたいに浮かべていた。人々は熱っぽい口調で探検隊の成果と、そのためにかれらが支払った多くの苦労についてくりかえしくりかえし語りあった。

「すばらしい。これで人類はまた一つ未知の領域を獲得したぞ」

「苦しかったろうな」

「よくやった！」

　要約すればこの三つになってしまういろいろな言葉がつぎからつぎへと人々の口から発射された。そのどれもがほんとうだった。探検隊の苦労は、実際どれだけたたえられてもつくされるものではない。

　おそらくは、未知の天体の魂も奪われるような風景が今夜にも宇宙省から発表され、テレビの電波にのるだろう。人々は期待に燃えていた。そして二、三日たてば、この第三次冥王星探検隊隊長ヒノをはじめとする九名の探検隊員の記念像が、この宇宙空港《スペース・ポート》のゲイトの外にひろがる緑の芝生に建てられるのだろう。記念像でも建てる以外に、彼らの労苦と英雄的行動を顕彰する方法はないではないか。

　私はドラム罐の上からもう一度そびえる宇宙船をながめやった。腰に手を当てると私自身、高い台座にのった記念像のようだった。私は右手をにぎって高く上げてみた。

「だれだ！　そんなところへ上がっているのは。降りろ」

　遠くから声がとどいてきた。私はいそいでドラム罐からとびおりた。

　私はゲイトへむかって体をはこんでいった。その頃になって、かえってこなかったマシュウのことが火傷のようにひりひりと痛みはじめた。

　一年半ほど前、この宇宙空港《スペース・ポート》から出発していったときは九名だった。それが今日、その任務を果して帰ってきたときは八名になっていた。欠けた一人がマシュウだった。マシュウ死す、の報はすでに半年前に知らされてはいたが、現実に宇宙船のエア・ロックから八名しかあらわれ出てこないのを見るまでは、どうもほんとうにできないでいたのだった。

宇宙船の乗組員――ことにそれが未知の天体にいどむ探検隊の一員でもあれば、なお不測の死は絶えずそのかたわらにあるのだった。いつか、どこかで突然死がおとずれてくるのだ。それも思ってもみなかった死にかたで。そしてその遺体が地球まではこばれてくることはまずない。

私はせめてマシュウの魂だけでもむかえたいと思ったが、魂はついに船から降りてこずに、その代り一包みの遺品が仲間の胸にかかえられて、ドライアイスの細片が撒かれたフィールドに降り立った。例の高名な作曲家の手になった《勇者還る》の荘重なエレクトロ・バンドネオンのひびきがわきおこった。高い高い空の下を、遺品の包みをかかえた男を中心に、八名の男たちはゆっくりと動いていった。それはいやに明るいフィールドの光の中で私の目にずいぶん遠く見えた。

その円陣をもっとよくみようとしてのび上る群集をかき分け、やがてかれらは空港オフィスへ入っていった。

私は遺品に用はなかったのでそのあとは追わなかった。

マシュウは宇宙船技術専修学校で四年間、私と机をならべていた。濃い褐色の皮膚を持った大がらな男はひどく私とうまがあった。彼は別な大陸から、彼の政府によって学費や生活費ともども送られてきているまことにうらやましい存在だった。彼は学校のある南カラフトの地では手に入らないような品物は、彼の政府に直接要求した。それはねじりとるようなずいぶん強引なやりかただったが、時には同じ物を二つ申請し、一つは私にくれたこともあった。もうすっかりいたんでしまったが、ガラス・ファイバーで織った防湿用コートなどはほんとうにうれしかったものだ。しかし机はならべてはいたものの、成績の方では私はどうも彼と肩をならべるというわけにはゆかず、彼は卒業するやただちに連邦宇宙省の正規の宇宙船技術者集団に登録されたが、私は開発公団の雇員として火星内航船の航宙士《コーサー》に、それもようやくなれたしまつだった。だがそんなことはたいしたことではない。彼は努力し、私はのらくらしていただけにすぎない。私たちはよく南ローデシアやキルギスの宇宙空港《スペース・ポート》でおちあっては専修学校時代と同じように荒々しい、それでいて豊潤な友情をたがいにぶちまけたものだった。

だが。

ゲイトの外には、緑の芝生が海原のように広がっていた。右手の駐車場につづく舗装路には、もどってゆく人々が幾つかの塊になってまだ見えていた。ゲイトの周辺には、空港の勤務員や来訪者などがいそがしそうにゆききしていた。——リュウ

私に追いすがってくる声があった。声は私の耳をかすめて前方の草原へ消えていった。

「お待ちしていたの」

二度目の声で私は体の向きをかえた。だだっぴろい空の下で、私はなんとなく逃げ場をさがすけものの気もちがわかるような気がした。もう忘れたことになっている顔が静かに近づいてきた。

「ほんとうに久しぶりね。リュウ。サマリンダのときからかしら」

無抵抗な私の心に、またその声は風のようにわたってきた。

なんてことをいいやがる。私はにわかに胸にこみあげてきた蒼白いものを、無理に何度かにわけてのみこんだ。

《――吸塵車はフィールドに進入してください。吸塵車はフィールドに進入してください》

遠くアナウンスが聞えてきた。建物と建物の間に、オレンジ色の吸塵車がちら、と見えた。

「マシュウには気の毒だった」

私はそんな意味の言葉をつぶやいた。故人に対する悔みを言うのは難かしい。何を言ってもうそになってしまう。とくに今は、彼女に向って私はいかなるなぐさめの言葉も語れなかった。

胸の中にたまった空気を吐き出してしまうとしだいに視界がひろがってきた。

《――九号電源車は管制所へ連絡してください。九号電源車は管制所へ連絡してください》

そうなのだ。彼女はマシュウの奥さんだったのだ。私はあらためて笑顔をつくり、会釈した。

「アムネ。あなたがおいでになってご主人もさぞおよろこびになったでしょう」

かなりすらすらと言えた。アムネは深く頭を垂れた。その結い上げた髪に、一点、深緑色の飾り玉が光っていた。私は目をそらした。つとめて考えまいとしたが、頭の方はかってに回ってしまう。

その緑色の飾り玉こそ、あのサマリンダの海と山の色だった。マシュウはボルネオのその美しい街でそれを買った。高価なその飾り玉が誰の髪を飾るためのものなのか私は知らなかった。

そんなことは他人の身の上におこることだと思っていた。アムネはマシュウとともに、ある日静かに私の前に立った。

その後の三年間、開発公団は独り者になった私を重宝がってよく使った。私は一度も地球へもどらなかった。

「リュウ。実はあなたにお話したいことがあるんです」

そのすがりつくようなひとみが私をおもわずうろたえさせた。

「どんなこと？　話って」

駐車場のむこうに大型トラックの列があらわれた。こちらへ向ってくる。

「私、誰かに相談しないではいられなかったんです。でも親しい人もいないし」

細い月のような眉のあたりに、濃い疲れの色がただよっていた。

親しい人もいないし、か。ほんとうのことを言っているのだろう。ま、いいじゃないか。

「聞きましょう」

大型トラックの列の先頭車の屋根に、赤い閃光燈がともった。かん高いサイレンのひびきが真直ぐ突っこんできた。私はアムネの背中を、つ、と押して道の端に移動した。赤い回転燈のひらめきが、一瞬、一瞬、私の目を射た。小山のような大型トラックの列は地ひびきをたててゲイトへ走りこんでいった。私のてのひらからアムネがそっと離れた。私のてのひらにはおぼえのあるやわらかさとあたたかみが残った。そして私の目には、走り過ぎる最後のトラックの尻に描かれた三七という白い数字がきつく目にしみた。

「で、話というのは?」

私は彼女をうながした。話はなるべく早くすませてもらいたかった。そうでないと、だんだん私の心がみすぼらしくなってくる。

「リュウ。あの人、ほんとうに事故で死んだのでしょうか。私、とても信じられないんです」

語尾はほとんど聞きとれなかった。

ああ、またか。私は胸の中で舌打ちした。

「奥さん。お気持はよくわかります。しかしね、探検隊の犠牲者の遺族はね、たいてい一度はそのように思うものです。あの人はほんとうに死んだのだろうか、もしやどこかの天体に生きているのではないだろうか、などとね」

アムネはそれとわからないほど、弱々しく首をふった。困惑した心の動きが唇の端に凝っていた。

「ええ、そういわれました。何人かの人に。でも私はそうじゃないんです。でも、ほかの遺族の人たちも言うんでしょうね。私はそうじゃないんですって。リュウ。宇宙船の事故は皆が死ぬか、それとも誰も死なないか、どちらかしかないんだということを聞いたことがあります。運の悪い一人か二人だけが命を落とすことなどないんだって。それなのになぜ、あの人だけが還ってこなかったのでしょう」

私は言葉につまった。そんなこと私に聞いたってわかるわけがないじゃないか。

「それはね、奥さん。宇宙探検隊の運命についてのいわば芸術的な表現に過ぎないのですよ。どこでどんな事故が発生するかは全く予測できないし、何千人の中のたった一人だけが不運に見舞われることは幾らもあるんですから」

「それも聞きました、リュウ。でも、わずか九人しかいない探検隊ですもの。おたがいに注意しあい監視《チェック》しあっているはずじゃありませんか。なぜあの人だけがそのチェックから洩れたんですの？」

「それは」

「あの人だけが事故にぶつかったのなら、そうなるのをとめられなかった皆に責任があるわ。

あの人を殺した責任だわ」

唄うようなアムネの言葉には面も向けられないような憎しみがあった。夫を奪われた女の藍に隈どられた執念がか細い体からゆらめいて背後の緑の芝生に陽炎となった。

「わかった。それで？」

私は、アムネから放射されてくるものをそれとなくかわした。それにいつまでも耐えていられる自信は、私にはなかった。

「リュウ。あなたにあの人が死んだ原因をたしかめてもらいたいの」

いやに静かな声で言った。その言葉が私の胸に定着するまでずいぶん長い時間がたったような気がした。

「原因をたしかめるって、私がか」

「ええ」

少女のようにうなずいた姿は何千キロも遠いところにあった。本来ならば、彼女がその死因をたしかめるべき相手は私ではなかったのか。だが私はなお生きてここに在り、彼女は私でない別の生死をたしかめようとしていた。いったいどれを運と呼び、どれを不運と呼んだらよいのだろう。

「どんなふうにあの人が死んだのか、それを私は知らなければならないわ。あの人が死ぬときは私も死ぬときだと思っていた。子供みたいでしょう。まるで若い娘みたい。でも、やっぱりその気持はほんとうなんだわ」

それは私には無縁なことだ。全くどこまで続くのだ。もうこのへんで解放してくれたっていいじゃないか。

きっと私はおそろしい顔をしていたに違いない。

「あなたにお願いしたのはいけなかったわね。いくらなんでも。ごめんなさい」

アムネは顔をあげ、ふとほお笑んだ。それは私の記憶の一番つらいところにある笑いかただった。アムネは私のかたわらからそっと離れていった。いやに素直な離れかただった。

「待て。やらないとは言っていない。ただ、ずいぶん難かしいことだ、と思っていただけだ」

考えて言っても、結局同じことしか言わなかっただろう。

「ありがとう。引き受けてくださるのね。うれしいわ」

頼む者と頼まれた者との会話はそれまでだった。

去ってゆくアムネのほっそりとした体を包む濃茶のデニムのスカートと、淡いクリーム色のブラウスが私の目に消え難い何ものかを残した。アムネは空港管制所ビルの方向へもどっていった。遺品を引きとるのだろう。これから彼女の抱くものは遺品であり、マシュウの体ではないのだ。

私はほとんど小走りにそこを離れた。ほんとうの敗北感がやってきた。

二、三カ月の間、私はいそがしさにまぎれて、アムネにたのまれたことに心を向けるひまもなかった。おりから衛星開発に関する新しい計画が進められ、私は休むひまもなく幾つかの小さな船団を指揮して、火星と二つの衛星の間を往復した。もう老齢船ともいうべき宇宙船の小集団は、性能の面ではさっぱりだったが、安全性だけは抜群だった。私はたいくつきわまりない任務を、いささかの手違いもなしに果した。重機械類、何かの原料のドラム罐。食料、飲料水製造装置、その他こまごました雑貨類。それらを船腹いっぱいに呑みこんだ船団は、チェッカーのように編隊を組んで千古の星空を横切っていた。それは人の心の動きなど、全く介入の余地のない世界だった。静かで冷たい、それでいてかぎりなく平穏な毎日だった。

一カ月に一度か二度、霧雨のようにおとずれてくる短い雨が、東キャナル市の宇宙空港《スペース・ポート》の広漠たる砂漠をわずかに濡らした日、私はアムネの消息を聞いた。それはマシュウの死亡によって、アムネが単身者登録に切りかえられた、ということだった。スペース・マンの仲間に関するニュースは伝わるのが早い。それはスペース・マン社会の深部を水のように浸透してゆく。それは彼らがいかに私的生活、とくに家庭生活のもちかたに苦慮しているか、という一つの証拠でもあるのだ。そのニュースが、小さな円形ドームの宇宙船パイロットに、ささやかな話題としてあらわれたとき、私を知っている者は、その話題からさりげなくその心をそらした。逆に私はアムネとの約束を思い出した。

私は操船局へ行って、休暇を申しこんだ。操船局の係員は黙って壁にならんでいるスペース・マンの名表のところにいって、私の名を記した札を裏がえした。

窓の外の砂漠はしっとりと湿って重い色をたたえていた。いつもは淡い赤褐色をおびている空も、今だけはふかぶかと濃藍色に澄んでいた。長く見つめていると心が吸い寄せられるような気がした。

地球行の定期便は空いていた。空港《ポート》を発進してから一度だけ船窓のシャッターを開いてみた。火星は薄い大気につつまれ、赤褐色の油粘土の塊のように浮いていた。そのゆるやかな円弧の果は煙のように背後の星の海に消えていた。そのどこかに東キャナル市があるはずだったが、とうてい肉眼では探すことは不可能だった。定期船の船室《キャビン》におさまって、私ははじめて宇宙旅行をする子供のように落ち着かなかった。生命を他人にまかせることがこんなに落ち着かないものだとはそれまで思ってもみなかった。

それでもいつのまにか私は眠った。何かの夢を見たけれども、目がさめるとおぼえていなかった。忘れ難い夢を見るような年ではもうないのかもしれなかった。

地球に到着した私はまっすぐに宇宙省《トーキョー》をおとずれた。宇宙計画局の若い局員は私の希望をかなえるために、私に過酷な一連の作業を課した。十数枚におよぶ申請書の書込みと、その提出、許可証の入手に私は完全に半日をついやした。それはまず私の身分証明にはじまって、年齢、所属団体での階級、私の責任代行者の名やその所在、資料の使用目的などをこれ以上くわしくは書きようがないほど記入をかさね、若い局員は、あらためてそれを手にしたパンチカードに打ちこんだ。一つのパンチをうちこむのに二十分を要した。いつ終るのかとそればかり思いつづけていた長い時間が過ぎて、私はようやく《第三次冥王星探検計画ならびにその結果報告》という三十ページにみたない薄いパンフレットを手にすることができた。

私はそのパンフレットを持って、省ビルの他のフラットにあるソーダー・サルーンへいった。物資配給券をチェックしてもらって内部に入った。サルーンは混雑していた。宇宙省につとめる男や女たちがにぎやかにテーブルを囲んでいた。すみのテーブルに一つ、席があいていた。宇宙省の《宇》の字を図案化したワッペンを右袖につけたジャンパーをまとった男と女が顔を寄せあっていたが、私はわざと無視して椅子についた。自動配給車がテーブルの間を縫ってやってきたのでスイッチを押して飲料のパックをとりあげた。J一三飲料のこころよい刺激が、半日のたいくつ極まる作業に疲れた私の五体にひろがった。目はパンフレットの文字を追う。

第三次冥王星探検隊。つまり第一次、第二次につぐ三度目の冥王星に対する遠征の、これは栄光にあふれた記録なのだ。第一次探検隊は、宇宙船の故障から途中計画を放棄し、火星に回航、不時着した。完成されて間もないイオン・ロケットは、長途の遠征をゆだねるには未だ時期尚早だった。第二次探検隊はそれより六年後、二隻の宇宙船をもって計画された。しかし、これは木星の航路管制局のレーダーにのったきりその後ようとして消息を絶った。事故調査団が出発したが、熱核反応炉の管制機構の事故によるもの、との結論がくだされた。その後、火星、木星間の空間で、宇宙物理学研究所の調査船によって発見された、空間を漂流中の、宇宙船の舷側らしいチタニックスチールの破片がこの説を裏書きした。

そして三度目の冥王星探検隊はおおむね成功だった。なぜ『おおむね』成功なのか、というと、このパンフレットのページをめくってみればわかる。

一、使用船　省型二二〇〇〇トン級級一般型貨物船改造宇宙調査船
一、使用動力　軟ルビー・メーザーBB21型反射傘型光子ロケット

——これはいわゆる光を噴き出し、その反動で前進する最も新しい型《タイプ》の宇宙船だ。しかもその光をメーザーを通してより集束的にしたものを使う形式である。反射傘というのは、その光を一種の巨大な鏡で後方にまとめて送り出すもので、これを使った宇宙船は印象的なスタイルを持っている。

先を読もう。

一、目的　冥王星軟着　その後冥王星の自然環境に対する全般的環境調査
一、誘導方式

——こまごましたグラフがつづいているが、これは今は関係がないのでページをめくった。

一、参加者
探検隊長兼調査船船長（国立宇宙物理学研究所副所長・一級天体調査官）ヒノ・ヒノ
操縦士（宇宙省宇宙船技術者集団A級操縦士）ダナエ・ソジ
操縦士（宇宙省宇宙船技術者集団A級操縦士）ササ・マシュウ
航宙士（宇宙省宇宙船技術者集団A級航宙士）ルイス・コモ
大気分析・地質調査（国立地質研究所研究員）タンゲ・タンゲ
写真撮影、電波走査（国立マダガスカル自然公園）ハリー・ジャクセン
全般的医療管理（東キャナル市第二病院）サン・リン・ヒャオ
動力制禦機構（省立北京宇宙船工作所）ハク・スウ・キ
通信兼生活管理（宇宙省宇宙船技術者集団A級通信士）スギムラ

――いずれも、現在そろえ得る最高の宇宙技術者《スペース・マン》たちだった。《省、技術者集団A級》という資格は、目がくらみそうだ。宇宙技術者を志す者なら、誰でも一度はあこがれるところだ。年齢はヒノ隊長兼船長の四十五歳を最高とし、平均年齢二十九歳と比較的高かった。これは老練な隊員をそろえたことによる。経験の深い技術者を集めようとすればどうしても平均年齢が高くなるし、とくに宇宙探検などでは隊員相互の年齢が開きすぎてはいろいろさしつかえが生ずることがある。最高年齢者と最低年齢者が十歳以上ちがってくると、指揮者、健康管理者は仕事がしにくくなるのだった。

マシュウは次席操縦者《コパイロット》としてこの探検計画の航路の全般に重大な責任を持っていた。操縦士のダナエ、航宙士《コーサー》のコモと三人一体となってこの二万トンの巨体を一秒の狂いもなく軌道にのせてゆかなければならないのだった。スギムラとサン・リン・ヒャオをのぞく他の者はすべて妻帯者だった。

つぎのページを開く。

一、軌道

——かれらのとったコースだが、これはすでに私が知っていることなのでとばした。

一、経過

調査船は航路算定機構に不測の事故を生じ、軟着コースをとることが不可能になった。そのため、計画を変更、冥王星赤道上高度一二七・二五キロメートルを保って十七周する衛星軌道をえらんだ。この情況において可能なかぎり、冥王星自然環境の測定をおこなった。

一、結果

――これに数枚のグラフが貼りつけられていたが、これも今は必要なかった。

一、人身損害　一名
　操縦士、ササ・マシュウ。

　冥王星衛星軌道周回十七周目に、光子エンジンの反射傘に宇宙塵の衝突あり、軽微なひずみを生じた。これによって最大推力八六・四七パーセントとなる。マシュウは修理のため、船外に出て鈑金作業中、エア・ハンマーの打撃によって酸素タンクに亀裂を生じ救出をまたず死亡した。宇宙船は作業を続行、その後、最大推力九二・八八パーセントを回復。衛星軌道を離脱、帰航コースを獲得した。


　記録は極めて簡単だった。しかしこの三十ページにたりないパンフレットの行間から、ゆらめく焔のように湧き上ってくる第三次冥王星探検隊の遭遇した苛酷な試練のかずかずの爪跡が痛いほど私の胸にひびいてきた。実際これは絶え間ない死との戦いの記録だった。一瞬先に死が待っているかもしれない宇宙探検隊の、生きるための悽惨な苦闘の記録だった。たった二、三行の間にこめられている物語は、実に千万言をついやしたドラマさえよくおよばないのだ。宇宙船をあやつり、妻や子供また、愛する者たちさえなげうって暗黒の空間にすべてをかける人々だけが人知れず心に抱く物語なのだ、これは。

　私は何度も何度も読みかえした。一つの数字、一つの言葉に、私は宇宙技術者の一人として、これまでに得た経験のすべてでうなずくことができた。それはいささかもアムネの疑問をさしはさむことなどできないものであった。

私はずいぶん長い間、その小冊子を手にして身動きもしなかった。私はしだいに地球へ来たことを後悔しはじめた。全く身の程もしらぬことを引き受けたものだった。マシュウの死は周囲の者に責任があるなどと、どうして言えようか。

私の前の、さっきから顔を寄せあってささやきあったり、ほお笑みあったりしていた若い二人が立ち上った。黙って、たがいの背に腕を回してもつれあうように出口のドアへ向った。どうやら彼らのささやかな愛の時間は終ったらしい。立ち去ってゆくその二人連れの、女の後姿に目を向けているうちに、その豊かな腰が、突然、痛烈な感情を私の胸に投げこんだ。パンフレットはふたたびその意味を変えた。

サルーンを出たところに大きな売店があった。ガラスのケースの中に、ウルトラ・マリーンのスカーフがあった。自由購入券十数枚と引換えに、それを求めた。地球の宇宙技術者《スペース・マン》の間では今、この化学繊維の薄い軽い手触りのスカーフが流行しているようだ。鏡に向ってそれを首に巻くと、いかつい肩をした売店の職員がその薄い布の端をえりの後に引き出してくれた。そんな巻きかたをするものらしい。小粋なスカーフは、私の心をいくらか浮き浮きとさせてくれたが、私のポケットに購入券はあと二、三枚しか残っていなかった。私はすぽすぽと風の通りぬける胸を抱いて外へ出た。

まず探検隊長のヒノに面会を申しこむことだった。彼の所在を宇宙省へ電話をかけてたずねてみると、目下、健康を害して医療センターに入院しているということであった。

その医療センターのあるニホン海に面した都市へ、私はローカル線のロートダインで運ばれていった。雪模様の雲の間から時おり薄日の洩れる寒い日だった。ニホン海は漠々と暗いなまり色にひろがっていた。砂丘のかげに、ガラスと金属で造られた医療センターの建物がつらなっていた。広い構内にはほとんど人の姿もなく、静かな建物の内部は汗ばむほどの温度だった。

受付けの娘に面会を申しこむと、どこかへ電話をかけていたが、やがていんぎんに断わられた。ヒノ隊長の症状は意外に悪いらしかった。

「どこがお悪いのですか？」

娘は顔を上げて私を見つめた。黒い無機的なひとみがまっすぐに私に向けられる。有能な人間の目だ。

「患者の容態に関してはおこたえできません」

いやに切り口上で言った。

「どうして？」

「こちらで適当と判断された方以外には、患者の病状に関してはお教えすることができない規則になっているものですから」

もっともなような、そうではないような答えだった。

「変な規則だな」

「こちらの患者にはいろいろと政治的に重要な影響を与える方が多いからです」

なんとなく形のつかなくなった私は、なんとなくかさねてたずねた。「それじゃ一つだけ教えてください。隊長の病気はいつからですか？」

娘の目がまたしても無機的な光を強めたのであわてて私はつけたした。

「わざわざ火星から来たのですよ。教えてください」

私の宇宙技術者《スペース・マン》の制服《ユニホーム》がたしかにヒノ隊長と同職者であることを娘にあらためて認識させたようだった。娘はわずかに態度を柔らげた。娘はちょっと考えていたが、ロッカーからファイルをとり出して細い指先でパラパラとめくった。

「九月二十七日からです」

「すると冥王星の探検から帰ってきた日からじゃないか」

私のなにげない質問の結果が、このとき私の心にふと予期していなかったかすかな疑いの翳を落した。

「隊長はすでに宇宙船の中で病気だったのかね？」

「さあ、存じません」

娘の顔にあきらかに警戒と拒絶の色がただよいはじめた。

あの記録にはヒノ隊長が船内で病気だったなどとは一言も残されていなかったじゃないか。

帰着後、ただちに医療センターへ収容されるようなどんな病いが隊長の肉体をとらえていたというのだ？　地球へ到着するのを待っていたように発病したとはこの際、考えないほうがよい。また、たとえそうであったとしても、なおそれは探検航行と関係あるものとして記録に収められているはずだ。

　私は受付けを離れた。

　何ごとか、宇宙技術者《スペース・マン》としての私の直感に触れてくるものがあった。

　長途の旅を終えた宇宙船の乗組員が、空港《ポート》からただちに病院へ送りこまれるということは、これは警戒すべき状態といわねばならなかった。かつてそのような状態はたいてい神経障害を意味していた。宇宙航路の絶えまない危険と不断の緊張が人間の神経に、もう回復することのかなわないほどの重大な障害を与えることは決してめずらしくはないし、それは今でもしばしば見聞きすることであった。宇宙技術者《スペース・マン》は、その肉体を失うかわりにその心の世界のいっさいを喪ってしまわなければならないような不幸な目にあうことが多いのだ。

　それかもしれなかった。あらゆる危険と困難から、部下の生命をまもりぬき、貴重な資料を地球に持ち還るための苦悩が、あるいはヒノ隊長を、宇宙空港《スペース・ポート》からこのなまり色の海原にのぞむ医療センターへ直行させたのかもしれなかった。

　そう。記録に載せなかったのは、隊員たちの、隊長に対するひそかな思いやりなのだろう。《隊長は船内で発狂した》とはとても書けない。あとへつづく者へのそれが冷酷な一つの資料でもあるのだが、この偉大な、不幸な先輩に対して、彼らがとるべき最後の礼は尽したのだ。

　暗澹たる海の果から、吹きつけてくる身を切るような冷たい風が、ひょうひょうと私の耳もとで鳴っていた。

私がつぎに訪問を企てたのは操縦士のダナエだった。彼はさいわい北部グリーンランドの宇宙空港《スペース・ポート》に滞在しているということだった。私は北米大陸経由の貨物便をとらえてニュー・オンタリオ・シティへわたった。戦後新しく生まれたこの都市は、荒野と化した五大湖地方に不死鳥のように活気ある営みを見せていた。私はそこからグリーンランド宇宙空港《スペース・ポート》行のダイナ・ソアに乗りかえた。

空港《ポート》のフィールドから私はまっすぐに空港管理オフィスへ向った。平滑な氷で張りつめられた平原は、地平線低い太陽を鏡のようにまぶしく反射していた。その影のないあかるさが、このさえぎるものもない純白の風景をかえって重苦しいものにしていた。空港《ポート》管理官は白髪の中年過ぎの男だった。入っていった私を見て、男はテーブルのむこうで鎌首をもたげた。テーブルの上の書類は、もう何日も開かれたままのように少し黄ばんでいた。

「何かご用ですか？」

「ダナエに会いたいのだが」

男は遠い目つきをした。

「ダナエ？　ああ、あの男か？」

「そうです」

「もういないよ」

「いない？　どこへ行きましたか」

「遠い所へ行ったようだな」

「遠い所？　木星か土星かね？」

「いや、もっと遠い所だ」

私はふいに怒りがこみ上げてきたのでそのぶんだけ声を大きくした。

「はっきり言ったらどうだ！　ダナエはどこへ行ったんだ」

「大きな声だね、あんた。ダナエはな」

「ダナエは？」

「死んだよ」

「死んだ！」

「ああ」

男はもう用はすんだというふうにふたたびテーブルのむこうに沈みかけた。私はあわててそれを引きもどした。

「いつだね？　死んだのは」

男の首がわずかにのびた。

「もう十日ほど前だ。テスト中のロケットのノズルが爆発してな。気の毒なことをした」

男は言い棄てるともう二度と私の方を見なかった。

私はふたたび氷盤のフィンガーへ出た。よくあることだった。星の間で死ぬべかりし命を、地上のしかも試運転中のエンジンの故障で棄てるなどということが。それもこれも運命だろう。まだしも、遺品だけでも僚友たちの胸に抱かれて帰る死にかたのほうが恵まれているのかもしれない。もし死にかたに恵まれたものと恵まれないものとがあるとしてだ。

私はニュー・オンタリオ・シティの宇宙空港《スペース・ポート》で借りてきた電熱コートのえりを立てて、三時間後に出発するダイナ・ソアへともどった。客席《キャビン》で一眠りしたかった。

ニュー・オンタリオ・シティの宇宙空港《スペース・ポート》で、ルイス・コモの所在を調査してもらうと、彼は月面にあるルナ基地にいることがわかった。

三日後、私はルナ基地へ向う貨物《カーゴ》船に乗ることができた。私が火星開発公団の職員であり、宇宙技術者《スペース・マン》の一人であるということが、こんな時には全く役立った。仲間どうしの助け合いのようなものだ。私は家族との面会のために、思わず出発の時間を間違えた男として、その船の乗組員たちに冷やかしと同情をもってむかえられた。

ルナ基地はシエラ山脈の南麓にある。東方と南方に巨大な裂溝《クレバス》をひかえた荒涼たる平原の一角に位置していた。北方にそびえるシエラ山脈はのこぎりの歯のように鋭くとがったいただきを白銀の焔のようにかがやかせていた。大気のないこの月面では、光は散乱することなく、その当った面だけを明るく照らし出す。そしてその周囲は物の形もわからぬ千古の闇だった。虚空には太陽が巨大な灼熱の銅鈑のようにすさまじく燃え、その背後には決してまたたかない千億の星くずが凍りついていた。私は宇宙服《スペース・スーツ》に大きな透明ヘルメットをかぶり、地下の基地に通ずるエスカレーターに乗った。幾つかのエア・ロックを通りぬけ、私は宇宙要員エリアと記された一画へ入っていった。ルナ基地はその名のとおりいわゆる植民都市ではない。資源開発のための前進基地だ。これは火星や金星などと比較して月面の環境がかなり悪いことに起因する。このルナ基地はシエラ山脈南麓の変成岩の岩盤をくりぬいて造った地下五層の巨大な基地であった。いたるところに集積された物資が天井にとどくほど積み重ねられていた。その天井に縦横に張りめぐらされた電線、管類《チューブ》、移動式起重機のレールなど、またコンクリートの壁に対抗して力ずくでとりつけたような気圧調整装置の大きな箱など、乱雑で機能一点張りで荒々しく足の踏み場もない。まさしくこれは典型的な開発基地だった。

すれちがった基地の作業員にたずねると、コモは三階の星図室にいるというこたえだった。三階というのは地下三層のことだ。私は直通リフトでくだっていった。まるでドックほどもある広大な星図室では、真昼のような照明の下で数十台の自動航路算定装置が活動していた。私はそのうちの一つの作業台に近づいていった。

「航宙士《コーサー》のコモはいるだろうか？」

航宙士《コーサー》のバッジをつけた作業服の男が隣の作業台をあごでしゃくった。隣の作業台は、自動記録装置の修整に懸命になっていた。数名の基地作業員の青灰色の制服《ユニホーム》の中で、省航宙士《コーサー》の深黄の制服《ユニホーム》があざやかだった。肩のもり上った大きな男だった。

「あなたが航宙士《コーサー》のコモか？」

男は目を上げてふしんそうに私を見つめ、それから作業台から離れて歩み寄ってきた。

「おれがコモだが」

「私はマシュウの、第三次冥王星探検隊員だったササ・マシュウの友人で……」

「名前なんかどうでもいい。それで用は？」

無表情な目が私をとらえる。

「マシュウが死んだ時のことをくわしく聞きたい」

「死んだ時のようす？」

「そう」

「はて？」

「反射傘に宇宙塵がぶつかってゆがんだため、船外に出てそれを修理しているうちに、電子ハンマーが背中の酸素タンクにショックを与え、タンクは亀裂を生じ、彼は即死した。ところだな」

「ああ、そのとおりだ」

コモは手にした計算尺のスライドをぱちぱちと鳴らしながらうなずいた。

「それでは聞くが、なぜ電子ハンマーが背中の酸素タンクにショックを与えたんだ？」

コモはズボンのポケットに両手を入れて背を丸め目をしょぼつかせた。

「な、なぜって、そりゃ」

いったん口ごもってから急に早口になった。

「おれは見ていたわけじゃないからよく知らないが、電子ハンマーを使っている最中に放熱器が破裂してその破片がマシュウの酸素タンクにぶつかったのだそうだ」

「なるほど。しかし、何にせよ電子ハンマーは船内で重要な工具だ。その電子ハンマーの放熱器が破裂するなどというのは、これは、とてもマシュウ一人の不注意ではすまされないぞ」

「彼が放熱器を開放するのを忘れていたのだろう」

「彼の作業情況をチェックしていなかったのか？　誰かが船外に出ている場合はその行動を絶えずテレビカメラで追跡して、もし危険があれば注意してやるのが常識じゃないか」

「電子ハンマーに不備はなかった」

「とすれば、酸素タンクの材質について精密なX線検査が必要になってくるぞ」

コモは上目づかいにちらと私の顔をうかがった。

「あんたはわれわれを告発するのか」

「そんなことは言っていない。私はマシュウの奥さんにたのまれたのだ。マシュウが死んだ時のようすをくわしく教えてくれ、と」

男は極めて複雑な表情を浮かべた。胸の中でとっさに何ごとか計算している顔だった。

「な、ええと、まだあんたの名前を聞いていなかったな」

「名前なんかどうでもいい」

「なあ、マシュウの死はたしかに不可抗力だよ。責任逃れじゃない。ほんとうにしようがなかったんだ。判ってくれよ」

コモはひどく疲れた口調でいった。

「だがあいにく私は不可抗力というものを認めないのでね」

「勝手にしろ。だが、あんただって知っているだろう。遭難者の遺族というのは、つねに生存者に対して疑いを持つものなんだ。あんたがもしマシュウの親友なら、彼を呼びさますようなことはよした方がいい」

コモは唇をゆがめて言い放った。

「それはどういう意味だ」

「いや、どういう意味もこういう意味もない。ただやたらに家族の悲しみのためだけに、愚にもつかないことをたずねて回るのはやめてほしいものさ」

「おぼえておこうよ」

コモは黙って作業台へもどってゆこうとした。

「もう一つ聞きたいことがある」

「まだあるのか？」

「ヒノ隊長はどこが悪いんだ？」

「さあ、知らない」

男はゆっくりと体を回した。

「すでに船内で発病していたのか？」

「そんなことはない」

「するとヒノ隊長は地球の土を踏むとたんに国立医療センターへ直行したのだな」

コモは黙ってまぶしい投光器に顔を向けていた。

「悪くなったのはここじゃなかったかな」

私は自分の頭の横に、指で輪を描いてみせた。思いきり意地の悪いしぐさをした。彼の私に対する怒りを爆発させてみたかった。そうしたらあるいは何か重要なことをその怒りの中から引き出せるかもしれなかった。コモはゆっくり息を吐いた。

「どうかなあ。その後会ったことがないもので」

みごとなものだった。

「また来るよ。近いうちにな」

私はつとめて冷酷な言いかたをした。

コモとの言葉の中に、実は重大な一つの手がかりがひそんでいた。彼はふと洩らした。

「告発するのか？」と。告発とは何だ？　告発するような何かがここにあるのか。船外での作業に点検《チェック》や監視を怠ったからといって、それは他から強制されるものではないし別に重大な規則違反でもない。告発したり告発されたりするようなことではそもそもない。彼が言っているのはそのことではないのだ。告発されるような何かがここにはあるのだ。煙のように湧き上ってくる何ものかの翳を、私はそのとき胸の奥底にはっきりと知った。

私は心にからみついてくるものを整理しようと努力した。

残された家族は、生きて帰った者たちに漠然たる敵意と疑いを持つ――私にはその気持が今、何となくわかるような気がした。私はサン・リン・ヒャオに会うべきだと思った。彼こそ、探検隊の医務担当者として直接、マシュウの死に関係したはずだ。

ルナ基地医務部に問い合わせてみると、リン・ヒャオは金星《青の石》基地の医務部に主任として勤務しているということだった。金星行の定期便は十日ほど待たなければならなかった。私はここの航路管制局の主任のクワイを訪れた。クワイは宇宙船技術専修学校の大先輩だった。私がおとずれたとき、彼は穴倉のようにせまい、奥深い航路管制局のもっとも奥まった資料室で何か一心に調べていた。私が背後から声をかけると、彼は手にした大判のファイルごしに私をじろりとながめ、それからもっと若い時からそうだった顔の下半分が長くのびるような彼独特のおどろきの表情を示した。

「よお、リュウじゃないか！」

「お元気ですか」

「ああ、何とかやってる。お前なんでまた今頃、急にこんなところへあらわれたんだ」

「ちょっと、わけがあって金星行の定期便を待っているんです」

「金星へ？　何しに」

私はこれまでの経過を、この少し風変りな先輩に話してみようかと思った。

「聞いてもらいたい話があるんだけど」

「お前の話は苦手だな。また女か」

「いや」

「ほう。そうだ、奥さんは元気かね？　あの奥さんと結婚するときにはおれも苦労させられたぜ」

「彼女は今、未亡人になっています」

クワイはぽかんとして壁に視線を投げていたが、急に顔をくしゃくしゃにした。

「さあ、話とやらを聞こうじゃないか」

彼は私の肩を打つと、そそくさと穴倉の奥へ私を誘った。その後姿に私は、彼も老いたな、と思った。奥に休憩室があった。むき出しの頑丈な金属の壁や天井に、おびただしい電線や管《チューブ》がはしり、軽金属の長いテーブルと数脚のおりたたみ椅子が乱雑に置かれていた。彼はどこかへ電話をかけて飲料を持ってくるように命じた。

私は椅子を引き寄せて腰をおろした。

「第三次冥王星探検隊について何か興味あるうわさとか裏話を聞いたことがありますか」

「さてね。第三次冥王星探検隊というと、この間のヒノが隊長になって行ったあのグループだな」

「そうです」

「何か問題が起っているのか？」

「隊員の一人が、あいまいな死にかたをし、隊長は現在、医療センターに入院中です。隊員の一人にそのことをたずねたところ、私が彼らを告発するために追及しているかのように受けとって動揺していました」

「告発される？　その受けとりかたには何か意味がありそうだな」

「あなたもそう思いますか？」

「仲間を殺して食っちまったかな」

クワイはたいへんなことをずばりと言った。

「まさか」

クワイはけろりとして、

「冗談だと思うだろ。ところがこれはよくあることでな。そりゃお前、初期の惑星探検なんていうものはひどいものさ。不時着でもすればたちまち食料が不足してくる。すると死んだ仲間を食ってうえをしのいだものだ。わしだっておぼえがあるよ。もっとも殺して食うまではしなかったがね」

私は胸が悪くなってきた。

「この頃ではやれ圧縮食料だの栄養剤だのすぐれた食品がいろいろできているが、おれたちの時代はまだ人類が火星へ着陸できてから幾らもたっていない頃だよ。死んだ仲間の体は最後の栄養源として、それは貴重なものだったよ」

私は手をふった。

「もういい」

「お前、顔色が悪くなったぞ。死んだ仲間を腹に収めちまうなんぞ、これほどりっぱな供養があるか」

クワイの横顔にはその頃を想う孤独な悲哀の色があった。

「それだ。冥王星探検隊の話をしていたんだったな。まあ食ってしまったんじゃあるまい。一つ医務官に当ってみるんだな。何かわかるかもしれんぞ」

「でも言うでしょうか？」

「まあ、少しゆさぶりをかけなければ話さんだろう」

「どうやって？」

「どうやってってお前、首をしめるなりけとばすなりしてみたらどうだ」

「弱ったな」

「弱虫め！　それじゃ告発するとか何とか言ってみたらどうだ」

「それがいい」

「お前、口は達者だったが腕っぷしの方はまるで駄目だったな」

若い作業員が飲料のパックを持って入ってきた。

「お前、出発の日までここを手伝ってゆけよ」

「何を手伝うのですか？」

「このルナ基地は人手不足で困っているんだ。何しろ若い優秀な連中は火星や金星や木星などのほうが気に入るらしいのでな」

「ちょうどいい。私は、自由購入券がなくなってしまったから」

「うん。一冊やるぞ」

「クワイ」

「一冊！　それは凄い」

自由購入券の一冊は四十枚つづりだ。私が火星開発公団から配布を受ける規定の量は二十枚ばかりだからこれは破格の報酬というべきだ。

私は次の日からこの穴倉に勤務しはじめた。仕事は簡単な資料整理でたいくつなくらいだった。
二、三日後、私は同室の作業員が交している言葉に思わず耳を奪われた。
「なあ、第三次冥王星探検隊が使った調査船は廃棄してしまったんだってな」

「どうして？」

「くわしいことは聞かなかったが、伝染病じゃないかって言っていたぞ」

「伝染病？」

「そうでもなければ、一隻の宇宙船を棄ててしまうなんてもったいないことをするはずがない」

私はとうとうその話に首を突込んだ。

「それでその船はどうしてしまったのかね？」

二人は話に割りこんだ私に、体ごとすき間を作った。

「宇宙的廃棄用スペース・エリアさ。ほら、宇宙船の墓場と言うだろう。放射能で汚染されて、始末に困るような宇宙船を棄てる空間さ」

「ああ、聞いたことがある」

「そこへ曳航していって棄てたらしいな。その曳航用ロケットの通信士が言っていたよ」

なぜ船体を放棄したのだろう？　なぜだ？　なぜだ？　私はきっとおそろしい顔をしていたのだろう。二人はけげんそうな顔で口をつぐんだ。私はそれに気づいて笑ってみせた。

「いや、もったいないことをするもんだなあ。おれに安く払いさげてくれたらいいのに」

二人も笑った。話はそれで終ったが、私の胸には消し難い疑惑が濃密なガスのようにひろがった。やはりこれは何かあったのだ。人々の目からおおいかくしたくなるようないたましい何かがあったのだ。

私はようやく金星行の定期便に席をとることができた。金星行の宇宙船は最新型の二万トン級光子ロケットだった。やはり幹線にはすばらしい船を使っている。こんな宇宙船の乗組員になるには省の宇宙船技術者集団A級にでも属していなければならない。だから私は豪華な重力シートに収まることになる。船に乗る前に、私は基地の売店でかねて欲しいと思っていた飲料水の耐圧ポッドと下着を買った。荷物といっても、飲料水の耐圧ポッド一つを提げた私を、スチュワードは好奇な視線でむかえた。

定期船は巨大な反射傘から凄まじい白光を噴いて、秒速九万キロメートルで音もなく暗黒の空間を突進していった。重力シートはこころよく、久しぶりに私はほとんどの時間を眠って過した。

分厚い過熱蒸気の雲層の上に、宇宙船は巨大な三角の影をおとしてすべっていった。衛星軌道をフライング・パスしてしだいに高度を下げていく。船体の外殻は大気との摩擦で二千度Cにも達しているのだろうが、優秀な性能を持つ宇宙船の内部は二十一度Cを保ったままびくともしなかった。八十キロメートルにもおよぶ雲層を突破してさらに高度を下げると、漠々たる平原が眼下にひろがった。頭上をおおう雲層はすりガラスのように乳白色にかがやき、その果ははるかにかすんで汚れた鉄色の平原につらなっていた。

ここは金星だった。

足もとに鳴る変成岩の細片を踏みしだきながら私は耐熱服をまとった体を運んでいった。耐熱ガラスのドームにおおわれた金星《青の石》基地は、乳白色の薄明の天地の間に幻のようにかすんでいた。

幾つかの耐熱ロックを通って私は基地の内部へ入った。一二〇度Cにおよぶ外気にさらされていた体でドームの内部に入ると、思わず鳥肌が立つほどだった。半地下式の基地の施設はドームの下に低い屋根をならべていた。ドームの天井からは絶えずドライ・アイスの霧が降りつづけていた。ドライ・アイスの微細な晶片は、私の肩や腕にとどまってはたちまち煙のように消えていった。

基地管理部へ行ってサン・リン・ヒャオの所在を聞くと、さらに私はリフトを乗りついで医務部エリアへ降りた。受付け、とサインの点滅している窓口でリン・ヒャオに面会を申しこんだ。五分ほどして一人の長身の男がドアからあらわれた。

「私がリン・ヒャオだが」

「私は……」

「リュウ」

「これは早い」

リン・ヒャオはにっ、と笑った。笑うと褐色の精悍な顔に白い歯が印象的だった。

「地球にいる友人から連絡があった。あなたが何かしらべておられるという」

リン・ヒャオはいやに遠い目つきで私を見た。

「実は第三次冥王星探検隊で死んだマシュウの死んだときのようすがくわしく知りたい」

「宇宙省の記録をごらんになればよいでしょう」

「ところがあれを見てもよくわからん。電子ハンマーの放熱器が破裂して、その破片が酸素タンクにぶつかってそのために死んだなどとはどうもうなずけないね」

「それじゃほかに死因がある、とでも？」

「いや、死因はそれでもかまわんが、そんなめったにない事故を起すとは、電子ハンマーの点検《チエツク》を怠っていたのじゃないかと思ってね」

「電子ハンマーのことはよく知らないが、それで死んだのはほんとうだ」

念を押すように言うと、リン・ヒャオはむっつりと壁面に沿って足を運んだ。私はその後を同じようにゆっくりと歩いた。

「隊長は何の病気だ？」

リン・ヒャオは足を止め、ぐいと私の方へ向きなおった。

「それは関係ない」

「聞いているだけだ」

「知らないな。何かで怪我をしたと聞いたが」

「うそをつけ！　到着した日に医療センターに入院しているのだ。探検隊が解散したのは、それから十日もたってからだぞ」

リン・ヒャオの顔に烈しい怒りの色が浮かんだ。眼が暗いほのおのように噴いた。

「おい！　家族にたのまれたからといって、あんたも宇宙技術者《スペース・マン》の一人だろう。そんな部外者の感情にまかせて、探検隊の労苦に苦情を言うつもりか。ほんとうは何が言いたいんだ！」

「私はお前たちを告発してやろうと思っているのさ」

「告発？」

リン・ヒャオは意外なことを聞く、というように目を見開いた。

「そうだ。お前たちは一人の人間を殺した。それをおおい隠そうとして虚偽の記録を作成した」

私の言葉のどれかが、彼の肺腑をえぐったらしい。彼は影のように私の前に進んできた。

「リュウ。そんなことはさせないぞ。いったいお前に何の権利があってそんなことをするんだ」

私は笑った。人に嫌な笑いかただと言われていつもは気をつけておさえていた笑いかたが出てしまった。おそらく私の笑い顔はトカゲのように見えたことだろう。

「それをできるのは私だけさ。理由なんか聞かせる必要はない」

リン・ヒャオは目をそらして火のようにあえいだ。

どこかで静かに単調な曲が聞えていた。それは遠い遠い無縁な世界の所在を告げて私の耳に伝わってきた。よく聞くとそれは実は私の体の中で鳴っているのだった。


私はふたたび、ニホン海に面した医療センターへやってきた。この前来たときは、雲間から薄日が洩れていたが、今日はその薄日さえ洩れていなかった。鉛色の波のつらなりのむこうから、こまかい雪片が絶えず舞いおりてきていた。重く湿った砂を踏んで私は医療センターの中庭へ入っていった。この前と同じように、広大な構内にはたたずむ人の影さえなかった。私はなにげない足どりで中庭から建物の内部へ入った。廊下の片側は広いガラス窓、片側は軽金属の壁面に銀白のドアがつづいていた。私はドアの表面にはめこまれたパネルの文字を探していった。第一放射線室、第二放射線室。こんなところではない。さらにドアを追ってゆく。部屋は数えきれないほどたくさんあった。一人の看護婦とすれ違った。彼女はすれ違う私に顔も上げず、足音もなくゆき過ぎていった。とがめられないのが不思議だったが、この医療センターには関係ない者が出入りするはずもなかった。私もいわば関係ある人間だ。充分すぎるほどの目的があってやって来たのだから。窓の外にはしだいに雪が烈しくなってきた。ここからは見えない海が、ごうごうとどよめいていた。冷たい雪の日の海鳴りは聞く者の胸に凍った。

《患者資料室》

プレートが鈍く光っていた。これだな。私はそっとドアを押した。ドアはカチリと鳴って静かに開いた。広い部屋の四方に、おびただしいファイルがならんでいた。部屋の中央の事務机に、医療部の制服《ユニホーム》を着た一人の男が坐っていた。

「冥王星探検隊ヒノ隊長のカルテを見せてくれ」

男はぼう然と、私と私の入ってきたドアを見比べていた。

「ヒノ隊長のカルテを見せてもらいたい」

「あなた、誰ですか？　患者のカルテは関係者以外には絶対に見せられません」

男はあたかもカルテを奪われまいとするかのように机の上に手をひろげて伏せた。

「わかっている。しかし今、緊急を要することなのだ。あなたの責任にはしない」

「いや、駄目です」

私は、こんなやりとりで無駄な時間をくいたくなかった。今、誰かが入ってきたら、おしまいだった。私は今がクワイの言った方法を使うときだと思った。私は尻のポケットから宇宙用の信号拳銃《シグナル・ガン》をとり出した。これは引金を引けば、ナトリウム焰が噴出するもので弾丸など出はしないのだが、握ったところは大型の拳銃にそっくりだった。私はそれを男のあごに突きつけた。

「さあ、ヒノ隊長のカルテを出すんだ」

男が勇気のある人間で、あくまで私の要求を断ったら、私の方こそ引込みがつかなくなってしまう。きわどいところだった。無言の対峙は私の心の中で千年も続いたかとおもわれた。勇気は私の方が少しよけいにあったようだった。

「離せ。出す」

男はひたいに玉のようなあぶら汗を浮かべてうめいた。

「こんなカルテの一枚や二枚で命を落すことはないものな」

私は背すじにどっと噴き出る汗を感じながら、口だけは場馴れした悪党のようにうそぶいた。

男は左の壁面の棚から一冊のファイルを取り出して、二、三枚のカルテをぬきとった。

「よし。坐れ。動くなよ」

私は男の手からカルテを受けとると大いそぎで目を走らせた。

一、患者番号K三七一
一、患者ハ第三次冥王星探検隊長トシテ任務ヲ完了。
地球帰航途中、船内デ激シイ頭痛、目マイ、嘔吐感ヲウッタエ、同探検隊医務員、サン・リン・ヒャオニヨリ急進性肝炎オヨビ腎臓代謝不調ト診断サレ、着陸後タダチニ本医療センターニ収容サレタ。

一、治療ノ結果ハ順調ニ快方ニムカイツツアリ。
一、極メテ興味アル点ハ、患者ノ肝臓ナラビニ腎臓ノ代謝型(陰極線オッシロスコープニヨル)ハ出発前ニ検査シタモノ(別表CDE)トハ甚ダシク異ナルコトデアル。患者ノ症状ハコノ点ニ起因スルモノト考エラレルガ詳細ハ未ダ不明。
一、患者ノ体前面ニ長サ三十センチニオヨブ組織崩壊痕ガ認メラレル。

代謝型というのは、内臓各器官のエネルギー代謝の個性とでも考えたらよい。同じ器官でも、個人によってその働きはかなり違っている。カルシュウムの吸収度の早いもの、ビタミンBに特に敏感に反応するもの、など、それは個人の体力に応じてエネルギーの吸収のしかた、使いかたにわずかな違いがみられる。ヒノ隊長の肝臓と腎臓が出発前と帰着後とではすっかり変ってしまったというのだ。


ヒノ隊長が精神異常を起してしまったのではあるまいかという私の予測ははずれた。しかし私の疑念はいよいよ深まった。

「さ、見たからかえしてください」

男はふるえる手を出した。私は黙ってそのカルテをまくとポケットに入れた。

「そ、それじゃ」

「これはもらってゆく」

「何も言わないほうがいいぞ。ほら波の音が聞えるだろう」

その波の音にのって私は静かに廊下へ出た。雪はいよいよはげしく渦まいて、動くものの気配のない静寂の中に舞っていた。

私の目の前に、しだいに形をなしてくるものがあった。それが何なのか、もう少しでとらえられそうな気がした。

その夜、私はトーキョーの国立地質研究所にタンゲをおとずれた。百二十階建ての自然科学センターのほぼ中央に地質研究所はあった。ロビーで長い間待たされた私は、ようやくあらわれたタンゲと白刃を交すように向かい合った。タンゲの濃い眉毛の間にはいたいたしい苦悩の翳がやどっていた。

「私が誰なのか、もうごぞんじでしょう。何を聞きたいのかもご承知のことと思う。答えてください。宇宙船の中で何があったのですか？」

タンゲは、ひたいに乱れる髪をしきりに指でかき上げながら、落着かない視線をあちこちに遊ばせていた。いかにも科学者らしい線の細い、あまり体の丈夫そうでない男だった。どうも、こういうタイプの男は私は苦手だった。弱い者いじめが好きだからだろうか。

「仲間を喰ってしまったスペース・マンの話を知っているかね。知らなければ聞かせてやろうか」

私は意地の悪いダニだった。喰いついたら離れない吻のとがったダニだった。タンゲは弱々しく微笑した。憑きものが落ちたようないたましい無残な放心がその全身ににじんでいた。

「ヒノ隊長が急に病気になってしまってね」

タンゲは私にうったえるように口を開いた。

「病気に？」

「肝臓と腎臓をひどくやられていた。やはり精神的にまいっていたのがほんとうの原因だろう。年齢的にもな」

青写真の束をかかえた若い研究員の一団が、にぎやかにロビーを通っていった。タンゲは彼らの後姿を見送っていた。

「実際のところ、第三次探検隊も失敗だったからな。軟着できなければ意味はない」

「それで？」

「指揮者に倒れられてしまっては、われわれは無事に地球へ帰ることは不可能だ。どんなにすぐれた航法装置や操縦士《パイロット》や航宙士《コーサー》がいてもな」

「それはそうだ」

隊長の死は隊員皆の死を意味していた。だから
「なんとかして隊長の生命を救う必要があった。だからくじを引いたんだ」

私は黙ってそこを離れた。はじめてさまざまな部分は一つの図形の中に収まった。しかしその図形は私の心をはみ出してみるみるその形を変えていった。

大都会の光の海は眼下にひろがっていた。そして茫漠たる星の海は頭上にかがやいていた。私の胸に形を変えた図形はしだいに高く高くのぼってその星の海になった。

長い苦難に裏うちされた栄光を埋めるにふさわしい場所。今は冷たい金属の塊と化して幾千の星々の光をやどすこの場所。ここは宇宙船の墓場だった。かつて幾多の勇気と、その挫折。未知への限りない夢とその破綻。執念にも似た情熱とその終局。それら人々の心を抱いて暗黒の星空をかけた船は、今ようやく老いてここに眠っていた。星々はあるいは近く燃える火の塊となり、あるいは遠くかすかな光点となってすき間もなく四周を埋めていた。その光の海のどこかに地球や火星があるはずだったが、ここからはそれと指すすべもなかった。

それらの星の海を背景に、数百隻の宇宙船はすきとおった魚のように浮いていた。長さ五百メートル、五万トンにおよぶ大きなものも、長さ五十メートルにみたない小さなものも、そのかがやく腹をさらし、あるいは巨大な破孔もあらわに今は静かに浮いていた。遠く、火星へ、木星へ、土星へと未知のコースを求め、あるいは荒れ果てた惑星の表土にその脚をおろした優秀な宇宙船も、放射能に汚れたまま、隕石に打ちくだかれたまま、その荒廃に身をゆだねてむなしく時の流れにひたっているのだった。

惑星間航路が発展するにつれて、どうにも修繕のならない故障船や、船齢の尽きたもの、さらには、原子力エンジンの不測の事故によって放射能にまみれたもの、などが多くあらわれてきた。地球で分解することが危険なものはすべてここへ放棄することになった。やたらなところに乗り棄てては、宇宙を航行する船にとって最大の障害になりかねない。ここを人呼んで宇宙船の墓場と言った。

私はそれらの亡骸の間を、ゆっくりと小型ロケットをすべらせていった。目ざす船はやがて眼前に迫ってきた。美しい姿態は、これが放棄された船とは思えなかった。横腹に《省・調査船》の青文字と、それにつづく幾つかの数字が読みとれた。いぜんとしてわからないことは、このすぐれた宇宙船が、なぜ一回の探検航路についたのみで放棄されたのか、ということだった。

巨大な反射傘が私のボートの前方に立ちふさがってきた。私はボートをあやつって、その反射傘のふちに沿って一周した。たしかめてみる必要もなかった。反射傘にはどこにも鈑金工作の跡などはなかった。反射傘のゆがみなどおこりはしなかったのだ。したがってマシュウが船外へ出ていたはずもなく、電子ハンマーが破裂するわけもなかった。もし個人的な不注意にこじつけるならば、電子ハンマーの事故ぐらいしか実際考えつかないのだ。

私はボートを寄せ、船内へ入った。私のヘルメットの頭頂の投光器が、しらじらと船内を照らし出した。無人の船内には、さすがに荒廃の翳が濃かった。私は磁力靴を踏みしめて船橋《ブリッジ》へ入った。無数のメーターやパイロット・ランプが死魚の目のように動かなかった。かつて、九名の夢を宿したこの船橋《ブリッジ》も、真空の中で石よりも冷たかった。私はラッタルを降りて医務室のドアをおし開いた。

隣の手術室をのぞきこむ。中央の手術台がステンレスの光沢を放った。私はヒノ隊長のカルテを手術台の上に置いた。別表CDE。

「くじを引いた」

タンゲの声が耳の奥でよみがえった。すでに回復の望みの絶えた隊長を囲んで、皆の胸中に去来したものは何だったろうか。有能な指揮者がなくてはとうてい遙かな地球へ帰りつくことは不可能だった。方法はただ一つ。隊長を生かすことだ。そのためにはそこなわれた内臓を健全なものにとりかえる以外にない。——皆の期待はただ一つだった。

しかし船内に人工内臓の用意はなかった。

そしてくじを引いた。その結果、今、医療センターのベッドに横たわっているヒノ隊長の肝臓は他の隊員のものととり換えられたのだ。一人は死んで八人は帰った。

誰だってやるだろう。

残された家族は、生きて帰った者たちに故ない敵意と反感を持つ。それは決して理由のないことではない。しかしどうして帰ってこられなかった者たちについてくわしい説明ができるだろうか。そして残された家族たちが、どうしてそれを理解できるだろうか。

「死んだ仲間を食ってしまった」

佳い話じゃないか。

私は医務室の外へ出た。入る時には気づかなかったが、入口のドアに文字が刻まれていた。

《この船をあなたたちの記念碑としておくろう。決して人に見られることのない記念碑として

一九九二年》

おくり主の名は無かった。宇宙省か、それとも惑星開発委員会か、英雄を知る者のささやかな心づかいが、そこにあった。

星々はいよいよそのかがやきを増して私を押しつつんだ。

「あなたにお願いしたのは、いけなかったわね」

私のまぶたの裏でアムネがひっそりとほお笑んでいた。

私はむしょうに笑いたかったが、トカゲのような顔になるのが嫌だったから笑わなかった。

決闘

シュウたちは操縦室の天井の移動用フックに足首をひっかけて、こうもりのようにぶら下っていた。ぶら下っているというのが正しいのか、それともそこに立っているというのがほんとうなのか、無重量状態のもとにおかれた操縦室の内部では、それはまことにはっきりしないことなのだが、床に立ちならんだ一年生たちから見ればシュウたち三年生の占めるその場所は、最上級生の特権と放埒を示してまさに羨望のまとであった。

三年生の宇宙服《スペース・スーツ》は燃えるような鮮黄色だった。背中に負ったエア・タンクや電話器《トーキー》の銀色がそれによく調和して、彼らを奇妙な色美しい動物の群のように見せていた。

それにたいして、緑色の宇宙服《スペース・スーツ》を着て白いエア・タンクを背負った一年生や、青灰色のスーツに明るいオレンジ色のエア・タンクの二年生はむしろ植物的な色合いといえた。そしてそれが、そのまま、最上級生と一、二年生との気質の違いともいえた。

黄色と黒に塗り分けられた教師用移動クレーンが、ゆっくりとすべり出してきた。その踏板の上に、主任教師のコンウェイの姿があった。

「さあ、本船は磁気嵐の中で難航している。さっきの流星塵は本船の外殻に二、三の亀裂を与えた。操縦室内の空気はどんどん洩れ出している。チュルクとヨド。二人はクルーだ。どう処理するか。やってみろ！」

その声は皆のヘルメットの中にキイーンというノイズをひいた。一、二年生の群は刷毛ではいたように緊張し、三年生は顔をしかめた。

「いよう。いいぞ、チュルク。お声がかかったぞ」

「ゆけ、チュルク、一年の坊やがお待ちかねだ」

「船に穴があいたとよ。こっちは鼓膜に穴があいたよ」

コンウェイのヘルメットが黄色の宇宙服《スペース・スーツ》の群を見上げた。

「なにをやっているんだ。早くしろ！」

チュルクはヘルメットの中で白い歯をむいた。片足で軽く天井を蹴るとその反動で操縦席まですべっていって計器盤《メーター・ボード》の上に腰をおろした。

天井からげらげらと笑い声が降ってきた。

一年生のヨドは追いたてられたねずみのように落着かないそぶりで床の中央に進み出た。ヘルメットの中の顔はチュルクにすがりつくようにゆがんでいた。

「ヨド。お前は破孔をさがして充填材を流しこむんだ。ポンプのあつかい方は知ってんだろ。

あんまり急にやると充塡材が乾かないうちに破孔のむこう側へ吹き出ちまうぜ。わかったらやんな」

ヨドは充塡材ポンプを押してただよっていった。チュルクはくるりと体の向きを変えて操縦席へ落ちこみ、たくみに両手を使って十数個のダイヤルを回していった。幾つかの回路が開かれ、パイロット・ランプがあわただしく点滅した。

操縦室の片すみではポンプのノズルを手にしたヨドがうろうろしていた。破孔個所が発見できないでいるのだった。手にしているノズルの先端の検出器にひとみをこらしながらヨドは必死に這い回った。

「ヨド！　早くしないと全員死んでしまうぞ」

コンウェイの怒声がはしった。クレーンが大きく回ってくる。

「先生、指示器がないんです」

ヨドの声は聞きとれないほど低くかすれていた。指示器は演習用の模擬漏出を作り出す小型の吸気装置だった。演習に先立って、教師がそれを適ぎに機械類などの間に配置しておくのだった。

「なに？　指示器がない。検出器を見るんだ。検出器を」

ヨドの声は泣き出さんばかりだった。

「検出器のメーターも動いていません」

コンウェイはクレーンからとび降りた。見るとヨドの言うとおり、この演習をはじめる数分前に配置したはずの指示器はその場所から消えていた。コンウェイもあわてた。指示器はモーターを止められて道具箱の後に積重ねられていた。

天井からいっせいに口笛の嵐がまきおこった。

「穴があいていないんじゃ空気の漏れるわけがねえや」

「無事でなにより。やっぱり船は丈夫に作っておかなければねえ。これは勉強でした」

「指示器をしまっておいたところがわかる検出器を作ってもらいてえな」

コンウェイの顔色は紙のようだった。彼には誰がやったことなのかはすでにわかっていた。期待に胸をおどらせて見おろしていたのだろう。やりくちは巧妙だった。コンウェイはこみあげてくる烈しい怒りをかろうじておさえつけた。とがめたところで名乗りでる者のあろうはずもない。かえって彼らはそれを待っているのだった。

「自分が置くのを忘れたくせに何を怒っているんだ」用意されている言葉はたぶんそれだろう。

コンウェイはちら、と時計に目をはしらせるふりをした。

「よし、それではこれで演習を終る。解散」

険しい目つきが青白い苦笑いに代った。自分たちの若い頃もこうだったのだ、と思うことによって彼はむりに自分をなぐさめた。自分は彼らをよく理解しているのだと思いこむことによって教師はどうやら平静をよそおうことができる。その実、そのときほど自分と生徒との間のどうにもならない断層におびえているときはないのだった。

コンウェイの姿が操縦室から出てゆくと、黄色の宇宙服《スペース・スーツ》がかん声をあげて下級生の上に落ちてきた。

「奴、あわてて逃げてゆきやがった。だいたいあいつは声がでかすぎるよ」

「さあ終った。ジャミー、お前がきのう言っていた廃品処理場《ジャンク》へ行ってみようぜ。小型宇宙船用の緩衝ソリの廃物をさがすんだ」

「ソンとジャミー！　お前らの宇宙船というのはいつできるんだ？　かき集めた部品だって一万や二万じゃあるまい。実はたたき売ってひともうけしようってのか」

「わが東キャナル市では、金属は宝石よりも尊いんですからな」

「もうすぐできるよ。ひとのこと心配すんな」

三年生たちはその鮮黄色の宇宙服《スペース・スーツ》をくるくると脱ぎすてた。そこへ下級生たちがよってたかってファスナーをおろし、フックをはずす。ヘルメットを片づける者、電話器《トーキー》をかかえて格納棚に運ぶ者、下級生たちは上級生の目にとまるように必要以上に体を動かした。

突然、さえた音がひびいて一人の下級生が床にころがった。そのほおがみるみる赤くはれあがった。罵声がとんだ。

「なんだ、この野郎！　一年生のくせに横着なことをしやがって。おれの耳まで取りはずすつもりか。このイヤホーンはただひっぱったってとれねえんだ」

一年生はのろのろと体を起した。

「ぼく、知らなかったんです。ぼくのイヤホーンがふつうのさしこみ式のものですから、君のもそうなのかと思ったんです。すみません」

「よく気をつけて見るんだ。型が違うだろ」

それだけですんだのは幸いだった。ほっとした色が下級生たちの上に流れて、手足はいよいよこまめに動いた。

薄緑色《ライト・グリーン》のコンビネーション・スーツが操船科生徒の制服だった。《東キャナル市専修学校》の中でも、宇宙船工学科の生徒のこのコンビネーション・スーツは他の学科、市経営学科や民生施設学科、立法科などのそれぞれの制服の中で一段と異彩を放った。その宇宙船工学科の中でも、この薄緑色こそは、未来の宇宙船船長《キャプテン》として、機関科《エンジン》や電装科、通信科や整備科などの生徒の制服の色を圧していた。その右胸にとめられた小さな銀のメダルこそ、彼ら、操船科生徒があのはじめてこの土地の砂を踏んだ二隻の宇宙船の乗組員《クルー》たちの後継者であることを示していた。市民たちの期待は彼らの上に多大であったし、それにこたえる彼らの自信もまた絶大であった。

たしかに宇宙船パイロットの数は必要数をはるかに下回っていたし、その超過勤務の実態は最小限度の休養すら保障しなかった。一人でも多くのパイロットが、一日でも早く生れることを皆は待ち望んだ。

その操船科三年生。左の胸にはいった三本の白線は人目をひくに充分だった。

廃品処理場《ジャンク》へ行くというソンとジャミーが地上車を運転して消えると、残った七人は一団になって保養区へ通ずる走路《ベルト》にとびのった。

◇

保養区十二階のソーダーサルーンはいつも混雑していた。このあたりではシティの第三次拡張工事が始っていて工務局の労務員が忙しげにゆききしていた。防護用ヘルメットをかぶった彼らの群がひとときの休息にサルーンのテーブルを囲んでいることもしばしばあった。操船科生徒の制服はここでもひときわ人目についた。きびしい鍛練と豊かな栄養からくる彼らのそろってがん丈な体軀と分厚な胸は、比較的筋肉労働の多い工務局の人々にもまさってあたりを圧倒した。

テーブルにつくと、さまざまな果汁飲料やグラスをのせた自動配給車が人々をぬって近づいてきた。


「な、みんな。市経営科の一年生のオキっていう奴を知ってるかい？」

「いや、知らねえ」

「ああ。見たことある」

「ひと月ぐらい前によそのシティから移ってきたんだそうだが」

「それで？」

「ツルブの女を横どりした」

「ツルブ？　おれたちの科の一年のか」

「ツルブの？」

「そう。女は普通学校の三年のツジとかいう奴なんだが」

「それでツルブは黙ってるのか！」

「なめたまねをしやがる」

「なにしろ、ツルブは気が弱い。それにオキっていう奴はおれも一度見たことがあるが、へんに度胸のありそうな奴だ」

「ブルク！　なんでそれを今までおれたちに言わなかった」

「まて、ただのうわさだけじゃいけねえと思ったからちょっと、たしかめていたんだ」

「くそ！　たかが市経営科のそれも一年生のくせに出過ぎたまねをしやがる」

「市経営科っていやあ《専修学校》の中でも一番くずの集っているところじゃねえか。それが同じ一年でも操船科の者の女に手を出すなんて、おい、これはこのままにしておいてはおれたちの顔がまるつぶれだぞ」

「これはもの笑いだ。このメダルが泣くぞ。ブルク、あしたツルブによく言って聞かせろ。そういうことがあったら上級生にすぐ言うんだってな」

「ツルブにヤキを入れてやれ」

「ところで、そのオキだが」

「シュウ。何か面白い方法があるか」

「ほかの科の奴らに操船科には指一本触れさせないようにしてやるんだ」

ゼイクのテレビ電話のダイヤルを回して市経営科の生徒居室を呼び出した。呼び出しに応じた受付に、

「居室番号はわからないが、オキという一年生をたのむ」

回路が切り変ってゆくのだろう。しきりにスクリーンに輝線がはしった。やがて緑色のパイロット・ランプがともるとスクリーンの奥にもやもやと一つの顔が現われた。ピントが合うと、眉の濃い、腫れぼったいまぶたをした目の細い少年の顔が浮き上った。

「ぼくはオキだが、君は？」

「操船科三年のシュウが話があるそうだ」

「そんな人、ぼくは知らないよ。人違いじゃない？」

「黙ってろ」

シュウが代って送話器を手にした。

「オキ、おれはシュウだ」

「ぼくはオキ。用事って何ですか？　ぼくは君を知らないけれど」

「これからおれたちは面白いことをして遊ぼうと思っているのさ。それでお前を誘ったんだ」

「ぼくを？　面白い遊びって、でもぼくは今言ったように君を知らないんだ。いきなり誘わ

れたって困っちゃうな」

「なにも困ることはないだろう。すぐ来るんだ。操船科三年居室のロビーだ」

「待ってよ。ぼくは」

「おい！　お前、上級生のいうことに従えないのか。市経営科というのはそういうところか。お前たちの三年生がそうしろと言ってるんだな」

「いや、それは違う。三年生がそんなことを言うもんか。ぼくが困ると言ってるんだ。それにぼくはきょうは日直当番だし」

「来たくなけりゃ来なくたっていいんだ。それじゃ三年の代表を呼べ！　今すぐにだ」

「わからない人だなあ」

「なにい」

「行くよ。行けばいいんだろう。操船科のロビーだね」

シュウは指でぴいんとスイッチをはじいて電話を切った。

「来るとよ」

「それじゃ、船の用意をしとこう」

ブルクがにやりと笑って立ち上った。彼はインターフォンに向ってささやいた。

「操船科の三年ですが、明日の船内指揮実習の予習をしたいんです。実習船を貸してください。時間は……」

話し終ってインターフォンを切り、ブルクは指を立てた。

「教官室OK。なかなか熱心だ。しっかりやれ、とよ」

「さあて、オキが生きているのがいやになるほどこってりしぼってやろう」

皆はなんとなく浮き浮きして立ち上った。


ブザーが鳴った。


「来たな」

ハンクがドアを開くと、地味な薄茶の制服《ユニホーム》を着た貧弱な体つきの少年が立っていた。

「ぼくはオキだけど、シュウに呼ばれたんだ」

ロビーの奥にいたシュウたちがどやどやと立ち上って出てきた。

先頭にたったブルクがオキの頭の上から言った。

「さあ、おれたちといっしょに行くんだ」

「君は誰？　シュウとは違うようだが」

「みんなシュウの友だちさ。シュウはほら、あれだ」

あとから出てくるシュウを指さした。オキは彼に近づこうとして二、三歩踏み出したが、その肩をブルクの大きな手につかまれた。

「あっち、あっち」

シュウは鼻にしわを寄せ、凄い目をオキに向けただけで声もかけなかった。

オキは一瞬、不安な顔色になった。そのまま巨大な体軀の上級生たちに囲まれて、おされるように廊下を移動していった。

いぶかるオキをおどしすかして宇宙服《スペース・スーツ》を着せ、ヘルメットをかぶせると、ようやく上級生たちの計画がわかってきたとみえ、オキの顔色が変ってきた。いくら抵抗しても、はるかに体の大きな彼らには歯が立たないとさとると、オキは静かになった。その目はいよいよ細く、時おり烈しい光を見せて、むっつりとおし黙った。

皆を乗せた地上車は、附属空港の一角にそびえる四号実習船の下に止った。投光器の光芒に照らし出される四号宇宙船は、小型貨物船《カーゴ》を改造したものながら、夜目には銀色の巨大な塔のようにそびえていた。

皆は一団になってリフトにおさまった。

ハッチを開いて操縦室へ入った。整備員の手によって船は発進を待つばかりにすべての準備は完了していた。

ブルクとハンクが操縦席へついた。カシュテイがその後方の通信席に腰をすえる。シュウとオキは壁面の空席についてGベルトで体を固定した。他の者はそれぞれハッチを開いて姿を消した。

「いいか。オキ。この船はこれから宇宙空間へ出る。お前は宇宙飛行の経験があるか？」

「二度ある」

「それは都合がいい。宇宙飛行の経験は多いほどいいんだ」

「どうしてぼくを誘ったんだ」

「さあ、それでは発進用意！　いいかブルク。時計を合わせろ。マイナス二七……二六……二五……二四……二三、カシュテイ、《タワー》とコンタクト開始！　マイナス二一……二〇……」

「船長《キャップ》！　こちらAエンジンOK」

「一八……一七……一六……四……三……二……一……ファイヤー！」

凄まじい衝撃が船体の軸に沿って貫いていった。すべての照明は汐のひくように暗くなっていた。あらゆる物が震動していた。ヘルメットの中でシュウの顔は張り裂けんばかりにふくれあがった。かたくつぶったまぶたの裏側で無数の火花が渦まいた。シュウはわずかに首を回して隣のオキの顔をうかがった。

オキは大きな口をあいて犬のように舌をたらしていた。今彼の体を猛烈な嘔吐感と割れるような頭痛が襲っているらしかった。

シュウはにやりと笑った。

十一分後、エンジンは出力の低いBエンジンに切りかえられ、航路が修正されていった。さらに九分後、エンジンは停止した。慣性飛行に移った四号実習船は満天の星々の光を受けて流星のように突進していった。

しだいに体が楽になりはじめた。嘔吐感も頭痛も消え、シュウは太い息を吐いてGベルトをはずした。

「おい、オキ！　なんて面《つら》をしているんだ。さあ、立て」

「ひどい船だ。この前、乗った時はこんな船じゃなかった」

「あたり前だ。おれたちがそんなぜいたくな船で訓練してたら、いざという時にはどうするんだ」

「だけど、いつもこんな船でばかり練習していたら、最新型の船に乗ったら扱いがわからないんじゃないかな」

「市経営科あたりのチビにはそのくらいのことしか考えられないんだろ」

「どうして君たちはそう、ほかの科の人たちのことを悪く言うんだ」

「なんだ、ふらふらしてるじゃねえか」

「どうするんだ？　これから」

「お前はどうも勇気が欠けているようだから少しきたえてやろうと思ってな」

「ぼくは勇気があるよ」

「そうか。ならなおいい」

船は慣性コースをおちていった。エンジンの咆哮も今はやんでいっさいの震動はとだえた。水底のような静寂がよみがえってきた。

皆が操縦室に集ってきた。カシュティは通信席から、ハンクは操縦席から首を伸ばしていた。

「オキ、本船は現在、火星赤道上を高度一万六千八百キロメートルで慣性飛行中だ。スクリーンを見ろ」

操縦室中央の大スクリーンにきらめく光の渦があらわれた。茫洋たるその光の渦は、みるみる微細な無数の光点となった。暗黒の中に輝く、永劫にまたたくことのないそれは千億の星くずであった。決して人を容れない、人類の踏みこむことを許さない荒涼たる永遠の夜であった。

オキの心は烈しく震えた。今、眼前にあるものは、かつての宇宙飛行で経験した壮大なものに対するつつしみ深いおそれや感激などとはまったく異質な、痛烈な拒否と凍結した憎悪であった。

「どうだ。オキ。この宇宙船の外は何もない。無限の空間があるだけだ」

「……」

「オキ、お前は少し生意気だ。気をつけてもらわなけりゃいかん」

千億の星くずの描く果てしもない光の海に、声もないオキには、このシュウの突然の人間臭い言葉があまりにも場違いなひびきをもって聞えた。

「え？」

「オキ。お前、ツルブの女を横どりしたろう。操船科の下級生がつらい目に合わされたと聞いちゃ、おれたち上級生としては黙っていられねえんだ」

「ツルブ？　知らないよ。そんな人」

「このやろう、しらをきる気か」

「ほんとうだよ。それはツルブの女を横どりしたとは何のことだ」

「ふうん。お前、ツジがツルブの女だということは知らないのか」

「ああ、全然知らないよ」

ブルクが脂ぎったあごをつき出した。

「それじゃ聞かせてやろう。あのツジな、あいつは操船科の一年のツルブの女なんだ。お前にツジを横どりされてツルブはしょげている。だいたいお前が横からのさばり出てきたからなんだ」

「ツジはたしかにおれの友だちだ。だが、そんないきさつがあるとは知らなかった」

「何がいきさつだよ。生意気な口をきくな！」

カシュテイが通信席から首を伸ばして叫んだ。上級生たちはいっせいに動いた。

「だけど君たち。それはぼく個人の問題じゃないか。


「オキ、もう一回言ってみろ」

「つまり、ぼくとツジの間のことじゃないか。もしかしたら、ぼくがツジにふられることになったことなのかもしれないじゃないか。しかたがないことだな。東キャナル市には女の子が少なすぎるんだ」

オキは冷たく言い放った。

シュウが残忍な目つきでオキの上にかがみこんだ。

「オキ、一つ提案がある」

「何なりと言えよ」

「おれとお前と決闘しよう」

「決闘？」

「そうだ。見ろ、あそこに宇宙船の外部へ出るためのエア・ロックが二つある。あの強化プラスチックの窓のついたハッチがそうだ。一つにおれ、一つにお前がはいるんだ。そしてな、おい！　チュルク、それをオキに見せてやれ。あの円板はルーレットだ。十二に分けた目盛のうち、一つに赤い線がひいてある。誰かにこれをぐるぐる回してもらうんだ。針が赤い線で止ると、電流が通じてエア・ロックの外側ハッチが開くんだ。中に入っている奴は宇宙へほうり出される。それですべてが終りだ。どうだ面白いだろう。お前の方のハッチが開くか、それともおれの方のハッチが開くか、それは運しだいだ」

「いやだよ、ぼくは。そんなこと」

「恐ろしいか。そうだろうな。お前たちは一生、シティの地下でねずみといっしょに暮している奴らだからな」

「だって君たちは宇宙空間に出ることには馴れているんじゃないか。ぼくはそんなこと練習したこともない」

「オキ、これは練習もへちまもないんだ。エア・ロックからほうり出されたが最後、流星のように慣性飛行だ。そして火星へむかってそれこそほんとうの流れ星だ。もっともその頃にはもう死んでるだろうけれどもな」

オキの顔から玉のような汗がすじをひいて流れ落ちた。

「君たち、ぼくを殺そうというんだな」

「おい、人聞きの悪いことを言うな。運と勇気をためすためだけだ。万一、どっちかが死んでもこれは純然たる事故だ。不可抗力のな」

「そのルーレットの針が、ぼくのところに止るように仕組まれていないとどうして言える？」

「オキ！　お前を殺そうと思ったら何もこんな面倒なまねをする必要はないんだぞ。やろうと思ったらどこでもやれるんだ」

「君たち、どうしてそんなにぼくが憎いんだ？」

「さあね、おれたちはとても退屈しているし、それにおれたちが操船科だからじゃねえか？」

シュウはつるりと顔をなでた。

オキは黙ってしばらく三年生たちの顔を見つめていた。

すでに汗はひいて、そのひたいは青白く冴えきっていた。

細い目からは急速にいっさいの感情が消えていった。かすかに開いた口から深い吐息が洩れた。

「よし、やろう」

いやに静かな声だった。

シュウは唇をゆがめて小さく笑った。

二人は宇宙服《スペース・スーツ》を綿密に点検し、新しい酸素のボンベを背負った。ボンベには、三十分間の使用量しか入っていなかった。電話器《トーキー》と飲料水のチューブははずされた。ヘルメットの固定ボルトをしめつけると、二人はそれぞれのエア・ロックに入った。シュウは鼻唄混りだったが、オキの足もとはややもつれていた。

エア・ロックの内側ハッチが厳重に閉じられると、上方の強化プラスチックの窓から二人の顔がのぞいた。そのハッチの前に、大きな手製のルーレットがすえられた。その後を半円形に皆がとりまいた。スポットライトの目のくらむような光の輪が、その白い円板をくっきりと浮き出させた。

「いいか？」

ルーレットの上にかがみこんだカシュティがうわずった声で呼びかけた。

「よし、それじゃ、おれの方からはじめてくれ」

チュルクが走り寄ってオキのエア・ロックの電源回路を切った。

シュウのロックに赤いパイロット・ランプがともった。

「ゆくぞ！」

ブルクが泣くような声で叫んだ。その上体が烈しくうごくと、針は銀の光芒を曳いて銀板のように回った。

凍りついたように身動きする者もいなかった。死のような静寂の中で、針だけが音もなく回り続けた。

一分。

二分。

しだいにその動きはおそくなり、やがて針の形が現われてくる。

ゆっくり、ゆっくり、
止るかと見えて惰性で針は回りつづけ、赤いマークの上を幾度も通り過ぎていった。

ようやく止ろうとするその一センチ先に、赤いマークがある。そのまま針は動くともなくすべりかさなると見え、通過し、止った。

「……セーフだ」

誰かがうめくように言った。

「よし、こんどはオキだ」

回路が入れ変えられた。オキのエア・ロックに赤い灯がともった。

ふたたび針は目にもとまらず回りはじめた。

音もなく、
いつ果てるともなく。

長い分秒が過ぎてゆく。

やがてそのおとろえが皆の目にはっきりと見えはじめた。

キラ、キラ、と息つくように輝きをみせ、
ついに止る時がきた。ゆっくりと半周して。

そのとがった先端はぴたりと赤いマークを指した。と誰も思った。

一瞬、わずかにそれた。

シュウがハッチの中でけたたましく笑った。誰も何も言わなかった。

チュルクが手馴れたしぐさで回路を入れかえた。

カシュテイが皆の顔にちら、と視線を投げ、体をひねって針を回した。床の上に汗が落ちて小さな汚点をつくった。

針は軽快に回った。

皆は、もうこれが最後だと思った。今度こそ片がつくだろう。シュウが死のうが、オキが死のうが、こんな決着は生涯ごめんだと思った。襲いかかってくる錯乱に耐えて、死を待っている者の鼓動が痛いほど皆の胸に伝わってきた。

針はまるで生物のように円板の上を這いつづけた。

ブルクがあごをしゃくった。うむを言わせぬようなながしかただった。チュルクがまだ回り続けている針を、大きな手でぴたりと押えた。

「止めだ！　オキにもわかったろう」

シュウが片目をつぶって鼻にしわを寄せた。オキは不思議そうな目で、チュルクの押えた針を見つめていたが、その頭が窓からふいに消えた。ハッチに体をこすりながら、ゆっくり崩れおれる音が聞えてきた。

「あの腰ぬけ、のびちまいやがった」

「カシュティ。市経営科の居室へ電話をかけてオキを引きとりに来いと言え」

◇

ようやくその日の講義が終った。午後いっぱいを使っての《基地設営概論》は、気が遠くなるほどたいくつなものだった。フィルムもスライドも、ただ皆の神経をいら立たせ、うずかせるだけのことでしかなかった。

われをとりもどした開放感に、どやどやと廊下へ出た。

「お。あれはオキじゃねえか。何しに来たんだ」

リフトの前に立っていた小がらな人影が急ぎ足に近づいてきた。

「たぶんあやまりにでもきたんだろう」

オキは立ちふさがるように廊下の中央を歩み寄ってきた。

「オキか。何の用だ?」

「この間は醜態だったな。オキ、出過ぎたまねをするとどうゆうことになるかわかったろう」

「そのことについてシュウに話があるんだ」

「おい！ シュウ。お客さんだ。お前に話があるとよ」

「なんだ」

シュウは片頬で笑いながら体をゆすって、オキの前に現われた。

「シュウ。この間はぼくの負けだ。ぼくが貧血を起したんだから」

「おれたちの言うことがわかればいいんだよ。何もお前をおっぽり出すことだけを考えていたわけじゃないからな」

「で、もう一度やろう。こんどこそ片をつけようよ」

「なんだと、こいつ」

「この野郎！ まだわかっていねえんだな」

「どうだ。シュウ。やるかやらないかどっちだ？」

オキは細い目でじっとシュウの顔を見つめた。

「おい、みんな！ こいつがどうあってもこの間の決着をつけたいというんだ」

皆の顔に、焔のようなものがめらめらと燃え上った。

「ようし。のぞむとおりにしてやろうじゃないか」

「市経営科なんかにもなかなか骨っぽい奴がいるもんだな。オキ、こんどはお前がいい出したんだ。どうなってもおれたちは知らないぜ」

オキを囲む目は異様な光を放った。

シュウは怒りでこめかみの血管が青くふくれあがった。

皆は獲物をとり囲んだ狼のように、肩をとがらせた。

附属空港の一角に、今日も実習船はその鋭い舳を天に向けていた。

血のような残照が広漠たる平原を染めていた。遠く、地上車の群が虫のように動いていた。

皆は黙々と操縦室へ入っていった。この前と同じように、ブルクとハンクが操縦席につき、カシュテイが通信席に身を埋めた。他の者は刺すような視線をオキにあびせてそれぞれの持場へ去っていった。シュウとオキは並んで腰をおろし、Gベルトを体にまいた。

「発進用意！　時計照合、マイナス二七……二六……二五……《タワー》コンタクト……二〇……一九……」

「エンジン、ＯＫ」

「……一〇……九……八……」

「《タワー》ＯＫ」

「……四……三……二……一……ファイヤー！」

すさまじい重力の変化が皆の顔をひきゆがめた。うすれかかる意識の下で、シュウはこの時、オキに火のような憎しみを感じた。

「殺してやる」

シュウはうめいた。

「船を出すんだ。シュウ」

耳もとでオキがささやいた。

体を動かすと左の腕に固い物が触った。

「もう一度言うぞ。船を出すんだ」

「なに！」

ねじ向けたシュウの顔に、黒光りする金属の円筒がさしつけられた。シュウは思わず身を引いた。熱線銃だった。

「聞えたらいうとおりにするんだ」

シュウの顔色はみるみる陽のかげるように青ざめた。

目の前の空間が一瞬、目もくらむ鮮かな青に染った。閃光が消えると、操縦室の片すみに置いてあった消火器の炭酸ガス・ボンベが黒い残骸と化していた。

「ハンク！　船を出すんだ」

いぶかしげな面もちでのび上ってふりかえったハンクたちの顔に信じられない疑惑と恐怖が浮んだ。

オキが声もなく笑ってうなずいた。

「出せよ。船を」

シュウの声は夢でもみているかのようにうつろだった。

もう一度、骨身をくだくような衝撃が、すべてを押し包んだ。船体は歯の浮くような音をたてて烈しくきしんだ。固定されていなかった物品がなだれのように床をすべった。焼け崩れた消火器の残骸がころげ回るように落ちてきてカシュテイの体に当った。カシュテイはのめって床に落ちた。

何がどうなったのか誰にもよく事態はつかめなかった。漠然とわかっていることは、まったく思いもかけなかったオキの反撃によって、自分たちが非常な危険にさらされているということだった。どうしてそんなことになってしまったのか、ただ思考は混乱するだけであった。

やがて慣性飛行に入った。

「皆にここへ集ってもらおう」

オキはむしろ明るい声で言った。

「みんな、操縦室へ集れよ」

シュウがインターフォンに向って叫んだ。

ハッチを開いて顔を出した者たちは、操縦室内の異常な雰囲気に眉をひそめた。そして事の重大性をさとるや、ある者はオキにつかみかかろうとして周囲の仲間にひきもどされ、ある者は放心したように立ちつくした。

「君たち。ようすはごらんのとおりだ。気を悪くしないでくれたまえ。弱い者は弱いなりにやらなくちゃね。でも、ほんとうを言うと、ぼくは自分が弱いなんとは少しも思っちゃいないけど」

「おれたちをどうしようって言うんだ」

「この間の運だめしをもう一回やってみよう」

「おい、馬鹿なことを言うな」

「あれはとても面白い遊びだ」

「オキ！」

「カシュテイはかわいそうなことをした。あれはほんとうに不可抗力だったんだ。純然たる事故だよね」

無邪気とも言えるその口調に恐ろしい響きがかくされているのを感じて、シュウの心は氷のように冷えあがった。

「考えていることをはっきり言え」

「操船科の人は気が短いな。それでは君、この間のルーレットをここへ持ってきてください」

オキは手にした熱線銃でブルクを指した。

ブルクは何かつぶやいて動かなかった。黙ってブルクを見つめるオキの顔にゆっくりと何かの意志が動きかかった。

「ブルク、ルーレットを持ってこいよ」

ハンクがブルクの体を押した。ブルクは体をおこしのそのそと歩いて操縦室のすみにうず高く重なった器具の間から白い円板を運んできた。針がとれかかっていた。

「よし。君、なおしてください。それから君は針が赤い線の所に止ったら、この船室のエア

・ロックのハッチが全部開くように配線してください。二重扉の外側も内側もいっしょに開くようにね。あとでぼくが点検します」

皆の顔に烈しい恐怖の色が浮んだ。

「オキ！　まて、おれたちが……」

「とても面白い遊びだ。ぼくはすっかり気にいった。あの日、誘ってもらってほんとうに嬉しいよ。あ、君、電源はその回路からとってください。この部屋から出ないで」

ブルクは、影のように体を動かして作業を続けた。その手も、足も、彼自身のものでないかのようだった。彼の目は手もとを見ている時も、はるか遠くを見ている時のように茫とかすんでいた。

「オキ！　あやまる。おれたちが少し君にひどいことをし過ぎたようだ。かんべんしてくれ」

チュルクがへたへたと床にすわりこんだ。

「やめろ！　チュルク。市経営科の鼻たれなんぞに何を頭などさげているんだ。オキ！　いい度胸だ。生きて帰れるとは思うなよ」

シュウのひとみは狂気に似た凶暴な光を噴いた。全身から顔も向けられないような殺気が立ちのぼった。

オキはふっと笑った。

「できたよ」

ブルクは床を這う配線を指し示した。

オキは熱線銃をかまえたままゆっくりと移動してその配線を調べた。ハンクが目に見えないほどわずかずつ体の位置を変えていった。オキの目が、エア・ロックの開閉装置に向いた。左手でコードをひいて接触をたしかめる。そのとき、ブルクの体がまりのように躍った。ブルクの体がオキの上半身にぶつかるのが早かったかオキがエア・ロックのハッチを開いたのが早かったか、身を沈めたオキの背を飛びこえて、ブルクの体はエア・ロックの内部に突っこんだ。熱線銃を皆のほうに低くつき出しながらオキはすばやく背でハッチを押した。ゴム・パッキングの閉まる音が聞えた。エア・ロックの中で一度だけ叫び声があがり、すぐ静かになった。

誰かが静かに泣き出した。それはいかにも悲しげにいつまでも続いた。

「配線はいいようだから、始めよう。ええと、君、針を回してください。力いっぱい回すんだ」

オキはチュルクをうながした。チュルクは円板の上に屈みこむと、何のためらう様子もなく、力いっぱい針を回した。

針はおそろしい早さで目盛の上を回った。

皆の顔からは、もう恐怖も怒りも消えていた。放心と無感動だけが、その目をガラス玉のように光らせているだけだった。呼吸さえ止ってしまったように、ならんで立ったままぴくりとも動かなかった。

針はしだいにその回転をおそくし、長い時間の果てに止った。赤い目盛からは半周も離れていた。

「もう一回やってください」

オキは唄うように言った。針はふたたび回りはじめた。

その針の動きには目もくれず、まっすぐ顔をあげている者が二人いた。

シュウのひとみは毒の焔のように、まばたきもせず、オキの目の中を見つめていた。オキの視線は石のように何の感情もなく、シュウの目にあてられていた。

そのまま、オキは白い歯を見せてシュウに語りかけた。

「この間はすっかりだまされたよ。この船が宇宙へ飛び出したんだとばかり思っていた。だから、たとえエア・ロックが開いたとしても、空港の土の上へ落ちるわけだったんだ。それを知っていたのは君たちだけ。知らなかったぼくはとても恐かった。何度、もう駄目だ、と思ったかしれない。

あ、針が止ったようだね。もう一回やってください」

静寂の中で、針の回る音がかすかに聞えた。

「ふとした機会に、あの日はこの実習船が一度も離陸しなかったことを聞いたんだよ。実習船だから、たとえ飛び上らなくても、飛び上ったように思わせる装置がいろいろとついているわけだ。だからきょうはほんとうに離陸してもらったんだ。あのハッチの外は空港じゃないぜ。こんどこそほんとうに星の海さ。どうだい。すっかり気に入ったろう。まったく面白いゲームだ」

オキの言葉が耳に入らない者が一人いた。

チュルクは背を丸めて、オキの言うままに必死に針を回し続けた。回し始める位置によっては、決して針が赤いマークの上で止らないようにできることをチュルクは知っていた。その場所だけをチュルクは見つづけた。

「もう一度やってください」

その声だけをチュルクは聞いていた。

そのチュルクの必死な作業を知っている者が二人いた。オキとシュウだった。

船は飛びつづけ、チュルクは汗で痛む目に針を見つめつづけ、シュウは憎しみにまみれて彫像のように動かなかった。

オキは細い目をいよいよ細くして静かに言うのだった。

「回してください」

スペース・マン

1

はかり知れないほど遠いむかしから星々の光にさらされ、放射線に灼かれた地表は私の宇宙靴《ブーツ》の下で軽石のようにさりさりともろく崩れた。その感触は私の足首から膝まではっきりと伝わってくるのに、ほとんど無いにひとしい稀薄な大気しか持たぬこの小惑星では宇宙帽《ヘルメット》の集音器の音量をどんなに上げても、かすかなきしみさえ聞えてはこなかった。

私はたえず剥離しくだける地表の破片を踏みしめて、ゆるやかな大傾斜をのぼっていった。もうかなり歩いていた。私の背後には広漠たる平原が、淡い星の光の下で水のかれたむかしの大洋の底のようにひろがっていた。

あるいはほんとうに遠いむかしは海の底だったのかもしれない。はじめてこの平原のひろがりを見た者はそう思うだろう。あるいはまた、そこは緑の大森林がまぶしい陽光に梢をさしのべ、その梢をわたる風がさわやかな季節の匂いを送った豊かな盆地だったのかもしれない。はじめてこの大傾斜に立った者はそのように考えることだろう。そしてさらに、今は全く亡び去って跡さえもないが、ここには遠いむかし栄えた文明があったのではないだろうか。想いはいよいよつのるだろう。知られることもなく興り、そして亡びていった文明の物語が人々の胸にしのびこむ。この淡い星あかりの下に影を曳く壮大な都の幻影は強烈に人を酔わしめる。ことに私たちは宇宙技術者《スペース・マン》だったからそのためにだけ生きてきたとも言える。私たちにはそのほかになにがあろう。ひとときの幻想に憑かれて永劫の時間に身をさらし、小舟のような宇宙船《スペース・シップ》に生命を托して荒涼たる辺境に生きられる間だけ生きるのだったから。

この小惑星〈トロイ4〉は太陽系に属してはいるが、冥王星のさらに外側、八光分の距離を公転する芥子《けし》粒のような小天体だった。昼になったら、明るくなったら、という期待はここでは全く不用だった。なぜならここから見る太陽は暗いオレンジ色の小さな星の一個にすぎない。この〈トロイ4〉の正午、太陽は薄暮ににた寂しい光を平原に投げかけるのみだ。地表の温度、そのときマイナス九十八度C。ただそれだけの昼だ。だからここに文明など一度も興ったことはなかったし、生命の片鱗らしいものもただの一度もあらわれたことなどなかったのだ。それでもここに見果てぬ夢の終末を結ぶことはできる。いつ止むこともなく、たえずなにものかに追いたてられるように星から星へ旅してきたものの、ここがその旅の終焉の地となることもある。スペース・マンとしてはむしろそれはしごくあたりまえのことであった。華麗な夢は不毛の地に埋めてこそふさわしいのかもしれない。

それゆえにこそ、私は一人の男の墓標を負ってここへやってきたのだった。その男の尽きない夢の数々をここに葬ることは、私にとって一つの義務であった。今日以後、私は二度とこの小惑星〈トロイ4〉を訪れることはないはずだった。なぜなら私もまた、二度と戻ってくることのない航路を、星々の奥へとのばしてゆくつもりだったから。

平原はしだいにかたむきを深くし、やがて急速にせり上って前方の地平線が星空を視界の上半分におし上げた。私はともすれば足を奪うもろい斜面を踏みしめて一歩、一歩、登っていった。引力の極めて少ないこの小惑星でも、足先に力をこめればたちまち乾いた砂のように崩れ流れる斜面を登りきるにはかなりの努力が必要だった。背負ったボンベの中の酸素がみるみる消費され、腕にはめた圧力計の指針が大きく回っていった。

とつぜん視野が開けた。星空へ向ってせり上った平原はここで終り、私の目の前には壮大なカルデラが口を開いていた。それは小さな盆地と呼んでもよいほど大きな深いひろがりだった。私の足もとからほとんど垂直に切り落したような内壁は、しだいにゆるやかにはるかに遠い盆地の底へと連なっていた。そして私の左右へ大きくのびる円弧は、星あかりにかすむあたりで全周を結んでいた。崩れる砂はたえず私の足もとから流れ出ては、急流のように斜面をくだってはるかな盆地の底へ消えていった。

動くものの影はたえて無く、もとよりなんの物音も聞えなかった。星々はいよいよ荒涼たる光を投げかけ、深い傷痍は廃墟のようにおぼろにかすんでいた。

私は背負ってきたペナントをおろし、円盤投げのように右手にかまえた。直径二十センチほどの六角形のペナントはそのステンレスの表面に幾つかの文字を浮かべ、するどく星の光を反射した。私は体ごと大きく右腕をふり力をこめてペナントを空間にほうった。ペナントは星の光の中にすぐ見えなくなり、眼下の空虚なひろがりのどこかでかすかにきらりと光った。それきりだった。私ははじめて声のかぎりに叫んだ。誰に聞えるはずもない叫びだった。

ここに病院があった。ここにまだ盆地もなく、星空の下に平原がひろがっていたとき。満天の星屑の中から流れ星のように落下してきた一個の巨大なミサイルが病院のつらなるドームのむれのただ中に突っ込んだ。どのくらい地中深く入りこんだのか。水素原子核の白熱の光球が地殻を吹き上げ、引きちぎりながらせり出し、平原を地の底から溶岩の海にかえ星空を呑みつくすほどに燃え狂ったあとには、すでに病院は放置されたままになっていた数十名の患者もろともに跡かたもなく消えていた。吹きとばされたおびただしい土や砂は爆心にうがたれた巨大なカルデラの周囲に積ってここをほんとうの噴火口のように変えてしまった。ドームを支えていた長大な鉄骨も、軽金属の壁も、コンクリートのトンネルも原子力発電所も、完備した手術室も破片一つ残っていなかった。私の足もとからなお音もなく崩れ落ちる砂粒の一つ一つがあるいはその変貌した名残りであるのかもしれなかった。完璧な破壊がおこなわれたことに私は満足した。満足する以外になにがあろう。一人の男の見果てぬ夢を私はひろったのだったから。

2

木星のサベナ・シティにあった私は、宇宙船《銀の虹》号の収容には直接、なんの関係もなかったのだが、あるニュースが私を動揺させはげしくかりたてた。落ち着かない何日かを過したのち、とうとう私は辺境へ向う定期輸送船に席をとった。宇宙技術者はつねに絶対的な不足を告げている辺境開発基地では私のような雑役に近いような下級技術者でも大歓迎してくれる。小惑星〈アキレス〉の調査から帰還してくる《銀の虹》号の収容準備に追われている冥王星シャングリラ基地では早速、私を調査部に置いた。《銀の虹》号が衛星軌道に入ってくるまでになお六十時間ほどあった。私は、調査準備に忙殺されながらも、一カ所にじっとしていられないようなはげしい焦燥に体内を灼かれていた。

「リュウ。どうかしたのか」

携帯用の金属探傷器を調整していた老アイアイが不審そうに眉をひそめた。放射線性の火傷によるひどいケロイドの除去手術をおこなった彼の、眉毛のない目の上のただの肉のもり上りが、何本もの縦すじを描いてけわしく寄った。

「いや。なんでもない」私は顔をそらして答えをはぐらかした。

「それならいいが」

老アイアイはふたたび手もとの金属の箱に目を落した。私は作業台を離れて、部屋の分厚い気密窓に額を押しつけた。窓の外にはマイナス百五十度Cに近い暗い冷たい空間がひろがっていた。遠い天空に無数の星々が凍りついたように輝き、地表は永遠に溶けることのないドライアイスと氷におおわれていた。視界のはずれに宇宙船発着場の灯光が光球のようにかがやいていた。大気による光の拡散のない灯火は、暗黒の中に固体のような質量感さえ見せて宙に浮いていた。

「なんでもないなら仕事につけよ」

老アイアイがやや感情をそこねたように顔はうつむけたまま言った。

「アイアイ」

「うん？」

私は窓ガラスから額を離して体を回した。

「家族はいないのか？」

老アイアイはとつぜんの私の質問に、答えに窮したように作業の手を休めた。「なんのことだ？」

「兄弟はいないのか。親は？」

老アイアイの目から急速に感情が薄れ、まるでレンズのように無機的な光を放った。

「聞いてどうする？」

「どうもしない」

「姉が一人いたよ。もう生きてはいないだろう」

「親は？」

「生きているのかと聞くのか？　リュウ。おれはあと四、五年で百五十歳になる。親が生きているわけはないじゃないか」

　老アイアイはかすかに首をふった。

「どんな親だった？　父親は」

　老アイアイの目にしだいにいつもの色がよみがえってきた。

「もう忘れてしまった。おれが宇宙船技術者のB級検定試験に合格したときに会ったのが最後だ。それ以後地球に帰ったことがない」

「どんな父親だった？」

　老アイアイは唇をゆがめて笑った。「しつこいやつだな。おれの父親はマラリンガ・シティの民生部に勤めていたはずだ。下の方のクラスの技術員さ。ほとんど技術らしいものも持たなかったんだろうな」

「おまえはなぜ宇宙技術者《スペース・マン》になったんだ？」

　老アイアイは手にしたドライバーで私を指した。

「そう言うおまえは？」

　彼の手のドライバーが白金の炎のように反射光を噴いた。こんどは私がだまって首をふった。作業台に戻ってテスターをとり上げた。金属探傷器を電源につないで触手のように動く指針を目で追った。

「おれは親父のようになりたかった」

「親父のように、だと？」

「ああ。おれの親父は自分の好きなように生きたんだ。親父の一生は自分の思った通りに生きることだった」

「りっぱなことじゃねえか」

　老アイは金属探傷器をケースにしまうと足もとの床に置いたイオン検査機を作業台の上にすえた。これらの器具は《銀の虹》号の船体を検査するために使われるのだ。

「だが、そのためにおれたち家族の者はひどい生活をしていた」

「どうして？　宇宙船技術者《スペース・マン》の家族は生活が保障されているじゃないか」

「検定試験に通ってからはな。だが、おれの親父は技術見習からはじめたのさ。宇宙船技術学校も出ていなかったしCクラスの保障しかなかった。一般作業員ならばAクラスの待遇が受けられるというのに、親父にとってはそんなことよりも宇宙空港に出入りできることの方がどれだけよかったかしれないのだ」

「そんなこともあるまい」

「とうとう親父は念願を達してある日、宇宙船の乗組員になって空港を飛び出していった。それきりおれたちは親父に会うことはなかったのさ」

　老アイは耳のないような顔をして聞いていた。

「それから一年ほどしておふくろは死んだ。生きる気力をなくしたような死に方だったぜ。

おれは空港の一般作業員になった。Aクラスだったよ。Aクラスだったぜ。その給与をためて」

「宇宙船技術学校へ入ったんだろう。ばかなやつだ」

　老アイアイは吐き棄てるように言った。

「どうして？」

「リュウ。おまえの親父は宇宙船に乗りこむずっと前から、あの濃い紫色のサングラスを額にはね上げて歩いたり、ファイバーグラスの宇宙靴《ブーツ》の古いやつを踵を踏むようにして歩いたりしたんじゃなかったかい」

　私の目に、遠いむかしに別れた日の父の姿が幻のように浮かんでは消えた。

「そうだったかもしれない。いや、きっとそうだ」

「リュウ。おまえの親父は勤務から帰ってくるとひどくうかない顔をしているときがなかったかい。そんなときにはおまえがなにを聞いてもろくなへんじもせず、ちょっとしたことにもひどく荒々しくしかられたりしたろう」

　まだ少年だったころの私は居住区の回廊をさまよったものだった。もう遠い日のことだ。

「そうだったかもしれない。いや、きっとそうだ」

「リュウ。おまえの親父は宇宙船技術学校の教本を隠し持っていて、それには赤い線や青い線がいっぱい引いてあり、文字が読めなくなるほど書きこみがあった。リュウ。おまえはその本を親父の机のひき出しの奥から発見したのじゃなかったかい」

ああ、その絶望的な距離。

「そうだったかもしれない。いや、きっとそうだ。だが、なぜ、そう知っているんだ？」

老アイアイは図り得ようもない惨烈な瞳でこたえた。

「おれがそうだったからなのさ」

私が口を開くよりも先に、老アイアイはおそろしく力のこもった声で私をうながした。

「テスターのリアクタンスをさげろ。なんの検査をやっているつもりなのだ」

私はすべての思念をふりきってテスターのダイヤルを回した。かすかにゴムの焼ける匂いがただよっていた。その匂いが私の父親も老アイアイも、遠い記憶もずっとむこうへ追いやった。

宇宙船《銀の虹》号は規定の進入コースを大きくそれて、基地からは見えない太陽を背に高度を下げてきた。ブレーキ・ロケットが間断なく真紅の炎を噴き、巨大な塔のように星空にそびえてゆっくりと基地の平原に沈みこんでくる。自動操縦装置《オートパイロット》はまだ働いているらしく、管制塔からの誘導電波にのって微妙にブレーキ・ロケットを使い分けながらやがて音もなく平原に直立した。待機所《ピスト》から応急工作車や救急車、レッカー、電源車《バッテリー》などが獲物に集まる狼の群のように回転灯をきらめかせてとび出していった。その渦の中に、長大な《銀の虹》号はいやにしんと立っていた。やがてその白銀色の船腹から長い支柱がのび出した。それにとりつけられたゴンドラが地上からの照明を受けてその円筒形の影を船腹にくっきりと描いた。

《銀の虹》号はいま、その長い探検航路から帰ったのだ。本来は地球の、エニセイ川の河口にある基地に帰着するはずだったものが、ようやく太陽系の外周にたどりつくのがせいいっぱいという状態で、その四千五百日におよぶ旅を終えようとしているのだった。最初四十名だった乗組員も、今は次席宙航士《セカンド・コーサー》ただ一人が生き残っているのみだった。それも通信が途絶えてから二百日にもなる。果して彼がなお生存をつづけているかどうか極めて疑わしかった。

第一次緊急収容班が出発してだいぶたってから私は老アイアイとともに作業車を運転して《銀の虹》号の暗い影の下に入っていった。

私は老アイアイの命ずるままに、金属探傷器の走査スクリーンを張り、オシログラフを調整し、コードを引きずって走り回った。自動記録装置がテープを吐き出しはじめた頃、強烈な照明をあびているゴンドラから医療部員たちの手で宇宙服《スペース・スーツ》の一個の人影がかつぎ出されるのが見えた。思わず私の足がそれへ向って動いた。とたんに老アイアイの怒声が私のイヤホーンに炸裂した。

「おまえはなにしに来たのだ！　ここへ」

私はわき上る意志をねじ伏せて自分の作業に戻った。長い時間が過ぎて、私はようやく課せられた作業のすべてを終った。さまざまな調査の結果はそのつどすでに無線電話で技術部に報告してあった。

「船体には異状はないようだな。第三変圧室の外鈑裏側に軽いひずみがある以外はとくに外部からの衝撃はなかったと見られる」

イヤホーンから流れ出る老アイアイの声が高くなったり低くなったりする。噴射口《ノズル》から洩れる二次放射線の影響だ。これはこの種の型《タイプ》の宇宙船の最大の欠点であり、太陽系内の近距離運航にもとかく悪評をこうむりやすい構造を持っていた。

私と老アイアイは作業車に機械を積んで待機所《ピスト》に後退した。待機所《ピスト》はごったがえしていた。これまでこの基地にこれほど人間がいたのか、と思われるほどたくさんの人間があわただしく動き回っていた。赤い作業服の原子力工機部員。黄色の作業服の電子部員。白の医療部、青の電力部員。オレンジ色の生物部員などが乱れ咲く花のような多彩な色をばらまいていた。

「どうだ？　船内の様子は？」

私は顔見知りの電子部員にそっとたずねた。

「まだわかりませんが、ノイローゼではないかという意見が強いようです」

宇宙船の内部での極度に単調な生活の連続は乗組員たちをして時に強度の集団性ヒステリー症状におとしいれることがある。それが原因で仲間たちを殺害したり、重要な装置をわざと破壊したりするようなことは決してめずらしいことではないのだ。

「な、次席宙航士《セカンド・コーサー》の体は大丈夫か？　どうなんだ？」

思わずつめ寄った私の疑惑や不安に、若い医療部員は声をのんだ。

「帰ってきたとは言っても、再起不能の状態なのか、それともたった一人で宇宙船をあやつることができるほど健康な状態でもどったのか？」

若い医療部員は首をひねった。

「わかりません。あなたは次席宙航士《セカンド》とお知りあいですか」

「いや。ただ知っている人のような気がするものだから」

私は若い医療部員と別れ、混雑にまぎれて治療室にまぎれこんだ。ステンレスの手術台をとり囲んでいる医師たちの後からのび上って中のようすをうかがった。いくら背のびをしても手術台に横たわっている次席宙航士《セカンド・コーサー》の姿が見えるわけもなかった。酸素ポンプのモーターが低いうなりをあげ、注射器がガラス棚に置かれる硬質なひびきがつづいた。私は手術室のすみから金属製の円椅子を運んできてそれに上った。リノリウムの床に円椅子はかすかな音をたててすべった。腰を落してかろうじてバランスをとりながらできるだけ首をのばした。

ステンレスの手術台に横たえられている異様に真白な体が見えた。爪先で立ってもっとよくのぞきこむと、それは体ではなくて、体をおおっている白い布なのだった。その布の一端から濃藍色の丸い頭がのぞいていた。魚のような目は閉じることを忘れたかのように見開かれたまま、力無い視線は高い天井までの間の空間のどこかを見つめていた。形ばかりの二つの鼻孔が暗い影を落し、その下の細い傷口のような唇は何本もの金属棒やソフトラバーなどでこじあけられ、細い管《パイプ》や電線《コード》が奥深くさしこまれていた。それは私の知っている誰の顔でもなかった。決して夢にまで見るようなおそろしい顔ではなかったが、二度、見たくなるような顔でもなかった。私はなにか言ったのかも知れない。手術台を取り巻いていた医師たちの顔がいっせいに上って、幾十の視線が私に集中した。私は真昼のような照明の下で記念像のように円椅子の上に立っていた。ぶざまな私にとって長い長い一瞬が過ぎた。

「きみはだれかね？　そこでなにをやっているんだ？」

医師の一人が白刃のような目つきで私に言った。その声には冷酷以上のひびきがこめられていた。

私は縦横に突き刺さってくる医師たちの視線に耐えられなくなってそっと円椅子からおりようとした。

「だれだ！　きみは」

私はおりることもできずに、やたらにほほを伝う汗をてのひらでぬぐった。

「調、調査部の、リュウだ」

「調査部？　ああ、鉄板の検査などをする係だな。その調査部の者がなんでここへ」

「見たかったから」

もういいではないか！　私は叫び出したいのを必死にこらえていた。宙航士《コーサー》や操縦士《パイロット》、医療部員だけが宇宙船技術者ではない。調査部だって、鉄板の検査をするものだってひとしく宇宙技術者《スペース・マン》だ。

「見たかった？」

「ああ。ただ一人、生き残って還ってきた宙航士《コーサー》というのが、どんな人なのか、ひと目見たかったからだ」

そのとき、手術台の上の濃藍色の丸い頭の魚のような目がじっと動かず、私を見つめているのに気がついた。その目は大脳のはたらきとはなんの関係もない無機質の光を反射していた。

「出たまえ！」

私はそっと床に降り立った。わずかな力がはたらいて、円椅子はひどい音をたててリノリウムの床をすべり、部屋のすみのガラス戸棚の脚にぶつかって止った。戸棚の中で薬品の瓶が割れる音がした。私はいっきにドアまで後退した。ドアを出るとき背後をふりかえったが、医師団はすでに自分たちの仕事にもどっていた。

濃藍色の丸い頭はその輪の中に没して私の目にはもう見えなかった。

3

翌日、《銀の虹》号の船体調査の結果がまとまった。老アイアイと私はマイクロ・リーダーから流れ出る声に耳をかたむけた。

一 船内は航法装置、酸素発生装置、第二次電源回路、中央電子頭脳制御機構等に重大な損傷を生じ、船内工作能力はこれを旧に復することは不可能だった。

一 船内内壁に無数の没潰個所あり、内部よりの打撃によるものと判断された。

一 船橋《ブリッジ》は長く放置されていたものと思われ、とくに第一四二日より第一六五日に至る間は同船は完全に操船能力を失っていた。

一　以上の破壊および操船の放棄はすべて意識的におこなわれたものと判断された。

一　乗組員の死体は気密ハッチより投棄されたものと思われる。

一　小惑星アキレスに関する調査報告資料等はすべて棄却されていた。

報告が進むにつれて、船内のあらゆる装置が、それらの故意に破壊されるまで完全に機能を備えていたことを厖大な資料をかかげて説明していた。

マイクロ・リーダーはなお淡々とつづける。

――調査の結果は、本船の機能のすべては人為的な破壊を受けるまでは完全に作動していたことを示していた。この結果によれば乗組員の生理機能の突然の変化は、特定の重要な装置の故障によるものではなく、閉所恐怖その他の心理的障害によるものと考えられる。

老アイアイが急に立ち上って壁面にとりつけられている温湿度調節装置《サーボ》のダイヤルを回した。

「いやに暑くなってきたな」

私は暑くなどなかった。それに温湿度調節装置《サーボ》は完全自動調節であり、壁面のダイヤルは非常用のもので今は効くはずのないものだった。老アイアイが知らないわけはない。

「窓でもあけたらどうだ？」

私は自分でもそうとわかる意地の悪い言い方をした。

「なんだと！」

老アイアイはこちらに顔を向けずに吠えた。私はだまって席を立って部屋の外へ出た。今の老アイアイは一人になりたいにちがいないと思ったからだった。

＊

私は木星のサベナ・シティへ帰ることを考えては眠り、目覚めてはそこへ帰ることだけを思った。何度目かの浅い眠りの中でベルが鳴っていた。ベルは高く、低く、私の体内に波紋をひろげていった。とつぜん意識が冴えわたって私は反射的にはね起きた。鳴りわたっているのは非常ベルだった。私はほとんど機械人形のように制服《ユニホーム》に手足を通し、その上から非常ベルの鳴ったときには必ず身につけることになっている宇宙服《スペース・スーツ》をまとった。酸素発生装置や無線電話機、携帯用の工作箱まで背負うとそれだけで小山のような姿になった。

もう私の属する調査部二課のほとんど全員が集まっていた。課長のコー・タニが黒眼鏡の奥の義眼を光らせて、私たちの一人一人の顔をのぞきこむように視線を回した。かれはもう何年も前の宇宙船の事故で両眼を失っていた。しかし私たちのような宇宙技術者にとっては両眼を失ったからといって仕事を離れることはできない。なによりも大事なのはその経験なのだ。それほど経験者は不足していた。眼など失っていても、電子装置がその代りをつとめてくれる。経験はそうはいかなかった。

「今朝、基地内部で殺人事件が起った。犯人はその場で逮捕されたが、事件の原因は食堂での配食の順番が狂ったという極めて幼稚な動機だ。犯人は電力部のD・D・トムスン。被害者は補給部のクラコウだ。しかも古い親友同士だ。これまでこの基地では傷害事件はただ一度もおこっていない。その意味ではこれは重大な事件といってよい。みなもこの種の事件の続発にはじゅうぶんな警戒を払ってくれたまえ」

それだけでただちに解散だった。

「じゅうぶんに警戒しろといったってどうしようもないな」

「続発のおそれがあるのか？　それに配食の順番が原因とは考えられないな。なにかもっとほかのたとえば感情のもつれかなにかがあったんじゃねえのかい」

私たちはその近来まれな事件に興奮して口々に感想をのべあいながら部屋を出た。

「なにも非常警報まで出すことはねえじゃねえか。完全装備までさせてよ！」

どうやらそれが結論だった。

部屋へもどると、私よりひと足先に老アイアイが帰っていた。

「リュウ」

「うん？」

「あの殺人事件のことだが」

老アイアイは作業台の上のノギスをもてあそびながらひとりごとのように言った。

「どうかしたのか」

「あれにはなにか重大な意味があると思う。単純な動機ではないような気がする」

「思うとか、気がするとか、無責任なことを言うな」

「いや。はっきり言うことをためらっているだけさ。リュウ。おれにはなんとなくわかるんだよ。なんとなく、な。おまえにはまた、なんとなく、などと言う言いかたが気にくわないのだろうが」

私は返答に困った。

「なあ。百年もこんな仕事をしていると、いろいろなことがわかってくるものだぜ。リュウ。あのD・D・トムスンとクラコウの二人はもう何十年もの間親友同士で、《銀の虹》号の生き残り宙航士《コーサー》とはむかし同じ宇宙船に乗っていたことがあるんだ」

「だから？」

「あの宙航士《コーサー》が還って来た直後に、二人が殺し合いをするなんてうまく合い過ぎてやしねえか」

私は作業台の上に脱ぎ棄てた装具をならべた。

「なあ。むかしの想い出話だけはよしてくれよ。むかし、こんなことがあった、というのは聞きあきたからな」

事実は私は老アイアイから、かれのむかしの想い出話などなに一つ聞いたことなどないのだった。老アイアイはそうした話題は病的と思えるほどに避けたがった。

4

二日後、《銀の虹》号の次席宙航士《セカンド・コーサー》は冥王星の外側を回る小惑星トロイにある状況療養所とよばれる特殊病院に移されることになった。ここがとくに状況療養所と呼ばれるのは宇宙船や火星、金星などの特殊な環境のもとで発生した未知の疾患、さらには精神障害などの患者を、その環境をできるだけ復元した状態の中に置くことによって病因をさぐり治療してゆこうとするもので、これまでにも極めて大きな効果を上げていた。

次席宙航士《コーサー》が送られてゆく時刻に、私は一人、宇宙船発着場《フィンガー》に出た。ダイナ・ソアによく似た形のフェリー・ボートが複雑なシルエットを星影に際立たせていた。積載してゆく貨物の山のかげに、宙航士を収めたファイバー・グラスのまゆのような円筒が置かれていた。なぜか付近に医務部員の姿はなかった。私はそっと近づいた。私はとつぜん、さびた歯車をすりあわせるようなうめき声を聞いた。それは私の宇宙帽《ヘルメット》のイヤホーンから流れ出てくるのだった。

「……するんだ……なんとかして報告……われわれは帰ってはいけない……いや、帰るんだ……ハン！　ハン！　よせ」

それは次席宙航士《セカンド・コーサー》を収めたまゆから届いてくるものにちがいなかった。まゆの中には患者用の無線電話機が備えつけられ、つねにＯＮになっているのだ。私はまゆにかけ寄った。上部の、顔の部分が透明な窓になっていて、そこに、ここではほとんど黒に見える丸い大きな頭がのぞいていた。私は胸の無線電話機のスイッチを押した。

「しっかりしろ！」

「……だめだ！……船体は放棄するんだ……船体だけではない……このおれもだ……わからないのか！」

「しっかりしてくれ！　なんのことだ！」

私は窓におおいかぶさってその奥の丸い頭にもどかしくさけんだ。魚のような目が私を見つめていた。

「……リュウ、と言ったな」

ふいにいやに静かな口調になった。私はのぞき窓を力いっぱいにたたいた。

「宙航士《コーサー》！　あなたはソネという男を知らないか。私は最初あなたがソネだと思ったんだが、どうやらちがうようだ」

私はそれまで胸の底にしまっておいたある考えを一息に口にした。

「リュウ」

「こたえてくれ。あなたはソネではないな」

私はこのとき、あなたはソネか、と聞くべきだったのだ。無意識な言葉だったのだが、そうであってほしくないという一瞬の私の気持ちがそう言わせたのかもしれなかった。

「なにをしているんだ！」

「重患だぞ！」

とつぜん怒声が炸裂し、私はまりのように地上をころがった。たしかめるまでもない。医務部員がやってきたのだ。私は唇をかんで貨物の間をのがれた。医務作業の妨害はもっとも罪が大きい。宇宙技術者の資格を剥奪されかねない。

＊

その夜、私はまんじりともせずに、かれの言葉の意味を考えつづけた。

──われわれは帰ってはいけない。とはいったいなんのことだろう？　なんとかして報告するのだ。とも言った。帰るんだ。いや帰ってはいけない。というのは、《銀の虹》の内部に基地へ帰ってはならないようなある事件が発生したのだ。しかしその事件を報告するためには帰らなければいけない。というかれの極めて混乱した意識のあらわれだ。なにがあったのだろう？　いったいなにを報告しようとしたのだろう？　おそらくその時点では通信装置は完全に破壊されていたにちがいない。そして悲劇は進行し、かれをもふくめて全員を倒したのだ──

＊

それから十日ほどたって私はとつぜん課長のコー・タニに呼び出された。コーは見えない目を天井のまぶしい照明に当てたまま、「トロイ4でなにかおこっているらしい」

ふだんのコーらしくもなく、性急にきり出した。

「なにか、とはどのようなことですか?」

コーの青い義眼がびくりと動いた。

「患者があばれたらしい。暴動ではないかと思うが」

「くわしい報告はないのですか」

「通信施設が破壊されたらしい。患者に動揺があるとだけ知らせてきたが、以後呼出しにもなんの応答もない」

私は急にあの宙航士《コーサー》のことが心配になってきた。

「そこできみに直接、〈トロイ4〉へ行ってもらいたいと思うのだ。これはむしろ地方施設の専門技術員の領域だと思う」

「そうですか」

課長は義眼をぐいと私に向けた。

「それに妙なことだが、この調査にきみを派遣することがもっとも適任だと進言してきた者がある」

「進言? だれです? それは」

「いや。電話で。すぐ切ってしまった」

私はそれは老アイアイかもしれないと思った。

私の乗った宇宙船は鋼のような氷につつまれた冥王星の開発基地を飛び立って、遠い赤銅色の太陽を背にひたすら辺境へ向った。

五十二日の飛行ののち、宇宙船はようやくレーダースクリーンに小さな天体をとらえた。直径二百二十キロメートル。ほとんどルナ・アララット後期B系橄欖《かんらん》岩質の小惑星〈トロイ4〉だった。さらに三日ののち、私の乗った宇宙船はこの小惑星の衛星軌道に入り、十八周ののち着陸コースに進入した。病院に付属する自動誘導局の電波《ビーコン》をローランでとらえた宇宙船は十九周目をフライング・パスして二十周目に、星空の下に茫漠とひろがる平原に接した。

その瞬間に私はこの永遠の静寂につつまれた小惑星トロイ4をおそっている異常な事態を感じた。ふだんなら辺境の中心地ともいうべき冥王星の開発基地から宇宙船が飛来したら、病院に務めている者のうち、非番の誰もがこの平原に出て遠来の客をむかえるはずだった。しかし今はこの離発着場《フィンガー》もふくめて、遠く星空にそびえる幾十もの巨大なドームがすべて灯を消して暗黒の中に沈んでいるのだった。私は宇宙船のパイロットたちに絶対に船外に出ないように言って、一人、星空の下をドームへ進んだ。

ドームの三重の気密ゲイトはどれも大きく開いていた。大型の輸送車が二台ならんで通れるほどのゲイトがすべて開いていたのでは、内部の空気はすべて外へ逃げ出しているにちがいない。

平原に足をおろしたときから、頭の深奥が鉛のように重く、呼吸をするたびにしだいに錐をもみこまれるような痛みに変ってきた。酸素タンクの中のエアに少しオゾンが多過ぎるのかもしれない。私は宇宙にもどったらたっぷりもんくを言ってやろうと思った。

私は携帯用の非常灯を細くしぼり、無人の回廊を進んだ。円い光の輪の中に最初の死体を見た。死体らしいものといった方がよいだろう。とつぜんドームの中の空気が失われたために、気密服を着るひまがなかったのだろう。急激に膨張した体内の空気はぼろ切れのように肉体を引き裂き、飛散した内臓がひろい手術室一面に散乱していた。ついで急速に失われた水分のためにそれらはすべて紙屑のように軽く乾いて変色し壁や床にはりついていた。死体はさらにあった。つぎの部屋にも、そのつぎの部屋にも。

私ははげしい怒りに息をはずませた。誰だろう？　このようなひどいことをやった者は。ドームの一つ一つに設けられた各種の症状の患者の病棟は見さだめもつかない死体で埋っていた。死体だけではなく、あらゆる薬品の容器から電路パイプにいたるまで、内部に空気の入っていたものはことごとく太い亀裂がはしり、あるいは細片にまでくだけていた。この病院を潰滅させるためには気密ゲイトを開くことがもっとも効果的な方法なのだ。しかしその気密ゲイトを開く方法は専門の技術員三人しか知らないのだ。かれらのキーがすべてそろわなければゲイトは絶対に開かない。その技術員がとつぜん気が狂ったとしか考えられない。そんなことがあるだろうか？

私は気密ゲイト管理所をさがした。それは容易に見つかった。壁に埋めこまれた無数のメーターやスイッチの中央のキーボードにならんだ三個のダイヤル。それぞれの中央に銀色のキーがさしこまれていた。そのキーボードの下に、かつては三個の肉体だったと思われるものがひっかかっていた。

生存者は一名もなかった。なぜゲイト員の三人が同時に気が狂うようなことがおきたのだろうか？　私ははげしい頭痛をこらえてならんでいるメーターを見つめた。頭痛は延髄から脊髄をくだって私の全身を断ち割るように脈打っていた。私は歯をくいしばって痛みに耐えた。いつ手にした携帯灯を落したのかもわからなかった。暗黒の中で私は必死になにかと戦っていた。それは私を死に追いやろうとして私をとらえ、私の背負った酸素タンクの送気管をもぎとろうとしていた。それがもぎ取られてはそこから宇宙服の内部の空気は瞬時に洩れ出てしまう。そうなったら！　私は全身の血が凍りつくような恐怖の中で、立ち上ってはころび、ころんでは床をのた打ちまわった。

「やめるんだ！　やめるんだ！　やめるんだ！」

私はさけんだ。両手を必死に振り回しては自分で全身を打ちすえた。そうしなければならなかった。私は床に倒れているテーブルの下に両手を押しこみ、その上から全身の体重をかけた。両腕が折れそうに痛んだ。私はその苦痛にあえいだ。もっと！　もっと！　もっと！　左腕の骨のおれる苦痛が全身にひろがった。骨のおれた所をテーブルのふちに全身をかけてごしごしと動かした。おれた骨がさらにおれる苦痛で私は気を失いかけた。

ふっと痛みが遠のいた。腕の痛みは灼けるようだったが今までの割れるような頭の痛みは嘘のように消えて全身を冷たい風が吹きぬけていったような気がした。私は腕をテーブルの下からぬいた。私はそのときはじめて気がついた。今まで私が必死に戦っていた相手は私自身だったのだ。私は自分で酸素ボンベの送気管をもぎとろうとした。それは決して私の意志ではなかった。私の意志はむしろそのあとの、必死に腕の動きをはばもうとしたことの方にあらわれていた。

私は今おそってきた狂気がもう一度、私をおそってきたら、今度はそれに耐えるだけの体力がもはや残されていないことを知っていた。しかしこのまま宇宙船へ退却することはできなかった。

ゲイト管理員の三人がなぜ同時にゲイトを開くことを考えたのだろうか？　三人が同時に狂気におちいることは極めてまれだろう。しかし、もし同時に三人の心にそのような衝動が生れたとしたらゲイトを開いて内部の空気を追い出すことは不可能なことではない。それではそのような衝動はなににによってひきおこされたのか？

――われわれは帰ってはいけない！

――船体は放棄するんだ！

一人、生きて還ってきたあの宙航士《コーサー》の言葉がなんの関連もなく私の胸に明滅した。あの《銀の虹》号の内部の発作的とも言える破壊の状態。そして死体の船外投棄。《銀の虹》号の乗組員はどのような衝動で宇宙船を破壊しようとしたのだ？

私は自由な右手に携帯灯をかざして暗黒の回廊を一歩、一歩、進んだ。銀白色の壁に電力計のメーターがならんでいた。その上をはいた私の携帯灯の光環にメーターのどこかがきらりと光った。針の一つがゆっくりと回転していた。私はそのメーターの上に書かれた数字に目を寄せた。Ｆ67。その部屋に電力が送られている。なぜだ？　私は回廊から回廊へＦ67のナンバーを求めて部屋をさがしていった。三十分ほどかかって私はその部屋をさがしあてた。灯の消えた暗黒の回廊に面してステンレス・スチールのドアがぴったりと閉され、その表面にＦ67という蛍光塗料で書かれた記号が浮き出していた。私は携帯灯を床に置き、右手でドアをたたいた。何度たたいても内部からはなんの答えもなかった。しかしその中に誰かがひそんでいることを私は確信していた。

携帯灯で周囲をさがすと、ドアの右わきの壁にはめこまれた電話機が見えた。私はいそいでヘルメットの集音器におし当てた。

「中にいる者！　聞えるか。聞えたら質問にこたえろ」

この電話はインターフォンになっているはずであった。私の声は内部の者にあきらかに聞えている。しかしそれは室内に空気が残っているならば、だ。私は忍耐力をふりしぼって呼びつづけた。やはりだめか。この部屋に電力が流れつづけていたとしても、それがただちにこの部屋に誰かがいるという理由にはならないのだ。私は電話機をもとの場所に収めようとした。

「なにしにきた。すぐかえれ！」

とつぜん電話機の奥からしわがれた声がもれてきた。私は電話機を力いっぱいにぎりしめてさけんだ。

「おい！　聞えるか。ここでいったい何があったんだ！」

私はふたたび、もうだめかと思われるほど長く待たなければならなかった。

「聞えるか！　答えろ！　答えるんだ！」

ようやく声が戻ってきた。「なにしにここへ来たのだ。すぐ帰れ」

「答えろ！　なにがあったのだ。すぐすくい出してやるぞ！」

こんどは待つほどもなく、すぐに答えが伝わってきた。

「いいか。もう二度とここへは来ないように仲間につたえるのだ。ここへ来たら死ぬぞ。あのたくさんの死体のようにな」

私は電話機の奥底に消えてゆく声を呼びもどそうとして必死に叫んだ。

「あんたはソネ。ソネじゃないのか？　ソネ、ソネ！　答えてくれ。私は……」

私は自分の名を百回ほども叫んだ。

「ああ。わかっているよ。おまえが宇宙船を降りたときからな。きっとここへ来るだろうと思っていたよ」

「ソネ！　いったいどうしたのだ？　おしえてくれ。あなたを救い出すにはどうしたらいい？」

宇宙航士《コーサー》ははげしくあえいだ。喉がぜいぜいと鳴るのが電話機の騒音のようだった。

「よせ！　おれを助ける方法などありはしないよ。それより早くここから離れろ。宇宙船で飛び出すのだ」

「なぜだ？」

「おまえはここに来る前に、ゲイトの管理室で自分を殺そうとしたろう。あれは実はおれがそうしむけたのだ」

「たぶんそうではないかと思った」

「リュウ。帰ってこう伝えろ。小惑星アキレスBは極めて危険な天体だ。われわれはそこである種の微生物の感染を受けた。おそらく胞子でも船内に入りこんだにちがいない。われわれはしだいに奇妙な衝動にかられるようになった。おたがいに基地に帰らせまいとしてひどい混乱がはじまったのだ」

かれの声は何度か今にも絶え入りそうに細く、低くなった。その間にもおそろしい苦痛に耐えているらしいうめき声がもれてきた。

「自殺者もつぎつぎに出た。おれとハンが最後まで残った。しかし……。早く逃げろ！　そうでないとおれはおまえを殺さなくてはならなくなるだろう」

「殺さなくては？」

「そうだ。おれがやらなくともここにいる誰かがやるだろう」

「ほかにもいるのか？」

「この病院にいた患者の間にもこの微生物はひろまった。ここに五十名ほどいる。いいか！　よく聞け。この微生物にとりつかれると人間の意志を自由にあやつることができるようになるのだ。

大脳にある種の変化がおこるらしい。そしてこの微生物の、つまりそれは自分自身の生存だが、それを妨げようとするものはすべて自分の手で排除してしまうようになるのだ」

かれの声はとつぜん絶叫にかわった。

「早く逃げろ！　おれはおそらくやつらに殺されるだろう。これだけ話したのだからな。いいか！　早くゆけ！　早く……」

かれの声はとだえた。電話機の奥からは人間のものとは思えないうめき声や、床をのたうち回る音などがはっきりと聞えてきた。それは私を倒そうとする意志を必死にねじ伏せているかれの苦悩の闘いの音にちがいなかった。

「たのむ！　もう一つだけこたえてくれ。あなたはソネ。私の……私の……」

「おれは知っていたよ。あの手術室の円椅子の上に立っておれを見ていたときからな。むかしとすこしも変っていないな。おまえは」

「知っていたのか！　とうさん！」

その言葉が全く自然に私の口をついて出た。もう永い永い間忘れていた言葉だった。

「《銀の虹》号の乗組員の中にそれらしい人がいると知って、なんとかしてそれをたしかめたいと思っていたんだ。とうさん！」

「むかしの仲間、あのアイアイも元気らしいな。今、おまえといっしょにいるのだろう。元気でな。リュウ」

「とうさん！」

その一瞬、遠い記憶が現実によみがえっていた。すべてを棄てて星や宇宙船に埋没していった私の父親。どこからか手に入れた宇宙船技術学校の教本を、まるで学生になったかのようにだいじにしまいこんでいた父親。パイロットたちのようにふだん宇宙靴《ブーツ》のかかとを踏むようにして歩いていた父親。宇宙空港に出入りできることだけが生き甲斐だった父親。

「とうさん！　とうさんはやはり宇宙技術者《スペース・マン》だったよ」

今、それ以上に父親におくるどのような言葉があろう。

私は電話機を置いた。

私は小惑星トロイ4を飛び立った宇宙船の中で核ミサイルの目標位置を告げるべく、遠く管制所を呼んだ。

私の父親が宇宙技術者《スペース・マン》であったように、私もまたスペース・マンだった。

異境

目的地は今や天をおおってひろがっていた。はるか大空までひろがった稀薄な大気の中に沈みはじめた宇宙船から見ると、ちょうどとてつもない大きなすり鉢の底から見上げたように、全周をめぐる地平線がずっと高いところに見えた。しかし実際はそれは地平線ではなくて、稀薄な大気を横から見たためにそのように見えるのだった。真上は薄く、水平方向にこの惑星の巨大な円弧に沿ってどこまでものびている大気はいくら稀薄といっても横から見るとき、厚く閉された灰色の壁のように見えた。

その大気の底はわきかえり渦まきふくれ上る雲の海だった。濃淡さまざまな陰翳がはげしく移ろい乱れ、何本もの条が長く長く亀裂のようにはしるのは、たえずはげしい風が吹き荒れていることを示している。

ブレーキロケットをたてつづけにふかして減速をくりかえしながら、宇宙船は慎重にゆっくりと高度を下げていった。すでに大気との摩擦で暗赤色にかがやいていた船殻がみるみる白熱して火球のように火花を曳きはじめた。シリコンでコーティングされたチタニウムの分子が高熱によって表面から剝離してゆくのだ。このままでは船殻はしだいに薄くなり、やがてステンレス・ハニカムの内殻があらわれてきてしまう。その内殻にまで剝離がおよべばそれで終りだ。

ブレーキロケットが前方にむかって機関砲のつるべ射ちのように火を吐き、船体がその衝撃に今にもばらばらになりそうになる。尾端に近い船腹上下左右へ、巨大なひれがゆっくりと起ち上る。十字形に開いたエア・ブレーキは大気をはらんで頑丈な支持架が、今にも千切れそうにきしんだ。だが、これで宇宙船の行足は目に見えておそくなってくる。おそくなり過ぎても、宇宙船はこの巨大な惑星の重力にとらえられて、いっきに底知れぬ雲海に引きこまれてしまう。推進ロケット。ブレーキロケット。エア・ブレーキの開き加減の三つに釣り合いをもたせて、衛星軌道をしだいに縮小してゆくのだ。着陸までにあと八周。その位置へ水平に近い角度ですべりこんでゆくのだ。その角度は大き過ぎても小さ過ぎてもいけない。大き過ぎては着陸速度を得るために、ブレーキロケットの燃料をむだ使いしなければならないし、小さ過ぎては水面に浅い角度で投げられた小石のように、大気の層にはねかえされてジャンプしてしまう。そのショックで船体はブリキ罐のようにつぶれてしまうだろう。着陸地点への進入コースはただ一つしかないのだった。着陸地点——なつかしい言葉だが、ここでは月や火星で意味するものとはかなり異なる。ここでは固い地殻、つまりこの惑星の本体は雲海の表層からでさえ二千キロメートルもの下、それも固い地殻などがあればだ。あるにちがいない。しかし残念ながら宇宙船がそこまでもぐりこむことは不可能だ。大戦艦のような厚い装甲《アーマー》でもあれば別だが。着陸地点——だからここでは最大限にもぐりこめるところのことだ。雲海の表層より約千キロメートル。濃厚な大気が、水の数十倍もの密度をもった液体に変るあたり。もしかしたら巨大な氷山が、プランクトンのようにふわふわと空中をただよい流れているかもしれぬといわれるそのあたりのことだ。

月や火星とはえらいちがいだ。ここは木星だからなのだ。

木星はとても危険な惑星だ。その大気は水素とアンモニア。吹き荒ぶ濃厚なアンモニアはいかなる生物をも寄せつけない。さらにその荒れ狂う雲海の下の波立ちさわぐメタンの海は。

木星はとても危険な惑星だ。太陽からの距離は約七億八千万キロメートルもある。地球から発せられた電波が月に反射してはねかえってくるまで約二秒半。水星や金星、火星などでさえ、もっとも地球に近づいた時には約十分。それが木星では一時間もかかるのだ。地球から遠いことが危険でなくてなんであろう。

木星はとても危険な惑星だ。遠い太陽から送られてくる光と熱のエネルギーはこの巨大な惑星をあたためるにはあまりに微弱過ぎる。この表面温度はマイナス一七〇度C。内部はこれより温度が高いのか、それとももっと低いのかよくはわからない。金星のような温室効果はないとみてよいだろう。このようなひどい低温の中では、物質はすっかりその性質を変えてしまっているにちがいない。電導性などどうなっているのだろうか、場合によってはそれは宇宙船の帰還不能を意味している。

一九六〇年代の終りに《アポロ号》とよばれる宇宙船、極めて原始的なはしけ——のようなものに乗って、初めて月を周回することに成功した人間は、なんという楽しいピクニックの経験者だったことだろうか。あとから考えれば、どんなに身の毛のよだつような体験でさえ楽しい思い出に変ってしまう。などという者もいるが、たしかにそうかもしれない。しかし木星の密雲の中にはじめて飛びこんでゆく者たちにとっては、地獄の体験は地獄のままなのだ。かれらにとっては、あとからそれを想い出してみるということはまずできない相談だからなのだ。そこに待っているものはほとんど確実な死。何十回にもおよぶ無人観測機の投入による報告電波にもかかわらず、訪れてきたものを決して還そうとしない底意地の悪い自然が待ちかまえているのだった。

木星はそれほど危険な惑星なのだ。

二年にわたる旅をつづけて、今ようやくその長いコースの最終コーナーを走り終えようとしている宇宙船があった。しかしそれはすべての行程が終りにさしかかったということとなのではなくて、実はこれからほんとうの第一コーナーにさしかかったのに過ぎないのだった。木星の探検は実はこれからはじまるのだった。苛酷な自然を相手にしてのはげしいそして絶望的な闘いは実はこれからはじまるのだった。

しかも問題をより複雑にしたのは、このとき木星に二つの別なコースをとって二隻の宇宙船が進入してきたことだった。

1

宇宙船《ジンバブウェ・ジンバブウェ》は二組のエア・ブレーキを交互に開けたり閉じたりしながら急速に雲海の中へ突入していった。高度を十センチさげるごとに大気は濃密の度を増してきた。はじめ目に見えなかった大気がやがて微細な粒子となって霧雨のように船体をおしつつんできたかと思うと、たちまちそれは水よりもはるかに濃密な大気となって宇宙船の針路をさまたげた。紫色をおびた青白い電光がたえまなくはためき、電離した大気の分子は燐光のような残映を曳いた。渦巻き、さかまく密雲をくぐりぬけて降下してゆく《ジンバブウェ・ジンバブウェ》はまるで波間をゆく潜水艦だった。つづけざまに電光が閃き、船体は燃え上ったように一瞬、真紅に染った。

操縦室の照明が消え、レーダースクリーンに無数の輝点があらわれて目まぐるしく飛び交った。壁面を埋める何千個のパイロット・ランプの群の一画がいっせいに消えた。

「船長《キャプテン》！　二次回路破損！」

電装員のラリーバラーの声が泣くようにさけんだ。重力席《Gシート》に身を埋めたままの不自由な姿勢で、船長のアフォンスは首をねじ向けてダメージ・コントロールの指示パネルを視野のはずれにとらえた。ダメージ・コントロールは無事にはたらいていた。

「どうしたのだ？」

「赤外線レーダーのアンテナに落雷しました」

船長のアフォンスの上ずった声がはね上った。

「避雷器ははたらいていないのか！」

「避雷器は吹っ飛んでしまいました。おそらく空気抵抗のためと思います。その直後に落雷しました」

「だから外鈑表面にとりつけるのはまずいといったんだ。それを委員会は強度が十分だからなどといおって。だいたいあいつらは……」

「船長《キャプテン》、それよりも……」

二級宙航士《コ・ナビゲーター》が自分の席から、ふくれあがった宇宙服《スーツ》のうでをのばしてそっとアフォンスの背をつついた。

「わかりもしないくせにやたらに口を出したがるんだ。技術者の発言が優先するのが当り前ではないか。それをなんでも予算、予算、予算だ。くそっ！」

「船長《キャプテン》！」

アフォンスはまだ何か言いかけてようやく顔を向けた。

「なんだ、リュウ」

「二次予備回路の点検《チェック》による新しいデーターを火星の中央電算室に送るように指示してくだ

さい。間もなく交信が不能になると思います」

アフォンスはリュウの顔から強く視線をそらした。

「わかっている！　だが、見ろ。まだ予備回路の点検《チェック》が終了していないではないか」

「電装員をいそがせてください」

一秒でも時間がほしいところだ。

「B級技術員！　船長《キャプテン》はわしだ。よけいな口を出すな」

アフォンスは紫外線防護眼鏡《フィルター》の奥からけわしい目つきで見かえした。

「すみません。ただ、レーダーがこれではまったくの盲目飛行なものですから」

アフォンスの声が炸裂した。

「わしにだって見えているぞ！」

リュウはシートの中に身をすくめた。

「B級技術員はだまって指示に従えばいいのだ。まったく委員会は実情がわかっていないのだ。なんのためにこの宇宙船に委員会から派遣されてきた技術員などを乗せなければならないのだ？　ええ！　おい、B級技術員」

船長《キャプテン》のアフォンスの目がしだいに狂気に似た光を放ちはじめた。ひたいから青ざめてゆく。

「船長《キャプテン》、よけいな口出しをしてすみませんでした」

「こたえてみろ！　こたえられまい。もしこの計画が失敗したとすれば、その責任はまったく委員会にあるのだぞ」

「船長《キャプテン》、この計画は失敗しないでしょう。われわれは木星の調査をすべて完全におこなった上で無事に帰投できるはずです」

この調子ではそれもおぼつかないな。リュウは心の底でつぶやいた。

「えらそうな口をきくな！」

アフォンスはそこで言葉につまってしまい、体を計器パネルにもどした。以上、喰ってかかったのでは自ら、遭難を確信したことになってしまう。

「二次予備回路点検《チェック》ＯＫ！　Ｄ九、Ｄ一六、Ｆ四、回路にそれぞれ電圧低下がみられます。負荷四・八で八九三％、Ｇ一六―四群に焼損。Ｈ二六回路破壊。航法装置全回路閉鎖、点検中……」

ダメージ・コントロールは完全に作動しているようだったが、被害は意外に大きく、どうやらカバーしきれないようであった。

「船長《キャプテン》！　いそいで中央電算室と連絡をとってください。もう時間がありません」

アフォンスの全身にふたたび強烈な感情が動きかけたが、それでも手はリュウの声に圧されるようにインターフォンの送話スイッチにのびた。

一瞬、《ジンバブウエ・ジンバブウエ》の船体をすさまじい衝撃がつらぬいた。計器ボードの一角から白熱の火花が噴き出し、煙が操縦室に充満した。留金が引きちぎれた室温自記記録計が吹き飛んで壁にぶつかり、紙箱のようにつぶれた。天井をはしる電路パイプの幾本かがほのおを吹いている。

「第二エア・ブレーキに落雷しました！」

ラリーバラーの声がかれきっている。

「エア・ブレーキを引込めろ！　予備避雷器作動いそげ！　ウルンディ、中央電算室との連絡はとれたか。ブショング、ドップラー・レーダーの停止時の位置を確認しろ、レーダー・マップは機械駆動に切りかえるんだ。この程度の落雷では船体に異常はない。がんばれ！」

早口にそれだけ言うとリュウはがっくりと肩を落した。これでもう船長のアフォンスとの仲はおしまいだと思った。おそろしい顔つきでアフォンスが重力席から立ち上ろうとしてもがいていた。セフティ・ベルトがなかなかはずれない。

「船長《キャプテン》、しかたがなかったんだ、みなが助かるか助からないのせとぎわなのだ。けっして船《キャ》長《プテン》をないがしろにしたわけではない。こういうことはつまり、馴れなのだ」

「きさま！　反乱罪だぞ、委員会の目的はこの宇宙船をのっとるつもりだったのだな。それともきさま、アジア同盟のスパイか。ようし！」

アフォンスはようやくセフティ・ベルトを解き放つと、全身に装具をつけた姿で小山のように立ち上った。

「あぶない、船長《キャプテン》、立つんじゃない。重力席《Gシート》から出てはだめだ！」

「最初からおかしいと思っていたんだ。委員会は監視のために、きさまたち技術員を乗せているんだ。委員会はアジア同盟とぐるになっていやがるんだ！」

「そんなことはない。船長《キャプテン》」

最近の《全アフリカ連合》と《アジア同盟》の宇宙開発競争はすさまじいばかりだった。火星の植民都市――それは開発の最小限度必要な施設が雑然と配置されたまるでダム工事の現場のようなものに過ぎなかったのだったが――の建設に火花を散らし、たがいにその設備の充実と完全さを誇り、ついで火星と木星の中間にある小惑星帯の探検・調査におよんで、両者の間はついに戦争前夜を思わせる緊張にまで高まった。新しい大型の宇宙船がつぎつぎと建造され、それを助ける通信中継船や中継局が金に糸目をつけずに作られていった。こうした無制限な宇宙開発競争が、そういつまでも湯水のように予算を消尽してゆけるものではない。時代は統合戦争が終って五十年。なお世界はその傷手を癒しきっていないのだ。それでもなお二つの陣営は、名誉と勝利をかけて戦争ならぬ宇宙開発競争に、そのぬき難い反感と闘志を燃やしていた。

新型の宇宙船や新しい観測器材はつぎつぎと建造し開発できても、宇宙技術者の養成はそう簡単にできるものではない。宇宙技術者のおびただしい消耗は、そうでなくてさえ不足がちな技術者をいよいよ足りないものにしていった。

統合戦争以前の二大陣営、アメリカとソビエトのゆきづまった宇宙開発競争を調整するために設けられた国連の宇宙開発委員会は、統合戦争後もなお細々と存在していたが、《全アフリカ連合》と《アジア同盟》のはげしい、そして無計画ともいえる宇宙開発競争の調整と打開に、委員会が手もちの宇宙技術者の養成機関と、そこで養成された宇宙技術者の提供を申し入れたのだった。二つの陣営は委員会の統制と介入を強く拒みながらも提供される宇宙技術者にはとびつかざるを得なかった。もう一方の側がそれを受け入れた場合のことを考えると、自分たちだけがことわることは極めて危険だったのだ。

「船長《キャプテン》、私は《全アフリカ連合》から要請されてきたのだ。《全アフリカ連合》の第七次木星調査計画に助力するのが私に委員会から与えられた命令なのだ」

リュウはつとめて声をおさえた。

「委員会の命令にはしたがうが、わしの命令にはしたがえないというのだな」

アフォンスは重力席《Gシート》に横たわったままのリュウにのしかかってきた。手袋をはめたままの巨大な手がリュウののど元に迫ってくる直前、リュウはひざの上を止めているセフティ・ベルトのかけ金をはずし、両足を胸に引きつけると、のしかかってきたアフォンスの体を反動をつけて蹴りとばした。両手を大きくひろげたアフォンスの体が煙を噴いている計器ボードにはげしくぶつかり、そのままずるずると重力席《Gシート》のならんだ間のせまい空間を埋めてくずれ落ちた。

「中央電算室との交信不能です！　雑音《ノイズ》がひどくて交信できません」

「レーダー・マップ機械駆動ＯＫ、指示ねがいます！」

「船長《キャップ》！　船長《キャップ》！　聞えますか。コ・ナビゲーターでもいい。応答ねがいます！」

「予備避雷器、電圧が五〇％しか上がりませんが、どうしますか？　これでも落雷は防げると思いますが」

「エア・ブレーキ用動力回路、ショートしました」

インターフォンが声をふりしぼっていた。リュウはその一つ一つに指示を与え、それから船長《キャプテン》用のインターフォンの送話器を切った。

電力駆動《データー・ドライブ》から機械駆動《フリクション》に切りかえたローラー・マップシステムに赤外線ドップラー・レーダーが凍止した瞬間の《ジンバブウエ・ジンバブウエ》の位置を挿入する。高度一、五〇〇キロメートルまでとどいている山はないであろうから、あとは大赤斑に接近しないように注意しさえすればよい。

「ブショング！　現コースを確保、降下率、一七五分の一。高度一、三〇〇キロメートルまで降下」

「ラリーバラー！　避雷器は観測ポッドにとりつけてくれ。船体の落雷はメーザーマウンドから放電させろ、アースがゆるんでいないか注意しろ」

ラリーバラーの返事がない。

「配電盤室！　配電盤室！　どうした応答しろ」

インターフォンの受話器の奥からかすかに金属を打ちたたくような物音が聞えてきた。

「ラリーバラー、どうした！」

リュウは重力席《Gシート》から立ち上るとヘルメットの気密ジッパーを引き締めると背後の丸いハッチを開いた。部屋の半分を埋めるローラー・マップシステムの間から、ブショングがチョコレート色の顔を上げた。おびえた目がすがりついてくる。くちびるの色はほとんどなく、口で荒い息を吐いていた。

「ブジョング。ヘルメットはかぶった方がいい。ジッパーも締めていつでも酸素が使えるようにしておけ。ほら、私もこうしている」

ブジョングはリュウの姿にいくらか落着きをとりもどしたか、背中のヘルメットを顔に引きおろした。

「中央で、で、電算室とは交信不能になりました」

「木星の大気圏に入ったらだめになるだろうと思っていたのだが、ここまでよく接触をたもってくれた。イオンが多くなったから電波が攪乱されてしまうのだ。いいさ、あとは自力でやるんだ」

ブジョングはうなずいて無理に笑おうとしたが、その硬ばったほほには、とうてい笑いを作ることはできなかった。

停止しているレーダー・ブロックのマシーンセクションの下を体をちぢめてくぐりぬけると、配電盤室のハッチを開いた。すさまじい熱気が爆風のようにリュウの体にぶつかってきた。船体内殻にとりつけられた二次回路の集中配電盤から黒煙が噴き出している。高熱のためにその周囲の内殻外殻の塗料が剝げ落ち、ふくれ上っている。リュウは壁の化学消火器をはずし、もう一方の手で配電盤を力いっぱい手前へ引いた。スイッチ・ボード裏面のおびただしいプリント回路を引きずりながら配電盤が床に落ちた。

「火を消せ！　ラリーバラー！」

　生き残った回線を助けなければならない。化学消火剤からほとばしり出る白色の粉末はみるみるおびただしい泡沫となって焼けただれた配電盤をつつんだ。しかしまだ内壁をはう電路ははげしく火花を飛ばしている。

「ラリーバラー！　どこへ行った！」

　つき上げる焦燥や恐怖や惑乱の中で首を回したリュウは配電盤室の片すみに体を丸めてうずくまっている電装員の姿を見た。

「どうした、しっかりしろ！」

　支持架ごと崩れ落ちた配電用電子頭脳《コンピューター》をのりこえてラリーバラーを抱き起した。

「艦長《キャプテン》。《同盟》のミサイル攻撃は……」

「なに？」

「正確です。非常に」

「おい！　ラリーバラー、なにを言っているんだ」

　ラリーバラーはわずかに首をふった。自信にみなぎった面もちでリュウを見つめて、「艦長、《同盟》のミサイル攻撃に対する適切な防御についてはA５の項に記載しておきましたが、なお二、三つけ加えたいと思います」

「ラリーバラー！」

「よろしいでしょうか」

狂気に近い方はむしろリュウだった。狂気は少なくとも恐怖から解放はしてくれる。このときその心から恐怖が完全に消えさったとすれば、それはむしろリュウの方だった。

「ブジョング！　配電盤室へいそいで来てくれ。医療箱を持って」

鎮静剤がきいたのかきかなかったのか、床に横たわったラリーバラーはまばたきもせず、静かなまなざしで黒煙のこもった天井をじっと見つめていた。

「ラリーバラー！　火を消せ！」

「マダガズカル島とオーストラリヤ北東部海岸を結んだ線を第一警戒線とするとき、前進警戒線はほぼスンダ列島よりウルシー環礁にいたる線まで進出可能です。このとき第二警戒線とこの前進警戒線との距離は約……」

「ラリーバラー！」

リュウはかれに対してもはやほどこすすべのないことを知った。

宇宙船《ジンバブウエ・ジンバブウエ》の乗組員たちの過去については、与えられた資料による知識しか持ちあわせてはいなかった。船長《キャプテン》のアフォンス以下の乗組員たちの宇宙技術者としてのかがやかしい履歴のほかに、どのような過去があったのかは問うべきことではなかった。

ラリーバラーはかつて、戦略ミサイル部隊の技術士官ででもあったのだろう。そしてこのときラリーバラーは、かれ自身のもっとも記憶に残っているそこへ還ってしまっていた。

火を消し、破壊された電路をどうやら使えるところまで修理すると、リュウはラリーバラーをそこへ残して配電盤室を出た。

「委員会技術者。委員会技術者！」

ブジョングが悲鳴のようにさけんだ。ことさらにそのように叫ぶかれの声に、迷った子犬のようにすがりついてくるむき出しの絶望があった。

「ブジョング。しっかりしろよ。落ち着くんだ」

「《アジア同盟》の宇宙船が……」

「なに？」

「今、かすかに電波が入った。《アジア同盟》の宇宙船も遭難したようだ」

「そうか！　やはり」

「委員会技術者！　もうだめだ。引きかえそう。このままでは脱出も不可能になる」

「まて、ブジョング。《アジア同盟》の宇宙船の位置は？」

「このひどい空電でしかも電波が微弱だ。正確な位置かどうかわからないが、ええと、東経二一度三四分五三秒。南緯二度四分五秒。B座標Yイコール三・七六一。Xイコール三三・七二五。Zイコール八一・〇〇二。停止しているようだ」

その数値を航法用電子頭脳に与えてローラー・マップに描記させた。

「本船との距離五、八〇〇キロメートル。高度はむこうの方がやや高いようだ。ほとんど軌道は平行している」

ローラー・マップのスクリーンに刻々と描かれてゆく《ジンバブウエ・ジンバブウエ》の

コースの前方に青緑色の輝点がある。

「脱出しましょう。これ以上、進入コースをたどることは無理だ」

リュウは操縦席に体を落しこんで全身の力をぬいた。ブジョングに言われるまでもないのだった。木星着陸の成功の可能性はもはや万に一つもなかった。これ以上、衛星軌道を飛びつづけていても、もうどうなるものでもない。

「ああ、ブジョング。そうしよう」

実は最初から成功の見込みなどほとんど無いにひとしかったのだ。

五万トンの巨大な宇宙船《ジンバブウェ・ジンバブウェ》。この計画のために開発された木星航路用電子頭脳とそれにあやつられる精巧な航法装置や動力系統。そしてそれをカバーする指令センターやセンターからの通信をキープするおびただしい数の中継局。それから総重量千五百トンにもおよぶ各種の観測器材。

それらに要した厖大な費用は《全アフリカ連合》の強大な経済力をもってしてさえ、このあとにつづく調査計画を二年ののちでなければおこない得ないほどのものだった。

それでもなお最初から成功の見込みなどほとんど無いにひとしかったのだ。

なぜ？

にがい問いだった。

船長《キャプテン》のアフォンスも、電　装　員《エレクトロニクス》のラリーバラーも、通信士《オペレーター》のブジョングも、また機関士《エンジニア》のウルンディもみなすぐれた宇宙技術者《スペース・マン》だった。かれらは急速に失敗と敗北へと傾いてゆく最後の五分間を、神経と肉体をすりへらしながら可能性を限界まで追求しつづけてきたのだった。

その闘いももう終った。

「ブション。脱出用意だ。コースを計算してセットしてくれ」

リュウは操縦席にもどり、重力席《Gシート》の間に長く体をのばして横たわっている船長《キャプテン》のアフォンスの体を起した。二、三度強くアフォンスのほほを張ると、アフォンスは低くうめいて目を開いた。その目に急速に意識がよみがえり、それにほんのわずかおくれて顔中に怒気がひろがった。

「船長《キャップ》。引き揚げよう。これ以上計画を進めることはむりだ」

「むりだ？」

リュウの説明を半分も聞かぬうちにアフォンスは手をふってリュウの言葉をおしとどめた。

「ナビゲーター。わしは言ったはずだ。この宇宙船の指揮をとっているのはわしだ。そのわしが木星進入の意志を棄ててもいないのに、勝手に計画を変更するとは、許せんぞ。これは叛乱罪だぞ。ナビゲーター」

「叛乱罪だとかなんだとかそんなことにこだわっている場合ではあるまい。そんなことよりも、人命と、この宇宙船、それから観測器材を無事に基地にもちかえることだ。この計画がだめとわかったら、あとはつぎの計画のために最善をつくすことだ。船長《キャプテン》」

アフォンスの顔がゆがんだ。

「ナビゲーター。わしは木星の観測データーを持ちかえることだ。《全アフリカ連合》はわしにそう命令したのだ」

「そんな命令などくそくらえだ。だいいち、この半身不随の宇宙船と、自信を喪っておびえ上っている乗組員とでいったいなにができると思っているのだ！」

アフォンスのコーヒーブラウンの皮膚が急に色褪せて見えた。

「大きな口をたたくな。きさまら外人部隊になにがわかるものか！」

「船長《キャプテン》。口をつつしめ」

「ナビゲーター。だいじなことを一つ忘れているようだな。いいか。おまえはやとわれたのだ。《全アフリカ連合》がおまえをやとった。おまえは《連合》の一員ではないのだから、《連合》の意志も、またわれわれの《連合》に対する義務感や忠誠心が理解できるはずもないし、また、そこまで要求はしない。ただ、おまえは命じられたことを誠実にやればよいのだ。《全アフリカ連合》の《宇宙開発委員会》に対する寛大な、かつ友好的な態度を忘れてくれるなよ。さあ、わかったら席《シート》につけ！　ナビゲーター」

リュウはだまって肩をすくめると、ナビゲーターは席にはい上ってベルトを体に回した。

「ローラー・マップ。セット・イン。コース一八九より二〇一へ。E二一、三四、S〇二、〇九、〇八。減速マイナス三、オーバー」

航法用電子頭脳が送ってくるデーターを、動力室へ向って復唱する。自動操縦装置《オート・パイロット》にゆだねる前のいつもの単調な作業だった。

とつぜん、背後のハッチがおし開かれた。

「船長《キャプテン》、ナビゲーター。脱出するんじゃないんですか」

「計画は中止でしょう。それともまだやるんですかい？」

ブショングとウルンディがせまいハッチからおりかさなるようにのぞいていた。

「中止？　どうして？　オペレーターもエンジニアもなにを言っているんだ。この計画が中止できるような性質のものかどうか考えてもみろ。中止だなどとだれが言った？」

アフォンスは突き刺すような視線をリュウに当てた。

「船長《キャプテン》、この計画の重要性はよくわかっていますが、でも本船の状態では無理です。観測地点まで降下するなんて、とても無理です」

機関士《エンジニア》のウルンディのしわがれ声が言った。

「オペレーターの言うとおりだ。船長《キャプテン》、それにナビゲーター。この計画や《ジンバブウェ・ジンバブウエ》はあなたたちのものではない。いたずらに焦って貴重な船やおれたちの生命を犠牲にしないでくれ」

アフォンスの顔に一瞬、ひどい疲労の色が浮かんだが、かれが席《シート》から立ち上ったときにはいつもの鋼《はがね》のような表情にもどっていた。アフォンスはメーターボードの下部の引出しから信号拳銃をとり出すとその太い銃口を二人に向けた。

「船長《キャプテン》! よしたまえ」

「船長《キャプテン》!」

「そ、そんなことをしなくたって!」

アフォンスはほんとうに射った。

操縦室の内部いっぱいに幾千の花火が飛び散り、眉もくちびるも焼けた。わずかに緑をおびて見える白いシリコングラスの壁はナパーム弾を受けとめたように丸く大きくすすけ、まだ燃えている微細なマグネシウムの結晶が手にも肩にも背中にも付着していた。

2

後部動力系統監視室《モニター》からの映像はほとんど判別できないほどにゆがみ、大きく流れ崩れていた。後部動力監視室は今、かれのいる部屋《チェンバー》から後方へ三つ目の部屋だ。隣は予備部品格納所でそこは外部に開くエレベーターハッチがあるだけに強度は弱い。脆性破壊がそこまで進めばその外鈑はいっきに引き裂けてしまうだろう。つぎはこの部屋だ。かれは主任機関士《チーフ・エンジニア》のバクの体を引きずってハッチをくぐった。完全装備のバクの体はハッチにひっかかって引きずりこむことができない。曲げているひざをのばし、酸素タンクをはずし、空間移動用の携帯ロケットを分解し、ひじをおさえ、ようやくハッチを通した。そのとき、かれはかすかに金属のはじける音を聞いた。それはおびただしい数の目に見えない小さな虫が《天山《テンシャン》III》のシリコン・ステンレスハニカムの外鈑の中を喰い荒しながらこちらへ向って這い進んでくるような気がした。

ピシ、ピシ……キチキチ……パシ

かれはそれを口に出して言ってみた。しかし、耳で聞いた実際のその音とはかなりちがうようだった。

ステンレスとシリコン。この二つの剛性と弾力性の異なる材質を幾重にも重ねあわせ、張り合わせたサンドイッチ構造の外鈑が、この木星の大気の巨大な圧力によって、ついにその緊張力を喪ったのだ。絶えずくりかえされるひずみとそれからの解放は外鈑に目に見えないような微細な小孔を生じ、侵入してくる高圧の大気は軽石のようにもろくなった外鈑を引き裂きはじめたのだ。

ハッチを固く締めつけ、さらに前方の部屋《チェンバー》へ移る。操縦士《パイロット》のチューと主任機関士《メイン・エンジニア》のバク、宙航士《ナビゲーター》のササの三つの体をかわるがわる引きずって前へ前へと移動する。船体があとどれだけもつかは予想もつかなかった。脆性破壊による亀裂は今のところ一メートルをほぼ三十分ほどのスピードで進んでいるようだった。亀裂の入った部屋には外部の水素や濃厚なアンモニアの大気が渦まきあふれていることだろう。それはあらゆる金属部分を腐蝕させ、プラスチックやシリコンを剥離させ変質させているにちがいなかった。五万トンの巨大な宇宙船

《テンシャンⅢ》は今やぼろぼろの形骸と化しつつあった。そしてその腐蝕はやがてただ一人、ここに生き残った老アイアイの肉体にまで確実におよぶはずだった。

　意識のない三人の体を床に横たえて、老アイアイはかかえこむようにドップラレーダーのスクリーンをのぞきこんだ。だいぶ近づいているようだった。船尾近くとりつけられた三次元レーダーはまだ生きていた。万一の船体事故を考えて、回路を船内と船外に二重に設けておいたのがまったく役に立った。船内の電路は引きちぎられても、船体外鈑の外側に伸縮性のガイシでとりつけられた電路パイプは船体外鈑の脆性破壊にも充分な強度を持っていた。

「コチラ、《テンシャンⅢ》。聞えるか。《ジンバブウエ・ジンバブウエ》応答せよ」

　ひどい空電《ノイズ》の底でかすかにこたえるものがあった。

「こちら《ジンバブウエ・ジン……近距離レーダーに入ってきた。四時間後に……以上。こちら《ジンバブウエ……」

　いつでも同じだ。老アイアイの、眉毛のないそこが横に長い肉のもり上りになっているだけの顔に、かすかな苦笑が湧いた。もう何十回となく惑星調査や航路開発の探検船《パイロット・シップ》に乗りこんだが、その幕切れはいつもこれと同じだったような気がした。かれが宇宙技術者として宇宙船に乗り組むようになってすでに百年を何年か過ぎていた。そのどれとも同じように、老アイアイはヘルメットをはね上げ、水を飲み、固形食物を口にほうりこんだ。紅茶の入っている電子パーコレーターは熱線が断たれたとみえ、すっかり冷えきっていた。

　チューたちの体からしだいに生気が失われていった。さっきまではやわらかみをおびて握られていた両方のこぶしも、今では石塊のように固くみにくく、宙をつかんでいた。気を失ったまま死へ陥ちこんでいったとみえる。恵まれているというべきだった。

老アイアイは死体となってしまった三つの体を、圧縮器《コンプレッサー》のアルミ繊維製の大きなカバーにつつんだ。その方がこれから先、運びやすい。とつぜん照明が消え、かすかな非常灯が淡い影を曳いた。二次変電室が機能を失った。破壊は確実にかれのあとを追っていた。

老アイアイは大きな袋を引きずって操縦室のハッチを開いた。

「三人とも死んだ。主任操縦士《メイン・パイロット》。コースをしっかり保持してくれよ。あとわずかのしんぼうだからな」

老アイアイは死体の入った袋をどさりと投げ出した。

「これをおいてゆくと、あとがうるさいからなあ」

操縦席に埋もれて船体の姿勢を正しく保つのに必死になっていた主任操縦士《メイン・パイロット》のチャンがぐいと体を起した。

「委員会派遣員！」

そんな呼びかたに、老アイアイはひどく危険なものを感じた。

「なんだね」

「おれは《全アフリカ連合》のやつらと協力するなんてまっぴらだ。おれたちは上級《トウキョウ》の指令によって木星調査にやってきた。観測に成功し、データーはここにある。これを《全アフリカ連合》の宇宙技術者《スペース・マン》などにわたせるものか？」

チャンの細い目はすさまじい敵意を放っていた。

老アイアイは静かにかれの肩に手を置いた。

「なあ、チャン。データーを持って帰るのがおまえの任務だろう。そのためには《全アフリカ連合》だろうが《アジア同盟》だろうが、乗って帰る船はまあどっちだっていいじゃないか」

「よせ！」

チャンはするどく身をひねって老アイアイの手をかわした。

「《アジア同盟》の勝利と前進を示す絶好のこの機会を、どうしてむなしくしてしまえる？　われわれの勝利はわれわれの力だけで獲得しなければならない。いいか、委員会派遣員。われわれにはいかなる妥協もないのだ」

老アイアイは大きな銀色の手袋で顔ともいえないような顔をなでた。

「この船で、いいか、このぼろぼろの《テンシャンⅢ》でどうやって地球まで帰るつもりだ？　え？　亀裂はもうとなりの部屋《チェンバー》まで迫ってきているのかもしれないのだぞ」

老アイアイは空間に目をとめて耳をすました。あの不気味なかすかなひびきが頭の中のどこかで聞えていた。

「な、それより《全アフリカ連合》の船で還ろう。あとのことはあとで考えればいい。おれたちはみんなそうしてきたんだ。だから今まで生き残ってこられたのさ」

チャンはだまって首をふった。

「だから、おれたちはいつまでたっても、おまえたちを同志とは呼べないのさ」

チャンは氷のようなまなざしを老アイアイに投げるとロッカーの中から観測データーを収めたマイクロフィルムのバッグをとり出した。

「おい。チャン。どうするのだ、それを」

チャンはそれを磁気消去用のテープ・デスポーザーに投げこもうとした。

「まて！」

老アイアイは支柱にとりつけてある室内用露出計をふりかぶってチャンの体にたたきつけた。チャンの左手にあたって露出計のガラスが飛び、フードが鳥のように舞い上った。

「裏切るのか！　派遣員」

チャンは左うでをかかえてすばやく動いた。ロッカーの中から自動拳銃をとり出した。

「チャン！　落着け！　おれのいうことを聞くのだ」

老アイアイが叫ぶのと同時にチャンの拳銃が火を吐いた。老アイアイの体は後へふきとばされ、メーターボードにたたきつけられた。

「裏切者め！」

チャンは床に崩れ落ちた老アイアイに向って引金をしぼりつづけた。衝撃波がせまい操縦室いっぱいにふくれ上り、留金を引きちぎり、数十個のパイロットランプをこなごなにうちくだいた。反跳弾がキンキンと飛び交い、削りとられた内鈑が爪あとのように銀色の地肌をむき出した。チャンが何かさけび、それから静かになった。

3

《ジンバブウエ・ジンバブウエ》の外部ハッチと《テンシャンⅢ》のハッチとは直線距離で三百メートルほど離れていた。その三百メートルの距離を命綱をたよりに三十秒で移動する。それ以上かかってはファイバーグラスの宇宙服《スペース・スーツ》を腐蝕してしまう。アルミシリコンでコーティングされているとはいえ、フェイスカバーの蝶つがい部分や、エアチューブの引込部分《スクープ》からの浸透はどうにも防ぎようがない。もともと木星調査では、船外に出ることは計画にはまったくなかったのだ。

リュウは老アイアイを入れた袋を後に曳きながら、必死にロープをたぐった。移動用の携帯ロケットが大気に触れたとたんにスタートがきかなくなってしまった。燐青銅のアタッチメントがたちまちイオン化してしまったのだろう。

一メートル。二メートル。五メートル……《ジンバブウエ・ジンバブウエ》の銀色の巨体は手の届くところには浮かんでいるのに、リュウが焦れば焦るほどかえって遠のいてゆくような気がした。

ようやくハッチをくぐってエア・ロックにころがりこむ。そのエア・ロックのみがき上げられたステンレスの内壁も、すでにほうろうびきのように光沢をうしない無数の円形の剝落を生じていた。

「パイロットは?」

それがいちばん気になった。

「死んだ。わしを射った弾丸がはねかえってな」

「死んだのか! かれがたよりだったのだ。操縦士《パイロット》がいなくては操縦できない」

「わしもおまえも宙航士《ナビゲーター》だからな」

リュウと老アイアイとはだまって視線を見交した。空虚な視線だった。たがいになにものも期待しない、たがいに自分の力だけしか信じない孤独な男たちだった。

「おれたちだけでこの宇宙船を地球までもってゆくことは不可能だ。コースの計算はできても動力の扱いはできないからな」

「どうする?」

老アイアイはあえぎながら血が黒く塗料を塗ったようにこびりついている宇宙服《スペース・スーツ》の体を運んで、壁によりかかった。船長《キャプテン》のアフォンスが銀色の物体のように床にうずくまっている。ブショングとウルンディに向って信号弾を発射しリュウに打ちのめされたアフォンスだった。老アイアイは爪先でアフォンスの体をこづいていたが、やがて這いよってアフォンスの体をしらべはじめた。

「リュウ。ひとつだけ方法がある」

「どんな?」

「こいつを生きかえらせよう。首の骨がおれているようだが、なんとかなるだろう。ここには死体が三個もあるし」

「うまくいくかな？」

「操縦士《パイロット》を生きかえらせなければ帰れないのだぞ。何人使ってもよいから操縦士一人を作るのだ。おれがやろう」

長年、辺境にあってなんでも自分でやらなければならなかった老宇宙技術者《スペース・マン》は、誰でもそのぐらいの技術は持っていた。一人一人がすぐれた外科医であり、また万能医でなければならなかった。

左肩を射ぬかれた老アイアイは自分の左手は助手にまかせるつもりだった。医務室の手術台にアフォンスの体を横たえ、心臓環流装置、代謝調節装置《メタボライザー》などを手術台の周囲に隙間もないほど据えて、電気メスをとり上げた老アイアイのひたいは冷たい汗にぬれていた。

「大丈夫か？」

「だまっていろ。うるさい」

その老アイアイ自体にも代謝調節装置《メタボライザー》がとりつけられ、しだいに失われてゆくかれの生命の火をかきたてていた。

三十分が過ぎ、一時間が経過した。

「頸骨の骨折によって脊髄神経が四カ所、挫耗している。この部分を交換しなければならないな」

「つぶれた所をとりのぞいて強電導性の蛋白性イオナイザーでつなぐことはできないか」

「あれは冷却装置のよいのがないとだめなのだ。ここでは冷凍手術もできないし」

老アイアイは両手を手術台についてがっくりと首をたれた。

「他の死体は硬直がきているからもう生体反応もないだろうし、アフォンスの体に利用することはできない」

「他に方法は？」

「ない。おまえがあまり力を入れ過ぎたからだ。なにも首の骨がおれるまで投げつけることはあるまい」

「そんなことをいっているよりもどうしたらよいか考えろ」

老アイアイはふいに首を上げた。水色のひとみがいよいよ淡く、そこになにものをもとめていないまなざしだった。

「リュウ」

「あ？」

「おれの首の骨をつげ」

「だれの？」

「おれの」

「どこへ？」

「おまえ聞いているのか」

「ああ。しかし、それではおまえが首無しになってしまうじゃないか」

「おれはまだ生きている。アフォンスの組織にうまくつながるだろう」

「だが、おまえの首の骨は誰のものをつなぐのだ？」

「あるか？」

「ない」

「じゃはっきりしているじゃないか。さあ、いそごう」

「まてよ。アイアイ」

老アイアイの目がそのときはじめて酷烈な光をたたえた。

「《ジンバブウェ・ジンバブウェ》も《テンシャンⅢ》もこの調査計画には失敗するだろうとおれたちは思っていた。それは確信に近いものだった。なぜだ？　リュウ。それはあれら乗組員たちがほんとうの宇宙技術者《スペース・マン》ではなかったからだ。どんなことがあっても自分だけは必ず還ってくるという強い心がなかったからだろう。そうじゃないか、リュウ。他人のことなどどうだっていいんだ。どんなことをしてでも帰るのだ。自分だけは、生きて帰るということだよ。《全アフリカ連合》のために帰るのでもなければ《アジア同盟》のために帰るのでもない。自分のために帰るのだ」

老アイアイの肉こぶと傷だらけの無惨な顔にはじめて笑いが浮かんだ。しかしその笑いはリュウでなければ笑っているのだとは思い難い筋肉の痙攣に過ぎなかった。

「いいか。いうとおりにやれ」

「めんどくせえことになったな」

そんなことしかいえなかった。

＊

染めたように青いサハラ砂漠の空に、赤と白に染めわけられた何隻もの宇宙船が、巨大な記念碑のむれのようにそびえ立っていた。束ねられた噴射管《ノズル》や支持架は砂丘のむこうにかくれてこちらからは見えなかった。

周囲から船体へ向ってほとばしり噴きつけてくる冷却水が本来の水にかえったのをたしかめて、リュウはエレベーター・ハッチを開いた。充分に水を吸った砂は重い宇宙靴《ブーツ》の下でころよく沈んだ。救急車へ運ばれてゆくアフォンスを見送り、リュウは観測データーのマイクロ・フィルムを収めたトランクをさげて、地上車に飛び乗った。砂漠の風は熱風のようにリュウのほほを灼いた。

砂丘のかげから宇宙発着センターの白いビルが見えはじめた。リュウの乗った地上車が近づくにつれて、そのビルの前に集っている群集が見えた。

「あれは？」

地上車の運転手はそれについて知っているらしかったがなぜか口をつぐんでこたえようとしなかった。

つなみのような群衆のさけびが地上車のエンジンのひびきを圧して聞えてきた。プラカード、張りわたした垂幕がいっせいに波のようにゆれ動いた。
「裏切者！」

「《アジア同盟》の力を借りた裏切者！」

「宇宙開発委員会の根無草どもをやっつけろ！」

「宇宙開発はわれらの手で」

さまざまなシュプレッヒコールが砂漠の風に渦まいた。

「《アジア同盟》の調査隊は観測データーが集められたのに、《全アフリカ連合》の調査隊にはなぜそれができなかったのかと言って群集は怒っているのです」

地上車の運転手がふいにいった。

「怒っている？」

「あなたの持って帰った《アジア同盟》側の観測データーは絶対にむこうの手にはわたさないとも言っているのです」

風にのって飛んできた細かい砂がリュウの宇宙服《スペース・スーツ》のひだに薄くつもっていた。

ここは異境だった。帰るということと生きるということが一つにならない宇宙技術者《スペース・マン》にとっては、ここは遠い異境だった。

訣別

1

十五分だけとった休憩はもう終ろうとしていた。休憩をとったところでどうにもなるものでないことはかれ自身よくわかっていた。あるいはここから見える風景をもう一度見たかったからかもしれないと思った。

そびえ立つ官庁街の高層ビルのせまい谷間の間から思いがけない高みに青い海が見えていた。海は風があるとみえ、海面にはひっきりなしに白い波がしらがあらわれては消えていた。海と空の接するあたりに雲が浮いていた。

それは永い間かれが忘れていたひとつの風景だった。もし今、かれがこの土地にわずかながらでも心のつながりを持つとすれば、そうしたささやかな風景いがいにはないはずであった。

秘書がかれをさがしにやって来て会議場に入るようにといった。

長いテーブルのむこうにはすでに地球政庁側の代表が席についていた。朝から出席していた地球側代表が急な政務を理由に、別な一人と交代するという申し入れがなされていた。今、そこに坐っている人物が、かれも一、二度顔を合わせたことのある宇宙省の次官クラスの人物であることが、かれの新たな怒りと悲しみをさそった。

司会者が休憩前に引きつづいてかれに発言を求めた。

「すでに文書や口答をもってご説明申し上げたように、われわれルナ・シティといたしましては、もはやこれ以上、資材および労働力の点で地球側の宇宙開発計画には協力しかねるのです。たしかにルナ・シティはこの二、三年の間に安定した経営実績を上げているかにみえますが、これはあくまで固定された宇宙観測組織、月面探察およびその支援グループとしての小規模な活動を基準としての態勢が地球の援助内で収まっている、ということなので、今回の大規模な火星・木星開発計画《グレート・オーシャン・プラン》の前進基地を月面に設け、それをルナ・シティが全面的に負担し推進することなど現状として全く不可能というものです」

金《キム》代表は言葉を切って深く息を吸った。もう何千回となく口にした言葉だった。いねむってでもいるかのように、ソファに身を埋めて目を閉じていた地球側代表がやおら体を起した。

「それは地球側としては理解しかねる。ルナ・シティ代表。火星・木星開発計画《グレート・オーシャン・プラン》に必要なすべての資材は地球から送るのだ。ルナ・シティが物資を供出するようになっていない」

金《キム》は指先を組んだ両うでをテーブルに置いて体をのり出した。荒くなる語気をむりにおさえる。

「そのこともすでに説明してある。たしかにルナ・シティは火星・木星開発計画《グレート・オーシャン・プラン》のための大型宇宙船二十隻の建造については資材の提供はしないでよい。しかしそれに従事する技術者は出さなければならない。ルナ・シティにかぎらず、すべての宇宙基地は管理と保守には非常に気をくばらなければならないし、それだけに熟練した技術者が必要なのだ。居住区画の壁に針で突いたような穴が一つあいただけでも場合によっては致命的な大事故になる。すぐれた技術者は一人でも必要だ。それをどうして他の仕事に回せるだろう！」

「それについて監視装置や自動制禦装置などのダメジ・コントロールを充実すればよい。器材は送る。必要な種類と数量を申し出てくれればよい」

金《キム》は首をふった。

「それももう説明した。地球政庁代表。いかに優秀な器材でもそれを扱うすぐれた技術者が必要だ。ルナ・シティは地球とはちがう。一つの装置を考えられるあらゆる条件のもとでつねに確実に作動させるためには長い実験期間と習熟が必要だ。今、三十人の技術者が必要だからそのかわりに三十個のそれにかわる装置を設ければよい、というものではない。一つのささいな事故がルナ・シティ一万人の人命に結びつくことを考えなければならない。それはあなたがた地球に住む者からみれば、慎重過ぎていやになるほどだろうが」

地球側代表は耳のないような顔をした。金《キム》はかまわずあとをつづけた。

「もう一つある。地球からやってくる宇宙船建造要員の宿舎やその生活物資の問題だ。食料や医薬品、装備類は地球から送るというが、こちらにはそれらを保管しておく物資集積所もない。すでに送られてきた宇宙船用の電子装置やさまざまな機器類は居住区の回廊や集会所、さらに宇宙観測ドームの中にまで山積みされ、足の踏み場もないほどなのだ。多くの者はその器材の上にマットを敷いて寝ているありさまだ。飲料水はかなり前から制限をきびしくしている。こんどは眠っている間は酸素を呼吸するのはやめてもらわなくてはならなくなるだろう」

金《キム》のひじを秘書がそっとつついた。無意識に声が高くなっていた。地球側代表は動ずる色もなく言った。

「しかしルナ・シティ代表。シティ側はそうしたことはすでに諒承したものとして第三次経済援助協定を結んだのではなかったのかね？」

またそれが出る。実際はそれは地球側の切札なのだ。たしかにルナ・シティにとって、第三次経済援助協定は魅力があった。それによってシティは居住施設と発電設備の拡充、そして月面西半球の広範な地域にまでおよぶ新たな探察計画をたてることができたのだった。その月面の新たな探察こそ、ルナ・シティの存在を確立させることなのだ。

金《キム》は顔を上げた。

「そのとおりです。しかしその時点では大型宇宙船二十隻建造の計画はまだ明らかになっていなかったし、また協定そのものの中にもルナ・シティの既存の能力を越える義務規定はふくまれていないと解釈するのは当然だと思いますが」

「それは言いのがれに過ぎん。ルナ・シティ代表。われわれもシティ側の実状は充分考慮した上で、協定を推進したのだ。こんどの火星・木星開発計画《グレート・オーシャン・プラン》は太陽系にひろがろうとする人類の意志の世紀的具現だ。できるかぎりルナ・シティとしてもそれに協力するのが当然ではないか。この際ルナ・シティとしてもその存在意義を今ひとつはっきりさせておくのもよいのではないか」

金《キム》はくちびるをかみしめた。そうなのだ。たしかにそうなのだ！　地球では急速に逼迫する経済危機を打開する道の一つとして、宇宙開発を大幅に縮小せよという声が高くなっている。その中に当然、ルナ・シティに対する援助を打ち切れという要求も入っている。もちろんそれは宇宙開発について何ほどのことも知らず、またルナ・シティの実体についてもまったくわきまえていない態の発言なのではあるけれども、宇宙開発が、ルナ・シティの経営がおそろしいほど厖大な費用を呑みこんでゆくことだけはたしかだった。今、もしルナ・シティに対する年次予算が打ち切られでもしたら、ルナ・シティはその日のうちに全員引き揚げしかなかった。宇宙開拓者たちが営々ときずき上げたかれらの巣は、石にかじりついても守り育ててゆかなければならなかった。そのためのめぐみの雨ともいうべき第三次経済援助協定だったのだが。

「地球政庁代表。それゆえにわれわれは今、能力以上のことを果しつつあるのだ。しかしこれはわれわれにとって非常に危険なことなのだ。長く後遺症を残すことになりかねない。その点を理解してほしい。われわれは義務を知り、何を分担すべきかはよくわきまえているつもりだ。しかしそれもあくまで現実的に可能な範囲内での可能性の問題なのだ」

こたえにかわって地球側代表は休憩を申し入れてきた。本来ならここでルナ・シティ側の要求を再度検討してその結果、上層部から多少方向の異なった指針がもどってくるところなのだが、そんなことがあり得ないことは金《キム》は絶望的に承知していた。地球側代表たちは単に別室に引きとってくつろいでいるに過ぎないのだ。

秘書のアジールが一通の電報をさし出した。ひろげてみるとルナ・シティの首席のイナガキからのものだった。会談のなりゆきに寄せる憂いが短い電文にあふれていた。明日ここへ来るという。

「首席が来る」

金《キム》は電報をアジールの手にもどしながら、かれに言うともなく言った。イナガキがかけつけてきても結局はどうなるものでもないであろう。地球側は首席どころか宇宙省の次官クラスしか顔を出さないのだ。金《キム》は背の高い白髪の美しいイナガキの姿を想い浮かべた。月面地質学の偉大な権威も、ルナ・シティ首席として何年もの間、多難な行政にあけくれ、すでにかなり健康をそこなっているということであった。金《キム》はふと、長いこと忘れていた真空溶接機の手ざわりを思い出した。月面の濃い影の中にひらめく百千の火花と手もとにこたえてくるかすかな震動が急にたえがたいほどなつかしくよみがえってきた。むしょうにルナ・シティへ帰りたかった。かれは真空溶接技術者だった。それがさまざまな理由で今こうしてここに坐っていた。

「まちがいだ！」

金《キム》は思わず立ち上った。背負いきれないほどの責任がどっとかれの肩にのしかかってきた。ほほをつめたい汗が流れるのを感じた。

「だめだ。おれでは！」

見上げたアジールのひとみが金《キム》の視線をとらえた。アジールはかれの祖先の特色を示す濃褐色の彫の深い顔に静かな微笑を浮かべた。

「交渉要員、何か飲物でも持ってこようか」白い歯がこぼれた。

「おれがかわるわけにもいかんし」

金《キム》は頭を垂れた。

「な」

アジールが立って分厚な大きなてのひらを金《キム》の肩に置いた。その手から新しい何かが金《キム》の体の中にひろがっていった。それはあの窓から見える海から受けるものと同じもののようであった。

もう一度だ。もう一度。金《キム》は椅子に体を落すと顔を上げた。自分がふたたび真空溶接機をにぎるため、イナガキが月面地質学にもどるため、そしてアジールがかれの本来の仕事にもどるために、かれはその椅子を立ってはならないのだった。地球側代表たちがドアを開いて入ってきた。金《キム》はけもののようにかれらの動きに視線を当てつづけた。

2

淡青色の大きな地球が中天にかかっていた。その光を受けて塔のようにそびえる十二隻の宇宙船はかすかに淡青色にかがやいていた。巨大なガントリークレーンがチタニウムスチールのパネルを中空にまき上げてゆく。船体のはるか上部で溶接の火花が滝のように咲いていた。

　無線電話のブザーが鳴った。スイッチを入れるとひどい雑音《ノイズ》が流れ出した。そのまま数秒待つと雑音《ノイズ》は遠のいてかわって人声がもれてきた。

「工務長。工務長か」調整部のシギだった。

「ああ。ユアサだ」シギは声を落した。

「十五号船台の肋材はいつすえつけるのだ？」

いつ、と聞かれてもユアサにはこたえられない。

「シギ。それは輸送係に聞いてくれ。船台まで運んでもらえばすぐかかれるんだが」

「監督官がうるさくてかなわん。怠業《サボタージュ》だとぬかしやがるんだ」

「トラクターさえ持ってくれれば運べると思っているのだ。レールを敷いてガントリークレーンを移動できるようにするのだ。クレーンは電気機関車でひっぱればいい」

「ユアサ。それができればとうにそうしているよ。それじゃ輸送係に回してみる。きるぜ」

シギの声は消えた。宇宙空港《スペース・ポート》に山積みされている船材を船台まで運ぶのに何日もかかるのだ。厚い鋼鉄板を敷きつめた急造道路を、何台ものトラクターで蟻が物を運ぶように引いてゆく。毎日毎日、おびただしい数の管《パイプ》の束やプラスチックパネル、肋材や外鈑。山のような原子炉や電子装置。絶縁材料。耐圧座席《G・シート》。推進装置などがひっきりなしにユアサたちの待機所《ピスト》の前を通り過ぎてゆく。それは古代神殿を造るために営々と石を運ぶ奴隷の作業に似ていないこともない。それでも今日までにようやく十二隻の宇宙船の形を船台上に作り出すことはできた。それとて内部の艤装が完全に仕上るのはいつのことなのか見当もつかない。地球側では二十隻の宇宙船が同時に着工されるものと思っていた。当然なことだ。したがって地球から運んでくる材料がひどくかたよったものになった。実際の作業がはじまってみると、ルナ・シティ側の計画は当初のものよりかなり消極的なものになった。先ず三隻が起工され、ついで二隻。しかし一度に五隻の建造をおこなうことなど、ルナ・シティにとってはその能力をはるかに上回ることだった。

　無線電話が鳴った。直接、中継所からだ。

「工務長！　飲料水製造工場から緊急通報が入った。主給水管に亀裂が入ったらしい。すぐ管工班を呼んでくれ！」

「そいつはたいへんだ」

　しかし管工班を呼ぶといっても、二十八名の技術員たちは十三の船台に散っている。宇宙船奥深く、無数の管《パイプ》の束のどこかにいるのだ。ユアサは十三の船台の主任の名をつぎつぎに呼んだ。管工班をすぐ飲料水製造工場に急行させるように告げて、自分もリフトへ走った。

飲料水製造工場は最下層に近く、発電所の上層にあった。リフトは明るい幾つもの階層を下へ下へと通過してやがて飲料水製造工場の設けられている第二十二層で止った。硬い花崗岩層の素掘りの岩盤を強化プラスチックを吹きつけて固めたせまい回廊に飲料水工場の技術員たちがひしめいていた。入っていったユアサを見てかれらはいっせいに両側に体を寄せた。開かれたハッチの奥でどうどうとたぎる水の音が聞えていた。そこからのぞきこむと垂直なラッタルのはるか下方は照明も消え、どよめく水音の中から水煙がわき上ってきた。

「いったいどうしたのだ?」

「二、三日前にかなり強い月震がありましたが、そのとき主配水管のどこかがゆるんだか亀裂ができたのだろうと思います」

「すぐしらべなかったのか?」

そう言ってからユアサは思わず口をむすんだ。管工班を本来の配置からはずして造船台に送ったのは自分だった。あの月震のあと、配管の検査にもどさなければと思いながらそれをしなかったのだ。

管工班のダックマンとケニヨンがもどってきた。つづいて班長のキューゴが宇宙帽《スペース・ヘルメット》をかぶったままとびこんできた。三人は顔を引きつらせてラッタルをくだっていった。かれらが自分に対してどんなに腹を立てているか、ユアサにはよくわかった。かれらだけではない。かれらここにいる技術員のすべてがかれをわしづかみにして回廊の壁に打ちつけてしまいたいと思っているであろう。ユアサはそこにいたたまれないような思いだった。

やがてキューゴがラッタルをかけ上ってきた。

「工務長。第二タンクからの主配水管が三カ所ほど大きく裂けているようだ。飲料水工場の操業を停めてくれ。それから水は通風口を通って発電所の熱交換器の冷却器のベンチレーターへ流れこんでいる」

その言葉にユアサは仰天した。みなもたがいに顔を見あわせた。配水管からあふれた滝のような水が原子力発電所の熱交換器を濡らすと瞬間にふっとうした水は超高圧の水蒸気爆発となって隣接する発電所一帯を破壊するだろう。それだけでなく、通風口を伝って強力な放射能をおびた岩片や砂塵が各階層をおそい、地上に噴き出してくるはずだった。ユアサは無線電話に向ってさけんだ。

「管理部！　発電所を停めろ。通風口のシャッターを閉ざせ。飲料水工場もストップだ。いそいでくれ」

管理部はとつぜんの要請に不審そうにその理由をたずねかえしてきた。それに説明しているひまはない。ユアサはもう一度くりかえすとスイッチをたたいて切った。

一時間も過ぎたかと思われるころ、ようやく回廊の壁の緊急灯が燃えるような赤光をひらめかせ警報が鳴りはじめた。回廊の照明がみるみる光度を落し、あわただしい技術員の動きが墨絵のようにおぼろにかすんだ。携帯用の小さな投光器の光が縦横に乱れ飛んだ。

電力を絶たれて全作業は完全にストップした。太陽電池を使った非常照明と暖房装置がはたらき出し、一部をのぞいてすべての気密シャッターがおろされ、人々はすべてヘルメットを着けるよう指令された。酸素タンクを背負い、非常用の酸素発生装置と飲料水タンクを腰にとりつけ、投光器、バッテリー、ガイガー計などを小山のように体中にくりつけた技術員たちがあわただしく回廊をゆききした。

「工務長《ピスト》！」

待機所の電話にしがみついていたユアサはとつぜん強い力で引きもどされた。ふりかえると地球政庁の監督官の顔が濃藍色のヘルメットの中でゆがんでいた。

「これはいったいどうしたことだ！　原子力発電所に水が入ったそうだが、安全管理がまるでなっていないではないか！　ただでさえ工程がおくれているというのになんということだ！」

ユアサは自分の肩をつかんでいる監督官のうでをふりほどいた。

「監督官。このような事故の起る可能性についてはすでに充分に警告していた。だが今、そんなことを言っていてもはじまらない。邪魔をするな！　引っこんでいろ！」

監督官の顔はみるみる硬張った。

「工務長！　飲料水工場も操業をストップしたそうだが、われわれの側の技術員宿舎の給水と電力供給だけは平常通りやってもらう。われわれはこのような環境には馴れていないのだからな」

「ふざけるな！　ここでは誰でも同じだ」

ユアサはふたたび電話機にとりついた。しばらくたってからふりかえってみると、監督官はまだそこに立っていた。

一時間ほどたつと、原子力発電所の通風口への浸水はなんとかくいとめられる見込みがたった。しかし電路の一部が冠水したため、送電量は四十パーセントほどになった。給水は容器によって搬送することで最低限度の使用量は保つことができそうであった。酸素製造工場は酸素の自家消費によるディーゼル・エンジンで切りぬけることができる。しかしこの事故によって宇宙船の建造工程は全く停止してしまった。

これを怠業《サボタージュ》とみた地球からは、事故原因を究明する調査団がやってきた。起きるであろう事態の新しい変化が重苦しい不安となってみなの胸に沈澱した。

3

工事は完全に停滞したままうわさだけは乱れとんだ。地球政庁はルナ・シティ派遣技術者団と監督官に訓令を与えたようであった。ルナ・シティ側では首席のイナガキが地球に飛んだあと、副首席のマクトーバが調査団との応接に席のあたたまるひまもなかった。

ユアサは工務長から車輛管理の一主任に移された。

今度の造船計画とともに地球から運ばれてきた輸送車は、性能はすぐれていたが極めて稼動性に劣っていた。リモート・コントロールの全周回転式の投光器《スポット・ライト》はキャタピラーがまき上げた微細な砂塵が回転軸につまってすぐ回らなくなったし、同じような理由でいったん開いたキャノピーはぴったりとしまらないかぎり、クラッチが入らないようになっていることだった。そのような構造にすることによってキャノピー内の気密を完全にしたのであろうが、ここでは宇宙服にヘルメットの完全装備でキャノピーに入る。開放式のキャノピーの方がはるかに使いよいのだ。走行装置にしてもキャタピラーよりもチューブレスの大型ドーナツタイヤの方がラフな走行に耐えるのだ。無線電話用の電力を太陽電池で得るようになっていたが、これも精巧にすぎた。早い話が有線電話でさえ間に合うのだ。

それらの精緻な状態を十二時間と保っておくことは、極めて困難なことであった。

ユアサは三人の技術員とともに、持ちこまれてくるそれらの繊細な車輛を相手にわずかな休息をとるひまもなかった。

「車輛班、四〇号、五三号、七一号、八四号は整備ができているか」

「レッカーの七号はどうだ？」

工区の技術員たちがどやどやと入ってきた。

「できている。どうだ？　船台の方は」

かれは一瞬、口を閉じた。

「どうした？」

一人が妙にとどこおりがちな口調でこたえた。

「いや、どうもしないが。ま、昨日あたりから作業が順調にはじまった」

「作業がはじまった？　だが電力や技術員の方はどうなったんだ」

ユアサは思わず立ち上った。「発電所の復旧作業がはかどっている。技術員の問題も休息時間を六時間にへらすことでなんとか解決がつくそうだ」

そんなばかなことが！　それができるくらいならあのような苦労はなかったのだ。

「おい。いつそんなことがきまったのだ」

かれらは顔を見あわせた。

「三日前に各作業区から代表が集まって検討した結果、見通しがたったそうだ。とにかくあの宇宙船を完成させるのが先ず第一だ」

「そうだ。そのためにはシティも意欲的に協力するだろう」

「おいおい！」

「作業区全体の意志としてシティ管理部と副首席に申し入れをした」

「おまえたち、頭《どたま》にけがでもしたんじゃねえのか！　まるで人が変わっちまったみてえだぜ」

ユアサの後から車輛班の一人が口をはさんだ。

「でも、作業区全体の意志というけれども、おれたちのところへはそんな話はなかったぜ。ここだって作業区の一つだよ」

「そのとおりだ。おれだって聞いちゃいねえ」

工区の技術員はその言葉に目をそらした。表情が大きく動揺した。

「幾つかの作業区を中心に話が進んでいたらしいのだ。そのうちにここへもくるだろう」

ユアサの声が引きつった。

「おまえたちの工区には話があったのか！」

かれらはみにくい狼狽を示した。

「話があったのかと、聞いているのだ！」

ユアサはかたわらにあったスパナをにぎりしめた。

「工区には話はなかった。な、なん人かに話があった」

「誰から？」

かれらはいっせいに後退した。

「誰から話があったのだ！」

「乱暴するのか」

「言え！」

かれらは入口へ逃れた。その一人の腕をつかんで引きもどした。

「宇宙飛行推進連合だ」

「なんだって？　まて！」

かれらは回廊へ消えた。

宇宙飛行推進連合？　なんだ、それは？

車輛班の技術員たちは誰もしらなかった。

ユアサは装具をつけると回廊へ出た。

リフトで下層へくだると、回廊のあちこちに貼られたはり紙が目についた。

〝宇宙船を完成しよう〟

〝宇宙開発をわれわれの手で！〟

〝われわれの力を宇宙船建造に結集しよう！〟

赤や青の塗料で描かれたそれは、おどるような文字の中に強烈な意志と願望をこめていた。交叉路のあたりは壁にまでじかにそれが描かれていた。これまでもさまざまなスローガンはたえず壁をかざってはいた。しかしどうして今このようなスローガンがシティにあふれ出したのかユアサには見当もつかなかった。

勝手知った工務部のオフィスに入ろうとすると、工区技術員の制服《ユニホーム》を着た男がユアサをさえぎった。

「通行証は？」

「通行証？　なんだそれは」

「工務部へ入るならその目的を証明する証明書があるだろう」

「そんなものを持っているわけがねえじゃねえか！」

「通行証がなければ入ることはできない」

男たちはユアサの体を押してやった。

「なんだと！」

ユアサはその腕をとらえた。

「手を離せ！　離さないと暴力で秩序を乱したかどで逮捕するぞ」

男は自分のうでにとめたプラスチックの薄板を示した。それには《治安部》と書かれていた。事態がおぼろげに形を結ぶまでかなりの時間を要した。

「ユアサ。理解し難いようだな。シティの全作業組織は《宇宙飛行推進連合》が管理することになった。宇宙船の建造に非協力的な者やそれを煽動するような者はシティそのものに対する反逆者と見なされる」

かつての工務長のユアサの顔を見知っていたらしいその技術員は早口にささやいた。

「発電所や酸素製造工場は？」

「もちろん宇宙船建造のために動員される。いわばシティは総力を上げて宇宙船建造にとりかかったわけだ」

ユアサは機械のようにそこを離れた。まったく信じられないような言葉がかれらの口から機関銃のように飛び出してくる。ユアサは自分が車輌班の整備工場に追いやられている間に、なにごとか突発的な変化が生じたにちがいないと思った。それがなになのかたしかめなければならない。

しかしどこへ行っても証明書なるものがなければ作業末端の待機所《ピスト》に入ることもできなかった。

今やルナ・シティは完全に《宇宙飛行推進連合》の手ににぎられているようであった。

4

二十隻の大型宇宙船はようやく船台上にその姿をあらわした。全備重量八万九千トン。長さ二百メートルの白銀色の船体はガントリークレーンに抱きかかえられて高大な塔のように暗黒の空にそびえていた。

完成にはまだかなりの間があろうと思われたが、搭載する物資を積んだ船団が相ついでルナ・シティの宇宙空港《スペース・ポート》に入ってきた。そのころから船台周辺の技術員をはじめ、シティ内部の技術員たちの間にこれまでになかったあたらしい動揺が生れた。

「また何かあったのか？」

ユアサは輸送車に加えていたスチーム・クリーナーの手を休めて外から帰ってきた技術員の一人にたずねた。

「いよいよ近く火星・木星開発計画《グレート・オーシャン・プラン》の参加隊員の氏名が発表されるらしい。みな落着かないよ」

ユアサは肩をすくめた。

「さぞかしお待ちかねだろうよ。なあ、あれだけしっぽをふって協力したんだ。二百や三百は乗せていってくれるだろうよ」

ぺっ！　とつばを吐いた。

「まったくうめえところをついてきたもんだよ。このルナ・シティの穴ぐらにへばりついて地球の鉱山暮しとかわらない生活をしていた宇宙技術者に火星や木星の探検に参加させるというんだからな。飛びつかねえやつはいねえわけよ！」

最初は三人いた技術員も今は一人しか残っていなかった。他の二人はとうに《連合》に積極的に接近してここを去っていった。

「それは、ここにいるかぎり、もう二度と宇宙船に乗ることはできねえからな。宇宙技術者がこんな穴ぐらの中で暮していなければならねえほどみじめなことはねえからな」

それは自分自身に言いきかせる言葉だった。

「おい。おまえはどうなんだ？」

ユアサは一人残った技術員に顔を向けた。

「ええ？　おい」

技術員はくらいまなざしをユアサに投げた。

「私は月面基地での車輛整備を専攻したのです。だから火星や木星へ行っても……」

「役に立たない。か。ルナ・シティでの車の整備じゃどうも宇宙技術者とは言いがたいなあ」

それも自分自身のことだった。

百年前は月へ来ることだけでも宇宙技術者であり、『宇宙人《スペース・マン》』というはなやかな呼びかたをされたこともあった。それが今ではこのルナ・シティの穴ぐらの中では、地球とまったく同じ配管工でしかなく電気工事の作業員でしかない。すでに月では冒険の時代は去り、つねに死と隣りあっていたスペース・マンの時代は終っていた。未知の宇宙空間に、そこが未だ人類が足跡を印さないというだけで生涯の夢を燃やし、生命をかけた宇宙技術者、スペース・パイロットたちの夢や今は色あせて、この晴の荒涼たる平原の一角にグリースとゴム・パッキングでおしつぶされていた。

「行きたければ行けよ。月での車輛整備の知識だってどこかで役にたつさ」

ほんとうにそうなのか？　火星・木星開発計画《グレート・オーシャン・プラン》ではそれなりに苛酷な条件で十二分な仕事を果し得る新しい技術を身につけたスペース・マンたちをもう養成し終ったのではないのか？

「一隻に五十人として千人。そのうち半分をルナ・シティの技術者で当てると言ったのだろう」

それが地球側の条件だった。希望者はその百倍もいた。たいへんな競争率だ。しかしその選に入るかもしれないと思ったからこそ、資格のある者たちは《宇宙飛行推進連合》を結成し、シティの管理部を動かしてまで地球側の計画に協力したのだ。

ああ、スペース・マンの夢とはそういうものなのだ。もう忘れかかっている広漠たる星の海をとりもどすために必死に花崗岩の穴ぐらから這い出ようとする。

それならそれでよい。

「ほんとうに行っていいか?」

「なんでおれにことわるんだ。自分が考えたとおりにやれよ」

「主任。あんたは宇宙へ出てゆきたくはないのか?」

ユアサはチェーンでつり上げていた輸送車を床におろした。トーション・バーの油圧ピストンが乾いた音をたててキャタピラーが床に着いた。その音に耳をかたむけてからユアサは顔を上げた。

「それは、おれだって宇宙技術者《スペース・マン》の端くれだ。宇宙の果まで行ってみたいさ。しかし、おれはルナ・シティの建設のためにここへ来たのだからな」

りっぱなことをいうが、ほんとうにそうなのか? ユアサはもう一つ別な声が口から出かかるのをおさえるのに苦心した。

「まあ、そのへんはおれだってほんとうはよくわかっているわけではないのさ。しかし、その目的のためにがんばっているやつらもいるからな」

ユアサは今、イナガキや金《キム》はどうしているであろうかと思った。

気がつくと自分一人になっていた。ユアサはスパナを手にすると、キャタピラーのボルトを点検しはじめた。

＊

二十隻の船団は、白熱のほのおを曳いて星の海に消えていった。あとには高熱で焼けただれた二十基のガントリークレーンが残された。火星・木星開発計画《グレート・オーシャン・プラン》にはルナ・シティから十八人の技術者が参加した。かれらは二十隻の宇宙船に分散して配置され、みなの羨望を一身に集めて去っていった。

それから五時間後、地球政庁は宇宙省の名のもとに、第二次火星・木星開発計画《グレート・オーシャン・プラン》を発表した。今度は大型宇宙船三十隻。第一次船団のあとにつづくそれは貨物輸送船だった。その乗組員はすべてルナ・シティの宇宙技術者を当てるという。一隻五十名の乗組員として総合千五百名。ルナ・シティの宇宙技術者たちは歓呼してその計画をむかえた。その計画発表の終り近く、宇宙船建造に必要な技術者もまたルナ・シティが負担するという条件など、もはや誰も問題にするものはいなかった。

その日のうちに計画推進委員会は具体的な作業割とそれに要する新しい人員配置案を作成して管理部に示した。

計画推進委員会は独自に、ルナ・シティによる大型宇宙船の建造をも要求した。最初、それは極めて遠慮がちであったが、のちにはそれは地球側の好意に対するシティ側の当然果すべき自発的義務であると称した。

回廊は前にもましてくらくかげり、保守を失った給排水管はいたる所で漏水し、エア・ロックに近い回廊のあちこちに厚い氷を張りつめた。造船台に近い所に資材集積所を設けるために、地表部分を全面的に改修することになり、宇宙線観測所と赤道儀ドームが遠く離れたクレーターの中へ移された。

三十隻の第二次船団が最初の縦通材を船台上に置いた日、地球政庁はひきつづいて第三次船団を火星と木星の中間に位する小惑星帯へ送る用意のあることを発表した。ルナ・シティの、そうした計画に対する異常な熱意が計画の実現性を支えていることはまぎれもないことであった。

そうしたある日、シティは新しい不安におしつつまれた。それは最初、シティの奥深く調理部、食品管理部を中心に巻きおこり、経理部、医療部などに飛火した。かれらはつぎつぎと各階層の入口を閉ざし、交通を絶った。あきらかに計画的な怠業《サボタージュ》だった。

このままではルナ・シティは壊滅してしまう。もともと宇宙観測、月の全般的探察を目的として設けられた小規模な前進基地が数十隻もの宇宙船の建造能力に耐えられるわけがない。たとえ建造施設や建造に必要な資材を送られたとしても、それだけですむことではないのだ。シティの荒廃は加速的に進んでいる。無縁な造船計画は今すぐにやめるべきだ。

かれらはシティ管理部に強硬な申し入れをおこなうと同時に、《宇宙飛行推進連合》の即時解散を要求した。

かれらの多くは科学技術者ではなかった。もちろん一人一人は初期の宇宙飛行士よりはるかに宇宙技術者としての知識と経験に富んではいたが、実際にはかれらは事務職員であり、医師であり配管工であり調理人であった。

《連合》は造船台と発電所、酸素発生工場を固めてそれに対抗した。しかしそれで宇宙建造計画は完全に停止状態におちいった。地球政庁は武装をほどこした宇宙船を急遽ルナ・シティ宇宙空港《スペース・ポート》に派したが、それは具体的ななんの解決策にもならなかった。

地球政庁は船台の作業即時再開を強く要請し、食料、飲料水製造装置、配薬品などを積んだ船団をもって船台の作業技術者たちを援護した。シティは二分し、住人の一割にもみたない宇宙技術者たちと無力な多くの一般市民が烈しく衝突することになった。

ユアサのところへはもう輸送車はこなくなった。すでに整備を終った輸送車も見捨てられたかのように誰も引きとりにこなかった。どちらの側から送られてくる電力なのか、割あてでは動かすクレーンは一台しかなかった。そのクレーンもつり上げるべき何ものもなかった。整備工場の前の回廊は完全に閉鎖され、天井の電熱管《パイプ》をつたう漏水が白い水蒸気になって管にまつわりついていた。

ユアサはからになった飲料水タンクを輸送車の荷台にほうりこんだ。宇宙帽《スペース・ヘルメット》の肩のジッパーを固くしめつけると運転台に這い上った。エア・ロックを開き、長い斜面《スロープ》を上って輪送車を地上に進めた。

そこから見る地上施設の灯は日ましに少なくなってゆくようであった。何がどうなってゆくのかユアサには見当もつかなかったが、地球政庁の意図はどうやら完璧に進められているようであった。加速度的に悪化してゆく経済危機の中で人々の眼を宇宙開発にそらそうとする。それは同時にルナ・シティを疲弊させ、結果的にシティを今よりずっと小規模なものに縮小させるという二つの効果を持っていた。それは万事うまくゆくだろう。地球は居ながらにして宇宙開発の成果と、経済緊縮の思いきった実行という二つのメダルを手にするであろう。地球の多くの人々はそれを努力として買うはずであった。地球政庁はなおしばらく安泰の道を歩むであろう。

ユアサはそこにむざんにくだけた宇宙技術者、宇宙パイロットたちの夢を見た。三十隻の宇宙船の乗組員をシティの宇宙技術者で充当するなどという夢をいったい誰が見たのだろう。かれらの求めてやまない夢を賞金にかれらの汗と心をくびきにかけ、なおもつぎつぎと苛酷な要求をシティにおしつけてくる。それがシティにどのような明日をもたらすであろうかはユアサが今考えるまでもなかった。はげしい怒りがしばらくの間かれの呼吸を困難にした。

ガントリークレーンの林の上に、巨大な地球が淡青色の美しいかがやきを放っていた。その翳のような大陸のどこかにイナガキや金《キム》がいるはずであった。

ルナ・シティが地球と訣別するためには、なお何年かの歳月が流れなければならなかった。

クロスコンドリナ2

1

目的地が惑星〈クロスコンドリナ2〉と聞いても、それだけでは誰もとくに気にかけたようすもなかった。今日は宇宙基地《ブルベン》の安全なあたたかいベッドにもぐりこんでいても、明日はいずこともしれぬ宇宙の果に追い立てられかねない宇宙船乗り《スペース・マン》のことだ。目的地などいちいち気にしてはいられない。それにもうひとつ、航星図《スター・マップ》にのっているおびただしい数の星座や天体の名前などどうていおぼえてはいられない。だから〈クロスコンドリナ2〉と聞かされても、すぐにそれがどこにあったかなどと思い出せる者などいるはずもない。

それが、こんどの遠征にはドバザリも加わるといううわさがつたわって急に誰もが〈クロスコンドリナ2〉行きに絶大な関心を寄せはじめた。それまでどうでもよかったことがにわかにどうでもよくはなくなったのだ。とつぜん目がさめたように、こいつはえらいことになった！と思った。

その日の集会室はその話でもちきりだった。ドアを開くと張《チャン》やクルーガーの濁《だ》み声が低い天井に反響している。

「……おれはごめんだね。ああ、ごめんだとも。おまえ、あのうすぎたねえ惑星でなにがあったか知っているかい？　あそこにはな、おまえ、いるんだ。なにか、こう、えたいのしれねえ生きものがよ……」

「おれはこわいんじゃねえよ。こわくてこんなことをいっているんじゃねえんだ。おれだって宇宙船乗りになってもう五十年だ。それは今かんがえてもぞっとするような目に十回や二十回はあっているさ。でもな。〈クロスコンドリナ2〉はいけねえ。あそこはまっとうな宇宙船乗りなら近づいてはならねえところだ」

かれらをとりまいている仲間たちがひとしきりうなずいた。

「だけど操機長《マシン》。〈クロスコンドリナ2〉の調査結果はかなりはっきり出ているでしょう？」

電装員の若いハリバットが人垣のうしろからのび上った。

「調査結果だと？　その声はハリバットだな。おまえは最近ここへ来たばかりでなんにも知るめえが第二次探検隊の送ってきた調査資料なんぞ第一次探検隊が三百年も前に調べたことと少しも変わっちゃいねえんだ。つまり何にも調べていやしねえのさ」

「そうとも」

クルーガーが張《チャン》の言葉を受けついだ。

「なんにも調べねえうちにドカアン！　だ。おい。ハリバット。〈クロスコンドリナ2〉のデーターを言ってみな」

　ハリバットはふいの質問にどぎまぎしながらも老練極まりない先輩たちの前でかたくなって声を張り上げた。

「ええと、恒、恒星アルファ・エリシアの第一惑星で、直、直径五三二〇キロメートル。比重約一・一。自転周期約七三時間。公転周期約三九〇日。窒素および酸素を主成分とする大気を持つ。赤道付近にわずかな自由水面を持った水が認められる。気温は赤道付近で五度Cていど。磁場は……」

「もういい！　だいぶ勉強しているな。どうだ、みんな。〈クロスコンドリナ2〉とはそういう星だ」

　口笛が高く鳴り、床が踏み鳴らされた。ハリバットはほほをふくらませて人垣のうしろに身を沈めた。

「まったくはじめて聞いたような気がすらあ。だが、それほどようすのわかっている星でなぜ探検隊は二度も遭難したんだ？　なぜだ。え？」

「ドバザリはなんと言っているのだ？　クルーガー」

　化学整備《ケミカル・メインテナンス》のササキが清涼飲料の罐を口から離してたずねた。

「ああ、ドバザリはな、さけび声を聞いたって言うんだよ。それはとても人間の声なんかじゃねえ。なんとも形容のつかねえものすごい声だった、とな。それから地平線の果に木の枝のようなものが動くのが見えたと言うんだ」

「それだけじゃねえよ。ササキ。足の下の地面がときどき地震のようにゆれ動くんだとよ」

船外作業員《デッキ・マン》のタンが肩をすくめた。

「それと、たえず足もとからドカン、ドカンよ。爆発だ。まあ、火山の小さいやつかな。いきなり足もとから噴いてくるんだ。これで第二次探検隊は全滅さ」

「ドバザリはよく助かったな」

「たった一隻だけ残った救命艇で命からがらぬけ出して衛星軌道をふらついていたところを発見されたんだ。半気違いになっていたそうだ。冥王星の病院へずいぶん長い間入っていたんだぜ。それからずっとここで雑役をやっていたのだ」

「ドバザリの言うこととときたら話にもなにもならねえ。全く背すじがつうんとつめたくなら。張《チャン》が太いうでではだけた胸をぼりぼりとかきむしった。

いやな所だぜ。〈クロスコンドリナ2〉というのは」

クルーガーがくちびるをゆがめて歯の間を強く吸った。

「ほんとうにいるのかな？」

「なにが」

「おっそろしい生物《いきもの》がだよ」

「三百年前の第一次探検隊のことは知らねえよ。だがあの第二次探検隊となると、こいつはどうもありきたりの事故や遭難じゃねえな。なにかあるんだ。絶対になにかあるんだ」

「どんな声だったのだろう？」

「知らねえよ。ドバザリに聞いてみな」

「木の根のようなものが動いていったと言うんだろう」

「目に見えるようだぜ。遠い地平線を木の根のようなおそろしくでかいものが動いてゆくなんてのは！」

「予備調査ではわからなかったのかな？　偵察ドローンの写したフィルムには映っていなかったのか？」

張《チャン》は顔の前で大きく厚いてのひらをふった。

「よせよせ。タケイ。あそこではすでに百人もの宇宙技術者《スペース・マン》たちが死んでいるんだ。宇宙省《ジム》の何度かのご熱心な高空撮影の結果、ドバザリは幻覚を見たものであろう、との結論が出ているんだ。それでおれたちが第三次探検隊となって行くわけよ」

クルーガーが両手を肩まで上げた。

「もういけねえ。ドバザリの気違えがいっしょじゃ居もしねえものだって出てくるさ。みんなも覚悟しろよ。もう生きてはここへは二度と帰ってはこられねえよ」

はげしい不満と恐怖を抱いてみなは張《チャン》やクルーガーのかたわらから離れた。かれらの胸に恐怖が雲のようにわき上ってきた。

2

フェリーボートはあと何回か基地と探検船の間を往復して残った物資を積みこまなければならないが、乗組員たちはすべて乗船が終った。推進装置をのぞくあらゆる機器とシステムにパワーが入り、船内は発進数時間前の騒音と緊張にみちていた。テレビ電話と各自が身につけている携帯電話《トーキー》のブザーがひっきりなしに鳴りひびく。加えてインターフォンががなりたてる。ハッチが開かないの閉じないの、バルブが動いたの動かないの、誰と誰はどこへ集まれだの何を持って来いだの、やがては聞えているのか！　などという罵声までまじってくる。

「ようし」

タケイは板のように突張った腰に両手を当てて上体を起した。宇宙服をつけたまま長い間きゅうくつな姿勢をとっていたため、腰骨がめりめりと音をたてそうだった。船内酸素放出装置の、二十台の圧縮機《コンプレッサー》の回転数がようやく一致した。あとは電子頭脳に直結すれば船内酸素の問題はいっさいタケイの手を離れるのだった。操機長の張《チャン》が首からつるした画板にとめた紙片に何か書きこみながらタケイのうしろを通りかかった。

「……全く何をやっていやがるんだ。百五十整備時間は無駄になっちまった……」

「どうした？　操機長。何が無駄になったって？」

張《チャン》は顔を上げてなさけなさそうに肩を落した。

「ドップラー・レーダーの防震板がいかれてやがるし、太陽電池の三号と五号がうまく開かねえんだ。支持架は今たたき直しているが、防震板の方は見こみがねえ。そっくりとりかえなければならねえがそんなひまはねえしな」

「防震板は点検したんだろう？」

「整備はそう言うんだがこわれているのははっきりしてらあ。責任のがれだぜ」

張《チャン》はふいに荒々しい表情になった。

「なあ、こんどの探検は最初から気が進まねえんだ。出発まぎわになってこんなにトラブルが出てくるなんて今までになかったことだぜ。ドップラー・レーダーや太陽電池だけじゃねえんだ。天体観測用天窓にひびが入っていたり、飲料水タンクが漏水していたり、タケイ、これはろくなことはないぜ。〈クロスコンドリナ2〉を探検するなんてやめた方がいいとおれは思うよ」

タケイは酸素放出装置の圧縮機《コンプレッサー》の回転がこれまでに全くなかったほど同調しにくかったことを張《チャン》に話そうかと思ったが、それはやめた。これ以上、張《チャン》がおく病風に吹かれたのではたまらない。

「ドバザリは司令室に入ったきりだが、あいつ船長《キャップ》に何を話してんだか！　きっとあいつがこの探検をすすめたにちがいねえんだ」

張《チャン》はふん！　と鼻を大きく鳴らすと体をゆすってハッチをくぐりぬけていった。

自分の守備範囲の三六ヵ所の点検《チエック》を終えて船室へもどろうとしたタケイが司令室の前を通りかかると、ドアが開いてドバザリが姿をあらわした。

そのまま通り過ぎようとしたタケイはふと思いたってドバザリを追った。背を丸め、やや腰を落して歩むドバザリの後姿は百歳をこえる老爺のように力無かった。

「ドバザリ。一級宙航士、第二次〈クロスコンドリナ2〉探検隊のただ一人の生存者、ドバザリだろう」

ドバザリはゆっくりとふり向いた。黒褐色の扁平な顔に傷跡のようなむざんなしわが縦横にはしり、大きく落ちくぼんだ眼窩の底にはこれはいやに小さな目が方鉛鉱のような鈍い光を放っていた。向い合うとタケイの肩ぐらいまでしかなかった。かれは顔を上げて正面からタケイを見た。

「なにか用か？」

その言葉の中に、人を近づけまいとするはげしい拒否のひびきがあった。タケイはそれまでの気負いを忘れて口ごもった。

「用があるなら早く言え。おれはすこし眠る」

とがった肩をめぐらせて立ち去ろうとする。

「あ、いや、待ってくれ。ドバザリ。おまえ〈クロスコンドリナ2〉で妙なさけび声やえたいの知れぬものがあらわれたのを見たと言っているそうだな。そのため……」

「そのため？」

「みなひどくおびえているんだ。この《ブホ》に乗りこんでいる第三次探検隊のみなが妙に自信を失ってしまっている。こんなことではいつ大きな事故をひきおこすかわからん」

ドバザリの深いしわの何本かが動いた。眼窩の底の眼にほのおのような感情がひらめいた。

「それでおれにどうしろと言うんだ」

「おれにはどうしろとも言えんが、みなをおびえさせるようなことを言うのだけはやめてくれ」

ドバザリはほんのわずかの間、タケイの顔を見つめていたが、ゆっくり顔をふるうともう歩き出していた。

「ドバザリ！　どうなんだ？」

かれは追いすがった。

「ドバザリ！　おまえは仲間がつぎつぎと死んでゆく中で、恐怖のあまり見もしないものを見たと思い、聞きもしなかったものを聞いたと思っているのだ。だから宇宙省《ジム》はそれらはすべておまえの錯乱の産物だと言っている。そうなんだ！　ドバザリ」

落ちくぼんだ小さな目がタケイの言葉を正面からとらえた。

「それならそうしておけ。若いの。グラフにあらわれ、フィルムに映っていなければデーターではないと思っているのだろう。結構なことだ」

「だが、ドバザリ。もう五百年もこのかた、十光年の範囲内には生命の存在する可能性が全くないことはあきらかにされているのだ。それを今さら、さけび声が聞えたの、奇妙な姿を見たのでは話になるまい」

「おまえはおれの目や耳で知ったことは信じられない、と言うのだな」

「そんなこと言ってやしない」

「若いの。言っておくがな。おれの見たこと、聞いたことにうそはない。おれはそれを確信しているからこそ、たいして役にも立ちそうにもねえおれだが、船長《キャップ》に無理にもたのみこんでこうして探検隊に加えてもらったのだ。おれ自身、あのときに見たものをたしかめたいからなのだ」

「全く信じていやがる！　忘れちまうんだ。そんなことは！」

「なあ、若いの、三百年前の第一次探検隊の報告の中にも、それらしいものがあるんだぜ。記録によればな、そのときもやはりその通信を送ってきた奴が頭がどうかなっちまったんだろうということになったんだ」

「そんなこと聞いていねえな」

「おめえが聞いていねえだけだ」

ドバザリは体を回すともう二度とふり向こうとしなかった。

タケイは結局、かれの確信を聞かされたに過ぎなかった。そしてそれはとりもなおさず、目的地には、えたいの知れぬぶきみな生物と、それのもたらす探検隊の破滅が約束されているということだった。その経験において比類ない老練な宇宙技術者《スペース・マン》であるドバザリがあれほどおびえ、恐怖にかられている以上、かれが錯乱の結果、生じた幻覚とはいちがいに言えないのかもしれない。だからこそ、そこに多くの乗組員たちが不安を感じ、ささいな整備ミスをも不吉の前兆と感じたりするのだろう。いるのだろうか？　ほんとうに。いるとすれば何が？　タケイは胸の奥底にはりつめていたものが急速になえしぼんでゆくのを感じた。

3

高度五千メートル。高層に薄い雲がかかり、その雲の切れ目から時おりくらいオレンジ色の小さな星がのぞいた。それは、このアルファ・エリシア太陽系のただ二つの惑星の一つ〈クロスコンドリナ１〉と思われた。

「どうだ？　何か見えるか？」

船長のクーパーが赤外線望遠鏡《ヌクト・スコープ》についているムライにたずねた。

「下方はゆるやかな起伏がつづいているだけです。別に異常は認められません。三時の方向に火山Ｎ７。七時の方向に同じくＮ12、まだ見えます」

「Ｎ７もＮ12も昼間観測したときにくらべて変化はないか？」

「火光はかなりおとろえています」

「接近できそうか？」

「高度千メートル以下にさげては危険です」

「クフ。目標三時の方向。火山N7に接近だ。高度千五百」

「アイ！　船長《キャップ》」

《ブホ》は巨体を大きくかたむけて頭をふった。イオン・ロケットの推力の十何パーセントかを制動推力に切りかえて速力をほとんど失速限界にまで下げる。それまで半分ほど開いていた引込翼が生きもののようにいっぱいに張り出した。展張した三角翼はたちまち大気をはらんで、《ブホ》は生気を得たように仰角に乗った。操縦士《パイロット》のクフはその頭をおさえて巨体を大きく横にすべらせた。

「N7。前方距離一万。高度千五百」

クフの声でみなはテレビ・スクリーンにひとみをこらした。

暗黒の視野に、そこだけ眼底を灼くような赤熱の火花が、滝のように噴き上げていた。昼間は煙と熱によるはげしい大気のゆらめきではっきりと見さだめることができなかったが、今は噴出エネルギーもややおとろえたか、その輪郭もほぼあきらかにのぞむことができた。

「直径はほぼ二十キロメートルか」

それは噴火口というよりも一つの盆地と言えた。直径二十キロメートルの巨大なほのおの輪《リング》。噴き上がるほのおの外周にわずかな地表の隆起はあるが、全体に数百メートルの深さで陥没したように見える。そしてそのほのおの輪《リング》に囲まれた中は、ことに深い暗闇だった。

《ブホ》は一瞬のうちにその上空を通過した。

「クフ。もう一度N7の上を飛べ」

「OK！」

「みんな！　もう一度よく見て何か気がついたことがあったら言ってくれ！」

ふたたびテレビ・スクリーンに巨大なほのおの輪がすべりこんできた。高く低くはためくほのおの幕に照し出されて周囲の平原がしんきろうのように濃く淡くゆれ動いている。そのほのおのつらなりをふわりふわりと飛びこえると、急に眼下は暗黒に閉ざされる。《ブホ》はほのおの輪《リング》の中に入ったのだ。そして前方にまたほのおの円弧が迫ってくる。それをも飛びこえるとみるみる巨大なほのおの輪《リング》ははるか後方へ遠ざかってゆく。

「船長《キャップ》。あれはどうも噴火じゃねえような気がするんだが」

クルーガーがスクリーンからクーパーに目を移した。

「噴火ではない？」

「地面が燃えているんじゃねえかな」

ササキがつぶやいた。

「分光器の結果はどうだ？」

タケイはコンピューターから吐き出されてきたテープを照明灯にかざした。

「船長《キャップ》！　燃えているものは鉄、硅素、アルミニウム、銅、マグネシウムなどです」

「船長《キャップ》！　それはこの〈クロスコンドリナ2〉の地表成分だ」

「砂が燃えているんだ！」

「噴火ではないぞ！」

「地面が燃えている！」

みなは思わず顔を見あわせた。地下の石油が地表にまで浸透してきてそれが燃えているのでもない。また石炭や木などの炭素化合物が燃えているのともちがう。これはあきらかに地表そのものが燃えているのだった。

「燃えているのはおそらく砂だろう。しかし可燃物とも思われない地表の砂が燃えているのはなぜだ？」

「しかし酸素の供給さえ豊富ならたとえ砂でも燃えるさ」

「それは高圧の酸素を吹きつけたような場合だ。あそこはただの平原だぞ。酸素分圧こそ地球より多いがここでの常気圧、気温五度Cの状態で金属分子が急激な酸化をすると思うか」

「それならあれはなんだったのだ？」

「うるさい！」

クーパーは太い眉を寄せてインターフォンのスイッチを押した。

「全員に。第二次探検隊によって報告され、またわれわれもそう信じていたこの惑星の火山活動はどうやらわれわれにとって未知の自然現象であると思われる。しかし本船の着陸にとくに危険は予想されない。着陸は五時間後、つまり六時三十分頃の予定。着陸地はこれより選択する。当直以外はそれまで待機しろ」

待機しろと言われてもテレビ・スクリーンの前を離れる者はいなかった。そのスクリーンの遠い奥に、さらにもうひとつの真紅のかがやきがにじみはじめていた。

「十一時の方向。N21」

モーターがうなってムライの赤外線望遠鏡《ヌクト・スコープ》が新しい目標に向けられた。タケイも分光器をセットした。

「あれは火山の噴火などではない。あれは地すべりだ……」

いつの間に操縦室へ入ってきたのか、ドバザリが怪鳥のような声でさけんだ。

「ドバザリ！　おまえは休息室へ行っていろ！」

「ドバザリ！　もうたくさんだ。だまっていろ！」

クルーガーが吠えた。

「地すべりだと？」

ハリバットがクルーガーの声をおさえた。

「しゃべらせろ！　ドバザリがあれは地すべりだとよ！」

「ふん！　地すべりどころか、何かいるんじゃなかったのかい！」

「地すべりの方がみこみがありそうだもんな！」

「うるせえぜ！　クルーガー。なんといってもドバザリはここは二度目なのだ。おれたちの知らないことでも知っているかもしれないぜ」

船長のクーパーがドバザリを自分のかたわらの座席にまねいた。

「地すべりとは？」

ドバザリは声をふるわせた。

「いきなりどっと落ちこむんだ。陥没だよ。広い地域が何十メートルもとつぜん落ちこんで、そのあと火の海だ」

クーパーはくちびるをゆがめて小さく指を鳴らした。ドバザリに意見を聞いたことを後悔しているようだった。

「おれ、見たんだ」

ドバザリは声を張り上げた。

みなの見つめるスクリーンにはほのおで造られた環礁が、闇の深奥を赤々と照して今大写しになった。百千のひらめく火の舌が絶えず外方へ向ってのび出ようとしていた。のび出たほのおの先端はつぎの瞬間にはふっとかき消されて闇に呑みこまれてしまうが、そのあとにはもうつぎのほのおがそこまで這いのびてきている。それは闇と火光の絶え間ない戦いだった。

4

「クルーガー。着陸地を選定しろ」

船長《キャップ》の声にクルーガーは昼の間に作成した北半球の地形図をプロテクターにセットした。

赤銅色の小さな太陽が、弱々しい光を平原に投げかけていた。南と北には遠く低い山々が影画のようにつらなっていた。《ブホ》の進入してきた西の空は天頂からしだいに藍を深くし、黒ずんだ地平線にかくれるようにほんのわずかの星がさびしくまたたいていた。

平原には茎を持たない扁平の地衣類のような植物がまばらにひろがっていた。その褐色の葉が砂にまみれてすでに風化しかかっているように見えるが、靴の先で蹴ってみると別に枯死しているのでもなかった。

「酸素三九パーセント。二酸化炭素八パーセント。窒素五〇パーセント。その他」

大気分析器から顔を上げたハリバットがさけんだ。

「ヘルメットをとってよし」

クーパーの声にみなはほっとしてヘルメットのボルトをゆるめた。そのヘルメットやそれまで背負っていた酸素ボンベや飲料水タンクを足もとにおろすと急に身軽になった。

乾いてつめたい大気がひえびえとほほをなぶった。

「ここは？」

「N18の西、百五十キロメートル。N8の南三百四十キロメートルの地点だ」

「いきなり足もとからどかん！　とくるようなことはないだろうな」

「なんとも言えないぞ」

「観測班は作業にかかれ」

地震観測器材を積んだ十四機のドローンが発射された。これは電波でその観測データーを送ってくる無人観測所の役目をするものだ。別に張《チャン》の指揮する観測器材を積んだ輸送車が出発していった。これは本船を中心に半径百キロメートルの有線通信観測網を設けるのだ。さらに北半球に四ヵ所、南半球に二ヵ所レーダーを設置する。そのための《ブホ》の飛行は三日以内に予定されていた。

観測所の設置が完全に終った時には翌日の日没を過ぎていた。《ブホ》の北、二キロメートルのゆるやかな丘陵の斜面に輸送車の格納庫と修理工場が設けられ、それに隣接して原子力発電所を置くことになった。操機長の張《チャン》を中心とする地上任務の十名ほどがそこへ移ることになった。

「それはよくないんじゃねえか？　ようすのわからねえうちはみんな集まっていた方がいいよ。それに二キロも離れていては急になにかおこったとき、《ブホ》まで逃げてくるのがたいへんだぜ」

張《チャン》はほほを硬張らせて言い張った。

「いいかげんにしろ！　張《チャン》。《ブホ》は定期的な観測と輸送のためにこれから毎日のように飛ばなければならないのだ。地上基地を《ブホ》の近くに設けることができると思うのか。それとも作業飛行にまで全員を乗せて飛べというのか」

張《チャン》はほほをふくらませた。

「そ、そんなことを言っているわけじゃねえが、まだここが安全かどうか確認されたわけでもねえし……」

「いやならいい。操機長《マシン》は誰か他の者に代ってもらうから、おまえはここに残って船倉のすみにでもかくれていろ！」

張《チャン》は全身で不満をあらわしながらむこうに小さく一団にかたまっている地上作業班のところへもどっていった。

「なあ。張《チャン》があぁ言うのも当りまえだ。クーパー。基地の本格的な設営はほんとうに危険がないとわかってからにしろ」

ドバザリがクーパーにとりすがるように言った。クーパーの顔にきびしい感情が動いた。

「よく聞け。ドバザリ。われわれも前世紀の怪物がかくれひそむ所へ来たのではないのだ。もしこれ以上第三次探検隊員としての行動にそぐわない発言をするならば、おまえを拘禁しなければならん」

「わかったよ」

ドバザリは小さな眼に憎悪をほとばしらせてクーパーのかたわらを離れた。

「われわれはこの〈クロスコンドリナ2〉の自然環境調査をおこなうと同時に、第二次探検隊の遭難の原因をつきとめる。そしてできれば残されている観測器材を収容するのだ。以後、全体の士気に影響を及ぼすような発言はすべてサボタージュとみなすぞ」

クーパーの声がつめたい大気の中にひびいた。

設営作業がはじまった。《ブォ》を探察飛行に使うためには重機材や地上で日常使用する物資はすべておろさなければならない。

張《チャン》たちの操機班との間に強化プラスチックの薄板を敷いた簡易舗装路が設けられて地上車が高速で往復できるようになった。観測班と支援班それに医務部のプレハブが操機班と本船と正三角形を形作る位置に設置された。

〈クロスコンドリナ2〉での三日目の夜がきた。これまでほとんど眠るひまもない作業の連続だったが、この夜、はじめて休息らしい休息がとれそうだった。二つのキャンプと本船では交代でそれぞれ一名ずつの当直をたて、みな早々スリーピングバッグにもぐりこんだ。タケイはその夜は当直が回ってこないので夜中に起される気づかいはなかった。バッグに入って眼を閉じると、それまで緊張を支えにして耐えてきた疲労がつなみのように体中にひろがった。眠りに入る直前、誰かが何か語りかけてきたが、もうそれに応える気力もなかった。

夢もなくタケイはどろのように眠りにおちた。

どれほどの時間が過ぎたのか、タケイはふいに眠りからさめた。

声を忍ばせたするどい調子の会話が入り乱れ、二、三人の足音がキャンプの外へ出ていった。半身を起こすとプラスチックパネルの天井や壁に携帯用の投光器《スポット・ライト》の丸い光の環があわただしく動いた。タケイはバッグからすべり出ると高い寝息をたてている幾つかのバッグを踏みこえてキャンプの外へ出た。はげしい寒気がなまあたたかい眠りの体温を吹きさらっていった。タケイは体をすくめて作業服の温度調節装置のスイッチを入れた。

「どうしたか？　何かあったのか？」

　太陽アルファ・エリシアが地平線に姿をあらわすまで、あと二、三時間ある。遠い南の空が燃えていた。そのときになってタケイは自分の足がわずかにふらつくのを感じた。まだ疲労は重く全身によどんでいたし、そのため暗闇の中で体の平衡がうまくとれないのかと思ったが、そうではなかった。

「まだゆれているな。ずいぶん長い地震だ」

　誰かがつぶやいた。大きな地震があったらしい。自分が眼覚めたのもおそらくそのせいだったのだろうとタケイは思った。それにしてはみなひどく緊張している。

「地震で起きたのではないのか？」

　携帯用投光器《スポット・ライト》の光で見るとデッキ・マンのタンだった。

「レーダーに何かが映っているそうだ。こちらに近づいてくるらしい」

「何が！」

「それはまだわからない。《ブホ》のレーダーに入ったそうだ」

「方向は？」

「あっちだ」

　投光器《スポット・ライト》を向けてみるとタンは暗闇の中で北を指していた。

「操機班のキャンプの方角じゃないか」

　クルーガーの声がした。

「おい。みんなをおこせ。操機班のキャンプには連絡したか?」

「《ブホ》からしたと思いますが呼んでみましょう」

ハリバットがあわただしく操機班を呼びはじめた。

そのとき、とつぜん大地が大きく傾斜した。気がついたときにはタケイはキャンプから百メートルも離れた地衣類のしげみに手足をのばして打ち倒れていた。腰をひどく打ちつけて呼吸をするたびに筋肉が剝がれるような痛みがおそってきた。タケイは両手を使ってそろそろと起き上った。大地はまだごうごうとどよめいていた。高い通信アンテナの一本がキャンプの上になかめにかけわたされていた。鼓膜が断続的に膨張した。大気が震動しているらしかった。すさまじい地震だった。

キャンプの内部にいた二人がアンテナの下敷になってすでに絶命していた。タンともう一人が負傷していた。地震計を見ると震源地は南へ五十キロメートル。地下八千メートル。マグニチュード十以上と知れた。初期微動無しのすさまじい直撃に、みなは無意識にキャンプを走り出て四方に散っていた。それがかえって死傷者を少なくしたのであろう。大地の震えがやむと、被害はいがいに大きいことが判明した。遠距離探察用のレーダーの半数が送信を絶っていた。無人観測所七個が壊滅し、有線観測網だけがわずかの損害を受けたにとどまったのみだった。

「おい! レーダーに写ったというものはどうなった!」

「操機班は異常なしだそうです。強化プラスチック舗装路が途中かなりずれているそうです」

「近づいてくるものはどうした？」

「本船、応答してください！」

携帯用電話機の声が交錯した。操機班のキャンプに近づきつつあるというえたいの知れぬ映像目標のその後の動きがひどく気がかりだったが、その正体もつかめぬまま、時間だけがいたずらに過ぎていった。

負傷者を本船の医務室に送り、倒れた通信アンテナをもとにもどし、切れた張線を展張し終った頃、ようやくこの日の最初の陽光が薄れ日のように平原をななめに照した。

5

「ビリー。右へ旋回。もうちょい右」

「右旋回ＯＫ」

ビリーが右手のレバーを大きく前へ倒すとスクリーンの視界が急速に右へかたむいた。高度五十メートル。褐色の地衣類におおわれた平原が円盤のように回った。基地の西、四十キロメートルの地点だった。

「ビリー！　あれは何だ？」

「どれだ？」

「もう見えなくなった。左へ急旋回！」

「よし」

ビリーは両手で左右のレバーをこまかく操ってもう一度、スクリーンにそれをとらえようとしたが、偵察ドローンの小さなテレビ・アイにはそれはもう入ってはこなかった。

「なんだ、タケイ。なにを見たのだ？」

タケイは今、一瞬、自分が目に収めたものをビリーに話すべきかどうかはげしく迷った。確認もできなかったし、また自分の錯覚ということもある。

「いや。丘の影だろう」

そうは言ったものの、それは丘の影などではなかった。おそろしく巨大なもの。地を割って天空にそびえ立ち、むちのようにしなやかにたわんで弦のように虚空を切っていた。——なんだろう？　あれは？　レーダーに映った基地へ近づいてくる物体というのはもしやあれではないだろうか？

「しまった！　ドローンのエンジンが故障したぞ！」

スクリーンの平原は狂気のように錐もみに入った。単気筒ジーゼルのエンジンはめったに故障などおこすものではない。数秒後にスクリーンは消えた。ドローンのテレビ・アイで捜査した結果を《ブホ》のクーパー船長へ連絡しておいてキャンプの外へ出ると、はるか南方の空に高く黒煙が上っていた。

「新しい火口ができたらしい」

「なあ、これは火山活動などではないぜ。足もとの地面がどかっと落ちて火焔を吹き出してくる。こんな火山があるか」

いつやって来たのか、本船にいるはずのドバザリが煙を見つめるみなの間に混っていた。

「弾性波による地殻の震動を調べた方がいい。地殻の下がいったいどうなっているかをまず知ることだ」

ドバザリの発言もどうやら市民権を得たようであった。クルーガーはドバザリの言葉を無視したように答えもしなかったが、ドバザリの言うように調査を進めるいがいにないことは誰の胸にもあきらかであった。

「ササキ。操機長《マシン》の張《チャン》に連絡して弾性波震動の調査計画をたててくれ。それから船長《キャップ》に地殻ボーリングができるかどうか聞いてみてくれ」

そのとき、大地の底からわき上り、平原の遠い果を、遠雷のようにどよめいて走り過ぎてゆくものがあった。大地はゆっくりと大波のようにゆれた。大気が収縮と膨張をくりかえし、聴神経がさびついた歯車のようにきしんだ。

「なんだ？　あれは」

「ゆうべも何回か聞えた」

「旋風ともちがう」

「地すべりだろうか？」

「いや。地の底で何かがふるえているのだ」

なにごとか、もっともっとよくないことがおこりそうだった。

「第二次探検隊の失敗は、到着してすぐ地殻変動の調査をしないで大気や地形の調査にかかったことだ。地殻変動が原因と思われる異状がこれほど相ついで起っているというのに……
……」

ドバザリはつぶやいた。みなもどうやらかれの言葉に真剣に耳をかたむけなければならない事態になっていることをさとりはじめていた。

つぎの日は探検隊の全力を上げて地殻の弾性波震動を調べることになった。《ブホ》は通常の観測飛行は中止して三ダース計測セットの設置作業にしたがった。当初の計画では地震計の設置だけで弾性波による地殻の性状まで調査することは予定になかったので震動を発生させるためのエネルギーには小型の原子力発電機の動力部分をとりはずしてつかうことになった。制禦装置を解放してしまうと、ほぼ一キロトン程度の原子爆弾にひとしいエネルギーをいっきょに放出できる。しかしそれはやりなおしがきかない。ただ一度の実験だった。

その準備が進められている間にも非常に大きな地震が二回、地鳴りが三回。遠い噴火が一回、基地の人々の心を凍らせた。誰も口にはしなかったが、いつもあのすさまじい噴火が足もとから噴き上げてくるかも知れなかった。それがどうやら火山活動による噴火とは全く異なる未知の地殻現象ではないか、というたがいが濃くなるにつれ、恐怖は破滅的なものとなった。

翌日は一日中、地震計の設置とその調整に暮れた。船長のクーパーは弾性波による地殻調査などをおこなわなければならなくなったことにひどく腹を立てていた。そのために、搭載してきた資材の大部分を費消し、このままでは第三次探検隊の本来の任務は日ましにおこなわれ難くなってきているからであり、かれにとってはもはや第三次探検隊はその目的を完全に放棄したかのように思えてきたのだった。

《ブホ》の着陸地点の東方百二十キロメートルの小さな盆地に計測センターがおかれ、それより六千五百キロメートル離れた南半球の平原に原子力反応炉が置かれた。この日、探検隊がこの惑星を訪れて以来、最大級の地震がこの地域をおそった。倒壊の危険を感じたクーパーは《ブホ》を緊急発進させた。

翌日。夜明けとともにこの〈クロスコンドリナ2〉の南半球の、荒涼たる平原の一角にかがやく巨大な火の玉があらわれた。地殻の一部を高熱の蒸気にかえ、すさまじい嵐で土砂をはね飛ばしながら輝く火の玉は高く高く昇って多彩なキノコ雲になった。それは唯一人、見る者とてない荒野をじゅうりんする死と破壊の手だった。

その瞬間から第三次探検隊のけんめいの計画作業がはじまった。計測センターのコンピューターには三六カ所の地震計と弾性波計測装置からのデーターがつぎつぎと入りはじめた。地下七十キロメートルの深さに設けられたボーリング探査機も確実に地殻を伝ってくる強烈な震動をとらえているはずであった。

計測センターのコンピューターは四時間後最初の実験結果を吐き出した。

それをもとに新たな修正資料を挿入して三六個の計測結果を照合させる。

そのさなかに、原子爆発による衝撃を加えた地点のやや西方を震源地とする極めて大きな地震が発生した。これが地殻の弾性波調査に決定的な役わりを果した。はからずも二つの異なる衝撃をほとんど一つのものとして比較することができるからであった。

その結果はまことに異様なものであった。

一、地殻の厚さは約三キロメートル。
二、その下は硅素とアルミニウムを主成分とする『シャル層』類似の構造である。
三、さらにその下方に極めて密度の異なる層がある。本来この部分は鉄、ニッケルなどよりなる『ニフェ層』であるはずだが、これは判然としない。
四、実験直後、同地点ふきんに発生した地震は極めて深く、地殻下層シャル層で発生している。
五、二つの地震計でキャッチした同地震の震動は、シャル層類似層下方の構造部の弾性波を伝えているが、これは炭素化合物ではないかと考えられる。
六、またその二つの弾性波は、シャル層類似層下方の核部より突出した枝状部が屈曲しつつ地表に達していることを示している。
その地点は東経〇七度〇五分。北緯〇九度一四分である。

七、四つの地震計はシャル層類似層に多くの空洞部の存在することを示している。
コンピューターの報告を前にしてみなはただ顔を見合わせるばかりだった。

「おい、いったいこれはなんだ？」

「コンピューターは狂っちまったんだ。きっと」

「この星の中身はいったいなになのだろう」

「早くひき上げた方がいいぜ！」

しかしクーパー船長はこの異様な調査結果を前に、かえって退却をこばんだ。第三次探検隊にとってまたとない成功の機会が与えられたのだ。第三次探検隊の成功はもはやなみの惑星探検ではなく、それ以上に、これまで知られなかった全く新しい現象を解明して報告するという宇宙探検家としては最高のチャンスにめぐりあえたのだった。

「船長《キャップ》！　あんたは気が狂っている。これ以上この天体にとどまっていては危険だ！　いったん引き上げた方がいい！」

「船長《キャップ》！　ドバザリの意見を聞いてはどうだ？　もう二人死んでいるのだ。おれたち十七人の生命は船長《キャップ》、あんたの手の中にあるんだ。おれは命が惜しいぜ」

船長の意見にもっともがん強に抵抗した二人の隊員、ドバザリは《ブホ》の船室内に拘留され、操機長《マシン》の張《チャン》は部下のニヘイと交代させられた。

その夜ふたたびはげしい地震が基地一帯をおそった。操機班のキャンプを両断する地割れがはしり、そこへ落ちこんだ地上車が爆発炎上し、操機班のクレイが死んだ。

6

「ドバザリ。この東経〇七度〇五分。北緯〇九度一四分という場所だが、おれといっしょにちょっと行ってくれないか」

タケイは《ブホ》の船室に閉じこめられていたドバザリを船外の物かげにつれ出した。

「何があるんだ？ そこに」

「まあいいからたのむ」

ドバザリは最初、ひどく警戒の面もちだったがタケイの言葉に何か読みとるところがあったらしい。

「よし。行こう。ヘリコプターで四時間ぐらいかかるだろう」

「操機班から一機借り出してあるが今日と明日しか使えない。これからすぐ出発しよう」

操機班の持っている近距離連絡用の小型ヘリコプターで四時間も飛ぶのは実は容易なことではない。航続距離は充分なのだが自動操縦《オート・パイロット》装置などというものはついていない。その点でもドバザリに同行をたのんだ意味があった。操機班の管制所には新しい地震装置の設置場所をさがしにゆくのだと連絡しておいて地平線のかげにかくれるといっきに機首を向け直した。

「タケイ。いったいそこには何があるんだ？　教えろ」

「いや。何があるのかおれにもわからないのだ。それでおまえに見てもらいたいのだ」

「見てもらいたい？　何を」

「もうしばらく待て」

時速百キロメートルの小型ヘリコプターはもどかしいほどおそかった。オレンジ色をおびた弱々しい陽光に、淡い影を地表に落して飛びつづけ、真夜中近く目的地近くに達した。

「十二時の方向へ二十二分で目的位置だが、ドバザリ、到達二分前から照明弾を落してくれ」

「タケイ。この位置はたしか、弾性波調査結果にあったシャル層下方部が樹枝状に上昇してきているという場所ではないか？」

「そうだ。いいか、そろそろ投下位置だ」

タケイはヘリコプターの速度を落すと高度三百メートルで旋回に入った。最初の照明弾が闇黒の中空を青白く染めた。

「タケイ。何をさがすのだ？」

「なんでもいい！　まわりを見てくれ！」

さらに照明弾を投下して機体をかたむける。

「タケイ」

「偵察ドローンのテレビ・アイもここを写していたのだ。見張るんだ！　ドバザリ！」

「なにを見張るんだ！」

照明弾の光の中を二つの小さなローターを銀盤のようにかがやかせて急旋回する。

「さがせ。さがすんだ！」

タケイは必死に操縦桿をにぎった。

そのときドバザリがおそろしい力でタケイのうでをとらえた。

「おい！　あ、あれはなんだ？」

「離せ！　離せ、墜落するぞ」

無意識にしがみついてくるドバザリの硬直したうでを解き放とうとしてタケイはあぶら汗を飛ばした。放物線をえがいて大地へ落下してゆくヘリコプターの上方から、奇妙な物体がおおいかぶさってきた。しだいにかがやきを失ってゆく照明弾の光芒の中で、それは暗い天空にまでとどくかと思われた。彎曲した巨大な壁面に対したように、その直径をうかがい知ることもできなかった。照明弾の光芒の中で、それに溶けこむように青白くかがやいていた。

墜落するヘリコプターのはるか上方から、無数の枝が開くように四方に炸裂して降りかかる色彩があった。それにとらえられたときがおそらく最期であろうとタケイは思った。

いつ地上に落ち、いつ破壊した機体からのがれ出たか全くおぼえがなかった。気がついたときにはタケイはドバザリを肩に負って地衣類の平原を虫の這うように歩きつづけていた。ドバザリの体は石のように重かった。

「ドバザリ。しっかりしろ」

ドバザリはタケイの肩でうめきつづけた。

「ドバザリ。見たか？　おまえがかつて見たという枝のようなもの、というのはあれとちがうか？」

「そうかもしれん。しかしよくわからない。タケイ。いったいあれはなんだろう」

「おれは二、三日前、偵察ドローンのテレビ・アイで探察中に偶然発見したのだ」

ドバザリは苦しそうにのどを鳴らした。

「タケイ。あの地点はシャル層下方の……」

「ドバザリ。あれが地底深くからのびてきて地表高くあらわれているのだと考えたら空想的であり過ぎるか？」

ドバザリのうめきがやんでいた。

「ドバザリ！」

かれの体はおのれを支えるいっさいの力を失って、地上にくずれ落ちた。タケイはドバザリの体をそこに残してさらに歩きつづけた。長い間歩きつづけて、今やってきた方をふりかえると、つねに背後の闇夜に遠く、また巨大に、葉をすべて落した枝とも見えるものが、またあるのはそのまま一本の長大なむちとも見えるものが淡い黄道光のように浮かんでいた。

それが地底からのび出ているとすれば、それはいったい何をもの語っているのだろう？　この地殻の底、ニフェ層のかわりにいったい何が充満しているのだろう？　それこそ第二次探検隊を全滅の非運に追いやり、また今第三次探検隊に同じような結果を与えようとしている原因そのものにちがいなかった。

地震は絶え間なくおそってきた。大地は波のようにゆれつづけ、十秒間も安定していなかった。この地域にはげしい地殻変動が迫っているようであった。タケイは必死に足を動かしつづけた。その夜、北方の空はことごとく真紅に染っていた。タケイは唯一の磁石だけをたよりに進んだ。携帯電話機の電波の到達可能範囲まであと百キロメートルは歩かなければならなかった。わずかな携帯食料と飲料水を最大限に節約しながらつぎの日も歩きつづけ、ふたたび夜をむかえた。西と東の空が新たに燃えていた。そのほのおこそ第二の謎だった。タケイはもはやそのほのおが火山活動によるものであるとはどうしても思えなかった。

つぎの朝、タケイは夜明けの薄明の中に、小高い断層がゆくてをさえぎっているのを見た。その下に立つと高さ数メートル。断層の壁面は鏡のように磨かれ、微細な土砂の粒子がその崖面に幾本もの縦の傷を曳いていた。その崖を昇ろうとして足がかりをさがすうちにタケイはふとあることに気がついた。同じ場所を二度、三度とゆききするたびに崖の高さが少しずつ高くなっているようだ。

「そんなばかな」自分で否定したものの、視点を定めて見るとあきらかに壁は高くなっている。

「崖が高くなっているのではない！　足もとの地面が地すべりをおこしているのだ！」

陥落だ！

タケイは崖に沿って走った。すでに高さ十メートルに近い壁面はわずかな手がかりも足がかりもない。断層は左右とかぎりなくのびているようであった。おそらく一つの平原全体が垂直な地すべりを起しているのであろう。タケイは今や自分が巨大な洗面器の中を走り回っている小さな昆虫や白ねずみと同じであることを知った。

とつぜん、すさまじい熱風がタケイを打ちのめして吹き過ぎていった。ひふの露出している所があったならばおそらく筋肉組織まで灼きつくされてしまうであろう。平原をおおっていたひらたい地衣類は黒く乾いて縮むと一瞬にほのおにつつまれた。防寒作業服の保温性は同時に外部の熱をも伝えない。しかしそれとていつまでも高熱に耐えていられるわけではない。

風はますますはげしくなった。崖に近づこうとするタケイは紙くずのように吹き飛ばされ、おしもどされた。そのはげしい風はどうやら断層から吹き出してくるようであった。

なぜ空気が吹き出てくるのか？――おそらくそれは沈下してゆく地塊がおし出すのにちがいない。と言うことは真下の地下に厖大な量の空気を貯蔵しておくような空所があったのだ。

なぜ？

タケイは自分が気が狂ったにちがいないと思った。さもなければ自分がそのようなことを考えるはずはない――

タケイは携帯電話機《トーキー》の送話器を口に当てた。今、自分のいる場所がどのあたりであるのかまるで見当もつかなかったし、基地まで電波のとどく距離にまで近づくことができたのかどうかもわからなかったが、くちびるは無意識に動いた。

「船長《キャップ》、張《チャン》、聞えるか？　今五百度C以上の熱風が地下から吹き出している……沈下する地塊が圧縮した高圧の空気だと思う。間もなくいっきに吹き出て地表を焼きつくすだろう……聞えているか？　クルーガー。早く脱出しろ。この〈クロスコンドリナ2〉を離れるのだ……この惑星の中心部には何かひそんでいる。そいつがたぶん硅素とアルミニウムの層を喰い荒したんだ。喰い荒されたあとの空洞が地殻を支えきれなくなると陥没するのだ……ハリバット。おれは見たぜ。この地上までうでをのばしている奴を……聞えるか？　張《チャン》！　クルーガー！　船長《キャップ》！　ドバザリは死んだぜ……早く脱出しろ。早く！……」

急速に傾斜を深める地表を、さまざまな器材が土けむりを曳いてすべっていった。必死に体を支えようとする張《チャン》の上に巨大なパラボラが落ちかかった。散乱した器材の中で、投げ棄てられた携帯電話《トーキー》からもれてくるかすかな声をそのとき聞いた者は誰もいなかった。

第二部

廃虚

　四人はタラップの下に一列にならんで、さえぎるものもなくひろがる平原に顔を向けた。丘ともいえないような、なだらかな起伏が、遠い地平線までつづいていた。濃藍色の空の背後に低く、オレンジ色の小さな太陽が赤銅の円盤のようにかがやいていた。その光を受けて遠い稜線が、ルビーの結晶のようにきらめいていた。

「あれはなんだろう？」

機関士《エンジン》のチャンの声が、携帯電話器《トーキー》の奥で三人に問いかけた。

船長《キャプテン》のツキヨナツが、ヘルメットの中で目を細めた。

「金属鉱床の露頭かなにかだろう。湖じゃあるまい」

「静かだなあ。なんにもいないぜ」

宙航士《コーサー》のパトラが深い息を吐きながら、砂を踏んで数歩、進んだ。乾いた砂の音が、キシ、キシ、とみなの耳にひびいた。

「船長《キャップ》。酸素分圧がちょっと低いのと、炭酸ガスがほとんどありませんが、ヘルメットをぬいでも大丈夫です」

手にした検気装置のメーターをのぞいた通信士《オペレーター》のハザウェイが、顔を上げて言った。

「よし、みんな。ヘルメットをとろう。こう見たところ、生物は何もいないようだし、気象も安定しているようだ。しかし油断はするな。それに……」

「船長《キャップ》、夜はかなり気温が低くなると思います」

「うむ。今、それを言おうと思っていたところだ。ハザウェイ、どのくらいまでさがるかな」

通信士《オペレーター》は胸にさげた計算器を二、三度動かした。

「およそ、マイナス三十度から四十度でしょう」

「みんな。すこしきゅうくつだが、宇宙服《スペース・スーツ》は着たままだ。それではチャンとパトラはすぐ噴射管《ノズル》の修理にかかってくれ。ハザウェイはこのふきんの空域を通る宇宙船があったら連絡をつけるんだ。ちょっとした故障で不時着しているが、心配ない、とな。位置だけはくわしく伝えておけ」

「わかりました」

機関士《エンジン》と宙航士《コーサー》は何からち合わせながら、巨大な噴射口《ノズル》の下へまわりこんでいった。

通信士《オペレーター》はタラップにとびついて、するするとハッチへかけのぼっていった。

長さ二百メートルの宇宙船《メダリオン44》は、巨大な球形の頭部を、濃藍色の天にとどかせて直立していた。環形の操縦室につづく航法装置を収めた円筒形のトランク。その後の露出した内臓のような器機類、タンク、チューブの束、そして亜鈴《あれい》のような核反応炉《A・ポット》。はじめは細く、末端にゆくほどラッパのように開いたイオン噴射管《ノズル》。一世紀も二世紀も前の、あの砲弾型に美しく整形された宇宙ロケット——(船長《キャプテン》のツキヨナツにとって、それはたいへんなつかしい言葉だった)にくらべて、それはなんとも不細工な姿だった。しかしまことの宇宙船にひふはいらない。それらの金属で構成された裸の空間をとおして、小さなオレンジ色の太陽が半分ほどのぞいていた。

折れた帆柱のようなクレーンがのび出して、修理用のパネルをつりおろしはじめた。

「……もう少し右へまわせ……もう、ちょい」

「先に円材をおろしたほうがよかったな。しょうがない。投光器の支持架でまにあわせるか」

「ようし、止めろ」

チャンとパトラの声が静かな空気の中でよくとおった。

計算によると、あと三時間ほどで陽が落ちる。そのあとの夜はほぼ四十時間つづくはずだった。

ツキヨナツは陽のある間に、少しそのへんを調べておこうと思った。彼は宇宙服のそでの送話器に口を当てた。

「ハザウェイ。私は付近を偵察する。航路管理局の航事記録によると、五百年ほど前に一度、調査船が着陸したことがあるそうだ。そのころは、この天体にもかなりの樹木でおおわれ、その草原には都市の廃虚が望見されたという。その調査船の着陸した位置は、どうやら今、われわれのいるこのあたりらしいのだ」

「船長《キャップ》、すると、このなんにもいない星にもむかしは生物がいたんですね」

「ああ、そうらしいな」

「船長《キャップ》！」

「なんだ？」

「その廃虚とやらを見つけたら、やつらのかくした宝ものをさがしましょうや。黄金の、ほら、なんて言ったかな、あれ」

「なんのことだ」

「レ、レ、浮彫《レリーフ》だ。そうそう、浮彫《レリーフ》やなんかあるでしょうね。つぼだとか、生命の火だとか」

「いいかげんにしろ！」

チョッ！と舌打ちの音が聞えた。

「そんなことを考えているひまに、近くを通る船がないかどうか、よく見張っていろ。ハザウェイ、私はこれから時間の許すかぎり、前進してみるから、念のために方向探知機《タカン》を入れておいてくれ。陽が落ちたら投光器をつけてくれ」

「ＯＫ、船長《キャップ》」

ツキヨナツはゆっくり砂を踏んでいった。砂は重く、彼の体重をよく吸いとった。

三十分ほど歩いて周囲を見まわしたが、なだらかにつづく平原には、何の変化もなかった。太陽だけがやや地平線に近づいていた。その太陽のある側の空の半分は、暗いオレンジ色から染めたような血の色に、そして色あせたさび色に少しずつ移り変っていた。反対側の空は濃藍色からしだいに濃い夜の色へ、地平線に接するあたりは深い闇がせり出していた。あるかないかの風が、その夜の方向から、色あせたオレンジ色の平原のかなたへとわたっていった。

五百年ほど前までは、おそらく樹木でおおわれていたのだろう平原も、今では乾いた淡褐色の砂と、わずかな風の占めるところだった。こんなことはよくあることだ。さまざまな生物の栄えた土地も、ちょっとした気象の変化や、エネルギーの循環のしくみがわずかに崩れただけで、まったく不毛の荒野と化してしまう。

最後まで残った強じんな植物も、二百年もすれば、ついにその生存の痕跡すら残らなくなってしまう。ことにあの暗い小さなオレンジ色の太陽では、消えかかる生命を支えてやるだけの力もなかったのだろう。

これから先、いつ、だれがまたこの荒涼たる平原をおとずれるのだろう。航星図に書きこまれた小さな点、この小惑星《アスタータ12B》は、その失われた過去の記憶を、なだらかな起伏の底深く、永久に埋めこんでしまっていた。

「ああ、ハザウェイ。こちら船長《キャプテン》。聞えるか」

とたんに通信士《オペレーター》のきんきん声がイヤホーンの奥にひびいた。

「OK、船長《キャップ》。よく聞えます」

「何も見えない。おそらく何百キロ歩いても同じことだろう。これから船にもどる」

「船の位置がわかりますか？」

「ああ、北の地平線にかすかに見えている。それに方向探知機《タカン》もよく入る。ハザウェイ、近くを通過する宇宙船はなかったか？」

「はい。残念ながら一隻も見つかりません。このへんは航路からだいぶはずれていますからね」

「救助を必要とするような状態ではないのだから、まあいい。しかし見張りだけはつづけてくれ」

「はい。船長《キャップ》」

「修理は進んでいるか？」

「なんだか大さわぎしてやっているようです。結局、イオン交換機の整流フィルターを新しいものととりかえたようです。船長《キャップ》、廃虚は見つかりましたか？」

「いや何も見えんよ。まあ、あったとしても今では、厚い砂の原の下だろうよ」

「残念だなあ。廃虚はだめですか。《アスタータ12B》人の黄金の浮彫《レリーフ》や、つぼ、あてにしていたんだがなあ」

ツキヨナツは、はるかかなたに見える宇宙船《メダリオン44》を、今度は左に置いて、なだらかな稜線をたどっていった。

すでに夜の色は中天をおおって西の空へひろがっていた。落日の最後の弱々しい光の矢が、西の地平線を汚れたさび色に染めていた。空気はそよ、とも動かず、すべての生物の死に絶えた非情な静けさをたたえていた。

「あれは？」

ツキヨナツは足を止めた。

目を細めてのび上り、それから数歩もどってふたたび目をすえた。

「なんだろう？」

遠い稜線が真紅の結晶のようにきらきらかがやいていた。

最初、それは金属鉱床か、あるいは石英質の崖でも、落日を反射してかがやいているのかと思った。あるいはほんとうにそうなのかもしれない。

「しかし、まてよ」

それはここへ着陸して最初に見たものと同じものに違いなかった。あのときからだいぶ時間もたち、太陽光線の角度は大きく変ってしまっている。それなのにあのきらめきは少しも変化していないではないか。

ツキヨナツは通信士《オペレーター》を呼び出した。

「ハザウェイ！」

「はい、船長《キャップ》」

「TV・アイを南東に向けてみろ。何か光っているのが見えるだろう?」

「見えます。ここからはふつうの双眼鏡でもよく見えますが、船長《キャップ》、あれは何でしょうね」

「金属鉱床の露頭の反射にしては、いつまでたってもかがやきに変化がないようだ」

「ちょうど火山の熔岩のきらめくのに似ていますね」

「うむ。しかし火山でないのはたしかだ。よし、これから調べてみよう」

「船長《キャップ》、気をつけてください」

ツキヨナツは方向を変えて、まっすぐ平原を横切っていった。それは思ったよりも遠かった。

淡い夕映えの色も全く消えて、深い闇が平原をおおいかくそうとしていた。西の空に、二個の大きな星がかがやきはじめた。一つは赤く、一つは青い。それはこの《アスタータ12B》とひとしく、小さなオレンジ色の太陽《アスタータ12》の周囲をめぐる、惑星系の仲間だった。それらの背後に、おびただしい星くずがかがやいていた。

ツキヨナツはなおも前進をつづけた。

真紅の結晶のようなかがやきは二キロほど前方に迫ってきた。幅はせまく横に長い。長さは五百メートルぐらいだろうか。

「ハザウェイ! 私は今、目標の二キロほど手前にいる。あれは金属鉱床の露頭などではないぞ。一種の建造物ではないかと思う。十分後にまた連絡する」

「OK、船長《キャップ》、これはいよいよ、黄金の……」

ツキヨナツは携帯電話機《トーキー》のスイッチをたたいて切った。

それからいっきに前進した。

なだらかな傾斜のひろがりに、半ばかたむき沈んで、崩れかかった城壁がつらなっていた。その大きく崩れた壁の間から、燃えるような真紅色の光が洩れ出ていた。はるかに望見したとき、きらきらとまたたき、きらめいて見えたのは、おそらく平原上の大気のかすかな動きによるものだったのだろう。ここでは光は凍りついたように動かず、ただすき間洩れて夜の闇と、崩れおちた壁の縁辺を真紅に染めているだけだった。砂にまみれ崩れ落ちた壁は、長い年月の過ぎさったことをはっきりと示していた。

「航事記録にも、この光のことは書かれていなかったぞ」

ツキヨナツはひたいからこめかみを伝って流れる冷たい汗をてのひらでぬぐった。じっとしているとしだいに冷静さが失われてくるのが自分でもわかった。

彼は崩れ落ちた石塊を踏んで、城壁の内部をうかがった。真紅の光をあびて、家とも石室《いしむろ》ともつかぬ不規則な形の建造物が雑然とならんでいるのが見えた。その上に、うっすらと掃かれた砂が、かすかに真紅の光をはねかえしていた。住むものの気配もない。すでに遠いむかしに消え失せたはずだった。内部をのぞけば、真紅の光の源がわかるか、と思ったが、ツキヨナツの立っているところからはそれは見ることはできなかった。ならんだ石室のむこうに、いちだんとそびえる大きな建造物のかげから、強烈な真紅の光芒がほとばしり出て、石室の間を縫い、いくすじもの光の帯となって壁の内側にはねかえっていた。

ツキヨナッツは壁に沿って足場を求めた。

ずるっ、と足がすべった。

「おっ！」

かなりの幅で砂がすべり、彼は何かやわらかいものを踏みつけた。妙な感触に、彼はポケットから小型の投光器をとり出して足もとを照らした。黄色い光圏の中に、すべり落ちた砂の間から数個の黄白色の小さな球体がのぞいていた。ツキヨナッツは思わずとびのいて腰をかがめ、顔を寄せた。二、三度、手で砂をすくうと、その下からまたあらわれた。全部で数十個ある。

「なんだろう？　こいつは」

その一つをそっと指でつまんだ。直径二センチメートルほどの球体の下から細い糸のようなものがのびて、その先にもう一つ球体がつながっていた。それからまた糸がのび出し砂の中にのびている。たぶんそうしてここに埋っている全部が一つにつながっているのだろう。指ではさむと、その表面はなめし皮のようにしなやかで、殻をむいた半じゅく卵のようにぷるぷるしていた。

「生物らしいな。それも植物質のようだ。あるいはキノコの類かもしれないな」

標本がほしかったが、ツキヨナッツは手にした奇妙な球体をふたたび砂の中にもどし、さっ、と砂をかけた。他天体の生物はぜったい傷つけてはならない。とくにこのような生物が絶滅しかかっていると思われる所ではなおさらのことだ。

ツキヨナツはようやく崩れた城壁に開いた入口を発見した。入口といっても、それは壁の下半分に、アーチ型に崩れ落ちた大きなすき間だった。

城壁の真紅の光のとどかぬ暗い闇の底を、ツキヨナツは手さぐりで進んだ。足もとの砂は、一歩踏むたびにずるずるとすべった。投光器をつけてみると、冷たい石の壁の下の砂にまみれて、先ほどのものと同じ、小さな黄白色の球体が、数十個も密集していた。そのむこうにもかたまっている。

いつの頃からか、そこにあるのだろう。住むものも絶え果てた暗い廃虚に、冷たい石の壁の下に、砂に身をかくしてこれから先、なお幾十年、幾百年を耐えてゆこうとするのだろうか。ツキヨナツは大きな宇宙靴の足で、ゆっくりと砂をかき寄せた。軽く踏んで砂をおさえると、城壁の下を離れて石室の間を縫って進んだ。

石室は直径三メートル高さ二メートルほどのドーム形で、入口は一つ、内部にはいっぱいに砂が積もっていた。内面の壁のぐるりに棚らしいでっぱりがあり、その上に奇妙な形の器具が、砂まみれになって置かれていた。

石室の間を、幅二メートルほどの道路の痕跡がまっすぐにのびていた。なんの物音も聞えず、ただツキヨナツの砂を踏む音だけが、ひびいた。ならんだ石室の間から、とつぜん、深紅色にかがやく巨大な球体が思いがけぬ近さにそびえているのが見えた。その燃えるようなかがやきを全身に受けて、ツキヨナツは思わず石室のかげにかくれ伏した。

おそるおそる首をのばしてようすをうかがった。暗い夜空に、球体そのものは黒い影となって浮き出ていた。そしてその表面に、幾つかの窓があり、そこから球体内部の烈しい光がほとばしり出て廃虚を不気味な深紅色に染めているのだった。球体の直径は三十メートルもあるだろうか。かなり大きなものだった。何本かのブームで支えられているらしい。ツキヨナツはそこまで直線距離で二百メートルと判断した。このままなお進もうか、それともいったん船まで帰ろうか。彼は一瞬、とまどった。その深紅色の光を吐く球形の物体と、この石室の廃虚とは、なぜか、全く無関係なものと思われた。あの深紅色の光と、その光源がいかなる性質、いかなる目的を持つものなのか、想像することもできなかったが、この砂にまみれた石室《いしむろ》の廃虚とは、全く文明の基盤を異にするものであろうことは、どうやら疑いの余地はなかった。ツキヨナツはするりと石室の一つに入りこんだ。長い間に吹きだまりになったらしい。

　重い砂が彼の腰を埋めるほど内部に積もっていた。先ずこの石室を作ったのが、いったい何ものなのか、どのような生物だったのか、調べておく必要があった。彼は棚に厚く積もった砂の層を、ふっ、と吹き飛ばして、置かれた器具の一つをとり上げた。それは表面はひどく摩耗して灰色に光を失っていたが、ステンレスのような金属で作られていた。

ツ「こ、これは！　携帯用の原子炉じゃないか。この集落を作った生物がこれを考え出し
キ　たのだろうか？」
ヨナ　目の前に見る砂にまみれた粗雑な石室と小型の原子炉とは、どう考えてもつ

り合わなかった。

彼はそれをたなにもどし、他の器具をとり上げた。それは得体の知れぬ物質でできた無数の細管が、中心部の円筒から放射状にのび出たものだった。何に使うものか、想像もつかなかった。しかし、携帯用原子炉を作ったとすれば、この器具もまたこの廃虚のかつての住民たちの偉大な頭脳の所産に間違いないだろう。

ツキヨナツの目に、この砂にまみれた簡単な石室があるひどく危険なものをはらんでいるのに、このとき気づいた。——これだけの技術を持った生物がなぜ集落の廃虚だけを残して亡びさったのだろうか。それにこの粗末な石室は、ほんとうに彼らにとってこころよい住居だったのだろうか。

ツキヨナツはなぜかそうでないような気がした。——そうだ。ここには人の心をえぐるような荒廃と悲劇のにおいがある。この廃虚の住民たちは、何ものかに追われてあの砂漠へ去ったのだ。

なぜだ、なぜだ、

なぜなのだ？

ツはイグルーの入口にシリコーンの合板を押しあてて、それを粘液で接着した。

「大丈夫だろうか？　そんなことで」

大丈夫だろうか、と言われても、ツキヨナツには全く自信がなかった。

「まあ、ないよりはましだろう」

これでクワアの襲撃が防げるとは思わなかったが、部落のみなを落着かせるためには、何かをしなければならなかった。

　ツキヨナツは、心の奥底のどこかが、氷のように冷たくしびれるのを感じた。

　その冷たさはしだいに全身にひろがってきた。なにかたいへん重要なことをしなければならなかった。それがなにかわからないのがたまらなくもどかしかった。

「長老！　ここを脱け出そう。クワアの眠っているすきに、そっと部落を出ればさとられまい」

　ツキヨナツは頭をふった。クワアは決して眠らないのだ。かれは砂漠をわたるかすかな風の音にも、たちまち影のように突進してくるのだ。クワアは太陽が中天にあるほんのわずかな間だけ、今のかれの棲家であり、彼がこの惑星にやってくるとき乗ってきた宇宙船に身をひそめる。そのわずかな間だけ、部落のみなはイグルーからイグルーへと走り回って安否をたしかめ合うのだった。部落の仲間は、一日、一日、少なくなっていった。クワアはつねに腹をすかしていた。イグルーの入口からとつぜん突風のようにおどりこんできてたった一口であわれなぎせい者を呑みこんでしまうのだった。

　イグルーは一つまた一つ空家になっていった。ある朝、全くとつぜんにそれははじまり、部落を恐怖と絶望におとしこんだ。脱出をはかったものがあったが、城壁を出て二百メートルも進まぬうちに、クワアの追撃を受けて姿を消した。

「長老、われわれのとるべき道を教えてくれ。万に一つの機会をねがって、ここから脱出するか、それともこの荒廃した部落に踏み止まって、クワアのえさになるか、もうどちらでもよい。われわれは長老の言葉にしたがうだろう」

生き残った部落のものの代表が、ツキヨナツのイグルーへしのんできてささやいた。

長老として、それがせめて最後になさねばならないことなのだろう。

だが、どのようにして——

ツキヨナツはイグルーをすべり出た。変形枝から粘液を出して、それを薄くのばして体にぬり、砂をまぶした。暗い夜の砂の上ではそれでかなりクワアの目をくらますことができた。

部落の中央に、クワアの宇宙船がくろぐろとそびえていた。数本の柱に支えられた巨大な球体が、部落を一望のもとに収めて静まりかえっていた。何本ものはり材で一体に結びつけられた柱の間に、円筒や箱や、束《たば》ねられた管などが奇妙な空間を作り出している。

クワアは
いた。

宇宙船の複雑な影の中に、優雅ともいえる姿で横たわっていた。丸い頭に円筒形の胸、二つに分れた柔軟な腹は、胸甲の下に巻きこまれていた。高く体を支えているたくさんの足は今はしなやかにたたまれて、その巨体は砂の上に沈座していた。それでもべん毛を束ねたような触角は鉢形に開いて、ゆっくりと回転していた。その鉢のように開いた部分がこちらを向いたときは非常に危険だった。呼吸も止めなければならない。それはたぶん、炭酸ガスか赤外線を感ずるのだろうと思われた。ツキヨナツはそのレーダーの回転に合わせて、少しずつ前進した。

ふと気がつくと、触角の動きは止っていた。思わず体をちぢめて息をこらすと、その触角の先端はツキヨナツのずっと左の奥をうかがっているのだった。そこでおそらくクワアの注意を引くようなできごとが起こりつつあるのだろう。瞬間、クワアの体はバネのように伸びた、流れるように流麗な線をえがき、たちまちツキヨナツの目の前から消えた。クワアの飛び去った方角ではげしく夜気が動いた。ツキヨナツは大急ぎで変形枝の粘液をしぼり出さらに厚く砂をかぶった。

いったいどうやったらあのクワアを倒すことができるのか、まるで見当もつかなかった。しかしもはやツキヨナツには、これ以上の時間のよゆうは与えられていなかった。部落の生き残りのものたちの期待のぎりぎりのねがいが今、彼をこの夜にしばりつけていた。ツキヨナツは彼の種族の長老だった。この惑星のきびしい冬の寒さに耐えるため、イグルーを考え出したのも彼だったし、種族の間に語りつがれている伝説をもとにして、極めて簡単な小型原子炉を作り出したのも彼だった。彼はこれまでの永い間、長老としての責任をみごとに果してきた。そして今、最後のつとめを仕上げようとしていた。彼の種族の運命は彼の勇気とちえにゆだねられていた。

星々はこれまでの平穏な永い年月がそうであったように、今夜もまた濃藍色の夜空をすき間なく埋めていた。あの夜空のいったいどこからクワアはやってきたのだろう。ツキヨナツは気の遠くなるような思いで星空を見つめた。

ふたたび、はげしく空気が動いて電光のようにクワアがもどってきた。最初に巨大な丸い頭、ついで銀色の胸甲が目にも止らぬ早さで飛んできた。肋材のようにそろえられたたくさんの肢がいっせいに開いて砂を蹴ってふみとどまった。袋のような柔らかい腹が、どっと空気を吐き出した。その衝撃をまともに受けてツキヨナッツは数メートルもはね飛ばされた。体の下敷きになった変形枝の一つが折れそうにたわんだ。体中の水管がふくれ上り、葉緑腕の先端から水滴があふれ出した。水滴は音もなく砂に吸いこまれ、一部は表皮を伝って粘液でまぶした砂を洗い落した。

しまった！ ツキヨナッツは心の底から冷え上った。星の光りの中に、複雑な形の葉緑腕があらわれてきた。

クワアが立ち上った。巨大な球形の頭部がまるで重さを持たないもののように、高くせり上る。頭上の触角を扇形に開くとすべるように近づいてきた。胸甲に開いた排気孔からすさまじい熱気がじょう気のようにほとばしってツキヨナッツの葉緑腕をふるわせた。ツキヨナッツはこみ上げてくる悲鳴を必死にこらえた。わずかな身動きもたちまち死をまねくだろう。

千万年にもひとしい永い永い時間が過ぎていた。クワアの触角の束が、何度か砂にまみれたツキヨナッツの体をなで回した。やがてクワアはすべるようにもとの位置へもどっていった。ツキヨナッツは急速に意識を失った。

　気がついたときは、太陽は中天にあった。何ヵ月か前までは、こうしたおだやかな昼は、部落のみなはイグルーから出て、陽の光に葉緑腕をかざしてこころよい仮眠に入るのだったが、今は無人のイグルーの立ちならぶ部落に、ただ陽射しがしらじらと、むなしいかがやきを落しているだけだった。何の物音も聞えてこなかった。ツキヨナツはなお砂に体を横たえたまま周囲のようすをうかがっていた。クワアを倒すことはほとんど絶望的だった。ツキヨナツは横たわったまま、さらに一日を送った。その間に、一度クワアは彼のかたわらを通っていった。無数の肢の描く四次元的な線と形が、彼の視神経を麻痺させた。

　もとよりまともにぶつかって勝てる相手ではなかった。しかしどこかに弱点があるはずだった。どこかに――


　ツキヨナツは息をひそめ、微動もせずに終日、クワアを見つめて過した。彼らの種族に特有な、おそるべき忍耐力だけが今は唯一の武器だった。

　クワアは息をしているのかどうかさえ全くわからなかった。眠っているのでも、こうは不動の状態を保ちつづけることは困難だろう。しかし、他に見るものがあって、砂上に横たわるツキヨナツをその視界の中に収めていたとしても、これを生物と認めることもまたはなはだ困難だっただろう。それほど彼も動かなかった。

　長い一日がゆっくりと過ぎ去り、二度目の夜が砂漠にしのびよってきた。とつぜん、クワアが動いた。全く同時にツキヨナツがはね起きた。星の光をあびてクワアがバネのように伸びたとき、ツキヨナッツは変形枝から滝のように粘液をふき出すと、今飛びさろうとするクワアの背後にそびえている宇宙船に向って跳躍した。大きく弧を描くツキヨナッツの下を、クワアは銀色の光の帯となって部落の一角に消えていった。

ツキヨナッツの考えは適中した。クワアの針のように鋭い知覚が、獲物に向って集束される一瞬こそ、わずかに彼が行動を開始し得ることができるのだ。しかも電光のように飛び去るクワアに、ツキヨナッツを認めてとっさに方向転換をおこなうよゆうはないはずだった。ツキヨナッツは自分に与えられている時間を、二秒とみた。変形枝のすべて、そこから吐き出される粘液のありったけを使って彼は、クワアの宇宙船をよじのぼった。先端の球体を支えているブームはのぼりやすかった。側面の一対の傘形の葉緑腕が彼の行動を阻害した。彼はそのうちの一個を切り離した。葉緑腕はくるくると舞って地上に落ちていった。

昨日から非常に気になることが一つあった。それをたしかめることがとりもなおさず、クワアを倒すことになるのかもしれなかった。それにはあの宇宙船の内部に入りこむことだった。いそげ！　もう少しだ！　そろそろクワアがもどってくるぞ。ツキヨナッツは変形枝をのびるだけのばすと球形の部分にはい上った。楕円形のドアが閉まっている。ツキヨナッツはそこでもまたはげしい疑惑を感じた。さらに太い金属管が一本、外へつき出していた。どこから入るのだ？

そのとき、爆風のように大気が渦巻いた。クワアがもどってきたのだ！　ツキヨナッツは全身の力を変形枝にこめた。もどってきたクワアはいつものように宇宙船の下に美しい曲線を見せて横たわった。一瞬、クワアはふたたび立ち上り、触角をいっぱいに開いてあわただしく周囲をうかがった。彼にとって未知の種類の恐怖と不快感がつぎに取るべき行動を迷わせた。ツキヨナツは変形枝の半分をつかってドアを引き開けようとした。濃い粘液がドアの表面に油紋形の縞を曳いた。

クワアはゆっくりと頭部を回して危機感のみなもとをとらえた。理解をこえるものがそこにあった。

ツキヨナツは二本の変形枝で鏡のような球体の表面にしがみつき、他のすべてをドアに集めた。はげしい音をたててドアが裂け、深紅色の光が滝のように闇の空間にあふれ出た。もぎ取られたドアの破片が銀と紅に染め分けられて、木の葉のようにひるがえりながら落ちてゆくのと、クワアがようやく攻撃の姿勢をとったのがほとんど同時だった。

ツキヨナツは破れたドアのすき間から内部をのぞきこんだ。クワアが疾風のように襲ってきた。ツキヨナツは残ったドアの一片をクワアめがけて投げつけた。クワアは流れるように輪を描いて身をかわした。中空に静止したクワアの銀色の胸甲は深紅色の光芒を放った。半円形に開いた触角はまっすぐにツキヨナツに向けられていた。ツキヨナツは二つの目で球体の内部を、二つの目でクワアの動きをとらえていた。

やはり、そうか！

球体の内部はこれまで見たこともない機器類でいっぱいだった。大小の円筒、無数の管《パイプ》の束。得体の知れぬ金属片のわく組、コイルなどがおそろしく緻密な計算と感覚ですき間なくつめこまれていた。そして球体の内部の中央にはめこまれた六面の立方体が、痛いような鮮烈な深紅色の光条をふき出していた。
はげしい衝撃がツキヨナッツの体をつらぬいた。残った葉緑腕が千切れてちゅうに舞った。千切れた変形枝が粘液をまき散らしながらブームの間をあちこちにぶつかりながら落ちていた。球体をおおうようにへばりついているツキヨナッツに、クワアは思いきった攻撃は加えられないようだった。

今だ！　ツキヨナッツは変形枝をのばすと幾重にもおり重なった奇妙な金属板の束をむしりとった。目もくらむような火花が飛び散った。つぎにコイルを変形枝で打ちこわした。クワアの第二の攻撃は状況を一変させるほどすさまじいものだった。ツキヨナッツの体は今にもばらばらになるかと思われるほどどうち震えた。クワアの攻撃の手段は超音波だった。変形枝が吹き飛び、分厚いじん皮繊維がぼろぼろになってはがれ落ちた。ツキヨナッツはむしり取った機器類をやつぎ早やにクワアにたたきつけた。大きな円筒がクワアの柔らかい腹部にぶつかったときは、クワアは千メートルもとびさがった。

もうツキヨナッツには内部の機構をいちいちたしかめているひまはなかった。残る気力をふるい立てて破壊を進めていった。めざすものにはなかなかぶつからなかった。いったん飛びすさったクワアは、体勢をたてなおして猛然と突進してきた。クワアはこれが最後の突撃になるだろうことをさとったようだった。ツキヨナッツにとっても、クワアにとっても、つぎの一瞬が闘いの終りだった。ツキヨナッツは今や半分にまで減った変形枝の十二本を使って内部の装置の掃討にかかった。クワアに向っては三本の変形枝をふりかざした。クワアの全力攻撃の前に、それだけで果してどれだけの抵抗ができるか、まるで自信がなかったがやむを得なかった。

どれだ？　どれを破壊すればクワアは消えるのだ？

一瞬、クワアはツキヨナッツの目の前にあった。巨大な頭部からつき出た半月形の触角がはじけるようにふくれ上り、しぼみ、さらにふくれ上った。ツキヨナッツはそれを超音波発振器だと知った。クワアのおびただしい肢が波のようにうねった。ツキヨナッツの三本の変形枝は根本から千切れて吹き飛び、胴体の後端を形作る貯水組織が熱湯をまき散らして引き裂けた。ツキヨナッツの体はぐらりと球体を離れた。体がちゅうに浮く瞬間、ツキヨナッツの変形枝は求めるものを台わくからむしり取った。すさまじい火花が火山の爆発のようにふき上げ、乱れ飛んだ。

クワアは消えた。

ツキヨナッツはおそろしい早さでせり上ってくる地表を目に収めながら、長老としての役目をどうやら果し終えたことに満足した。

遠い地の底からかすかに、かすかに何かが彼を呼んでいた。それがしだいにはっきりと音になり、声になり、やがてはっきりとツキヨナッツを呼びはじめた。

深　深い混迷の底から彼はずるずると引き出された。意識がもどってくるのがたまらなくい混　苦しくつらかった。

や・め・て・く・れ！　やめてくれ
や・め・て・く・れ！

迷の底　　ツキヨナツは絶叫した。

から彼は、　急にぽっかりと意識がよみがえった。目の前に、生き残った部落のものた
浮き上った。　ちがならんでいた。

周囲には漠々　「長老、ほんとうにありがとう。あなたでなければできないことだった。

たる夜があった。　あれは消えた。いなくなってしまった」

水のような静けさが　「長老！　クワアはいったいどこへ行ったのだ？　またもどってこ
よみがえった意識の中　ないだろうか」

にゆっくりと流れこんで　ツキヨナツは、失った葉緑腕の柄をふった。

きた。ツキヨナツは立ち上っ　「いや、もう大丈夫だ。クワアはもどってこない」

てさけんだ。　クワアは消えた。そう。完全に消えてしまったのだ。

どこだ？　ここはどこだ？　どこなんだ？

遠いどこかで、もう一人の自分が　あれは実は動物でも植物でもなかった。どこか
覚めているような気がした。そこは崩　の遠い星から電波でコントロールされている調
れた城壁の下だった。乾いた砂がツキヨナ　査ロボットだったんだ。

ツの足もとで音もなく崩れた。　「ロボットというのは……」

そうだ。胞子だ。胞子だ！　みなに説明をしかけてツキヨナツはふ

胞子だったんだ！

なぜ、そんなことを知っているんだ？ なぜだ？

ツキヨナツは自分の胸に浮かんできたあの黄白色の小さな球体が、今足もとの砂の中に埋っているのをさとった。えたいの知れない思念が、どろどろに体の中につまっているような気がしたが、それがいったい何なのか、自分自身でもよくわからなかった。

「ああ、夢でも見ていたのだろうか？」

ツキヨナツは腕の時計を目の前にかざした。この廃墟に入りこんでから、すでに二十分を経過していた。

深紅色の光は、いぜんとして廃墟を染めていた。しかし、かれはすでにその正体についてはよく知っているような気がした。これ以上しらべることはない。

ツキヨナツはよろめく足を踏みしめて城壁の下を離れた。

もうここへは二度と来ることはないだろう。

このつぎ、人類がここをおとずれるのは、いったいいつのことだろうか？

ツキヨナツは頭上の星々をふりあおいだ。そのとき、またしても、遠いどこかで、もう一人の自分が、やはりこの星をあおいでいるような思いにとらわれた。

っと口をつぐんだ。

ロボットとはなんだろう？

「聞け！ われわれは傷手が回復するまで、胞子になって休眠しよう。どれだけ長い時間がかかるのか、われわれの体に活力がよみがえってくるまで。あの乾いて重い砂の中で」

部落のものたちはいっせいにうなずいた。

静かな、うっとりした永い眠りがこのとき、みなの心をとらえた。頭上の星々は、部落のものたちの心に、青い、冴えた光を投げかけた。

「長老、さあ行こうか？」

「ハザウェイ！　ハザウェイ！　船長《キャップ》だ」

ハザウェイの声が飛びついてきた。

「どうしたんですか？　船長《キャップ》、ちっとも連絡してこないし、こちらの呼出しにも応じないし、みんなでとても心配していたんです」

「すまん。廃虚の調査は終った。ただちに本船に引き揚げる」

「廃虚には何かありましたか？　あの深紅色の光はあれは何ですか？」

「特別なものは何もない。石で作ったイグルーがわずかばかり建っている。二、三の興味ある器具類があったが、それによれば、遠いむかしにこの天体でも高度な文明が存在していたようだ」

「あの光は？」

「ああ、あれは宇宙船の残骸だ。どうも他天体のものらしいが、破損がひどい」

「他天体の生物か！　船長《キャップ》、その生物の遺体は残っていませんでしたか？」

「遺体？」

「惜しいなあ。何か残っていないかなあ」

「残っていない。それに果して乗組員がいたかどうか？」ハザウェイはふしんそうに携帯電話器《トーキー》の奥で言葉を切った。

「つかれた。船へ帰る」

ツキヨナツはもう後をも見ずに、砂にまみれて星空の下に眠る廃虚の崩れた壁の下を離れた。

　宇宙船《メダリオン44》は船腹に星々の光を凍らせてツキヨナツの帰りを待っていた。これからまた長い航路が待っていた。《メダリオン44》のイオンエンジンに原子の火がともされ、長大な船体は千億の星の海をのぞんでイオンの帯を噴き出した。

「船長《キャップ》、何かあったんですか？」

　チャンとパトラがツキヨナツの疲労の翳の濃い横顔をうかがった。

「いや、どうして？」二人は応えず首をふった。ツキヨナツはもう一度、自分の心の内部に目を向けた。しかしやはりそこには何もないのだった。

「発進《ファイヤー》！」ツキヨナツは発進ボタンにＯＮを入れた。

　白熱の光の矢が星空のむこうに飛び去って、砂にまみれた。廃虚に深い夜が沈んだ。崩れ落ちた城壁の下の乾いて重い砂の中では、数十個の黄白色の球体が、今、長い長い休眠に入ろうとしていた。

星と砂

その日は朝からなんとなく、落ち着かない日だった。暗い夜の雲の横に長い裂け目から深紅色の朝焼けがのぞくころ、霧のような雨が通っていった。ふだんなら朝の雨はその日の活力の源になるのだが、この朝の雨はなぜか、部落のみなにある漠然とした不安をも、もたらしたようだった。みな、いつものように、体の表面をおおう上皮を、鉢のように丸めて雨を受けながらも、そっとそのまわりの心を打診していた。だが、おたがいに首をふるばかりで、身内にわだかまるかすかな不安の正体に、説明を加えようとするものはいなかった。
ひととき、乾いた砂をしっとりと濡らして、雨は通り過ぎていった。みなはふたたび体を石のように固くひきしめて、眠りについた。眠りに入る直前、
《見たか？》
《見た》
《なんだろう？　あれは》

《光っていた。流れ星より早かった》
《なんだろう》
《それにあの音》
《ここへ来るんだろうか?》
《来るのかな》

心の中でささやきあった。落ち着かない眠りが、波紋のように、絶えず浅くなったり深くなったりした。何かおそろしいことがおこるような予感が、みなの朝の眠りを不快なものにしていた。

青白い小さな太陽が中天にさしかかるころ、聞きなれぬかすかな物音が、冷たい大気を伝わってみなの心にひびいてきた。それはほとんど受けとり難いほどかすかであり、遠い遠いはるかなかなたから、しだいにその音を弱めて、ここまで伝わってきたもののようだった。みなはいっせいに聴覚器を高くかざして、濃藍色の空のむこうに神経を集中した。

起伏ともいえないなだらかなうねりが、さえぎるものもなく地平線までつづき、その遠い稜線を、砂嵐が幅広い幕となってゆっくりと動いてゆくのが見えた。そのほかには、動くものの気配もなかった。

《今のはなんだろう?》
《今朝、聞いた音とよくにていた》
《雷鳴ではないかな?》

《さあ、イオンは少しも感じられないが》

それでもまだ部落を移動したほうがよい、と言い出すものはいなかった。実際ここを移動したとしても、今ではなかなかよい土地を見つけ出すことは困難なのだ。平原の地下水脈は年ごとに貧しくなってゆくし、以前にはかえってもてあますほど水量の豊かだった水脈《きゅうすい》も、このごろではよほど負圧を高めないと、吸収することも難しい。それにこのごろ吸水係の老シプチは、目に見えて衰弱してきていた。

《まあ、みんな落ち着け。どうしたんだ。今朝から、少しへんだぞ。みんな》

首長のエミラウは、体をもたげて部落中に聞えるようにさけんだ。彼の呼びかけに、みなは汐の引くように静かになっていった。

《たしかに今朝から、いつもとは違った何か異質なものの気配を感ずる。しかしそれとて、あの高い空に青白くかがやく太陽の表面の、ごくささやかな変化かもしれぬし、この砂漠のなんでもない風の動きかもしれない。われわれは何もおそれることはない。さあ、いつもの生活にもどろうではないか》

エミラウはそれだけ言うと、長い吸水管をのばして、吸水係の老シプチの体に刺しこんだ。吸水管のつけ根の筋肉を一、二回強くしめつけて負圧を作ると、シプチの体内に貯えられた水が音をたててエミラウの体内に流れこんできた。

《少し金属イオンが混ってるな。日ごとに水質が悪くなってゆく》

エミラウは閉鎖思考でつぶやいた。首長の彼がそんなことをこぼしているのを、部落のみんなに聞かれては、はなはだまずい。だいいち、吸水係の老シプチがひどく気に病むだろう。そうでなくてさえ、体力の衰えをさとられまいと苦労しているのだ。それに部落の吸水係は老シプチだけなのだ。彼がその吸水管を地下深い水脈までさしこみ、拡大した貯水組織に水をたくわえる。部落のみんなは、自分の吸水管を老シプチの体にさしこんで水を得るのだ。

《そろそろ老シプチの後継者を作っておかなければならないな》

首長のエミラウは、やや金属イオンの混ったひりひりする味の水を、貯水のうに流しこみながら、そう思った。吸水係は、これまでは部落の中での統治階級の中からえらんで当てることになっていた。しかし、このごろは統治階級にはそれほどの体力を持ったものはいなかった。地下深くから水を吸い上げるのは、大変なエネルギーと難しい技術が必要だった。

水を呑んで、部落のみんなはどうやら元気が出てきたようだった。いっせいに葉緑上皮をひらいて陽光にかざした。わずかな炭酸ガスと、とぼしい水で間に合わせなければならなかったが、とにかく、できるだけ昼の間に澱粉を作っておかなければならなかった。それを夜の間にぶどう糖に変え、さらに酸化して得た熱で、夜の酷寒に耐えなければならなかった。それだけではない。脂肪も蛋白質も、稀薄でとぼしい物質を集めて合成しなければならなかった。

部落のはずれで、ひろげた葉緑上皮でおたがいに日かげになってしまったものたちの間で、ちょっとした争いがおきたようだったが、エミラウがのり出すまでもなく、おさまったようだった。

青白い小さな太陽の動きにあわせて、葉緑上皮を回転させ、かたむきを変えてゆく。
《首長》
数メートル離れたところから、副首長のビンドが感覚べん毛をのばしてきた。何かみなに聞かれてはつごうの悪いことを告げたいらしい。エミラウも長い感覚べん毛をのばして、副首長のそれに触れ、先端をかぎ形に曲げてわずかにからませた。たちまちビンドの思考がさざ波のように伝わってきた。
《なんだ？》
《首長。きょう部落の西をプラップの一族が通っていったが、ずっと北にまだ水をたたえた沼地があるのだそうだ。水のにおいに敏感なあいつらのことだから、きっと間違いなく探し当てたろう。どうだろう。首長、われわれもそこへ移動したら》
ビンドが考え深そうに言った。ビンドはまだ若いが、部落でいちばんちえがある。だからエミラウもつねに身近において、ときどき彼の意見を参考にしていた。
《移動か？　しかし大変だぞ》
《うむ。だがいつまでもここにいるわけにはゆくまい。老シプチの命も、そう永くはないだろうし》
《プラップのやつらは、移動が簡単だからなあ、葉緑上皮は引込式になっているし、体全体を丸くしてころがしてゆけばいいんだから》
エミラウは、体内にたまった窒素ガスを排気孔からぽかっと吐き出して、だまってビンドの体に視線をあそばせた。高さ二メートル、直径一・五メートルほどの円筒形の胴体。そのいただきから薄い、濃緑色の葉緑上皮が二枚、大きく突き出て、太陽の方向に傾いていた。その葉緑上皮の下から数本のべん毛がのび出ていた。そのうちの二本は羽毛のように枝分れして、体内で増幅された脳波を発信する役目をしている。別な二本は脳波を受信するほう。他の二本は、会話の内容を他に聞かれたくないときに使うのだ。この直接会話用のべん毛は、統治階級だけに備わった特別器官だった。

《首長、なにをそう私のことをじろじろ見ているのだ》

《ん？　いや、別にどうということはない》

ビンドは、円筒形の胴体の下に、べったりとひろがった変形歩行枝をもじもじと動かした。とたんに胴体の後のこぶが裂けて、勢いよく十数個の胞子が飛び出した。直径一センチメートルほどの黄白色の胞子は、砂の上に落ちてまりのようにころがった。育児係のピトンがするすると移動してきて、作業枝でその胞子をひろいあげ、一個一個たんねんに調べてから、背に負った育児パックに投げこんだ。三個はまた砂の上に棄てた。エミラウがのぞきこむと、その三個の胞子はすでに茶褐色に変色していた。

《若いくせにだめじゃないか。ビンド。三個もむだにするなんて》

《首長、もう少し日射量があればなあ》

それはビンドが言うまでもない。もう少し、せめて、〇・五トッグほど日射量が大きくなれば、炭酸同化もかなり楽になるのだが。

エミラウはビンドのべん毛から離れると、部落を囲む砂の堡塁へのぼった。堡塁は十メートルほどの高さだった。そこから見おろすと、四角な堡塁の中は、部落のものたちがいっぱいにひろげてかざしている緑色の葉緑上皮で、屋根でも張ったようにおおわれていた。青白い小さな太陽は、ようやく西にかたむきかけていた。

《あの太陽は先々代の首長、ドボが打ち上げたものだ。ドボは何千年に一人、あらわれてくるかこないかという名首長だった。タウ盆地に研究所を作り、そしてあれを打ち上げた。水素核融合反応というんだったな。今ではその技術も忘れられてしまった。若者の中にも、あれをふたたび学ぼうとするものもいないし、それにもう無理だ。もっと大きな太陽を打ち上げれば、われわれもいまよりずっとくらしよくなるのだが》

実際、ドボはえらかった。自分たちの種族だけではなく、プラップやノチ、空を飛べるトマーダたちまで大首長とあおいで心服していた。良い時代だった。

《ドボは還っていった。神の国へ。しかし神というのはなんだろう。老人たちの間に言いつたえられている言葉だが》

エミラウは堡塁の上をゆっくりとひとまわりした。

もとの所にもどり、彼はプラップたちが去ったという北の地平線を、長いこと見つめていた。彼らの積極的な行動力がうらやましかった。エミラウたちの種族よりも、はるかに知能の劣る連中だったが、北に水があると聞くと、さっさと移動し、南に静かな窪地があると知ると、何百キロメートルの距離もいとわず旅をしてゆく。その行動ぶりがエミラウにはちょっとねたましかった。
部落は静かだった。うたたねをして、かかげた葉緑上皮をぐらっとかしげたものが、そのとなりのものとまき起すささやかな争いだけが、死んだように静かな部落の午後に、波紋を湧かせるだけだった。
エミラウはいつもの自分の場所に体をすえると、感覚べん毛をひだの間に巻きこんだ。少し眠ろうと思った。数メートル先で眠りこけているバングの背中のこぶが裂けて、勢いよく胞子が飛び出してきた。その中の一個がエミラウの前にころがってきた。感覚べん毛でまさぐってみると、その胞子は茶褐色に変色していた。ピトンがすべるようにやってきて、たんねんに一個一個しらべていたが、あきらめたように作業枝を巻きこむと、立ち去っていった。エミラウは茶褐色に変色した胞子を、そっと口へ入れてみた。しかし、とても食べられるようなしろものではなかった。彼はそっと周囲を見まわし、足もとの砂の中にそれを埋めた。
そのとき、とつぜん、遠雷のようなひびきが空を伝わってきた。それは部落の上を重い車でも回すように通り過ぎ、反対側の空へ吸いこまれていった。
《なんだ？　今のは》
《来たぞ！　とうとう》
《来たぞって、何が？》
《ものすごい音だった》
部落のものたちは風にゆらぐ草のようにざわめいた。

《静かに！　さわいではいかん。ビンド、来い！》
エミラウはビンドをしたがえて、ふたたび堡塁の上へのぼった。部落のものたちは、いっせいに長い感覚べん毛を二人の方にさしのべていた。それは奇妙な穂草が波をうっているように見えた。
《首長！　見ろ》
ビンドが体を固してさけんだ。
エミラウは視覚器を高くかざした。
はるか北方の地平線に褐色の太い煙が立ちのぼっていた。それはしだいに幅広く、淡いかげりとなって稜線を流れていった。その影の下から小さな物体があらわれて、こちらへ近づいてくる。
《首長！　なんだろう》
ビンドのはげしい心の動きに、部落の中はにわかに騒然となった。それまでいっぱいに広げていた葉緑上皮をあわてて巻きこみ、たいせつな吸水管や聴覚器を、さやの中へしまいこむ。ピトンは背の育児パックをさらに柔組織の膜でつつんで、みなの中央にもぐりこんだ。
老シプチは元老らしく落ち着いてはいるが、内心の恐怖は、そのひくひくとけいれんする感覚べん毛にあらわれていた。
《落ち着け！　さわがずに待て》
エミラウは部落をふりかえった。エミラウの胴体から、彼が怒ったときにしかあらわれない変形巻ひげがのび出していた。それを見ると、部落のものたちはたちまち水を打ったように静かになった。

エミラウはすばやく感覚べん毛をビンドのそれにからませた。

《ビンド！　みなが不安がる。直接送話で話せ》

《わかった》

黒い小さな点はしだいに大きくなってきた。それは全部で四つあり、二列にならんでまっすぐに近づいてきた。

《首長！　プラップたちともちがうようだ》

エミラウは感覚べん毛をさやの中へ巻きこみ、今、自分の見ているものが、部落のみなに伝わらないようにした。それを見てビンドも、自分の感覚べん毛をいそいでしまった。

《ビンド、どうやらあれは金属らしいぞ》

《金属？　するとあれは下等生命体か？》

《いちがいにそうとも言えない。おっ！　見ろ》

二百メートルほどの距離に近づいた四個の物体は、横に一列に散開した。それはかなり大きなもので、すばやく回転する異様にひらたい足が、あきらかに胴体と思われる部分の両わきについていた。その胴体の上部がぐいと開いて、そこからさらに奇妙な物体が二個、とび出してきた。

ビンドがひどく動揺した。

《ビンド！　しっかりしろ》
二個の物体は、短い時間、体を寄せあってなにごとか相談していた。
エミラウの心に、痛いほど鮮烈な思考の断片が飛びこんできた。そのどれもがエミラウにまるで理解し難い内容と、電光のようにめまぐるしい変化を持っていた。
《ビンド！　かれらは動物だ！》
動物と聞いてビンドはいくらか安心したらしい。視覚器を高くのばしはじめた。
《すると、トリムのようなやつらか？》
ビンドはこの平原のはずれに、浅い穴を掘ってもぐりこんだきり、日中はほとんど姿をあらわさないたくさんの足をもった不活発な、そしていささか愚鈍な種族のことを思い浮かべたらしい。
エミラウはそれには答えず、じっと近づいてくるものに視覚器を向けていた。かれはトリムたちとはかなり違っていた。形が違っているだけでなく、何かひどく危険なものがそこから漂い出していた。わずかな風にのって、ひりひりする匂いも漂ってくる。
異様な生物たちは今や六個になって、砂をふんでこちらへ進んでいた。その後にはまだ幾つかが、これは動かず、じっと堡塁の上のエミラウとビンドを見つめていた。
《××××××××！》
とつぜん、先頭の一個が何か叫んだ。
エミラウは思わず全身をぎゅっとちぢめた。これまで経験したこともない不快な衝撃だった。いったんは安心したかに見えていたビンドが逃げ腰になった。

近づいてきた生物がまた何か叫んだ。

《ビンド！　いそいで音声変換器を持ってこい》

ビンドは、ころげるように堡塁の斜面を部落へとくだっていった。もどってきたビンドを、部落のものたちがいっせいにとり囲むのが見えた。感覚べん毛をふりまわし、引っ込めていた聴覚器までせいいっぱいにのばして、ビンドに質問をあびせかける。それをふりきって、倉庫にあてているイグルーから音声変換器をとり出すと、ビンドはふたたび堡塁へかけ上ってきた。

エミラウはそれを受けとると、箱の一方の太い管を、今は堡塁のすぐ下に立っている生物のほうに向けた。その生物たちは急に警戒のそぶりを強めると、砂の上をじりじりと後退しはじめた。

「スホーイ！　射つな。おとなしい生物らしいぞ！」

音声変換器からおそろしく太い声が飛び出してきた。スホーイというのは先頭に立っている生物の名前らしい。エミラウはずっと後の、たぶん首長格の個体が、その先頭のスホーイという名の個体に注意を与えているらしい、と判断した。

エミラウは音声変換器をさげたまま、堡塁のふちへ進んだ。

「お前たちは何ものだ？　どこからきた？　このへんではあまり見かけないが」

エミラウの声に、その生物たちは棒立ちになった。よほどおどろいたらしい。しかしすぐ応えがもどってきた。

「お前たちはわれわれの言葉を知っているのか？」

その声はどうやら、さっき「スホーイ！　射つな」とさけんだものと同じだった。かれらの首長なのだろう。

「いや、この音声変換器を使っているのだ。これを使えば、たいていの生物の言葉はわかるし、また話をすることもできるのだ」

エミラウは四角な黒い箱をかかげて見せた。接近していた生物たちの間で、またひとしきり混乱がおきたようだった。

文明が…………

……気をつけろ…………

……しかし、この天体には……

いったい、やつらは…………

かれらの会話が切れ切れにとびこんできた。

「部落のものはみなおびえている。ひどい音だった。どこからきたのかね？　水ならすこしあるが」

ふたたびかれらの首長の声が聞えてきた。

「われわれは太陽系からきた。地球を知っているかね？」

「太陽系？　さあ。地球というのも聞いたことがないな。まてよ。地球か？　そうだ。先々代の首長がたしか地球から生物がきて、どうとかしたとか言っていた。その地球から来たのか?」

地球からやってきたという生物たちの首長は、おどろいたように仲間たちにさけんだ。

「五百年ほど前にラナ21という調査船がこの惑星にやってきた、という記録があるんだ。きっとそれだぞ」

彼らはまた、そろそろ前進してきた。

「そうだ。われわれは地球の動物の代表的種族だ。その翻訳装置はお前たちが作ったのか?」

「これか? そうだ。われわれの種族が作ったのだ。あれも」

エミラウは、今、西の地平線低くかたむいた青白い小さな太陽に体を向けた。さえぎるものもない広漠とした平原に、静かなたそがれがこようとしていた。濃藍色の冷たく乾いた夜が。エミラウは葉緑上皮を巻いて胴体の上部に巻きつけた。静かなたそがれはいつも同じだったが、これから先は、いつもとはひどく違ってくるだろうと思った。

エミラウはほんの短い間、遠い太陽を見つめ、それから地球の生物の方へ向きなおった。

「あの太陽を作ったって?」

いやにかん高い声が重なり合ってひびいた。エミラウはその声の中にかすかな侮蔑がこめられているのに気づいて体を固くした。

「ほんとうだ」

ようやくかん高いさけび声が静まったのをみて、エミラウはもう一度言った。前よりも大きなさけび声が渦巻いた。

そのとき、彼らの胴体の上部に透明な丸い部分があって、さらにその中に筋肉質の組織があるのにエミラウは気がついた。その透明な上皮の奥の組織に大きな穴があって、さかんに開いたり閉じたりしていた。どうやらかん高いさけび声は、そこから洩れているらしかった。

「わかった！　わかった！　太陽を作ったという偉大なる種族に人類は深い敬意を表する。ところで、そのお前たちは動物か？　植物か？」

動物か？　と聞かれて、エミラウはたちまち胴体の変形巻ひげを突出して、ぶるぶると震わせた。「動物ではない！　自分で自分の体も養えないような寄生的な生物ではない」

地球の生物たちは一瞬おし黙った。

「なるほど。その高い砂丘で囲まれた中はなにかね？」

「われわれの部落だ」

「ほう！　部落」

彼らの中からとくに背の高い一個が進み出た。

「われわれは地球の辺境調査隊だ。さしつかえなかったら、その部落を見せてくれないか」

エミラウはそっとビンドに相談した。しかしビンドはそわそわしているだけで、意見らしい意見も吐かなかった。

「われわれに危害を加えたりしないだろうな」

「それは約束する」

ほんとうは部落のなかに彼らを入れるのはいやだったが、なぜかことわりきれないような一種の荒々しい迫力を、彼らは備えていた。そしてそれは、ことによっては極めて危険なものに変り得る性質のものだった。

「それなら見せよう。ただし、首長とそのほかに四個だけ入ってよい」

エミラウは感覚べん毛を使って、これまでのあらましを部落のみなに伝えた。部落の中ではちょっとした混乱がおきたようだった。

《大丈夫だ。まことに奇妙な形をした生物だが、それでも植物だ。安心していい》

エミラウは彼らが動物だ、とは言わなかった。部落に動物が立ち入ったと知ったら、みないやがるだろう。なにしろこの世界では、動物といえばあの愚鈍なトリムのような種族しかいないのだ。

地球の生物たちは、一列になって堡塁に上ってきた。胴体の下から突き出している二本の棒のような部分を、かわるがわる動かして体を運ぶ。それはなかなかたくみな運動だった。得体の知れぬ物質で作られた上皮で体を包み、あちこちにさまざまなでっぱりやふくろ、それに小さな箱などをくりつけている。

「その背中の金属の筒は何かね」

エミラウは地球の生物の首長にたずねた。

「これは酸素タンクだ」

「ここにも空気はあるが？」

「この惑星の大気は、われわれには稀薄すぎるのだ。炭酸ガスは豊富なようだが」

首長は興味深そうにエミラウの体をながめた。

エミラウとビンドが先に立ち、五個の地球の生物たちは、そろそろと堡塁の斜面を部落へとくだった。

《首長！　大丈夫か》

《うわあ！　なんだ、あれは》

《あんなやつら、はじめて見たぞ》

《あの透きとおったところが葉緑上皮だろうか》

部落のものたちは、堡塁の斜面をくだってくる一行を見て、総立ちになった。

「なんだ、部落などと言って、なにもないではないか」

「小さなイグルーが一つあるぞ」

「いる、いる！　ええと、全部で四十個、いやもっといるぞ」

「やつらは砂の中にでももぐって寝るのだろうか？」

「いや、そうじゃあるまい。見ろ！　砂の表面に浅いくぼみがある。あそこへうずくまるのだろう」

「この種族は知能の発達した植物だな」

地球の生物たちの興奮した会話が、絶えず音声変換器から洩れていた。なかなか鋭い観察力だ。

《静かに！　静かに！　地球の生物をいたずらに刺激しないように》

ビンドが変形枝をひろげてみなを制した。

地球の生物たちは、一団になって部落の中を歩きまわった。もちろん部落といっても、特別な建造物など必要ないから、ただ砂の広場にすぎない。ただ部落のみなが、それぞれの好みにしたがって掘った、浅いくぼみがあるだけだ。地球の生物たちは大きな足でそのくぼみを蹴散らし、踏みにじりながら広場を一巡した。部落のみなはその足もとを恨めしそうにながめていた。砂地に掘られた穴ともいえない浅い皿のようなくぼみだが、それでもなかなか好みの形や深さのものはうまくできないのだった。

地球の生物たちが広場の中央の小さなイグルーをのぞいたときに、混乱がおきた。

「これは一種の原子炉じゃないか！」

「地球のものとは違うようだ。この種族が作ったのだろうか！」

「これは調査の必要があるぞ」

彼らはそれを手にとった。

「それに手を触れてはいけない！　さあ、もとの所へ置いて」

エミラウは彼らの中へ割って入った。

「これをわれわれの宇宙船へ持っていって調べたい。この惑星の生物の間でこのようなものが発明されていたとは、これは非常に重要な問題だ」

「いや、問題かどうか知らんが、それはわれわれにとってはたいへん大切なものだ。この惑星の冬はおそろしく寒い。その間、われわれはそれで体を温めるのだ」

地球の生物たちは、緊張に手足をふるわせた。

「す、すぐかえす」

「だめだ。われわれはその原子炉の作り方を忘れてしまったのだ。それを今持ってゆかれてしまっては、この冬の生活ができなくなる」

部落のみなは、不安そうに地球の生物たちを遠巻きにした。誰かの胴体のこぶがぱちんと割れ勢いよく飛んできた胞子が、地球の生物たちの首長の透明な丸い頭に、澄んだ音をたてぶつかった。つぎの瞬間、地球の生物たちは、いっせいに胴のわきにつるした短い棒を手にした。

染めたように真青な光が、縦横にはためいた。大気が白熱し、異様な臭気が渦まいた。ビンドが何か叫んでいた。育児係のピトンが育児パックをかかえて逃げまどっていた。火につつまれた部落の一人が、堡塁の斜面をかけ上ろうとして何度もころげ落ち、ついに砂の上に崩れ落ちた。

地球の生物たちは、一団になって部落を横切って移動していた。

《首長！　首長！　放電葉《ほうでんよう》を使え》

老シプチが必死にさけんでいた。エミラウは自分を引きずっている地球の生物たちの手をもぎ払い、葉緑上皮の下から変形枝をつき出した。放電葉のあることをすっかり忘れていた。

もう使わなくなって永いことになる。エミラウは細長い放電葉を周囲の地球の生物たちに向け、胴体を震わせた。

紫色の電光がほとばしり、正面の敵が黒焦げになって吹っ飛んだ。老シプチのさけびに応じて、部落のものたちがエミラウにしたがって放電葉をふりかざした。

真青な閃光と紫色の電光が交錯し、砂煙の火柱が入り乱れた。

混乱は、はじまったときと同様にとつぜん静まった。

ふと気がつくと、エミラウは堡塁の上に立っていた。逃げる敵を追ってここまできたものらしい。あるいは脱出するつもりだったのかもしれない。堡塁の外の平原には、動くものの影もなかった。陽は地平線のむこうに沈んで、濃藍色の夜がもう深々と迫ってきていた。暗い稜線の上に、青い星がかがやいていた。

堡塁の中は惨澹たるありさまだった。部落の仲間の黒焦げ死体が、つぶれたドラム罐のようにころがっていた。重傷を負ったものが、裂け千切れた葉緑上皮を狂ったように打ちふっていた。神経がだめになってしまったのだろう。もう助からないな、とエミラウは思った。

老シプチも黒焦げになって、すでに息絶えていた。育児係のピトンが倒れていた。今、息を引き取ったということだった。ピトンのかかえた育児パックから、かなり成長した胞子がころがり出て砂にまみれた。その間に、地球の生物たちの死体も横たわっていた。

柄のつけ根から折れた葉緑上皮を引きずって、ビンドが生き残ったものたちを堡塁の下に集めた。半分にもたりなかった。部落の一人が、つぶれて見る影もなくなった原子炉を下げてきた。
《首長！　今年の冬はたいへんだぞ。冬がくるまでに、これをなんとかして修理しなければ》
老シプチならできるだろう――そう言いかけて、エミラウははっとした。そうだ、もういないのだ。
《ああ、なんとかしなければいけないな》
彼には、このとつぜんおとずれた災厄が、まだ充分のみこめないのだった。なにが原因でこんなことになってしまったのだろう。
《ビンド！　かれらはどうした？》
《半数が堡塁の外へ脱出した。首長、かれらはまたくるだろうか？》
《くるだろう。きっとくるだろう》
それがおしなべて動物の習性なのだ。あのトリムたちだって、今のようにひっそりとした生活をするようになる以前は、やはりくりかえしくりかえしやってきたものだ。それが、トリムたちがやがて今のようになるさだめの一つのすじみちだったのかもしれない。
《部落を移動しよう、首長》
《移動しても同じことだろう。それよりも、なんとかおだやかに話し合おう。かれらだってこのうえ犠牲を出したくはあるまい》
エミラウとビンドは生き残ったものたちを指図して、仲間や地球の生物たちの死体を、堡塁から遠く離れた砂の上に棄てさせた。作業を終って引き揚げる途中、しのびやかに近づいてくるトリムたちの気配が、闇のむこうに動いていた。思いがけない饗宴に彼らは有頂天になっているようだった。
　保塁の中は、酷寒のあの冬をむかえる前のように、誰も身動きもしなかった。エミラウは三人のものに保塁の上で見張りをさせ、他のものには眠るように言った。
《地球の生物たちは、長くはここにとどまるまい。それにやがて冬がくる。間もなく静かな生活にもどれる》
《首長！　またやってきたらどうする？》
《こんどやってきたら、放電葉でいっせいに攻撃する。さっきは不手際だったが、もう大丈夫だ。みんな放電葉の使いかたはわかったな》
　部落のものたちはだまってうなずいた。実際放電葉の効果はすばらしかった。五万ボルトから八万ボルトの放電による衝撃は、どんな生物でもとても耐えられない。部落のものたちの種族が、この惑星をほとんど独占することができたのも、放電葉の持つ偉大な力のせいだった。手ごわい敵はすべて遠い過去に亡びさり、今では放電葉を使わなければならないことなど、全くなかったのだ。しかし、そのおそろしい武器をまた使うときがきた。
《だが、もうおそらくわれわれと敵対しようとはしないだろう。われわれは自分の力を信じていい》
　エミラウの言葉に元気づけられた部落の仲間たちは、葉緑上皮ですっぽりと体を包んで眠りについた。

頭上の星々は、堡塁に囲まれた砂の広場をさびしく照らしていた。

浅い眠りの中でエミラウは夢を見た。夢の中で、彼はプラップたちに北方にある湖への道を聞いていた。しかしプラップたちは言葉を濁して教えようとはしないのだった。エミラウを追いかけてくるものは、もう背後の稜線に迫っているのだったが、プラップはだまって行ってしまうのだった。彼を追ってくるものが、後からおそろしい力で葉緑上皮をとらえた。繊毛でおおわれた葉緑上皮はすべりやすいはずなのに、そのとらえた手は、吸盤のように吸いつけてしまうのだった。

悲鳴を上げて飛びおきたエミラウの前に、ビンドと見張りについていた一人が、けわしい気配を浮かべて立っていた。

《首長！　やってきたぞ》

エミラウは、だらしなく半開きになっている葉緑上皮を、あわてて固く巻きこむと、いそいで堡塁へのぼった。

数個の人影が星明りの下を走っていた。

《みんな！　堡塁の上に出て防ぐんだ》

生き残った部落のものたちは、心細そうに堡塁の上にならんだ。

地球の生物たちは、なんのためらいもなく堡塁の斜面をかけ上って来た。

《それ！　電撃を加えろ》ビンドがさけんだ。

しかし、そのときエミラウは、いま斜面をかけのぼってくる地球の生物が、昼間やってきたものとは少し違うような気がした。透明な丸い頭ではなく、青藍色のむき出しの頭部と二つのよく光る目を持っていた。すらりとよくのびた手足を持っていた。何も背負っていない形のよい背中が、星の光をあびてトリムたちのようにつやつやと光っていた。

部落のものたちは夢中で放電を開始した。紫色の電光が飛び交い、地球の生物たちを真向うから射し貫いた。

しかし、地球の生物たちはそのまま堡塁の斜面をかけのぼって、部落のものたちのいならんだ中をつぎつぎとかけぬけた。

部落のものたちの放電はむなしく夜の闇を切り裂き、おとろえ、いつしかやんでしまった。彼らは放電葉を大きく開いたまま、ぼんやりと、エミラウと足下の部下の中央に一団になっている地球の生物たちを半々に見やった。

反撃の効果はまるでなかった。やはり昼間やってきた連中とは違うのだ。放電葉による強烈な電撃にも感じないらしい。

エミラウは部落の広場へおりていった。

よく光る目がエミラウを見つめていた。エミラウは感覚べん毛をそっとのばした。この地球の生物たちは、ドライアイスのように冷たく乾いた心を持っていた。それは、昼間やってきた連中のように烈しく起伏する感情を持っていないことに、エミラウはやや緊張をゆるめた。動物たちのきらめくような感情の動きにはついてゆけなかった。

「こんどは何の用だ？」

「お前たちが使っていたという原子炉を引き渡してもらいたい」

その心のように乾いた声だった。

「原子炉？　あれはお前たちの仲間がこわしてしまった」

エミラウは、砂の上にほうり出されたままになっていた原子炉をひろい上げて、地球の生物たちの足もとに投げ出した。

「これがないと、われわれはこの惑星の冬を越せないのだ」

「技術的な資料や記録を提出してほしい」

「そんなものはない。われわれの祖先が二千年も前に作ったものを伝承しているだけだ」

地球の生物たちは、顔を寄せ合ってひそひそとなにか相談していた。

エミラウはその間に、地球の生物たちの体をゆっくりと観察した。

「お前たちの皮膚は、それは？」

地球の生物の一人がふり向いた。うるさそうに、

「グラス・ファイバーとシリコン・ハニカムの複合物だ」

「われわれの放電には……」

「そうさ。完全な非電導性物質だ」

エミラウはそのときはじめて敗北が決定的であることを悟った。

「ふしぎな皮膚だ。それに、酸素タンクも持っていないな。どうした？　いらないのか」

地球の生物の一人がふっと顔をゆがめた。それが笑いの一種であることはエミラウにもわかった。

「われわれはサイボーグだ。酸素タンクは必要ない。この惑星の大気を呼吸できるのだ」

「サイボーグ？　ほう。この大気を呼吸できるのでは、われわれの仲間と同じじゃないか」

エミラウは急に彼らに親しみを感じた。

「で、やはり動物なのか？　植物だといいんだが」

地球の生物たちはだまってエミラウの言葉に顔を向けていた。

地球の生物たちの中の一人が、エミラウの前に進み出た。それが彼らの首長のようであった。

「原子炉がこわされているのではしかたがない。その音声変換器は今後の連絡のつごうもあるから残してゆく。それからこの中の一人に本船まで来てもらう。生物調査班が調べたいそうだ」

エミラウはとびさがった。

「えっ？　地、地球の生物たちの船へゆくのか？」

「そうだ、ま、すぐ帰れるさ」

エミラウは、その生物の心がかすかに動揺したのを感じた。それは極めてかすかだったが、エミラウの心に刺すような疑惑を与えた。

「いや！　それは困る」

「お前はわれわれとの連絡と種族の統治のためにここへ残ってもらう。いいな。それでは、よし、そこにいるやつ、お前に行ってもらおう」

指さされたビンドはわなわなと震えだした。

《首、首、首長！》

エミラウがこたえる前に、地球の生物たちはもうビンドをとり囲んでいた。

《ビンド！　部落のためだ。すぐ帰してくれるそうだから、ちょっと行ってきてくれ》

それは自分自身でも信じられないことだった。

部落のものたちは広場のすみにひとかたまりになって、このありさまを見つめていた。

サイボーグの首長は堡塁の上に立って、頭上のおびただしい星くずに顔を向けていた。エミラウはそのかたわらにならんで立った。

「いきなりやってきてこんなことをするなんてひどいじゃないか」

サイボーグの首長は何もこたえなかった。

「へんな色をしているな。昼間やってきた連中とは、見れば見るほど違う」

「ああ。われわれはサイボーグなのだ。昼間やってきたのは生身《なまみ》の人間だ。われわれはこの惑星の調査や開発にむくよう改造されたのだ」

その言葉にはなぜか痛ましいひびきがあった。

「なりたくてなったんだろう」

サイボーグの首長は、ふと、冷たい目をエミラウにすえた。それから静かに言った。「命令だったんだ」

「そうか。だが昼間やってきた連中よりも、その方が形がいいじゃないか。それにこの惑星の大気を呼吸できるとは結構だ。ここに棲みつくといい」

「そうするか」

サイボーグの首長は声を立てずに笑った。

「生身《なまみ》の肉体では危険な環境だと、われわれがのり出すのだ。しかし、あれらは地球に還れるが、われわれは帰れないのだ」

「なぜ？」

「なぜって、われわれはこれから開発しようとする惑星の自然環境に適するように改造されたからだ」

エミラウは葉緑上皮にたまった砂を、ふっと吹き飛ばした。

「地球は遠いのか？」

「われわれの宇宙船で五年かかる」

五年という時間がどれほどのものなのか、エミラウには見当もつかなかったが、よほど遠いのだろうと思った。

サイボーグの首長が何かつぶやいていた。

エミラウは音声変換器のボリュームをわずかに上げた。

――狩人にも、彼に追われるけものにも

赤い夕日があった。だが、夜にはそのどちらにも闇だけ
今は陽をのぞみながら、そののぞみだけは違っていた

サイボーグの首長はふいに立ち上り、あとをも見ずに堡塁の斜面をくだっていった。星明りの砂の上に、サイボーグたちがビンドを囲んでひとかたまりになっているのが黒い汚点《しみ》のように見えていた。

「なあ、ここに棲めよ。水脈も教えてやるよ。北の方には沼地もあるんだ」

エミラウはさけんだが、サイボーグの首長は、だまって仲間の中に入っていった。

エミラウはちょっと考えてから、眼下の銀色にかがやく砂漠に向かってつぶやいた。「そうだ。こんなのがあるぞ」

古くから部落に伝わる詞《ことば》だった。

――砂漠の大洋の底だったとき
波のつぶやきの一つ一つが
凝って砂粒となった
だが、砂粒は海を知らない
知っているのは波のなげきだけだ
遠いむかしのなげきだけだ――

それがサイボーグの首長にまでとどいたかどうか。

彼らは一団になって星明りにけむる砂漠を、ゆっくりと遠くなっていった。

エミラウはいつまでもそれを見送っていた。

《明日は北にあるという沼地に移動しようか》

エミラウは自分の心がひどく疲れているのを感じた。

砂漠は星明りにいよいよ銀色にけむっていた。

星の人びと

——助け呼ぶ声は嵐の海にひびけり、浜の人々、かたく戸をとざして、内にいよ、といましめあえり

三直から四直へ交代してからもう数時間もたったような気がするのだが、実はまだ十五分しかたっていないのだった。

船内でふだんに目覚めているのはここだけしかない。目に見えるぎりぎりまで光度を落した照明灯のオレンジ色の薄明の中で、当直についている四人の航宙士たちの後姿は、彫像のように動かなかった。広大な壁面を埋める幾万個のメーターの放つ淡い蛍光が、美しい星団のように浮かび上っていた。そのメーター・ボードの中央を占める巨大なレーダー・スクリーンには、時おり針路の前方にあらわれる流星群が、はげしいハレーションをきらめかせていた。それら流星群が、宇宙船の針路に接近してきたときだけ、壁面の一方に密集している

数字の描かれたパイロット・ランプがいっせいにともり、テープの巻取りリールがのろのろと回転をはじめるのだった。ときおり、ロウランが思いだしたように小さな灯を点滅させ、

……カチ……カチ……

回路を開閉するかすかなひびきが流れた。

自動航法装置《フル・シンクロ・コーサー》が、十五分おきに天測をおこなっていた。その結果を中央電子頭脳《M・H・Q》に送る回路の形成を告げる指示板が、猫目石のようにかがやいた。そのかがやきを受けて、四人の航宙士たちの上半身は、まぼろしのような淡い深緑色に染まった。

Gシートに深く身を沈め、身動きもしないかれらは、けっして眠りこんでいるわけではなかった。かれらはその瞬間に、この船内でもっとも多忙な人々であった。宇宙船の推進装置も、また航法装置も、もちろん何一つ人間の手によって動かされるものはない。しかしいつその必要が生じてくるかわからない。そしてそのときこそ、いかなるすぐれた電子頭脳でも結局、人の大脳にはかなわないことを証明するときでもあるのだ。そんなことが実際には、何十回のパトロールのうち一回おこるかどうかわからない。しかしその一回のために、この席を空席にしておくことはできないのだった。

今、辺境巡視船《パトロール・ボート》《ロウランN》は太陽系を四十一時間の左舷におき、秒速十八万二千キロメートルで星の海を滑っていた。息吹きを止めた光子エンジンの直径千メートルにおよぶ怪物じみた反射傘は、千億の星々の光を冷たく映して虚空の一部に化していた。

一秒間に十八万二千キロメートルを移動したところで、それがこの星の海を、いったいど

れだけ動いたことになるのか。またこの一秒とつぎの一秒との間にどれだけの違いがあるというのか。一万年も百万年も、また一千万年も、ここではとるにたるほどの違いもうまれはしないのだった。

それでも一隻の宇宙船は飛びつづけた。

いくら飛びつづけたとて、それは決して星々の仲間には容れてもらえないのだった。

とつぜん、慣性航法装置の航路追跡機が、燃えるような深紅色のランプをともした。はじめて、これまで石のように動かなかった航宙士の一人が、わずかに体をかたむけて追跡機の標示板をのぞきこんだ。
「航路監視B盤より船長《キャップ》へ。C座標上Xイコール九〇・〇〇二〇。Yイコール七一・〇九七。Zイコール二八・九四一七。偏位〇・〇〇〇一二毎秒／度。現在の速度、五……四……三……二……一、コンマ八八九二。以上、終り」
唄うような声音がインターフォンの奥に吸いこまれていくと、この航法室の内部には、ふたたび、水底のような薄明と静寂がひろがった。
《……号ブレーキ噴射用意。作動時間〇・〇二秒、〇・五％パワー／秒……》
《……も小惑星カサンドラ10の影響だろう。まだ、つ……》
《……距離四億八千二百万キロメートルだ……直径は》
高声電話のスイッチを入れたまま話をしているらしい。船橋《ブリッジ》での会話が無響室での話のように、全く残響をひかないでかすかにもれてくる。やがてカチッとスイッチの断たれた音が聞えてふたたび人の気配は絶えた。

TVスクリーンには、目もくらむ星の海を背景に、暗いオレンジ色の小さな太陽が赤熱した銅板のようにくっきりと輪郭をみせてかがやいていた。かがやくというよりも、なお余燼をあげていた、という方が正しいかもしれない。その暗いオレンジ色を細く縁どった部分はかすかに青白いガスをたなびかせ、まるで毛ばだった毛糸玉のように見えた。

星々のさらに奥の暗黒に、幻のようにほの白く光がにじんでいる。おそらく遠い渦状星雲であろう。そこまで人類がたどりつくにはさらにどれだけの年月が必要だろうか。そこへたどりつくということは、決して不可能ではないのだ。何億年、何十億年という年月さえ克服できれば。

しかし、人類はさしあたって今は、この銀河系の光の海の中を、となりの太陽系に向って飛びつづけることだけだった。

右舷のブレーキ・ロケットのはたらくかすかな衝撃が外鈑を伝わってきた。それは遠いかすかな地震のように、ふと脳底のどこかを空虚にさせて消えていった。

「航路修正よし！」

「カサンドラ。左舷三十五度四分十五秒。Yイコール三・二一〇の切線上」

「なお航路監視をつづけよ」

「OK。なお航路の監視をつづけます」

ジャイロの冷却器のコンプレッサーの計数器《カウンター》が、音もなく、5927271829 3……5927271829 4……5927271829 5……

数字を重ねてゆくだけだった。

こうしてまた、ふたたび、かぎりなく単調でものうい時の流れだけが、辺境巡視船《パトロール・ボート》の上に流れるともなく流れてゆくのだった。

しかし、その静寂はそれから五分もしないうちに破られた。

とつぜん、走査機が目にしみるような黄色灯をともした。当直のキタが両手でダイヤルを回す。眉を寄せてイヤホーンの奥に全身の注意をそそいだ。

「微弱な電波あり。方向。Yイコール八三・二一の切線上を移動している」

声と目は別々にはたらき、目はこの予期しないできごとによせる異常なまでの関心に燃えて、またたきもせずに陰極線オシログラフの輝線の振幅を見つめた。声はかすかな心の高ぶりをおさえて、つめたいまでに簡潔に、必要なことだけを伝えた。

「A型《タイプ》千百キロサイクルによるふつう通信」

「というと、ラジオ電波だな」

「キタ！　Yイコール八三・二一の切線上を移動しているというと、カサンドラの自転速度との関連性は？」

「そのもの、ずばりです」

別な声が洩れてくる。気乗りしない声で、

「こちらカサンドラ放送局でございます。みなさま、これより本日のニュースをお知らせいたします」

「うるさいぞ！」

「キタ！　たしかにカサンドラからの電波か？　受信機構のすべてを点検《チェック》せよ」

「ほんとうだってば！　うたがい深い人だねえ」

ため息まじりのキタのつぶやきが、最大容量で高声電話に入った。

「うわっ！」

あわててスイッチを切るノイズが耳に痛かった。

「ぐずぐず言っていないで早くやれ！」

主任航宙士のタマキのさびをふくんだどら声が爆発した。

非常ベルがおり重なった。パイロット・ランプの群が、つぎからつぎへと灯をともし、消えていった。

電波の強さを光に変える光電管が、しだいに強くかがやきはじめた。

「船長《キャップ》、あの電波はどうやらカサンドラの地表から送信されているようですな」

機関長《エンジン》がスクリーンをのぞきこみながら言った。

「だが、いまだ人類が足を踏み入れたこともないあのカサンドラに、電波を送り出せるような発信局があるはずはない」

船長《キャプテン》のコウロが首をひねった。

「船長《キャップ》、カサンドラからの発信として、われわれの宇宙船の通過を知っての発信でしょうか？」

「さあ。もし、人間がいるとして、いつかはこの空域を通る宇宙船があるかもしれない、と思ってのことかもしれない」

機関長《エンジン》のハシイは顔をくもらせた。

「漂流者でしょうか！」

「わからん」

コウロはちょっと考えていたが、やがてインターフォンの送話機をとりあげた。

「全員、非常警戒！　これより《カサンドラ》の軌道に入る」

ウー、イー、ウー、イー。

非常警報が鳴り出した。

「B直に覚醒回路を入れよ」

「エンジン！　右舷半速《ライト・ハーフ》。秒読み《タイム》二十分前」

「慣性航法装置、解放！　M・H・Q、追跡用意！」

「航路《コース》マイナス三よりマイナス四へ。航路監視B盤、M・H・Q へ。航路監視B盤、M・H・Q へ」

「第五電路OK！　第五電路OK！」

「全員、代謝調節装置点検《メタボライザー・チェック》！」

「エンジン。右舷半速《ライト・ハーフ》三、四」

「B直！　異常なし！」

　B直、あるいはA直、異常なし——この言葉を聞くとき、つねにコウロは胸の底がふっとゆるむような気がするのだった。長い航路にあっては、乗組員のすべてが目覚めている必要はなかった。それに不必要な乗組員のために食料や飲料水、それに酸素などを用意しなければならないことは、はなはだしく不経済だった。それに体力の消耗という大きな問題があった。それらに対する方策として二〇〇〇年代の初期に考えだされたのが冷凍冬眠であった。これは目的地で任務につく科学者や技術者たちをはじめ、慣性航行中に必要な最小の要員をのぞくすべての乗組員を、冷凍冬眠用のシリンダーにおさめて生理的に完全に代謝機能をおさえて冬眠させてしまうやりかただった。この方法が、人類の宇宙への発展の歴史上でこれ以前の時代とこれ以後の時代とをはっきり区別したのだった。人類は曲りなりにも、たとえとるにたらぬほどのわずかでも時の流れを克服し、また気にしないでもよくなったのだった。

「B直、異常なし、か」

　コウロはつぶやいた。

　それは非常にすぐれた方法であり、極めて安全確実な機構を持っていたが、まれに事故がないわけでもなかった。冷凍冬眠用のシリンダーは、それ専用の電子頭脳によって総合的な管制を受けていたが、それぞれのシリンダー内部の微妙な人工環境のささいな不安定が、ときにシリンダー内部の人体に決定的な打撃を与えることがあった。こうして幾つかの探検隊がその消息を絶っていったのだった。その最期は、シリンダーの外にあって、刻々とほんとうの死に蝕まれてゆく仲間をなんとか引き止めようとして苦闘する乗組員たちからの電波で送られてくるのだった。残った者たちで、すでにたどってきた長い航路をもどることは不可能だったし、さらに前進することも、そうなっては意味がなかった。

船長《キャプテン》のコウロは、冷凍冬眠用のシリンダーに入っている予備乗組員が目覚めるその一瞬がつねにたまらなく不安だった。すでに何百回となく経験してきたはずなのに、これだけは経験や慣れではなかった。原初の恐怖ともいえた。冷凍冬眠シリンダーを開いたところが、そこにならんでいるのはすべて死体だった、それもすでに腐敗し、あるいは朽ち果てた。——そのときの惨憺たる絶望を想い浮かべてみればよい。

宇宙空間ではいかなる形にせよ、死はつねに人々のかたわらに在るのだった。

コウロは船内用のスクリーンのダイヤルを《冬眠室》に回した。

「うむ。みな元気そうだな」

スクリーンの中の冬眠室では、医務部員があわただしく走りまわっていた。壁面に何段にも設けられた冬眠用シリンダーのケースが上方へはね上って、そこからほとんど裸の乗組員たちがのろのろと起き上ってくるところだった。すでに生理的な機能は完全に回復しているはずであった。医務部員の手にした注射器や高周波マッサージ器がまぶしい照明の中でかがやいていた。起き出してきた乗組員たちはすぐに毛布につつまれて別室へかかえられていった。

シリンダーから出てくるときの姿は、どう見ても冬眠から目覚めた蛙だった。長い眠りから覚めて穴から出てくるときの姿は、おそらくどの動物でも同じなのだろう。

「進化の痕跡かもしれない」

コウロは現在の状況とはおよそつながりのない言葉を口から出した。

「え？」

機関長《エンジン》のハシイがふりかえった。

「いや、なんでもない」

「船長《キャプテン》」

操機長《マシーン》のシノが早くも宇宙服に身を固めた小山のような姿で船橋《ブリッジ》に入ってきた。大きなボールのようなヘルメットを引きずるように手にさげ、長い銀色のアンテナをゼンマイのように背にまいている。オレンジ色の酸素発生装置、緑色の無線電話機、白い空間移動用ガン、さらに飲料水タンク、ハンマー、モンキー・レンチ、輪に巻いたロープなどがごちゃごちゃとそのおそろしく幅広い肩から胸腰背にかけてとりつけられている。初期調査班は彼が指揮をとるのだった。

「操機長《マシーン》、しっかりたのむぞ」

操機長《マシーン》のシノは大きな頭をふった。

「船長《キャップ》、あんなものにはかまわないほうがいいんじゃないか？」

「なぜだ？」

操機長《マシーン》はかれが不愉快なときのそれがくせの、眉をしかめて歯の間を、ちっ！　と吸った。

「なぜ、と聞かれても困るが、なんだかそんな気がするんだ。こんな所で道草をくっていると、ろくなことがないよ」

「おいおい、操機長《マシーン》、あの電波はもしかしたら漂流者の救助信号かもしれないんだぜ」

「だからさ。そんなものにかまうなよ」

操機長《マシーン》は頑固だった。漂流者なぞにかまうな、という思いきった言葉は、この操機員見習いから多年たたき上げた古参の技術員の積み重ねてきた経験のどこからか発するものなのだろう。そしてその経験は決して愉快な記憶にはつながらないものであるはずだった。

「まあ、いいから行ってくれ」

船長《キャップ》のコウロは苦笑いで操機長《マシーン》を追い立てた。

操機長《マシーン》は大きな厚いてのひらでなんとなく顔をなでると、体をドアへ向けた。一歩踏み出して、わずかに首をまわした。

「ろくなことはないぜ」

くちびるをゆがめて、ちっ！　と歯を鳴らすと、のそのそと船橋《ブリッジ》から出ていった。

《ロウランN》はすさまじい光子の尾を長く曳きながら、カサンドラの円弧に沿って高度を下げていった。

巨大な反射傘は羽をおりたたむように、しだいに直径をちぢめていった。吐き出す光子の帯はみるみる細くなってゆく。それにつれて速度が落ちてくる。

スクリーンの上半部いっぱいにひろがったカサンドラの暗黒の円弧は、背後の星々の光の海をくっきりと切ってせり出してきた。

《ロウランN》は、赤道上の一点に位置を占めようとしていた。

遠い暗いオレンジ色の太陽の光は、カサンドラの表面を、かすかに暗いさび色に照らしていた。

《ロウランN》がその光を直角に横切るときだけ、鋼《はがね》のように張りつめたカサンドラの地表が幻のように見えた。

「衛星軌道、定着《セット・ポイント》！」

壁面のシグナルに赤いサインが入った。

巨大な《ロウランN》の船腹が開いて、おり紙細工のようなダイナ・ソアがせり出してきた。小さな閃光がひらめくと、三角の翼を持ったダイナ・ソアは、こぼれ落ちるように《ロウランN》の暗黒の傘の下を離れた。ノズルからほとばしるほのおが、赤いほおずきちょうちんをならべたように美しくちらちらとゆれて、たちまち虚空の半分をおおうカサンドラ12の暗いさび色の円弧の中へ消えていった。

無線方向探知機のループがゆっくりと回転して、電波の方向をさぐっていた。レーダー・

スクリーンの中に、おり重なった干渉波がかがやく波紋となってゆらめいていた。ダイナ・ソアのグラス・ファイバーとハイ・ステンレスの外鈑はしだいに赤熱しはじめた。

艇内に冷却器のコンプレッサーがリズミカルなうなりをあげはじめる。

「操機長《マシーン》！　極めてわずかな窒素による稀薄な大気があります」

「操縦士《パイロット》、ソアリング」

ダイナ・ソアは噴射を弱めて、やや機首を上げて、その三角の小さな翼に薄い大気をはらんだ。軽い衝撃が行足をさまたげる。

このとき、無線方向探知機のループがぴたりと止った。電測士《エレクトロニクス》のハンの目が光った。

「操機長《マシーン》！　位置を発見しました。針路、右へ二十二度、地表上」

操縦席のシンナがすかさずそれにつづいて叫んだ。

「現在の高度、二万四千メートル。速度二千二百キロ時。フライング・パスします」

「ようし。照明弾投下！」

ダイナ・ソアは三角の翼をかたむけて大きく旋回に入った。翼をかたむけると、稀薄な大気はダイナ・ソアを支えきれない。どうん、にぶい衝撃とともに機体はいっきに数千メートルも落下する。一瞬の落下の間にも、操縦席は巧妙にふたたびロケットをフルにふかして高度と針路を回復してゆく。ほとんど緯度にして四十五度線あたりを一周してふたたび発信位置に進入する。

はるかに、燃えつきようとする照明弾の青い小さな光の塊が見える。

「操縦士《パイロット》！　このまま接地しろ」

操縦席のシンナは無言でうなずいた。

前方に向ってブレーキ・ロケットをふかし、さらに下方へ垂直上昇用のロケットを、これはゆるくとどろかせながら鳥のように沈下してゆく。小さな三角翼の翼端から補助翼がわりのバランス・ロケットが間欠的に閃光を散らした。

「そのまま！　そのまま！　右へわずかにそれる。もう少し左、ちょい左！　ようし。照明弾三発、一発はミサイル、発射。針路、もう少しのばせ。携帯電話器《トーキー》切りかえ！」

みなの背に負った携帯電話器《トーキー》が、いっせいに、受信よしの小さなパイロット・ランプを点滅させた。これ以後は非常の場合にそなえていっさいの通話は各自の携帯電話器《トーキー》でおこなうのだ。

「操機長《マシーン》！　何か見えます」

照明弾の青白い光をあびて、縦横のこまかい亀裂のはしる地表が、へんに空虚に浮かび出ていた。

「ほら！　あそこです」

電測士《エレクトロニクス》のハンがのび上った。

青白い光の中に細長い物体が横たわっていた。

それは嵐のあとの砂浜にうち上げられた巨大な鯨の死体によく似ていた。

「……六……五……四……三……二……一……」

はげしい衝撃が足もとからつき上げてきた。Gシートのオレオ緩衝装置がゆっくりと波をうった。

ハッチを開くと、千億の星々がいっせいに頭の上からのしかかってきた。放射線吸収ガラスの下から解放されて見る満天の星空は、息苦しいほど間近であり、その光は脳底を射ちつらぬくほど強烈だった。

タラップをつたって地表に降りたった。コークスの微粉を敷きつめたように、宇宙靴がざりっとしずんだ。それは直径五ミリメートルはあろうかと思われる多孔質の粗い粒子だった。ダイナ・ソアの周囲は、前後進、昇降、バランス用の七本のノズルで噴き散らされた微塵が、堡塁のようにぐるりととりまいていた。ダイナ・ソアは直径二百メートルの浅い盆地の底に位置を占めたかっこうになった。

「あの上にのぼってみよう」

三人は一列になって高さ二十メートルほどの斜面をのぼっていった。

照明弾の青白い光の下に、荒涼たる平原がひらけていた。丘も谷もなく、ただいちように暗褐色のひろがりが地平の果て星の海につらなっていた。その地平線まで、実は千五百メートルほどしかないことは、三人とも知っていたが、こうしてはるかにのぞむとき、その果ては永劫にゆきつくことのできないかなたにあるように思えるのだった。

三人は頭をめぐらせ、体を回した。足もとには直径二百メートルの浅い窪地が星空を呑みこむように口をあけ、その中央に白銀のダイナ・ソアがうずくまっていた。

「あれだ！」

照明ミサイルが流星のように遠い地平線の上を流れてゆく。

暗い小さなオレンジ色の太陽が、地表に横たわるその奇妙な物体をさびしく照らしていた。

「宇宙船の残骸だ！」

「あのようすでは、生存者はいないかもしれんな」

三人は双眼鏡をヘルメットに押しあてた。くらく、せまい視野の中に、骨組をあらわにした長大な宇宙船の残骸があらわれた。はねとんだ外鈑がその周囲に散乱していた。

シンナが肩からさげた操作機のダイヤルを回して照明ミサイルの誘導をはじめた。星空に白煙を曳いて照明ミサイルが接近してきた。みるみる光の滝に成長してゆく。

「行こう」

三人は堡塁の反対側の斜面をかけくだった。長い銀色のアンテナがはげしくゆれた。

その宇宙船は中央から二つにおれ曲っていた。おそらく不時着の衝撃で破壊したのだろう。外鈑や内部の器機の一部が、なかば微塵に埋もれて散乱していた。その外鈑には、はげしい熱に灼かれた跡が、ひきつれた傷あとのように白く残っていた。

なんの物音もしなかった。頭上の星空はいよいよつめたく燃え、遠い太陽を背にした三人の後姿は暗いオレンジ色にかすかに映えた。

形から見て、おそらく二百年も前に造られたものであろう。船体のすべてを外鈑でおおうのは、火星や金星、地球などの低層大気中でもちいる航空機の構造を踏襲したきわめて古い技術思想にもとづくものだ。そのころ何十回、何百回とこころみられ、そのほとんどが失敗に終った太陽系外探検計画の一つにしたがった宇宙船であろう。それらの失敗は、出発していった宇宙船がふたたび還らないことでそれと察せられるだけだった。遭難した宇宙船の残骸一つ、隊員の遺骸一つ、発見されたわけでもなかった。宇宙探検とはもともとそうしたものなのだ。遭難の手がかりも知られぬ以上、救助することもされることも、あり得ようはずがない。

三人は黙々と宇宙船の周囲を一周した。

「内部へ入ってみますか？」

「自己補償装置つきの救難信号発振機がまだはたらいているのだろう」

乗組員が生きてかれらを待ち受けているであろう見こみはほとんどなかった。専用の原子力発電装置と消耗部分の自動交換機能、それに簡単な修理機構を一つのパックにまとめた救難信号発振機は、理論的にはほぼ八百年に近い持続性能をもっていた。

「これで、いったい誰を助けてくれというんだろう」

いつもなら操機長《マシーン》の言う言葉を、今は操縦士《パイロット》のシンナが吐き棄てるようにつぶやいた。

「ハン！　本船を呼べ」

操機長《マシーン》のシノは、ちらと頭上の星の海を見上げた。すき間もなく天を埋める星々の中のどこかに《ロウランN》が仮泊しているはずであった。

「操機長《マシーン》！　誰か出てくる！」

シンナがおし殺した声で低くさけんだ。

「出てくる？」

操機長《マシーン》のシノが小山のような体をゆすってふり向いた。

長大な宇宙船の、そこだけ白い裂け目から一個の人影が星空の下に歩み出てきた。

「生きていたのか！」

電測士《エレクトロニクス》のハンがはじけるような声で叫んだ。

「こりゃ、たまげた！　まだ生きていたとみえる」

操機長《マシーン》のシノはその人影に向って大股に歩み寄った。

「われわれは辺境巡視船《パトロール・ボート》《ロウランN》の乗組員だが、このカサンドラ12から発信されていると思われる電波をキャッチしたので緊急着陸した。この宇宙船はどこのものだ？　また、あなたは？」

ハンが手にした大型投光器をさし向けた。光の円環の中に、青黒い円い頭、同じ色の長い細い手、そしてわずかな起伏を持つ円筒型の胴体、そしてこれもいやに細長い足が、幻灯のように浮き上った。鼻も耳も口もない平滑な球のような頭部の前面に、これは魚の目のように見開いた大きな二つの目が、じっと操機長《マシーン》を見つめていた。

「生存者はあなただけか？　もう大丈夫だ。安心したまえ」

操機長《マシーン》は静かに歩み寄って、男――それが男であろうことは、操機長《マシーン》はなぜかうたがわなかった。残骸と化した宇宙船の中で、発見される見こみもほとんどなく、百年も、あるいは百五十年も救助の手を待ちつづけることの、その痛烈な孤独と忍耐と勇気こそは、ただ男だけが持ち得るものと、この年老いた宇宙船乗り《スペース・マン》は信じていた。栄光だけが心の拠りどころであり、支えであった時代の、かれこそ生き残りであった。

「生存者はあなただけか？」

シノは男の顔をのぞきこんだ。鼻や口、耳のあったところは、青黒い被膜に厚くおおわれて痕跡もなかった。

「あなただけか？　生存者は？」

男は無表情にシノを見つめつづけた。

——サイボーグか。それもかなり応急の改造がほどこしてある。二百年近くも生きてきたのだ。むりもない。

「操機《マシーン》長、聞えないんでしょうか？」

電測《エレクトロニクス》士のハンがシノの後から言った。

「うむ。あっ！　そうか。かれは耳はとってしまったんだよ。ここで暮すのに耳はいるまいからな。聴神経だけでも相当のエネルギーをむだづかいすることになる」

ただ一人で、音という音の絶え果てたこの小惑星の上で送る長い長い孤独の生活では、耳など必要なかったのだ。そして口もまた、食物は口から体内へ送りこむなどというエネルギーをくう方法はとれない。直接血管に流しこむのだろう。咀嚼と発声の二つを止めるだけで、それに要する筋肉や神経組織の消費する莫大なエネルギーが節減できる。かれは何よりも生きのびることを優先させたのだ。操機長《マシーン》は宇宙服の腰のバッグから電光表示板をとり出すと、その薄い金属板の上に地球語で言葉をならべた。ちょっと考えて二百年ほど前の単語と構文を組み立てた。

『セイゾンシャハ、アナタダケカ』

はじめて男の目が動いた。その手に電光表示板をわたして使いかたを教えた。男はぎこちない手つきで文字を作った。

『ソウダ。ミナ、シンダ』

『センメイトニンム、シュッパツシタトコロトニチジハ』

『エイオイ、ヨン。サシャ・シティ。サンゼンヒャクジュウゴネン。ヒャクジュウサンニチ』

「エイオイ4、というと、第二回の第十惑星調査計画に参加した宇宙船だな。たしか船長《キャプテン》はトウ大佐だった」

「操機長《マシーン》はごぞんじだったんですか?」

「いやむろん、わしはまだ生れてはいない。このエイオイが出発したのがすでに百九十九年も前のことだ」

操機長《マシーン》のシノは、遠い記憶の中のあの宇宙船技術専修学校の、集会所《ホール》の壁にかけつらねられた、当時第一級のスペース・パイロットたちの大きな写真の何番目かにあったトウ大佐の、あきらかに東洋人を祖先に持つと思われる、その特徴ある容貌を、まだおぼえていた。その写真の中でトゥ大佐は黒い髪と、ひろい額をしていて、やや上まぶたの厚い細めの両目は、どこかはるかな遠方をじっと見つめていた。まだ学生だったシノは、そのトゥ大佐がなんとなく好きだった。それは自分もトゥ大佐のように、黒い髪と、ひろい額、細い目とあごの張った顔の持ち主であったからでもあった。それにそのトゥ大佐も、自分と同じように淡褐色の皮膚をしていた。

「それで」

操機長《マシーン》は一瞬の心のゆらめきをぐいとおしやって、ふたたび男の前に電光表示板をさし出した。

『アナタノナマエハ』

『パイ・グ・トゥ』

そのとき操機長《マシーン》のシノはひどく冷たいものが体の中にひろがるのを感じた。頭のどこかで何かを必死に否定していた。自分でもいったい何を否定しているのかわからなかったが、いや、違う！　断じて違うのだ！

無意識にさけんでいた。

「どうしたんです？　操機長《マシーン》、早くかれをつれてゆきましょう」

電測士《エレクトロニクス》のハンがシノをつついた。

「よし。船内の調査はやめよう。ひとまず本船へ引き上げよう」

操縦長《パイロット》のシンナとハンが両側からトゥ大佐を支えて歩き出した。

操機長《マシーン》のシノは、腰のバッグから小さなリチウム原子弾をとり出した。

ハンがそれにいぶかしげなひとみを向けた。

「これか？　もし、遭難者が救出の必要なしと思われる場合は、救難信号発振機もろとも爆破するのさ。おぼえておけよ」

「救出の必要なし？」

シノはだまって自分の頭を指さした。

「病気もこわいが、これはもっとおそろしいぞ。せまい宇宙船内に神経に異常をきたした者を健康な乗組員と同居させておくわけにはいかない。そういう者が船内にいるというだけで心理的にたいへん悪影響を与えるのだ。だから、そういうときにはひと思いに殺す」

操機長《マシーン》はなんの感情もあらわさずに、幼児にさとすようにハンに言った。

リチウム原子弾に時限装置を結びつけ、《エイオイ4》の外鈑の裂け目から中へほうりこんだ。

きらめくロケットのほのおを曳いて、ダイナ・ソアは星々の海の中へ消えていった。この小惑星カサンドラにこんど人間たちがやってくるのはいつだろうか？　千年先か？　一万年先か？

《エイオイ4》の破れた船腹が、幾つかの塊になって音もなく四方に開いた。真青な光の環がゆっくりと中空に昇っていった。

このとき、宇宙船《エイオイ4》からの救難信号はふっと絶え、そして青い光の環が消えたあとには、もう、《エイオイ4》の遭難の跡を示す何物もなかった。

星々はかぎりなく冷たい光を、今は動くものの影もない荒涼たる平原に投げかけていた。さらに、遠い小さな、暗いオレンジ色の太陽は消えかかる標識灯のように、その星々の海の間にあった。

＊

船長《キャプテン》のコウロは、機関長《エンジン》のハシイ、主席航宙士《メイン・コーサー》のトムスン、それに操機長《マシーン》のシノを加えて、これからの航路について検討を加えた。《エイオイ4》のただ一人の生存者、そしてあまりにも高名なこの先駆者《パイオニア》トウ大佐のために、これ以後のパトロールを中止し、ただちに冥王星へ帰還することに意見の一致を得た。それがこの不毛の小惑星で、百九十年の長い年月に耐えて生きのびてきたトウ大佐に、なによりのなぐさめになると思われたからでもあった。

「おい、操機長《マシーン》！　そんなものにかかわるなと言ったのは誰だっけな」

「そうだ。ろくなことはないよ、と言ってたじゃないか」

船長《キャプテン》と主席航宙士《メイン・コーサー》の笑い声を背に受けて、操機長《マシーン》はくちびるをゆがめて、ちっ！　と歯を吸った。

「さあ、どうだかな」

それしか言いようがなかった。

「……ソウキチョウ！……そうきちょう！……操機長《マシーン》！……マシーン！」

誰かが叫んでいた。

「うるさいなあ。当直は……」

いないのか、と言いかけてシノは、はっと目をさました。

第三航宙士《サード・コーサー》のキタの青ざめた顔がそこにあった。

「操機長《マシーン》！」

「どうした？　事故か！」

ふつうならこんな起しかたをするはずがない。

シノはベッドから足をおろすと同時に、一挙動で、さっき着たまま横たわった宇宙服《スペース・スーツ》の
ジッパーを引き上げようとした。

「いや、操機長《マシーン》、そうじゃないんだ。船長《キャップ》がようすがへんだ」

「船長《キャップ》が？　どういうふうにだ？」

キタは無言でシノの腕をとらえた。

「なんだあ？　サード・コーサー！　ふるえているじゃないか」

シノはのそりと立ち上ると、居住室のドアへ進んだ。

「なんだ？　何かあったのか」

「船長《キャップ》がどうしたって」

ベッドに横になっていた非番の数名が頭をもたげた。

「なあに、なんでもない。船長《キャップ》がわしに急用だとよ」

シノは若い第三航宙士《サード・コーサー》を後から押すようにせまい回廊へ出た。

「どこにいるんだ？　船長《キャップ》は？」

「ブ、ブリッジです」

操機長《マシーン》のシノは、その巨体に似あわず、回廊を風のように走った。

船橋《ブリッジ》では、暗い照明の下で、数名の人影が動いていた。シノは後手でハッチを閉じるとそっと室内へ入った。

「……いいか！　あわてるんじゃないぞ。電路部員は第二制禦室へ集合しろ……船内の縦貫通路のハッチはすべて閉ざせ……室間ハッチだけを使って移動するんだ……いそげ！」

船橋《ブリッジ》の中央でさけんでいるのは船長《キャプテン》だった。

「どうしたんだ、いったい？」

シノは、呆然と突っ立っている主席航宙士《メイン・コーサー》のトムスンにささやいた。トムスンは今にも泣き出しそうに顔をゆがめた。

「わからん。急に叫び出したのだ」

「なぜ、とりおさえて医務室へ運ばないんだ？」

「とてもだめだ。投げとばされてしまう」

シノは船長《キャプテン》の背後から静かに近づいた。

「船長《キャップ》、あちらで休みましょう」

船長《キャプテン》のコウロはふり向きながら、腕を曲げてひたいに流れる汗を制服《ユニフォーム》の袖でおしぬぐった。

「誰だ？」

「操機長《マシーン》のシノです。さあ、わしと一緒にあちらへ行きましょう」

「あちら？　おい！　マ、マシーン？　この船には操機長《マシーン》というのはいないはずだぞ」

シノはいささかも動じないで、さらに言い足した。

「いや、これは間違えました。機関長《エンジン》であります」

「そうか！　機関長《エンジン》、ようやく来たか。見ろ、第二熱核反応炉のポッドが裂けてしまったぞ。このままでは永久に円を描いて前進するだけだ。どうする？」

「他のエンジンをとめましょう」

「しかし慣性は消えないぞ」

「ブレーキ・ロケットを使って行足を止めましょう」

シノはなんとかして船長《キャップ》をこの船橋《ブリッジ》から連れ出して医務室まで運ばなければいけないと思った。早ければ早いほどよい。

「ブレーキ・ロケットはすべて使い果してしまったとさっき電話してきたじゃないか」

シノは失敗《しま》った、とくちびるをかんだ。

「いや、わしの勘違いでした。まだ、多少、余力があります」

船長《キャプテン》はほっと肩を落した。

「それはよかった」

「ですから、あとはまかせてください。わしがやりますから、船長《キャップ》はお休みなさい」

「ああ、少し休むか。全く疲れた」

シノはそっと船長《キャプテン》の肩を抱いて船橋《ブリッジ》の外へ出た。シノに背を押されながら、船長《キャプテン》は半ば眠りかけていた。がくっと首が垂れた。

医務部員が担架を持って走ってきた。


「どうしたんだろう？　船長《キャプテン》は？」

「いつも遭難の危険と戦っているからだろう。気持がだいぶやられているんだ」

「お前もあまりくよくよするなよ。帰ることばかり考えていると、まいってしまうぞ」

「とんでもない。おれは帰る所なんかないから気楽なもんだよ」

船橋《ブリッジ》では口々にささやきあっていた。

ひと休みすれば大丈夫だろう、という医務長《ドック》の言葉を得て、シノは二、三度、深い息を吐くと、動かなくなった。

おそろしい衝撃が居住室を真二つに引き裂いた。大鉄鎚でたたきのめされたようなすさまじい打撃を全身にあびて、シノの体は居住室の壁に向ってまりのように吹き飛んだ。左の腕が肩のつけ根からすぽりとぬけ、幾すじもの千切れた血管を糸のように引きながら、はげしい音をたてて天井にぶつかった。目の前が真赤に染まり、ついで紫色の火花が縦横に飛び散った。

シノは全身の力を壁にあずけてむりに体を起した。左腕を失ったために右半身がいやに重い。支えきれずに、右へころがった。

「しっかりしろ！」

誰かが叫んでいた。音を立てて吹き出す血がみるみるリノリウムの床をペンキで塗ったように染めてゆく。

船長次席《コ・キャプテン》がうつろな目を開いて這いよってきた。

「しっかりしろ！　船長次席《コ・キャプテン》、医務部を呼ぶんだ」

機関長《エンジン》のワルラスが狂気のようにインターフォンにしがみついている。

「損害の程度を調査しろ！　いそげ」

非常ベルがあちこちで鳴っている。

「船長《キャップ》！　どうやら第二熱核反応炉が暴走したらしい。ポッドが裂けた。えらいことになったぞ」

船長《キャップ》、そうだ、船長《キャップ》はどうしたんだ？　シノは出血でうすれかかる意識の中で、船長《キャプテン》を呼んだ。

「船長《キャップ》！　船長《キャップ》！　どこだ。どこにいるんだ？」

船長次席《コ・キャプテン》が、機関長《エンジン》のワルラスが、絶望的な目でシノを見た。

はげしい打撃をたてつづけにほおに感じて、シノは思わず体をたてなおした。

「どうしたんだ、操機長《マシーン》？　みながおどろくじゃないか」

主席航宙士《メイン・コーサー》のトムスンがおびえたような顔でのぞきこんでいた。シノはゆっくりとよみがえってくる意識の中で冷たい汗にまみれて肩で喘いだ。

「ああ、夢か！　夢でよかったなあ」

シノは右手で左の腕をつかんだ。胸の底にある苦痛の記憶は、実際まだその部分が灼けるようだった。少ししびれてもいる。

「どうした？　熱核反応炉がどうしたとかこうしたとか叫んで、手に負えなかったぞ」

主席航宙士《メイン・コーサー》は大きなシノの体をひきずるようにベッドに運んだ。非番の乗組員たちが遠巻きに輪になって自分を見ているのが、やりきれなかった。

「悪かった。寝るよ。もう寝るよ」

シノはベッドにうつ伏せになって枕に顔を埋めた。

――なぜだろう。なぜあんな夢を見たのだろう。そうだ、熱核反応炉が暴走したと言っていたっけ。熱核反応炉というと、ずいぶん古い型式の推進装置だ。たしか省型一般用貨物船《ゼネラル・カーゴ》にそんなものがあったと思う。ポッドが裂けた……すると放射能が飛び散って汚染されたのだろう。ひどい事故だった。

——腕というのは、とれてみるとずいぶん重いものだ。おれの場合は火傷で切断したのだった。しかし今のこの腕はなかなか工合がよい。前よりも軽くて動かすのが楽だ。合成筋肉のほうがはるかに機能的だし、それに老化ということがないのがすばらしい。

——だが、なぜだろう？　あんな夢をみたのは。

そこまでうとうとと考えて、シノはこんどこそほんとうに眠りに落ちた。

＊

船内通路に開くハッチを熔接する携帯用原子炉《ハンド・パイル》の熱端子の白熱したかがやきが、この部屋全体を今にも燃え上らせるかのようだった。天井を走るホイストが、予備補修材の鋼板を運んでくると、すかさずそれをハッチの上に押しあてて、それをも熔接してしまう。

「放射能防除塗料はどうした？」

「だめだ！　第二船倉には行けないんだ」

「しかたがない。鉛をとかして塗ろう」

インターフォンの声が入り乱れる。数人が部屋の外へかけ出してゆく。他の一団がつぎつぎと工作機械を持ちこむ。

「早くしろ！　放射能が洩れてくるぞ。なんとかここでくいとめるんだ」

「全くひでえことしやがる！」

「グラス・ファイバーのソフト・ハニカム材を張ってみたらどうだろう？　あれは相当、放射能をくいとめるぞ」

「そうだ、それも持ってこい。なんでもいい、ためしてみろ！」

戦場のような騒ぎだった。背中の携帯電話器《ハンド・トーキー》の長いアンテナがからみ合い、腰の飲料水タンクが、酸素発生装置が、はげしくぶつかりあった。

「後退してつぎの部屋を固めよう。もうだめだ」

「いや！　ここでがんばるんだ。もう補強材は残り少ないんだ」

まだ熔接しきらないハッチの間から洩れはじめた放射能は、みなが胸につけている小さな放射能警告装置のパイロット・ランプを、黄から赤に転じつつあった。もはやこの部屋ではあと一分ももたないだろうと思われた。乗組員たちは必死に、ここを、迫ってくる死の淵から守ろうとしていた。

「操機長《マシーン》！　主席航宙士《メイン・コーサー》から電話です」

乗組員たちの動きを指図していたシノは、さし出された船内電話の受話器をつかんだ。

「操機長《マシーン》！　後部の状況はどうだ？」

トムスンの声が電話器の奥できんきんとひびいた。

「今、第二船倉で放射能の侵入を防いでいるが、どうもいかん。さらに後部へ退却しなければならないんじゃないか、と思う。そちらのようすはどうだ？」

「第三クロレラ槽をやられた。操機長《マシーン》、あとどのくらいで冥王星に到着するかね」

「あと、約六十八時間のがんばりだ」

六十八時間。それはほとんど生き残る可能性が全くないことを意味している。

「よし、そっちもな！」

電話は切れた。

《ロウランN》の巨大な船体は、中央の部分を境として、船首と船尾とにわかれてしまっていた。

スクリーンに映る《ロウランN》の白銀の船腹には、大きな破孔が黒ぐろと開いていた。その周囲の外鈑がかすかに赤熱している。

船長《キャップ》はどうしたろう？　船長《キャップ》に、せめてこの人の心を凍らせる荒涼と、およそ何ものの気配もない天と地を一目、見せてやりたいものだ、と思った。

そのとき、熱鉄のようにシノの胸にひらめいたものがあった。

違う！　これは違うのだ！

一瞬、現実が音をたてて炸裂した。

いったい、この悪夢の正体は何だろう？

なぜ、こうもくりかえし、くりかえし——

三十六時間後には船内には完全に秩序が失われてしまっていた。

《行動する場合は、必ず三人一組になり、眠るときは交代に一人ずつ眠るようにせよ》

《狂躁状態が手に負えぬときは射殺してよし》

《関係者以外、立入禁止区域へ入る者は、上級幹部といえども射殺される》

　高声電話がくりかえしくりかえし叫んでいた。

「全く何が原因でこんなことになっちまったんだい。伝染性脳炎かなんかとちがうか？」

「いや。これは集団性ノイローゼだと思う。つねに潜在意識にある遭難に対する恐怖が、トウ大佐の収容によってにわかに表面にあらわれてきたのだ」

　シノは顔をしかめた。

「だから、ああいうものにかまうなと言ったんだ。遭難者など救助するとろくなことはないよ。わかっただろう」

　機関長《エンジン》のハシイが横を向いて肩をすくめた。

「なんとか、このまま冥王星までもってゆきたいものだが」

　主席航宙士《メイン・コーサー》のトムスンが、疲労に濁った目をしばたたいた。

「全くこれじゃ気がめいっていけないよ。今にほんとうの気狂いになっちまうぜ」

「あいつをひろってからはじまったんだぜ」

　シノは何度めかの言葉に力をこめた。

「だから、ろくなことはないと言ったんだ」

　ハシイが頭をかかえてうずくまった。

「操機長《マシーン》、きみはこの船の高級幹部の中ではもっとも年長者だ。これまでにもこんなことがあったろう。え？」

「まあ、ないこともないな」

「そのとき、どうやって静めた、そのさわぎを？」

シノはかすかにうなずいた。

「月・火星間の定期旅客船に乗り組んでいたときだが、ちょっとした故障が原因で非常に危険な状態になった。ちょうど幸いにも、船客に超音波催眠の技術者がいて、高声電話を使って集団催眠をかけたよ。狂躁状態におちいっているときはむしろそういう心的コントロールにはかかりやすいものだ」

シノは、自分の言葉にふくまれているある意味に気づいて、はっと顔を上げた。

そのとき、遠い地の底から這い上ってくるような重苦しい震動が三人の足をよろめかせた。ゆっくりとしだいに高まり、そしてゆるやかに遠く消えていった。

「なんだろう？」

「爆発のようだが」

ハシイがインターフォンにとびついた。しかしどれも相手を呼びだすことができなかった。

「機関《エンジン》長！　核反応炉の異常ではないか？」

トムスンが落ち着かなく腰を上げた。その言葉にハシイは一瞬、祈るように首を垂れ、それからもう二人の方は見向きもせずに回廊へ出ていった。シノがハシイを見たそれが最後だった。

ものの一分もしないうちに、船内のあちこちで非常警急信号のブザーが鳴りだした。

「操機長《マシーン》！　放射能が洩れているぞ！」

「しまった！　やはり反応炉のコントロールが故障したのだ」

「自動監視装置《オペレーション》はどうなっていたんだろう」

もはやそれを考えることはむだだった。それがいかに精巧なものであっても、自動監視装置《オペレーション》のはたらきを忘れてしまったときはもはやそのはたらきもなくなってしまうのだ。

「トムスン！　気密ハッチを閉じるんだ」

回廊へ出ると、二、三人の乗組員が船首の方から避難してくるのが見えた。

「故障の程度は？」

「第二熱核反応炉が暴走しました。船体中央部は放射能で通れません」

どうやら巡視船《パトロール・ボート》《ロウランN》の終焉がきたようだった。

船体中央部に平行して置かれている熱核反応炉室の近くまでくると、真紅の宇宙服《スペース・スーツ》に身を固めた工作部員が、必死に熔接作業をおこなっていた。破れたハッチの上に、補修用の鋼鈑を当て、それを肋材に熔接する。工作部員の手にした携帯用原子炉《ハンド・パイル》の熱端子からほとばしる白熱のほのおがシノの目に痛かった。

鋼鈑の上からさらに鉛の板を押し当てる。天井を走るホイストが、つぎからつぎへと鉛の板を運んでくる。

「早くしろ！　放射能が洩れはじめたぞ」

「全くひでえことしやがる」

「グラス・ファイバーのソフト・ハニカムを持ってこい」

「放射能防除塗料を持ってこい！」

「だめだ！　第二船倉には行けないんだ」

かれらの叫びが、絶望的な状態を告げていた。

「後退してつぎの部屋を固めよう。もうここはだめだ」

「だが、後退して、つぎの部屋ではじめからやりなおすだけの補強材はもうないんだ」

シノは、はげしい胴震いがつき上ってくるのを必死にこらえた。この情景をシノはすでに知っていた。同じなのだ。同じなのだ、全く。シノはまだ自分があの悪夢からさめきっていないのか、と思った。

「熱核反応炉が暴走したそうだな。なぜだ？」

肩をつかまれた工作部員は痛そうにシノの手を払った。

「電測士《エレクトロニクス》のハンが……」

「ハンが？」

「制御用の抵抗器を解放したんだ」

「ばかな、あいつ！」

「エイオイ４がどうして遭難したのか、見せてやるといって」

「エイオイ４が！」

シノは工作部員をつき放した。

——エイオイ4がどうして遭難したか見せてやる！

シノは回廊を医務室へ向った。途中、かがやく星々の海を頭上に見たような気もしたし、何か叫びあいながら器材を運んでいる乗組員たちとすれちがったような気もした。つねに青いたそがれにつつまれているような、ふしぎな静けさにみちた航法室を通過したことも、それと知った。

シノは医務室のドアを押し開いた、

「トウ大佐はどこだ？」

大股に休養室に踏みこんだ。医務部員の姿は見えなかった。幾つかあるベッドの一つに、トウ大佐が横たわっていた。

「トウ大佐！」

大佐は弱々しい視線をシノの顔に当てた。

「大佐、船内のようすがどうもおかしい。みな幻覚にとりつかれたようで、何もかも狂ってしまっている。それがどうやら、大佐、あの宇宙船《エイオイ4》の遭難の幻覚と思われるのだ」

トウ大佐はもの憂く目を閉じた。

「大佐！　あなたの体を調べたい」

「きみは医務部員か？」

はじめて大佐のくちびるが動いた。

「いや、医務部員ではない。操機長《マシーン》のシノだ」

「ことわる」

「なぜだ？」

「私は疲れている。しばらく休ませてくれ。それからならよい」

当然だ。かれは長い長い間、その神経を休めるひまもなかったのだから。だが、しかし——

「大佐。生きのびるということは、それは難しいことなのだよ」

シノは腰のモンキー・レンチをはずすが早いか、目にも止らぬ一撃をトウ大佐の顔面に加えた。

顔面の筋肉が削がれて飛び散った下から、シリコン・ハニカムの柔組織に包まれた銀色の電子頭脳のケースがのぞいていた。シノは大佐のつぶれた顔に足をかけ、両手でそのシリンダーを引きずり出した。すばやくドライバーとペンチを使って外被をむしり取ると、これまで見たこともない精緻な回路と記憶巣を持った内部構造が露出した。頭頂に当る部分に強力な超音波発生装置がとりつけられている。

「これだ！　超音波による心的コントロールであなたは混乱におちいったエイオイ4を救おうとした。そして、あなたの記憶巣にきざみつけられた《エイオイ4》の遭難の過程が、こんどはこの《ロウランN》の乗組員たちにおそろしい心的動揺を与えたのだ。あるいは、大佐、あなたは無意識に《エイオイ4》の遭難の状況をわれわれに伝えようとしたのかもしれない。しかしわれわれの乗組員はそうした心的操作にはなれていないのだ。大佐！　あなたを救ったことはまちがっていたよ」

シノは手にした大佐の電子頭脳を床にほうり出した。その金属の塊は、はげしい音をたてて床にころがった。

「大佐、おそらくどの部分をとりあげても、あなたの体に、もとの生きた細胞組織は残されていないだろう。内臓器官を人工器官に換え、それも生命の燃焼の果てにやがて、純然たる電子装置にとりかえなければならなくなり、大佐、あなたはついに大脳まで電子頭脳にとりかえた。それもしかたがないことだったのだろう」

「大佐、あなたは人間じゃない。サイボーグですらないよ。あなたはただのロボットになってしまったのだ。記憶をいくら正確に受けついだところで」

シノは電子頭脳を部屋のすみに蹴りとばした。

「こうまでして大佐！　あなたの何が残ったんだ」

シノの足もとに、電子頭脳からはずれ落ちた超音波発振装置が、平たくつぶれて落ちていた。じゅうぶんに周囲の人々の大脳蛋白質に固有の共震を起させることができたに違いない。記憶が強烈であればあるほど、人々の幻覚や衝動はより現実的であったといえる。そして悪夢はいつか現実とすりかわり、やがて死へと直結していったのだ。それもこれも執念であり、また陥穽であった。

シノのまぶたに、遠い小さな暗いオレンジ色の太陽が、星々の海を背景に、赤熱した銅板のように燃えていた。そのかすかな光輝は、荒涼とひろがる平原を幻のように淡い暗褐色に照らしだしていた。

なんの物音もしなかった。永劫につながる原始の静けさは、やがてシノ自身をもこの《ロウランN》をもおし包んでゆくはずであった。

「だから、かまうなと言ったじゃないか」

その心だけが、自分をも他人をも救うことになる。しかしついにそうなりきれなかった自分が、シノにはたまらなくさびしかった。

ひき潮

《接近中ノ目標アリ。第四扇形区、航路Cノ近傍、Y座標七一・〇二一ヨリ八四・〇三三ノ切線ノ方向ニ移動シテイル。コチラ第三航路標識《ポイント》。接近中ノ一目標アリ。第四扇形区、航路Cノ――》

ここよりはるかに遠く、三十光分の空間にただよう無人ステーションポイント3からの緊急通信が、壁面の一部を占める巨大な航路標示盤に電光サインをえがき出した。自動回転椅子がいっせいに回って、みなの視線がそこへ集中した。

銀色の輝線で示された第四扇形区の半円に近いひろがりの中に、無数に交錯する座標線と回避航路《バイパス》が幻想的な曲線をからめあっていた。そのほぼ中央から左下へ、あざやかな真紅の光の糸がのびてゆく。ポイント3のつたえる目標だった。

「ダンボ91船団だな」

「ほぼ定刻どおりだ」

「一応確認させよう」

「宇宙空港《スペース・ポート》には船団が進入コースに入ったことを知らせておこう」

航路管理主任のキノトと計算主任のクラコウの声がみなのイヤホーンに流れこんできた。

ついで空港《ポート》への電話についたらしいキノトのいそがしい口調がもれてきた。

「ああ、そうだ。隻数はまだわからない。最初の報告では二十五隻ということだったから、まあ、それよりも一、二隻の増減はあるだろう。なに？　その心配はないだろう。それはわからないな。しかし自動誘導装置《オート・コーサー》のついていない旧式な船も混っていると思っていてくれ。ああ、そうだ。省型航路選択装置は、極磁力偏差値は自動修正にはなっているが期待しすぎてはいかん。ふん、ふん、その通りだ」

私はインターフォンのスイッチを押した。

机の上の電話機のスクリーンに緑青白の灯がともった。通話可能のサインだ。私は通話スイッチを押した。空港《ポート》主任のシャイの浅黒い顔があらわれた。頭髪の左半分が極めて薄く、地肌が光っている。数年前の宇宙船の核エンジンの暴走事故による放射線火傷のあとの植皮手術がうまくゆかないのだ。その部分には今でも相当量の放射能が検出されるという。かれには放射能除去剤の服用がもっとも重要な日課の一つになっているはずだ。

「空港《ポート》主任のシャイをたのむ」

「シャイ、ダンボ船団の受入れ準備はできているだろうな。間もなく到着の予定だ」

シャイはうなずいた。ポケットから手帳をとり出すとすばやく視線をはしらせた。

「大丈夫です。正確な人員をつかみたいところですが、これは無理でしょう。宿泊施設は、昨夜さらに一棟増設しました。飲料水製造装置は五組、完成して、それぞれ予定の位置にとりつけを終りました」

「うん。基地撤収というのは容易なことではないし、かれらも相当気がたっているだろうから、その点、生活管理にはじゅうぶん注意してくれたまえ。なにか問題があったらすぐ連絡してくれ。最優先で考えるから」

「滞在期間がどのぐらいかまだわかりませんか、かれらの？」

シャイが言いにくそうに視線をそらした。かれが動くと、かれの背後に広大な空港《ポート》の一部が見えた。

「中央からまだなんとも言ってこないのだ。おそらく検討中というところだろう。なにしろなにごとにもいそぐことを知らん連中だからな。アガメムノン基地でも、指示のスローモーぶりに業をにやしたのだろう。みずから開発基地の撤収などふつうではおこりえないことだからな」

「中央ではサボタージュと考えているのではないでしょうか」

シャイが眉をくもらせた。

「そうかもしれない。人員も資材もじゅうぶんに送っているはずだ。それなのに何年かかってもアガメムノンの干拓計画は進まない。これは開発隊のサボタージュだ、とこのような発言が、中央の開発計画会議の席上、有力なメンバーからあったそうだよ」

「すると、アガメムノン基地の連中はふたたび送りかえされるのでしょうか」

「どうかな。他の開発グループがゆくことになるのか、それともさんざん譴責をくらってここから逆もどりか、それはわからん」

「多人数にあまり長くここにいてもらいたくないんですがね。なにしろこのダリヤＡＡには三十人分の生活施設しかないのだから」

私はわかった、と言って電話を切った。おそらくアガメムノン基地の連中は二百人はいるだろう。重要な開発機材だけは持ってきているだろうが、それだけでもこの基地の資材格納庫の半分は占領してしまうだろう。それに実際、かれらがいつまでここに滞在しているのか、私としてもはなはだ気がかりだった。航路管理局はその仕事の大きさに比して、極めて人員が少ない。それは電子計算による航路算定と指示がそのはたらきのすべてだからである。したがって生活のための施設は完備しているとはいってもその規模はたいへん小さい。とても百人、二百人という人員は収容しきれるものではない。そしてそのためのトラブルは私のもっともさけたいものなのだ。

《ダンボ91、進入コースヲ第二指示速度デ接近中。ダンボ91、進入コースヲ第二指示速度デ接近中》

《ダンボ91、現在ノ位置、第四扇形区、Ｙ座標七〇・九九二ヨリ六八・五一三ノ切線プラス二度。アデリア・ベータノ近傍。距離一九・三七光分》

しだいに近づいてくる。そろそろ電話の可聴圏に入ってくる。私は電話を高声器に切りかえてボリュームを上げた。

星々のざわめきが潮騒のように静かな室内にひろがった。かすかな、しかし鼓膜を切り裂くような高い音、重い滴が分厚い板を打つような、低いが太い音。吹きすさぶ冬の疾風《はやて》。綿毛のような羽虫の翅音。さまざまな音をさがして、それを自分の知っている音になぞらえるならば、およそ音についてのすべての記憶を使ってもなおたりないであろう。高声器から流れる星々のざわめきはいつでも、われわれの心をふしぎな酩酊におとしこんだ。しかし今はそれに耳をかたむけているひまはなかった。

「ダンボ91船団へ、責任者応答コゥ。コチラ『ダリヤAA航路管理局』主任、タウ。ダンボ91船団へ。責任者応答コゥ。コチラ『ダリヤAA航路管理局』主任、タウ」

言葉を切って全身の神経を耳に集中する。誰も身動きもしない。十秒、二十秒。

「聞えているはずだがな」

サムがつぶやいた。

「だまって！」

誰かが低い声でサムを制した。もう一度呼んでみよう。私は息を吸った。そのとき、星々のざわめきの奥からかすかに受信サインが聞えてきた。それは遠い鐘の音に似ていた。

「聞えたらしいぞ」

みなの視線が高声器に集中した。

「コチラ『ダリヤAA航路管理局』主任、タウ。船団責任者、応答セヨ。聞えるか」

受信サインが急に大きくなったと思うと男の声にかわった。

《コチラ船団ダンボ91責任者。感度良好。通話ヲツヅケテクダサイ》

「人員と格納を必要とする器材の量を知らせてほしい」

《人員は二百十八名。器材ノ格納ハ船倉ヲソノママ使ッテモカマワナイ。宿泊施設ダガ、コレモ船団ノ船ヲソノママ使用シテモヨイ》

「健康状態は？」

《極メテ良イ。二、三ノ軽症患者ガアルガ、トクニ重医療器材ハ必要トシナイ》

「必要なものがあったら言ってくれ」

《トクニナイ》

私はスイッチを切って、高声器を基地内通話に変えた。シャイを呼び出して今のダンボ91船団のようすを伝えた。

「すると連中は、自分たちの施設を使うから、当方に迷惑をかけない、とこういうわけですね」

「そうだ」

「食料や飲料水もそうだといいが」

「必要なものがあったら言ってくれと言ったが、とくにないという返事だった」

「するとかなり面倒は避けられるな。こちらは二十五人しかいないのだから、とくに無用な摩擦を避けることに気をつかえばいいだけだ」

かれらに直接接触するのはシャイだから、やはりここは、かれに万全の対策をたててもらうしかない。

「たのんだぜ」

私の前からシャイは消えた。

「連中もむりを言うだけに低姿勢だな。こちらは場所を貸しさえすればいいんだ」

「倉庫を占領されてはかなわんからな」

キノトと資料管理係のタウスが、顔をしかめて話し合っている。みなも口々に感想をのべはじめた。そのどれもが、開発基地をみずから放棄して引き揚げてくる連中に対して、かなりの悪評を与えていた。それはわれわれの心の奥底にある倫理観でもあった。

「だが、連中の聞いているところでは言うな。やはり連中がいちばんそれを感じているだろうからな」

ここではもっとも年かさの気象観測員のクーリックが言った。金星を故郷とするこの老観測員は、その祖先の人類学的特徴を、ちぢれた髪と黒紫色ともいうべき濃い色の皮膚にそなえていた。

私はみながトリデと呼んでいる通信室を出た。トリデは、直径三十メートル高さ十メートルほどのコンクリートとシリコン・ファイバーの小さな山で、周囲に回廊をめぐらしていた。その回廊の一方の端は、基地に付属している宇宙空港《スペース・ポート》の司令室につらなっていた。私はシャッターを開いて宇宙空港《スペース・ポート》エリアに入った。

宇宙空港《スペース・ポート》といっても、大圏航路に面しているわけでもなく、人員や物資の出入があるわけでもない基地付属のC級空港だった。それでも発着ベースの広大なことだけは、辺境第一をほこっている。そのはずだ。空港のエリアのはずれからひろがる、この『小惑星ダリヤAA』の表面全体が、空港《ポート》の敷地なのだから、時速百五十キロメートルの地上車で空港を北へ進めば、十四日後には空港の南の地平線からあらわれてくるのだ。つまり小惑星には、この航路管理局以外にはなにもないのだった。そこに勤務する二十五人の人間のほかは、誰もいない。

無人の空港エリアからは、果てもなくひろがるダリヤ平原がのぞまれた。平原は丈の低い名も知れぬ植物におおわれ、左方はるかに遠く、低い山々のつらなりが影のようにうかんでいた。平原をわたってくる風に、草はいっせいに波をうった。風はとびらのない格納庫の中を吹きぬけ、高い天井のむき出しの鉄骨に笛のように鳴った。屋根を張った金属板のすき間からもれ落ちる陽ざしが、コンクリートの床に丸い小さな太陽の像をえがいていた。

私は階段をおりて地下のコントロール・ルームへ入った。このコントロール・ルームが使用されるのは二年に一度か、三年に一度、補給物資を積んだ輸送船がやってくるときだけだった。完全に自給自足のこの基地では、補給のための船団をむかえることなどこれまでただの一度もなかったし、また基地の誰かが遠い他の基地や惑星におもむく必要の生じたこともなかった。

コントロール・ルームでは、作業員たちがすでに整備の終った誘導装置や非常通信装置などについていた。壁面の無数のパイロット・ランプがせわしくまたたいている。

「どうだ。ひさしぶりにそこに上った気持は」

私はコントロール・ルームの中央の高い指揮台に上っているシャイを見上げた。

「忘れちまいますよ。どうやるんだったか。今もクーリックにヘッドホーンをつけていないのを注意されたばかりだ」

管制室から連絡がかりとしてここに来ている老クーリックが、台の下の座席でシャイを指さして、私に向って白い歯をむきだして笑った。そんなことにおかまいなく指揮台に上っているシャイはさすがにうれしそうだった。優秀な空港技術者なのだが、こんな辺境に派遣されてきたばかりに、十五年もの間、毎日、いつ使うのかもわからぬ器材の調整だけに過しているのだった。

「船団到着まであと二時間です」

それまで台の上に上っているつもりなのだろうか。私は他の作業員を見回した。シャイだけではない。緊張して座席に着いているみなの後姿は、二時間どころか二十秒前と言った方がふさわしい。

「おい！　おりてこいよ。二時間もあるのに今からそこへ上っていることもあるまい」

シャイは照れ臭そうに笑うと、鉄のラッタルをおりて来た。

「みんなも少し休め。三十分前にベルを鳴らすから」

しかし誰も席をたたなかった。私とシャイは地上に出た。風はたえまなく平原の果てから吹きわたってきた。私はある考えを口に出していった。それは以前から考えていたことだったが、今のシャイを見て急に固まったのだった。

「シャイ、中央に申請してやるから、もっと大きな基地へ転勤しないか」

ふだんのシャイらしくなく、かれの無表情な顔にはげしく感情が動いた。

「それはどうも」

言葉をきって、私の言ったことをかみしめているようだった。遠い地平線に視線をはせ、自分一人の想いにひたっているようだった。

「よし、きめた。どうだ。そのへんをすこし歩いてみようか」

私はゆっくりと足をはこんだ。

「基地幹部」

シャイがほとんど使われたことのない正式の呼びかたで、私を呼んだ。

「ありがとうございます。もう一生、この基地から動けないかと思っておりました」

ふりかえると、シャイはこれまで私の見たこともない固い表情で、私を見つめていた。

「どこか希望の場所があるなら、それも言った方がよい。中央でも考えやすいだろうから」

さっきから考えていたのか、

「それでは冥王星のSA12基地にまわしてください。おねがいします」

「SA12？　あそこは大圏航路中継基地だったな。うん。あそこなら中央に近いし、将来内局への昇任の機会も多いだろう。よかろう。必ず実現するようにしよう」

シャイは私の言葉とは別なことを考えているようだった。

「いつかは、あそこへゆきたいものだと思っていました。いや、必ずゆく、と心にきめていました」

自分自身に向ってつぶやいた。

「だれか知っている者でも？」

「知っている、というほどではありませんが、キャップ。人間の記憶というものは、長い時間がたてばしだいに忘れてゆくものだ、と聞いていましたが、そうとはかぎらないものですね」

異常にしつような言いかただった。

「それは記憶の内容によるだろう」

「内容、そう、たしかに内容ですね」

シャイの胸の中には、私がのぞいてみることもできないようなある記憶が、今うずまいているようであった。私は口を閉じた。たとえ私がかれの上役であっても、それ以上かれの心の緊張に触れていってはならないようななにものか、すさまじい心の動きが、かれの体の回りにオーロラのように発散していた。シャイがこの基地に勤務してもう十五年にもなる。その間、かれがなにものかに対してこのように強烈な記憶を抱きつづけてきたとは私も考えてもみもしなかったことだった。それは怨恨なのか。憎悪なのか、それとも見果てぬ愛の夢なのか。私はだまって一人、無人の草野をあてもなく歩いた。私がこの基地に職を得てもう五十年にもなる。私の心からはそれ以前のすべての記憶は跡形もなく消えていた。消えたものの中には、シャイの抱いているようなはげしいなにものかへの想いもあったような気がするが、それがなんであったのかはすでに想い出すことさえできなくなってしまっている。底知れぬ星の海の中に暮しているうちにそうなってしまったのか、それともそうなってしまったからこそ、この辺境での五十年に耐えてこられたのか、それは私には判断はつかなかった。人はしばしば言う。辺境では人の心はその自然と同じようにむなしく荒れ果てている、と。しかし私はそうは思わない。たしかに辺境では人の心はその自然と同じだ。だが自然はむなしくはあるが決して荒れ果ててはいない。人はそこではなにを想い、なにを夢見るかだ。

私は草野を歩き、そしてふたたび地下へもどった。

作業員たちはすでにそれぞれの持ち場についていた。シャイも中央の指揮台のハンドレールをにぎって彫像のように立っていた。その顔からは、さっき私に見せたはげしい表情はまったくうかがうことはできなかった。

《船団、着陸コースに入りました》

高声器からキノトの声が流れ出た。それを追うかのように壁のパイロット・ランプの列があらしのようにはげしく点滅した。

《第一船着陸コース。A七よりA六へ。高度九千……八千……七千……》

《第二船着陸コース進入。A九よりA一二へ。高度二万四千》

《第三船フライング・パス。第四船フライング・パス。第五船着陸コース進入。C三よりB九へ》

船団は解散してつぎつぎに着陸コースに進入してくる。コントロール・ルームの内部はしだいに騒然としてきた。電子頭脳の冷却装置が低くうなりはじめた。私は壁面の大きなTV

スクリーンを見つめた。薄ぐもりの空から、巨大な宇宙船がゆっくりと降下してくる。垂直に天を指したとがった船首が、まるでロープでもつるされたようにびくとも動かない。なかなかたくみな操船だった。船腹の両側につき出た核融合反応エンジンのポッドは閉じられ、それにかわって引込式の固体燃料を用いるブレーキロケットが白熱のほのおを噴き出している。開発基地への輸送用としてもっぱら使用されている三万トン級の省型汎用貨物船《ゼネラル・カーゴ》だった。重いドライアイスの白煙が船腹に沿ってすべり落ちる。その船腹からつき出したリフトへさきに近い部分に開いた穴から吹雪のようにドライアイスを吹き出して船体を冷やしているチューブが太い触手のように地表にのびてくる。その下に、空港《ポート》の耐熱装備の完備した地上車がゆっくりと近づいていった。

私はコントロール・ルームから地上のフィンガーへ出た。地上車が入ってきた。ドアが開いて背の高い肩幅のがっしりした男がまだ停止しない車から身軽にとびおりた。宇宙省開発局のオレンジ色の制服《ユニフォーム》をジッパーをとめずにまとっている。顔の上半分をおおっている大きなサングラスをひたいに押し上げた。ほとんど黒褐色に陽やけしている削ぎ落したようなほおとくぼんだ目があらわれた。高い鼻はかれの顔を奇妙な鳥のように冷酷なものにみせていた。くぼんだ眼窩の奥の目は異常にするどい。

「ダンボ91船団の責任者アスキースです。ここのキャップですか」

やや声がわれている。高圧の酸素マスクの使いすぎによる慢性の声帯肥大と思われた。それも開発グループではあたり前なのかもしれないが、酸素のない土地での重作業が、むしろかれらにとってはふつうなのであろう。

「私が主任のタウだ」

宇宙ではたらく者は、決して握手をしようとはしない。他人の体にふれることを極度にきらうのだ。これはまったく細菌学的な理由による。

「総員二百十八名。よろしくおねがいします。宿泊も食事もすべて船内でおこないますからご心配なく。飲料水だけはおねがいすることになると思います。それから重器材の一部は船外に出したいと思いますが、よろしいですか？」

私はこんど増設した倉庫で間にあうかどうか心配だった。

「ただ地表にならべるだけでよろしいですから、この空港《ポート》のどこかをおかりして」

「いいでしょう。見られるとおり、ほとんど使用されていない空港《ポート》ですから」

アスキースはつぎつぎと頭上にあらわれる船団をふりあおいだ。

空港はドライアイスの霧がたなびき、宇宙船の影が幻のようにその霧にうつっていた。

「アガメムノンでは、だいぶ苦労したようじゃないか」

私は労をねぎらうつもりで言った。空をあおいでいたアスキースが私の言葉に、急に視線を私の顔にむけた。くぼんだ眼窩の奥の目がまばたきもせずに私を見つめた。それは思わずたじろぐほど強烈なものだった。

「ひどい環境らしいな、アガメムノンは」

「だいたい干拓計画そのものにむりがあるようです」

アスキースは感想とも言いわけともつかぬ口調で言った。

「さあ、中へ入って休みなさい」

私はかれの背後に立った五、六名の船団幹部にも休息をうながした。

「ありがとう。なお片づけなければならない仕事もありますから、あらためてのちほど。この基地の人々にもごあいさつしたいし」

幹部らしい礼儀をわきまえている。背後の一人が私に分厚い書類をさし出した。

「いずれ中央からの指令があると思いますが、木星の開発グループ・センターへ帰ることになると思います。それまでの間当基地でしばらくお世話になります。これがわれわれの一般貨物その他、危険物、電装品関係のリストです」

これはこうした場合の正式書類である。私は受け取ってかれらとわかれた。

コントロール・ルームに入ると、すでに全船の着陸が終ったとみえて、シャイをはじめ作業員たちは、誘導装置の前を離れて談笑していた。笑い声もあがる。

ひさしぶりに本格的な作業についたあとの興奮がコントロール・ルームを支配していた。

「着陸コースのA七とA八は修正する必要があるな。小型船の場合だったらA七の渦流がA八に大きく影響するよ」

「船団の着陸ではTVスクリーンなど見ているひまはないな。スクリーンで確認しながら誘導できると思っていたが、ぜんぜんだめだった。メーターを追うのにせいいっぱいだ」

「フライング・パスした船のナンバーが記録装置にとってあるのだが、それを照合するひまがないんだ。船団の中の一隻か二隻が、空港外に不法着陸してもわからないな、あれでは」

「しかし誘導装置がなければ、不整地への大型船の着陸は絶対に不可能だよ。まあ不法着陸の心配はないよ」

「しかし、船団に自己誘導装置をそなえた船とか、不整地への着陸の可能な軽量船や小型船が混っていないとはいえないぜ」

私はシャイを呼んだ。みんなは私を見て口をつぐみ、つぎに私の口から発せられる指令を待っているようだったが、私がシャイをともなって回廊へ出るのを見て、かれらはふたたび自分たちの話にもどった。

「シャイ、これが連中の滞在申請書だ。読んでおいてくれ。それから連中は中央からの指令を待って木星の開発グループ・センターへ帰るのだそうだ。シャイ、あの話だが、転出の手つづきは私の方でいそぐから、連中の出発のとき乗船していったらどうだ。アスキース、連中の責任者だが、かれには説明しておくから」

シャイの骨張った顔がほころびた。

「すみません。いろいろお心にかけていただいて」

「いいな。それではそうしよう」

私は航法管制室へもどった。

＊

惑星アガメムノンからやってきたダンボ91船団の連中は、宇宙空港《スペース・ポート》に林立するかれらの宇宙船をそのまま宿泊所として、このダリヤAAでの生活をはじめた。船団幹部のごく少数の者たちは毎日のようにわれわれをおとずれてはしばらくの間、罪のない話にうち興じていった。責任者のアスキースも初対面のときほどぶあいそうでもなく、われわれの下級作業員たちともへだてなく話を交しては笑いあっていた。船団の大多数の者たちはほとんど船の外へは出なかった。外へ出ても風景の変化とてない荒涼とした小惑星では、むしろ内部に閉じこもっていた方が快適にちがいない。大型の宇宙船では、内部は完備された大都市の居住区とかわらない。人工太陽や人工の風までそなわっている。風といっても空気調節装置のダクトから吹き出してくるようなものではない。大海原をわたってくる、あるいは大草原の葉裏をひるがえすあのほんものの風なのだ。電子工学的に地球や火星の風景を再現することは極めて容易である。そうした広いホールに、ほんものの風が吹きわたってゆくすばらしい船内風景をかつて私も経験したことがある。ダンボ船団を構成している船の大きさからいって、当然、それらの施設はそなわっているはずだ。

私は無人の林のように立ちならんでいる宇宙船が少しも気にならなかった。

かれらがやってきて三日目の夜だった。

私は緊急電話のベルで深い眠りをさまされた。反射的に私はベッドからとびおりて、机の上のTV電話に走った。無意識に手が受信スイッチにのびる。スクリーンにシャイがのぞいている。

「なんだ？」

話し出そうとしてシャイの唇のはしが痙攣した。私はなにかよくないことを予感した。

「なんだ、早く言え」

「キャップ！　集中排水装置が故障しています」

「集中排水装置が？」

私はすぐにはその報告の意味がつかめなかった。

「それで？」

「キャップ、集中排水装置はこれまで五十年もの間、ただの一度も故障したことがありません。あれは自動保証装置がついています」

「もし自動保証装置の手におえない場合には、ただちに緊急サインが送られてくる構造になっています」

「すると、その緊急サインも送られてこなかったというのか」

シャイはうなずいた。

「そうです」

「集中排水装置は二ヵ所にあったはずだが」

「はい。二つともです」

私にはようやく事態がのみこめてきた。

「わかった。調査をたのむ」

「僭越とは思いましたが、事態が事態なので、とりあえず調査班を出発させました」

「それは早い。もちろん私にはことわらなくてもよい」

「キャップ。こちらへ来ていただけますか」

「すぐゆく。あ、それから、緊急サインが送られてこないのに、なぜ集中排水装置の故障がわかったのだ？」

「昨夜から大気中の温度が異常に増加しているのです。それで観測用ドローンを飛ばしてみました」

「なるほど」

「キャップ、あきらかに西方の丘陵地帯に広範囲に浸水しています」

私はいそいで上着をまとうと、航法管制室へいそいだ。すでにみな集って、壁面の一方にかかげられたこのダリヤAAの地図を見つめて声高に意見をたたかわせていた。私が入ってゆくとみなは左右にわかれて地図の正面を開いた。

「故障のていどがわからないことには、具体的な対策もたたないな。しかし、浸水の速度はかなり早いようだな」

「ここに赴任してまだ五年にしかならない電路員のサトウが、首をのばした。

「集中排水装置という名前は聞いたことがあるのですが、それがなぜ、ここに」

「説明しよう。このダリヤAAは、未開発のダリヤAB、ACとともに恒星ダリヤβ《ベータ》の周囲をまわる惑星だ。これらの惑星は実は巨大な氷塊なのだ。百年ほど前に、この付近の空間に第四ホフマン軌道による大圏航路を新たに開発しようとする計画があって、このダリヤAAに航路管理局を設けたのだ。

最初は氷原上に基地を設ける予定だったが、そのころダリヤβ《ベータ》の黒点多発による平均気温の上昇が大きな問題となり、すでになかば浮氷状《パック・アイス》となっていたダリヤAAの表面の再凍結、乾燥化がおし進められたのだった。これは比較的容易だった。再凍結の方は技術的に多くの困難がともなうので、より可能な水分の分解、気化の方法がとられた。浮氷状《パック・アイス》の海がまず干上ると、そのあとを多量の土砂と粉末状のシリコン・ファイバーでおおった。ダリヤAAはほぼ現在見られるような硅酸土質の平原の小惑星となった。次に表土を固めるための雑草の種子がまかれた。

ところがその後、中央の経済企画上の計画変更があって大圏航路開発は中止となった。ダリヤAAはそのまま辺境の航路管理局が設置されたのみで、現在に至っているわけだ」

サトウが周囲に気がねするような口調でさらに質問を重ねた。

「すると、その集中排水装置が故障すると、しんになっている氷がとけて、ここは大洪水にみまわれるわけですね」

「とけるといっても、限界はあるだろうから、まったく氷海になってしまうことはあるまいが、しかし、足もとの地盤は非常に不安定なものになるだろう。そこまでゆかぬうちに集中排水装置はぜひ修理しなければならん」

ふいに電話のベルが鳴った。計算主任のクラコウが電話器をとり上げた。

「こちら航法管制室。私はクラコウだ。なに。うん、うん、ちょっとまて」

クラコウの顔が紙のように青ざめている。

「キャップ、集中排水装置が爆破されているそうです」

「爆破された！」

私はクラコウの電話器をうばいとった。

「もしもし！　私だ。タウだ。集中排水装置が爆破されているって？」

サムの声がとび出してきた。

「原子力発電所は異常ありませんが、熱回生装置が完全に破壊されています」

「なにもののしわざだろう。痕跡はないか」

「通常の固体爆発物によるものです。もう一つのB排水装置も同じ部分を破壊されています。これはジョーイとナカヤマが調べてきました」

私は体の深奥から沸騰した鉛のようなものがわき立って手足のすみずみまで急速に流れひろがってゆくのを感じた。手も足もいやにたよりなく、自分が小きざみにふるえているのがわかった。部下たちの視線の前でぶざまなようすを見せたくなかった。なんとかして体のふるえを止めようとしたがだめだった。

「だれのしわざかわからないか」

あやうくその言葉を私は呑みこんだ。それこそ私のうろたえているありさまを知らせるようなものだ。そんなことをかれらにたずねても知っているはずがない。

「修理のみこみは？」

　電話のむこうのサムの声はかえって落ち着いていた。

「あります。至急、金属加工班と耐熱管理班を編成して送ってください。それから宿泊施設と一週間分の生活物資も。電話回線は優先的に保持していただけますか」

「ああ、いいよ。それではただちに出発させるから」

二つの工作班の編成と物資の調達はシャイにまかせた。三十分後、かれらを乗せた地上車は西へ向って出発した。

　やがて西へ向った修理班から情報が入った。情報は悪いものだった。浸水はいがいに早く、浸水区域の先端は宇宙空港《スペース・ポート》から二百キロメートルにまで迫っているということだった。

「キャップ、排水溝を作って水を北、あるいは南へそらしてはどうでしょうか。この方面は空港《ポート》よりもやや低くなっていますから、それで少し時間がかせげると思いますが」

　私は現地の状況をつぶさに見たかったが、基地を離れることはできない。やむなく私はシャイに命じて偵察をかねて原子力パワーシャベル八台を持った一班をあずけて出発させた。

私は犯人の探索にも心を向けなければならなかった。こちらの方は非常に重大だがむしろ扱いよい。私は老クーリックを招いた。

「クーリック、犯人をとらえてくれ」

　クーリックは顔中に刻まれた深いしわをいよいよ深めて大きく息を吐いた。

「キャップ、証拠がなくてこんなことを言ってはいけないが、わしの感じでは、これは船団の連中の誰かだ」

実はそれは私自身もひそかにそう思ってはいる。

「なんのためにあのような悪質な破壊工作をしたのか、それが問題だな、キャップ、動機だよ。破壊工作の意図だ」

「それで」

「一人でできることではない。地下の集中排水装置にたどりつくまでには三枚のハイ・ステンレス・スチールの電子ドアを破壊しなければなるまい。わしの考えでは両方で合計二十名は必要だ。二百十八名のうち二十名とすれば、これは一部の者の単なる思いつきや、いたずらのたぐいではあるまい。そうだろう、キャップ」

老クーリックの言いたいことがしだいに私にもわかってきた。

「責任者のアスキースが知っているはずだと言うんだな」

「わしの私見だがな。キャップ、まあ命令とあらばやってみよう。わしはほんとうは排水溝を掘ったりする方がとくいなんだが」

老クーリックは老人にしては幅の広い背中を私に見せて部屋から出ていった。

集中排水装置の故障の修理と、排水溝の敷設に人手をとられて、私の手もとには十四名しか残っていなかった。そのうちの四名に武装させて航路管制室と空港《ポート》のコントロール・ルームの警備にあたらせた。非番の者たちには管制室を去らずに、そのまま休息するように言った。

真夜中過ぎ、集中排水装置の一個がはたらき出したことを伝えてきた。管制室にはわずかにほっとした空気が流れた。私はおりたたみのパイプ椅子にかけたまま寝入ってしまったようだった。

「キャップ！　キャップ！　おきてください」

誰かが私の体をはげしくゆり動かした。左手がしびれて動かない、と思ったのは、左手を強くつかまれているのだった。

「なんだ、どうした」

私の上にサトウがかぶさっていた。

「キャップ！　西の丘陵のふもとでなにかが爆発しています」

サトウの体がはげしくわなないている。

私は壁のＴＶスクリーンにかけよった。広大なスクリーンの上半分には無数の星々がきらめいていた。下半分は塗りつぶしたような暗黒だ。

「西です！　西です！」

私はダイヤルを左へ左へ回した。きらめく星々が光のすじとなってスクリーンをはしった。

「あっ！」

とつぜん目のくらむような白熱の光がスクリーンからほとばしった。一瞬、私は視力を失った。手は自動的にはたらいてスクリーンの輝度を落した。

爆発は八ヵ所でおこっていた。中空にぶきみな多彩な火の玉が浮かび、その下は細く垂れて地上の火の海につらなっていた。

「これは原子力パワーシャベルの原子力エンジンが暴走したのだ」

しかし、なぜ！

「シャイたちはどうなったろう？」

サトウはいつか私の肩に両手でつかまっていた。

「キャップ、えらいことになったな」

ドアをおし開いて老クーリックが風のように室内におどりこんできた。

「考えられることだった。集中排水装置を破壊したようなやつらなら、当然、排水溝の掘鑿をも妨害するはずだ。キャップ、サムたちが心配だ。いそいで連絡をとってくれ」

私は非番の二名に通信機につくように言った。誰もが強い不安の色を浮かべてすっかり落着きを失っている。

「キャップ、中央に連絡して救援をたのんではどうか。どうやら事態はわれわれの手だけでは負えないような気がする」

老クーリックは後の半分は私にだけしか聞えないように声を低めて言った。私はここへ送られてきてまだ一度も使われたことのない暗号表をロッカーからとり出して電文を作った。それが通信席にわたされるまで、老クーリックは辛抱強く待っていた。

「キャップ、これはわしだけの考えなのだが、昨夜からの一連の破壊工作は、すべてこのダリヤAAの地表を水域にしようとするこころみだ。この執拗な破壊工作は、単なるわれわれに対するいやがらせや単純な攻撃ではない」

それは私も感じている。

「ここが水域化してもっとも困るのは誰だ？　われわれもそうだが、われわれよりも一時的にここに滞在している船団の連中ではないか」

老クーリックはなにを言おうとするのか、私には見当がつかなかった。

「おそらくな」

「そうだろう。浸水がひろがって空港《ポート》の地盤がゆるんできたら、あんな大型の宇宙船は発進どころか、直立継止しておくことも不可能だ。ゆらゆら、どうん！　だ」

老クーリックはてのひらを立て、それを横にたおした。

「ということは、キャップ、かれらはここを去ってゆく気もないこと、さらにはここにすみつくためには、ここが水域、少なくとも湿地であることが好ましいのではないだろうか」

二人の間に深い沈黙がやってきた。二人はたがいに相手の目の奥底を見つめ、たがいにそこにあるものにおびえあった。

「すると、やつらは……」

老クーリックは首をふった。

「いやいや、ただの集団的な精神異常かも知れないし、そうでないかもしれない。わしにはなんともいえない」

考えなければならないことはたくさんあるようであった。しかしどれから考えたらよいのか、私はそのいとぐちもつかめず、だまって老クーリックの前をはなれた。私は錯乱していたようだ。

十歩も歩かぬうちに、通信席から絶叫がはしった。

「猛烈な電波妨害を受けています！　通信不可能です」

そのさけびがかろうじて私の正気をささえた。

「キノトとタフス、それにサトウは集中排水装置の修理におもむいた連中と合流しろ。装置を確保するのだ。すぐ出発してくれ。武器を持ってゆけ。他の者たちはここを死守する。空港《ポート》のコントロール・ルームの警備に当っている者にここへ来るように伝えろ。通信席は四名で発信をつづけてくれ」

空港《ポート》のコントロール・ルームの警備についている二人を呼びにいった老クーリックが顔をしかめてもどってきた。

「いない。ルームは荒されている」

「やつらの手がもうここまで迫ってきたのか」

キノトたちは回廊のはずれの非常脱出口から影のように出ていった。

通信席についている四名はまだしも不安をまぎらすことができる。武器は手にしたものの私と老クーリック、それにクラコウは緊張で張り裂けそうな心を抱いて一秒、一秒を耐えているしかなかった。

その緊張を破ったのは回廊のはずれから近づいてくる足音だった。四人、五人、いや、もっといる。私は老クーリックとクラコウにめくばせしてドアの両側に身をかくした。ドアは電磁ロックで閉じられているが、入ってくるにはここしかない。果して電磁ロックが真空管の雑音のようなかすかな音をたてはじめた。外から高周波発振器を使っているのだ。私は手のメーザー・ガンの安全装置をはずした。カチッ！　澄んだ音がひびいた。ゆっくりとドアが開きはじめた。ちらっとオレンジ色の制服が見えた。私が、クラコウが、最後に老クーリックが引金を引いた。ルビー・メーザーの目にしみるようなあざやかな真紅の輝線が開いたドアのわずかな空間に集中した。肉の焼け焦げる強烈な臭気が渦まいた。回廊を出口へ逃げる人影を追って、私はドアをとび出した。その私の足もとを小さな円筒が部屋の奥へと床をころがっていた。それがなんであるのか、そのときは私は知らなかった。三十メートルほどむこうを走り去ってゆく人影が、星空におぼろなシルエットを浮かべていた。私はじゅうぶんねらいをさだめて引金をしぼった。そのとき、私の背後で閃光が闇を引き裂いた。ふり向いた私の目に、金属パネルの回廊の外壁が紙のようにくるくると舞って夜空に消えてゆくのがうつった。むき出しになった航法管制室のドアの内部は、溶鉱炉の中をのぞいたようにまぶしく赤くかがやいていた。その光で、私の影は長く地上を這った。

たおれているのは、オレンジ色の制服を着た男だった。背中が炭化して、土塊のようになった肩甲骨が露出している。私は胸の奥底からこみ上げてきたものを足もとへ吐いた。男の制服で気になることがあった。靴の先で男の死体をひっくりかえしてみた。制服の胸から腹へ、びっしょりと濡れていた。血ではない。瞬間的な高熱を浴びて炭化した傷口は固くつぶれて乾いていた。

「水だ！」

注意してみると、高熱を浴びた背中側は完全に乾いてはいるが、それでも上着のすそにかくれた部分はまだわずかに湿っていた。あきらかに水だった。このような水にどこで？　浸水地域からやってきたはずはない。これは今まで水に浸っていたような状態だ。そこはどこだろう？

私は男の死体を棄てて空港《ポート》エリアへ進んだ。そこからもう、発着ベースに林立しているダンボ91船団の姿が、星空の下に古代の遺跡群のようにのぞまれた。

なんの物音も聞えてこなかった。ただ夜明け近い風が草原をかぎりなく吹きわたってゆくばかりだった。

船団の責任者アスキースの乗っている一号船はもっとも手前だった。近づくにつれて、地上にのびたままのリフトチューブの入口に小さな赤灯がともっているのが見えた。私は周囲に細心の注意をはらってリフトチューブの内部にすべりこんだ。ボタンをおすと、ナイロン製のリフトは音もなく上昇しはじめた。この型の船の内部構造には私は精通していた。船内に入ると湿って重い空気が氷のように私をおしつつんできた。実際、船内には冷たい濃い霧が浮氷《パック・アイス》のようによどんでいた。回廊の照明灯も微細な霧の粒に十字ににじんでいた。背すじを耐えられないほどつめたいものがはい上ってきた。私はほとんど自由を失いかけている体をむりに動かして、回廊を奥へ進んだ。船内の霧はいよいよ濃く渦まき、回廊の床のところどころには汚れた水がたまっていた。その水たまりに私は妙なものを見つけた。ひざをおってすくい上げてみると、それは褐色の小さな植物だった。小さな何枚かの紡錘形の葉。短い節のある茎のような部分、ひ弱な、もつれた糸を思わせる白い根。そこは生きているものとも思えなかったが、しかしこれはたしかに植物だった。私はかつてこれと同じようなものを見たことがあった。どこでだったろう？　私の記憶は遠い遠い過去をさぐった。

「そうだ。このようなものを水苔といった」にぎりしめた私のてのひらの中で、褐色の水苔はごみのような塊となった。水苔は回廊にたまった浅い水たまりの中から、壁面に、さらに微細なものは天井にまでかぼそい根の糸網を張っていた。照明灯の周囲には厚い群落ができていた。その針のような小さな葉の先に、霧の結んだ無数の水滴が光っていた。

あきらかに船内の飲料水製造装置はもう何ヵ月もの間、全力で活動しているのだ。

ドアの一つが開いている。その銀色の蝶番まですき間もなく水苔の群落におおわれているのを見ると、もうすでに長い間、このドアは閉められていたことがないようであった。室内灯が乳白色にかすんでいる。その薄明の中に机や椅子が散乱していた。オレンジ色の制服の男が一人、うつろな目で霧の奥を見つめていた。その肩や腕にも水苔の白い糸のような根が網を張っていた。男はわずかに首を回して私を見た。

「どうしてこんなことになったんだ」

男は弱々しく頭をふった。

「アガメムノンの開発計画が成功しなかったのも、これが原因だったのだな」

これでは干拓計画の進むはずがなかった。かれらはいったいなにもののために奉仕しようとしたのか。

男は何かを訴えるように顔を上げたが、ふたたびがっくりとうつむいた。

もう一人いた。私は目をうたがった。

「シャイ！　シャイではないか」

シャイは私を見ると机の端をにぎりしめた。私が引きはなしでもするかのように、指が白くなるほど力をこめている。

「どうしてここにいるんだ、シャイ！」

シャイはひたいに垂れ下った髪から霧の粒をまき散らしながら叫んだ。「あなたがいってもよいと言ったではないか！　この船団で」

シャイの全身は今、水からあがったかのように濡れていた。

「シャイ、ゆこう。この船団はまだ出発しないのだ」

シャイは恐怖でこわばったほおを机におしつけてさけんだ。

「いやだ！　おれはおりない。その間に出発してしまったらどうするんだ」

それを狂気のさけびと聞くことは、私にはできなかった。今のかれにとって、唯一の現実は、この船に身をたくしてこの地を去ることだけなのだ。仲間を見棄て、燃え上るほのおをあとに、かれはここまでようやくたどりついたのであろう。かれに希望を与えたことが、かれを狂気の側にはしらせた原因だったのかもしれない。辺境ではいかなる希望を持つことも許されない。かれは求めて水苔にまみれた船内に身を投じたのだ。おそらくはあのアスキースもかつて。

私はシャイをそこに残してふたたび回廊へ出た。船内にはなんの物音も聞えなかった。照明灯の淡い光をはねかえしながら、霧のむすんだ水滴があとからあとから壁をつたっていった。

水苔の群落が、人をあやつって失われた土地を回復しようとしているのだとか、荒涼とした辺境の自然に負けた人の心がまねいた狂気だとか、説明をこころみる者も多くあろう。そのどれもが当っているかもしれないし、どれもが当っていないかもしれなかった。ただ一つ言えることは、人類は今また、一つの敗北を喫したということだけだ。心ない、ひ弱な生物のむれとの戦いに。

完備した宇宙船や万能の電子計算機、あるいはまた張りめぐらされた宇宙航路が、ある生物の強さや偉大さを示すものではあり得ない。白夜の翳《かげ》る凍土の、つめたい霧を夢見て無力な水苔はどれほど永い年月を耐えぬいてきたことだろうか。

ここでは自然はむしろかぎりなくやさしいのかもしれない。

草原をわたる夜明けの風は湿ってつめたかった。私はその風に、敗退してゆく人類のひき潮の音を聞いたような気がした。

第三部

東キャナル文書

——五メートル望遠鏡によってそのスペクトルを分析した結果、その波長が3C273では数百オングストロームも、3C48では一〇〇〇オングストローム以上も赤い方にずれていることが判明した。

これの意味するところは、第一の可能性はこれらが中性子星のような非常に高密度の天体であるということである。一般相対論によると、重力場から飛び出す光は重力に抗して仕事をするわけだから、エネルギーが減って赤い方にずれるはずである。もっともふつうの星ではこのずれはあまりにもわずかで観測することはできない。平均密度が数十万という白色わい星でやっと観測できるていどである。それだから何百オングストロームもずれるとなるとこれはよほど密度が大きく重力が強くなくてはならない。たとえば質量が太陽と同じで半径が一〇キロメートルというような超高密度で原子核までつぶれた中性子星のようなものでなくてはならない。あるいは太陽と同じ大きさで質量が二〇万倍もある超大質量の天体ということになる。

しかし準星のスペクトルを調べた結果などから、中性子星のようなものでは説明できないことが明らかにされた。また、超大質量の天体は内部の構造が不安定で存在しないと考えられているのである——

小尾信弥著

「宇宙の科学」より

1　すべてゆききする光や風に

　砂が飛ぶ。羽毛のように軽やかに砂が飛ぶ。飛んだ砂は風の描いた風紋を押しぬぐうように片端から消し去り、砂丘のいただきをかすめて広漠とひろがる砂の海に紗《しゃ》の薄幕を張った。

　砂丘の間のせまい谷間を、ひとしきり風がどよもしてゆくとき、《幽霊《かれ》》は哀しそうに色さめた。風に吹き千切られた声がふたたびたそがれの谷間によみがえるまでには、ふだんならいやになるほど待たなければならないのだが、なぜか今日は風の絶え間ときそうように《幽霊《かれ》》の声も高くなった。

　……閉じられた扉の鍵は錆びついている。

　だから神はとまどい。

　その指にはほのおの矢とあふれる時ばかり。

くりかえし、くりかえしかなでられる楽曲を
耳ふたする思いで聞いたとて
いつか帰る道もあろうというもの。

昨日や明日。すべてゆききする光や風に
おまえをゆだねたとて
いつか遠く旅立つ舟もあろうというもの

…………

ニベは流砂の中から自分の体を引き出した。もう三十秒もこのままにしていたら、完全に砂に埋ってしまうだろう。そうなってからでは這い出るにも容易ではなかった。ニベは砂を払い落すと、これもほとんどひざの下まで砂に没して立っている《幽霊《かれ》》に手をふった。

「今日はよく唄うじゃないか。それにこれまでいちども聞いたことのないもんくだものな」

《幽霊《かれ》》にはその声が聞えているのかどうか、ほとんど気まぐれとしか見えない唐突さで、ふっと姿が消えた。

「なあ、原住民《マーシャン》よ！　いつかその言葉の意味を教えてくれよ。せっかくいろいろな唄を聞かせてもらっても言葉を知らないとまるで風の音とかわらないよ」

ニベは耳をかたむけた。

　……いつか遠く旅立つ舟もあろうというもの

「おまえたちもずいぶん長い間、この天体を支配してきたわけだ。一万年？　十万年？　それとも百万年か？　そして結局、誰もいなくなった。原住民《マーシャン》よ！　原住民の《幽霊《マーシャン》》よ！　旅立つ舟もあろうというもの、とはなんとも悲しそうではないか」

　いつの間にか《幽霊《かれ》》はニベのうしろにあらわれていた。暗い表情のうしろに赤紫色のくまどりのように遠い夕映えが沈んでいた。

「いつか遠く旅立つ舟もあろうというもの。か」

　ニベは足もとの砂の中からわずかに粗面をのぞかせている露岩に片足をあずけた。その置かれた足で、わずかに風の角度が変ったのか、足もとの砂はみるみる細い砂煙になって吹き飛び、小さな岩塊と思われたものは半円形の金属の薄板となって砂上にあらわれ出た。ニベは風と砂にさからって視線を上げた。

　砂丘の間から北につらなる平原を望むことができた。暗い紅色のたそがれを背景に、巨大なガントリー・クレーンと、それに抱かれた何隻もの宇宙船が、葉や枝を失った枯木の林のようにそびえていた。遠い地平線に頭をもたげている奇怪な形象はこの平原から飛び立ち、またこの平原に帰ってくるたくさんの宇宙船を導くためのレーダー・アンテナだった。

　ニベは足もとの薄い金属板を蹴った。それは音もなく舞い上り、重さを持たないもののようにひるがえるとたちまち視野の外へ去った。風はほとんど一年中、その空港の方角から吹き渡っては北の低地へぬけてゆく。飛び去った金属板はその風にのっておそらく空港から吹き送られてきたものであろう。ガントリー・クレーンに抱かれてゼロ・アワーを待ちつづけている宇宙船から剝げ落ちた何かの部分、あるいは外鈑かもしれなかった。砂の海は間もなく宇宙空港《スペース・ポート》の縁辺に達しようとしていた。かつてはそこに絶え間なく押し寄せる砂の前進をくい止める高圧のスプリンクラーがバリケードのように何層にも設けられていたものだが今ではそれを記憶している者すら無いだろう。砂はやがて宇宙空港《スペース・ポート》のフィンガーに達し、それからそんなに遠くないうちに厚い砂の層がすべてをおおいかくしてしまうだろう。

「なあ。《幽霊《おまえたち》》よ。あれがいつか遠く旅立つ舟、だよ。いつか、遠く、な。その日をああして待っているのさ」

ニベは《幽霊《かれ》》にもそれを見るようにうながした。しかし《幽霊《かれ》》は遠い風の音に耳をかたむけるように低く頭を垂れ、おし黙った。ニベは自分の口調にこもったあざけりに首をすくめた。なにも笑うことはなかった。いつか遠く旅立つことを夢見ているのは《幽霊《かれら》》だけではなかった。ひとしく《幽霊《かれら》》も、ニベたちも、朽ち果てた宇宙船の林も、そして失われようとする歴史も、いつかここより遠く旅立つことを願いつづけてきたのだ。おしなべて形骸だけがここにあった。太陽系を開発し、さらに広大な宇宙へひろがっていった者たちはすでにその思い出さえもとどめていなかったし、かつて光速を追い求め、また時のエネルギーさえも手中にしようとした人々の勇気や努力や知恵さえ、吹き飛ぶ砂におおいかくされて消えた。

すべては終ったのだ――少なくとも、この地に関する限り、いかなる物語も生れはしないのだろう。なにも笑うことはなかった。

陽が砂丘のかげに沈むと谷間は急速に夜の闇につつまれた。もう《幽霊》《かれ》を彼自身の安息所へもどしてやらなければならない。ニベは砂を払って立ち上った。ニベがそこにいるかぎり、《幽霊》《かれ》は決して地下の安息所へは帰ってゆかなかった。何が《幽霊》《かれ》を地下から呼びさまし、何がふたたび《幽霊》《かれ》を地下へ送り帰すのかニベには見当もつかなかった。おそらく踏板のようなものがかくされていて、それを踏むことによって地下の安息所のとびらが開くのではあるまいかと思った。ニベはいつものように三十メートルほど歩いてからふりかえった。もう《幽霊》《かれ》の姿は無かった。

ニベが《幽霊》《かれ》を発見してからもうずいぶん長い年月がたっていた。東キャナル市の廃墟のあちこちに《幽霊》《かれら》があらわれるという話は古くからあった。スウエイ渓谷の決潰したダムの残骸の上で逢ったという者もいたし、市内ハダム街の医療センター跡の廃墟で見たという者もいた。最初のうちはそれは極度に恐れられ、夜はむろんのこと昼間でさえ市街を出歩くのがためらわれるほどだった。しかしやがて《幽霊》《かれら》はいたる所にあらわれ出はするものの、そのふきんをさまようだけでことさらに危害を加えるものではないということがわかって皆は胸をなでおろした。それがいったいどういうものであるのか、東キャナル市の廃墟とどのようなつながりがあるのか誰も知らなかったし何ひとつ記録も残されていなかった。東キャナル市の住民たちのコピーであろうことは十分に想像できた。おおかたは軽装備の気密服《バキューム・スーツ》と思われる頭頂から爪先まで一体となった薄い被服で身を包み、顔面の部分だけが濃藍色の仮面でおおわれていた。それはサングラスであったのだろうが、その下の顔面はのぞき見ることもできなかった。

今では東キャナル市内に《幽霊《かれら》》の出現場所は数十か所を数えていたが、それがすべて同一人物とは考えられなかった。どうやら《幽霊《かれら》》の一人一人について出現するそれぞれの場所がきまっているようだった。ニベが《幽霊《かれ》》に出会ったのは輸送車の部品になるような金属片をさがしに宇宙空港《スペース・ポート》の廃墟に近いアルシオーネ丘陵の谷間に足をのばした時だった。その谷間はあの争乱の時代に、宇宙空港《スペース・ポート》の補給物資を秘匿したとつたえられている場所だった。個人用の輸送車の修理や部品の補給は自分でおこなわなければならなかった。廃墟を探し歩き、宇宙空港《スペース・ポート》のフィンガーをたずね回って適当な物を手にすることができなければ輸送車一台を棄てることになる。ニベは疲れた足を引きずって市街をくまなく歩き回り、市を取り巻く広漠たる砂漠の奥深くまで踏み込んだ。

ようやく真赤に錆びたコンバーターと流砂で白銀のように磨かれたフルカンを見つけ出した時、《幽霊《かれ》》はそこに立っていた。灰白色のスーツと濃藍色の仮面とはニベの姿と生き写しほどによく似ていたが、その彼の体を透して、砂漠の果てになかば没したフォボスが黄褐色の残光を放っていた。

《幽霊《かれ》》がニベを認めたかどうかはっきりしなかった。しかし《幽霊《かれ》》はニベが移動するに従って前になり先になりまといつくようにあらわれては消え、消えてはまたあらわれた。ニベの自制心が恐怖をおさえつけるのに成功し、ニベはそれまで何度も話に聞いてはいたが、実際に見るのはこれがはじめての《幽霊《かれら》》に対い合った。始めは《幽霊《かれ》》が何か語りかけているのかと思い、それを聞き取ろうと全身の神経を耳に集中したがそうではなかった。《幽霊《かれ》》はひとりつぶやいていた。

……………
昨日や明日。すべてゆききする光や風に
おまえをゆだねたとて
いつか……
なんど問いかえしても、その意味はニベの理解し得るところではなかった。
昨日や明日。すべてゆききする光や風に
おまえをゆだねたとて
……………

ニベは呪文のように口の中でくりかえすと息を切らせてそこを離れた。
奇異な想いが翌日、ふたたびそこへニベを運んだ。《幽霊《かれ》》はニベを待っていたかのように姿をあらわした。
……………

いつか遠く旅立つ舟もあろうというもの
そう願いながら東キャナル市の市民たちは消えていったのだろう。

いつか遠く旅立つ……

その時、ニベははじめて親近感に近い感情を、その光と影の織成す《幽霊《かれら》》に抱いたのだった。

だが、いったい、すべてゆききする光や風とは何のことだろう？　また、神の指にはほのおの矢とあふれる時ばかり、とは何を意味するのか？　ニベはおそらくそれは東キャナル市の遭遇したなんらかのでき事と関係があるのではないかと思った。遠いあの争乱の日と夜々。語り伝えられた多くの悲劇と破壊の中に消えていった多くの人々や宇宙船とかかわりがあるのだろうと思った。

夜になると気温は急速にさがりはじめた。このアマゾン砂漠のはずれでは深夜の気温はマイナス三十度にも達するのだった。

2　イグルー

東キャナル市――いつ頃誰がそう呼びはじめたのか。記録にも残っていない。

しかし大部分の人々は《アマゾン砂漠》の西北にひろがる《シレーンの海》にそそぐ《東の運河《キャナル》》からそう呼んだのだと思っている。

縦横にひび割れ、波のように起伏をつらねる舗装道路はキャタピラーから大きな鉄片をむしり取った。震動がいちだんと烈しくなった。夜になって風は静まったとはいえ、ただよう砂の微塵はサーチライトの光を受け止めてかがやく淡褐色の光環を浮かべていた。

ニベは輸送車の速度を落した。修理材料の不足はささやかな故障でさえ輸送車一台を廃物にしてしまうかもしれなかった。

十字路を左へ曲った。記念の銘板をとどめている奇妙な形の鉄塔を過ぎると道路はにわかに幅をひろげてやがて広大な広場となった。あるかないかの夜の風に、霧のように砂の微塵が流れ去ると、広場の一角を占める壮麗な白亜の伽藍が幻のようにあらわれた。砂嵐の去ったあとの鋼《はがね》のように澄んだ夜空にまたたく星々の光が絶壁のような壁面に照り映え、金属とガラスの交錯する無数の空間にきらめいた。東キャナル市政庁だった。かつて人類が太陽系を支配した頃、そしてさらに遠いはるかな星々をめざして旅立ち、経回り、足跡を残し、やむことのない開発をくわだてていたその頃の、これは巨大な星間文明のかなめだった東キャナル市政庁だった。ニベはいつでも、その白亜の大階段の前を通るとき、形容し難い感慨にとらわれた。人類は実はこうなるのを最初からわかっていたのではないだろうか？　それ故にこそ砂嵐に耐え、極寒に耐え、誰もいなくなってからさえも幾百世紀にわたってそこに確固たる存在を続けるような建造物をうちたてたのではないだろうか？　もしそうだとすればこれこそ死とその予感の記念塔《モニュメント》にほかならなかった。

　壁面を飾る何層もの窓も、気密ガラスを失って弾痕のように妙にひっそりとならんでいた。そのとなりが、地球、火星、金星の提携になる三星連合の事務局ビルだった。地球をしのぐほど強大になった火星や金星の植民地を、ついに独立した経営機構とみなし、それらを合して強力な経済力のもとで太陽系全域の開発にのり出した三星連合は事実上、東キャナル市があってのことだった。地球の地中海沿岸地方の古代の神殿に形を借りたといわれるその平たい建物は、今は巨大な列柱の間を砂で埋めていた。それらの建造物に相対して広場の一方を押えるのは地球連邦の外交的出先機関や、金星のビーナス・クリーク、月面のルナ・シティの代表機関などを収めた大ドームだった。それにつづく幾つかの行政府のビルやハウス。さらに木星人たちの代表のために設けられたホール。それらはみな生誕と死、栄光と敗北、そして背反する昨日と明日をふくんで星空にそびえ立ち、砂にまみれて悲傷の翳となり終えていた。

　なんということだ。

　ニベは首をふると強くアクセルを踏んだ。輸送車は変速機のうなりをまき散らしながら舗装道路をばく進していった。こんな所に長くいることはよした方がよい。ニベの目には武器を手に手に木星人のためのホールの傾斜道《スロープ》をかけ上ってゆく東キャナル市の市民たちの群れが見えるような気がした。それが太陽系文明の崩壊の最初の兆候と気づく者もなく、やがていつ果てるともない戦いは、幾十の都市や植民地を砂の海や氷河に還元し、それからついに回復することのない疲弊への道程がはじまったのだった。ニベはそれらのできごとを昨日のことのように記憶していた。記憶すること以外にできることは何もなかったからでもある。

その昔の市民の居住区は東キャナル市の西のはずれ、オーサ門と呼ばれた結晶片岩の巨大な岩塊よりさらに西北の外郭を形造っていた。そのオーサ門こそまだ東キャナル市が開発都市としての機能も規模も持たなかった頃、ごく少数の探検隊員たちによるトリデが設けられていた場所だった。

原子力発電所を中心にした古代の都市の心臓部はまだ生きていて、新しい住人たちにとぼしいながらも熱や光を供給しつづけていた。

ニベは輸送車の前頭を大きく回して崩れ落ちた城壁の背後へ回りこんでいった。

暗黒の夜空に照明弾を射ち上げたように青白い光源が浮かんでいた。その光に照らし出された広場は水底のようにつめたく重く沈んでいた。光源の上部にとりつけられた反射傘は地上にほぼ直径二百メートルもの光圏を作り出していた。その光圏の中にたがいに寄りそうように幾つかのイグルーがならんでいた。フセウの村だった。

「ニベ、またアルシオーネの谷間に行ってきたのか？」

村のなかまの一人、タギが声をかけた。

「ああ」

「おまえは《幽霊《やつ》》が好きだな。いったいあの薄気味の悪いもののどこが良いんだ？」

タギは自分の顔の前で指をひらひらと動かした。それはいつもかれのする魔除けのしぐさだった。ニベは黙って自分のイグルーへ足を運んだ。

「ズンガガの南の村で、《幽霊《やつ》》の言葉の意味を考え過ぎて気の狂った者がいるそうだ」

「気が狂った？」

「手押車にあるだけの食料を積んで。その村には輸送車はなかったらしい。手押車しかなかったのだな。その手押車に食料を積みこんでどっかへ行ってしまったそうだ」

「どこへ？」

「さあな。《幽霊《やつ》》にひっぱられていったんじゃないかな」

そこでタギはもう一度指をひらめかせた。

ニベはタギをその場に残してイグルーへ入った。プラスチックと液体ガラスの二重構造の円錐体は、マイナス三十度Cの真冬のきびしい寒さや、太陽の強烈な放射線から十分に身を防いでくれたし、唯一の食料源である酵素菌の胞子を貯蔵するのにもうってつけだった。

プラスチックのハッチを開くと薄暗い照明がともった。直径五メートル円錐体の内部はニベひとりには広過ぎるほどだった。市内の廃墟から見つけてきた大きな金属罐にプラスチックの薄板をふたがわりに当て、その内側にこれはどのイグルーでも最高の貴重品ともいうべき熱電球をぶらさげていた。金属罐の中には大きな土塊のような色と形を持った地衣類のペリセリウムがかすかに白い粉をふいて収まっていた。熱電球によって保温されているそれは、ニベたちにとっては食料でもあり、繊維の供給源でもあり、その外皮は時には強じんな被服ともなった。岩塩を溶かした薄い塩水に浸して口にふくむとき、ペリセリウムのひときれはまたとない美味な食物だった。だからどのイグルーにも地衣類の栽培用の器と岩塩を入れた容器は必ずあった。持ち物といえば一年を通じて体から離したことのない防寒用のコートと瓦れきの廃墟を歩き回るための靴、そしてサングラス。ただそれだけ。それらは各自が工夫をこらしたものだ。村全体としての財産はもちろんイグルー数個分の量はあった。しかしそれらの使用と時期は村の委員会の厳重な管理のもとにあった。

イグルーのドアがたたかれた。

「会議は定刻にはじまる。今夜は委員会の予定だったが大集会に切りかえた」

村の役員の一人だった。ニベはもう眠るつもりで床に寝袋をひろげていたが大集会が開かれるとあっては行かないわけにはいかなかった。村の集会に出席することがこの村に住む者の守らなければならない義務のひとつだった。

大集会の会場に当てられているプラスチック・パネルの平たい小屋は宇宙空港《スペース・ポート》の修理工場から運んできたものだった。ニベが集会所のドアをくぐった時にはすでに村の全員が顔をそろえていた。ふだんなら電力や飲料水の消費量をしらべ、つぎの十二日間の割当をきめるだけの小委員会であるはずなのに、なぜ急に予告もなしに大集会に切りかえられたのか誰の顔にも濃い不安がただよっていた。大集会は村にとってなんらかの災厄の到来を意味していた。大集会それ自体は村の総意を必要とする時はいつでも開かれる性質のものだったが、実際には長老たちの判断に余る時のほかは開かれたことがなかった。

「いったいどうしたんだ？　何かあったのか？　早くはじめろ！」

「さあ、はじめてくれ！」

村の者たちは口々にさけんだ。その声につり出されるように長老のシクが壁ぎわに進み出た。シリコンのカーテンウォールを裁断したすばらしいコートをまとっていた。

「静かに！　急に集ってもらったのはなるべく早く提案したかったからだ。明日から明後日にかけてはクワール平原のむこうへ偵察に向う者たちもいることだしな」

シクは言葉を切って腰をのばした。

「われわれは長い間、東キャナル文書についてしらべてきた」

長老は今夜の大集会の立役者である提案者席に片手をのばした。そこには東キャナル文書解読小委員会といういかめしい名前の委員会のメンバーたちがひとかたまりに集っていた。

「最近どうにか一部の解読に成功した。その内容を公開すると同時に、それについて解読小委員会と長老会議の意見ものべて皆の判断をまちたい」

シクは壁の前を離れた。いつもそうなのだ。だいたい東キャナル文書なるものも、村の者たちはそれがおよそ二百年ほど前、市政庁の廃墟の中で偶然に発見され、以来村に保管されているということぐらいしか知らされていなかった。なぜそれが重要な文書なのか、なぜその解読に一生けんめいにならなければならないのか説明されてもいなかった。皆はあらためてたがいに顔を見あわせた。

「待ってくれ。大集会を開くというからこれは何かよくないことが起ったにちがいないと思ってかけつけてきたんだ。おれは明日は陽の昇らぬうちに出発してクワールのむこうへ偵察に行くんだ。もう眠らなくてはならない。その問題はどうもおれとは関係がなさそうな気がするし、たとえ聞いてもおれには何のことだかわかるまい。おれは帰らせてくれ」

シレルが立ち上った。半数近い者たちが強くうなずいてシレルにつづいて立ち上った。シクはいそぎ足でふたたび壁の前にもどった。

「いや。これは村の者ぜんぶの問題なのだ。実に重大な問題だ。いそいで会議を進めるから聞いてくれ」

シクが退くと代って東キャナル文書解読小委員会のメンバーがどやどやと壁の前を占めた。東キャナル文書なるものの解読を唯一の仕事とし労働などには決して顔を出さない者たちだった。いつの間にか、その小委員会は村の指導者集団である長老会議と村での最高権威を分け合っていた。

「東キャナル文書解読小委員会を代表して説明する」

盲目のセノが灰色の目を皆の背後の壁の上方あたりに据えて口を開いた。その声はしわがれてよく聞きとり難かったが、この村でたった一人の認定書記の資格を持っている男らしく、たたみこむような説得力を持っていた。

「……これはその原本で四千三百六十四チャンネル・トラックのテープになっている。周波数は……」

おびただしい数字がそのあとにつづいた。シレルは全身に怒りをみなぎらせて腰を浮かせた。

「村全体の問題というのを先に片づけてくれ！」

セノはシレルの叫びを耳にも入れなかった。

「……東キャナル市がなぜ滅亡したのか、その原因を追究することにわれわれはあらゆる努力をそそいだ。東キャナル市はエネルギーの枯渇でもなく、悪疫の流行でもなく、また地震や砂嵐や放射能などでない、何かわれわれの知らない原因で滅亡したのだ」

「だからどうしたというのだ？　東キャナル市が廃墟になったからといってその原因をつき止めてもとのようにしてやるほどわれわれはお人好しではあるまい」

「……われわれはどうやら真相と思われるある事実にゆき当った。それは」

「それは？」

「われわれの言葉にはない。ビーナス・クリークやルナ・シティでは準星と呼んでいたある種の天体のことだ」

「クワールというのはビーナス・クリークやルナ・シティではシレーンの海と呼んでいた果てしもない砂の海のことだぞ！」

「東キャナル市はある時、とつぜん滅亡した。その頃すでに地球政庁は火星や金星などに対して平等の発言力を失っていたから当然東キャナル市の問題については傍観する以外になかったのだ。地球は老い、自然環境は破壊しつくされ、地下資源はほとんど失われ、もはやよみがえりの機会は永遠に喪失したかに思われた。東キャナル市の悲劇の遠い原因はそこにあった」

視力の無いセノの灰色の目が何ものかを見ようとするかのようにひくひくと動いた。

「かわりにクワールへ行ってきてくれよ！」

「まあ、聞け」

「行ってきてくれるっていうんだな」

「聞け！」

セノの顔は苦渋に満ちていた。

「クワールへは行かなくてもよいかもしれぬ。われわれは遠くへ、ずっと遠くへ旅をしなければならぬかもしれぬ」

長老たちは解読小委員会と村の皆の間をおどおどと視線を泳がせた。

「そのわけを話せ！」

「……われわれはここにとどまって近い将来に亡びるか、それともなんとかしてここから脱出してゆくか二つにひとつしかない。ここにとどまって亡びることは簡単だが、それではわれわれの栄光ある歴史の継承者がいなくなってしまう。そして亡びへの道は実はつねにもっとも苦痛に満ちているのだ。この砂に埋もれて、こんどこそほんとうに死者のうちに加えられたいと思う者はここに残るのもよいだろう」

「ずっと遠くへ旅をしなければならぬかもしれぬ、と言ったな？」

「われわれの文明がなぜこの火星で亡びてしまったのか？　われわれの祖先が取りかえしのつかない大きな失敗をしたものならばそれがどのようなものであったかをつまびらかにしてふたたびあやまちをおかさないようにしなければならないし、滅亡の原因が祖先たちの失敗によるものでなく、宇宙的規模における災厄のような避け難いものであったのなら、それはなおのこと事実を極めて少しでもそれらの災厄からの危険を少なくするようにしなければならないからだ。東キャナル文書にわれわれの知りたいそうしたことのすべてが記されてあるのだ」

「それでそこへ行くのか？」

人垣のうしろから誰かの声が跳ねてきた。

「しらべるにはそこへ行くのがいちばん手取り早い」

おれたちはいやだ。わしたちはごめんだ。というつぶやきがわき起った。

「そこで本題に入る――」

セノがみなの動揺をおさえるように両手を大きくひろげた。

凍てつく星空を一瞬に切り裂いて大きな流れ星が飛んだ。流れ星は低く低く砂丘をかすめて遠くキンメリア人の海のむこうへ消えていった。

3　死んだ海

――それは砂になって天に舞った。

夜明け頃から吹きはじめた砂嵐は昼頃になってかつてなかったほどのすさまじさで東キャナル市をおしつつんだ。アマゾン砂漠から何千匹もの巨大な蛇のようにのたうちながら砂の海を突走ってきた砂煙は、つなみのように東キャナル市を呑みこみ、おおいかぶさってきた。すべての建造物は大波のようにゆれ、ひび割れた舗装は枯葉をまき散らしたように乱れ飛んだ。市政庁の比類ない列柱がガラス細工のように崩れ落ち、濃藍色の天にまでとどくばかりにそそり立つ城壁が薄紙のように引き裂かれた。

「いそげ！　あまり時間がないぞ」

輸送隊を指揮するエドが落着きなく体をおってはしきりに運転席の時計をのぞきこんだ。

「エド。向い風がひどくて全然速力が出ないんだ。少し遠回りでも風の横側へ出た方がいい」

コントローラーをにぎっているタギが悲鳴のようにさけんだ。

「だめだ。そんなことをしていたら方向がわからなくなってしまうぞ。いっきに突走るんだ」

タギはくちびるをゆがめた。瞬間風速八十メートルから百メートルを越すこの強い風にさからって進むには、輸送車の出力《パワー》はあわれなほど小さかった。ニベは風に吹き飛ばされないように車体のへりをにぎりしめて後につづく隊列をうかがった。横なぐりの滝のような厚い砂の壁の中に、あざやかな赤色の回転灯《フラッシュ》がひらめいた。

「ついてきているか？」

　タギが声をふりしぼった。

「二台、いや三台だ」

「三台？　ほかに見えないか？」

「見えない。三台だけだ」

　エドがたまりかねたようにタギの手からコントローラーをうばった。アクセルが歯の浮くようなひびきを発した。

「エド！　モーターが焼けてしまうぞ！　回転数を落すんだ！」

「うるさい！　この砂嵐の中でぐずぐずしていると助からないぞ。モーターが焼けることよりも自分の生命のなくなることの方を心配しろ！」

　二十五台の輸送車は今やちりぢりになって砂嵐と苦闘していた。砂鉄の嵐とも言われる砂嵐の中ではレーダーもコンパスもまったく役に立たない。ただコントローラーをにぎる者の方向感覚だけがたよりだった。

「エド。この砂嵐の中でモーターが止ったらおしまいだぞ。いいからここはおれにまかせて後の車を誘導してくれ！」


コントローラーをうばいかえした。

　タギの語勢に押されたか、エドは

多っていった。

　どっといちだんとすさまじい風がたたきつけてきた。輸送車はずるずるとあともどった。モーターががらがらとひどい音を立てた。

「タギ！　風下へ回れ。このままではやられるぞ！」

　片方のキャタピラーで爆煙のように砂をはねとばして車体は急回転した。暗黒の中で赤い閃光がはげしくゆれながら反行してゆくのを見た。

「こんなことで出発できるのかな？」

　ニベはエドがしたようにダッシュ・ボードの下に頭を突込んで時計を見た。丸いガラスの表面に黄褐色の砂が厚く貼りついていた。

「月齢の関係でどうしても今夜中に出発しなければならないのだそうだ」

　タギがフロントガラスにひたいを押し当てて前を見つめながら言った。

「出発すると言ったってなあ。タギ。おまえは宇宙船に乗ったことはあるのか？」

　タギはちらと視線をニベの上にもどした。

「宇宙船に？　おれがか？　あるわけないだろう。だいいちこの火星から宇宙船が飛び出すのは何万年ぶりとかいうことだ」

「そんなことで宇宙船を操縦することなどできるのか？」

「委員会の連中の間には宇宙船の操縦や電子頭脳のあつかい方が伝承となってつたわっているのだそうだ」

「しかし予定していた物資が手に入らなかったら出発も見合わせなければならないだろう」

風を斜側方から受けて後へ流すために、輸送車は生きかえったようにスピードを回復しはじめた。

「東キャナル市にだって役に立ちそうな物はもうほとんど残ってはいない。それでも積みこむ予定よりも十四万トンも不足しているそうじゃないか」

「しかし重要物資はあらかた集ったしあとはむこうへ着いてから補給すれば間に合うのだろう」

タギはかなりニュースにくわしかった。

「それで今日出発するというわけか」

サーチライトの光芒の中に砂の幕の間からまっかに錆びた、ガントリー・クレーンがちらとあらわれてたちまち消えた。

「宇宙空港《スペース・ポート》を横切ってアルシオーネの南谷へ出よう。そこから西へ向えばシンシアの低地まで一直線の下りだ」

タギがニベの耳に口を押しあててさけんだ。

アマゾン砂漠の南西の一部を区切るシレーンの海にのぞむ無名の入江一帯が東キャナル市の宇宙空港《スペース・ポート》だった。その入江の西にゆるやかな起伏をつらねるアルシオーネ丘陵。その丘陵地帯は浅い断層谷によって四つの部分に分けられていた。その南谷が洪積平野となって扇状にひろがる先がシンシア低地。東キャナル市の人々はここをダムになぞらえてシンシア遊水《ゆうすい》池《ち》と呼んでいた。

「よし。この谷間をぬければ大丈夫だ。助かったぞ！　エド、エド！　後続車はどうなった？」

タギはコントローラーをにぎったまま上体をひねった。

「たいへんだ！　エドがいなくなったぞ。風で吹き飛ばされたにちがいない！」

「ふり落したのではないか？」

もしそうだとすれば風下へ回ろうとして車体に強いひねりを与えたときだろう。

「さがしにもどろう！」

「いや、まて。この砂嵐の中では来た道をさがすのさえ不可能だ。エドを見つけ出すのはとうてい無理だ。それより少しも早く基地へ行こう」

タギはコントローラーをにぎる手に力をこめた。

「ニべ。助かる者なら助かるし、助からぬ者ならばどのような方法をとっても助からないのだ。それよりもわれわれが一時も早く帰り着くことだ」

「だが、タギ」

「さがしたければおまえだけ行くがよい。おれは行かない」

タギは宣告を下すようにあごをつき出した。

吹きつのる風はいよいよたたきつけてくるような打撃をふるいはじめた。先程まで一団になっていた後続車も完全に姿を消してしまった。

「コースは大丈夫か？　とんでもない方向へ突走っているんじゃないだろうな」

「まあこんなものだろう。何しろコンパスがこれだからな」

ニベがのぞきこむと、メーターボードにとりつけられた円形の大きなコンパスの針はくるくるとめまぐるしく回転していた。

「出発までに間に合わないとえらいことになる。もう二度とここを離れることができる機会はこないぜ」

風が息をするたびに吹き飛ぶ砂の密度が変り、時々谷間の両側になだらかに起伏する砂の丘陵が影絵のようにあらわれた。ニベにはこの火星の土地を離れるということがどうしても実感をともなわなかった。そんなことがかりにできるとしても当然のように何か突発事件が起って計画がだめになってしまうにちがいないと思った。計画自体がだめになるのでなければ、できごとは自分の上に起って、自分だけが砂嵐の吹き荒れるこの砂の海にひとり取り残されることになるのだろうと思った。そう思う方が気が休まる。ニベはくちびるの端だけで笑った。この乾いてつめたい風景がもう見られなくなるというのか！　この苛酷な、それでいて唯一の大自然とほんとうに訣別するというのか！

「ようし、ニベ。コースはまちがいなかった。これでひと安心だぜ」

タギが胸の底から声をしぼり出した。それだけしか考えていなかった者のしみるような安心感だった。タギの心に応えるかのように砂煙はいたる所で千切れてその間から赤茶けた弱い陽射しがのぞきはじめた。輸送車は右に左にはげしくゆれながら砂丘の間を走りぬけようとしていた。そこはニベにとって鮮明な記憶に残る地形だった。

「止めてくれ！」

「なんだって？」

「止めてくれ！」

「どうするんだ？」

「いいから止めるんだ」

輸送車のキャタピラーが逆回転して一瞬、大波のように砂をまきかえした。その砂の波をくぐってニベは車上から跳んだ。

《幽霊《かれ》》が立っていた。

「おれは遠い所へ行くことになった。この火星から飛び出してゆくのだ。宇宙船でな」

《幽霊《かれ》》にはその意味がわかるのか、いつも哀しげな表情に、あるかげりが動いたようだった。

「おまえを連れてゆくことにした」

砂の下に《幽霊《かれ》》のあらわれ出るための何かのしかけのようなものがかくされているにちがいない。二、三度そのようなことを耳にしたことがある。原住民たちの儀式のひとつだったのかもしれない。

「タギ！　輸送車でこのあたりを浅く掘ってみてくれないか」

タギは運転席からのび上った。

「ここを掘る？　こんな所に何があるんだ？」

「いいから掘れよ。早くしないと出発に間に合わなくなると言ったのはおまえだろう」

「だから何を掘るんだ」

「掘れ！」

タギは黙って運転席に尻を落すとやにわに輸送車を発進させた。車体の後部におりたたまれていたスクレーパーが怒りを発したさそりの尾剣のように伸び出した。その先端があやうくニベのひたいをつらぬくところだった。

「浅く掘ってくれ」

「わかってる！」

輸送車がぱっと砂煙につつまれた。タギの怒りがそのままスクレーパーで目的の物体を引き千切ってしまわなければよいがと思ったが、タギは意外に慎重に作業を進めていた。幅五メートル、深さ二メートルで砂中をまさぐりながら三百メートルの距離をゆっくりと往復した。

やがてタギがさけんだ。

「何かあったぞ。警報器が鳴っている。ニベ、見てみろ！」

輸送車の車体の後部に、小山のように盛り上った砂の間から長さ一メートルほどの透明のカプセルがのぞいていた。カプセルの内部には幾重にも重なった微細な格子と、銀色に光る大きなコイルが収められていた。

「これだ！　これにちがいない」

ニベはそれを砂の中から引きずり出した。《幽霊《かれ》》がニベのかたわらを通ってカプセルに近づいた。格子の層が一瞬、青白い光を放った。《幽霊《かれ》》はいよいよすきとおってやがてカプセルの内部に消えていった。

「おまえそれをどうするつもりだ？」

タギの声がおかしいほどふるえていた。ニベはそれには答えず、輸送車の荷台にカプセルを移した。

ニベはカプセルをかかえて垂直に近いガントリー・クレーンの階段をよじ登っていった。それはごくわずか、手足を動かすタイミングをあやまっただけで、体は階段を離れ、数十メートル下方の地面にたたきつけられてしまう危険な作業だった。どよめく砂嵐の中で発進を告げるブザーが鳴りつづけていた。

「もう少しだ。がんばれ」

誰かがニベのうでを上から引き上げていた。烈風が吹き過ぎてゆくたびに、軽金属の階段はまるでバネのように震えた。上方からするどい絶叫とともに人の体が落下してきた。軽金属の階段のどこかにぶつかってもんどりうち、階段にとりついているなかまの二、三人にぶつかってかれらをそこから引き剥がし、はらい落とした。絶叫がおり重なってはるかな大地へひとかたまりになって落ちていった。

「私物を持ちこんではいけないと言ったはずだぞ！」

強い力が上からニベのかかえているカプセルを奪い取ろうとした。ニベは奪われまいとしてかかえている両手に力をこめた。体が大きくちゅうに浮いた。落下の感覚が炸裂したとたんに、夢中でのばした片手が階段の手すりをつかんでいた。カプセルを奪い取ろうとした手は目標を失って完全に平衡を失い、おそろしく大きな人影が声もなくニベの頭をかすめて墜落していった。

「入れ！　いそいで！」

もうそこは舩門《ハッチ》だった。地上から見ると細い小骨のように突き出たクレーンも、ここから見るとほとんど頭上のなまり色の空をおおうほど大きかった。

舩門《ハッチ》をくぐると、せまいプラットホームの上に、数個の人影があわただしく動いていた。そこから、円筒型のトンネルが上下に垂直にはしっていた。そのトンネルの側壁に縦にならんだオレンジ色の照明灯が底知れぬ井戸をのぞいたような虚無感をただよわせていた。

「名前は？」

「長老シクのひきいるフセウ村のニベだ」

別な一人がすばやく手にしたメモと照合した。

「長老シクのひきいるフセウのニベは第九船倉が持場だ」

「もうこれで終りか？　ハッチをしめろ！」

「キュトがいないぞ」

「さっきまでおれたちといっしょに作業をしていたじゃないか」

「船外へ出たようすもないな」

「出ていなければよい。さあ、しめろ！」

重い気密ハッチを閉じるモーターのひびきがトンネルに反響した。キュトと呼ばれるのはニベのカプセルを払いのけようとして地上に落ちていった男にちがいない。しかしニベはそれは言わなかった。

「その第九船倉というのはどこだ？」

ニベはひとりこんなせまい張り出しに残されたのではかなわないと思った。

「今リフトが上ってくるからそれに乗って9というサインのついているプラットホームで降りるんだ」

ふり向きもしないで一人が言った。言われて見ると、ニベの今立っている所には4というサインがともっていた。

間もなくリフトが上ってきた。皆がそれに乗り移るとかなりの速さで上昇しはじめた。ニベはかれらの眼が自分のかかえているカプセルにそそがれるたびに首すじのあたりが硬ばるのをおさえようがなかった。しかしなぜかかれらはたずねようともとがめようともしなかった。舷門《ハッチ》のしまった今となっては、そんなことはもうどうでもよかったのかもしれない。オレンジ色の照明の下で見るかれらの顔にはひとつとして見おぼえのあるものはなかった。

4
舟出

ここより出でて帰り来たるものなし。その墓を知らず、人々ただ未だしと言う。

東キャナル市の西のはずれ、オーサ門のほとりにイグルーを置く長老シクのひきいるフセウの村。アマゾン砂漠の東、ユリシーズの谷にのぞむプロテウス・ポイントの、認定書記バグのひきいるアサウの村。そしてそれより遠く北へミメサ三叉路に近く、長老アオのひきいるフイールの村。赤道をはるかに北へ越えてムンマス氷崖に近く、無名のカールに沿ってイグルーを配したバツの村。さらに北緯七十五度、永遠の凍土にとぼしい火をともす法務官アヌイの一族。それだけがこの計画に参加した村のすべてだった。その五つの村でも、宇宙の旅への恐怖や長い旅に耐えられない病いの床にある者などほぼ半数が参加をこばんだ。総勢三〇八人。それだけが新天地を求めるもののすべてだった。村の数はたがいに連絡をとり合っているものだけで十四。その他に七か所あるといわれていた。フセウ村の長老シクと、認定書記バグはそれらの村のすべてに呼びかけたが応答もなかった。しかし情深い二人は、計画通りに事が進んだ暁にはもう一度かれらに加わるよう誘うつもりだった。長い長い間、極寒に耐え、孤独と静寂の中で不断のおそれと飢餓に苦しみながら生きつづけてきたそれら村のものたちには、容易に長老シクたちの計画を信じることができないのも無理はなかった。どうしてかれらが、自分たちの自由になる宇宙船――しかも十五万トン級の大型宇宙船八隻も——を持っていると思えるだろうか。宇宙船どころか、砂嵐の中を走る強力な輸送車でさえもはや夢物語に近くなっているのが現状だった。宇宙空港《スペース・ポート》の廃墟の地下百二十メートルの格納庫にモスボールされていた大型宇宙船六隻を発見したとき、この計画が始まったと言ってよい。各地に散在する村の総力を結集すべく呼びかけたシクの誘いに応じたフィールの村に、墜落した宇宙船のかなり原形をとどめた残骸が保存されているのを知って長老シクは自分の計画をさらに大規模なものにした。その頃、《東キャナル文書》の解読がにわかに期待された。ようやく結集した五つの村の技術者たちによってそれまでの七隻にひとしい性能を持った宇宙船が建造された。この一隻の宇宙船を建造することによって五つの村はそれまで営々とたくわえてきた力を費消しつくした。伝えられた知識だけをたよりに自動旋盤を造り、溶接用電極を製造し、さがし集めてきたチタニウム・ステンレスのパネルを板金加工した。みじめな苦しい作業はやがて一個のぶざまな形象を作り出した。これだけは十分な器材を用いて核反応炉を組立て、ぶざまな円筒の一方にはめこんだ。

二年ののちに、八隻の宇宙船を四隻ずつ束ねて前後二つの群れに結び、そしてその群れを縦につらぬく船体をとりつけ、乗組員と貨物のための保護部分となした。

出発の日時は慎重に決定された。そして発進の時刻がきまった時には参加できないのを喜ぶ者たちがさらにふえていた。参加する者たちの半数は、その複合船体でどこか遠い他の天体へ移住することを熱心に提唱したが、他の半数は自分たちの故郷を棄てさることができなかった。

位相差空間航法用の電子頭脳と重力場推進《フィールド・ドライブ》ユニットが偉大な祖先の遺産のすべてだった。

発進を告げる警急ブザーがけたたましく鳴りひびいた。この瞬間、重力分力か消去カプセルの中にうずくまって誰もが参加したことを心の底から悔んでいた。あのすさまじい砂嵐と、日没とともにやってくるきびしい寒さ。それに年毎にとぼしくなる生活物資と単調な食事。しかしそれでもなお宇宙空間に待ち受けているであろうおそろしい破滅と予知される不安とほとんどのぞみのない帰還への哀惜の思いにくらべれば、むしろ天国だった。

「ああ。祖先の霊よ。願わくばわれらを守り、永劫の安住の地へわれらを導き給え。われらはわれらのみ生きるにあらず。必ずや新しい町を作り、ひとときこの地にあずけ置く病人、老人のなかまたちを引き取りにくるであろう。あるいはわれわれの町に真に回復させることができるなんらかのてだてを得ていずれ近いうちにまたもどってこよう。祖先の霊よ。これは脱出ではない。新しい生命を得る為のきびしく遠い旅だ。極めて危険であり、成功するかどうかはわれわれの努力だけではきめ難いものがある。それ故にこそ祖先の霊よ、どうかわれわれを守ってほしい」

長老シクはふるえる手をにぎりしめて祈った。この時になってはじめてかれの胸に、果してこの計画そのものに間違いがなかったかどうかがまっくろな疑惑となって胸の奥の奥底を塗りつぶした。

――東キャナル市工務局ならびに物理学研究所は、この『01310型磁場発生装置』の実用化にはおおいに難色を示し、宇宙省もまた早急に使用上の規制を検討するという態度で情勢の変化を待つことになった。『01310型磁場発生装置』はA七型実験回路を基礎として開発されたもので、恒星間飛行のための亜空間形成用磁場としてはもっともすぐれた性能を持つといわれている。これに対して、一部には船体構造や航法装置、電子装備をはじめとする船体側の多くの問題、さらにそうした磁場空間による亜空間飛行《オーバー・ドライブ》の人体に与える生理的影響などの研究が平行して進展していない今、この新しい推力発生方式が今後の宇宙開発に大きなひずみを与える原因になりかねないとして警告の声も出ている。

（東キャナル文書　VOL2　P二七五）

――東キャナル市政庁は四一一〇条令をもって木星経由大圏航路の東キャナ

ル市宇宙空港への寄港に大幅な制限を加えることになった。これによって辺境大圏航路はすべて市政庁の制圧下に入ることになり、これからの火星植民都市群の連合態勢に予測し難い底流を生ずることになった。

（東キャナル文書　VOL3　P五一八）

――物理学研究所は『01310型磁場発生装置』を十数基組合わせることにより、極めて強力な磁場による閉鎖空間を作ることに成功した。なおこの記録は九一八特殊条令Bにもとづき、公開されることなくファイル七九RR一六に収録された。

（東キャナル文書　VOL3　P七三九）

――この巨大な開発都市の未来の方向を二分する二つのシステムがそれぞれ

成長しつつある。ひとつは《クルーガー12》システムであり、もうひとつは《クリフコナツC3》システムである。人類はその未来をこの巨大なシステムのいずれかにかけねばならない。これは不安の象徴である。
（東キャナル文書　VOL4　P一六）

長老アオはほとんど全文を暗記するほど脳裡に収めた東キャナル文書を、呪文のようにとなえつづけていた。

5

準星　スフェクス3
汝、いずこより来たる——

息を吐くたびに、胸の奥底から灼熱のなまりがせり上ってくるようなはげしい嘔吐感がニベを攻めたてていた。そのたびにニベはえびのように体を曲げ、両手をにぎりしめてのたうち回った。すでに胃の中のものは洗いざらい吐きつくし、わずかに淡緑色の液体がくちびるの端に流れ出るのみだった。頭全体が割れるように痛み、ことに後頭部からひたいにかけてするどい矢尻でも食いこんでいるかのように激痛がはしった。ニベは何回となく気を失い、そのたびに自分が少しずつ確実に死へ近づいていることを知った。

出発以来、すでにどれくらいの時間が過ぎていったのか見当もつかなかった。百年か、五百年か、あるいは千万、一万年にもおよんでいるのかもしれなかった。ニベは何百トンもの重さと感じられる自分の体を引きずってカプセルから床にころがり出た。

淡い照明の下で、他の二個のカプセルは砕けて飛び散っていた。カプセルを床にとめた鋼鉄のとめ金がおれたらしい。おそらく二個のカプセルは広い船倉の内部をあちこちと飛び回りころげ回ってついにこなごなになってしまったのであろう。ひとつのカプセルの内側に、褐色の枯草のようなものが干からびてこびりついていた。それが何であるのかニベにはたしかめなくともわかっていた。二つのカプセルは同じ村のクエとサムナーであり、おそらくそれはクエのカプセルであろうと思われた。するとその干からびた物体はクエの死体にちがいない。くだけたカプセルの破片の裏側では、代謝調節装置のものと思われる小型電子頭脳のサーボが事故発生を知らせるパイロットランプを点滅させていた。そのパイロットランプがともりはじめてからもうどれくらいの時間を経過したのか、サーボだけが忠実にもはやその必要もない任務を果していた。

ニベはこのままでは自分もクエやサムナーと同じ運命をたどることになると思った。

どこをどうたどったか、いつ終るともしれない頭痛と嘔吐感との苦闘のまっただ中でニベはようやく自分が明るい部室の入口に立っていることを知った。ともすれば暗黒の奈落に落ちかかる意識をかりたてかりたてニベは室内へよろめきながら進んだ。薄紙が一枚一枚はがれるように周囲のようすがあきらかになってきた。

そこは操縦室だった。暗黒の壁の前に数名の男たちが石になったように立ちつくしていた。かれらに背を向けて、おびただしいメーターやスイッチのならんでいるパネルについている男たちだけが生きていることを証明するかのように時おり上体を動かし、わずかに身をひねってはスイッチ・パネルに手をのばしていた。

暗黒の壁の前に立っている人々の中に、村の長老シクの姿があった。ニベは残っている力をふりしぼってシクの背後に近づいた。

「長老。クエとサムナーは死んだぞ。どうなったのだ？　われわれの旅は？」

誰もふり向こうともしなかった。

「コース。グリーンF」

とつぜん長老シクがさけんだ。

《コース。グリーンF》

前方の壁面から投げかえすように声がもどってきた。

「現在の高度を維持せよ」

《現在の高度を維持する》

「長老！　クエとサムナーが死んだ。おれもひどい頭痛がする。吐き気もとまらない。なんとかならないだろうか」

「二七三秒後に再突入」

《二七三秒後に再突入》

「長老！」

シクははじめてふり向いた。

「ニベか。ちょうどよいところへ来た。おまえ、向うのパネルの右から三番目の座席《シート》に着け」

「長老！」

「さあ、早くしろ！」

長老シクの言葉は火のようにするどかった。ニベは自動人形のように向きを変えた。

《秒読みはコード七三。四・三八一〇メガサイクルで継続中》

「確認した」

《現在の高度九七八九三二。降下率八・一》

暗黒の壁の前に立っている一団が急に風に吹かれたように動揺した。長老シクのほほがひくひくと引きつった。

ニベはとなりに座っている男に首をのばした。

「いったいどうしたというのだ？」

その男はうるんだような青い目を見開いてニベを見つめた。その目は焦点を失っているようだった。

「目的地へ……目的地へ着いたのだ」

「目的地へ着いた？」

「準星スフェクス3だ」

「準星？　それが目的地だというのか？」

ニベも準星についてそれがどんなものであるのか全く知らないわけではなかった。祖先の遺産の中にぼう大な天文学的知識があり、その中に準星というものもかなりの量でふくまれてはいた。そのことごとくをそらんじているわけではなかったが、それでも目的の星がその準星のひとつであることは意外だった。

「なぜだ？」

「スフェクス3と呼ばれる準星がわれわれの祖先のたどった運命と深いつながりがあるのだそうだ」

「誰が言った」

「おまえ、知らないのか？　東キャナル文書に出ていたのだよ」

とつぜん、すさまじい震動がおそってきた。天井の照明灯がたたきこわすように片端からくだけ散った。あらゆる物がなだれのように床をすべりはじめた。となりに座っていた男は悲鳴を上げてニベに両手をのばしたがすでに二人の距離は遠く離れてしまっていた。ニベはメーターボードに全身の重さをあずけて踏みとどまった。暗黒の中で広大な壁面に多彩な光の矢がめまぐるしく飛び交っていた。そのかがやきに照らし出される操縦室は一瞬、一瞬、万華鏡のように色と形を変えた。その壁面を見つめているうちに、その部分が操縦室の一方の壁にはめこまれた巨大なテレビスクリーンであることに気がついた。あらゆる色彩とかがやきの乱舞はその中心から目にもとまらぬほどの速さでわき出していた。それはあたかも、暗黒の中から光のトンネルの中へ走りこんだように見えた。光の矢はあざやかな波紋となっていちだんとかがやきを強め、今はテレビスクリーンのほとんど全面にひろがっていた。ふたたびすさまじい震動が船体をつらぬいた。天井も床も歯の浮くようなひびきをあげてきしんだ。今にもばらばらに分解してしまうかと思われた。テレビスクリーンの光の波紋はみるみるうちに収縮してふたたびもとのようなわき出る光の矢の束となった。スクリーンの四周から深い暗黒が中心へ向ってせり出しはじめた。それは最初そうであったように、夜の闇よりも暗く、すべての色彩を失ったあとの黒よりも暗く、ニベがこれまでただの一度も見たことのない虚しい翳の部分だった。広大なテレビスクリーンはほとんど暗黒に塗りこめられ、巨大な宇宙船は未知の方角へ向って石のように落下していった。

「ああ、やはりだめか！　祖先の地はわれわれをこばむ」

ふいに背後で人の気配がした。ふり向くとフィールの村の指導者のアオだった。

「あぶない！　手を離すな！」

ニベがさけぶひまもなく、アオはつかんでいたハンドレールを離してずるずるとすべり落ちてきた。ニベは片手をのばしてアオの体をつかんだ。操縦室の一角で滝のように火花が飛び散った。青白いほのおがかたむいた床をはしった。ニベはアオの体を片手で支えながら自分から急傾斜の床にすべり出た。方向に見当をつけてずるずると落ちてゆくとやがてねらいどおりにメーターボードにぶつかって止った。ニベはかすかな非常灯の光をたよりに、アオの体を座席のひとつに据えた。

「しっかりしてくれ！　このままではおれたちは死ぬ。この機械をどうやったらいいのか教えてくれ」

アオは絶望の吐息をふるわせるばかりだった。ニベはその口もとに平手打ちを加えた。

「さあ、言うんだ！」

もう二、三回くらわせた。アオはにわかに上体をたてなおした。

「わ、わかった。二番目の席の右前にある大きなダイヤルを右へ止るまで回してから左手前のケースの中の三列のスイッチを全部切れ。つぎにこの座席の正面にある三個のレバーを入力にして待て」

ニベはすばやく動いた。アオの言うとおりに座席から座席へ飛び移り、手さぐりでスイッチをさがした。アオの記憶にも二、三、はっきりしない点もあったが、いずれも致命的な間違いともならず、ニベは操作を進めていった。

やがて暗黒のテレビスクリーンにふたたびかがやく光の矢があらわれはじめ、しだいにそれが拡大してまた眼をうばうような多彩な光の波紋となってゆれ動いた。

「長老アオ。いったいこの光はなんだ？」

アオはしばらく光の乱舞を見つめていたが、それがどうやら安心できる状態になったとみえてニベの問いにうなずいた。

「準星というものは実はたいへん大きな重力を持っている天体なのだ。あまり重力が大きいために、準星をとり巻く空間がゆがんでしまい、そのため、中心にある準星本体の天体から出た光はその空間のゆがみに沿ってはしりつづける結果、球の内側を無限に走りつづけるのと同じことになり、光はその空間から外へ出ることができない。さっき見たか？　テレビスクリーンがまっくらだったろう。あれは空間内部の光を全く外に出さない準星をながめると、あのように宇宙空間にそこだけ穴があいたようにまっくろに映るのだ。われわれは今、めざす準星スフェクス3にたいへん接近している。そのため、テレビスクリーンには準星の重力によって閉ざされた空間がいっぱいに投射されているのだ」

スクリーンの光の渦は今や完全に肉眼でとらえた光や色彩と同じものになっていた。

「この光は何か、と聞いたな。ええと、おまえの名は？」

「長老シクの村フセウのニベだ」

「ニベか。よし、ニベ、さっきのケースの中のスイッチを全部入れろ」

ニベは先ほどとは異る場所としか思えないようなスクリーンのまぶしい光に照らし出されたメーターボードの上を身軽に動いた。

「ニベ、この光はわれわれが準星の封鎖した空間の中へ無事に進入できたことの証拠だ」

「長老アオ。そんな重力の大きな空間の中へ入ったらおしつぶされてしまうか、重力源の天体に引き寄せられてそこへぶつかってしまうんじゃないのか？」

　アオは首をふった。

「この宇宙船には重力場発生装置を備えている。外部の重力とひとしい重力を作り出すことによってこのような特殊重力場の中でもふつうに行動できるのだ。頭痛や嘔吐感はなおったか？」

　ニベは忘れていた頭痛を思い出した。

「いや、まだ少し残っている」

「それはこの重力に適応すれば完全になおる。まあ、馴れるまで二、三日はかかるだろう」

　そのとき、テレビスクリーンに、熔けた金属が凝結するように何かの形象が固まりはじめた。テレビスクリーンはみるみる洗われたように透明になっていった。その中心からかがやく無数の星々が銀の流砂のようにあらわれてきた。あらわれ出てきた星々はスクリーンの縁辺へ向ってゆっくりと移動し、やがて音もなくスクリーンの外へ流れ出ていった。

「宇宙船はとうとう境界空域を突破して閉鎖空間の内部に進入したぞ」

　アオがかすれ声でつぶやいた。スクリーンを見つめるひとみが憑かれたように光った。

「ここが閉鎖空間の内部なのか？」

「とうとうやってきたぞ！」

「やってきたって、ここが目的の場所か？」

　ニベはアオの肩をわしづかみにして力いっぱいゆすぶった。

「おい！　これからどこへ行こうというのだ？」

アオはスクリーンを見つめたまま声だけニベに向けた。

「目的地は重力場の方向線だ。すでに航法装置にセットしてある。間もなく着くぞ」

スクリーンの中を、白熱の光球がゆっくりと横切ってゆく。もっとも近づいた時には直径は一メートル近くにもなった。すさまじい光の放射の奥底に、さざ波のようにゆれ動くガス流が一瞬明滅した。

「恒星だ」

水素核融合反応の巨大なるつぼはおびただしい光と熱と放射線をまき散らしながら視界の外へ移ろっていった。

「長老アオよ。われわれの祖先はなぜこのような広大な閉鎖空間を作ったのだ。あんなにたくさんの星を封じこめていったい何をするつもりだったのだ？」

「ニベ。祖先の意図はまことに計り難い。この閉鎖空間は直径約十一光年。内部に二個の恒星と八個の惑星をふくんでいる」

「まて。アオ。この空間にはわずかに十個の天体しか存在していないのか？　スクリーンに映っているあのたくさんの星々は？」

「わからぬ。あるいは封鎖されている空間なるがゆえにわずか二個の恒星でも何千個にも見えるのかもしれない。封鎖された空間内では光は外へ出ることができず、その空間内を不規則なコースで走り回るしかない。その光が描く無数の恒星の映像があれだ」

「そのことが祖先の目的だったとも思えないが」

「東キャナル文書はそれについてこう伝えている」

アオがひとりうなずいて体をのり出したとき、警報器がけたたましく鳴りひびいた。

「ニベ。目的地の惑星に近づいたのかもしれぬ。しらべてみろ」

スクリーンの中央、濃藍色の虚空を背景に、青緑色のかがやく巨大な球体が急速に接近しつつあった。

「長老アオ！　あれは」

「二番目の座席の前にある方位盤のスイッチを入れてくれ」

そのスイッチを押すと、テレビスクリーンの表面に複雑にからみ合った曲線や直線があらわれた。それが右左にめまぐるしくすべったかと思うと、縦軸と横軸の交点に巨大な球体はぴたりと停止した。

「見ろ！　あれが東キャナル文書にはっきりと記されている祖先の地、惑星スフェクス3だ」

長老アオはそのとがった顔に宗教的法悦をみなぎらせた。

「ああ、とうとうやってきたぞ！」

その声は少年のようにふるえていた。

《二十分後にスフェクス3に着陸する。生存者は名前を指令室へ報告せよ。二十分後にスフェクス3に着陸する。生存者は――》

スピーカーの電子音が何の感情の変化や動揺も持たない人語を流しはじめた。航法用電子頭脳はいよいよ最後のコースをたどりはじめた。

生存者の報告が入りはじめた。ニベはその数を追っていった。

「十八……十九……二十……二十一……」

二十一がさいごだった。生存者は極めてわずかだった。その中にはムンマスの長老バッツや、アサウの村長バグ、さらにはタギやアヌイなどもいた。

「一人でも目的地へ着ければ、と思っていたが、二十一名もいるのか！　これは大成功だ！」

アオは嬉しそうに幾度もうなずいた。火星を離れる時は、有力な村の、その支え手たちをほとんど網羅していた。かれらのほとんどが遠征のぎせいとなり、わずか二十一名が目的地へ着陸しようとしていることについての指揮者たちの自責の言葉や悲しみはとうてい聞くすべもなかった。

夜明けだった。遠い地平線があざやかな緑色に染まり、その部分からのびた何本もの太い緑の光の矢が天頂近くまでとどいていた。その天の頂きからもう一方の地平線の側へやや下ったあたりまでは血のような暗い赤、そしてその先は天と地の境によどむ深い闇につながっていた。緑色の光かがやく空は、これから昇る太陽の前駆であろう。そして緑色の太陽と闇との間には血の色のたそがれの地帯が移ろってゆくのであろう。

巨大な宇宙船も、それを支える大きく四方へ張り出した支持架も、その下にならんだ二十一人の遠征隊員たちも、ひとしく塗り分けたような緑と赤そして深い夜の色に染まっていた。濃密な大気は肺や気管に粘りつき、わずかに手足を動かすにも溶けたクリームのように描く渦が目に見えるような気がした。

「これからの計画について説明しよう。われわれのめざす目標は東キャナル文書によれば東経一九度三二分。北緯七度四分。もうひとつは西経一四一度二八分。南緯八一度三分にある。現在の位置は東経六五度四分。北緯四〇度一六分だ。人数を二つに分け、ロート・ダイン二機に分乗しよう。一つは私が一つはムンマスのバツが指揮をとる。これから私のグループはロート・ダインを運び出して整備する。バツのグループは食料や武器などをおろしてくれ」

長老アオは言い終って皆を二つのグループに分けはじめた。

陽が昇るにつれて空も地表も皆の体もあざやかな緑色に変った。出発準備が終った頃には、直径一メートルほどにも見える大きな太陽が緑色のほのおの塊のように低い空にかがやいていた。

「おれは以前、アサウの村のシドに聞いたことがある。どこか遠い所に緑色の太陽のかがやく惑星があるのだ、と。そしてその惑星には二人の神がいてたがいに憎しみあい、この世の亡びる時まで戦い合うさだめなのだとな。ああ、もしやそれがこの惑星ではないだろうか？ニベ。どう思う？」

ダウが体をすくめてニベの耳もとでささやいた。

「こうも言っていた。その神は大昔にはたくさんの兵士をひきいていた。しかし今では二人の神だけしか残っていない」

「ダウ。そのシドとかいう男はどうしている?」

「死んだよ。とうに。今では埋めた場所をおぼえている者もいなくなった」

「惜しいことをした」

「何が?」

ダウがふしんそうに身を引いてたずねた。

そのとき、誰かがするどくさけんだ。作業に追われている者たちは一瞬、手を休めて顔を見あわせた。またさけび声が聞えた。皆はいっせいに立ち上った。

重い大気を引き裂くような爆発音がけたたましく鳴りひびいた。

「あれは!」

宇宙船のそびえ立つ丘陵は、東と南がかなり急な崖となってはるかな平原につらなっていた。その平原は雨でも降っているのか、時おり薄い羽毛のような影におおわれた。北から西へかけてはしだいに高さを低め、ゆるやかな傾斜の広大なひろがりが遠い緑の雲の中にとけこんでいた。その高原を平たい甲虫のような物体がかなりの速度で動いていた。ふいにその物体の一部分からオレンジ色の閃光が噴き出した。それがつぎつぎと連鎖反応のようにすべての物体につたわっていった。数えきれないほどのかがやく小さな火の玉が列を作って平原の上をわたってきた。ある距離まで近づくとそれからはおそろしい速さになって頭上を飛び越えていった。同時にすさまじいひびきが大気をたたいた。気がつくとするどい口笛のような短い澄んだ音が周囲をつつんでいた。とつぜん背後にそびえる宇宙船の外鈑に火花が咲いて通り過ぎた。何か全く未知な種類のおそろしい危険に取囲まれているようであった。それでもかれらが行動を起すまでにはさらに十数秒を必要とした。実際に危険が現実のものとなったのは、ぼう然と立ちつくしていたなかまの三、四人が声もなくのけぞり、崩れ落ちてからだった。緑色の血液が飛び散った。

ニベは本能的にロート・ダインのハッチへ向って走った。もうその時には皆がハッチへおり重なって殺到していた。混乱の中でいつハッチが閉じられ、いつエンジンがかかったのかもわからなかった。もう一機のロート・ダインが爆発してばらばらに飛び散った。火の海の中で機体が浮き、爆煙をくぐって急上昇に移った。無数の火の玉が突き上げるように追いすがってきた。その時には閃光をひらめかせる奇妙な物体の最初のひとつがそびえる宇宙船の直下へ走りこんできていた。

「長老アオ！　あれはなんだろう？」

皆は窓にひたいを押しつけて地上を這い回っている影を見つめた。

「おそらくあれは装甲車というものだろう」

「装甲車？」

「古代の兵器のひとつで、火薬によって、それ自体は推進力を持たない爆発物を発射する砲という武器を備えている。今の爆発とその前の一連の炸裂音はあれはたしかにその砲にちがいない」

「長老アオ。われわれの祖先とどのような関係があるのだろう？」

「わからん」

故郷を離れた祖先が、この惑星スフェクス3に新たな天地を見出したものならば、かれらの故郷の東キャナル市の歴史にも無かったような装甲車という死にささげる為の道具を造り出したのはなぜだろう？　このスフェクス3は実はかれらの期待とは裏腹な武器と不信とそしてもっとも誠実でないものが渦を巻いているいまわしい場所であったのか？　東キャナル市を棄てた結果がこれか？

「けがをした者はいないか？」

アオの声に皆はにわかに我にかえって体をふるわせた。誰の胸にもその頃になってはじめて純粋な恐怖がひろがりつつあった。

生存者は八名。地上で数名が倒れるのを目にしていたから爆破されたロート・ダインには七、八人乗っていたことになる。ムンマスの長老バッが手足にひどい火傷を負って倒れていた。

装甲車を運転する者たちが、丘にそびえ立つ宇宙船を放置しておくはずがない。もしそうだとすれば、もはや永久に東キャナル市へ帰る道は絶たれたのだ。絶望が皆の口から言葉を奪い、つぎの手段《てだて》を考える気力を失わせてしまっていた。

「最初の計画どおりにやってゆく以外にない。結局それが生きる方法だろう」

長老アオはくちびるをかんで言葉を切った。

八名の生存者を乗せたロート・ダインは濃密な大気をかき分けて泳ぐように飛びつづけた。高度二千メートル。眼下の平原は大洋のように果てしなくつづき、ロート・ダインの影がすばらしい速さで動いていた。しかしいつまでたっても、町らしいものも、道路らしいものも見えなかった。

「長老、人の住んでいるらしいようすが何一つないが、いったいどこにいるのだろう？」

「地下都市を作っているのではないかな」

生存者の中に加わっていたタギがつぶやいた。

「あと八時間はかかる。交代で見張りを立てて他の者は眠るとしよう」

重力座席《カプセル》に身を埋めると、たちまち泥のような疲労と眠りがおそってきた。

どのくらい眠ったのか、ニベはとつぜん深い眠りから引きもどされた。ニベは自分の上半身をおおって固定されているはずのプラスチックのカバーが、風にあおられるようにはげしい音をたてて開いたり閉じたりしているのに気がついた。ニベは無意識にうでをのばして内側の金具を引き寄せようとしてそのまま頭から転落した。硬いものに背中をおしつけた形で垂直に近い傾斜を数メートルすべって激突した。全身をはしる激痛でニベは確実に目覚めた。ロート・ダインが飛行中なのか、着陸しているのか、それとも墜落しつつあるのか、予測し難い異常なできごとが起ったにちがいなかった。ニベは体の痛みをこらえて這いずった。機体のどこかに穴があいているとみえ、そこからあざやかな緑色の光の滝が流れこんでいた。

ロート・ダインはどうやら機首を下にほとんどまっさかさまに大地に突込んだものらしい。内部はめちゃめちゃになっていた。強化プラスチックの外鈑は紙のように引き裂かれてまくれ上り、縦通材があめのようにおれ曲ってうねっていた。ニベは散乱した機材の間をくぐって破孔から外部へのがれ出た。

暗緑色の空から植物の液汁のような緑色の雨がしとしとと降っていた。その雨の奥から異様な物音がつたわってきた。それはあたかも数十万トンもの巨大な宇宙船がローラーでおしひしがれるような、あるいはまた広大な鋼鉄の都が自らの重量に耐えきれなくなってとつぜん崩壊をはじめたかのようなすさまじいきしみとそのあとにつづく轟音だった。大地がゆらゆらとゆれ、大気は烈風のなごりをとどめてめまぐるしく密度をかえつつあった。

ニベは地鳴りのようにつたわってくる異様な物音が聞えてくる方角へ向って雨の中を歩きはじめた。自分のおかれている状況が何かわかるだろうと思った。

雨はいよいよはげしく、顔面をおおう放射線よけのサングラスをはじくように打ちたたいた。

およそ二時間ほど歩いたと思われる頃、ニベは周囲に濃い水じょう気が立ちこめているのに気がついた。それははげしく渦まき、強い雨足の下を低く低く這って拡散しつつあった。一メートル先も見えない緑色の濃い霧の中で大地や大気はごうごうと鳴動していた。やがて緑色の水じょう気の雲の間から淡い陽光が落ちてきた。地表はねじ曲った金属や引き千切れそり返った強化ガラスの破片などでおおわれていた。それはよほど高熱によって灼かれたらしくどれも表面は融けてよじれた縄のように固まっていた。それらの、平原をおおいつくした破片の間からところどころ地表が露出していた。その部分はほとんどコークス状に変質し、はげしい雨を吸って海綿のようにふくれ上っていた。すさまじいひびきはもうすぐそばで聞えていた。ニベは憑かれたようにいそいだ。雲の切れ間から思いがけない近さに太陽がのぞいた。

「あっ！　あれは」

とつぜん目の前にえたいの知れぬ巨大な物体があらわれた。いたる所から爆煙のような水じょう気を噴き出し、その噴出音は噴火口のようにあらゆる物体を共振させた。

それはなかば溶融し、なかば焼け落ちた巨大な物体だった。それは傷つきひん死の苦痛にあえぐ未知の大動物のように緑色の水じょう気や強い雨足の中にうずくまっていた。

「いったいこれは何だろう？」

ニベは頭上にそびえる奇妙な物体を、長い間見つめていた。その表面にくねくねとおれ曲り、そりかえった鉄ばしごがのびているのに気がついた。ニベはそれを伝ってよじ登ればもしかしたらこの物体のはたらきなり構造なりを知る手がかりに行き当るかもしれないと思った。ニベは鉄ばしごにとりすがった。

「まて！」

とつぜん、ニベの背後から強く呼び止める声があった。

「それを上ることはきわめて危険だ」

ふり向くと、ムンマスの長老バッツだった。

「長老バッツ！　無事だったのか。助かったのはおれだけかと思っていた。あとの者はどうした？」

バッツは黙って首をふった。長老の名にふさわしく、高齢な者の多い村の指導者の中でもバッツはことに年老いていた。正確な年は誰も知らなかったが、第二次統合戦争を経験しているともうわさされていた。それだとすると二千年にもなる。それがふしぎでないほど長老バッツは年老いて小さくまた透徹した精神力の持ち主でもあった。

「おれたち二人だけになってしまったのか！」

ニベはうめいた。

「ニベ、東キャナル文書にこう書いてある。


――スフェクス3における自然環境管理の問題はこれによって全面的に解決されることになった。これは惑星開発のテスト・ケースとして今後おおいに比較対照されることであろう。《クルーガー12》はその性格上、ある種の不可侵性を具備しており、二十世紀末期に観念的にのみ存在した『母なる神《マザー・マシン》』なるものの発展的現実化であり、近い将来、全般的に人類の未来を託し得る高度な管理能力を持ち得るであろう。

（東キャナル文書　VOL　Pア一一九）


この文書にもあるように、これは一種の巨大な電子頭脳だ。『母なる神《マザー・マシン》』という言葉は知っているだろう」

「たしか、あらゆる面にわたって人類のせわをする電子頭脳と聞いているが」

「そうだ。自然環境や健康、イデン、また社会、経済組織にいたるまで広く管理する巨大なシステムだ」

「それがどうして？」

「この地をえらんだ開拓者たちが、最初に建設したものがこの《クルーガー12》だったのだ。そして天気や気温、湿度をととのえ、自然環境を改造し、さらに自分たちの肉体を改造して名実ともにこの地を新天地にしていったのだろう」

「長老バッツ。その電子頭脳がなぜこのようなありさまになったのだろう？　これは強烈な爆発によるものではないだろうか」

「おそらく、核融合だろう、この雨もな」

「なぜだろう？」

「わからん。ニベ、この位置が東経一九度三二分。北緯七度四分だ。もう一か所、西経一四一度二八分。南緯八一度三分の位置に行ってみよう。何かわかるかもしれない」

長老バツはニベに背中を向けると足早に歩きはじめた。ニベは息を切らしてかれのあとを追った。


「さあ、用意ができたら出発するぞ。二分後にエンジン始動だ」

長老アオが大きく手をふった。

直径一メートルほどにも見える巨大な太陽が緑色のほのおの塊のように低い空にかがやいていた。空も地表も皆の体もあざやかな緑色に塗りつぶされた。

二機のロート・ダインはラム・ジェットの爆音をはずませて濃密な大気に浮いた。

「長老バツ！　これはいったいどうしたことだ？　この丘でわれわれは装甲車の群れにとり囲まれて……」

ニベは絶句した。これは疲れの果ての悪い夢のつづきなのだろうと思った。

「ニベ！　しっかりしろ。医療部員を呼ぼうか？」

ダウやタギが心配そうにニベをのぞきこんだ。

「生きていたのか！」

「しっかりしてくれ。おれたちは死にはしないよ」

「装甲車とは何のことだ？」

ニベは頭をかかえてうずくまった。ダウたちの言葉を信じたらよいのか、それとも自分の経験を信じたらよいのか、どちらが現実におこったことなのかニベには判断もつかなかった。装甲車の攻撃で一機のロート・ダインが破壊されたことも、《クルーガー12》の近くで墜落したロート・ダインからかれ一人が這い出たことも、また、そこで長老バッに出逢ったことも、さらにはあの巨大な電子頭脳《クルーガー12》の残骸も、すべてひとときの幻だったというのだろうか？　そんなことがあるだろうか？

「そんなことがあってたまるか！」

ニベははね起きた。皆の手が周囲からのびてきてかれをもとのように床におし倒した。

6　廃墟またはクリフコナツC3

そはぬば玉の闇なれば人、出でて言う。遠祖《とおきみおや》の魂は帰りぬ、と。


『目標二時二十分。コースに入る。二、三、四。フラップ！』

『目標二時二十分。コースに入る。二、三、四。フラップ！』

操縦室の応酬がラウド・スピーカーにのってそのまま船倉まで流れてきた。機体はゆるやかに傾いて高度を下げはじめた。

「よせ！　引きかえそう。これ以上近づいては危険だ！」

ニベはさけんだ。その手を足を、皆がしっかりとおさえつけていた。

「ほんとうなんだ。火星に引きかえそう。われわれの祖先はここで亡んだのだ。ここにはもう何も残ってはいない」

「しっかりしろ。ニベ！」

機体の下部から着陸用の車輪がのび出す軽いショックがつたわってきた。機体が傾斜をさらにましたとたん、床を通して接地のバウンドが突き上げてきた。

「着いたぞ！」

期待と不安にみちた声がわいた。

『現在位置を知らせる。西経一四一度二八分。南緯八一度三分だ。各自、方向探知機の基点に記入せよ』

長老バツの声がスピーカーから流れ出た。皆はニベの周囲から離れてハッチへかけ寄った。器材をおろすためのウインチがカラカラと回りはじめ、船倉の奥からパレットに乗った輸送車がすべり出てきた。

『タギとダウは武器を持って先行しろ。目下、レーダー、集音器《ソナー》ともに異常なし。サーチライト照射はじめ。照明弾発射、ハッチ開け！』

音もなくハッチが開き、深緑色の壁のような空の一部が見えた。濃い大気を半透明のガラスのようにかがやかせてサーチライトの太い光芒が通り過ぎた。一瞬、その緑を青白く染め変えたのは照明弾の閃光であろう。一人、また一人、なかまたちは背を丸め、足音をしのばせてハッチの踏板をわたって船外へ消えていった。操縦室の長老たちもすでにかれらのあとを追ったのか、ラウド・スピーカーからは水の流れるようなかすかなノイズが聞えているばかりだった。

心を喪わせるような静寂があたりを支配していた。ニベは唯一の持ち物である《幽霊《かれ》》のカプセルを苦心して機体から運び出した。皆の目をぬすんでこっそり運びこんでおいた《幽霊《かれ》》のカプセルはおびただしい器材の下積みになってしまっていた。

ニベはもう二度とこのロート・ダインには帰ることができないだろうという予感に追い立てられた。ニベはカプセルを背負うと皆のあとを追った。皆はよほどいそいで進んだものとみえ、足音も話し声も聞えてこなかった。

心を喪わせるような静寂があたりを支配していた。

「おうい！」

ニベはさけんでから耳をすませた。こたえもなかったし、また何の物音も聞えてこなかった。

「おうい！」

濃密な水じょう気がいっさいの音を吸収してしまうのだろうか。時刻は今が午後一時を示していたが、時計が正確かどうかはまるで確信がなかった。だが夜でない証拠には周囲は濃緑色の霧につつまれて十メートル先の見通しもきかなかったが、その霧のはるか上にはあきらかにかがやく巨大な太陽が昇っていることが知られた。それにしてもこの静けさはどうだ。

「おうい！」

声だけがむなしく消えていった。ニベはカプセルを背負ってひとり緑色の深い霧の中を進んだ。この世界に、たった一人だけとり残されたような気がした。

「おうい！」

皆はどこへ行ってしまったのだ？　どんなに霧が深くても、道に迷うような所でもないし、声がとどかなくなるほど遠方まで行ってしまったわけでもあるまい。ニベははじめて、自分がこの広漠とひろがる未知の世界にただ一人取り残されてしまったことをさとった。耐え難い孤独がニベの胸を突き刺した。だがニベにはこうなるのが最初からわかっていたような気がした。

「出てきてくれ！」

ニベはさけんだ。皆がどこへどうなってしまったのか知ることもできなかったし、これがあるいは決してさめることのない悪夢の一部分であったにしても、それをたしかめるてだてはニベにはなかった。今はそこがそうだと教えられた地点まではいずってでも行くしかないのだった。

「出てきてくれ！」

ニベは最初、皆のあとを追って歩きはじめたときの方角をけんめいにたどっていった。

「出てきてくれ！」

遠い星のどこかの無人の砂漠で音もなく砂がくずれた。そこにたたずむ影は二度と還らない時に浸って風の音を哀しみの唄とする。その滅びに至る道は始めもまた終りもなくそこにたたずむ影は過ぎ去っていったものの形骸に溶けて惑星の歴史を閉じる。

《幽霊《かれ》》はそこにいた。

緑色の霧は《幽霊《かれ》》の体を通ってしきりに渦巻き流れた。その霧に呑まれるように淡く薄れ、ふたたびはっきりとあらわれ出ては銀色の偏光の中で輪郭を失った。

「よく来てくれた」

ニベは涙ぐんだ。濃い霧の間から落ちる細い陽射しの束が、天地を支える列柱のようにそびえていた。静かだった。静けさだけが、この空漠とした世界の唯一の存在のあかしであるかのようにニベには思えた。

「いったいこの土地はおれとどのようなつながりがあるのだろう？」

応えはなかった。

「おれはほんとうはこの土地とは何の関係もないもののような気がするのだ。直感的にそう思うのだ。おれはほんとうは間違えてここへ来てしまったのではないだろうか？」

《幽霊《かれ》》は少しの間、ニベの顔を見つめた。

「よし。あなたに見せたいものがある」

《幽霊《かれ》》はニベに透明な背を見せて歩きはじめた。ニベは《幽霊《かれ》》の声を聞いたのはそれがはじめてだった。考えてみればこれまで《幽霊《かれ》》と話をしたことは一度もなかったのだ。

ニベはうなずいて《幽霊《かれ》》にしたがった。

平原はしだいに高さを増しつつあるようだった。あるかないかの傾斜をそれでも確かに踏んで、やがてかれは周囲にさえぎるものもない大気のひろがりを感じた。とつぜん、ニベは足もとの大地が金属であることに気がついた。ニベは金属で作られた人工の山のいただきを想像した。

「見たまえ」

霧の中で《幽霊》《かれ》の声がした。眠りからさめるように濃い緑色の霧の中にしだいにはっきりと形をなしてくる異様な物体があった。それはあきらかに金属の山であり、ニベの立っている場所はその長く曳いた山すその一部だった。

「これはなんだ？」

ニベは今見ているものが、むかしの惑星開発者たちの手になる造形だったにしてもいったい今の自分とどのような関係があるのだろうかと思った。初期宇宙開発時代にはこのような記念物や多少とも故郷の風景に似せた人工の山や谷はめずらしい建設物ではなかったのだ。《幽霊》《かれ》はニベの不安や動揺を宇宙開発者に特有なヒステリーととらえたのだろう。《幽霊》《かれ》は濃藍色の大きな放射能よけ《サン・グラス》におおわれた顔を山のいただきに向けた。

「偉大な祖宗《そそう》よ。懐かしさで胸がいっぱいだ。はからずもはるばるやってきた……」

《幽霊》《かれ》は頭を垂れ、暗然と生ける者に告げるように言った。

「なにこれが祖宗？　われわれのか？」

ニベは目の前にそびえる山とそれに向って再会の思いを語る《幽霊》《かれ》をこもごも見た。

「そうだ、われわれの偉大な祖先の心が宿っている。われわれはそう思っているのだ」

それも歴史の一部に違いない。ニベの知らない遠い遠い時代のことだった。

「これと、おれのたずねたいこととどう結びつけて考えたらよいのだ？　おれにはよくわからないのだが」

ニベはできの悪い生徒が教師にたずねるようにやり場のない自己嫌悪に攻められながら《幽霊》《かれ》にたずねた。《幽霊》《かれ》はだまってあごをしゃくった。目の前にそびえる金属の山は、とつぜん輪郭を失い無数の立方体や円筒球、線輪などをありとあらゆる方向から組み合わせ、とりつけた巨大な電子装置の塊に変貌した。

とつぜんニベの目の前に果てもなくひろがる砂の海があらわれた。はげしい砂嵐の中に巨大な城邑がそびえていた。砂は幾度も幾度も城邑を呑みつくし、砂の海の底へおしこもうとしたが、そのつど城邑は奇跡のようによみがえり、そのたびに大きくなっていった。ガラスの宇宙船が飛び交い、放射能に灼かれた星々はふっとうし、融け合い、ガスを失って軽石のようにおびただしい気泡の跡を残し、やがてサリサリとくだけて砂の上に砂となって積もった。

数十隻、数百隻よりなる船団がこの街から出発していった。人々ははるばる旅をしてこの街に集り、宇宙船を操り、あるいは客となってさらにここから去っていった。かれらは太陽系の中だけでなく、さらに遠く、数光年、十数光年のかなたにまで出かけて行った。数えきれないほどの新しい集落や基地が出現し、あるものは巨大な宇宙都市へあるものはいつとはなく消滅していった。長い長い時が過ぎ、この都市は二つの大きな戦争を経験した。金星の熱砂に、木星のメタンの海に、冥王星の碧玉の氷崖に核融合の閃光がひらめき、幾つかの都市が煮えたぎるつぼとなって失われたが、戦いが終ってみると都市の数は逆にずっとふえていた。

さらに長い時が過ぎ、この都市は太陽系の中心として、また太陽系文明の中心としてこれまでになかった繁栄を示していた。人類には限りない未来が約束されていた。

砂は軽い羽毛のように飛び、砂漠の上を砂煙だけが長く長くたなびいていた。砂煙のひとつは小さな竜巻となってニベの立つ砂丘へ向って進んできたが、力およばずやがて陽炎のように消えた。

「ちがう！　こうではなかった」

何が違うのか、何がこうではなかったのかニベにはよくわからなかったが、はるばるここまで求めてきたものが決してそれではないことが本能的にニベには了解できた。《幽霊《かれ》》が痛ましそうにニベを見つめた。そしてうでを上げてふたたび目の前の平原を指した。

地下と空中にのびる超空間的な構成で都市は成長しつつあった。都市をおおうドームはほとんどこの惑星の表面のなかばに達しようとしていた。長い時が過ぎ、都市はその空間の中にたがいにもう一方をふくむ二つの都市に変貌しつつあった。ドーム内の気象や社会機構の管理はむろんのこと、遠くない将来にはそれぞれ異った時間さえ持つようになるだろうと言われていた。都市はやがて二つの管理機構を持つに至った。《クルーガー12》はより東キャナル市的であり《クリフコナツC3》はより地球的であった。一つの電子頭脳が東キャナル市の歴史を反映し、または地球人的発想を原点としても、実はその違いは地球語と東キャナル市公用語ほどの相違もないのだった。しかしそのわずかな違いが、未来への理解を全く異ったものにしてしまったことについて人類はその最初のテストに敗れ去ったと言える。見棄てられた街に、かつて人類が故郷の地球から移し植えたモウコジャコウソウCの貧しい群落が平たい薄い葉をひろげ、ひび割れたコンクリートとさびた金属、飛散したガラスやプラスチックを淡褐色の葉かげでおおった。やがてそれも砂の海に呑みこまれていった。はげしい砂嵐に、砂の海が動き去ったあとに、ふたたびその姿をあらわした東キャナル市はすでに古代の廃墟となっていた。

惑星スフェクス3は《クルーガー12》と《クリフコナッC3》の新しいそして決定的な闘争の場として登場した。あまり長くない時間的経過ののちに、あるいはここよりさらに旅立ち、あるいは破壊に呑みこまれ、人々の姿は急速に少なくなっていった。やがて人類の影を絶った惑星スフェクス3の緑色の大気を引き裂いて原子の閃光が咲き、すべては終った。《クリフコナッC3》は荒涼たる光年の空間を、強大な重力場で封鎖した。その記憶巣の中の厖大な資料はそうすることを教えていた。それによって惑星スフェクス3は永久に平穏を持続できるはずであった。惑星スフェクス3をふくむ十六光年の空間は、あたかもそれ自体が、一個の超重力星として巨大な質量を持ち、周囲の空間をゆがめ、内部の光を永劫に閉じこめたまま存在することになった。なぜ？　何の為に？　ここで問いかけは原点にもどることになる。

「おれにはもう考える力がない。教えてくれ。このような歴史のどこにおれたちがいたのだ？」

《幽霊》《かれ》はゆっくりと歩を移しながら言葉をさがしているようだった。やがて顔を上げた。

「なぜ過去の形で聞く？」

「このような歴史のどこにおれたちがいたのか？　と聞いたな」

ニベは自然に自分の口をついて出た言葉に少しの抵抗も感じてはいなかった。

「いたのか、と。おまえ自身、自分たちを過去の存在としてとらえているからだろう。少なくとも潜在意識ではそうだ。言おう。たしかにおまえたちは過去の存在だった。遠い遠い過去の、記されない栄光の歴史がおまえたちにはあった」

《幽霊》《かれ》は告発するようにするどく言った。

「もう一度見たまえ」

――淡褐色のシダ類が繊細な羽毛のような複葉をひるがえしていた。白い綿毛がひるがえるたびに百千の波紋が輪をひろげてゆくような音にならない音響が平原にひろがっていった。濃藍色の空に、白銀の飛行雲が長く長くのびていた。その先端の微細な点刻が時おり青玉のようにかがやいた。だいぶたってから、すさまじい衝撃波が大地をうちたたいてきた。平原は爆煙のような砂煙につつまれ、淡褐色のシダ類はぼろきれのように吹き千切られて飛散した。

――奇妙な形のうでがのろのろと砂の上を移動してはカプセルを砂に埋めて回った。うでは力無く低いクレーターがむかしの爆裂火口の傷跡をとどめて残照に白く光っていた。東に動き、息が切れたように停った。いつの日にか、この砂から出て砂漠にのぞんだ栄光の都に還ることができるであろう。その日までたとえ幾万年、幾百万年の歳月をへようとも、いつかは必ずこの砂の中の眠りよりさめる日がくるであろう。

前よりも低く、また宇宙船が一隻、平原の上空を飛び過ぎていった。かれらの最初の船が、はるか北方の谷間に着陸してからもう何年かがたち、恐れていた日がとうとう来ようとしていた。かれらの大きな宇宙船が、遠い西の砂漠につぎつぎと降りつつあった。かれらは十数回の偵察にもかかわらず、幾つかのイグルーの集落にも、淡褐色のシダ類の群落にも全く興味を示さなかった。それがなぜなのか、もうきわめるよゆうはなかった。《火星人》たちはかれらが去るであろう遠いやがての日を待ついがいにないことを知った。

「われわれの祖先はこうして火星の地を踏んだ。ただ不毛の砂漠が荒涼とつづいているだけの火星にな。われわれの祖先はその砂漠にアマゾン砂漠と名づけ、やがてその一角に東キャナル市が生れた。そして長い年月がたって、われわれの祖先はふたたび宇宙へ旅立った。そのひとつがこの惑星スフェクス3だ。わかったかね」

友よ、と《幽霊《かれ》》は言った。

「火星はふたたびおまえたちの手にかえった」

《幽霊《かれ》》はほほ笑んだ。

「《火星人》よ。火星に帰ったらこんどこそなかまを皆、呼びさまして、太古のような《火星人》のイグルーをたてるがいい。おそらく地球人が火星をおとずれることは二度とあるまい」

緑色の霧は渦まいて巨大な電子頭脳とその前に立つ《幽霊《かれ》》をおしつつんだ。いつしか《幽霊《かれ》》の声はその電子頭脳の内部から流れ出ていた。《幽霊《かれ》》には自分たちの世界の所産との出会いがあった。しかし《火星人》には。砂漠や氷崖そして凍土や、永劫の静寂に包まれた故郷は百千の星々と失われた時のかなたにあった。

東キャナル文書の意味するところは、その解読の時期とともにいまだに多くの論議をかもし出している。九八一八—二四—二四—七年、それまでの多くの解読文の統合的意見として

一、東キャナル市は惑星スフェクス3に新しい開発都市を設けた。または移住をおこなった。

二、この新しい開発計画は《クリフコナツC3》と呼ばれる複合型の電子頭脳によって推進された。

三、開発の結果については多くの解読書は悲観的な記述に触れている。それは開発計画そのものの失敗か、または電子頭脳《クリフコナツC3》の欠陥であろうと考えられている。開発計画の終息は同時に東キャナル市の終焉を意味していた。

四、その後、惑星スフェクス3に対する異った種類の計画が幾つかこころみられたが、その結果については全く記されていない。

ここでつねに問題になるのが《火星人》の存在である。東キャナル文書の真疑が問われるのは実にこの《火星人》に関する記述のゆえである。科学的に《火星人》の存在が否定されてすでに久しいにもかかわらず、これまで《火星人》の存在を説明づけようとする資料が断片的に提出されている。他の記録に基づくところの《都市資料》すなわち東キャナル市、ビーナス・クリーク、浮游都市《プランクトン・シティ》などに残る一連の古記録にも異生物との接触を意味するものと思われる文章がふくまれている。今日この異生物は太陽系以外の他天体生物ではなかったかという解釈がなされているが、これらの記録からしてもかつて《火星人》が存在したのではなかろうか、とする意見も強い。その《火星人》がかつてのかれらの栄光の地、アマゾン砂漠の地下に眠りつづけ、かれらの亡び去ったあとに建設された地球人の東キャナル市の、そのまた廃墟にあらわれ出るという話は比喩に過ぎると思われる。しかし文明の盛衰はつねに書かれざる多くの、それゆえに極めて貴重な挿話を残してゆく。その中に実はもっとも重要な歴史の部分がかくされているのである。その部分に《火星人》が入っているかどうか、東キャナル文書はアマゾン砂漠の砂嵐の奥からある解答をもたらそうとしている——

——ユイ・アフテングリ著
星間文明史　第四九巻
第一五章
《火星人》より

アマゾン砂漠

間もなく、また乾いてつめたい砂嵐の季節がやってくる。ここでは地球のような四季はない。砂嵐の季節かそうでないかだけだ。この四、五日、空は急激に色を深め、凍りついたような青藍色に、掃いたようなかすかな翳を加えはじめた。はげしい砂嵐の前兆の高層大気の乱れが、この惑星のはるか高空までただよっている微細な砂塵をひととき吹き払って、かすかに宇宙の深淵の色をのぞかせたのだ。時にはふだんは見ることができない遠い星のまたたきまで見せることがある。そのような夜、気温はマイナス六十度Cまで降る。砂嵐は間もなく、この老いた街をつつむだろう。

昨日はなお夕映えの残る夜空にオーロラが燃えた。稀薄な大気とその大気に浮かぶ微塵に散乱する多彩な夕映えの華やかさと淋しさを血の色に染めかえ、オーロラは音もなく夜空にはためいた。

北の夜空に燃えるオーロラは、これも、間もなくやってくる砂嵐の季節のたしかな前触れのひとつだった。

　地球の人々が黄雲とよぶ砂嵐は、ここでは三か月か四か月の間つづく。一日のうち、一、二回、ごく短い間、息をつく時があるが、それ以外はすさまじい砂嵐は昼夜の別なく街をおしつつみ、砂漠をどよもして吹きすさんでいる。キンメリア人の海につづくアマゾン砂漠。風はその砂漠。風はその砂の海の果てにのびるオリオーネ山脈の風蝕尾根を越えて砂の海をわたり、シンシア遊水池《ゆうすいち》とよばれる幾つかの広大な盆地を砂塵の下に埋めつくしてこの東キャナル市にぶつかってくる。オリオーネ山脈の西斜面を形成するアルマ古成層の風蝕砂岩は、けむりのような微細な風塵となってあらゆる建築物の換気口を襲い、フィルターのミクロンの大きさの繊維をくぐりぬけ、室内に侵入する。また、二重、三重のエアロックを苦もなく通って、いつの間にか回廊に幅広い縞模様を描いている。とめ忘れたり、防塵カバーをほどこすのを忘れた機器類のボール・ベアリングや、ロータリースイッチやスライド・バルブは最初の二十四時間の間はほとんど使い物にならなくなる。さらに砂は電線の被覆を削り、コンピューターの内部にまで入りこんで絶縁を不良にし、テープを磨耗させた。休みなく作業をつづけるサンド・スイーパーでさえも、しばしば運転不能におちいった。砂を洗い流すために貴重な水が使われ、ただでさえ少ない貯水量は急激に減少していった。その水を回収するための大規模な濾過装置は市の消費電力の四十％にもおよぶありさまだった。

　砂嵐が吹きすさぶ間、人々は屋内に閉じこもり、地下通路で結ばれた範囲内だけでそれぞれの生活圏とした。宇宙空港《スペース・ポート》も、砂嵐の季節は完全に閉鎖されていた。巨大な宇宙船でさえ、この砂嵐を突破することは極めて危険だったし、まして地上車などでは百メートルも進むことは難しかった。何よりも、方向探知機を持たないかぎり、来た道をもどることは不可能だった。

長い長い砂嵐の季節がようやく終ると、人々はそのトーチカから這い出して、砂に埋もれた廃墟のような自分たちの街を掘り出す。二本のメイン・ストリートが交叉する市の中央の記念広場《ユエ・サーカス》がなだらかにつづく長大な砂丘に変っていたり、西方の砂漠への起点であるメミサ三叉路が厚さ数メートルもの砂の層の下になっているのを、ふたたび自分たちの街の存在の証しとしてとりもどさなければならないのだった。

その長くきびしい砂嵐が、間もなくこの東キャナル市におとずれようとしていた。

1

そんなある日、私は記念広場《ユエ・サーカス》へ足を運んだ。直径百メートルほどのほぼ円形の石だたみの広場は、遠い太陽の弱光をあびて異境の静寂につつまれていた。敷きつめられた石の間から一面に小さな軍配形の胞子体をつけたキャナルジャコウソウがのび出し、そのため広場全体が亀甲形の模様タイルをはめこんだように見えた。その微細な地衣類はいつもきまって砂嵐の季節の前のごく短い期間に成長し、砂嵐を利用して胞子を飛ばし、そのまま枯死してしまうのだった。私の足もとからその熟しきった胞子が褐色の薄いけむりのように舞い上り、石だたみにもつれるように、私の前へ前へとたなびいていった。広場《サーカス》の中央に、この街の象徴ともいえるひとつの銅像がそびえていた。四角なコンクリートの台座も、ほぼ等身大の人像も、多年の砂嵐に磨滅し、風化して、それが造られた頃のおそらくは偉容あふれていたであろう像容ももはやさだかではなくなっていた。それがいったい誰の銅像で、何を記念して造られたものなのかも今では知る人もない。

この東キャナル市の初代の市長の像だともいわれ

ているし、またこの街の建設に力をつくした人々の努力をたたえて建立されたものだともいう。またある人は、広場の中央に何か飾らなければならないからただ造ってそこへ据えたにすぎないものだなどともいう。その証拠には顕彰のいわれを記した銘板すら打たれていないではないか、と。しかし、街の人々にとっては、それが誰の像であろうと、何を記念したものであろうとそんなことはどうでもよいことだった。つまり、まるで関心がなかったのだ。無理もない。東キャナル市建設の苦難の時代はすでに遠い過去のものとなり、幾多の物語は初期宇宙開発時代の伝説として消え去りつつあった。人々にとっては過去の苦難の記憶よりも、現在のきびしく、苛酷な自然の中でいかに生存をつづけてゆくかに努力をかたむけていたからだ。

銅像の周囲にはコンクリート製の幾つかのベンチがならべられていた。東キャナル市の建設時代には、たくさんの技術者や作業員たちが、そこでひとときのくつろぎを楽しんだのかもしれない。そのときには面貌の刻みも深い巨大な銅の彫刻はかれらのなぐさめともなり、心の支えともなったのであろう。足もとの石だたみも今のように地衣類の亀甲を配して皮を打ったものではなかったはずだ。

今は——

私の足はいつものように銅像に向った。だが私とてべつだんその銅像が気に入っていたわけではない。私が必要としているのは銅像ではなくその周囲のベンチだった。

東キャナル市をとりまく広漠たる砂漠は太陽の位置によって刻々とその色を変える。色を変えるといってももとの色は褐色か灰色の二色でしかないのだが、実はほとんど色ともいえないような淡い黄褐色からけむったような砂黄色《サンド・イエロー》、さらに褐色がかった灰色から黒に近い暗灰色まで、変化の見分けもつけ難いような微妙な色調をあらわす。太陽が中天に高い今は、街も砂漠も、銅像もベンチも、そのベンチにうずくまる人も、おしなべてけむったような淡い黄褐色ただひと色だった。それは黄変して画像も不鮮明になった古い古い写真と少しも変らない風景だった。モノカラーの風景の中では、人の心もいろどりを持ち得ようもない。ベンチにうずくまった人影は、私の気配にも顔を上げようとしなかった。

「もうじき砂嵐がくるな。けさはジャクサルテス大河床の南に、大きな砂竜巻がふたつもあらわれたそうだ」

私の言葉に、かれはかすかにうなずいた。

「さっき信号所の連中が引揚げてきたよ」

宇宙空港《スペース・ポート》の貧しい付属施設のひとつである方位信号所は、ジャクサルテス大河床にのぞむ砂丘の上にあり、砂嵐の季節にはそこは無人になる。

「あの信号所も、むかしは……」

かれはうつろなまなざしを、建物の間から見える遠い砂漠に投げた。

「むかしは砂嵐の季節になるからといって無人にしてしまうということはなかったぜ」

吐き棄てる言葉には、重く沈んだ怒りと嘆きがあった。

「むかしとちがって、今は方位信号所も無人ステーションがやってゆけるのさ」

私は言ってしまってからひやりとした。かすかな悔いがわいた。かれはゆっくりと首をふった。

「それはちがうな。あんたは旅行者だし、むかしのことは知らん。無人ステーションでやってゆけるかゆけないかじゃねえ」

わかるか？　かれは遠い砂漠から私の顔に視線を移した。その右の目がなまり色に濁っている。それはかれの顔面の右半分のひどい凍傷の跡と関連がある。かれがまだ現役の宇宙技術者《スペース・マン》だった頃、金星の熱砂漠で遭難したなかまを救出するとき、両手に重傷を負ったかれがやむなく、顔面で冷却装置を押して運んだために受けたものだという。

「……今のやつらは、砂嵐の中で何か月もの間、暮すなんてことができねえのさ」

私はかれのとなりへそっと腰をおろした。

「今のやつらは、砂嵐がくるというと、みんなさっさと街へ帰ってきて、地下室の中でじっと息をひそめて砂嵐の終るのを待っているだけなんだ。なあ、おれがこの東キャナル市へはじめて宇宙船《ふね》を着けたときには、おめえ、砂嵐のさいちゅうだったぜ。ものすごい砂嵐だった。しかし、おれはちゃんと宇宙船《ふね》を着けたし、空港《ポート》のやつらも砂嵐の中で晴れている日とおんなじに仕事をしてたぜ。それが今ではどうだ？」

私はかれがそうしていたように、だまって遠い砂漠に目を当てた。はるかな地平線はかすかにけむっているようだった。

「あんたならやっただろうな」

私は別についしょうではなく、そう言った。元、省型《スタンダード》および多用途型《ゼネラル・パーパス》宇宙船運用責任A級有資格者つまり元船長《キャプテン》、それも外航用大型宇宙船の船長《キャプテン》だったこの老ウルイなら、たしかにそれをやったであろう。そして地上にはかれの作業を可能ならしめる多数のベテランのスペース・マンたちがいたはずであった。かれらにとって、たしかにすさまじい砂嵐もその作業を中止させるような障害にはならなかったであろう。それに何よりも、この東キャナル市がかれらの勇気と技術を必要としていたのだ。絶えざる緊張と不安、生と死の微妙なバランス。はげしかった戦いの日々は今はもうここにはない。舞台は遠く、太陽系の辺境へと移っていってしまった。冥王星や、さらに遠隔の軌道を回る幾つかの人工惑星では今も多くのスペース・マンたちがその生命や情熱や技術を暗黒の宇宙空間になげうち、燃焼しつくしていた。かつて、若き日のウルイたちも、ここでそれをやったのだ。

「地球から調査団がやってきたよ」

私は話題を変えた。かれはだまって肩をすくめた。

「西の尾根の調査というふれこみだが、ほんとうの目的はどうやら東キャナル文書がほんとうに存在するものかどうかをあきらかにしたいらしい」

「存在するものかどうかをあきらかにしたい。か！　ふん！　やつらにそんなことができるものか」

かれは肩をそびやかせた。

「どうなんだ？　東キャナル文書というのは、ほんとうに存在しているのか？」

私はたずねた。

東キャナル文書という名をこの東キャナル市で耳にしてすでに久しい。三十年ほど前に、私が二度目に街を訪れたときに、ふとしたきっかけで知り合った一人の退役スペース・マンの口からそれを聞いた。以来、三度、四度とこの街にやってくるたびに必ずどこかでその名を耳にした。それは退役スペース・マンたちの口から語られるとき、ことに深い意味を持つようだった。私の知るかぎり、それはアマゾン砂漠の西に果てしなくつづくオリオーネ山脈の鞍部のひとつをこえて、さらに山脈の向う側の、まだ人類が一度も足を踏み入れたことのない永劫の荒野へとつづいている無名の谷間、退役スペース・マンたちがひとしく『火星人の道《マーシャン・ロード》』と呼んでいる崩《が》れ石だらけの荒れ果てた谷間と関係があるようだった。遠いむかし、古代の火星人たちはこの谷間をたどって西の荒野へしりぞいていったのだと退役スペース・マンたちは言う。かれらにとっては、それは一つの信仰ですらあった。遠いむかし――それは千万年もむかしのことだろうか。伝説というにはあまりにも古く、信ずるにはたとえようもなく稀薄だった。

「あんたは『のろし台』のことを知っているかね?」

老ウルイがふと顔を上げた。

「『のろし台』とは何だね?」

はじめて聞く言葉だった。

『火星人の道《マーシャン・ロード》』が尾根の西側でいったん小さな盆地に出る。盆地というよりも、『火星人《マーシャン・》の道《ロード》』自体がそこでいったん広くなったという方がぴったりするだろう。その小さな盆地の一方は高くけわしい崖になっていて、その崖に突き出た岩棚の上に『のろし台』がある」

「のろし台といっても、そんな所になんの必要があって……」

老ウルイは声もなく笑った。

「もちろん、そんな所に人間がのろし台を作るわけがねえじゃねえか！」

「それはのろし台なのか？　ほんとうに」

「さあな。おれたちがかってにそう呼んでいるだけさ。しっくいでかためた四角な台みてえなものだよ。そいつが高いがけの上にでんとのっかっているのよ」

「しっくいでかためた？」

「ああ。コンクリートとはちょっとちがうようだな。ドリルでも歯が立たねえようなかたい物だ」

私の心ははげしく震えた。これまで誰も語ろうとしなかったことを、かれは私に告げているのだ。

「人間が造ったものでないとすると、いったいなにものが造ったんだ？」

「地球だったら先住民族の遺跡だなんて言うだろうな」

「だが、ここは火星だ。先住民族などいないじゃないか！」

「そう言うだろうと思っていたよ」

「そうじゃないというのか？」

「あんた、火星人のことを聞いたことがあるか？」

「むかし、本で読んだ」

「そんなことじゃねえ。この街でさ」

私は慎重に言葉をえらんだ。せっかく何事か告げようとしている老ウルイの機嫌を損じたくはない。

「……西の山のどこかに古い遺跡があると聞いたが」

「それを信じているやつは少ない。それを見たやつとなるともっと少ない」

「あんたは見たのか？　それを」

老ウルイは銅像の周囲に鳴る風の音に耳を傾けていた。

「あんなふうに風がひゅうひゅう鳴っていたぜ。その山腹の斜面全体が、何かガラスのこまかいかけらのようなものでできた崩《が》れ石で一面におおわれていて、谷の底もそいつで埋っていた。風が吹くたびに、それがキラキラ光って飛ぶんだ。あそこはさびしい所だぜ。いやになるほどさびしい所だぜ」

「それが火星人の遺跡か？」

「おそらく何千万年もたつんだろう。あそこは砂嵐も来ねえ」

「どうして今まで調査隊が入ってゆかなかったんだ？」

老ウルイは砂の上にぺっとつばを吐いた。

「誰が調査隊なんぞ入りこませるものかよ！　それに信ずる者も少なかったしな」

「そうだろうな。火星人だの遺跡だのと言われても、おれ自身とても信じられないものな」

「そうだろう。おれだって長いこと、あれは夢の中のできごとだったのだと思いつづけてきたくらいだ。しかし、この頃になって、あれはやはり現実のことだったんだという確信を持つようになった」

かれの言葉の後半分は自分自身に向って語られているようだった。

「あんたは……」

東キャナル文書のことを言いかけたようだったが……言いかけたとき、背後で私の名を呼ぶ声がした。

ふりかえると、広報部の青年が停車した地上車から半身をのり出していた。

「調査隊のキタ教授がお待ちです」

「会議は終ったのか？」

「いや。まだつづけられていますが、一時間ほど休憩になりましたので、その間に教授がお会いしたいそうです」

私は老ウルイの肩に手を置くと、すぐ立ち上った。

「その話、もっと聞きたい。明日、またここへ来る」

私は青年の運転する地上車にもぐりこんだ。座席を払うと、乾いた砂塵が火山灰のように舞い上った。運転席の青年はいそいでゴーグルをおろした。

2

休憩室に当てられた小会議室のひとつでキタは私を待っていた。今朝、宇宙空港《スペース・ポート》で肩をたたき合った私たちは、ふたたび固く手を握り合った。

「こんな所で三十年ぶりに会おうとは思わなかったよ」

キタは今朝と同じことを言って、握った手にくりかえし力をこめた。

キタと私は地球のある大学で机をならべたクラス・メートだった。ことによったら、何年かののちには私とかれがふたつの講座をそれぞれ分担することになったかもしれない。しかしある理由でそうはならなくて私は研究生活とそのほかのすべてをも放棄して、今の生活にのめりこみ、沈溺してしまっていた。

「予算を獲得するためにオリオーネ山脈の地質調査という名目にしたのだが、それは五年前に調査報告が出ているだろう。宇宙省の地質調査局を納得させるのに苦労したよ」

かれは聞きなれない人名と難かしい論文の題目をあげていたずらっぽく笑った。そんなところはむかしのかれと少しも変っていなかった。ややひたいが後退し、耳の上あたりに少し白いものが混っているほかは、スポーツマンらしいきびきびした動作も、口調にあふれる冴えも、天才をうたわれた青年時代と全く同じだった。加えて責任ある地位にある者のきびしさと自信が目に見えない重みを与えていた。

「きみのことはときどき耳にしていたけれども……ここへはよく来ているんだってね」

職業らしい職業についていない今の私に対する幾許《いくばく》かの気兼ねと、好奇心が言葉の端にうかがえた。

「ああ。ここの退役スペース・マンたちと妙にうまがあってな。かれらの話を聞くのは楽しいぜ」

「かれらのことについてきみが書いたものを二、三、読んだよ」

「ありがとう」

私は率直に礼を言った。

「きみ。大学へもどる気はないか？　どこか、研究所へせわしてもいいよ。何か役に立ちたい」

かれは真剣にそう言った。むかしから私には親切な男だった。私の心にふと翳が落ちた。かれの親切と無類の明朗さが、いぜんとしてむかしと少しも変っていないことと、私の書いたものを読んだという口の下で、私が自ら棄てた場所へ、私がもどることをすすめている、その素通しの心の動きが、忘れていたむかしをやりきれなく思い出させた。

「あいつはどうしている？」

私はすばやく気もちを変え、共通の友人の消息に話題を移した。かれはやつぎばやに友人たちの名を上げ、消息を語ってたちまち私の胸をかれらの思い出で満たしてしまった。

「……あいつら、ぼくが火星人をさがしに行くんだと言ったら、吸盤で吸いつかれるな、なんて言うんだよ」

かれは体をゆすって笑った。

「ところで、きみ。きみはここの人たちの間でかなり顔が広いようだが、『東キャナル文書』というものを知っているかい？」

キタは笑いをおさめると声をひそめた。

「耳にしたことはある」

「何だね？　それは。文書というからには文字で書かれたものなのだろうが、まさか、火星人がいたとは思えないし、もし、そんな文書が存在するとすれば、どうせ地球人の書いたものか、誰かのいたずらだろうと思うが……一部ではかなり信じられているらしいな」

「何を信じているんだ？」

「火星人の存在をさ。いや、かつてこの火星に火星人が存在した、ということを証拠だてて確信している連中がいるようだね」

かなり調べてきているようだった。

「退役スペース・マンたちはそう信じている。しかし、それはかれらの夢さ。かれらの願望が作り出した伝説さ」

「しかし、オリオーネ山脈の向う側には火星人の遺跡があるというじゃないか」

キタの目が異常な情熱をたたえてキラキラと光っていた。

「もし、それが事実だとしたら、これはたいへんな発見だよ。最初の報告者としての栄誉をぜひにないたいものだ」

キタの声はかすかにふるえていた。

「最初の発見者としての栄誉か……」

「そうだよ。きみ。ぼくは最近、宇宙文化史の方まで手をのばしているんだ。もし、今度の調査の結果が、思いがけない方向にまとまれば、ぼくは宇宙文化史の講座を開くことができるだろう」

新しい講座の創設者になるということが、学者にとってどんなに名誉なことであり、自尊心を満足させることであるかはわからないではない。研究者にとって、ざん新な、それでいて他人が手がけていないテーマなどそう有るものではない。キタが東キャナル市の一部でささやかれている奇妙な遺構について確かめようとしたとしても別にそれをとっぴなこととしてせめることはできないだろう。だが、私の心は曇った。

「予算も豊富だし、それに東キャナル市の市政庁も十分に協力してくれることになった」

実際、今日の連絡会にも、市政庁側から車輌関係や通信関係、それに補給関係の技術者や責任者が多数出席しているようだ。これまでの地質調査などとは異ったかなり大規模な計画らしい。

キタの助手らしい男が、ふたたび会議が始まることをしらせにきた。

「それじゃ、またあとで。あ、それから、今度の西の尾根の調査にはきみも参加してくれるんだろうな。メンバーに加えておくから」

キタは人なつっこい笑顔を浮かべると、助手のあとからあわただしく部屋を出ていった。

私は心の底に溜っていたものを深い吐息に混えて吐き出した。

「変っていませんでしょう？　むかしと。かれ」

とつぜん、私の背後で声がした。ふり向かなくとも、反射的にそれが誰の声であるかわかった。一瞬の動揺をおさえて頭を回らせた私の目に、二十年前の想い出の根幹が立っていた。

「あなたのお書きになったもの。私、ぜんぶ読んでいますのよ」

おれに対する感情をかの女はひとことで言った。

「それは、どうも」

そのあとにつづく適当な言葉を私は見つけ出すのにひそかに苦しんだ。しかしかの女の方が私よりずっと明快だった。

「あなたはここへは時々、いらっしゃっているようね。私は地球を離れたことは一度もないのよ。ほんとうに一度は来てみたかったわ」

「なかなか活躍しているようだね。ここの図書室にも地質学会報が送られてくるんだ。毎号のようにミセス・キタの論文《レポート》が載っているようだ」

私は別にミセス・キタというところに力をこめたわけでもないし、意味を持たせたわけでもない。しかしかの女の顔が曇った。

「嫌味はおっしゃらないで。悲しいわ」

もうすんだことではないか、という批難のひびきがこめられていた。

「嫌味だなんてとられては困る。ただ、そう印刷されているからそう言ったまでだ」

私も少々あわてて言った。

「私の名はシャナです。今も変りないわ」

私がその名を呼ぶ頃、もちろんかの女はミセス・キタではなかった。

「率直に喜んでいるんだよ。それはわかっているはずじゃないか」

私はつとめて自分の心をいたわりながら言った。

「ええ。そうなのよ。わかっているつもりなんだけれども。やっぱり、ちょっとうしろめたいのかな」

シャナは小さく笑った。その笑い声も、目もとで笑う笑いも、むかしと少しも変らなかった。そういえば髪をぜんぶすき上げて、頭頂近くでまげのように結んだ髪形もあの頃と変っていない。ただ、あの頃と違っているのは、いつもまげにさしていた鉛筆が、今は銀の飾り止めに変っているぐらいだった。

「かれ、あなたに西の尾根の調査に参加してもらいたいらしいんだけれども、あなた、いやならいいのよ。ことわったって」

かの女は気もちを変えるように早口に言った。

「あなた。火星人のこと、書いていたでしょう。あれはスペース・マンたちの夢なんだって。火星人はかれらの心の中にだけたしかに存在しているんだって」

「ああ」

「砂漠の西の尾根には何か人類のものでない建築物の遺跡があるというでしょう。あなたはそのような場所に調査隊などが入りこむのはいやでしょう？」

たしかにかの女は私の書いたものを読んでいるらしい。

「かれ、強引なんだから！　なんでも自分できめて。それが人も喜ぶことなんだと思っているのよ」

三十年前、かれはその当時起った大学の変革期に乗じて、好評だった講座を二つに分けることを提唱し、教育者にはたらきかけて強引にそれを実現化した。その講座は極めて特色のあるものだったから、当然、二つに分けられたうちのひとつは他の大学なり研究機関なりに移設されるものと考えてそれに期待した者も多かった。しかし、かれは計画が実現するとなると、二つの講座を手もとに据え置いてしまった。かれの提唱に協力し、反対者たちを説得して回った私の立場は無惨なものだった。学界の実力者であるキタに対する批難は陰湿に形を変えて私に集中した。以来、私は大学とか研究機関とか名のつく組織には足を近づけてはいない。そのこと自体は私にとってはどうということはない。私はそれによってかえって自由な世界を得ることができたのだから。

「連邦地質研究所の主任研究員の補充名簿に名が載ったそうじゃないか」

私とかの女の間に共通する話題といったら、もはやそのようなことしかない。

「あの研究所もかれが作ったものだからね」

シャナは首をすくめた。

「誰が作ったものだっていいじゃないか。今では第一級の研究機関だ。地球連邦直属の研究所だからな」

その主任研究員ともなると研究者としては最高の名誉とはたらき場所を与えられたことになる。それだけにその補充名簿に書き加えられるだけでもたいへんなことだった。

「その補充員だって、ほとんどかれの講座の出身者かそうでなければかれのシンパよ」

「そんな言い方はよせ！」

キタはあのとき、スタッフの一人にシャナをも要求した。かの女の才能がキタにとっては心底、必要だったのだ。だが、その結果がキタはかの女の心や体まで占めることになった。ミセス・キタとなったシャナは、才能を花さかせ、キタの名前が出るところにはつねにかの女の名前もならんでいた。

それからの長い歳月は、どうやら私の上だけに流れていったようだ。

「ごめんなさい。なんだか、私、あなたの機嫌をそこねるようなことばかり言っているみたい。わかってくださる？　私、とても平静じゃいられないのよ」

それは私だって同じことだ。しかし私の心のひだには、すでに乾いた軽い砂が厚く積もっていた。それはふだんは私自身、少しも感じてはいないのだが、こうして地球から来た人々や、その地球でのむかしのできごとを想い出すとき、とても耐えられない重さになって私をよろめかせた。

「今、何を書いていらっしゃるの？」

シャナは私にとりすがるようにして私の顔をのぞきこんだ。そんなしぐさにも私の胸ははなはだ痛んだ。

「何も書いていないよ。毎日、砂漠をながめて暮しているだけだ」

ほんとうだった。それをどうとったのか、シャナのひとみが傷ましそうに翳った。

「会議に出なくてはいけないんだろう。そろそろ失礼する」

私は立去る汐時だと思った。

私がかの女に背を向けてドアの方へ足を踏み出したとき、とつぜん、シャナは私の体をすりぬけて前へ走った。ドアの前に立ちふさがり、すばやく後手でドアをロックした。

「リュウ！」

それまでかの女を支えていた何かが音をたてて崩壊してゆくのが感じられた。かの女のうるんだ大きな目は、私の体を透明なもののように見透して私の背後の空間を見つめていた。そのひとみは過ぎ去った歳月とともに消えたものをむなしく求めてはげしくさまよった。

かの女は私に向って一歩、踏み出し、それからゆっくりと床に崩れおちた。かの女の頭が床に落ちるまでに私はかの女を抱き止め、壁ぎわのソファへ運んだ。

私が人を呼ぼうとして立ち上ろうとすると、かの女は私の上体に両うでをからめてきた。

かの女の体は、むかしとは別人のように変っていた。豊かな性の堆積が体のすみずみまで浸透し、自ら招く喜悦の深さにかの女はとめどなく溺れた。むかしはひたすらにとりすがり、しがみついてくるだけだったのに。

私はすべての力を喪い、かの女の体から離れた。かの女は豊かな白い肌を惜しげもなくさらしてもの憂げに私の手をとり、私をソファに引きもどした。私とかの女とは無意味なささやきを交した。かの女の汗に濡れた裸の肩に、ほどけた長い髪がまつわりついていた。私はむかし、そうしたように一本一本、指でつまんでなでつけてやった。そうしているとむかしと少しも変らなかった。やがてかの女は脱ぎ棄てたものをまた身につけはじめた。上等な下着類が豊かな肉体をしだいにおおってゆくのを見ているうちに、私はそれをふたたび引剝がしたい欲望が猛然とわき上ってきた。そのときかの女がふり向いた。そのつややかな笑いに私は胸を衝かれた。

「あなた。東キャナル文書ってごぞんじでしょう」

予期しない言葉がかの女のくちびるから出た。私はとっさに答える言葉を見出せず衝動的にうなずいた。

「そう。オリオーネ山脈の向う側のある盆地に、古い遺跡があるんですってね。その遺跡のあるあたりはガラス質のようなこまかい破片でおおわれているそうじゃない?」

「よく知っているな」

おそらく私は愚鈍な顔つきをしていたにちがいない。

「東キャナル文書はそこで発見されたと言われているわ」

たしかに退役スペース・マンたちはそう言っている。しかし、かの女がそこまで調べているのにはおどろかされた。

「よくそこまで調べたものだ」

「やはり計画を立てる以上、あらゆる情報を手に入れる必要があるわ。でも、簡単なことだったわ。退役宇宙技術者の一人を再就職させるという条件で、この東キャナル市で語られているいろいろなうわさを集めて提供してもらったのよ」

私の胸の中を、ひどく苦く熱いものがつらぬいていった。いくら情報が欲しいからといって、退役スペース・マンを再就職のえさで釣るのはひどすぎる。それに、西の山の遺跡も、東キャナル文書も、退役スペース・マンたちにとっては、他の何物によっても代えることのできない夢であったはずだ。それは二度と宇宙に飛び出すことのかなわぬかれらにとって、かれらと未知の世界を結ぶ唯一のきずなだった。亡びたものを傷む心は、自分たちの喪なわれた過去の栄光を傷む心とひとしかった。

その心を買ったというのか。

「だれだ？　そいつは？」

「さあ。私は知らないわ。市政庁の厚生部の誰かにやってもらったらしいわ。厚生部の人というのは、退役スペース・マンなんかといつも接触しているんでしょう？」

私はその男が憎かった。

「リュウ。実はおねがいがあるの」

シャナは鏡の前で髪を直していた。その鏡の中でかの女のくちびると視線が動いていた。

「あなたのお友だちに老ウルイと呼ばれている人がいるでしょう？」

そこまで調べたのか！　私は今さらながらキタの手腕におどろかされた。もちろん、かれの地位と実力をもってすれば、宇宙省を通じて東キャナル市政庁の一職員を意のままに動かすことぐらい何でもないだろう。

シャナは鏡の中からまっすぐに私に視線を当てた。

「東キャナル文書はその老ウルィという男がかくし持っているらしいの。リュウ。私たち、あなたにおねがいがあるの。その東キャナル文書を手に入れていただけない？　さもなければ、こんどの計画にその人も同行するようにはかってほしいの」

「なぜ？」

鏡の中のシャナはいよいよ美しかった。

「その遺跡が東キャナル文書の存在と密接な関係があるらしいと報告されているわ。老ウルィという人がもし東キャナル文書を持っていたとしても、容易に手離さないと思うの。その人たちの気もちはよくわかるわ。だけど、キタは手荒なことをしても手に入れるっていうのよ」

「手荒なこと？」

「学術会議が接収するというわけね。そうなると市政庁の保安局が動くでしょうね。私はそんなことはしたくないのよ。それであなたにおねがいしたいの」

身じたくを終ったかの女は、私のかたわらにふわりと腰をおろした。

「キタがそうするように言ったのか？」

かの女はほほ笑んだ。私の心からすべてをうばうような笑いだった。

「いいえ。私が思ったのよ」

砂をまく風の音が聞えていた。

地下深いここで砂漠をわたる風の音が聞えるわけはない。耳をすますとそれは私の胸の中を吹き過ぎてゆくのだった。

砂漠の果ての夜空が赤く燃えていた。多彩な赤い光の幕はたえ間なくゆらめき、移ろっては星々を呑みこみ、波紋のように幾重もの光環をひろげていった。オーロラだった。間もなく砂嵐の季節がやってくることを告げるオーロラだった。だが、地上とはきびしく隔絶されたこの部屋でオーロラが見えるはずはない。ひとみをこらすと、それはリノリウムを張りつめた壁面に映える照明灯の光だった。

私は立ち上った。私たちはなごやかに別れのあいさつを交し合い、後日を期待する約束を交し合った。部屋の外へ出ると、廊下には連絡会議のあわただしい熱気と緊張がみなぎっていた。市政庁の職員の制服《ユニフォーム》をまとった一団が巻いた地図や分厚いファイルをかかえて会議場のドアに吸いこまれていった。

とうに忘れていたむかしが、形を変え、七八〇〇万キロメートルの距離をこえて私のあとを追ってきたことに私はたまらなくやりきれなかった。あの乾いてつめたい砂の海や心にしみる風の音、また暗い夜空に燃えるオーロラのかがやきも、しょせん私の世界のものではなかったのだ。ここでは私は異境の人であり、遠い砂漠の果てに夢をつなぐ人々のなかまにはなり得ないのだ。
私はひどく疲れていた。

3

翌日、私は広場の銅像の下のベンチにうずくまっていた。風はたえず私の周囲で口笛のように鳴っていた。広場に開いた道路のひとつから、荷台に防砂用のおおいをかけた地上車の列があらわれ、別な道路に吸いこまれていった。……七台……八台……十一台……十二台……それらの地上車の前頭部には学術会議の使用車を示すマークが貼られていた。調査隊の出発準備は急速に進められているようだった。東キャナル市内はどこでもその話でもちきりだった。砂嵐をむかえて閉鎖される宇宙空港《スペース・ポート》気象観測所の勤務員も多数、動かされているというし、ふだんはあまり仕事のない建設作業員まであらかたかり出されていた。オリオーネ山脈越えの新しい輸送路を建設し、器材や物資を砂嵐がやって来ないうちに山脈の向う側へ輸送してしまい、砂嵐の危険のない遺跡の谷間で三か月の間、大規模な発掘作業をおこなうということだった。そのために東キャナル市の地下格納庫の中で久しい間眠っていた原子力ジャンボーや超大型のパワー・シャベルが引き出され、地球から運ばれてきたロート・ダインが組立てられ、砂漠の上で試験飛行がつづけられていた。ベンチに腰かけている私の目に、その一機が市街のはずれを低く旋回しているのが写った。風に吹き飛ばされてその爆音は私の耳まではとどかない。双胴型のロート・ダインは四つのローターを光らせながら奇妙な昆虫のように、音もなく旋回をつづけていた。

この計画に対して、退役スペース・マンたちがどのような反応を示しているか知りたかったが、私はかれらの溜りへ近づくのがおそろしかった。

私はこの東キャナル市を舞台にして書いた幾つかの物語の中で、何回か『東キャナル文書』を登場させたことがある。むろんそれは物語のいろどりとしてであり、退役スペース・マンたちのつきない夢の象徴としてであった。私はそれによって、この火星の砂漠のどこかに、かつて火星人が存在していたことを示す証しが残されていることを強調したつもりもなく、『東キャナル文書』が、人類の文明が最初に手にするかもしれぬ他天体生物からの贈り物であるなどとうったえたおぼえもなかった。しかし結果は、それがこの街で、ごく少数の人々にのみ存在が信じられ、語りつがれてきたものを、現実の存在として引き出し、地球に持ち去ろうとする行為に加担することになってしまった。私がこれまでなかまだと思ってきた退役スペース・マンたちは、もう私を容れようとはしないだろう。老ウルイはいったい何と言うだろうか。そういえば今日はこの広場には、いつも顔をそろえるかれらの姿が一人も見えない。それは私がここに坐っているからだ。かれらは私を避けているのだ。

私はつとめてキタとシャナと顔を合わせるのを避けていたが、翌々日、広報部のテレビ局が私に画面への登場を要請してきた。西の尾根の遺跡に関する報道特別番組だという。私はていよくことわった。しかし、かれらは翌日ふたたび私に電話をかけてきた。この企画は市政庁上層部の推進しているものであり、ぜひ協力してほしいということだった。私はにべもなく電話を切った。その夜、テレビのブラウン管の中で、キタは多くの科学者や技術者を左右に配して、遺跡に関する調査が人類の文明にいかに大きな影響をもたらすかについて熱弁をふるっていた。そのあと、かれは何枚かの地図や図版を示して、遺跡に対する自己の見解をひろうし、さらに緻密な計画の全容を誰の目にもあきらかなように説明した。想像していた以上に大がかりなもののようだった。どうやらそれは地球連邦の宇宙開発計画を政策的に側面援護しようとする連邦学術会議のいつもの動きのひとつであるらしい。シーンが変ると、平行してならべられたテーブルに向い合って坐った調査団側と、市政庁側の役人との間で、いかにも演出らしいやりとりがおこなわれた。地球連邦が宇宙省の予算の中から、相当な額をこの遺跡の保護と管理のために東キャナル市に寄託したことを感謝する言葉がしかつめらしく語られ、またそのための人件費や施設費の増加をカバーするための特別助成を考慮してほしいという要求が持ち出され、それに対して、キタに従ってきた男たちの一人が、それは連邦政府内で十分に検討されていると答えた。テーブルの上にのっている四角い山形の名札には、かれが科学者ではなく、連邦政府の予算関係の高官であることを示す肩書が付せられていた。すべてはなれ合いのショーであり、調査計画そのものが連邦のまことしやかなポーズであった。連邦の無能な為政者たちは、解決困難な問題を山のようにかかえ、その終末的状況から人々の目をそらせるため、この二、三年、相ついで無謀とも思われる宇宙開発計画を幾つか発表し、その推進に狂奔していた。しかし、連邦経済の慢性的疲へいはもはやそのような方法ではどう救いようもなかった。もともと宇宙開発というのは極めて回収のおそい投資だった。投資の効果があらわれるまでに早くて百年、二百年の年月を必要とする。たとえば遠い惑星に鉱物資源を求めるために巨大な船団を送り、採鉱施設、製錬所、粗製品を生み出すための加工プラントを建設し、さらに作業員のための安全な居住区を作り、そしてようやく生産された粗製品を地球へ向って積出す。地球へとどいた一トンのH型鋼材が、いったい幾らにつくものか想像することさえ困難だ。積貨量十万トンの省型汎用貨物《カーゴ》船三十隻よりなる宇宙船団を木星、地球間に一往復させるだけで、誘導施設、航路警戒組織、通信網、整備に必要な全機関などの運用費、電力などもふくめて、連邦の一年分の教育関係予算をはるかにオーバーするのだ。採算がとれるだけの船団を新たに編成するために、大型宇宙船を大量に建造するとなれば、これはもはや単なる投資と収益の問題ではなくなってくる。したがって連邦の宇宙開発計画は、長期にわたる戦略的展望に立って立案されたものではなかった。小規模な開発計画を乱発し、それによって宇宙開発産業を中心に電子、宇宙造船、機器、合成化学などの各産業を過熱させようというかげのねらいがあった。連邦は真の宇宙開発計画に対する熱意はとうに失っていた。

　だが、キタは言うであろう。たとえどう利用されようとも、それによって研究が進められ、多額の研究予算が与えられればそれで結構だ。と。

私はテレビの前を離れようとした。そのとき、キタの声が流れ出た。

「……その《東キャナル文書》は、ある退役スペース・マンがひそかに所持していると伝えられ、かれとつねに親しく接触している私の古い友人の一人が、かれに全面的な協力をあおぐべく工作中です。したがって《東キャナル文書》も、もしそれがほんとうに実在するものならば、遠からずわれわれの前にその内容をあきらかにするはずです……」

なんだって？　私は棒立ちになった。私の聞きちがいではなかった。かれは別の質問者に対して、それと同じ意味の言葉でもう一度、答えていた。

じょうだんじゃない！　誰がそんなことをするものか！

私は自分の口が耳まで裂けたような気がした。私は手近な電話でテレビ局を呼び出し、キタにつなぐように言った。しかし、スタジオにいるキタを電話に出すことはできないという返事だった。

私は回廊にとび出した。エスカレーターの動きを待ちきれず、それを踏み鳴らしてかけ上り、かけ下った。走路《ベルト・ウエイ》を二つほど乗りかえ、私は機関車のようにテレビ局のロビーへ走りこんだ。チャンネルはひとつだし、スタジオも三つしかない。私は通りかかった職員に調査団の出演しているスタジオを聞いた。かれは私が時間に遅れてかけつけてきた出演者だとでも思ったのだろう。私のうでをとるようにしてスタジオの前まで案内してくれた。その私を白いヘルメットをかぶった二、三人の警保局の局員がさえぎった。

「出演者ですか？」

「いや。ちがう」

「どんなご用ですか？」

私はキタに先程の発言の内容を訂正してほしいためにやって来たことを告げた。かれらは顔を見合わせた。

「すみません。それでは先ずプロデューサーとスタジオ責任者に会ってください。あなたがいきなりスタジオに入ることはできません」

二人が赤ランプのともったドアの前に立ちふさがり、一人が奥へ走った。私はいらいらしながら待った。早くしなければ番組は終ってしまう。終らないうちに、ぜひともこの番組の中で訂正させないかぎり、私の気もちは晴れそうにないし、またそうすることが私の義務でもあった。

「おい。早くその責任者とやらを連れてこい！」

男たちは困惑したように、廊下の奥をうかがった。スタジオ責任者なる者を呼びに走った男はまだもどって来るようすもなかった。時間はどんどんたってゆく。スタジオのドアの赤ランプが消えた。

「しまった！」

放送が終ったのだ。私は警保局の男を左右につきのけ、ドアにとびついた。真昼のようにかがやく光の滝の中で、今、七、八人の人影が椅子から立ち上ったところだった。テレビ・カメラが太いコードを引きずってスタジオのすみに後退してゆく。とうに出番が終ってスタジオのすみにかたまっていた一団が、真先にぞろぞろとドアの方へ移動してきた。その中にシャナの姿があるのが私の目に痛いほどしみた。私はその人々を左右にはねとばす勢いで今、椅子から立ち上った男たちの前へ突進した。

「キタ！」

それまで自制していた怒りがたあいなく爆発した。

「さっきの発言はどういうことだ？《東キャナル文書》を手に入れるために古い友人が工作中だと？　おれはきみにそんな約束をしたおぼえもないし、そんなことをするつもりもない。取消してもらおう！」

みなの視線が頭上のライトよりもはげしく私に集中した。キタは私と相対する位置で、言葉を忘れたかのように棒立ちになった。

「キタ！　きみがこの火星で何を調査しようともかまわん。きみの仕事なんだからな。ただ、この火星の砂漠に最後の安住の地を見出している人々の夢をこわすようなことだけはやめてくれ！　それが宇宙開発といったいどのような関係が……」

「いったいどうしたんです？　勝手に入って来られては困りますな」

誰かが合図し、スタジオのすみから作業員がばらばらととび出してきて私をさえぎった。

「出てください！　出てください！」

「カメラはもうストップしているんだろうな？」

「モニター！　確認してくれ！」

「警保局員！　何をしているんだ！」

　私は男たちを押しもどし、うでに取りすがった男を引きずって足を進めた。

「取消せ！　キタ！」

　キタを背後にかばうように、学者面《づら》の男が緊張でくちびるをふるわせながらかすれ声でさけんだ。

「きさま！　先生に失礼なことを言うとしょうちしないぞ！　出てゆけ！」

　私は両手でその男の肩をつかむと投げ棄てた。男は頭から床に落ち、なめらかな床をまるで肩でスケートでもするかのように遠く滑っていった。空気は一変した。かけつけてきた警保局の男たちは本気で腰の警棒をぬいた。市政庁の役人がおよび腰でさけんだ。

「何か言いたいことがあるなら聞いてやろうと思ったが、暴力をふるうようではだめだ。つまみ出せ！」

「逮捕しろ！　逮捕しろ！」

　周囲から声がとんだ。それに勇気づけられたらしい。キタが胸を張った。

「きみ！　きみは何か感ちがいしているね。ぼくはきみの名前などひとことも言ったおぼえはないね」

「つまらない言いのがれをするな！　私の古い友人の一人が、かれに全面的な協力をあおぐべく工作中です、と言ったじゃないか！」

　キタはくちびるをゆがめた。

「ことわっておくが、私の古い友人はきみだけじゃないんだよ。現にここにもたくさん居る」

キタは呼吸も忘れたように私とキタのやりとりを見つめているかれの部下やなかまたちを見やった。かれらはいっせいにうなずいた。あの部屋でのシャナの言葉が私の胸に爆発ガスのようにふくれ上ったが、私がそれを口にすることはできなかった。私は敗北をさとった。

「いいかね。きみ。宇宙開発や惑星調査というものはおとぎ話ではないのだ。退役スペース・マンの夢だかなんだか知らんが、これは情緒の問題ではないのだよ。ある惑星にかつて生物が存在していたかどうかはこれは純然たる科学の問題なのだ。きみに協力してもらう必要はない」

かれの言葉が終らぬうちに、私は警保局員の手でスタジオから引き出された。

「教授。《東キャナル文書》をかくし持っているという男を把握しておく必要がありますな」

私の背後で性急な声が聞えた。

「連行したまえ」

市政庁の役人が命じていた。廊下に押し出された私の体を突きとばすように、警保局員の白いヘルメットが走り出ていった。

私はとっさに左右から羽交いじめにされているうでをふりほどいた。つかみかかってくる手をかいくぐり、警棒をかわして私は廊下を走った。乱れた足音とさけび声がつづいてきた。

廊下の曲り角でもみ合い、さらにテレビ局のゲイトでもつれ合い、一、二度、目のくらむような警棒の打撃を受けたが、私も二、三人の男を床に這わせ、かれらをふりきった。エレベーターをのりかえ、エスカレーターをのりついで私は必死に走った。

老ウルイをかれらの手におとさないことだけが私に残されたかれに対する唯一の友情の証しだった。

しかし二十分もたつと、すべてのエレベーターやエスカレーター、走路《ベルト》などには警保局員の目が光っていた。白と黒に塗り分けられた警保局のミニ・モーターカーがパトロールしはじめた。こんなことは私が東キャナル市を訪れるようになってからはじめてのことだった。市政庁としては、宇宙省そのものともいえる調査団にいいところを見せたいのだろう。

「おいおい。そんなかっこうで歩いていちゃあいけねえよ。着がえなよ」

とつぜん、私の耳もとでささやく声がした。ふりかえると空港《ポート》作業員の制服《ユニフォーム》を着た見知らぬ男だった。私はふだん愛用しているシリコン・レザーのジャンパーを着ていた。こんな姿で街を歩いているのは外来者しかいない。私は言われるままにジャンパーをぬいだが、その下の格子縞《チェック》のシャツではさらにごまかしようがない。

「これを着な」

かれはすばやく自分の作業服をぬいだ。かれの制服《ユニフォーム》でもあるオレンジ色の作業服はぴったりだった。

「あんたは？」

「おれはこのかっこうでも、すんませんですんじまう」

かれは汚れたシャツの胸元をひっぱってにやりと笑った。

「身分証明書はポケットに入ってら」

「すまない。あとで必ずかえす」

私はかれの顔を記憶にとどめようとした。いがいにその顔は老いの翳が濃かった。ほほは削げ、首には無数の深いしわが刻みこまれていた。

「おれはこの間まで宿泊所にいたんだよ」

だからさ。というようにかれらはうなずいた。宿泊所というのは退役スペース・マンたちのいわば収容所だった。むかしはスペース・マンたちはそこでつぎの航海までの間、休養し、乗船命令を待ち、出入のはげしいなかまたちと旧交をあたため合ったものだという。そして宿泊所を出入するかれらは、誰もが、名誉や勇気や、背負いきれない賞讃を身におびて、正視し難いような悽愴なある花やかさを撒き散らしていたものだとその頃を知っている者たちはいう。

私は背を丸めてかれの前を離れた。

途中で見つけたダストシュートにぬいだジャンパーをほうりこんだ。

宿泊所は市の四つに分れたブロックの、西の部分のもっとも地層に近い一画にあった。

私は二回ほど検問にひっかかったが、いずれも空港《ポート》作業員の制服《ユニフォーム》と身分証明書のおかげで難なくそこを突破できた。もともと警保局員はこんなことには馴れていないのだ。

地上の宇宙空港《スペース・ポート》から直接のびた傾斜路《ハンプ》の両側が、かつての宿泊所の全域だった。しかし今はそれらの大部分は建設部の資材倉庫になっていて、わずかにせまい二区画が退役スペース・マンたちの収容所に当てられていた。高架橋のように空間をななめに切って頭上に迫る傾《ハ》斜路《ンプ》の下に、宿泊所の四角なドアがほら穴のように開いていた。その前に赤い回転灯をかがやかせたミニ・モーターカーがとまっていた。ここから入ることはできない。私は老ウルイの身がはなはだ気がかりだったが、いったん、その場を離れて傾斜路《ハンプ》を上へたどった。むかしはスペース・マンを満載した人員輸送車が巨体をゆるがせてゆききしたであろう傾斜路《ハンプ》も、今は厚く砂塵におおわれて、私の足は砂丘を上るように一歩ごとにずり落ちた。

傾斜路《ハンプ》が地上にあらわれ出る所は、巨大な船倉のようなゲイトになっていた。それ自体が二重のエアロックになっている。それがさいごに開閉されてからもうどれぐらいの年月がたったことだろうか？　閉ざされたきり、動力も断たれているはずだった。私はそのゲイトの外側に設けられた細い階段を上った。まっすぐに、五十メートルも上ると、絶壁のような壁面に小さなドアがあった。そのドアから入ると、中は人間二人がやっと入れるほどの円筒型《シリンダー》の小部屋になっていて、その奥にもさらにハッチがあった。その奥にまた同じような区画があり、その一端のドアを開くと、そこはトーチカの内部のようながらんとした部屋になっていた。実は私は、退役スペース・マンのなかまたちと何度かこの道を通っている。傾斜路《ハンプ》のゲイト管理所の作業用ハッチだった。ゲイトと同じように二重のエア・ロックが設けられているが、こちらの方は機械駆動だったらしく、断たれた動力とは関係なくいつでも利用できた。宿泊所の退役スペース・マンたちは地上へ出るのに遠いゲイトへ回るのをめんどうがって、このひそかな間道《かんどう》を愛用していた。ほんとうは地上へのすべての出入口は市の管理部によって厳重に管理されているはずなのだが、現実にはそれも名目だけになっていた。

いったん地上へ出た私は、巨大な水道タンクのようにそびえ立っている通風口から逆に地下の市街へもどった。むかしは、地下市街の空気の、濾過しきれない汚濁成分を強制的に排出するのに使われたそうだが、市民のほとんどが軽度の人工器官移植手術と、適応訓練を受けている今の地中都市では、地上が放射能におかされた時でもないかぎりこのような大がかりな装置は不用になってしまっていた。トンネルのような通風口の内部には、点検用のケーブルカーのレールや、桟道のような細い踏板《プラットホーム》が縦横に走っていた。私はそれを伝って宿泊所の中に入った。

私はそっと退役スペース・マンたちの溜《たまり》をのぞいた。薄暗い電灯の下で、見知った顔がテーブルを囲んでカードをやっていた。

「よお！　どうした？　調査団の連中と何かやらかしたんだって？」

「おい。警保局の連中が中をうろつき回っているぞ。早くかくれろ！」

「入口は見張られているだろう。どこから入ってきたんだ？」

かれらは口々に低い声でさけんだ。

「やつらは老ウルィをつれてゆこうとしているんだ。やつに知らせなければ！」

「警保局の連中、そんなことを言っていたぜ。それから、あんたも引っくくるんだと」

「老ウルイはどこにいる？」

かれらの一人が首をすくめた。

「あんたに教えていいのかな？」

「なに！」

「さっきのテレビ。見たぜ」

「あれは！」

「調査団の団長はあんたのむかしのなかまだそうじゃねえか」

「おれとはすむ世界がまるでちがってしまった」

「なんでもいいが、地球のやつらは地球のやつらだけで勝手にやってくれ。おれたちを巻きぞえにすることだけはごめんだぜ」

かれはこれまで何回も、私に現役だった頃の思い出話や、むかし東キャナル市で起ったいろいろなできごとについて語ってくれた男だった。しかし今はそのことについてかれと言い争っているひまはない。

「どこだ？　どこにいる？　老ウルイは」

他の男たちもだまって首をふった。

私はその場を離れた。誰にたずねても同じだった。かれらにしてみれば、私を警保局員の手に引きわたさないことだけがせめてもの好意というところなのだろう。私はむなしく地上にもどった。警保局がやっきになって捜索しているところをみると、老ウルイはまだかれらの手中には落ちていないのだろう。かれらの目的は私を捕えることよりも、老ウルイを捕えることにあるはずだった。老ウルイはどこにひそんでいるのだろう？　私はもう一度、宿泊所へもどろうかと思った。こうなったら自力で探し出すほかはない。そのとき、私の胸に、ちらとひらめいたものがあった。私は地下へもどらず、トーチカの外へ出た。

たそがれの宇宙空港《スペース・ポート》が茫漠と目の前にひろがった。はなやかな残照のわずかな名残りが、西の地平線を低く、低く、ひとすじ、糸のように真紅に染めていた。その方向から、あるかないかの風が砂漠をわたり、スペース・ポートのフィンガーをこえて東キャナル市へと吹きわたっていった。どこへ向かって出発するのか、一隻の宇宙船がガントリー・クレーンに支えられてあわただしく出航準備に追われているのが、遠く、投光器《スポットライト》に浮き上って見えていた。私は空港管制所の明るい建物をかわして、その奥の暗い市街へ入っていった。東キャナル市はその大部分を地下に埋めている。地上の建築物といっては、ほとんど建設や科学調査、観測などの非住居施設だった。たとえて言えばそれらは地上に据えられた幾つかの巨大な箱だった。雑然とならんだそれらは、濃い闇の中に遠い古代の墳墓のように静まりかえっていた。私はそれらの間をぬって市の中央広場へ向った。

水銀灯の青白い光の中に、銅像の影が長くのびていた。求める人影はいつものベンチに在った。かれはいつものように、遠い砂漠の方向に顔を向けていた。しかし、いつもとちがって、その方向には砂漠にかわって暗い夜の闇がひろがっていた。ここに居ると思った、という私の声にも、いつものようにかれは顔を動かさなかった。

「逃げた方がいい。やつらはかならずここへもやってくるぞ」

私は間をおいて何度か同じことを言った。

「どこへ逃げても同じことだ」

何度目かに、かれははじめて上体を動かした。

「それではやつらに力を貸すのか？」

「さあな」

「やつらはあんたから《東キャナル文書》について聞き出そうとしている。おそらくそれは徹底的にやるだろう。いいのか、それで」

老ウルイはしばらくの間、だまってかすかな風の音に耳をかたむけていた。

「東キャナル文書、か」

風の音にもまごうつぶやきだった。

「そうだ。それをさがし出して内容をしらべるのがやつらの目的なんだ」

老ウルイは小さく笑った。風の音よりも低く、乾いた笑いだった。

「さがし出してしらべるってか！」

「それが目的なんだ」

「さがし出してしらべるってかよ！」

「そのために来たんだ」

「おれから聞き出すことなど、なにもないさ」

「あんたは《東キャナル文書》を持っているという評判だ」

「おれはそんなものは持っちゃいないよ」

「でも、宿泊所では、みなそう言っていた。あんたが《東キャナル文書》の唯一人の所有者だって」

老ウルイは静かに立ち上った。

「所有者？　ばかな！　あれは誰かが所有できるなどというものではない。だいいち、人間には関係ないことだ」

「老ウルイ。あれは、と言ったな。あんたは知っているのだな？　やはり」

「みなのうわさはぜんぶうそというわけではない。知っているんだな、と聞かれれば、知っているとしか答えようはない。だからおれは、あれは人間に関係のないものだと言うのだ」

「逃げてくれよ。せまいとはいえ、これだけの街だ。やつらもそう長くは居ない。やつらが帰ってしまったら、市政庁もあんたを追い回す必要がなくなるだろう」

老ウルイはコートの両うでの砂を払った。

「そう思うかね。あんたの友達はそんなにあきらめのいい男かな？」

私は言葉につまった。老ウルイの言うとおりなのだ。キタは《東キャナル文書》を手に入れるまで、絶対にあきらめないだろうし、唯一の手がかりである老ウルイを追いつづけるだろう。

青灰色のフォボスが地平線に半分ほど姿をあらわした。銅像の肩や、老ウルイのひたいがほのかに青く染まった。かれはゆっくり私から離れていった。

「リュウ。もう会うこともないだろう。元気でな」

ふり向いたほほひげが銀色に光った。

――どこへ行くんだ？

私は問いかけて声を呑んだ。それを私はたずねることはできなかった。私が調査団と全く無縁であり、私自身かれらに憎悪を燃やしていることを証拠だてるものは何もなかった。どこへ行くのだ？　それをたずねたら、逃げることをすすめた私の真意は無意味なものになってしまう。だまって見送ることだけが、私がさいごまで老ウルイの味方であったことの唯一の証しなのだ。

ほとんど呼吸さえ忘れて私は立去ってゆく老ウルイの影を見つめていた。私にとって、おそろしく貴重なものが一秒、一秒、遠ざかりつつあった。それは二度と私がめぐり合うことのできないものだった。私はあぶら汗を流しながら耐えた。長い長い時間が過ぎていった。フォボスにかわってダイモスが、錆色の光をもの言わぬ銅像の肩に投げかけていた。どのくらい私はそこに立っていたのか、われにかえったとき、
老ウルイが私の前にいた。

「リュウ。あんたに見せてやりたいものがある」

地平線低くかかったダイモスを背にした老ウルイの体は、錆色の光に縁取られていた。

「もどってきたのか？」

「《東キャナル文書》というものがどんなものか知りたいだろう？」

「もどってきたのか？」

「見せてやろう。来い」

老ウルイは私に背を見せると、先程と同じようにふたたび砂漠に足を向けた。

「まて！　老ウルイ。どこへ行くんだ！」

私は見えないロープで曳かれるようにかれの影を追った。

「逃げるんだ！　なぜもどってきた！」

「見せてやろう。来るんだ」

「老ウルイ！」

私は前にのめった。いったん体がちゅうに浮き、それからはげしい勢いで石だたみにたたきつけられた。体の周囲で砂が舞い上るのが感じられ、その砂はたちまち私の鼻やのどにいっぱいにつまった。私の意識は砂にまみれて稀薄になっていった。

4

谷はそこで二つに分れていた。二つに分れた左の谷は、削ぎ落したような絶壁の下を回りこんでゆくての闇に溶けこんでいた。しかしその谷がこの尾根を越え、はるかかなたに海のようにひろがる未知の平原につづいていることはあきらかだった。右の谷は頭上の尾根に平行に、山腹を割ってどこまでもつづいていた。谷の両側はほぼ百メートルはあろうかと思われる切り立った断崖だった。その断崖は尾根側の方がやや高い。その高さはどこまで進んでも変らなかった。谷の幅を変えないことによってもあきらかだった。どうやらこの谷は、遠いむかし、尾根に平行に、山腹に生じた巨大な断層らしく思われた。どこかにフォボスが出ているらしい。右手にそびえる高い尾根のいただきが燐青色に濡れていた。私の足もとで岩がくだけ、乾いた骨のように鳴った。とつぜん、周囲の風景が一変した。

それまでほとんど垂直に切り立っていた両側の崖は、上方へ向ってやや開いていた。そのかなり急な斜面から、私の立つ谷底へかけて、滝のように流れ落ちるものがあった。それはつぎの瞬間、私の立つこの谷底まで到達して私を呑みこみ、谷を埋めつくしてしまうだろうと思った。私は山腹をどよもし、尾根をふるわせるごう音を聞いたような気がした。しかしいつまでたっても、その風景は少しも動かなかった。何の物音も聞えなかった。ただ、星空に映える白い崖と、千古の静寂につつまれた夜の闇だけがあった。

私の足の下で、地表をおおった砕石は薄い氷のようにくだけ、とび散った。その乾いたひびきが暗い谷間にこだました。私はつめたい汗にまみれて周囲をうかがった。その音が誰かの耳に聞えてしまったのではないかと思った。ひふの毛穴がゆるんでゆくように、神経が弛緩し、そっと一歩を踏み出した。

夜はかぎりなく傾いていった。

5

船橋《ブリッジ》に集った八人の姿は、赤外線灯の垂れ幕の下で真紅の焔《フレーム》のようにかがやき、ひるがえった。その真紅のゆらめきの中で、航法装置の星儀《アストログラム》がまぼろしのような白銀の環を浮かべていた。

——予定どおり作業がすすめられるのか?

——委員会の執事兼認定書記のアサウが、誰もが気にしていることを真先に口にのぼせた。

——状況は全く妙なことになっているが、見とおしはどうなんだ?——

——委員会ではわれわれの報告をどう理解しているのかな?——

神祇官補のフィールや車師《しゃし》のフセウが、老いの声にうれいをみなぎらせた。

「認定書記の質問だが、この決定はなおしばらく待った方がよいと思う。と、いうのはわれわれ乗組員、およびこの宇宙船《ふね》にはなにひとつ重大な事故は起ってはいないからだ。たしかに妙なできごとが頻発している。しかし、われわれの任務のひとつには……」

私の言葉の意味することと、かれらの考えていたこととは違うようだ。かれらの不満が陽炎のように多重の映像を放って音もなくゆらめいた。

「なぜこのようなことがおこるのか、しらべることもふくまれている。それは当初の目的にはもちろん入ってはいなかったが……」

アサウが私の言葉をさえぎった。

――神祇官は、この数日、われわれをおびやかしているできごとは、われわれの本来の惑星調査活動の範疇にふくまれる性質のものだ、と考えているのだな。――

「そのとおりだ。算台のバッの報告では、われわれの宇宙船《ふね》が第三惑星の衛星軌道に進入すると間もなく、われわれが体験した奇妙なできごとが発生しはじめたというし、それは、十八時間前に、抵抗板の故障でいち時、衛星軌道から脱出し、その後まもなくふたたび衛星軌道に進入した時にも確認された」

――つまり、神祇官はこの現象は第三惑星に関係がある、というのだな。――

「関係があるかどうかはわからない。しかし、第三惑星に接近することによって生起するらしい、ということだけは言えそうだ」

――委員会ではどのように考えているのだろうか？――

「車師《しゃし》の質問には私も答えかねる」

私は老パイロットのフセウの、波紋のような輪郭を見つめた。

「われわれが失敗すれば、第二の調査船、それもだめなら第三の調査船が送り出されるだけだ。われわれも今から、引きかえすことはできる。みなの気もちしだいだ」

八人の乗組員たちは、たがいになかまの心をさぐり合った。不気味なのは誰も同じだった。

「ここできめよう。引きあげるか、それとも着陸するか……」

誰も、なにも言わなかった。

そのとき、船橋《ブリッジ》の内部にあふれた赤外線灯の真紅の光が、陽が翳るように薄れた。星儀《アストログラム》の銀環が生命を枯渇したかのように光彩を失って、金属とガラスの地肌の色にもどった。八人の体から陽炎のように立ちのぼり、ゆらめいていた生命の焔も、にわかに力を失って収縮し、破れた旗のように力なくたれ下った。不安と恐怖が、かれらの生命の焔をいよいよ暗色に塗りつぶした。

「落着け！」

私はさけんだ。

「そのまま！　車師《しゃし》は操縦席につけ。神祇官補は星儀《アストログラム》を監視しろ！」

操縦装置と航法装置さえ確保しておけば、なにが起ってもなんとかなる。フセウとフィールが、なかまから離れて、それぞれの持ち場へ走った。

「静かに！　体力をむだに消耗するな！」

赤外線灯の不調の原因がつかめないうちはむだな体力の消費は極力、さけねばならない。

フセウが操縦席におさまり、フィールが航法装置の星儀《アストログラム》のかたわらに立った。そのとき、私は見た。

「いいか、神祇官補。何があっても、そこを動いてはいけない。この際、恐怖はもっともおそろしい敵だ」

フィールを勇気づけておいてから、みなに言った。

「よく見てくれ。神祇官補が二人いる。右側がほんものの神祇官補だ」

星儀《アストログラム》の右側に、神祇官補のフィールが緊張と恐怖に体を石のように硬張らせて立っていた。星儀《アストログラム》の透明の球形ドームに当てた左手がこまかにふるえているのが、私の所からでもよく見えた。

「いいか。星儀《アストログラム》に手をかけていないのが《にせもの》だぞ。それ以外に区別はつかない。認定書記、目をはなすな！」

船橋《ブリッジ》の内部に《にせもの》があらわれたのははじめてだった。これまで、何回か、船内に乗組員たちの《にせもの》――それはたしかに、にせものとしか言いようがなかった。認定書記のアサウや、車師のフセウ、あるいは算台のバツ、機工公のフタム、その誰の場合でも、ほとんど本人と区別がつかなかった。それはほんの一瞬、長くても二、三秒の間、周囲のなかまたちの目にふれ、そのあと、たちまちけむりのように薄れ、消えていった。ただ、それだけのことだ。別に何の被害も生じることはないのだが、せまい宇宙船の中で、それはたとえようもなくぶきみだった。

――神祇官！　星儀《アストログラム》もあらわれてきたぞ！

絶叫が私の頭蓋に突きささってきた。にせものはフィールだけではなかった。にせもののフィールが、なにかによりかかるようにのばした左手のその先に、うっすらと、しだいに濃く、やがて実在のそれと全く見分けがつかない大きさや形、色合いを見せてあらわれてきたのは星儀《アストログラム》だった。

まぼろしだろうか？　それとも未知の光学現象だろうか？　われわれは身動きもせずに見つめた。少しでも動いたらさいご、それは一瞬にして消えてしまうであろうことはわかっていた。そのために、これまで調べようにも調べることができないでいたのだ。

なんとかして、あれに触れることができないだろうか？　私は歯ぎしりした。

とつぜん、算台のバツが風のように動いた。星儀《アストログラム》までの十数歩の距離を、かれはいっきに跳んだ。暗い赤外線灯の下を、かれの熱放射が燐光のように長い尾を曳いた。つぎの瞬間、かれの褐色の軀幹は、星儀《アストログラム》の巨大な透明ドームに貼りついていた。かれの長い手足と、細い胴体の作る黒い影が、にせものの星儀《アストログラム》の経緯盤の上に落ちた。ほとんど同時に、かれの体は何もない床の上にあった。にせもののフィールと星儀《アストログラム》はまぼろしのように消えていた。赤外線灯がにわかに光輝をとりもどし、みなの体から放射される体温がふたたび幾重もの縞模様と白銀の焔を描き出した。

——神祇官！　あれは物体だ。まぼろしや光学現象ではない。あれは確実に存在していた！——

バツが、床に落ちた姿勢のままでさけんだ。確信に満ちていた。

——しかし、あれは消えた。目の前でな。あんな物体があるだろうか？——

フセウが疑惑の声をあげた。

か？――

――それに、あの、にせもののフィールはどうだ？　あれも現実の存在だったといえるの

天象主任のタベがフセウの心象のかげからたずねた。

算台バツは赤外線灯の光の中で焰のように渦巻いた。

――あの神祇官補も実在だと思う。なぜなら、あの星儀《アストログラム》の感触は、まさに私の神経組織の正常な活動による所産だからだ。その星儀《アストログラム》と存在の条件を同じくする神祇官補もまた、実在といわなければならないだろう――

みなはおしだまった。計算学の最高権威に贈られる算台という名誉の称号の所持者であるというだけでなく、バツの冷静な観察力と、探検家としての豊富な体験と業績には信頼するところが大きかった。

「算台。あれが現実の存在だった、というきみの実感を信じよう。ただ、なぜ、あのような現象がおきるのか、説明できたら聞かせてくれ」

私はみなにかわって言った。

――それはわからない、神祇官。このできごとが、やがて来るであろうなんらかの事態の前ぶれであろうことはまちがいないだろう、神祇官。われわれは想像もできないようなできごとに直面しているのかもしれない。このまま進んだら、ことによったらわれわれは一人も生きて還ることはできないかもしれない。どうするかは、神祇官にまかせようではないか――

――

二時間後、われわれの宇宙船《クワク・ワ・タキテス》はもっとも内側の衛星軌道まで高度を下げた。これより降下すると、もはや軌道飛行ではなくなる。

「算台。三十分後に着陸針路初発位置に到達する。算定結果を神祇官補に送れ。天象主任は着陸地点の気象と地形を。車師《しゃし》は現態勢を維持、認定書記は私を補佐する……」

夕焼けに染まった砂漠に祭壇を組んで、星々の運行をうらない、星雲の光芒に種族の運命を読みとった遠い古代の神祇官の栄光と責任が、私の胸によみがえってきた。長い時が過ぎ去って、今は、私たち神祇官は、たくさんの乗組員を指図して宇宙船をあやつり、宇宙航路を開き、惑星を探察して回っている。その栄光と責任は、そのむかしの神祇官にまさるとも劣るものではない。それに、われわれは重大な問題にぶつかっていた。

エレベーター・チューブの透明な壁ごしに、灰褐色の石ころだらけの平原が広漠とひろがっているのが見通せた。平原はわずかに右に傾斜していて、その先にかなり広い水面が光っていた。その水面は、進入コースの途中で、目標としてチェックしたもののようだった。そうだとすると、水面のむこうにひろがる大荒原は、この惑星の赤道地方までつづいているものだ。神祇官補のフィールが着陸地点をみなの地図にマークした。天象主任のタベが観測器材を背負って私の後についた。

エレベーター・チューブの透明ドアが開き、私はフィール、タベ、そしてアサウの三人をしたがえて、荒れ果てたこの惑星に最初の一歩を踏み出した。

——異常ないか？

フィールの声がやや上ずっている。車師のフセウの顔が電話機にあらわれた。おどろいたことには、フセウはまだ装具をつけたまま操縦《パイロット・シート》席におさまったままだった。

——フセウ。何かあったら、おれたちをおいて逃げ出すつもりか——

フィールがとがった耳のあたりで両手をひらひらさせた。それは、かれらの種族に共通な、からかいのサインらしい。フセウの顔が濃い赤褐色に変った。かれらの種族は、からかわれることを極端に嫌う。

静かにすかさず、私はかれらを制した。ふだんはほとんど気もちの動揺を見せたことのないかれらが、今はかなりまいっているようだった。わずかの刺激にでもいら立って神経をすりへらしている。夕べがすばやく計測装置にあらわれた結果を船内のバッに送った。

——大気成分の七六％が二酸化炭素。二一％がチッ素。少量の一酸化炭素、亜硫酸ガス……

酸素がほとんどない。

——この惑星には、まだ二酸化炭素を必要とする生物もあらわれていないようだ——

アサウがほっとしたように周囲を見わたした。二酸化炭素を必要とする生物が存在していないのならば、大気中には酸素もできていないだろうし、その酸素を必要とする生物が存在するようになるまでには……

「何年ぐらいかかる?」

算台のバツの声がもどってきた。

——この惑星は誕生してから、まだ十億年ぐらいしかたっていないようだ。しかし、そろそろ生命の発生を可能にする化学的変化がこの惑星全域にわたって始まっているようだ——

「わかった。ここでは宇宙船ほどもある大きな昆虫や、われわれぐらいの大きさのバクテリアなどに出会う心配はないわけだ」

——まあ、十分に気をつけてくれ——

バツの声が沈んだ。宇宙船ほどの大きさの昆虫や、われわれぐらいの大きさのバクテリアなどにぶつかるぐらいなら、むしろその方がよい。

湖へ向って四人はゆっくりと進んでいった。

湖はおそろしいほど澄んでいた。強い陽射しが、深い湖の底の白い岩石まで照らしている。いかなる種類の微生物もまだ存在していないこの世界では、湖や沼や、海さえもがその水は濾過水のように澄明で硬かった。タベが水質検査をはじめた。われわれ三人はその間に湖を見おろす北側の丘に上った。西の地平線にわれわれを運んできた宇宙船が巨大な塔のようにそびえていた。南方の地平線と空の接する部分には、長く山脈の影がのびていた。その山脈の上に二か所、東の地平線に一か所、褐色のけむりが薄雲のようにたなびいていた。

「あれだな。着陸コースの途中で両側に見えた火山は？」

認定書記のアサウがコンパスを持って、遠いけむりにひとみをこらした。かれの大きな環状眼が、強い陽射しに収縮し、瞳孔がぽっちりと小さな穴になった。

——そうだ。南方の山脈は、かなり大規模な造山活動が今もさかんにつづけられていることを示している。おそらく、この平原は太古の海だったにちがいない——

「アサウ。北を偵察しよう。本船に連絡してヘリコプターを出発させろ。すべて打合わせどおりにやるようにつたえろ」

この濃密な大気なら、あやぶまれていたヘリコプターの使用も大丈夫だった。五分ほどすると、遠い宇宙船の船腹から、小さな有翅昆虫のようなヘリコプターが飛び出すのが見えた。

湖の周辺ではタベが主役だった。水質。土壌成分。大気成分とその分圧。予想雨量。生命体の発見など、タベの調査はあらゆる方面にわたっていた。アサウもフィールも、私も、かれの作業のてつだいに没頭した。一時間ほど過ぎた。

とつぜん、アサウがさけんだ。

——神祇官！　あれを見ろ！——

アサウの指す北の空低く、一機のヘリコプターが風に吹き飛ばされる小さな昆虫のように必死に飛んでいた。

「どうしたんだ？　認定書記、すぐヘリコプターに連絡しろ！」

——神祇官！　ほら！　もう一機いる——

私は思わず息をのんだ。偵察用ヘリコプターの、三百メートルほど後方に、形も大きさも全く変らないもう一機のヘリコプターが、やはり風にもまれる小さな昆虫のように、右に左に機体をひねりながら飛んでいた。

——神祇官！　にせものだ！　あれは偵察用ヘリコプターのにせものだ！　出たんだ。また、出たんだ！——

フィールの声がかすれた。

「認定書記！　ヘリコプターに連絡。あわてるな。ただちに着陸せよ」

アサウの声で落着いたか、ヘリコプターは速度を落してゆっくり旋回し、宇宙船のかたわらに着陸した。それを追って、もう一機のヘリコプターも着陸する。

私はいそいで宇宙船に残っているメンバーと、ヘリコプターの乗組員とで、あとから着陸したヘリコプターをとらえるように指示した。宇宙船やヘリコプターからとび出したかれらが、砂をけたてて今着陸したばかりのにせもののヘリコプターへ向って走ってゆくのが豆粒のように見えた。

われわれがかけつけた時には騒ぎはあらかた静まっていたが、バツやフタムたちは熱線銃をにぎったままだった。万一の用心のために一基だけ搭載してきた熱線砲まで引き出してある。わけを聞くまでもなかった。着陸した二機のヘリコプターはマークからナンバーまで全く見分けがつかない。似ているというよりもこれは同じものだった。

——神祇官！　あいつを見てくれ！——

機工公のフタムが顔を引きつらせた。

砂の上に二人の男が立っていた。一人はフタム。もう一人は車師補のイルだった。これまでは、たとえあらわれても、長つづきせず、すぐ消えてしまった。しかし、今はもう、消え去ることとなく、実在の人間としてこのように存在していられるということは、これらのにせものを作り出すなにかの装置から極めて近い距離にあるせいであろう。私のかたわらでフタムとイルが今にも泣き出しそうに顔をゆがめていた。たずねるまでもなかった。

「認定書記！　かれらの体を調べろ！　神祇官補と機工公はあのヘリコプターを調べるんだ。車師と天象主任には撮影してきたフィルムをたのむ。車師補！　落着いて答えてくれ」

結果は、

(1)にせもののヘリコプターは、予想したとおり、内部の構造から材質まで、本船に搭載してきたヘリコプターと全く同じものだった。

(2)　そのヘリコプターに乗っていた二人の人物も、またフタムとイルとに、同一だった。内臓器官、神経系、血液その他、どの部分をとってみても、フタムとイルそのものに変らなかった。かれらの細胞組織はあきらかに生きていた。しかし、かれらに注入された知識は皆無に近い。つまり知識や個人的な記憶の複製は不可能だったようだ。

(3)　フタムたちが撮影してきたフィルムには、はるか北方の荒れ果てた平原に、奇妙な建築物がそびえ立っているのが写されていた。フタムは塔であるといい、イルは宇宙船ではないかと思うといった。

私はこれまでの結果を長文の報告にまとめて本部へ打電させた。本部では、きっと、われわれがみな頭がおかしくなってしまったと思うだろう。この第三惑星に生物が存在しているというのでさえ、おかしいのに、それがなかまと外観、内容とも寸分たがわぬ生物というのだから、報告する側のわれわれ自身、自分の頭を疑いたくなる。

——神祇官。その建築物というのを調べてみようではないか。この第三惑星にはまだ生命体が出現していないのだから、それはおそらく、この惑星のものではあるまい——

車師のフセウの言葉にみなは強くうなずいた。

——たとえヘリコプターがあらわれ、われわれがふた組できようとも、それで別に危害が加えられたというわけではないのだから、まあ、これ以上、状況が悪化するということもないだろう。この事態の報告は第三惑星そのものの調査報告よりもはるかに重要だ——

算台のバツが私に同意を求めた。

しかし私の胸にかすかな不安がわいた。それはこの数日、責めさいなまれていた恐怖や不安とは、本質的に異った、ある根源的な、なにかに対する不安だった。なぜか、その不安の理由は私の心の中にすでにはめこまれ、固く封印されてあるのだった。しかし、私はバツに同意した。

早速、出発の準備にとりかかった。船腹を開いて、搭載してきた数台の地上車をクレーンで地上におろした。通信器材や食料、小型動力炉などを積みこみ、まだ陽の高いうちに北方の地平線めざした。宇宙船にはフィールとタベが残った。

その夜は平原で三時間ほどの仮眠をとっただけで、ひたすら北へ向った。巨大な衛星が昇り、青いつめたい光が平原を海のように染めた。けむりのように砂塵を曳いて走る地上車の列も、その青い光の中に溶けこみ、時には完全に姿を失った。

夜があけ、平原の果てに故郷で見るよりもあきらかにひと回り大きな太陽が昇った。先頭を走るフタムの車から、レーダーがゆくてに何かをとらえたと知らせてきた。最後尾のフセゥの車から、ヘリコプターが朝のオレンジ色の大気の中へ舞い上った。つづいて、後続する車のレーダーにもつぎつぎと反応が入りはじめた。

陽がかなり高くなった頃、われわれは地平線にそびえる異様な物体を、はっきり肉眼でとらえることができた。正午すぎ、われわれはその巨大な物体の下まで車を近づけることができた。それが何であるかは、すでに誰の目にもあきらかだった。

ものを言う者もいなかった。誰もが、錯乱におちいろうとする自分を必死につなぎとめていた。正常な意識を支え切ることだけが、生きてこの惑星を脱出し得る唯一のてだてだった。どれぐらいそうしていたことか。私はようやくよみがえってきた自分自身に、熱線銃をつきつける思いでさけんだ。

「内部を調査する！」

私は目の前にそびえる宇宙船《クワク・ワ・タキテス》の船腹に突き出しているエレベーター・チューブへ向った。

――やめてくれ！　神祇官。引き上げよう――

――神祇官！　調査する必要はないだろう。わかっているはずだ！――

フタムとフセウが絶叫した。若いイルはほとんど正気を失っているようだった。アサウとバツがすがるように私を見つめていた。私は強くうなずいた。

「来い！」

船内に入るまでもない。誰の胸にも、おそれが渦巻いていた。ほんものと寸分たがわない宇宙船《クワク・ワ・タキテス》の船内には、自分が、なかまが、同じようにスクラムを組んでわれわれをむかえようとしているはずだった。われわれが武器を手にしたらかれらもまた武器を手にして、われわれを待っているであろう。かれらは、われわれの分身であり、われわれそのものだった。

私はエレベーター・チューブのドアを開いた。私はイルのうでを支え、アサウとバツがフタムとフセウに肩を貸していた。《クワク・ワ・タキテス》の見馴れた船内通路に、青白い照明灯が幾何学的な影を投げかけていた。その船内通路の角を回って、ふいに数人の人影があらわれた。もつれるようにこちらに向ってくる。その先頭にいるのは、イルのうでを支えた私だった！

どこをどう走ったのか、気がついたときは、われわれは地上車のかたわらに打ち倒れていた。誰の顔も死人とかわらなかった。

バツがしきりに私をなぐさめてくれた。私が真先に逃げ出したのか、と思ったらそうではないようだった。それだけが救いだった。しかしこのまま退却することはできない。私は三時間後に、再度船内に入ることを告げた。

　陽はすでに大きく西の空にかたむいていた。ねっとりと重い大気がまるで流動物のように平原を流れ、宇宙船をつつんで渦巻き、真赤な太陽の方へわたっていった。この濃厚な大気につつまれ、大きな熱い太陽からたえずエネルギーの補給を受けているこの惑星は、生物の活躍の舞台にはうってつけだった。ここだったら、われわれも赤外線灯などのやっかいにならずにすむ。われわれは遠く小さい太陽からは十分に得にくい熱や光を、赤外線灯から得ることによって解決した。解決したつもりだったのだ。赤外線灯の赤い光の幕は、われわれの生命の象徴でもあった。

「ここへ移住するべきだ！」

　アサウが妙な顔をしてふり向いた。

　──なにか言ったか！──

「いや」

　──神祇官。すこし休め。つかれているんだ──

　私に向けられたアサウの顔がとつぜんはげしくひきつった。かれの環状眼は、太陽に向けられているにかかわらず、眼球いっぱいに拡大された。その目は私の肩ごしに遠い背後を見つめていた。

　夕焼けにはまだ多少間のある平原に、影を落して地上車がならんでいた。そのかたわらの土砂が噴水のように高く吹き上った。その土けむりの下から、巨大な爬虫類のように姿をあらわしたのは地上車だった。そのナセルやキャノピーから土や小石が滝のように落下すると、地中からせり上ってきた地上車は、われわれが乗ってきたもののとなりへ一列にならんだ。砂けむりが風に吹き散らされると、永遠の静寂がひろがった。

「認定書記！　宇宙船《ふね》から土木機械を運んでくるんだ。ここを掘りかえしてみよう。この下に何かある！」

四十八時間後に作業がはじまった。二基の小型動力炉がその作業をごく短いものにした。そうでなかったら、われわれは何年もの間、この荒れ果てた平原で作業をつづけなければならなかったろう。

七十時間後、平原に直径五百メートル、深さ百メートルほどの巨大なクレーターが出現した。そのクレーターを掘り下げるために、この砂上に生れた宇宙船も、地上車も、遠く移動させ、または爆破しなければならなかった。

やがて、光の柱のように降りそそぐ投光器の光芒の中で、クレーターの底に巨大な物体が姿をあらわした。自動パワー・シャベルがそれをたんねんに掘り出すのを、われわれはクレーターのふちにならんでだまって見つめていた。

はじめ私はそれを電子頭脳かと思った。私は算台のバッをともなってクレーターの底へ降りていった。クム・シデカイ古成層後期の破砕岩に類似した肌目の粗い変成岩層の間に、それは埋没していた。地すべりによって地の底へ引きずりこまれた古代のとりで、とでも言えばもっとも似つかわしいかもしれない。それほど大きかった。その土台に当る部分に、たくさんの器具や、人の形をしたものが土まみれになって散乱していた。そのどれもが作りかけのように不完全だった。

——神祇官。なんだろう？　あれは？——

「算台。この物体はおそらく複製装置ではないかと思う。それも、見本と全く変らないものを幾つでも作り出すことができる装置だ」

——神祇官。いったい、これはどこの、なにものが作ったのだろう？　どうして、この第三惑星にこのようなものがあるのだろうか？——

「わからない。この惑星にはまだ生物は存在していない。そしてこの物体はわれわれやわれわれの祖先の手によって造られたものでもない。と、すれば、算台……」

——他の惑星から運びこまれたもの、だというのか？——

「このような物体が、なぜ、ここに、と考えるよりも、このようなものが、第四惑星にも、第五惑星にも、ひろく太陽系一円にばらまかれていると考えた方が現実的だろうよ。この物体は、ある距離まで近づいてきた他の物体を、何かの方法でさぐり、その結果にもとづいてそれと同じものを作り出すはたらきがあるんだ。これは物質を複製し、再生する装置だ」

——神祇官。ここへこの装置を運びこんだものは、いったい何を複製するつもりだったんだろう？——

答えはひとつしかなかった。この惑星に、やがて確実に足を踏み入れるにちがいない高度な知能を備えた見本とは……

「この惑星に、われわれと同じタイプの生物をふやしたかったのだろうよ」

――何億年も待つことはできなかった、というわけか――

「バッ！」

私は職名を呼ばずに、直接名前を呼ぶことが慣習上、もっともさけねばならない非礼な行為であることも忘れてさけんだ。

「私たちも、また、そうだったとは考えられないか！」

――神祇官。われわれもどこかの生物の複製だと？　神祇官。もしそうだとして、なぜ、そんなことをするのだろう？　そのことに、いったいどんな意味があるのだろう？――

「算台。このような装置を手に入れた文明は、いったいどうなると思う？　私はここを掘ったのは、いや、この惑星へやってきたことが、そのまま、第四惑星の高等生物であるわれわれ全体の運命だったのだと思うよ。これはおそろしい実験かもしれない。さあ、これを持って帰るんだ。もう、あとへもどることはできない」

流れ星が飛んだ。天頂から地平線まで長い長い残映がしばらくの間、消えずに残った。

6

何の物音も聞えなかった。ただ、星空に映える白い崖と、千古の静寂につつまれた夜の闇だけがあった。私の足の下で、地表をおおった砕石は薄い氷のようにくだけ、とび散った。その乾いたひびきが暗い谷間にこだました。

私は名を呼んだ。

私は名を呼んだ。

「おしえてくれ！　老ウルイ！」

銅像の肩や台座に鳴る風と、その風に吹き送られる砂のかすかな音だけが、聞えるもののすべてだった。

「おしえてくれ！」

――東キャナル文書におさめられているたくさんの物語の中のひとつだ。忘れてしまえ、リュウ。この谷に地球の人間がやってくることもないだろうさ。十億年という時間は、そう短いものじゃないぜ……

ふと、老ウルイの声が聞えたような気がした。

しかし、それも、そら耳だったにちがいない。風はいよいよはげしく、私自身の声さえ、さらっていった。

「おしえてくれ！　フィール！　タベ！　フタムやフセウ。バツも！　そうだ。認定書記、アサウ！　どこへ行った？」

私は心に灼きついたなかまの名を呼んだ。見たこともない白い崖と、その谷にそびえる奇妙な廃墟は、もしかしたら、かれらと何か関係があるのではないだろうか？

「みんな！　どこへ行った？」

星が飛んだ。

間もなく砂嵐の季節がこようとしていた。白い崖も、遠いむかしのなかまたちの記憶も埋めつくす砂嵐が、間もなくこの街をおとずれようとしていた。

火星人の道《マーシャン・ロード》

I

ゆき交う　人々よ
漂泊の影に
くらい波紋に宿る過去の堆積の
ランターンを　かかげ――
善六・キクカワ
詩集　序章より

暗いオレンジ色の太陽が遠いオリオーネ山脈のなだらかな稜線にかかると、稀薄な大気は陽炎のようにかすかにふるえる。風だ。やがて来る夜の先触れの風が、広漠たるアマゾン砂漠をはるばるとわたってくるのだ。そのあるかないかのわずかな風に追われて砂が走る。砂が走る。

まるで重さをもたない乾いて軽い砂が幾すじも幾すじもけむりのように走る。時に紗のようにひるがえり、あるいは竜巻のように渦まいて天まで這い上り。走る。走る。それは風の影だ。眼に見えない風が、ほんのひととき、走る砂におのれの姿を托して存在を主張しているのだろう。そうでもしなければ、ここではゆらめく一枚の木の葉もないし、流れる千切れ雲ひとつないからだ。誰に見せようと？　人間にか？　火星人の目の前をも、風はやはりこうして砂をまいて吹き過ぎていったのだろうか？

砂の動いたあとに、思いがけなく黄褐色の小さな葉をつけた地衣類の群落があらわれてくる。硬い表皮と粗い毛につつまれ、髪の毛のような細い根を砂粒にからませて必死に地表にしがみついているそれら地衣類は、長い一生の間に、水というものを吸ったことがあるのだろうか？　新しい葉をつけることもなく、実を結ぶこともなく、ひたすらに意志だけを結集し。何のために？

砂が飛ぶ。砂が飛ぶ。飛んできた砂はみるみる地衣類の群落をふたたび厚くおおいかくし、さらに長く長く尾を曳いて遠い地平線へとかけぬけてゆく。

その方角が『火星人の道《マーシャン・ロード》』だった。

1

さわやかな風が吹きわたってゆくたびに、開け放された窓から黄ばんだ木の葉が舞いこんで、ならんでいる人々の間を蝶のようにひるがえっていった。

今は秋九月。窓から見える空は染めたように碧く、白い千切れ雲が浮いていた。

「……あなたがたの偉大な功績に対し、全人類は最大の賛辞と、つきることのない拍手を送るものであります。かつて人類ははなはだ原始的な一個の人工天体を宇宙空間に送り出した。おりしも世界は、全地球的な規模の経済的……」

正面の高い台の上に立った一人の人物は、おびただしいテレビ・カメラとマイクロフォンの前で、孤独な戦いを演じていた。それはいかにかれが名誉というものを重んじ、人間の努力というものを信じているかということを、かれ自身とかれの前に置かれている電子的無機物のむれに説明し、説得しようとしているかのように見えた。事実、その時、かれは地球上の全人類に向ってうったえていたのでもあった。

今は秋九月。窓から見える空は染めたように碧く、白い千切れ雲が浮いていた。

さわやかな風が吹きわたってゆくたびに、開け放された窓から黄ばんだ木の葉が舞いこんで、ならんでいる人々の間を蝶のようにひるがえっていった。

どこかで死の匂いがする。

ならんでいる人々と、それを囲むさらに十倍以上の数の人々は、背をまっすぐにのばし、にこやかなほほ笑みを浮かべてこのひとときを形作っていた。

「……今や人類は宇宙に向って力強く足を踏み出しています。開発の前線は遠く木星にまでおよび、十四か所の根幹的施設と百二十九個所の開発のための基地ならびに天体観測拠点は、人類に明日の文明をもたらす強力なブルドーザーの役目を果しつつあります。すなわち、月から送られて来る多量のウラン鉱。同じく金星のボーキサイト、プラチナ、すぐれた集光性を持つ結晶性炭素化合物。また木星の衛星上に設けられた化学工業プラント。火星の宇宙開発ステーション等、どれひとつをとってみても、人類の文明を飛躍的に向上させ、世界経済への安定剤として多大の……」

自信と威厳は単にかれの口調に有るだけではなく、この時まことに人類そのものの上に在った。

濃藍色の夜がくると、もはや砂はほんのわずかな動きもとめ、凝結した夜気に耐える。一秒が億兆年の一部分なら、夜は明けぬも明けないも同じことだ。火星人は海の唄を歌っただろうか？　旅立ちの唄を。一秒が億兆年の一部分なら、砂に埋める夢があってもいい、とは誰が言う？

なぜ？

「これから久しきにわたって、子供たちはあなたがたをたたえた詩を口ずさみ、女たちはあなたがたの姿を刻んだ浮彫《レリーフ》をみがきつづけるでしょう」

久しきにわたって？　なぜ永遠に、と言わないのだ？

死の匂いがする。木の葉はあとからあとから舞いこんでは、壮大な円天井の下をまるで意志あるもののように浮遊して回った。どこかで秋の鳥が鳴いている。人々はうっとりとほほ笑みながら、拍手するきっかけを待っている。

「私たちは、あなたがたのことを、子供たちに話してやることができるのをたいへんうれしく思います。それは私たちの夫や兄弟、子供たちの……」

女の白い顔が窓の外の碧い空に向いたとき、そのほほをなみだがつたうのが見えた。

夜明け近い頃、ほんのわずか砂の上に霜が降りた。それは微細な氷の結晶で、たちまちけむりのように消え、あとには霜よりも白い砂の海がまぼろしのようにひろがった。とけた霜は砂の下の地衣類までとどくはずもない。

ファンファーレが高く鳴りひびき、一人の小がらな老人がならんでいる人々の前へ進んできた。数歩、歩いては立ち止り、立ち止っては歩き出す。老人の後には何十人もの男や女がつづいていた。老人は立ち止るたびに、ならんでいる一人一人に手をさしのべた。長官の後にしたがっている男の一人は分厚い名簿を手にしていた。

「……かれは金属材料の真空中における特殊ゼイ性破壊の原因究明と対策の実用化で、惑星上の半永久的施設の建設に多大の貢献をいたしました」

「ごくろうだった」

長官は肉が落ち、しみだらけの手をのばした。手をさしのべられた男は、機械人形のような動作で長官の手をにぎりかえした。

「今はどこに勤務しているね？」

「金星の第七パイロット・ファームで冷却システムの管理をしています」

長官は何度も大きくうなずいた。

「あの熱あらしは非常に危険なものだ。充分に注意してくれたまえ」

「はい。しかしパイロット・ファームはシステム作業ですから地上に出ることもありません」

「基地の安全はたもたれているかね？」

「危険は全くありません。施設内の環境も地球とほとんど変りありません」

長官は満足そうに、背後に立つもう一人の男のささげ持ったトレイに手をのばした。その上には銀色のメダルが山盛りに積み上げられていた。長官は慎重な手つきでそのひとつをとり上げた。メダルは何か花の形をしていて、その上部に小さな環があり、一個のピンがとりつけられていた。かれはそれを右手の指にはさむと、パイロット・ファームの管理官の胸にとめた。

「しっかりやってくれたまえ」

「ありがとうございます。長官」

二人はふたたび固く手を握りあった。長官のほとんど骨だけの冷えた手と、管理官のまるでピアニストのような整った形の長い指とは共通の義務と信念を伝えあって軽くうちふられた。散兵線を死守する兵士をはげますそれではなく、また、命をあずける証《あかし》でもなく、ある酩酊だけがそれぞれの作業と意識を選択から遠く置いていた。なみいる人たちは、今日何十度目かの感動をあらためて味わっていた。

長官はゆらりと移動した。

「……かれは三十年にわたって十八個の航路標識《ポイント》を管理し、その間、第二大圏航路における航法誘導上の幾つかの問題を解決して安全航法に多大の貢献をいたしました」

「ごくろうだった」

長官はメダルをとり上げた。朝からの式典で老齢の長官はかなり疲労していた。実際、立ったり、坐ったり、草稿を読みながら同時にテレビ・カメラに眼をすえ、そして今は一人一人の前に立ち止っては声をかけ、握手をしてメダルをわたす。それはいつ終るとも知れぬ耐え難い苦痛とそれに耐える忍耐力を必要とする作業だった。

「今はどこに勤務しているのかね？」

「宇宙技術センターの付属カレッジで教務主任をつとめております」

「優秀な技術者を育ててくれたまえ。きみのような」

「ありがとうございます」

長官はかれの手を握り、胸にメダルをとめてやり、それからもう一度、しかしこんどはやや事務的に手を握ってかれの前を離れた。

栄誉を受けるべき人々の列は、長官の前にまだ長くつづいていた。その先は遠く遠く、かなたの白亜の壁に小さく融けこんでいた。そこへたどり着くまでには気の遠くなるような時間が必要であろうと思われた。

長官の後には何十人もの男や女たちがつづいていた。かれらは長官が移動して行ったあとを襲って、同じように手を握り、ねぎらいとはげましの言葉を送ってはゆるやかな大河のように動いていった。

「宇宙省、火星局次長の……です。おめでとう」

「連合・宇宙委員会主席事務局員の……です。ごくろうでした」

「連邦準備委員の……です。私、今日はほんとうの感激というものを知りましたのよ」

かぐわしい言葉と、はなやかな微笑の渦が、栄誉に酔った人々の胸にさらに豊かな味わいを与えた。高官たちの制服を飾るたくさんのメダルや略章、それに今日の式典の、それが例年の慣習となっている女性高官たちの思い思いに好みを凝らしたドレスが、豪華な交響となって、いならんでいる人々をおしつつんでいった。

「おい。フサ。つぎはおまえの番だぞ」

背後からかいぞえ役のハルがささやいた。フサはわれにかえって胸を張った。首すじから後頭部にかけて、錐でももみこまれるように痛かった。心臓の鼓動もひどく早かった。理由はわかっている。大気中の酸素分圧が高過ぎるせいだ。しかしこれ以上、調節は不可能だった。腰にとりつけた代謝調節装置《メタボライザー》はすでに全開になっていた。今ではほとんど見られなくなっている旧い型《タイプ》のその装置は、気温が十六・五度C以上になると目に見えて機能が低下してくる。フサは犬のように口を開いて、体内にこもった熱を吐き出した。目を上げると、フサの頭上で高大な円天井が奇妙にゆがんでゆっくりと回転していた。

「……東キャナル市在住。元A級宙航士フサです。宇宙省所属宇宙技術者として八十年にわたる勤務の間に、太陽系外探察計画に参加すること七回。太陽系内惑星探察計画に加わること十八回という記録の持ち主であり、宇宙開発史上に……」

誰かが、何かの記録を読み上げていた。その乾いた無機質の声が、高く、低く、波のような単調な起伏でフサの耳にとどいてきた。

「なるほど……ほう……そうかね。ふむ……」

もうひとつの声が、すぐ近くで聞えていた。フサはそれをたしかめようと思ったがひどくおっくうだった。

「フサ！ どうした？ 長官だ」

背後から強い力で小突かれて、フサは稀薄になった意識を引きしぼった。小がらな長官がフサの前に立っていた。

「ごくろうだった。何か不自由なことがあったらいつでもそう言ってくれたまえ。できるだけ希望にそうようにするから」

老人はあらためてフサの全身に、ある感情のこめられた視線をはわせた。それはフサのよく知っている目だった。フサは見かえすともなく老人の視線を受け止めた。老人はさりげなく目をそらせ、背後のトレイからメダルをとり上げた。これまで何十回かくりかえしてきた手馴れた手つきでピンを指にはさむと、長官はフサの前に歩み寄った。そのままメダルをフサの胸にとめようとして、長官はにわかにはげしい困惑の表情を浮かべた。空《くう》にささげられたメダルがこきざみにふるえた。

「おい！」

老人は宇宙省の役人をふりかえってあごをしゃくった。役人もすぐには気がつかなかったらしい。老人が指にはさんだままのピンと、かすかに朱を浮かべた老人の顔を交互に見くらべていた。

「これではとめられんじゃないか！」

老人はそれがおのれの失態であるかのように低くさけんだ。役人は棒立ちになった。幾十の眼が、裸のままのフサの上体に注がれた。

人工心肺を収め、代謝調節装置の熱交換組織を埋めこんだ胸は厚い人工ひふでおおわれ、人工心肺を駆動する超小型《マイクロ》モーターとその電源の水銀電池をセットした背中はガラスファイバーの保護膜で閉じられていた。それらはもともと熱風吹き荒れる金星の熱あらしの中でも、メタンの大気が渦巻く木星のジェットストリームの中でも、簡単な装具をつけただけで船外の作業ができるように造られた体だった。

宇宙省の役人はおろおろとつけ加えた。

「長官。かれらは衣服を必要としないのです。ことにこのたびはかれらの、サイボーグとしての身体的形状もおおかたのお目にかけ、かれらの……」

「そんなこと、わかっておる！」

老人は激した声で言った。

「これ。これだ。このままでは胸にとめられまいが！」

たしかに裸の胸にピンでメダルをとめるわけにはいかない。

役人はうろたえた。こうした事態を生んだ当の責任者は誰なのか、そのことだけが頭に浮かんだすべてだった。

「は、これはどうもゆきとどきませんで」

役人は救いを求めるように周囲に視線を泳がせた。老人はいらいらしたように手のメダルをうちふった。後につづく人の列から一本のひもが送られてきた。何に使われていたひもなのか、ひもはところどころ、黒く汚れていた。役人はそれを真新しいハンカチで二、三度しごいてふき取り、長官の手から受けとったメダルの環に通した。

「早くせい！」

老人は役人の手もとに憎しみのこもったまなざしを投げると、つい、とフサの前を離れてとなりに立っている者の前へ移っていった。

役人は完全に上気していた。かれはのび上ってひもを通したメダルをフサの首にかけた。ひもは短く、メダルはフサのあごに触れんばかりだった。

「サイボーグか！」

「これがそうか」

朝から続いている長くたいくつな儀式にあきあきしていた人々には、ほんのちょっとしたできごとでさえ、ひどく新鮮に、印象深く感じられるものだ。裸の胸にピンを刺すわけにはいかない。そのことが、にわかにみなの目をフサの体に集中させ、あらためてここに立っている一人のサイボーグの肉体の意味について多過ぎるほどの感想をいだかせた。

――胸にピンを刺したら、やはり血が出るのだろうか？

――金属と肉とはどんなふうにつながっているのだろうか？

――体内に収められているさまざまな器具は、どんな異物感をあたえるのだろうか？

自分の肉体の上に想像するそれは決して愉しいものではない。流れ出る血の毒々しいまでの赤さや、切り開かれた筋肉層の淡紅色のぬめぬめした光沢などが、それを実際に見たはずもないのに頭の中にずっしりした現実感をともなって浮かんでくる。さらに、そうした生きている器官や組織の間に硬い金属や電子器具を埋めこまれるというなまなましい受身の苦痛のやりきれなさが、かれらの胸に陰惨な恐怖を与えた。それはひどく猥雑なことであり、野蛮なことだった。しかしそれを滑稽に転化してしまえば逃げることは容易であり、他人の事として苦痛は感じないですむ。

この栄《はえ》ある儀式に、裸体で参加している男――裸の胸にメダルをとめることができずに、ひもで首からつるしている男。転化するには、それだけのきっかけがあれば充分だった。女たちの間で、小さな忍び笑いがもれた。

かれらは救われたのだ。

あら、かわいい。そんな意味のささやきがもれ、それを合図にしたかのように人々の列はざわざわとフサの前を動いていった。表彰者に送られるはずの握手は完全に忘れられた。

「おい。気にするなよ」

ハルが太い息を吐いた。

なんということはないのだ。係の役人が、誰の胸にもピンでメダルをとめられるのだと思いこんでいたまでのことだ。ひもでメダルを首からつるしたとて、どうということはないのだ。流れるような儀式が、わずかな失態で、ほんのひとときとどこおったとしても、それはもとよりフサのせいでもなければ長官のせいでもない。汚れたひもでメダルを首にかけてやったとしても誰も笑う者はいないだろう。だが、そんなことを嫌う者もいるだろうし、こっけいと感じる者もいるだろう。やはりメダルはピンで上着の胸にとめるものなのだろう。

フサはかすかに哀しかった。

列のさいごの一人がフサの前を通り過ぎていった。かれはふと足を止めると、向きを変え、フサの前に歩み寄ってきた。フサの足もとを、木の葉がくるくると回って走りぬけていった。まぶたを持たない二つの大きな目が、じっとフサを見つめていた。その目は、燈台のレンズのように、周囲から同心円を描いて階段のように厚さを増した透明な角膜でおおわれていた。その同心円の中央に、小さくフサの姿が写っていた。

「火星人じゃないか」

フサはこれまでただ一度も火星人など見たこともなかったが、たぶんこれは火星人であろうと思った。フサはひたいの汗をてのひらでぬぐった。その指先から汗の滴がたれて床に幾つもの小さなしみを作った。火星人はやって来た時と同じように、また足音もなくフサの前を離れると、人々のあとを追って歩み去った。フサはどろが崩れるようにゆっくりと床に沈みこんでいった。

気がついた時、フサはベッドに横たえられていた。薄緑色に塗られた壁や天井が、間接照明の下で若葉のようにやわらかく目に映った。体を動かすと黒い人影がのぞきこんだ。

「目がさめたか？」

ハルだった。

「おれ、どうしたんだ?」

ハルはスイッチをひねって部屋を明るくした。

「いや。眠っていただけだ。だいぶ疲れたようだな。脳貧血を起したんだ」

フサはベッドの上に体を起した。

「火星人に逢ったんだ」

「夢じゃない。そいつは面白い夢を見たものだ」

「そいつも制服を着て長官たちの行列のいちばん後にいた」

「体はどうだったろう? メダルをつけていたかい?」

「それはさぞかしでかい目だったろう? おれは……おれは目だけしか見なかった」

フサはベッドをおりた。

「もう行っていいんだろうな?」

「ああ。目がさめたらそのまま出ていっていいと医務員が言っていた」

「宿舎へ帰る」

ハルはちらと時計に目を走らせた。

「フサ。記念ホールで祝賀パーティが開かれている。体の調子が良かったらちょっと出席してくれるといいんだが」

東キャナル市の民生局の役人として、フサをともなってここへやって来たハルには、フサの介ぞえ役だけでなく、フサをできるだけ公式の会合に出席させることによって、東キャナル市の民生局がかかえた退役宇宙技術者の生活保護に関する多くの問題について地球の宇宙開発委員会や現場機関である宇宙省に深い認識を抱いてもらうというもうひとつの役目があった。

「気分が良かったらでいいんだが。表彰式だって終ったことだしな」

「大丈夫だ。出席する」

「そうか。そうしてくれると助かる」

フサは部屋のドアを開いた。

「フサ。おれは宇宙開発委員会にいるむかしのなかまに会ってきたい。もう会えないかもしれないし」

「むかしのなかま?」

「ああ。ルナ・シティの航路管制局にいた時の同僚だ」

「行って来いよ。パーティが終ったらおれは宿舎に帰っているから」

フサはハルと別れて回廊を奥へ進んだ。ハルの、もう会えないかもしれないし、という言葉が耳に残った。ハルがふたたび地球を訪れることなど、ほんとうにもうないだろう。民生局の退役宇宙技術者厚生係などが、地球に出張するなどということは、何十年に一度あるかないかのことだった。

「会ってこいよ。ハル。むかしのなかまに」

フサは胸の中でつぶやいた。

回廊の突き当りが記念ホールだった。何列にもならべられたテーブルの両側には、今日表彰された者たちや、宇宙開発委員会や宇宙省のそれぞれの高官たちが座を占めていた。はるかかなたの壁面に設けられた高い壇の上では、市民の代表と思われる人物が、大ぎょうな身ぶりで話しつづけていた。テーブルの上にはおびただしい数の皿や鉢がならべられ、それに触れる食器の金属的なひびきと、にぎやかな話し声が広大なホールに充満していた。

入っていったフサの姿を見て、ホールの係員がとんできた。名のるまでもない。

「こちらへどうぞ」

席がきまっているらしかった。ならべられたテーブルの間をぬって、係員はどこまでも進んだ。そのあとにつづくフサの背に、人々の目が集中した。

「宇宙探検にずいぶん活躍した人なんですってね」

「あのスタイルはもっとも初期のサイボーグだよ。今、大圏航路のパイロットなどではたらいているサイボーグは全く見分けがつかないものな」

「それに宇宙船や開発技術そのものが発達して宇宙開発そのものに危険がなくなったから別にサイボーグでなくともよいわけだ」

「それはそうだ。ある時期以後、しばらくの間、宇宙開発が停滞していたのは、それが、命を張らなければできない作業だというおそるべき前近代的な性格を持っていたからだ。そうではないか。真の意味での宇宙開発に必要なものは、おおぜいのごくふつうの板金工や配管工、熔接技術者や空調技術者などであって荒くれ宇宙船乗りではないのだ」

「全くそのとおりだ。技術者や作業員、それに医者などがみな宇宙パイロットとしての適性があるとは思えないし、事実はむしろ逆の場合の方がはるかに多いわけだ。そのような宇宙パイロットとしては全く不適格な人たちで推し進められる宇宙開発こそがほんとうの宇宙開発なのだ」

「人命の安全、第一ね」

「そうだよ。少しでも危険が残っているうちは生身の人間は決して入れない。あらゆる方法を使ってその危険を取り除いて、それから人間が踏みこむ。この態度が必要だったんだ」

「委員会の第三次方針案でそれがうち出されてからほとんど人命事故は無くなったな」

「ああ。危険な計画は予審の段階ですべてチェックされるか廃案にされてしまうかするので、実現可能な計画しかたてられなくなったのだ。実際、それまでの宇宙探検などというものはひどかったよ。成功したものは十回に一回ぐらいではないかな。最初には成功しても、第二次調査隊が失敗したり、それを救援するために向った宇宙船がそのままゆくえ不明になったり、あれでは幾つ命があってもたりはしないな」

「それに経済的に引き合わんよ。厖大な予算を湯水のように使って結局、何も得るところ無し、というのが当り前のようになっていたものな」

「全くだ。命知らずどもにまかせていたのでは破産だよ。宇宙開発というのはビジネスだからな。ヒロイズムの問題ではないのだ」

「何光年もの距離をひと飛びに飛べるような推進装置を開発するよりも、無重力空間での荷役装置を開発する方がどれだけ有意義かわからんよ」

「それに気がついた第三次方針案は、宇宙開発の歴史を書き変えるほどの意味があったというわけだ」

「その頃の遺物なのね。あの人は」

　さまざまな声や言葉が、どこまでもフサを追ってきた。その言葉の持つ意味は、これはまさしく歴史的事実だった。耳をおおったとて、あるいは言葉の主を見返ったとてその事実がどう変るものでもなかった。フサは機械的に足を運んだ。

「ここです。どうぞ」

　係員が立ち止って椅子を引いた。その席は宇宙開発委員会の幹部たちのテーブルからよく見える位置を占めていた。

「これは？」

　フサの前に、長い口のついた一個の吸飲みが置かれていた。そのガラス製の透明な球体の中には濃褐色の液体が満たされていた。

「はい。吸飲みをお使いになるということでしたので……」

「誰が言った？　そんなこと！」

係員は当惑した表情で吸飲みの位置を動かした。そっと横へずらし、またもとの場所へすえた。

「東キャナル市民生局の方からの指示があったものですから」

ハルか！　吸飲みを使って見せろというのか！　サイボーグは食事のしかたまでふつうの人間とはちがうのだ、ということを委員会の幹部たちに見せてやれというのか！

「おれはふつうに食事をするんだぜ。だが、ま、いい。そこへ置いておけ」

フサは椅子に腰を落した。むしょうに腹が立った。何もそこまで演出することはないだろう。ひとを何だと思っているんだ！　あの小役人め！　退役サイボーグの福利更生を計るために委員会に刺激を与えるということと、フサが吸飲みを使って見せるということとは何の関係もないはずだった。ふと、気づくとかれとテーブルを同じくする人たちの目はひとしく、かれと、かれの前に置かれた丸い吸飲みに集中していた。その人たちの間から、ひとつ向うのテーブルについている委員会の幹部たちの何人かの目もそそがれていた。いつか怒りも薄れていた。フサは吸飲みをとり上げた。長くわん曲している吸口をくわえてゆっくりと中の液体をすった。周囲から声の無い嘆声が湧いた。液体は炭酸の刺すような味を舌に残した。人々はもう一度あらためてフサと吸飲みにある感情のこもった視線を当て、それから徐々に自分たちの食事と会話へもどっていった。

かれはなるべく目立たぬように背を丸めて静かに椅子をずらし、そっと立ち上った。テーブルの間をぬって出口へ向った。係員が近づいて来た。

「何かご用でしたら私が代って……」

「いや。いいんだ。宿舎へ帰る」

フサは係員を押しとどめてドアを開いた。

2

記念ホールを出ると、さわやかな夜の風が火照った肌にこころよかった。高い石段を降り、その下に設けられている警備員のつめ所へ立寄った。

「第八居住区のB3ブロックへ行きたいんだが」

警備員の一人が地図を書いてくれた。それをたよりにフサはホールの前から走路《ベルト》に乗った。宿舎へ帰る気はなかった。

張力の衰えた走路《ベルト》は転輪にのるたびに不快な震動を生んだ。片側二走線ずつの走路《ベルト》の、中央の二本はだいぶ前から停止したままになっているらしく、枯れた木の葉やごみが散乱していた。投光器の投げる円い光の輪の中を通りぬけるたびに、落葉の裏が銀色に光った。時おり、思いがけぬ高みにかがやく窓の列があらわれては後へ遠ざかっていった。連邦政庁エリアともいえるこの一画には、一晩中灯の消えぬビルも多いのであろう。はじめはフサ一人だけだった走路《ベルト》も、しだいに人影が多くなって来た。小さなかけ声とともに一人の男がフサの後にとび乗ってきた。男は手にさげたカバンからおりたたまれた小さな金属板をとり出すと、それを器用に組み立てて椅子を作り、腰をおろした。フサも走路《ベルト》に腰をおろした。しかしそれはとてもがまんできるようなことではなかった。

「じかに座ったんじゃとてもだめだよ。あんた。こういうものを使わなくてはな」

男が首をふった。

「椅子ぐらい置いたっていいのにな」

フサはまだ尻から腰へごろごろと不快な震動が伝わってくるような気がした。

「いや。むかしは椅子がとりつけられていたんだよ。プラスチックの透明なすてきなやつがな。だが、しばらくたつうちにだんだんこわれてきた。それを修理するよりもこわれる方が多かったかもしれん。それで市《シティ》はごうをにやしてとうとう椅子をぜんぶ取っ払っちまったのよ」

「真ん中は使わないのか？」

「電力の節約だとよ。あんたは旅行者か？」

「東キャナル市から来た」

「妙ななりをしているな」

「むかし宇宙空間ではたらいていた。退役宇宙技術者だよ」

「ふうん。なんだかしらないが人間の体にもいろいろあるものだな。ところがあっちの景気はどうだい？」

「景気？」

「暮しむきはどうだい？」

「さあな。暮しなんて言葉を耳にしなくなってからずいぶん長いことになるぜ」

「今でも宇宙探検なんてやっているのかい？」

「いや。ほとんどやっていない」

「へえ！　そりゃまたなぜだ？　ついこの間まではやれ冥王星がどうだとか、アルタイルだかなんだかがどうしたとかいって大さわぎしていたじゃねえか」

「もう五十年も前のことだぜ」

「そうかね！　そりゃ結構なこった。あんたの前だが、あんなくだらねえことでおれたちの稼ぎを吸い上げられちゃたまらねえよ。全くの話が」

「下らないこと？」

「ま、気にするなよ。つい言っちまっただけだ。人は誰でもてめえの職業にはプライドがあるからな。職業っていうよりも生き方にだよな。とくにあんたたち宇宙技術者ときたらそいつのかたまりみてえなもんだからな」

「気にしちゃいないさ。おれも退職したし、連邦も宇宙開発にはお見限りだしな」

走路《ベルト》がきしみながら小きざみにゆれ、男は手を後へ回しておりたたみ椅子を尻に当てたまま中腰になって体の調子をとった。

「人間を運ぶものじゃねえよ。荷物を運ぶベルトコンベアーの方がまだましというものだ」

男は動かない中央路帯へぺっとつばを吐いた。

「あんた。ここじゃ来年から子供や老人には酸素が配給になるんだぜ。配給ったって無料《ただ》っていうわけじゃねえ。一リットルが一点。一点分の酸素は千百クレジットだとよ」

「東キャナル市では人が住みはじめた時からそうだぜ」

「火星は地球とはちがうわな！　ここは地球なんだぜ！　え。地球なんだぜ」

「地球の人間には酸素のありがたみはわからねえだろうよ。もしかしたら永久にな」

「飲料水だってえらく不自由になってきたよ。こいつはあんた十年前から一リットル三千クレジットだ」

「なぜそんなことになったんだ？」

「きまってるじゃねえか！　水不足よ。ここ三十年ほどの間、工業用に使う水の量といったらそりゃたいへんなものだぜ。それにこれだけの人間が一日に飲む水の量だって、ええと、一回、聞いたことがあるが忘れちまった。今だって海水から真水を作っているそうだが、猛烈に電力を食ってだめなんだと」

「まあ、どうにかなるだろう。そのうちに」

「どうにかなるにきまってら！」

男は笑いとばした。しかしその笑いにはこれまでフサの聞いたことのない乾いた翳があった。

「今、市《シティ》じゃな、でっかい水タンクを幾つも作っているんだ。降った雨を集めるためのといもさかんに作ってら。そりゃたいしたもんだぜ。網の目のようにビルからビルへさしわたされていてな。わかるかい。今に降った雨水も自分で勝手に始末しちゃいけなくなるんだ。猫ばばすると、おまえん所の屋根には五リットル降ったはずだ、なんてしぼられてな。地面にたまった水を飲むのはどうなるのかな？　なにしろ一リットルが一点だからな」

フサが降りる場所が近づいてきた。

「ここで降りるのか。早く火星へ帰った方がいいぜ。あんた」

男は声だけを残して遠くなっていった。

第八居住区のB3ブロックは想像していたよりも小ぎれいな一画だった。立ちならんだ超高層アパートの窓の灯の上限は遠い星のように夜空にちりばめられていた。

「B3ブロックのK二四八一か」

ブロックの中を周回するらしい走路《ベルト》に体をゆだねて数分すると、壁面に〝K〟というサインを浮き出させたビルが近づいてきた。

ナンバーが二四階の八一号室を意味すると教えられなかったら、おそらく一晩中かかってもたずねる部屋をさがし当てることは不可能であったろう。フサは火星と地球をへだてる以上の距離を、ホールからここまでの小さな探索の道のりに感じた。

フサの目にとびこんできたのは壁面に沿って設けられた何段もの棚だった。そして細い通路だけを残して床を占めた幾つものテーブルがフサの足をさまたげた。棚やテーブルの上にはおびただしい数のペトリ皿やビーカーがならんでいた。それらの底にはガラスファイバーの布片が敷かれ、葉や切りはがされた樹皮や、その他あきらかに植物体の一片と思われるものが収められていた。天井の無影灯から降ってくる暗赤色の光がならんだガラス器具やその中の生物の破片を紅玉のように染めていた。

「誰だって？」

部屋のすみから人影が立ち上った。フサはのび上った。

「フサだ。『キシロコーパ』でおまえといっしょだった」

「フサ？」

「宙航士《ナビゲーター》だった。フサだよ」

人影はいったん顕微鏡らしい大きな器具のむこうにかくれたが、ふたたびあらわれて近寄ってきた。

「ナビゲーター？　で、私に何か？」

「『キシロコーパ』で惑星『コスモフォラⅢ』へ探察に行ったとき、クルーだったじゃないか。あれはひどかったな」

人影はテーブルの間の細い通路を体を横にして通りぬけ、フサの前へ移動してきた。

「何のことかどうもわからないが、誰かね？」

「あんた……その……スホーイだろう？　以前、操機長《メカニック》だった」

「私はスホーイだが」

「それじゃ、おれをおぼえているだろう！　フサだよ。ほら、『コスモフォラⅢ』で生き残ったのは、おれとおまえだけだった」

回廊の照明がななめに室内にさしこんでいた。その光圏の中まで移動してきたとき、人影の顔はフサの記憶のままのスホーイになった。

「スホーイ！　やっぱりスホーイじゃないか！」

会いたかったぜ！　フサは胸の中でさけんでうでをのばした。スホーイはそのうでを黙殺するかのようになお二、三歩進み、思わず体を開いたフサの前を通って廊下へ向って立った。

「私はスホーイだが。人違いではないかな？　あなたの話の内容ではどうもそうとしか思えないが」

廊下へ向って言った。

「でも、おまえはおれのなかまだったスホーイにちがいないよ」

フサの言葉をまさぐるように、耳をかたむけてスホーイは体を回した。

「スホーイ。おまえ、目が！」

「私はあなたの顔を見ることができない。しかし、あなたの名前も、それからあなたの話す内容についても全く心当りがないのだ」

「スホーイ。しっかりしてくれよ！」

「ごらんのとおり、私は植物医だ。宇宙などに出たことはない」

「思い出してくれ。スホーイ。ほら、『コスモフォラⅢ』で着陸に失敗して降着装置を破壊してしまった。あれは決して操機長《メカニック》のおまえの責任ではなかったのだ」

　スホーイは視力を喪った目をフサの顔に当ててわずかに首をふった。

「それは何かの間違いでしょう。私は植物の病気について研究をはじめてからもう数十年になる。あなた、植物の病気に関心がありますか？」

「いや。その。おれは」

「そうでしょう。むりもない。ほとんどの人、いや、すべての人が、と言ってもよいでしょう。植物を救わなければいけないなどとは考えていない。おそろしいことです」

「待ってくれ。あの『コスモフォラⅢ』では……」

「植物は地球のすべての生命の根源です。そして植物自身同化作用によって無限の生命を得ています。それは個を超越することによって種属全体におのれ自身の生命をゆきわたらせていることでもある。植物こそ最高の生命の在り方なのですよ。わかりますか？　しかし、人間が植物になることは不可能です。私が最初にねらったのはそれだったのだが。私は方向を変えました。私は植物の医者としてかれらに奉仕することにきめたのです」

「でも……」

「植物はすばらしい。あなた。植物だってものを考えるし、感じたり見たりそれをなかまに伝えたりできるんですよ。かれらには憎しみも怒りも悲しみもない。あるものはただ自然に同化しようとする意志だけです。だから植物は人間でも許せるんです。どんなに人間にしいたげられても、植物はひろい心でそれを許してやれるんです。なぜなら、人間も自分たちの生命の形を変えたひとつの部分であることを承知しているからですよ。そうでしょう。いずれ、そう遠くないうちにあなたも私もどこかの植物の維管束や柵状組織などの植物の体の一部分になってしまうはずだ。いいことではありませんか？　われわれはほんとうの在り方にかえるのですよ。生命体として」

「そんなものかね」

「そうですとも。われわれは絶えざる生命の危険にさらされ、不安におののいている。しかしわれわれが植物に同化されたとき、そうした不安から解放され、永遠の生命の自覚を得るのです」

「スホーイ。まあ、おれの言うことも聞いてくれ」

「われわれの生命の母胎である植物をさまざまな病害から守り、病源体を駆逐してやることがわれわれの義務なのです。見てください。私の実験や研究の数々を」

スホーイは強い力でフサのうでをとらえた。

「私は現在地球上で猛威をふるっている組織萎縮症について長い間研究した結果、それがテトラビリウム・ウルンプルという胞子虫の一種によって引き起されることを発見しました。この胞子虫はたいへん生活力が強くていかなる種類の薬品でも死滅させるわけにはいかない。そこで私は高周波を当てることによって分裂をさまたげることに成功しました。分裂しかけている細胞が高周波を当てただけで分裂をやめてしまうのですよ。だからふえることができない。ライフ・サイクルが完結せずに終ってしまうわけです。ごらんなさい」

スホーイはフサのうでをとったまま、机の間をぬってすみの実験台の前に案内した。スホーイはスイッチをひねって実験台の上を明るくした。そして棚から一個のペトリ皿をとりおろして実験台の上にのせた。フサをそこへ残したまま、一方の壁ぎわへいそぎ、そこから小さな車のついた机を押してもどってきた。

「はじめて公開するんですよ」

スホーイはうれしそうに笑った。かれは運んできた机の上から箱のような器具を実験台の上に移し、側面のスイッチを押した。器具の上部の平滑な部分が明るいスクリーンに変った。かれは馴れた手つきで一方の側面の小さなドアを開き、そこへペトリ皿を押しこんだ。スクリーンが暗く翳った。スクリーンと光源との間にペトリ皿が位置したのだろう。スホーイはさらに管状の器具をとり上げた。先端に小さなピーナッツ・バルブがついていた。スホーイは二、三度それを点滅させると、それを静かに箱の側面におし当てた。黒い箱の表面に小さな光の輪が動いた。

「どうです？　分裂がとまったでしょう」

スホーイはほこらしげに見えない視線をフサの胸のあたりに泳がせた。

「いや。おれはこういうことは全くのしろうとだから、どうも」

「そうですか。それではもっとわかりやすい装置で説明しましょう」

スホーイは実験台を離れてふたたび部屋のすみへ体を運んでいった。フサは実験台の上の管状の器具をとり上げた。ごとりとかすかに音がした。尾端にねじぶたがついている。それを回してふたをあけ、内部をのぞきこむとなまり色の小さな円筒の底面が見えた。そのまま机の上にかたむけると、針金で結ばれた三個の小さな円筒がころがり出た。直列につながれた乾電池だった。それをもとのように筒に収めてスイッチをおすと先端の豆球がともった。フサはそれを実験台の上にそっとおくと、足音をしのばせてドアにもどった。暗い廊下をエレベーターにいそぐ間に、スホーイの部屋からかれの声が聞えた。フサを呼びかえそうとしているようだった。

アパートの入口から外へ出たとき、入ってくる一人の男にぶつかった。男は体を引いてフサを見つめた。

「あなたですか？　スホーイを訪ねて来られたのは？」

「ああ」

「地区担当医務員のカルパです。民生局からスホーイに来訪者があるという連絡を受けたものですから」

「監視つきなのか？　かれは」

「症状は安定していて悪化の兆候はありませんが、あまり強い刺激はよくありませんからかれに来訪者があるときには私が立会うことになっておりましたが、今日はちょうど急用ができておくれてしまいました」

医務員のカルパはひたいの汗をふいた。

「全く知らなかったよ。年金で生活しているとだけ思っていたものだから」

「記録によれば、この市《シティ》に送られてきたときにはひどい状態だったようです。肉体的な衰弱にあわせて強度の精神分裂症におちいっていました。宇宙技術者《スペース・マン》だったそうですが退職したとたんに、それまで耐えていた恐怖が生存をつづけることの不安という形であらわれてきたものとみえます。口もきけず、ただ暗い所にひそんで手足をちぢめて丸くなっているだけだったそうです。市《シティ》の医務局はさい眠療法でかれの記憶の大部分を消し、同時に永遠の生命へ同化という願望を与えることによって生存の不安を解消させました。すりかえに成功したわけです」

「それでおれのこともおぼえていなかったのだな」

「宇宙技術者《スペース・マン》だった時の記憶が完全にぬぐいさられてから、かれにはようやく心の平静さがよみがえってきたようです。かれにとっては狂気か正気かは問題ではありません。かれははじめて生命の在り方に気がついたのですから」

「それに気がついた時はすでにスペース・マンではなかった。というわけか」

「今のかれには夢がありますからね」

「それはちがう」

フサはカルパから離れて一歩、階段を降りた。

「ちがう？」

「かれには夢があったよ。ほんとうの夢が。永遠の生命がどうしたとか、最高の生命形態がどうだとか、そんなことじゃねえ。永遠の生命に自分の生きがいをあずけるなんぞ、なんで夢なものかよ。やつは死んじまった。やつに宗教は必要なかったんだ。そうだろう？　自分の夢の実態にあるときとつぜん気がついて、おそろしくてふるえ上って口もきけなくなったとしてもそれでどうだというんだ。人間は誰でも、大き過ぎる夢に傷ついてぼろぼろになりながらもそれにしがみついてきたんじゃねえか！」

カルパは静かにさえぎった。

「これはスホーイの神経病理学的な問題なのです」

「なにもおまえたちを責めているわけじゃねえよ」

「スペース・マン。現代のような超高度に発達した文明社会では、そこで生活する者にとってはすぐれた適応性を持つということが不可欠の要素です。それは自分にとって不利なもの、必要のないものでもそれを許容することによって有利な方向に変成させてしまう能力、つまり心理的に価値転換させてしまう操作といってよいでしょう。その結果、形成された内部世界の指標がその人間の行動に一定のパターンをもたらすでしょう。その行動のパターンが外部世界に還元されてそこでふたたび抵抗にぶつかります。それはつぎの価値転換を生み、内部世界にまた影響をもたらすでしょう。こうしたたえずくりかえされるフィードバックが、あなたのいう夢を造り変えていったとしても、それは少しも不自然ではないし、むしろノーマルな心的活動といえるでしょうね」

「そんなことはわかってら」

「それなら、なぜ?」

「かれにはほんとうの夢があると思っていたんだ。おれは」

「あなたがかってにそう思いこんでいただけとちがいますか」

「そうかもしれない」

「あなたの友人のスホーイの場合は、宇宙空間での長期にわたる各種の作業に耐えられるだけの強じんな体力、心理的なものもふくめてですが、無かったということです。それが重傷を負って職務を離れなければならなくなった時に、それまで耐えていた力がいっきょに失われてしまったのです」

「そんなことはわかってら」

「それなら、なぜ?」

四群に分れた三十二個のブースターが機関砲のように間断なく吠え立てていた。ドップラー・レーダーにシンクロしたブースターはあと残された一一六秒の間に、三度ほど傾いている着陸姿勢をたてなおさなければならなかった。しかし巨大な支持架を船腹からくり出すのに五十秒かかるから実際に残されている時間は六十秒しかなかった。その六十秒の間に姿勢を修正することができなかったら、あとは三基の支持架のサスペンションを変えることによって船体を傾けたまま接地する以外にない。それは支持架を完全に張り出してからでなければ操作はできない。そのために必要な時間を三十秒とみれば、もはやフサに残された時間はなかった。フサはわめき出したい衝動を必死におさえて、船体の姿勢を示すスクリーンの青緑色のリングを見つめた。リングはなおスクリーン上に描かれた基準線を三度それてかすかにふるえていた。

「そんなことはわかってら」

「それなら、なぜ？」

13……12……11……10……9

着陸警報機はとうに着陸地点への進入開始を告げてあわただしく赤灯を点滅させていた。ブースターの圧力指標計のうち、C群の四個が七〇を指して小きざみにふるえている。

「機関長《エンジン》、だめか？」

船長《キャプテン》のすがりつくような声が張りさける緊張の中でかすれた。機関長《エンジン》のクロスが口を開くより先に、操機長《メカニック》のスホーイがたたきつけるようにさけんだ。

「船長《キャップ》！　これ以上まてない。限界だ！」

スホーイの両手は支持架の作動レバーをにぎりしめていた。みなの眼が船長《キャプテン》とスホーイに半々にそそがれた。あと残されている時間は船長《キャプテン》が決断に要する秒たらずのほんのわずかな時間だけだった。スホーイのにぎっているレバーに力が加わった。

「しかし、支持架のサスペンションを変えるのはうまくゆくかな？」

そのひとことで貴重な一瞬は過ぎさった。

船長《キャプテン》はあきらかに惑乱していた。電子頭脳の判断にゆだねられない選択の不安が決断の時期をむなしく失わせ、残された機会を二度とめぐってこないものにしてしまった。

「宙航士《ナビゲーター》。きみの意見は？」

船長《キャプテン》は石のように硬張った顔をフサに向けた。口もとが今にも泣き出しそうに引きゆがんでいた。

「スホーイ！」

フサがさけぶと同時に、スホーイはレバーをいっきに引きしぼった。三個のパイロットランプがかがやき、船腹から巨大な支持架がくり出されてゆく鈍い震動がつたわってきた。スホーイの両手がコンソールの上をめまぐるしく動いた。

「第一支持架。レスポンス一二・七二。第二支持架。レスポンス一〇・六〇」

油圧ポンプの圧力可変ブレードを切り換えてゆく。

「第三支持架。レスポンス八・八〇……いや八・九……九・〇〇でやってみよう」

スホーイのほほをつたって流れる汗が、あごの先からコンソールに落ちて幾つもの小さな汚点《しみ》を作った。

「大丈夫か！　スホーイ」

機関長《エンジン》のクロスが蒼白な顔でスホーイの手もとを見つめた。

「くそっ！　間に合わねえ！」

「着地十秒前……九……八……七……」

クロスのさけびに次席宙航士《コ・ナビゲーター》のフルィの声がかさなった。

「席《シート》につけ！」

フサは船長《キャプテン》の体を重力席《G・シート》につきとばして自分も宙航士席へおどりこんだ。ベルトの閉じる金属的なひびきが断続した。

「五……四……三……二……一」

〝接地《タッチ》！〟の声は聞かれなかった。

重い衝撃が船尾から船首へどうんとつらぬいていった。油圧シリンダーがいったんその衝撃を吸収し、ゆっくりと吐き出してゆく波のような巨大な振幅を持った反動がきた。みなは凍りついたような心でその反動の行末を待った。床がわずかに傾いた。二度目の揺れでその傾きはさらに増した。三度目の波がきたとき、床はとめどなく傾きを増しはじめた。誰のものともわからぬ絶叫と悲鳴が交錯し、固くボルト締めされているはずの器機類がなだれのように床を滑った。フサの眼に、床が足もとから頭上へ、頭上から足もとへと回転した。床は、重力席《G・シート》にあお向けになっているフサの背側にあるはずだった。一瞬、すさまじい衝撃が船体を打ちのめした。

フサが気がついた時、操縦室の内部はけむりでいっぱいになっていた。壁面からぬけ落ち、とめがねがはずれた機器類やコンソールで床は足の踏み場もなかった。スクリーンは完全にくだけ落ち、その背後にかくされていた多連装ブラウン管の基部だけが蜂の巣のような幾何学模様をのぞかせていた。航法用電子頭脳のフロント・パネルがぱっくりと開いて、あふれ出たテープの束が床をおおう残骸にもつれ、フサの手足にくもの巣のようにからんでいた。いやに静かだった。最初、フサは自分の聴力が完全に失われてしまったのだと思った。その時、誰かの声がフサの名を呼んでいた。操縦室の背後の隔壁が大きく引き裂け、向う側のエア・ロック待機室がのぞいていた。そこに人影があらわれ、またフサの名を呼んだ。フサは四肢を使って移動していった。とびらの吹き飛んだエア・ロックまで何十キロメートルもの距離があるような気がした。

さえぎるものもない平原がひろがっていた。中天に黄銅色の小さな太陽『コスモフォラ・ベータ』がかかっていた。その弱々しい光が、平原にほんのわずかな起伏の翳を浮かび上らせているほかには、平原の果てを区切るわずかな高まりさえなかった。『キシロコーパ』の長大な船体は横倒しになり、おれた支持架がひれのようにななめに中空に跳ね上っていた。三点支持に失敗した船体は横倒しになったまま、かなりの合成推力で地上を突進したらしい。船体の後方に航跡《ウエーキ》のように長く長くなお濃い土けむりが上っていた。三百メートルほどむこうに、船尾からもぎ取られた巨大な反射傘の一部が奇妙なドームのように地表に伏せられていた。土けむりの中を、剝ぎ取られた外鈑の破片や反射傘の支持部分が、キラキラと光って舞っていた。

「炉が爆発しなかったのがふしぎだな」

機関長《エンジン》のクロスが鼻や口のまわりの血をぬぐいながら肩をすくめた。

「生存者を確認しよう」

次席宙航士《コ・ナビゲーター》のフルイがぬぎすてたヘルメットをほうり投げてフサを見かえった。かれはあの一瞬の混乱の中でヘルメットを着けたものらしかった。

「その必要はなさそうだ。どうやら生存者は操縦室にいたおれたちだけらしい」

スホーイがおれた歯とともに血の塊を吐き出した。

「おれたちのほかは全員死んだのか！」

フルイが顔をおおってうずくまった。

「支持架の緩衝装置のオイル・シリンダーが破裂して第一機械室へオイルが噴き出した。あそこにいた二人はだめだろう。発電機室は圧潰したようだ。管制室にいた三人も絶望的だ」

スホーイがうめくように言った。

「きさま！　よくもそう落着いていられるな。すべてきさまの……」

とつぜん、船長《キャプテン》が声をふりしぼってスホーイのうでをつかんだ。二人はもつれ合って倒れた。

「クロス！　船長《キャップ》をおさえろ！」

フサははげしくころげ回る二人の体を引き離そうとやっきになった。クロスによって抱き止められた船長はなおもけもののように体をくねらせ、クロスのうでをはねのけてスホーイにおどりかかろうとした。

「船長《キャップ》！　船長《キャップ》！　しっかりしてくれ！　今は個人の責任をうんぬんしている時ではない。船長《キャップ》！」

フサは船長の肩をつかんで力をこめた。

「ちくしょう！　だからおれはこんな乗組員《クルー》といっしょじゃいやだと言ったんだ！　もともと乗組員《クルー》は船長がえらぶべきものだ。それを委員会のやつらは乗組員《クルー》の人選にまで手を……」

船長はフサのうでの下で言いつのった。

「船長《キャップ》！　しっかりしろったら！」

しかし船長の眼も、打ちふるうでも、とがらせた肩も、そしてフサのうでからのがれようとするおそろしい力も、すでに正気を失ったものだった。

「スホーイ！　鎮静剤を打て」

スホーイは宇宙服《スペース・スーツ》のひざ上の大きなポケットからプラスチックのケースをとり出した。

「鎮静剤だと？　おれはしっかりしている！　なんだ、きさまら。おれを病人に仕立てて自分勝手なことをしようというのか！」

とつぜん船長はスホーイをつきとばすと、自分をとり囲んでいた人垣の輪の外に走り出た。向き直ったその手に大型の自動拳銃が握られていた。ふだんからかれが腰におびていたものだった。船内の作業のことごとくに、体の自由をそこなわれながらもかれがそれを決して体から離そうとしなかったのは、あるいはかれの本能がこの一瞬を予期していたからなのかもしれなかった。船長は無雑作に引金を引いた。ほんのわずかおくれて、フルイの手もとから閃光が噴いた。二つの轟音は平原にとめどもなくひろがっていった。二つの死体がぼろきれのように横たわっていた。フルイの発射した信号拳銃のナトリウム焰弾をまっこうからあびた船長の体からはまだあかるい色のほのおが立ち昇っていた。実際には誰をねらって射ったものか、船長の発射した弾丸はクロスの顔面を半分剝ぎ取っていた。フルイは手にした信号拳銃を足もとに投げ棄てると、意味のわからぬさけび声を発して平原に走り出た。

「まて！　フルイ！」

スホーイがあとを追って走り出そうとした。フサはそのうでをとらえた。

「よせ！　スホーイ。生きる意志があるならここへもどってくるだろう。今は引き止めてもむだだ」

フルイは砂ネズミのように走って走って走りつづけた。その姿はやがて豆粒のように小さくなり、なおしばらくの間、黒い小さな点となって野末を動いていたが、ついに二人の視界から完全に消えた。

その頃から、平原をあるかないかの弱い風が吹きはじめた。その風にあおられて、船長の体から立ち昇るほのおがあかるさを増した。たん白質の焼けるにおいが、乾いた静かな平原にひろがった。

「偵察艇が修理できればいいが」

その無線機が使えれば、救助信号を出せるだろう。受信は不可能でも発信できさえすればよい。よほどのことがないかぎり飲料水タンクや飲料水製造装置は無傷のはずだった。

「問題は食料だが、まあ、なんとかなるだろう」

二人はだまって船長の体から立ち昇ってはためいているほのおを見つめていた。別に言葉に出す必要はなかった。

船体は放棄する以外になかった。完全につぶれた船腹をトーチ・ランプで切り開き、偵察艇を引きずり出すのにまるまる五日かかった。偵察艇はイオン・エンジンの二次加圧機とノズル内の境界層板が破壊されていた。二次加圧機の方は『キシロコーパ』の操舵用エンジンのものを取りはずしてなんとか間に合わせたが、境界層板の方はどうにもならなかった。シリコン・チタニウム、ハニカムのプレートはあったが、それを削り出す工具がなかった。偵察艇の無電機ではもっとも近い標位星《シグナル》である人工惑星『ダリウスC』をとらえることもできない。スホーイは潰滅した『キシロコーパ』の通信室にもぐりこんだ。焼けただれ、飛散した無電機を、十分間だけ発信できるような状態にまで復元するのがかれの仕事だった。一ヵ月の間、フサは境界層板を持たないイオン・エンジンの改造と調整に過した。テスト飛行は不可能だった。いったん離陸したら、あとは『ダリウスC』の発するサインをタカンでとらえてやみくもに飛ぶばかりだった。境界層板のないノズルが、果して二百八十七日の間、順調にエネルギーを放ちつづけることができるかどうか、これはおそろしく率の悪いかけだった。さらに一ヵ月ほどたってスホーイの無線機が完成した。『キシロコーパ』の船倉の残骸の中から、積載してきた数個の小型の原子力発電機をひろい出し、それらの部品で一個の完全なものを作り上げた。出発は発信後二十四時間以内。そして『コスモフォラⅢ』の第一衛星軌道二周目の終りに『ダリウスＣ』の方位電波をとらえて加速し、あとは慣性航行に移る。『ダリウスＣ』の近傍で漂泊二百時間前後で人工惑星『プセヌルヌ16』からの救援船とランデブーできるはずだった。

「スホーイ。発信は明日。太陽系標準時で一三時〇分から一五分までにしよう。二〇時頃には出発できるだろう」

すでに準備はととのっていた。

「何にもならなかったな。はるばるここまで来て。船はこわれるし、クルーは死ぬし」

「観測器材が残っていればなあ。おれたちの手でしらべられることだけでもしらべて帰るんだが」

実際、これだけでは太陽系によく似た惑星系を持つ『コスモフォラ・ベータ』の第三惑星『コスモフォラⅢ』は、火星に近い直径と比重を持ち、七五％の窒素と約二五％の酸素から成る大気層が存在する、ということこれまでの知識を一歩も出ることができない。もちろんこの二カ月の間、自記記録計がとらえた大気の温度と湿度、風速などの貧しいデータや、着陸点ふきんの土質標本などはあったが、三人の人命と巨大な宇宙船の損失から見ればあまりにもとぼしい成果だった。

「フサ。地上車で行ける所まで行ってみよう。何か収穫があるかもしれない」

スホーイが目をかがやかせて言った。

「いや。それはまずい。もうじき日が暮れる。それに明日のこともあるし」

「大丈夫だよ。地上車で六時間の行程を半径として偵察艇のタカンは入れっぱなしにしておく。これから出かけても明日の朝までには帰って来られるよ。発信は一三時だからそれまでに十分休息はとれる」

フサはおしとどめた。

「スホーイ。こういう時にはな、慎重な上にも慎重に行動しなければならん。明日になるのを体を丸めて、息をこらしてじっと待っているぐらいおく病にならなければいかんのだ。ここにいよう」

それはフサの数多い経験でもあり生きるためのけもののちえでもあった。

「しかし何も危険はないだろう。気候の急激な変化だって考えられないし、地形だってかくれたクレバスがあるとも思えないし」

スホーイは言いつのった。

「そりゃまあそうだ。だが、やめておけよ」

「どうしたというんだ？　いったい。フサ。この平原をフィルムにだけは収めておこうよ。おまえだって手ぶらで帰りたくはないだろう」

フサは首をふった。

「いいんだよ　手ぶらで帰ったって。帰れる見込みが立つと、とたんに欲が出てくるもんだ。

これまであっちこっちで全滅したり行方不明になった探検隊のうち、半分がそれでやられたんだと思うよ」

「いやにおく病風に吹かれたもんだな」

スホーイは鼻白んでそれきり話を打ち切った。さして唄いたくもない鼻歌を唄いながら用もない工具箱などを開きはじめた。

夜に入ってめずらしく風が出た。そりかえり、ねじ曲った宇宙船の残叱に、風は口笛のように鋭く鳴った。明日の出発を思うと、フサも寝つかれなかった。寝がえりをくりかえしているうちにいつの間にか寝入ってしまった。眠りの中に船長《キャップ》やクロスやフルイが何回もあらわれた。フサはそのたびに、偵察艇の満載重量に自分とスホーイの重量しかいれていなかったことに気づいてがく然となってもう一度、最初から計算をやりなおすのだった。いつ終るともしれないその作業は、とつぜんすさまじい地ひびきで破られた。はね起きたフサの目に、烈風の中に、怪鳥のようにひるがえって飛び去る『キシロコーパ』の外鈑が映った。おびただしい破片や四散している器機や部品が、競争しているように平原を走っていた。散弾の掃射のような砂あらしがおそってきた。

「スホーイ！　いそげ！」

フサは毛布を頭からかぶって偵察艇のキャノピーにころげこんだ。その直後、それまで二人が寝小屋《ベッド・ハウス》に使っていた急造のイグルーが吹き飛んだ。偵察艇のノズルをビニール布で何重にも包んでおいたのがよかった。偶然にへさきが風上を向いていたのがもっとよかった。

「スホーイはどうした？」

フサの背すじをつめたい衝撃がはしった。

「やつは！」

イグルーの中にいなかった！　機敏なことではフサ以上のかれが、イグルーが吹き飛ぶまで中にとどまっていることはない。それにフサが脱出する瞬間にも内部にスホーイの気配はなかった。

「しまった！」

いそいで送信ユニットのケースを開いてみるとタカンが作動していた。

「行きやがった！」

フサが眠っているうちにかれは自分の計画を実行したのだ。

砂あらしがおとろえを見せるまでの長い時間を、フサは耐え難い不安と焦燥の中で過した。

夜明けとともに砂あらしはいくぶんおとろえを見せた。偵察艇の外へ出てしらべてみると、二台あった地上車のうち一台が姿を消していた。残った一台も車体の半分を砂に埋めている。スホーイが組み立てた大出力の発信機は無事だったが、『キシロコーパ』の船体から、はね上った支持架まで巨大なフェンスのように張りわたしたアンテナは風に引き裂かれてどこかへ飛んでしまっていた。フサのおそれていた事態が現実のものとなった。

「そううまくゆくわけはねえと思っていたんだ」

フサは残された地上車のエンジンを始動させた。スホーイの向った方向は偵察艇のタカンが示している。キャタピラーが砂を巻き上げると、まだ吹きやまない風に砂は爆煙のように舞い上った。

夜は完全に明けているのに、平原は暗色の薄幕につつまれているようにほの暗かった。昨夜からの砂あらしが大気の高層をこまかい砂塵で充填《うめ》ているのだろう。単調な平原はどこまで進んでも少しも変らなかった。五時間ほど進んだ。スホーイの計画では六時間の行程でおりかえすはずだった。

間もなくそのおりかえし地点がこようとしていた。

「おかしいな。ルートからそれたのだろうか？」

地上車のコンパスに頼れば偵察艇の送る誘導電波のビームからそれて自由なコースをとることはできる。しかし惑星探検の経験の浅いスホーイがそのような冒険をするとは思えなかった。フサは地上車の操縦席の屋根に上って双眼鏡を目に当てた。何も発見できなかった。

さらに三十分ほど進み、ふたたび周囲をうかがった。さえぎるものもない砂の海だけだった。

さらに三十分ほど進んだ。おりかえし地点はとうに過ぎていた。操縦席の屋根には、雲母のようなキラキラと光る微細な砂が厚く積り、宇宙靴《ブーツ》で踏みしめるとそのままずるずると屋根の端まですべり、積荷を固縛するロープ穴のふちにかかとがひっかかってかろうじて止った。

太陽『コスモフォラ・ベータ』はすでに十時の高さにまぼろしのような光輪を浮かべていた。寒い。いつもならこの時間ならば八度Cぐらいまで上っているのに、今日はそれより二、三度は低いだろう。

その時、双眼鏡の亜鈴形の視野のすみに、目にしみるような真紅の光点が映った。針路から左へ、十一時の方向だ。地上車の非常用信号マストの先端の警報灯にちがいなかった。十五分ほど走ると、肉眼でも警報灯がはっきりと見えてきた。フサはエンジンを全開にして突進した。十五分ほど走ると、肉眼でも警報灯がはっきりと見えてきた。

わずかな起伏もなく海のようにつづいていた平原は、そこで二、三メートルの落差を持つゆるい斜面を作っていた。太古の裂溝の跡でもあるのだろうか。斜面の前方はさらになだらかなかたむきを持つ岩石混りの荒れ果てた平原につらなっていた。その大傾斜の果てでどうなっているのか、ここが地球ならば、この地形では遠い地平線のかなたには海があるはずなのだが、この惑星には海と呼べるような大水面を持つ水量はないことはあきらかだった。もしかしたら、今フサが立っている場所は、はるかなむかしには波の打ち寄せる海岸だったのかもしれない。長い年月をかけて、水面はしだいに後退してゆき、ついにこの広漠たる視界の中から消え失せ、あとにゆるやかな大傾斜を持つ平原を残したにちがいない。フサの目に、まぼろしの海があらわれ、白い波がしらをくずして陽が翳るように薄れていった。スホーイの地上車は、そのまぼろしの海に頭部を向けて静止していた。風はまぼろしの海からわたってきて背後の砂漠へ吹きぬけていった。

フサは遠い海への想いをふりきってスホーイの地上車へ乗り移った。

スホーイはハンドルに上体をあずけて気を失っていた。

「しっかりしろ！　スホーイ！」

ほほに二、三度平手打ちをくわせると、スホーイは低くうめいた。一、二本の注射を打つとスホーイはようやく生気をとりもどした。笛のようにのどを鳴らすと、スホーイはとつぜん、フサの体にしがみついてきた。

「フサ！　フルイを見つけた」

「なに？　フルイがいた？」

スホーイは操縦室のうしろの荷台を指した。

「いた。フルイが」

「そうか。よく見つけたな。やつはこんな所まで来ていたのか。さっそく葬ってやろう」

死体を『キシロコーパ』のかたわらに埋めるか、それともかれが最期の息を引きとったこの平原に埋めた方がよいか、フサは決心がつかなかった。

「おまえはどうしたんだ？」

スホーイは犬のようにあえいだ。ひどい熱だった。

「なんだか急に気分が悪くなって」

「こういう酸素分圧の低い所で風に吹かれるとひどく消耗するんだ。少し休め。おれはその間にフルイを埋める」

死体を運ぶよりもその方がいいだろうと思った。

「埋める？　フサ。フルイは生きているんだ」

スホーイがほほを硬張らせてさけんだ。

「生きている？　ばかな」

「ほんとうだ！　フサ。フルイは生きているんだ」

「しっかりしろ、スホーイ。生きているものなら、なぜ荷台にのせた？」

「でも、フルイは……フルイは……」

フサは自分のうでにすがりついているスホーイの指を一本一本むしり取るようにはがした。おそろしい力だった。

「スホーイ。いいからおれのうでを離せ。うでの骨がおれちまうじゃねえか！」

さいごには指を逆におり曲げるように力をこめて引き離した。

「落着け！　スホーイ」

フサは操縦室の上部ハッチから荷台の屋根に移った。荷台をおおう屋根には、貨物を出し入れする大きなハッチがあった。フサはそれを押し開いた。

人の形をした褐色の土塊のようなものがあった。ところどころに付着している宇宙服《スペース・スーツ》の断片がなかったならば、それがフルイの死体であるとはとうてい思えなかった。とつぜん死体が動いた。フサの手から離れたハッチがどうんと閉じた。フサはもう一度、押し開いた。

フルイの死体はねがえりを打つようにゆっくりと動いた。フサはほんの短い間、おそってくる混迷と戦った。広漠とひろがる大傾斜に目を転じ、吹きわたる風の音に耳をとめてからもう一度、荷台の死体に目を移した。死体は褐色の細い草の根のようなもので一面につつまれていた。そして、それから無数の短い柄が突き出し、その柄の大部分の先端に円い小さな穂が開いていた。フサの見ている間にも、小さな柄はあとからあとからのび出して先端に穂をつけた。無数の柄がのびようとして屈伸するたびに、フルイの死体は右に左にねがえりを打ち、手足をのばし、頭をもたげるのだった。フサは荷台に降り立ち、穂のひとつを千切り取った。糸のようにか細い組織が、何十本も束になって柄につらなっていた。穂を破ると、未成熟の青白い微細な胞子が指の間でつぶれてわずかな液汁となった。

「スホーイ。こいつはたぶんカビかキノコだろう」

根のように見えるものは菌糸であろう。フルイの死体に寄生したささやかな生命のいとなみだった。

「スホーイ。フルイは生きてやしねえよ。カビが成長するんでフルイの死体を押しころがすんだ」

フサは操縦室のハッチからのり出して、座席にうずくまっているスホーイの肩を小突いた。

「いや。ちがう！　フルイは生きている。フルイは死んじゃいねえ！」

スホーイは全身でさけんだ。

「そうじゃねえってば！　見なよ。ここへ来て」

「生きている！　フルイは生きているんだ！」

「スホーイ。しっかりしろよ」

フサは屋根の上から手をのばしてスホーイのえりをつかんだ。スホーイはけもののように絶叫してハンドルにしがみついた。

「フルイは生きているんだ。やつは植物になっちまったんだ。そしてこの砂漠で生きつづけるんだ!」

スホーイはどろのように座席にくずれ落ちた。

風の音だけが四周に湧き起った。砂はキャタピラーの間を吹きぬけ、露出した岩のくぼみにたまり、そして遠い平原へと吹き送られていった。

フサはフルイの死体を砂の上におろした。埋めない方がいいだろうと思った。

「それにしても豪勢なえさを見つけたもんだよ。フルイだってそうまずくはねえはずだ。まあ、たっぷり吸って力をつけて殖えるがいいや」

この惑星に動物がいるのかどうかはわからないが、このひ弱なカビが、ふたたび動物の死体のような豊かな栄養物にめぐりあえるのは果していつのことか。百年に一度、千年に一度あることとなのか。その時を夢見て、胞子も菌糸も、砂にまみれ、風に吹き飛ばされながら長い長い年月を待ちつづけるのだろう。

「おたがいに生きるってのはたいへんなことよ」

フルイを形造っていた物質の大部分は、今や褐色のカビに移ってしまっている。するとこのカビはフルイでもあるのだろう。フサは荷台のすみから飲料水のタンクをおろすと、中の水をフルイの死体にあびせた。カビが喜んでいるかどうかはわからなかったが、植物なのだから嫌うはずはないと思った。

「あばよ。フルイ」

フサは操縦席にもどってスホーイの体をおしのけ、ハンドルをにぎった。

フサのほほをはじめてなみだが流れた。


「今のかれには夢がありますからね」

それでいいじゃありませんか？　地区担当医務員は階段の上からフサの頭ごしに暗い街に眼を向けた。

「それはちがう」

「ちがう？」

「永遠の生命に自分の生きがいをあずけるなんぞ、なんで夢なものかよ。やつは植物になろうとしてなれなかったんだ。やつは死んじまった。なあ、医務員。宇宙技術者《スペース・マン》だったある男はカビに変っちまって、遠い砂漠の砂の中で今でも生きつづけているぜ。おやすみ。医務員」

フサは一歩、一歩、階段をくだった。もうスホーイに会うことはないだろう。

「スペース・マン。あなたは何をしに地球へ来たのですか？」

カルパの声が追いかけてきた。

「何をしに？　ことわっておくが、おれは詩人じゃない」

「あなたは自分のむかしの夢をひろいにきた。もう無縁になってしまったむかしの夢をね」

「だから？」

「あなたは火星に還るべきだ。ここにはあなたを容れる場所はない」

「それも神経病理学的診断かね」

「私は詩人ではない。そして、よりたしかにスペース・マンでもない」

「わかっているよ。おまえはスホーィのただ一人の友人だ」

「ごきげんよう。スペース・マン」

暗い夜空のどこかを超音速旅客機の遠雷のようなひびきがわたっていった。

3

ラルラの名前は誰でも知っているようだった。しかしその住居を教えてくれと言うと、皆いちように首をふった。なぜか言いたがらなかった。十何人目かの男に、ようやくある男の名を教えられ、市《シティ》の外郭の連邦租借地区の旧倉庫エリアの管理事務所へ行くようにと言われた。

幾つもの走路《ベルト》を乗りつぎ、一時間ほどかかってたどり着いたそこは何本もの高速道路がもつれ合うように複雑な曲線を描いた巨大なインターチェンジの直下だった。灯ひとつ無い山のような倉庫群の間を進むと、明るい灯をともした管理事務所の窓が眼に入った。フサは中に入った。一人の男が簡易ベッドに寝そべって立体テレビを見ていた。

「ラルラに会いたいんだが」

「あんたは？」

「フサだ。東キャナル市の」

「ああ。さっき連絡があったな。あんたか」

「ラルラに会いたいんだが」

「だいぶほうぼうで聞いたらしいな。まああんたは重要人物だからあんたの身に危険ということもあるまいが」

「なんのことだ？」

「保安部だってすきをねらっているんだからな。どんなやつがもぐりこんでくるかわかったもんじゃねえ」

「おれのことか？」

「そうじゃねえ。あんたが中にいるのを見られたらまずいことがおこるかもしれないからな」

　フサは周囲を見回した。仕事とてない管理事務所の汚れた小部屋には、ラルラとどのようなつながりがあるとも思えなかった。

「どうもよくわからないんだが。おれはラルラに会いたいだけなんだ」

「連絡があったよ」

「会わせろ」

男は惜しそうに立体テレビのスイッチをひねった。それからどこかへ電話をした。

「今つれていってやる」

「なんだか、みんなでラルラの秘密を守っているようだな。何かあるのか？」

「別にラルラの秘密を守っているというわけじゃない。言わば、みんなが自分の秘密を守っている。というところかな」

「重要人物というわけか」

男は無表情に、フサの体を見上げ、見おろした。

「だが、そのかっこうじゃ目立っていけねえや。まっていろ」

男は倉庫の中へもどっていった。男はなかなか姿をあらわさなかった。逃げたのかな？　フサがなかばあきらめかけた頃、男が倉庫から出てきた。

「これを着なよ！」

男は手にした丸めた布をフサにほうった。ひろげて見ると汚れた作業衣だった。

「おめえが着られるようなものを見つけるのに骨をおったぜ」

男は思ったよりも親切だった。フサは男のくれた作業衣をまとうと、男の後にしたがってせまい階段を降りていった。広大な集積所を通りぬけ、さらに貨物用リフトで何層かを降り、使われていない赤錆びだらけの貨物用のベルトコンベアーをわたって荒廃したフロアに入った。地下格納庫のような広い一画だった。何十本もの四角い太い柱が、高い天井を支えている。その柱にとりつけられた投光器のうち、まだ幾つかがともっていて、角柱の列の間に光輪を描き出していた。二人の足音が高くこだました。

「ここも倉庫か？」

「そうだ。しかし長いこと使われていない。もともと連邦・輸送部の倉庫だったんだが戦争が終った今では地下倉庫でもないものな。管理をまかせられている市《シティ》でももてあましているのよ」

「ラルラはこんな所で何をやっているんだ？」

「ま、すぐわかるよ」

列柱の間を通り過ぎてゆくと、がんじょうなちょうつがいを打った巨大なとびらがならんでいた。

「冷凍室のようだが」

「ああ。むかしはな」

男はひとつのとびらの前に立った。とびらのどこかにもうひとつ小さな開き戸があり、男はそこから電話器をとり出すととびらの内部と短いやりとりを交した。待つ間もなく、とびらが開いて二人は入った。内部は十メートル四方の部屋だった。左右の壁には何段もの棚が天井まで設けられ、その天井から垂れ下ったレール・ホイストのくさりが淡い照明灯の光に赤褐色のへびの死体のように力なくゆれていた。正面の壁にもうひとつドアがあった。それを開くと、青緑色の光の滝があふれ出た。ドアの内側に一人の男が立っていた。男はフサにけわしい眼を向けたが、何も言わなかった。

そこは幾つもならんだ冷蔵庫の後の冷凍機室と思われた。せまい通路の天井も壁も、おびただしい管《チューブ》の束でおおわれ、その間からパイロットランプの列が死魚の目のようにのぞいていた。通路の右側の壁がとぎれると、あとからとりつけたものらしいプラスチックのドアがあった。そのドアを通して海鳴りのような重い騒音が伝わってくる。

「発電所のような音がするが」

男はだまってドアを開いてフサの背を押し、そのあとから自分も入った。

目の前に一見して何かの電子装置とわかる巨大なメカニズムがならんでいた。網の目のように入り組んだ電路パイプと機器群、冷却システムのコンプレッサーや自動変圧器の熱交換機などが空間をすき間無く埋めていた。張り出されたプラットホームをつたって半周するとガラス張りのコントロール・ルームがあった。内部へ入ると、壁面に沿って設けられたコンソールに二、三人の男が配され、パイロット・ランプのまたたきにつれてめまぐるしく両手を動かしていた。

「これはなんだ？」

よほど大規模な電子的施設の管制所にちがいない。

「ボスがお会いになるそうです」

一人の男がフサに奥のドアを指した。

「ボス？　いや、待ってくれ。おれはラルラという女をさがしに来たのだが」

その返事が得られないうちに、フサはドアから押し出された。そこはさらに回廊になっていた。天井や壁にはなお電路パイプの束が縦横にはしっていたが、その天井や壁、そして床も淡いモスグリーンのプラスチック塗料で美しくコーティングされていた。案内する男は回廊に面したドアのひとつを押し開いた。

「どうぞ」

オレンジ色を基調にしたやわらかい光が海のようにフサをつつんだ。広大な壁面を形成する発光《エレクトロ・ルミネッセンス》材は、雲のように絶え間なく流動する濃淡の光斑を描き出し、床に敷きつめられた強化ガラスを、朝焼けの湖のように燃え上らせた。その光彩の中から一個の人影がゆらりと立ち上った。

「いらっしゃい」

うるんだアルトに忘れもしない記憶があった。

「ラルラ！」

「地球へ来ているというのはニュースで見たわ。表彰されたんですってね。おめでとう」

ゆらめく多彩な光と影を踏んで、まるで重さを持たないもののようにフサの前に歩み寄ってきた。

「ここは何だ？」

壁面はゆっくりとやわらかなオレンジ色から海王星の氷原を思わせる透徹した深い藍色に変った。天井から降ってくる光は、その極地の凍った空に浮かぶ氷片をいろどるオーロラのように拡散して幾重にもひるがえった。

「フサ。ごらん。この部屋は今、私の心象を光と影でスケッチしている。あなたは数十年ぶりで私と会ったというのに、先ず、ここは何か、とたずねる」

ひるがえるオーロラの痛みにも似た青と、燃えるような緑が女の横顔に灼きついた。

「ボスがおれに会いたいとか」

「今会っているじゃないの」

「おまえが？」

「誰も話さなかったとみえるわね。それはそれで結構。たとえ私のお客とわかっていても言うはずがないわ」

「ラルラ。ここは連邦が不用になった倉庫らしいが、その内部に設けられているこの施設は連邦とは無関係なものにおれには思えるのだが」

「そのとおりよ」

「おまえはここで何をしているんだ？」

「あなたはむかしと少しも変らないわね。好奇心が強いのがあなたの良い点でもあり、悪い点でもあるわ。もっとも私にとってはそれは悪いことばかりしかもたらさなかったけれど」

「この部屋だってとほうもない金がかかっているはずだ」

「ほんのささやかな趣味よ。あなたの好奇心を満足させられるようなものではないわ」

「おまえは何か秘密の組織に属しているのか？」

ラルラは声も無く笑った。

「何に対して秘密にしなければならないか、ということね。それはかなり難かしい問題だわ」

ラルラはフサのうでをとって部屋の奥へ誘った。奇妙な曲面を持ったソファが床からせり上ってきた。ラルラは自分からソファに身を埋めた。

「おかけなさいな」

「おまえのことはすぐわかった。さがし出すのは不可能だろうと思っていたのだが」

「そうね。もうあれから六十年？　七十年になるかな。ふつうなら生き死にさえわからなくなっているはずよね」

「それがすぐわかった。誰でも知っているらしい」

「今どうしているの？」

「年金で生活している。ほんとうはまだ退職してはいないのだが、仕事が回ってこなくなってから何年にもなる」

「どうして？」

「どうして？　今では太陽系内の航行ならサイボーグでなくとも生身《なまみ》の体でつとまるよ。それにここ二、三十年というもの、惑星探察なんてやってないのさ」

「でも太陽系の外まで、手がとどくかぎり惑星全部しらべつくしたというわけではないんでしょう？」

「連邦は惑星開発に意味を認めないんだ。金ばかりかかるといってな」

「金星や火星はずいぶん開発が進んでいるそうじゃない」

「おれが言ってるのはそんなことじゃねえ」

「むかしと変らないわね」

ラルラはふとほほえんだ。フサの知っているむかしと少しも変らない笑顔だった。変らないのはその笑顔ばかりではなかった。東キャナル市などでは見たこともない上質のガラスファイバーで織った着衣のひだをとおしてくっきりとうかがわれる肉体は、むかしフサの知っていたものと少しも変らなかった。ラルラは音もなく立ち上った。フサの視線を満身にむかえてラルラはゆっくりと体を回した。身につけていたものが一瞬の飛沫となって床に落ちた。年齢を加えたつややかさと厚みはこれはフサの知らなかったものだった。腰や太ももの筋肉は触れれば応えるような躍動を示すだろう。首すじから背へ流れるよどみのない円みは、時にどのような姿態にも耐え得る強じんさをも秘めていた。フサの知っているラルラの体はただあたたかくてかぎりなくやわらかく、うでもももも、にぎりしめればくぼんだ筋肉をとおして、反対側の指先の硬さが感じられたほどだった。その頃のラルラと、今のラルラと、どちらがほんとうのラルラなのか、フサはかすかにめまいを感じた。

「わかったよ。あっちでもこっちでも言われた。たぶん、ほんとうなんだろうよ」

「みんなそうなんじゃない？　夢を見ている間は変らないのよ」

「おまえはどんな夢を見たんだ？　その体で？」

「ほんとうはあなたにはそれを聞く資格はないのよ」

「そんなこと、わかってら」

「私を抱く？」

「この光はおまえの心象スケッチだと言ったな。おれはこの色は好かないんだ」

「ほんとうは」

「おれたちには性的能力はない」

「残酷だと思っているんでしょう？」

「おれは詩人じゃない」

「あなたはむかしの私に会いにきた。会いにきたあなたがむかしのあなたでなければ」

「残酷だと思っているんだろうな？」

「私は詩人じゃないわ。それにおたがいに手をとりあってむかしの思い出を語り合うほど若くもないわ」

「悪かったよ。どんな夢を見たか、なんて聞いて」

「いいのよ。人は時に語るために夢を見ることもあるわ」

部屋をみたす光はじょじょに海王星の青《ネプチュニア・ブルー》から落日のような深いオレンジ色に変りつつあった。波紋のような光輝と翳が、あとからあとから天井から壁へ、壁から天井へと流れ移ろっていった。そのあえかな明暗の中からフサは羽毛のように軽い衣装をすくい上げ、ラルラの豊かな背中にはおらせた。

「フサ。むかしの私に会ってみないこと？　むかしの私なら、あなたは抱くことができるはずよ」

ラルラは影のように動いて、ソファのひじかけをまさぐった。ごく短い間、かすかな震動がつたわってきた。

ふっとすべての照明が消えた。薄明の中ではじめてラルラの湿った体温と記憶に刻印された甘い体の匂いを感じた。

「むかしのおまえに会う？」

床が一面に青白い光輝を放った。

「見て」

それは床が光っているのではなく、いつの間にか完全に透明になった床を通して、足もとの広大なホールの照明が流れこんできたのだった。

直径が百メートルほどもある円形劇場を思わせる広大なホールだった。おびただしい数の男や女が同心円を描いて配置された椅子を埋めていた。

「集会か？」

そうでもないようだった。椅子に体を埋めている人々の間には何の共通した意志も目的もないようだった。

「劇場でもないようだが？」

ラルラの手がさらにひじかけのかげで動いた。とつぜん、何百人もの男や女の発するうめき声や絶叫がすさまじい音波の壁となってフサの鼓膜を突き刺した。胸の奥底からしぼり出される糸のようなか細いすすり泣き。床を踏み鳴らすひびき。たたきつけるようなののしり。あらしのような呼吸音が増幅されて部屋の空気をどよもした。さけびは高くなり低くなり、拡散と凝縮をくりかえし、のぼりつめてはとほうもない爆発となった。

「ラルラ！　これはたしか連邦や市《シティ》の管理下にあるはずだが」

ラルラのほりの深い顔に翳が濃かった。

「また。フサの心はいつも何かに縛られているのね。そうよ。これは連邦や市《シティ》の事業のはず。でも、私がそれをやって悪いということもないはず」

「しかし、これはあきらかに犯罪行為だ」

「おばかさんね」

「秘密の組織というのはこれだったのか！」

「性交を楽しむ自由の保留だなんて、カビのはえたような古臭いりくつはよすわ。超音波で意識下にある想念を励起しながら性中枢を刺激するという方法を私は拡大させたの。あそこに見える人たちは、自由に空想を楽しんでいるわ。それぞれ自分がのぞんだ相手、それが現実の誰かであれ、勝手に空想した肉体であれ、その人を今、抱いているのよ。たくましい青年時代の自分に還ったり、美しい娘の頃にもどったりしてね」

「しかし、それは神経生理学的に危険じゃないか。無制限に体力を消耗すると聞いたが」

「でも、私のお客は承知しないのよ」

「客？」

「フサ。これだけの設備を維持してゆくのに、どれぐらいかかるかわかる？」

「ラルラ。よせ。市《シティ》が気がつかないはずがない」

ラルラは小さく肩をすくめた。

「とうに気がついているわよ。フサ。今、あそこへ坐っている客の中に市《シティ》の保安部員が何人もいるはずよ」

「しかし、自分たちの身が危くなればいつ情報提供者になるかわからないじゃないか」

「お客さんは自分の好みのパターンをカードに作って電子頭脳の資料巣に落しこむのよ。よくあるでしょう。女の体を傷つけることによって強い快感が得られるとか、他人どうしの性交を見ることではじめて興奮するとか。そのカードが演出の鍵になるわけだけれども、そのカードの中に、保安部長や連邦、民生局長のものもあると言ったらあなたおどろくかしら」

「たぶんそんなことなのだろう。それはこの設備を見ればわかる」

「さっきあなたは秘密の組織かって聞いたけれども、その意味では秘密なんてとりようよ。大きな組織であることには間違いないけれども。何十人もの技術者がはたらいているのよ」

「おまえが作ったのか？」

「私だけではないわ。今はボスと呼ばれているけれども」

「ずいぶん金になったろうな」

「もうけたか、ということ？」

「これだけの設備を維持するのはなみたいていのことじゃないはずだ」

「そうね。ある人たちにとっては危険手当というものは必要なのよ」

「そのある人たちの中には、おまえ自身も入っているのか？」

ラルラの顔に、これまで見たこともないある激しい感情があらわれて消えた。

「フサ。あなたがいつか、私のところへ来るにちがいないという確信が私にはあったわ。むかしの私をたずねてね。あなたの中にあるむかしの私よ。フサ。その時、私はどうすればいいの？　私はあなたに抱かれることはできても、あなたは私を抱くことができないじゃない！　そのために、と言ったら、あなたはおれは詩人じゃないよと言うかしら？」

ラルラの体をつつむ光と影は、とつぜん紅蓮のほのおとなって渦巻き、はためいて広大な部屋を火の海と化した。

フサは女に背を向け、とびらまで進んだ。長い長い道程だった。

「あなたがいけないのよ」

「おれが？」

「なぜここへ来たの？　私はあなたを待ちつづけていた。でも、それは私だけのことで、私のその作業にあなたが加わることは少しも必要なかったわ。そうでしょう？　あなたのさがし求めているものはここにはないもの」

「そうらしいな。いや、たぶんそうなのだろう」

小がらな色白の一人の娘、憂いに似た翳りを眉根にただよわせていた気弱な娘はもうどこにもいない。遠いむかしのある時、ほんの短い間、フサの生活の中にあらわれてきただけなのだ。たとえその頃のその娘と、同じ人物であったとしてもその女にいったい何の用があるだろうか?

「あなたは勝手なのよ」

「そうかもしれない。いや、たぶんそうなのだろう」

「あなたにとって想い出なんて無用じゃないの！　スペース・マンにとって想い出とはいったい何なの？　あなたはこんどこそ二度と地球へ帰ってくることはないと思うわ」

とびらは閉ざされた。

どこかで死の匂いがする。

今は秋九月。窓から見える空は染めたように碧く、白い千切れ雲が浮いていた。

さわやかな風が吹きわたってゆくたびに、開け放された窓から黄ばんだ木の葉が舞いこんで、ならんでいる人々の間を蝶のようにひるがえっていった。

久しきにわたって？　なぜ永遠に、と言わないのだ？

どこかで死の匂いがする。

4

暗いオレンジ色の太陽が遠いオリオーネ山脈のなだらかな稜線にかかると、稀薄な大気は陽炎のようにかすかにふるえる。風だ。やがて来る夜の先触れの風が、広漠たるアマゾン砂漠をはるばるとわたってくるのだ。そのあるかないかのわずかな風に追われて砂が走る。砂が走る。

まるで重さをもたない乾いて軽い砂が幾すじも幾すじもけむりのように走る。時に紗のようにひるがえり、あるいは竜巻のように渦まいて天まで這い上り。走る。走る。それは風の影だ。眼に見えない風が、ほんのひととき、走る砂におのれの姿を托して存在を主張しているのだろう。そうでもしなければ、ここではゆらめく一枚の木の葉もないし、流れる千切れ雲ひとつないからだ。誰に見せようと？　人間にか？　火星人の目の前をも、風はやはりこうして砂をまいて吹き過ぎていったのだろうか？

砂の動いたあとに、思いがけなく黄褐色の小さな葉をつけた地衣類の群落があらわれてくる。硬い表皮と粗い毛につつまれ、髪の毛のような細い根を砂粒にからませて必死に地表にしがみついているそれら地衣類は、長い一生の間に、水というものを吸ったことがあるのだろうか？　新しい葉をつけることもなく、実を結ぶこともなく、ひたすらに意志だけを結集し。何のために？

砂が飛ぶ。砂が飛ぶ。飛んできた砂はみるみる地衣類の群落をふたたび厚くおおいかくし、さらに長く長く尾を曳いて遠い地平線へとかけぬけてゆく。

その方角が『火星人の道《マーシャン・ロード》』だった。

「地球へ行ってきたんだってな。どうだった？　むこうのようすは」

顔を上げるとデロイが立っていた。デロイはフサのこたえを待つでもなく、曲らない左足を苦労しており曲げ、フサのかたわらに腰をおろした。

「この四、五日、やけに足が痛んでな。人工関節がはずれているんじゃねえかと思うんだ」

デロイは悪い方の足をしきりになでさすった。

「医療部へ行ってきたらいいじゃねえか」

「痛み止めの注射を打つだけよ。役にもたたねえ退職スペース・マンの体をなおしたってしょうがねえと思っていやがるんだろう」

「なおしておけよ。また船に乗れる機会がくるかもしれない」

デロイは鳥のようにのどをそらせて笑った。

「また船に乗れるかもしれねえって？　また船に乗れるかもしれねえってか？」

むせぶような笑い声が風に流れた。

「うるせえぞ」

デロイは笑いをおさめ、頭をたれて足をさする作業にもどった。

「デロイ。いいんだぜ。笑ったって」

「いや。悪かったよ。おまえなら、きっと足をなおすだろう。かならずなおしておくだろうよ。フサ。おれはもうつかれたんだ」

デロイは背後の台座に背をもたせかけた。高い台座の上に、汚白色の錆をふいた銅像が砂にまみれて立っていた。誰のものなのか、何を記念して立てたものなのか、知っている者は誰もいなかった。遠いむかし、東キャナル市には永久に記念すべき栄光の物語があったのだろう。しかし今は、その台座だけがフサたちの休息所の役割を果しているに過ぎなかった。

「この銅像な」

「ああ」

「火星人に会ったことのあるやつじゃねえかな。おれ、この頃、そんな気がするんだよ」

デロイは頭上にそびえる銅像をふりあおいだ。その肩や腰に、薄い砂けむりがまつわりついていた。

「どうして？」

デロイは遠い地平線に顔を向けた。

「この銅像は、おまえ、『火星人の道《マーシャン・ロード》』の方を見つめているんだ。もう長いことな」

見つめているのはデロイかもしれないとフサは思った。デロイはゆっくりと視線をフサの顔にもどした。

「フサ。地球でもらってきたメダルを見せてくれ」

「そこにあるよ」

フサはあごをしゃくった。砂の上に、投げ出されたメダルが光っていた。

「これか」

デロイはメダルを眼の前にかざした。メダルの下から一枚の写真がひるがえった。

「その写真は一同で記念撮影したものだ」

デロイは呼吸も忘れたかのように写真を見つめた。片方の手からたれさがったメダルがいつまでもふりこのようにゆれていた。

「ああ。地球のやつらだ！　おれと何の関係もねえ地球のやつらだ」

デロイは腹の底でうめいた。

「おまえと関係のねえやつらの写真がそんなに気に入ったか」

デロイの顔に無惨な安らぎの色が浮かんだ。

「おれの過去とかかわりのあるようなやつらの写真なんぞ見たくもねえよ。フサ。ここに写っているのは、おれにとっちゃただの地球の風景なんだよ。おう、フサ。ここにおまえがいらあ。これはおれだ。なんだかしらねえでっけえ建物の前で、名前も知らねえやつらといっしょに写っているのはもしかしたらこのおれだ」

「やるよ。その写真。よかったらそのメダルも」

「そうか。おれにくれるか！」

デロイは写真とメダルを、あお向けた顔の上にのせると、長いことじっとそうしていた。もしかしたらデロイは泣いているのかもしれなかった。

翌日も風が吹きつづけていた。昼頃フサは銅像の下に行ってみた。昨日と同じ場所にデロイが坐っていた。フサを待っていたらしく、近づいてくるフサの姿を見てデロイは機械人形のように立ち上った。

「フサ。おまえにやろうと思ってな。これ」

デロイは汚れた上着のポケットから古びて色の変った紙片をとり出した。

「なんだ？　それは」

デロイは慎重な手つきでそのたたまれた紙片をとり出した。

「地図だよ」

「地図？」

「ずうっと以前に手に入れたんだよ。『カサンドラ』の船長《キャプテン》が書いたものだそうだ」

「どこの地図だ？」

「アマゾン砂漠の西。オリオーネ山脈の山すそだ。古代の河床の跡だといわれる北へのびる峡谷だ」

「『火星人の道《マーシャン・ロード》』じゃねえか」

「ああ。そのずっと奥だ。むかし『カサンドラ』の船長《キャプテン》はそこで火星人の廃墟を見つけたのだそうだ」

デロイはフサのほかには聞く者もないのに声をひそめた。

「火星人？　デロイ。火星人が存在しないということは宇宙省の例の《太陽系報告《ソラリア・レポート》》ではっきりしているじゃないか」

「科学者や宇宙省の役人どもに何がわかるものかよ！　『カサンドラ』の船長《キャプテン》はおまえ、スペース・マンだよ。おまえもおれもスペース・マンよ。どっちの言うことを信ずるんだ？」

「わかったよ」

デロイは深くうなずいた。

「そうともよ。それで、この地図をおまえにやろう。おれは自分で行って、この眼でたしかめてやろうと思って長い間、誰にも言わずにこの地図をかくし持ってきた。だがこの足じゃとてもだめだ。おまえにこれ、やるよ」

デロイはおり目から千切れそうな紙片をフサの手に押しつけた。今はめずらしい合成パルプ質の紙片に、何かの塗料で稚せつな地図が描かれていた。こまかな書きこみの大部分がもう薄れて読み取ることも難かしくなっていた。

デロイは地図をフサに押しつけると、満足したように別れていった。

その夜はしきりにアマゾン砂漠に流れ星が落ちた。フサたちのような市《シテイ》の生活保護を受けている者たちの専用食堂はほとんどひと晩中開いている。かれらには明日の仕事はないし、何段にも積み重ねられたベッドのひとつだけがかれらに与えられた専有面積であり、空間であってみれば、早くからそこへ収まりたい者はいない。フサは窓口で食券を引きかえた貧しいトレイをテーブルに運んだ。薄暗い電灯の光の輪の下にデロイがいた。フサはかれのとなりに座を占めた。

「今日の昼間聞いた話だが。デロイ。あれはほんとうのことなのか？」

デロイは食物のかわりに取ったものらしい淡黄色の飲料をなめるようにすすっていた。

「火星人の廃墟のことか？　おれがおまえにうそをついてどうする」

「いや。おまえがどうのこうのということじゃない。あの話がほんとうのことだと思うか、と聞いているんだ」

デロイは淡黄色の液体に映っている自分の眼をじっと見つめていた。

「ほんとうのことだといいな。フサ。ほんとうのことだと」

「ああ」

デロイはとつぜん、テーブルの端をつかむとありったけの声をふりしぼった。

「ほんとうのことさ！　おれが何十年もたいせつにしてきたんだからな！」

あちこちのテーブルからたくさんの眼が集中した。

「おい！　みんな。火星人はいるんだよな。そうだろう！」

みなはとまどったように眼をちゅうに遊ばせ、それからまた頭を低めて自分たちどうしの会話や、それぞれの想いの中にもどっていった。

「みんなだってそう思っているんだ。そしていつかは会えるかもしれないと思っているんだ」

デロイは淡黄色の液体の入った容器を、遠い壁に向って投げつけた。容器は意志があるもののように傾いて回りながらみなの頭上を飛んでいった。撒き散らされた液体がはげしい点滴となってみなの上に降りかかった。

「デロイ。地図をかえしてやろうか？」

フサの言葉が聞えなかったのか、あるいは聞えないふりをしたのか、デロイはよろりと立ち上り、ならんでいるテーブルの間をぬって遠くなっていった。

フサは食堂を出ると近くにある作業部のイグルーへ向った。いつもそこに何台かの地上車が露天駐車されていた。イグルーに人はいない。フサは一台の地上車の操縦室にもぐりこんだ。アクセルを踏んで静かに発進させた。ヘッドライトを消し、モーターの回転をしぼって食堂の裏手へ近づいた。食堂につづく倉庫から飲料水の入ったポリタンクと食料パックをひとつかみかかえ上げると地上車にもどった。食堂の内部からはなかまたちの話し声がまだ聞えていた。

ハンドルを回していったん街路に乗り入れた。青白い投光器の光の中で、縦横にひび割れたコンクリートの間を充塡《うめ》た砂が、迷彩のような曲線模様を描き出していた。風の音のほかは何の物音も聞えない。箱のような巨大なビルも、そびえ立つドームのむれも、ひっそりと息をひそめて凍てつく夜と走る砂に耐えていた。耐えているのはビルやドームではなく、その中で眠り難い眠りに身をすくめているたくさんの人々であった。フサは地上車を道路がつきる所まで走らせた。いつしか道路は砂に埋没し、市街にともる青白い投光器のかがやきが光点をつらねたほどに小さくなった頃、フサは地上車を砂の海に向けた。地平線の果てのオリオーネ山脈まで、広漠とひろがるアマゾン砂漠だった。数時間ののちに、東キャナル市の灯は背後の砂の海のかなたに消えていった。夜明け頃。大きな流星が飛んだ。陽が昇り、フサは切れ目なくつづく砂丘のかげに地上車を止め、短い眠りをとった。昼から夜へ、夜から昼へ、フサは休む間もなく地上車を走らせた。ハンドルをにぎりながら水を飲み、固形食料のパックを開いた。一度、キャタピラーの下部転輪の間に石片がはまりこんだ時だけ、数分間、車を止めただけだった。

四日目の明け方、遠い西の地平線に影のようになだらかな山脈がつらなるのがのぞまれた。オリオーネ山脈だった。その頃から砂あらしはいちだんと烈しさを増した。絶えず前方から吹きつけてくる砂あらしに視界をふさがれ、這うように進まなければならなかった。すでに頭上に高くオリオーネ山脈の尾根がそびえているはずだったが、その一部すらもうかがうことはできなかった。しかたなく計算板の上でコースを算定しながら前進した。このあたりの風はつねに山肌から吹きおろしてくる。そして幾つかの谷間をつたって砂漠に吹き出すので、風の流れと方向をたしかめてゆけば、確実に目指す谷間へ入ることができると言われていた。

地上車が進むにつれて急速に風が弱まってきた。ヘッドライトの光の中に、イグルーほどもある岩石が無数に浮び上った。『火星人の道《マーシャン・ロード》』だった。その谷間は長くのび、オリオーネ山脈の鞍部のひとつをなしてさらに山脈の向う側の、まだ人類の足の踏み入っていない荒野へとつらなっていた。そのむかし、古代の火星人たちはこの道を通って西の荒野にしりぞいていったと言う。千万年もむかしのことなのかもしれない。もとより誰も知るはずもないのに、信じている者は多かった。東キャナル市を出てから七日目の夜明けに、フサはオリオーネ山脈を越えて平原に入った。すでに食料は無く、水だけがタンクの底に二センチメートルほど残っていた。灰色の砂の上に美しい風紋が刻まれ、しだいに高くなる陽がそれらから陰翳をうばっていった。

フサはふと自分のかたわらに誰かが坐っているような気がした。フサは前方の砂の海に眼をすえて地上車を走らせつづけた。それが誰であるのか、見なくともわかっていた。

「フサ。どこへ行くつもりなの？　この先に何かがあるとほんきで思っているの？」

ほんき？　ほんきとは何のことだ？　価値の転換に意味をもたらし、選択を必然づけようとする一瞬のあの酩酊のことか？

「いいじゃないか。フサ。火星人はいるかもしれないし、いないかもしれない。それがわかる所まで行ってみろよ」

カビになって横たわっているフルイが背後の荷台から言った。

「それをたしかめたところで、おまえの何が、どう変化するというのだ？」

スホーイがつぶやいた。

そう。それをたしかめたところで、いったい何がどう変化するというのだ？

「ちがう！　ラルラ。スホーイも、それからフルイも。火星人がいるかもしれない、ということがどんなに魅力的なことなのか、おまえたちにはわかっていないんだ。好奇心なんかじゃない。現実がいやになったのでもない。もちろん火星人を発見して有名になろうなんてものでもない。わかるかい？　火星人をさがし求めるおれの心の問題なのさ！　おれはスペース・マンなのさ。夢を求めてさがし回るおれはスペース・マンなのさ」

まぼろしは消えた。はがねのような氷雪につつまれた海王星の平原に降り立った時も、金星の熱あらしの中でひたすら救助船を待ちわびていた時も、また、第四アルテアの千古の静寂を秘めた入江のほとりでアンテナの支柱を立てていた時も、あるものはただ生きているという実感だけだった。その実感をもう一度、さらにもう一度、味わいたいがために憑かれたように宇宙船に乗り、くりかえしくりかえし不毛の荒野に身をさらした。

そのひたむきだった日がふたたびフサの上によみがえってこようとしていた。若かった日々。くじけることをしらなかった日々。夢と生命を引換えても悔いないと心底から思いこんでいた。あれら栄光に満ちた日々。それらの中に今、フサはいた。フサは若者のように声を上げて笑った。

岩棚の下に朽ち果てた列柱がならんでいた。崖をつたってたえず流れ落ちる石塊や砂が軽石のように磨滅したアーチに乾いた音をひびかせていた。アーチの奥は白い壁でかたくふさがれていた。その壁に、亀裂とも文字とも思われる奇妙な線描がはしっていた。フサの手から地図が落ち、たちまち風にさらわれて高い絶壁の上方へと舞い上っていった。

そこに火星人が立っていた。まぶたを持たない二つの大きな目がじっとフサを見つめていた。

「おまえに会ったことがある。そうだ。地球の記念ホールでだった」

フサの足もとで砂がかすかにきしんだ。

火星人はうでをのばしてフサの首にメダルをかけようとしていた。

火星人の道《マーシャン・ロード》

Ⅱ

調査局のバラード

1

大圏航路の定期船が出航してゆくと、宇宙空港《スペース・ポート》はもとのただの砂漠に還り、東キャナル市はしばらくの間休息に入る。何年か前までは、この宇宙空港《スペース・ポート》にも、太陽系の辺境へ向う観測船や不定期貨物船が何隻も着陸し、その巨体を栄光の記念碑のようにそびえ立たせていたものだった。それが今では、一年間を通じて、ここへ着陸する宇宙船はほとんどない。それは、建造されるごとに飛躍的に向上してゆく宇宙船の性能もさりながら、近年、急速に開発に成功した木星や土星、天王星などの基地群とそこまで延長された大圏航路によって、火星はもはや地球と太陽系辺境とを結ぶ中継基地としての意味すら失っていた。だから、大圏航路を飛ぶ宇宙船でさえ、ここではるか高空を回る人工衛星となって数十時間仮泊するだけである。そして折り紙飛行機のような何隻かのフェリーボートが、空港《ポート》と本船の間を往復して、貨物や人間を積みおろしする。今では、繋船用の巨大なタワーもガントリー・クレーンも取り払われ、フィンガーは分厚い砂の下に埋もれていた。

それでも、定期船が仮泊している間は、空港《ポート》も東キャナル市も、忘れていた活気をとりもどす。フェリーボートが着陸するたびに、この東キャナル市を訪れて来た人々や、さまざまな組織の、中央から派遣されて来た連中がぞろぞろと吐き出される。それとたくさんな貨物。定期船が飛び立ってしまうまでの間、東キャナル市の住民たちは、なんとなく落着かず、仕事も手につかない。仕事のある者もない者も、用もないのに宇宙空港《スペース・ポート》の周辺をうろうろし、フェリーボートから吐き出される人々を、日がな一日ながめて暮すのだった。

その時ばかりは、宇宙空港《スペース・ポート》に遠い異境の空気が充満していた。それはある者にとっては懐しい地球の人々の顔や言葉であり、またある者にとっては、未だ見ぬ辺境の荒々しい雰囲気であったりした。

このところ、みなの興味と話題は、あるひとつのことにしぼられていた。当然のことながら、フェリーボートから吐き出される人や貨物に対する好奇の目も、それに裏打ちされていた。

濃紺色の空が色褪せ、あるかないかの風が、平原を西から東へ吹きわたっていった。その風に乾いた軽い砂は音もなく動き、やがて幾条も幾条も、けむりのような尾を曳いて走りはじめた。いつもきまった時間に東キャナル市を襲ってくる砂あらしだった。

スピーカーの警告が作業をせき立て、フェリーボートから降り立った人々は、追い立てられる羊のように地上車に押し込まれた。

それでも、まだ見物人たちは去らなかった。

2

その女とははじめてだったが、いい体をしていた。地球の東洋人の遺伝的特質を示す黄褐色の肌と長めの胴体、それに黒い髪と厚いまぶたを持った女は、自分の体内におさめたかれのものを軸としてまるでろくろのように腰を回し、尻を動かし、バネのように上体を屈伸させた。十何度めかの絶頂がやってきて、女は自分で乳房をかきむしりながら絶息した。女の内奥で固く膨隆した器官が男の先端をはげしく圧し、擦り、けいれんした。やがて女は、死人のようにベッドにくずれ落ちた。それが抜けるとき、泥濘に埋った足を引き抜くような音がした。

あやういところを、このたびも耐えたシンヤは、腹の底から吐息をしぼり出した。さすがに疲労がよどみはじめていた。それがおびただしい汗の粒となって、厚い胸や盛り上った肩をつたい流れた。

東キャナル市の数少ない女の中に、このような体の持ち主がいたというのがふしぎな気がした。また大発見でもあった。この部屋へやってきたとき、女はC級医務員の制服《ユニフォーム》を着ていた。シンヤは医療部にはあまり縁がなかったから、そこにかの女のような看護婦がいたことなど、これまで知らなかった。かれらがこれまで相手にしてきた女たちといえば、気象観測部や民生部、運輸部などにはたらく技術者や作業員などで、胸の薄い、体全体にふくらみにかけた男のような女たちだった。一応は欲望もありながら、ただ棒のように体を男の動きにあずけることしか知らない女たちだった。

壁のスピーカーに汐騒いのような騒音が入った。

《シンヤ軍曹。ただちに調査局長室へ出頭してください。シンヤ軍曹。ただちに調査局長室へ出頭してください》

騒音の奥から、ふだん聞き馴れた声が流れ出した。かなりいら立っている。

「うるせえ！」

シンヤは、それに向って罵声をあびせた。

スピーカーはもう一度、同じことをくりかえすとぷつりと切れた。声がいら立っているのも当然で、すでに一時間も前から呼びつづけているのだった。

「それ、もう一丁ゆくか」

シンヤは、死んだようにベッドに体を投げ出して、笛のように息をもらしている女の後へまわり、汗に濡れた量感のある腰を引き寄せた。もうろうとなっている女は、握りしめているシーツもろとも引き寄せられ、つらぬかれたとたんに、生命を吹きこまれたようにふたたびはげしく動きはじめた。

そのとき、部屋のドアが開いて、この部屋のもう一人の住人である老フサがのそりと入ってきた。削いだようなほおと、落ち窪んだ眼窩が、老いの疲れを濃く宿していた。

かれはよれよれになった制服《ユニフォーム》の上着をぬぐと、壁の釘にひっかけ、冷蔵庫の後から、かれがウイスキーと呼んでいる自家製の飲料アルコールのびんを取り出した。

「また出たんだってよ」

アルコールを半分ほど満たしたコップに、水道の水を注ぎたしながらシンヤをふりかえった。

「また出た？」

「ああ。今度はひでえや。死人が出た。地質調査班の連中はふるえ上っているぜ」

「冗談じゃねえや」

「シンヤ。あの『火星人の兜《マーシャン・ヘルメット》』には、たしかに何か出るんだぜ」

「火星人の幽霊か」

シンヤは体をゆすって笑った。そのたびに、シンヤの体の上に乗っている女は内臓がしぼり出されるような声を発してのけぞった。

「いったいどんなものを見たんだ？」

「電話を受けたんだが、どうも一人一人、言うことがちがっていやがってな。結局、よくわからねえんだ」

シンヤは、動きは女にまかせて、あお向いた上体を老フサにねじ向けた。

「おめえ、たばこ、あるか?」

「おれがやらねえのは知ってるだろう。よしなよ。あれはいけねえ。見つかったらおめえ、禁固ぐらいじゃすまねえぜ」

「ふん! おめえのそのウイスキーとかいうアルコール臭え水も、たしかにご禁制じゃなかったのかい」

「くそでもくらえ!」

「おれはともかく、おめえは気をつけなよ。そんなものを飲《や》っているのが見つかったらたちまちここからほっぽり出されて、退職者センター行きだぜ」

「ちげえねえ」

老フサは肩をすくめて、コップに満たした液体をすすった。徹底的に人手が不足しているこの東キャナル市だからこそ、たとえひまな仕事とはいえ、調査局の末端に連なっていることができる老フサだった。若い頃、宇宙船乗り《スペース・マン》の間でなりひびいた名前の持ち主であっても、それだけでは現役にとどまることは難かしい。老フサと同じ年代のかつての高名な宇宙船乗《スペース・》り《マン》たちの多くがすでに退職者センターと呼ばれる老人休養ホームでなすこともなく影のように生きているのだった。

シンヤはベッドの上から腕をのばし、脱ぎ棄てた自分の制服を引き寄せ、ポケットをさぐった。一本だけ残っていたくしゃくしゃなたばこを見つけ出すと、苦心してそれに火をつけた。汗がしみてそれが乾いたあとの苦くて異臭を発するそれを、シンヤは深々と吸いつけた。

「ああ。うめえ!」

「けっ!　苔を燃したけむりなんぞくらって、そんなうめえか。ばか」

「苔なもんか!　こいつはな、モウコジャコウソウCの若芽を摘んでよ、特製の乾燥機でパサパサになるまで乾かして、そいつにブドウ糖を吹きつけてまたまた三七二十一日の間、じっくりと干してな、白く粉を吹いたところでこまかく刻んだのよ。この香りがたまらねえぜ」

「なにを言ってやがんでえ!　そんなことばかりやってるから局長にどやされるんだ。おめえ、こんどの配置転換じゃいよいよ倉庫行かもしれねえや」

　壁のスピーカーがまたさけびはじめた。

《シンヤ軍曹。ただちに局長室に出頭するように。シンヤ軍曹。ただちに局長室に出頭するように》

　声の調子は、かなり緊張している。

「そういえば、さっきからおめえのことを呼んでいるようだが。おめえ、何かやったのか?」

　老フサは二杯目のコップを水道の蛇口の下に当てた。

「いや。地球の総局から人が来たんだとよ。例のファイルの一件よ。こっちからの報告を待っていればいいじゃねえか。わざわざ来ることはねえよ」

「そりゃ、ま、そうだな。こっちにはこっちのやり方というものがあるんだ。なにしろ総局のおえらがたときたら、なんでも形どおりおさめなけりゃ気がすまねえ。ファイルの途中がぬけていたって、どうってこたあねえじゃねえか」

老フサは、手製のエチルアルコールをぐびぐびとあおった。

シンヤの体の上で、一人でもだえ狂っていた女が、泣き声を上げはじめた。

「なんだ？ その女は？」

「医療部のC級医務員らしいや。ああ。一人で楽しんでやがら。おれ、なんだか気がなくなっちまったよ」

「おめえも好きだな。どれ」

老フサは、シンヤの体の上でのけぞっている女に近づくと、女の頭をかかえて、手にしたコップを女のくちびるに当て、中の液体を女の口に流しこんだ。女は夢中でそれを飲みこんだ。とたんに女は体を折ってはげしく咳きこみ、飲まされたものをポンプのように吐き出した。シンヤの顔が引きゆがんだ。女の内部が強烈にねじれてゆがみ、シンヤのものはおそろしい力で締めつけられた。シンヤはたまらず、それまで撓めていたものを一度に爆発させた。シンヤのくいしばった歯の間から、ひん死のけもののようなうめきがもれた。

「どうだ。がまんできねえだろう。ふん！ 口ほどもねえやつだ」

虚脱したシンヤの耳に、老フサの哄笑がひびいた。

そのとき、ドアが開いた。

若い女が立っていた。

3

銀灰色の防塵コートが、シンヤの目を射た。

女は大きな澄んだ目に、おそろしく冷たい光をたたえて室内に視線を回らした。

女は、見るだけのものを目におさめてから、ゆっくりと視線をシンヤの顔にもどした。

「だ、だれだ？」

そのとき、開いたドアのかげから、調査局の青年が当惑のみなぎった顔をのぞかせた。半分逃げ腰だ。

「シンヤ軍曹。総局からおみえになられたケイ・リーミン準将です」

なんだって？　シンヤは自分の耳を疑った。一瞬、室内は凝結した。つづいて、わっともげっともつかない声がシンヤののどからとび出した。シンヤは跳ね起きた。自分の上で正体を失っている女の体を払い落した。女がひどい音をたてて床に落ち、黒い髪が床に渦を巻いた。シンヤはそれには目もくれず、ズボンをひっつかんで足を通した。片足を入れ、もう一方を入れようとして爪先をひっかけ、ぶざまに転倒した。左肩を床にぶち当て、息が止った。ようやく起き上った。

何を考えるひまもないうちに、つめたい声が降ってきた。

「軍曹！」

「ちょっ、ちょっと待ってくれよ」

シンヤはひや汗にまみれながら、ズボンをはきなおすために奮闘した。

「軍曹。上官に対する敬礼はどうしました？　私事は〝休め〟の許可を得てからにしなさい」

シンヤは、目に見えない白刃で、まっぷたつにされたような気がした。もうやぶれかぶれだった。なにしろ相手は連邦軍の将官だ。いったん腰のあたりまで引き上げたズボンから手を離し、直立不動の姿勢をとった。ズボンはふたたび床に落ちた。焼けくそで右手を上げ、そろえた指先を右眉の上に当てた。リーミン準将は、一瞬、目のさめるようなポーズでそれを返した。

老フサが横から首をのばした。

「まあズボンぐらいはかせてやれや。姉ちゃん」

「姉ちゃんじゃありません！　準将です」

「じゃ、準将の姉ちゃん」

「あなたは……軍曹と同室居住者のフサですね。あなたは連邦軍の軍籍にはないけれども、調査局員として現在、私の監督下にあります。それにあなたは古参者として、軍曹を監督指導する立場にあるわけです」

老フサはぎょっとなって息をのんだ。

「私は一四九便でここへ着いて、局長室で三時間待ちました。局長の話では、軍曹が今資料を整理中だとのことでした。私は資料室へ行ってみましたが、資料室では、ここしばらくの間、軍曹はあらわれていないということでした。あちこち探してもらいましたが、居室ではないか、という者がいて、ここへ案内してもらったのです。軍曹。今あなたは勤務中だと聞きましたが、そうですか？」

シンヤは死にたくなった。

「フサ局員！　あなたは？」

老フサは惨たる顔つきになった。

「まあな。そう言えばそうだが。しかし、ここじゃそう四角四面にゃいかねえこともあってな。そうなんだよ。チョボチョボやってんだ。姉ちゃん」

「姉ちゃんじゃありません！」

「おっと、準将の姉ちゃん」

「いいですか。二人とも。ここにはここなりの生活の仕方があるのでしょう。しかし、軍曹に与えられた任務は、極めて緊急かつ重要なものであったはずです。今はその任務を果すべき時間のはずです。軍曹！　軍曹が今やっていたことは、資料の調査とは何か関係のあることなのですか！」

リーミン準将の舌鋒はまさに火を吐くばかりだった。

もういけない。二人はただただ身を縮めて、とつぜん襲ってきたこの災厄が、できるだけ小さな被害で終ることだけを祈るしかなかった。

うなだれている二人を見すえていたリーミン準将の目から、ふと鮮烈な光が消えた。ひどく稚ない顔になった。

「フサ。その女を帰しなさい」

「ほいきた」

老フサは、女の脱ぎ棄てた衣類を床からすくい上げると、女の腕をかかえて部屋のすみへ運んでいった。

「軍曹。服装を整えなさい」

シンヤは神妙な顔でズボンをはきなおした。どうかっこうをつけてもはじまらない。

リーミン準将は、かたわらのパイプ椅子を引きよせ、腰をおろそうとしたが、油の汚れや飲物の垂れたしみ跡、何ともしれない変色や腐蝕を目にすると、おろしかけた腰を上げた。衣服をまとった女を、ドアの外へ送り出した老フサがそれを見ると、いそいで自分のベッドから毛布を引きずりおろし、それを小さくたたんでパイプ椅子の上にのせた。それとて、腰をおろすには薄気味悪いようなしろものだった。

「さ、どうぞかけてくれや」

老フサは生れてはじめて見せるような、なんとも形容のつかない追従笑いを浮かべた。

「ありがとう」

リーミン準将は、椅子に腰をおろし、軽くひざを組んだ。銀灰色の防塵コートのすそが二つに割れ、形のよい足があらわれた。不動の姿勢をとっていたシンヤの目が動いたが、すぐもとのようにちゅうの一点をにらんだ。

「シンヤ軍曹。報告を聞きましょう」

「それが……その。まだ……」

「シンヤ軍曹。総局が文書をもって調査を命じたのは、今日からちょうど四十日前です。そうでしたね」

「そうです」

シンヤはそんなことは指おり数えてみたこともなかったが、そんなことはおくびにも出せない。そうですと答えるしかなかった。

「総局資料部のファイルから一部資料が紛失しているのがあきらかになったのが、九十日ほど前です。その資料は本文のほかに索引、整理カードそれに予備のマイクロフィルムなど、欠損部分の内容を示すあらゆる手がかりが失われていました。総局は資料の欠損部分の修復にかかると同時に、これを犯罪と断定し、調査にかかりました。その後、関係者の記憶や通信局、コンピューター室などの業務記録から、失われた資料は火星東キャナル市からのものとわかり、以後の修復作業と調査の一部をここの調査局に命じました。そうでしたね。軍曹」

言われるまでもなかった。

地球連邦の首都、オーストラリヤ大陸のメルボルンに総局を置く宇宙省調査局は、今奇妙な事件に頭をかかえていた。調査局は宇宙開発に関する厖大な調査、研究資料を保管していた。それは二つの大きな部分に分けられていた。ひとつは、宇宙空間や天体に関する純科学的な資料であり、これは各研究機関や組織から送られてくる報告の整理、保管するいわば連邦の資料保管業務であり、地球的な規模の図書館であった。もうひとつは、宇宙開発に関する行政的な資料や統計の作成と保管だった。これは宇宙省の、太陽系各地に散在する開発基地や植民都市——といっても現実には都市というようなものは存在してはいなかったが——に対する権威であり威圧となっていた。

事件はこの、前の部分に関するものだった。資料保管室のマイクロフィルムのファイルのうち、ある部分だけが失われていたのだった。精巧な空調装置をほどこし、いかなる化学的、物理的変化からもマイクロフィルムを保護できる保管室も、資料の盗難予防に対してはそれほど厳重な対策を講じていたわけではなかった。いかなる意味でも犯罪計画の対象になるようなものではなかったし、マイクロフィルム自体、特殊な装置がなければ解読できるものでもなかった。

それは何者かによって、持ち出されたものとしか考えようがなかった。それでは何のために？

「そのマイクロフィルムが何を報告したものだったのか。それを知ることが、この事件の性質を知る最大のかぎだと思うのです。軍曹」

「たしかにそうだ」

大きくうなずいたのは老フサだった。シンヤの方は、これから何を言われるのかと思うと気が気ではなく、準将の言葉にうなずくほどの気力もない。

「資料を持ち出した者についての手がかりは何かあったのかね？　姉ちゃん」

「姉ちゃんじゃありません」

「ほい。そうだったな。準将閣下。それで、どうなんだい？」

「資料部へ出入りした部外者としては、その頃、連邦医療部が定期検診のため三日間にわたって資料部へ入っています。そのさい、医療部が必要としたマイクロフィルムのファイルのすぐそばに問題のファイルのケースがあったのです」

「でも、それだけじゃ医療部の誰かがやったという証拠にはならねえだろう」

「有力な証拠が発見されました」

「へえ！　どんな」

「それはともかく、今、重要なことは失われた資料の内容を正確に知ることです」

「だが、予備資料まで盗み出したというのは、ただごとじゃねえな。何かよほど知られたくない理由があったんだろうよ。そんな大事な報告をファイルしたまうっちゃっておいたのかよ。総局はなにやってんだ？」

「別にうっちゃっておいたわけでもないんでしょう。ある報告が役に立つか立たないかは、時間がたってみなければわからないこともあるんですから」

老フサはシンヤに向き直った。その目がいきいきと光っていた。いいたいくつしのぎができたというところだった。

「おめえ、何か思い出したとか言ってたじゃねえか」

くそ！　よけいなことを言いやがって！　シンヤは老フサをねめつけた。

「思い出したといったって、そうはっきりしたことじゃねえんだ」

「どんなことでした？」

リーミンの目がきびしくなった。

「たしか原子力発電所建設用地の第二次調査班が、『火星人の道《マーシャン・ロード》』の奥で遭難した件に関することだったと思う。おれが報告をまとめて送ったんだ」

「軍曹。椅子にかけなさい。もう少しはっきり説明してください」

シンヤはパイプ椅子をまたいで、背もたれに両腕をのせた。

「あれは、去年の第五一日だ。地球流にいえば二月二十日だな。連邦建設省の地質調査班と測量班が『火星人の道《マーシャン・ロード》』へ入った……」

砂あらしの吹きすさぶ広漠たるアマゾン砂漠。海のないここ火星では、それは大洋にひとしい。遠い遠い地平線から陽が昇り、はるかな地の果てに陽は沈む。旅すること数日。やがて砂の海がつきる頃、西方になだらかな丘陵があらわれてくる。砂の海は、そのあたりから砂礫まじりの荒蕪地となる。平原はゆるやかに高度を増し、いつとはなしに丘陵地帯となり、それよりさらに西へ進むと、つらなる山脈《やまなみ》の暗い谷間がゆく手をさえぎっている。谷間を吹き過ぎてゆく風に、山肌の斜面を砂はたえず音もなく流れ落ち、夜の酷寒と昼の紫外線に灼かれた岩壁は、縦横にひび割れてわずかな大地の震えにもなだれのように落下する。その荒れ果てた谷の奥には、人類は未だ足を踏み入れたこともない。

その、古代の河床の跡といわれるその涸れ谷は『火星人の道《マーシャン・ロード》』とも呼ばれていた。遠い遠いむかし、この火星に壮大な文明をきずき上げた火星人たちも、やがて亡びへの道をたどるようになり、ついに荒廃した都市を棄て、荒涼たる砂漠を越えて、その涸れ谷を西へ去ったという。かつて火星上に高等生物が存在したことはないという科学者たちの証言にもかかわらず、東キャナル市で語られる伝説は、ことに年老いたスペース・マンたちの間ではかたく信じられていた。かれらは、話題がそれにふれるや、きまって、数十年前にある探検隊が、この『火星人の道《マーシャン・ロード》』で火星人の廃墟を発見したことがあると語った。だが、どのような記録を調べても、そのような探検隊の記事は載ってはいなかった。その探検隊に参加した者の名も伝わっていない。だが年老いたスペース・マンたちは、その廃墟に至る地図が、かれらスペース・マンたちの間に、たしかに伝わっているという。今は誰が持っているかわからないが、たしかに誰かが宝物のように秘蔵しているはずだ、と主張した。『火星人の道《マーシャン・ロード》』は、いつの間にか、この東キャナル市で生活する人々にとって、聖域となっていった。それは稀薄な空気と夜の酷寒、乾いた砂と不毛の平原にあって生を営む人々にとって、つきない夢と幻想でもあった。

東キャナル市首脳部は、宇宙開発の前線がしだいに太陽系辺境に前進するにしたがって、後方に取り残され、火星開発に対する地球の興味や関心が急速に薄れてゆくのを憂い、再度、宇宙開発計画の主役に登場すべく、連邦に提案したのが、東キャナル市の西方にひろがるアマゾン砂漠の開発だった。連邦はアマゾン砂漠に宇宙船の修理センターを設けることにはおおいに食指を動かした。最新型の重力場発生方式のエンジンや光子力エンジンの、地上におけるテスト場や修理工場は、地球上ではもちろん、地球以外の他の天体のどこでも、極めて否定的であり、非協力的だった。宇宙省や連邦造船局はやむを得ず、それらの修理やテストをすべて人工衛星軌道上でおこなってきたのだった。それがたとえ火星上ではあれ、地上でできるとなると、その経費の点や保安、作業員の休養などの上からどれだけ有利かわからない。

連邦は早速、調査団を東キャナル市に送りこんできた。先ず、大原子力発電所を建設するための場所をえらぶことだった。

ヘリコプターや地上車を動員してアマゾン砂漠を西へ越えた調査団は、オリオーネ山脈の涸れ谷に入った。

そこは『火星人の道《マーシャン・ロード》』だった。

「救難信号が入って捜索隊が出かけたが、現地のようすがはっきりしないので、もう一隊出た。おれはこのあとの隊に加わった。調査団は全部で二十五名だったが、全員死んでいた。遭難の原因はどうもはっきりしなかった。現場ははげしい落石におおわれていたが、それは新しいもので、遭難後に起ったものだと思う。五台の地上車が岩壁に激突して、その衝撃で岩がくずれ落ちたのだろう。だから、それより前に、なぜ地上車が五台もそろって岩壁にぶつかるようなことになったのか、そいつが問題よ」

シンヤ軍曹は濃い眉を上げてリーミン準将を見つめた。その目に、自堕落な服装や態度とは裏腹な、刺すような光がきらめいた。

「あなたの疑いを具体的に示すような何かがありましたか？」

「いや。それがねえんだ。あの谷はたえず風が吹きおろしていて気流は極めて悪いが、地上車の運転をあやまるようなことはねえはずだ。だが、おれの見たところでは、五台の地上車は、もろに岩壁へぶつかっている。その直前に何か非常な混乱が起ったように思える。操縦者の単なる錯覚ではねえな。あれは」

「どういうことですか？」

老フサがあとを引きとった。

「あの谷にはな、幽霊が出るんだよ。姉ちゃん」

「幽霊が？」

準将は、こんどは、姉ちゃんではありません、とは言わなかった。ただ自分の耳を疑うような顔になった。ひそめた眉が淡い翳を浮かべ、半ば開いたままのくちびるから小さな白い歯がのぞいていた。

リーミン準将の顔から、じょじょにおどろきと放心の色が消えてゆくと、かの女と老フサは仇敵のようににらみ合った。

老フサの口もとがふとゆるんだ。

「火星人の幽霊だよ」

「…………」

「この火星へ来て仕事をする以上、地球流の常識や考え方はくその役にも立たねえぜ。姉ちゃん」

「そんなことわかってます。でも、火星人の幽霊だなんて……」

「そんな！　と言いてえんだろう。それが出るんだ。シンヤのやつはそいつを考えているのよ。でも、そんなことは報告書には書けねえやな」

老フサはひとりでうなずいて冷蔵庫に歩み寄った。無意識にその後から、かれの秘蔵のびんを取り出し、その中の液体をコップになみなみとついだ。それを目にしたシンヤは仰天した。必死に目で合図したが、老フサはそんなことに気づくどころではない。アルコールの匂いを部屋中にただよわせながらいつものように水道の水で薄め、目を細めてそれをのどに流しこんだ。

リーミン準将は、惨憺たる面持ちでそれをながめやった。

「また出たんだぜ。それがよ」

「また出た？」

「ああ。うめえ！　『火星人の道《マーシャン・ロード》』の入口には今、地質調査隊がキャンプを張っている。遭難事故があって以来、いっぺんに谷の奥までくりこむことはやめてよ。入口ン所にベース・キャンプを作って予備調査とやらをつづけているんだが　こいつらが今日、谷の奥まで入《へえ》ったらしい。谷の奥には『火星人の兜《マーシャン・ヘルメット》』と呼ばれている突ン出た岩があるんだ。そこでやつらは火星人の幽霊に出くわしたんだなあ。二人がショックでおっ死に、もう一人は気が狂っちまったそうだ。怪我人も二、三人出て、やつらは命からがらベース・キャンプまで逃げ帰ってきたとよ。ばっかなやつらだ」

「どうして、ばかなんです？」

「どうしてって、あそこは人間の踏んごんで行く所じゃねえんだ」

「その火星人の幽霊というのは、どんな形をしているんですか？」

「おれは見たことがねえからよくわからねえが、なんでも、それらしい姿をしているんだと」

「それらしい姿って？」

「火星人らしいかっこさ。つまり、細っこい胴体にひょろ長い手足がついていてな。青っぽく透きとおっていて、なんか、こう、ふわふわしているんだとよ。でけえ目ン玉がついているともいうな。それが、すうっと近寄ってくるんだって話だ。だがな、姉ちゃん。ほんものの火星人を見たやつは誰もいねえんだ。だから、それが火星人の幽霊だっていわれりゃそう思うよりしょうがねえな」

「あきれたわね。なるほどねえ。そういう神経でないと、ここじゃつとまらないのね」

「そういうこと、そういうこと」

「わかったわ。それじゃ、その『火星人の道《マーシャン・ロード》』へ行ってみましょう」

「姉ちゃん。いくんけ？」

「二人とも来てください。局長に話して準備させます。明日、七時、空港《ポート》のコントロール・タワーで落合いましょう」

「姉ちゃん。腰ぬかすなよ」

老フサは鳥のような声で笑った。その笑い声の中を、リーミン準将はあらわれたときと同じように、きらめくようなものをふり撒きながら部屋を出ていった。

リーミン準将の姿が消えると、シンヤ軍曹は腹の底から吐息をしぼり出した。ひたいにねっとりとつめたいあぶら汗が浮いていた。

「ああ、おれはなんだか悪い夢を見たみてえだぜ」

「おっそろしいやつが来やがったな。シンヤ、肝っ玉がちぢみ上ったよ」

「おっそろしいやつが来やがったな。シンヤ、これからおめえ、あいつにしぼられるぞ。だから言ったじゃねえか！　早く報告書を出せって。ぐずぐずしているから、ああいうのが来るんだ」

「人のことばっかり言うな！　なんでえ、あいつの前でアルコールなんぞ飲みやがって。ぜったいあとで懲罰くうぞ。にらんでいたからな」

「ううむ。ありゃちょっとまずかったなあ。おれも飲んじまってから気がついたのよ。しまった、と思ったがもうどうにもならねえ」

「おれたちはもう首かもしれねえ」

「その前に、せいぜい『火星人の道《マーシャン・ロード》』でおどかしてやるべえ」

二人はほくそ笑んだが、はなはだ意気は上らず、ほくそ笑んだつもりがなさけない薄笑いになった。

4

厖大な組織を持つ宇宙省調査局は、各方面から人的資源をあおぐと同時に、機構それ自体が、地球連邦軍との複合体的性格を持っていた。それだけに中央高官の出現は、シンヤにとってはおそるべき事態といえた。一介の軍曹にとって準将などというものはまさに神にひとしい存在だった。しかも、それが若い女ときては、もう助からない。シンヤ軍曹にとって長く暗い日が始まろうとしていた。

翌日、きめられた時間に、二人は装具をかついで空港《ポート》のコントロール・タワーにおもむいた。タワーの地下に同居している輸送部の車輛用の傾斜路《ランプ》に、一台の地上車が引き出されていた。ふだんは蓄電池でモーターを駆動するのだが、今日は車体の後部に、銀色のボールのような小型原子力パワーユニットを搭載していた。ユニットの内部におさめられた発電機が低くうなりはじめると、キャタピラーを履いた車体は、たちまち生気を得た。

二人が近づいてゆくと、キャノピーの窓がはね上って、リーミンの顔がのぞき、二人に向って手をふった。

「遠足かなんかのつもりでいやがら！　いい気なもんだ」

「今に見ていろ！」

二人は顔を見合わせてつぶやいた。ハッチから車内にもぐりこむと、輸送部の搭乗員たちがすでに座席におさまり、機器の調整に追われていた。

「長波、短波、ＯＫ。タカン誘導ねがいます。コンマ四、三、二、一、タカンＯＫ」

「レーダー一号よし。二号よし。信号弾調整ＯＫ」

「回転計よし。電圧計よし。電流計よし。第一電路、第二電路、ともに異常なし」

広漠たる砂の海を旅する車輛にとっては、わずかな故障が悲惨な遭難の原因となる。調整は極めて慎重だった。

「出発準備ＯＫ。準将、いつでも出発できます」

やがて、腕に車長のワッペンをつけた男が、リーミンに合図した。かの女がうなずくと、車内にブザーが鳴りひびいた。モーターの回転音がにわかに高まり、地上車は砂を蹴って前進を開始した。

砂漠のかなたへ向かって頭部をふると、キャタピラーに掃かれた砂が、車体の底板をざっと打った。

昼から夜へ、夜から昼へ、地上車は砂を蹴って走りつづけた。背後をふりかえると、まき上げた砂けむりが長く長く地平線の果てまでつづいていた。一度、はげしい砂あらしに遭遇し、針路を見失った。だが、砂に埋没するのを防ぐために、地上車はやみくもに走りつづけ、砂あらしが去ったときには二百キロメートルもコースをそれていた。それを回復するのにほぼ半日を要した。砂あらしが去ったあとの夜空を巨大な流星が飛んだ。遠い地平線のかなたに火柱が立つのが見え、それからしばらくたって遠雷のようなとどろきがつたわってきた。

翌日、砂の海は岩だらけの荒れ果てた平原に変り、西方になだらかな丘陵が迫ってきた。地上車は時おり岩にのり上げ、はげしくゆれた。丘陵が迫ってくると、帯電した砂の粒による電波の攪乱もおとろえ、通信席ではせきを切ったような交信がはじまった。

やがて地上車は岩石だらけの谷間へ入った。柱状節理の奇怪な岩壁が頭上にのしかかってくる。平原ではまだ陽が高かったのに、ここではもう夕闇が谷あいを閉ざしていた。ヘッドライトの光の輪が、岩壁を不気味な浮彫《レリーフ》のように浮き上らせた。谷は進むにつれてせばまり、しだいに傾斜を増し、急速に頭上が開けてきた。短い黄昏《たそがれ》のあとの夜の闇が無数の星をちりばめ、広漠とひろがった所が無名の峠だった。地上車はがくりと頭をさげ、そこから急にスピードを増して奈落へ下ってゆく。ふたたび道の両側は、見上げるような断崖となり、道は右に左にたえ間なく屈曲しながら下りに下る。すでに《火星人の道《マーシャン・ロード》》の深奥へ入っているのだった。

「下方に灯が見えます！」

「調査班のキャンプで合図しています！」

前方を見張っていたクルーがさけんだ。

地上車から射ち上げられた信号弾が、夜空をかけ上っていった。

地質調査班のキャンプは、ひどく動揺していた。地上車をむかえ、キャンプの人々は蘇生の色を浮かべてかけ集ってきた。そのほとんどが頭に包帯を巻き、腕を吊っていた。その顔に、忘れ難い恐怖がまだ翳を落していた。

「幽霊が出たんだってな？」

シンヤはおびえた顔をならべている作業員たちに向ってたずねた。かれらが答えるより早く、頭部に、血のにじんだ包帯を巻いた長身の男がシンヤの腕をとらえた。

「おい！　いったいここではどうなっているんだ？　幽霊だかなんだか知らんが、こんな危険な場所へ、事前の調査もなしにわれわれを送りこむとは！」

「痛え！　その手を離せ！　この！」

シンヤは悲鳴を上げた。おそろしい力だった。男は地質調査班の班長であるビン博士だった。かれはほとんど逆上していた。

「わしの弟子が二人も死んだ。遺体を市《シティ》へ運ぼうにも、このキャンプには砂漠をわたることができる地上車さえ配備されておらん！　ここを引き払うこともできない。調査局は何をやっているんだ！」

おそろしいけんまくだった。老フサも何人もの男たちに取り囲まれて小突き回されていた。かれらにしてみれば、調査局の制服《ユニフォーム》は怠慢と無能の象徴のように見えたのであろう。

二人につづいて、ハッチからリーミン準将が姿をあらわしたとき、奇妙な静寂がかれらを押しつつんだ。かれらは沈黙し、落着きなく視線をそらせ、肩をすくめた。ビン博士は、露骨に顔をしかめて身をひくようなそぶりを示した。

シンヤは、かれらのこの反応に興味を持った。

かれらがリーミンに示したものは嫌悪であり、恐怖であった。かれらの間で、かの女はよほど悪名高いらしい。

リーミンが足を運ぶにつれ、人垣は二つに割れた。割れた奥にビン博士が残された。

「リーミン準将！　あなたはひどい人だ」

「ビン博士。お元気ですか？」

「お元気ですか、もないものだ。準将、あんたはわれわれを地質調査班の名のもとに、この

《火星人の道《マーシャン・ロード》》へ送りこんだ。アマゾン砂漠開発のための原子力発電所を建設する予備調査ということだったが、準将、こんな奥深い谷に原子力発電所を建設して、いったいどうなるのかね？　そうだよ。原子力発電所建設の予備調査などであるものか！」

ビン博士は、ほおを引きつらせてリーミンにつめ寄った。

「博士。冷静になってください」

「ああ。わしは冷静だよ。だから言っているんだ。準将。このさいだから全部言わせてもらおう。あんたは、何かほかの目的があってわれわれをここへ送りこんだんだ。ここだけではない。地球だけでも二十何か所という場所に調査班を送りこんでいるじゃないか？　いったい、調査局は何をやろうとしているんだ？　その計画の目的もあきらかにされていないじゃないか」

「ビン博士。そのことは原子力発電所建設計画の一環として説明、了解されているはずです」

「犠牲者が出ないうちは、たてまえはたてまえとして通る。だが、すでにこのキャンプでさえ二人も生命を落した。ほかに重傷者が三人。軽傷者にいたっては全員だ。調査にともなう危険に関しては、全く説明を聞いていない」

ビン博士は怒りで青ざめたひたいに、太い血管を浮かせて言いつのった。

「わしは地球を出発する前に、コーカサスへ向った調査班が現地で遭難したという情報を耳にしている。その遭難の状態も、われわれとよく似ている。いったい、これはどうしたことなのかね。しかも、この調査計画の責任者であり推進者でもあるのは、准将、あんただっていうじゃないか！」

「ですから博士……」

「われわれは非常にふんがいしているんだ。もう協力はおことわりだ。ただちに市《シティ》へ帰してもらおう！」

ビン博士は青白く燃える目で、リーミンをにらみつけた。不穏な緊張が周囲にみなぎった。

そのとき、とつぜん、人垣のうしろで、人もなげな哄笑が爆発した。笑い声はたっぷり一分間はつづいた。人々は張りつめた気もちを殺《そ》がれ、空虚な顔で笑い声の主をふり向いた。

ようやく笑いをおさめた人物が、人垣を押しのけてそこへあらわれた。老フサだった。

「なんだよ？　おめえさん。幽霊見て肝つぶしたのか？」

ビン博士は、この無礼極まる老人の出現に、怒りの言葉も忘れた。

「だ、だれだ？　きみは？」

「わしは、この火星を支配しちょるフサちゅうもんだが、わしの前ではちと言葉をつつしめ。なんだか市《シティ》へ帰りてえとかぬかしておったようだが、寝言はやめて、車から荷物をおろせ」

「な、なんだ。こいつは？」

「荷物をおろせと言ったのが聞えなかったか？」

「准将！　こいつは調査局の制服《ユニフォーム》など着ているが、病院からでもぬけ出てきたのか！」

「ビン！　てめえ、それでも科学者か！　幽霊なんぞにおどかされて、キャンプをほうり出して市《シティ》へ逃げ帰ろうってのかよ！　ここは地球じゃねえんだ。幽霊だってなんだって、そんなものはどこにだって出るんだ。いちいちおったまげていてこの火星で仕事ができるか！」

おそろしく量感のある声がビン博士の耳朶を打った。

老フサは博士に背を向けると、ぼうぜんと突立っている男たちにあごをしゃくった。

「作業班長は誰だ？　前へ出ろ！　作業の手順を説明する。それ以外の者は休め。ただし、私語は禁ずる」

老フサの声がせまい谷間にひびいた。男たちは汐の退くように静まりかえった。二人の男がのろのろと前へ出てきた。

「なんだ、そのざまは！　ぐずぐずするな。かけ足！」

二人の男は電撃をあびたように硬直した。つぎの瞬間、バネじかけのように走り出した。

「姉ちゃんよ。ここじゃいちいち説明したり聞いたりする必要なんかねえんだ。そんなことをしている間に生命がなくなることだってあるんだぜ！　わかったかい！」

リーミン準将は、いやな顔をしてそっぽを向いた。そのかの女の前に立っているのは、往年の名パイロット、スペース・マンのフサだった。

5

谷の幅は二十メートルほどだった。両側は垂直に近い岩板で、その高さは五十メートル以上はあるだろう。谷底から十メートルほどの高さの所から、巨大な円柱状の岩が突き出し、ななめに三人の頭上を越えて、反対側の絶壁にまでとどいていた。それは崩壊した古代の神殿の大円柱を思わせ、また、両側の絶壁を無理に押し開いた巨大なかなてこのようにも見えた。この火星の、どのような地殻変動がそのような奇岩を作り出したのか、またどれほど長い間その異様な風景を保ってきたのか？　巨大な石の柱は千古の静寂を秘めて三人の頭上にかかっていた。

「あれが《火星人の兜》《マーシャン・ヘルメット》だ。なぜそう呼ばれたのか、わからねえが、みんなそう呼ぶ。もっとも、こいつを見た者は、市《シティ》でも数えるほどしかいねえが」

老フサは、くい入るように見つめながらつぶやいた。

「おれが聞いた話では、なんでも百五十年ぐらい前に、この谷で大地震があってな。その時、あれが押し出されたんだそうだ。それまでは先っぽの部分しか出ていなかったんだとよ。それが、とがった兜のように見えたんで《火星人の兜》《マーシャン・ヘルメット》と呼ばれたってんだ」

リーミンの目に、ある光がやどった。

「押し出されてきた？」

「ああ。そう聞いたぜ。でも、その頃は、ここらあたりのくわしい地形調査なんぞはまだやってもいなかったろうから、記録にも残さなかったんだな」

「軍曹。あれの岩石標本を取るように、作業班に言ってください。分析の結果はすぐ知らせてほしいわね」

「あいつをぶっくだくのか？」

「なあ。この谷を切り開いて、この奥に原子力発電所を作るってのはほんとうなのか？」

「できたらね？」

シンヤがふりかえってたずねた。リーミンは聞えなかったのか、それとも聞えないふりをしたのか、くちびるを結んだまま、頭上をよぎる巨大な円柱に、じっと視線を当てていた。その目の色から、何ものもくみとることはできなかった。


何時間かののちには、谷底から高いやぐらが組み上げられ、石の円柱にさしかけられた作業台の上で、標本を削り取るための作業が始まった。やぐらの下に、携帯用の小型原子力発電機が運ばれ、作業台の上では特殊ジャンボーがうなりを上げていた。


作業は丸一日つづけられた。

「だめです。ドリルの歯が立ちません！　メーザーもまるで受けつけません」

報告する作業班長の顔も手も、油と金属粉で見るかげもなかった。

「準将。あの岩石は表面から五センチメートルないし二十センチメートルまでは比較的剝離の容易なガラス質なのですが、その下が非常に硬度の高い物質でできています」

「そのガラス質というのは？」

「おそらく石英を多量にふくむ安山岩が高熱によって熔融したものだろうと思います」

リーミンはかすかにうなずいた。しばらく考えていたが、やがて顔を上げた。

「作業班長。あの《火星人の兜《マーシャン・ヘルメット》》をふくむ谷の側壁全体を爆破してみてください。どれぐらいの深さまで埋没しているのか、知りたいのです」

「わかりました」

作業班長はいそいで立ち去った。

「おめえさんは、あれを何だと思っているのかね？」

老フサの横顔が、早くも迫ってきた夕闇の中にひらめくメーザーの深紅色の光に明滅した。

「さあ。わかりません。あなたは何だと思っているのですか？」

老フサは首をふった。

「あんたにはわかっているだろう。そうさ。あれは火星人の墓だよ」

老フサは乾いた声で笑った。

作業台はそのままに、爆発作業は完了した。《火星人の兜《マーシャン・ヘルメット》》を中心に、左右へ百メートルほどの岩壁を爆破することになり、小型の核爆弾二個がセットされた。爆破は明朝ときまった。

全員はキャンプへ引揚げた。キャンプ内の幾つかのイグルーでは久しぶりに活気がよみがえった。作業員たちの笑い声や歌声も聞かれる。ビン博士は、はなはだ居心地が悪いようだった。

やがてキャンプの灯も消え、みな眠りについた。いちばん遅くまで作業に追われていた計測作業班の小屋も、ついに物音が絶えた。

三人は地上車へもぐりこんだ。リーミンは操縦室のリクライニングシートに横たわり、シンヤと老フサは荷物室にもぐりこんだ。

火星の夜の気温はマイナス三十度近くまで下る。暖房用の発電機がうなりつづける車内で、電熱毛布を頭からかぶっても、なお寒気は骨までしみこんできた。シンヤはひざをかかえた。むしょうにたばこが吸いたかったが、一本も持っていなかった。さすがに持って出ることはためらわれたのだった。それが残念だった。シンヤはおそらく老フサはアルコールの夢を見るだろうと思った。

やがて、どろのような眠りがやってきた。

誰かが何かさけんでいた。それが意識のどこかに波紋を投げたが、すぐまた、どろのような眠りがかれを引きずりこんだ。

また聞えた。こんどは、はっきりした音声となって、かれの意識の深奥にとどいてきた。

シンヤは体を起した。

薄暗い車内灯の光に、ハッチから車外へとび出してゆく老フサの後姿が見えた。

「どうしたんだ？」

シンヤはなお全身に重くよどむ睡魔と戦いながらハッチから外へ出た。寒気がどっとシンヤの体をおしつつんだ。拡散していた意識が、たちまち鋼のように凝結した。

青白い照明灯の光の輪の中を、人影が走っていた。その走り方には目的や方向というものがなかった。悲鳴がわき起り、絶叫がはしった。

「軍曹！　気をつけて！」

地上車のキャノピーをはね上げて、リーミンがさけんだ。

イグルーのひとつが、火焔の塊となった。

器材置場に当てられているイグルーから、新しいさけび声や悲鳴が上った。そこからも幾つかの人影が走り出てきた。シンヤはその一人にかけより、腕をとらえた。

「おい！　どうしたんだ？　しっかりしろ！」

「出た！　また出たんだ！　幽霊だ。火星人の幽霊だ！」

男は狂乱したようにさけんだ。

「助けてくれ！」

男はシンヤにしがみついてきた。シンヤは男を突き飛ばして走った。

器材置場の小屋のとびらはあけ放たれていた。シンヤは内部へおどりこんだ。

シンヤは息をのんだ。

薄暗い電灯の光の中を、奇妙なものが動いていた。それは水面に浮かぶ油紋のように定まった形となく、青とも緑ともつかぬ光をさざ波のようにきらめかせてただよっていた。風に吹かれるように、ふいに大きく流れると、かすかな線描があらわれた。何かの輪かくを形造りながら、ゆるやかに移ろい流れて壁にぶつかり、そのまま壁に溶けこんでゆくとみえてふたたび逆行し、小屋の中央にもどって、とつぜん、奇妙なものの形となった。

縁のとがった菱形の大きな頭部。その下の細い円筒形の胴体と思われる部分。そこから、木の枝かと思われる細長い手足と思われるものが突き出していた。色はほとんどなく、透き通ってそのものの背後の壁が見えていた。それはけむりのように動いていったん淡く薄れ、ふたたびくっきりとあらわれ出たときは、菱形の頭部に、大きなよく光る目があった。またたかない目は、まっすぐにシンヤに向けられていた。

シンヤは逃げることも忘れ、放心したように、その近づくものを見つめていた。シンヤの全身から力がぬけた。

シンヤは器材置場のロッカーを開き、工事用メーザーガンを取り出した。熱源のパワーユニットをグリップの下にはめこむ。スイッチを押すと、超小型原子炉が作動し、小さなパイロットランプが赤くともった。

引金を引くと、目のくらむような深紅色の光条がほとばしり、小屋のすみに積み重ねられた観測器材に突き刺さって、炸裂した。一瞬、観測器材は火の海につつまれ、灼熱の金属の滴を撒き散らした。シンヤは重いメーザーガンを抱いて小屋の外へ逃れた。

目の前のイグルーへ向って引金をしぼった。イグルーが火柱を上げて吹き飛び、悲鳴とともに人影がころげ出た。

シンヤはメーザーガンをかかえてかれらを追った。重いメーザーガンはシンヤの足を奪った。ちりぢりに逃げる人影をとらえることはできない。シンヤは足を止め、さらにもうひとつのイグルーを焼き払った。

青白い照明灯の光の輪の中に、地上車がうずくまっていた。それこそ最大の獲物だった。地上車の上部のキャノピーがはね上げられ、そこから銀灰色の防塵コートをまとった人影が身をのり出していた。それこそ、シンヤがねらっていた獲物だった。

「待っていたぞ！　来ることがわかっていたんだ！」

シンヤは勝ち誇ってさけんだ。メーザーガンの照準器に、正確にその人影をとらえ、引金をしぼった。

そのとき、シンヤの体をすさまじい打撃が襲った。

6

気がついたとき、最初に目にとびこんできたのは老フサのおそろしく生真面目な顔だった。

体を動かすとその老フサの顔がまぼろしのように薄れ、視線が大きくゆらいだ。シンヤはうめき、頭をもとにもどした。視野が固定し老フサの顔が実体となった。そこは固い床の上であり、イグルーの内部であることがわかった。

シンヤはゆっくりと体を起した。目まいが遠のいた。

「おれは、おれはいったいどうしたのだ?」

「気がついたか。なに、たいしたことじゃねえ」

「何か騒ぎが起きたような気がするが……ここは、イグルーの中じゃねえか?」

「おめえ……なんにも覚えていねえのか? べつに脳波にも異常はねえということだったが」

「脳波にも異常がない? なんのことだ? それは」

「まあいい。それよりも、おめえに見せたいものがあるんだが。歩けるか」

老フサの肩を借りてシンヤは立ち上った。頭の奥に、かすかな痛みとしびれが残っているようだったが、意力は急速に回復してきた。

イグルーの外へ出ると、キャンプ全体の惨憺たるありさまが目に入った。

「どうしたんだ? これは!」

シンヤは棒立ちになった。

「あとで話す。歩け」

老フサは説明を避けてシンヤをいそがせた。

《火星人の兜《マーシャン・ヘルメット》》は見知らぬ土地のように変貌していた。シンヤの胸に記憶がよみがえってきた。

「そうだ。この谷を崩して、あの円柱のような岩を取り出すんだったな」

「おぼえていたか。まるっきりばかになっちまったわけでもねえとみえる」

それまではひかえていたらしい老フサの毒舌が飛び出してきた。

巨大な大円柱のような岩は何台ものウインチによって、崩され広げられた谷の底へ曳き出されていた。その長さは五十メートル。直径五メートルに達し、まるで陸へ曳き上げられた潜水艦のように平滑な外観を持っていた。あきらかにそれは岩ではなかった。優雅ともいえる曲面につつまれ、継ぎ目や隆起の全くない巨大なその物体は、高度な知恵と作業から生れたものであることを示していた。

なおずるずると地上を移動してゆくその物体のかげからリーミンの姿があらわれた。

近づいてゆくと、かの女は黙って、曳きずられてゆく物体を指さした。

見上げるような物体の尾端に近く、大きな破孔が開いていた。

厚い外殻の内側に、銀白色の太い管《パイプ》の束と何かの機器と思われる球体の集合物がのぞいていた。さらに透明な鞘でつつまれた電線のような線条が、くもの巣のようにもつれて垂れ下っていた。

シンヤは飽くことなくそれを見つめた。理解を越える何かがそこに在った。いったい、いつ頃からそれはそこに在ったのか、何者が造ったものなのか、それともどこからかやってきたものなのか？　それを知る手がかりは何ひとつ無かった。解き難い疑惑がその長大な全容に凝集していた。

リーミンが手にしていた平たい粘土板のようなものを二人の前にさし出した。

手にとってみると、それはどろと砂にまみれた一枚の古い浮彫《レリーフ》だった。

「これは？」

「崩した岩板の間から出てきたんです。これはあきらかに、あの物体のかたわらに埋められていたものです。見てごらんなさい。その絵」

それは稚拙な線描だった。

水平に引かれた直線を、ななめに切っている細長い円筒。それから波のように躍っている数本の曲線。そしてその波線にのって、彫りこまれている奇妙なもの、の形。見ようによって、それは菱形の頭と細長い胴体、木の枝のような手足を持つ異様な生き物の姿とも思えた。

見つめているシンヤの胸の奥に、白い閃光が閃き、そこからあの瞬間の記憶がよみがえってきた。

「おれが見たものはこれだ！　青く光って透き通っていて、ふわふわと近づいてきやがった！」

「それは、あの物体が埋まっていた岩よりもはるかに新しい地層に埋まっていたものです」

「すると、あれがあそこに出現してから、誰かがこれをあそこへ埋めたというのか？」

「あるいはね。祀るためだったかもしれないし、何かのできごとを記録するためだったかもしれません。でも、これをよく見てごらんなさい」

シンヤはもう一度、浮彫《レリーフ》に目を当てた。描かれているものが生物であるとしたら、そのゆがんだ形や、倒れかかるような姿態は、これはあきらかに楽しさや喜びの表現ではなかった。そこに描かれているものは苦痛であり、怨恨であり哀傷であった。

「滅びたものたちの記録とは思えませんか」

リーミンがつぶやいた。

滅びたもの――ここが火星である以上、それは火星人なのだろうか？

すべては謎であった。

「おめえはメーザーガンをふり回して、おれたちをみな殺しにしようとした。おめえはあのとき、何かにあやつられていたんだ。その力はおそらく、あの物体から放射されたんじゃねえかと思う。この谷で調査班が遭難したのも、おそらくそのせいだ。シンヤ。これは火星人がこの火星から消え去ったことと、深い関係があるにちげえねえ。あれと同じものがよ、地球にも落下していたとしたら、どうなる？」

老フサの、落ち窪んだ眼窩の底で、鷲のような目が光った。

そこへ地上車の通信係が走ってきた。

「准将。逮捕を命じられた医療部の女は、死体となって発見されたそうです」

報告を受けるリーミンの目が暗い翳をおびた。

「女？　あいつか？」

シンヤが聞きとがめた。

「軍曹。ファイルを持ち出した者は、あの女でした。私の考えでは、あの女もおそらくあやつられていたのだと思うのですが……もうそれをたしかめることはできなくなったようです」

三人は黙って、運ばれてゆく長大な物体を見つめつづけた。

サーチライトの描く光圏の外は、底知れぬ暗黒の夜だった。そこから、ひしひしと迫ってくる何ものかの気配があった。それは、これから始まろうとする悲劇を告げるかのように、三人の心をひたし、犯していった。それは長い長い物語のはじまりでもあった。

付録
SFを創る人々・その5　光瀬　龍氏

大伴秀司

僕が、なぜSFに興味をもつようになったかを考えますと、最初は井上靖の『異域の人』を読み、つづいてギボンの『ローマ帝国衰亡史』やトインビーの『試練に立つ文明』などを読んでいるうち、漠然と、歴史小説に魅力を感じるようになった。むろん、いつかは書いてみたいと考えていたわけですが、そのあと、かなりたってから『火星年代記』を読み、歴史小説への欲望が、SFというものに結集するきっかけになったのです。単に未来を予想するのではなく、未来の歴史を振り返って記述するといった手法に興味がありました。

小学校一九三三年

○光瀬竜さんは一九二八年生れの東京っ子。小学校三、四年になると、海野十三を愛読していた。『海底大陸』『十八時の音楽浴』などが印象に残っている。

星に興味をもち機関車を好きになった。C—58機関車がアイドルだった。

算数に弱いくせに科学は大好きだった。科学そのものより、科学のムードにあこがれていたためだろう、生物が好きで、大学では生物学を専攻している。

太平洋戦争が激化するころ、中学生になった。

戦争一九四五年

○空襲が激化しても、勤労動員で東京に残った。休憩時間に学友たちと、戦争の話をするのが、たのしみの一つだった。『六発爆撃機』や『殺人光線』の可否を、よく議論したものである。
空襲の最中、燃えている街を返ったとき、一軒の家の中で羽織が一枚舞っているのを見た。黒い羽織は、真赤な炎に翻弄されて、ひらひら動いている。まるでアブストラクトの絵をみるようだった。

人間の生活が、巨大ななにものかに呑まれる一瞬だった。いまでも強く印象に残っている。

女学生一九四八年

○終戦を迎える三ヶ月前、東北の岩手の田舎に疎開した。平泉中尊寺も近い北上川ぞいの美しい農村だった。

土地柄、宮沢賢治研究が盛んだった。賢治に魅かれるようになった。賢治の描く幻想の世界は、いまでも好きである。『どんぐりと山猫』『鹿踊りのはじまり』などを特に愛読した。

○一九四八年東京に帰り、母校の目白の川村高校にもどった。

男子に比べ、圧倒的多数の女子生徒。うらやましがる人もいるだろうが、事実はまったく逆で、さんたんたるものだった。迫害の歴史といってもよいほど、なにかにつけて、男子生徒は目の仇にされたからである。

女の子というものに対しても、大いに幻滅を感じた。

だらしがなく、男の子のような精神的な規律に欠けている。女の子に対して抱いていた甘美な幻影は、このときこっぱみじんにくだけてしまった。

教育大学一九五〇年

○東京教育大に入ると生物を選んだ。

昆虫を研究していると、自然のメカニズムといったものを切実に感じる。卒業論文もハチの羽根の運動に関するテーマだった。

○一九五三年卒業後、哲学科へ再入学した。

科学に対する行きづまりのようなものを真剣に考えていたのだろう。しかし、哲学はやらず、美学を専攻した。仏像が好きで、よく見学に歩いたこともある。

ダリ、キリコなどの超現実派の絵が好きであり、キリコの「街角の神秘と憂愁」のような風景画に激しい魅力をおぼえた。

美学を学ぶかたわら、学校の教師をして生活費を稼いだ。その後洗足学園に落着いた。生徒数一五〇〇名の女子中、高校である。

習作一九五八年

○高校時代、萩原朔太郎や草野心平に感動し詩を作った。

ポーの『赤き死の仮面』なども感激しながら読んだ。これから二十世紀が始まろうとしている時代に、ポーがアメリカに対して絶叫しているようにおもえた。

井上靖の歴史小説、長谷川伸や山本周五郎の大衆小説、ヘミングウェイの男性的な作風にも大きな影響をうけた。

○小説の上で、自分が感じていることを訴えてみたかった。欲求不満がはち切れるばかりに大きくなっていた。精神的な放浪時代もあった。

これぞという本はなかったが、いろいろ見つけては読みふけった。『ローマ帝国衰亡史』などに感銘し、もともと興味のあった考古学にも夢中になった。

○同人誌に加入したのは一九五八年、美学科を卒学した翌年だった。処女作は『タイタン六世』という短篇だった。それ以前に、小説を書いた経験はなかった。

この同人誌に短篇を四本発表し、やがて長篇が書きたくなった。『派遣軍還る』という未来史ものを発表した。同人の間では好評だった。

○一九六〇年、第一回空想科学小説コンテストに応募した。映画にも向くようにと、視覚に訴えることを重視して書いた。よそゆきの気持だった。この「シローエ二九一九」は、SF奨励賞を授けた。のちに、これを全面的に書き改めて「スーラ二二九一」にした。

未来叙事詩一九六二年

○一九六二年四月号のSFマガジンから、光瀬さんの活躍がはじまった。
空想科学小説というより、未来叙事詩とよぶほうが、適当かもしれない。

作品の題名には、ほとんどかならず、年代を入れた。あたかも、歴史学者が過去を記述しているように。

光瀬さんは、こう語っている。


――僕は、最初歴史小説を書きたいとおもっていた。この気持は、SFを書くようになった現在でも変っていません。

いまSFマガジンに発表している一連の作品も、僕自身は、歴史小説のつもりで書いているんです。

ただし、僕の小説では、正史（記録される歴史）を扱わず、裏面史のほうに重点をおいている。

一つの文明が起り、さかえ、滅びてゆく間には、歴史の表面に出ないようなエピソードが無数にある。それを一つ一つ、ある年代のなかで書くようにしているわけです。

発想一九六三年

○未来社会については、漠然としたパターンを考えている。そのパターンを崩さないような範囲で、一つ一つの作品を書く。むろん一作一作書き進むうちに、次第にかたまってきたイメージである。マガジンに発表してきた作品の根本のイメージはシルクロードだった。海上貿易の発達におされて、徐々に滅びていったシルクロード盛衰の過程が、たえず頭の中にあるのだという。

――西域の広大な砂漠の真中に、砂にまみれた廃墟が残っている。実地に行ったことはありませんが、写真などで見ますと、いろんな想像が浮びますね。そこはどんな人間が住んで、どんな生活を営んでいたのだろう。たとえば水ガメ一つにしても、だれかがそのカメで水を飲んだに違いないわけですが、いったい、飲んだのは何処のどういう身分の人間だろうか？　そんなことを考えているうちに、作品のテーマが、ふと生れることがあるんですよ。作品によって発想法はちがいます。どちらかといえば、まず情景が頭に浮び、そこからストーリーが出てくるタイプですね。子供の時分に見た景色だとか、印象に残った超現実派の絵などを作品に書き込むこともあります。

ですから、行ってみたい土地は、シベリアのような茫漠たる曠野か、ローランやバビロニアのような廃墟の多い地方です。

いまは崩壊していても、それを一生懸命作り上げた人間がいる。そういった文明のはかなさ、人間の行動の空しさに魅かれているのですね。

○好きな作家はブラドベリイ、シマック。好きな作品は『火星年代記』と『都市』。競輪、競馬を除いて、ギャンブルは好きなほう。山登りやスキーも得意。ラテン音楽をよく聴いているそうである。

SF一九六三年

○この八月には、SFマガジンに発表された作品が一冊の本『墓碑銘二〇〇七年』にまとまる。

今年暮から刊行される書下し〈日本SFシリーズ〉ではじめての長篇を書く。

僕は人類の未来を、楽観的に考えません。といって嘆き悲しみもしない。人類は努力し、文明も発達し、戦術的には勝利者となるでしょう。しかし戦略的には絶対に勝てない。〝時間〟を征服するのが不可能だからです。大道具は換えても、舞台そのものを換えることはできません。文明は進んでも、芝居の筋書きそのものには、なんらの影響も与えないと思うんですよ。

（ＳＦマガジン一九六三年十月号掲載）

付録
『墓碑銘2007年』ハヤカワ・SF・シリーズ版あとがき

先年、建設途上の第四黒部川発電所をおとずれたことがあつた。ちようどそれはその夏でもつとも暑い日だつた。白日のもとにさらけ出された岩盤や、はるかな下方に点々と動くクレーンや人の群を見たとき、五千年のむかし、ピラミッドやスフィンクスを造つたときも、こんなだつたろうと思つた。

そして、小石を積んで天に至ろうとするような営々たるその努力を眼下に見ているうちに、ふと、私は自分が何ものかにひどく疎外されていることに気がついた。

建設中の巨大なダムの、何年かののちには満々たる水をたたえ、そしてそれから何十年かたつて無用の長物として見棄てられ、さらに何百年かののちに砂に埋もれて崩壊してしまう。このわかりきつた図式の中には、私の触れることもできない《時》というものの壮大な流れがひそんでいた。

ピラミッドも、スフィンクスも、万里の長城も、今では荒涼たる風塵にまみれて、それを造つた人々の情熱と努力は白く乾いた形骸に化してしまつている。いずれはそれすらも完全に風化していつてしまうのだろう。

もしかしたら、これは非常によいことなのかもしれない。

三千年先、四千年先、人間はやはり同じようなことをやつてゆくのだろう。そして、その跡が残る場合もあるだろうし、夢のように消えて跡形も残らない場合だつてあるだろう。すべてはそんなものだ――そういわれると、なんとなく解つたような気がするのは、私がなまけ者だからなのだろうか。

私のこのつたない短編集を世に送るために、種々、お力ぞえを下さつた早川書房編集長、福島正実氏に篤く感謝いたします。

（昭和三十八年八月）

付録

『異境』ハヤカワ・SF・シリーズあとがき
私の『東キャナル市』

ある読者から、百科辞典で『星間文明史』という本の名を引いてみたが出ていなかった、というおたよりをいただいたことがあります。また読者から人名辞典で『ユイ・アフテングリ』をさがしたけれども載っていなかったが、というおたずねをいただきました。ある年若い読者は全天星図で『青の魚座』をさがされたということでした。あらためておことわりするまでもなく、それらはすべて私の頭の中だけに存在する人名や史書、星座の名です。しかしそのような受けとりかたで読んでくださったということは、作家冥利につきる、というのでしょうか、ありがたいことです。

アメリカの月探検船が月面に着陸し、人類が月に第一歩を印した頃、「このように人間が月にまで行けるようになってくると、SF作家はもう書くことがなくなってくるだろう」というようなことを言った人がありました。実際、私もそのような質問を受けたことがありま す。これには何と返事したらよいものやら私もたいへん弱りました。火星表面の写真が撮影されたときにも、「これであなたはSFが書きにくくなったんじゃないか」とか「あなたの火星も少しは変るでしょう」とか言われました。私は面倒な説明はさけて、いそいでその人の前を離れました。

そうした質問でいつも困るのは、私の描く火星は現実の夜空に赤くかがやいているあの火星ではないからです。私の頭の中だけにある、私の想像の中の世界にのみ存在している『火星』だからなのです。そこへは決してマリーナ何号などというカメラの化物のようなロケットも飛んではこないし、月面探検船などというぶざまな物体が着陸したりすることなどのない世界だからなのです。

SFを書きはじめてもう何年かたち、宇宙を舞台にした物語をもうずいぶん書きましたが、いつの間にか私は『東キャナル市』の周辺から離れられなくなってしまいました。はじめのうちは架空のある場所というだけのことでしかなかったのですが、そのうちにだんだん私の心の中で奇妙な現実感をおびてきました。よく夢で、全く行ったことも見たこともない町があらわれることがありますが、私には『東キャナル市』が実際に行ったことがある街のような気がするのです。記憶のどこかに残っているなつかしい想い出の街のように思えるのです。眼を閉じれば街のすみずみまで思い出すことができますし、そこにすむたくさんの人々はすべて私の知っている人なのです。この一九七一年の静かな冬の夜にも、『東キャナル市』は存在し、砂あらしと、わずかに結ぶ夜の霜がそこに住む人々の生活の一部になっているはずなのです。東京の空が夕焼けに染まる時は、やはりミメサ三叉路やシンシア遊水池は美しい夕映に染まっているはずです。宇宙空港《スペース・ポート》のフィンガーを風紋を描いてはしってゆく乾いた軽い砂の、かすかにさらさらと鳴る音や、近づいてくるフェリーボートの遠雷のようなひびきが聞えてくるような気がするのです。砂漠の果に、遠いむかしに亡びた火星人の夢が埋められ、文明とはなにか、と問いかけているようでもあります。私の知っている人たちはそこから金星や木星や冥王星や、さらに太陽系の外へ、そしてはるかに遠い銀河系のむこうへ、大宇宙のつきるところへと出発して行きます。多くの人たちはもどることはないけれども、還ってきた人たちはさまざまな物語を私に聞かせてくれます。それを私流に書きなおすのです。木星の地獄のようなアンモニアやメタンの海。金星のすさまじい熱あらし。永遠に閉された冥王星。また奇妙な生物との出逢いや、時さえも喪われてしまうさいはての天と地。冒険の数々やみじめな失敗。それらの話を、私はある時は恐れも知らぬたくましいスペース・マンたちから、ある時は街のやっかい者になっている老残のサイボーグたちから聞きとるのです。

私にとって『東キャナル市』とはそういった所なのです。

『東キャナル市』という名前は、この街が造られた時、西キャナル市という街も計画されたからだとも、またキャナルの東にあるからだとも言われています。また何の意味もないのだという人もいます。市の財政が豊かだったことはただの一度もないかわりに、地球へ帰りたいと思っている人は一人もいないようです。みんな休むひまもないほどはたらいているけれども誰に使われているわけでもありません。

街の中央の広場に、誰のものともわからない銅像がひとつ砂にまみれて立っています。いつ頃なぜそんな物をたてたのか、誰に聞いてもわかりません。『東キャナル市』を建設した人だとも、最初に火星に着陸した宇宙船の船長《キャプテン》だとも言われています。また初代の市長だったともまたむかし『東キャナル市』がある重大な危険におちいったとき、一身を棄てて街を救った人なのだとも言われています。しかし何も記録らしいものは残っていませんし、街の人々はそんなことはどうでもいいようです。もしそんなことで、銅像を立てるとすれば街の人々を全部、銅像にしなければならなくなるでしょう。その銅像のふきんに行けば、いつでも古手のスペース・マンたち、つまり生活保護を受けているサイボーグたちに会うことができます。かれらはそこがたまり場のようです。

私が『東キャナル市』について考える時は少し感傷的になっているようです。それはそこで出逢うたくさんのスペース・マンたちの勇気や哀しみや怨みやつきせぬ夢の数々が、つねに孤独と流離の翳を背負っているせいかもしれません。二度と生きて帰れぬことを承知で瘴気に満ちた惑星に降下してゆくとき、また、還ってきたときには今知っている人たちが一人も存命しているはずもないのに、何十光年もの旅に出発してゆくとき、かれらの心をとらえ、推し進めているものはいったいなんでしょうか。おしなべて憑かれた心にとって、人の生き死にとはなんでしょう。また、ひとしく醒めた心にとって夢とは。

私の『東キャナル市』に今日も砂あらしが吹き荒れ、まぼろしのスペース・マンたちはどこからともなくやって来ては、またいずこへか出発して行きます。濃藍色の夜空に飛ぶあえかな流れ星にかけるかれらの願いが、果して有るのか無いのか。あるいはそれは『東キャナル市』だけが知っていることなのかもしれません。
私の『東キャナル市』とはそういうところなのです。

（昭和四十六年十二月）

編者解説

日下三蔵

シリーズも第五巻になってから説明するのもおかしな話だが、この「日本SF傑作選」は「初めてその作家を読む人」と「以前に読んだことのある人」の両方を読者として想定していて、前者には「その作家の入門書」、後者には「改めてその魅力を発見する一冊」になるように工夫しているつもりである。それぞれの作家の刊行状況に応じて各巻の編集方針は変わってくる。したがって、一般的な文学全集のように、「衆目の一致する代表作をページ数いっぱいに詰め込んだ一冊」になっているとは限らない。

例えば眉村さんの巻では、《司政官》ものを一つも入れずに眉村卓の代表作集を名乗るのはおかしい、というご批判をいただいたが、こちらとしてはハヤカワ文庫の眉村さんの巻を読んだ後には、創元SF文庫の『司政官　全短編』や出版芸術社の『眉村卓コレクション　異世界篇』に進んで欲しいのだから、収録作品を重複させるのは、かえって読者の不利益になると考えているのである。

その伝でいくと本書も、宇宙年代記ものが一つも入っていない光瀬龍の作品集なんて、と思われる方もいるかも知れない。確かに作品タイトルに年代を冠した一連の宇宙もの、いわゆる《宇宙年代記》シリーズには光瀬SFを代表する傑作が数多く含まれている。「墓碑銘二〇〇七年」「氷霧二〇一五年」「幹線水路二〇六一年」「シンシア遊水池二四五〇年」「カナン五一〇〇年」等々。しかし、このシリーズはハルキ文庫《宇宙年代記全集》（全2巻）（巻末の著作リスト92、93）として、ほぼ理想的な形でまとめたことがあり、現在は電子書籍でも読むことが出来る。いずれ紙の本でも復刊したいとは思っているが、どちらにしても本書では、まとめて対象外とするのがベストと考えた。

つまり本書は、年代記もの以外の初期宇宙SF集成ということになる。具体的にはハヤカワ文庫JA『無の障壁』（78年9月）の全篇を第一部、ハヤカワ・SF・シリーズ『異境』（71年12月）からの一篇とJA『カナン五一〇〇年』（74年4月）からの三篇を第二部、JA『東キャナル文書』（77年4月）の全篇を第三部に、それぞれ収めた。およそ二冊半分の作品で、六〇年代から七〇年代に至る光瀬龍の作風の変化を感じ取っていただければ幸いである。

光瀬龍は東京生まれだが、昭和二十年、十七歳の時に岩手に疎開し、三年間をそこで過ごしている。帰京後、東京教育大学を卒業し、中学や高校で理科の教師として教鞭をとった。

一九五七（昭和三十二）年、SF同人誌〈宇宙塵〉の創刊を新聞記事で知って入会、ペンネームを井上靖の短篇小説から採って「光瀬龍」とした。

五八年、SFの第一作「タイタン六世」を〈宇宙塵〉三月号（第10号）に発表。この短篇は会員の投票による第一回掲載作品コンテストで第一席を獲得している。この時の第二席は星新一「セキストラ」、第三席は同じく星新一の「ボッコちゃん」であった。

五八年に二本、五九年に一本、六〇年に四本の短篇を〈宇宙塵〉に発表し、六〇年から翌年にかけては長篇『派遣軍還る』（後に『宇宙塵版／派遣軍還る』として刊行、著作リスト52）も連載している。また、六〇年には〈宇宙塵〉四月号（第31号）に発表したショート・ショート「同業者」が宝石社の翻訳ミステリ誌〈ヒッチコックマガジン日本版〉八月号に転載されており、これが光瀬龍の商業誌デビューということになる。

六一年、〈SFマガジン〉の第一回SFコンテストに投じた「シローエ2919」が奨励賞を受賞。この時は受賞作がなく、佳作第一席が山田好夫「地球エゴイズム」、第二席が眉村卓「下級アイデアマン」、第三席が豊田有恒「時間砲計画」、努力賞が小松左京「地には平和」であった。その他の奨励賞受賞作の中には、平井和正「殺人地帯」、小隅黎（柴野拓美）「宇宙都市計画」、小野耕世「ナポレオンの帽子」、宮崎惇「何かが後からついてくる」、加納一朗「アミーバ作戦」などのタイトルが見える。

六二年、〈ヒッチコックマガジン日本版〉一月号に「乗客」、〈SFマガジン〉四月号に「２０１２年版ガン・カタログ」と二つの小品を発表、続いて〈SFマガジン〉五月号に載せた短篇「晴の海１９７９年」で本格的な活動を開始する。福島正実編集長がこの作品に寄せた解説「ファン＝ライター」の全文は、以下のとおり。

本誌はすでに、わが国のSFファンダムから、4人のファン＝ライターに登場して貰いました。筒井俊隆（『消去』）山田好夫（『地球エゴイズム』）眉村卓（『下級アイデアマン』）小野耕世（『ナポレオンの帽子』）の諸氏です。ここに、5人目の選手を、おくります。

光瀬竜（みつせ・りゅう）氏です。勉強熱心なファンは、すでにご存知でしょう。昨年ヒッチコック・マガジンに『同業者』『乗客』などの、技巧派的なSFショート・ショートが発表されています。先号の21世紀の夢『2012年版カタログ』の著者も彼。しかし、氏の本領は、むしろこの作品のような、リアルなコンポジションをもつ短篇の方にある。同人誌『宇宙塵』では、去年いっぱい連載された中篇『派遣軍帰る』が好評だった由でした。遥かな未来、数十の星系に属する惑星がそれぞれ独立国家を形成して、互いに資源の争奪戦を展開している時、巨大な人工天体に住む住民の派遣した遠征軍が戦いに勝って帰ってくる。ところが宇宙船団にはただ1人の兵士も乗っていなかった……こうした謎をめぐる大スペース・ドラマでした。

氏は昭和3年、東京生れ。現在、高校の生物の先生です。大学では生物と哲学を専攻されました。32年『宇宙塵』創設以来の生えぬき同人です。（F）

〈ヒッチコックマガジン〉掲載作品の年度が違っていたり（「同業者」は60年、「乗客」は62年でいずれも「昨年」ではない）、『派遣軍還る』のタイトル表記が間違っていたり、ペンネームの漢字が竜になっていたりするが（作品のトビラページでは「龍」）、未知の作家の初紹介としては充分な情報量だろう。付録として収録した大伴秀司（大伴昌司）によるインタビュー「SFを創る人々」第五回（63年10月号）でも「龍」と「竜」が混在しているから、初期には二つの漢字表記を厳密に区別しなくてもいい、と考えられていたのかも知れない。

福島編集長には「アマチュアに原稿依頼はしない」という編集方針があり、〈宇宙塵〉などの同人誌で実績があっても、それだけでは〈SFマガジン〉に作品が載ることはなかった。それはSFという「新興ジャンル」を自らの監督下で育て上げていきたいという強烈な意志の表れでもあった。眉村卓にしても光瀬龍にしても、「SFコンテストへの応募」という手続きを経て、ようやく作品が採用されているのだ。筒井康隆の弟の俊隆氏も、江戸川乱歩が編集する探偵小説誌〈宝石〉に家族同人誌〈NULL〉から「相撲喪失」が転載され、商業誌デビューを果たしてから〈SFマガジン〉に登場している。

光瀬作品は適度な科学性と高度な思想性を兼ね備えており、福島正実の求めるSF像に合致していた。それは著者が東京教育大学の理学部生物学科と文学部哲学科を卒業しているという経歴のためもあったろう。六二年十月号に「易仙逃里記」で初登場して、やはりたちまちのうちにレギュラー・ライターとして重用された小松左京と共に、この時期の〈SFマガジン〉を力強く牽引していくことになるのである。

れる。六二年には四月号に初登場して八篇、六三年には実に十一篇を同誌に発表していて驚かされる。六四年は〈SFマガジン〉掲載作品こそ三篇だが、〈高1コース〉〈別冊宝石〉〈中一時代〉〈冒険王〉などに執筆の場を広げ、十一月には第一長篇『たそがれに還る』を早川書房の「日本SFシリーズ」に書下している。〈SFマガジン〉六五年十二月号からは第二長篇『百億の昼と千億の夜』の連載を開始。オールタイム・ベストのアンケートでは常に上位にランクされる日本SF屈指の名作である。

六三年八月には、早くも最初の短篇集『墓碑銘2007年』をハヤカワ・SF・シリーズから刊行。その表4には、作者の経歴に続けて、以下のような文章が書かれていた。

悠久の時の流れに比べれば、地球人類百万年の歴史は、はかないカゲロウの生命に似ているかもしれない。そこに戦われる戦いも、そこに築かれる文明も、そこに賭けられる幾百億幾千兆の人間の生命も……。それらは、やがて亡び去るものとしてのみ、そこに存在しているのかもしれない……。だが、そこにしか人類の生きる場がないとするならば、そこにしか、あらゆる希望、あらゆる思索、あらゆる使命感の持ちようがないならば、やがては廃墟と知りつつも、人類はそれを守り、そのために全エネルギーを傾けて生きるだろう。

この短篇集に収められた作品は、すべて、そうした歴史をふまえる、一種の未来叙事詩として語られる。ここでは未来も過去なのだ！

なんとも詩的で光瀬SFにふさわしいコピーだが、重要なのは「ここでは未来も過去なのだ」という最後の指摘であろう。付録として収めた「SFを創る人々」に前書きとして掲げられている著者自身の言葉にも、井上靖『異域の人』や『ローマ帝国衰亡史』を読んで歴史小説に抱いていた興味が、ブラッドベリ『火星年代記』でSFと接続され、「単に未来を予想するのではなく、未来の歴史を振り返って記述するといった手法」に至ったとある。

インタビュー中にも「いまSFマガジンに発表している一連の作品も、僕自身は、歴史小説のつもりで書いているんです」という証言があるように、光瀬宇宙SFの多くには、はるか未来の歴史家ユイ・アフテングリの著した『星間文明史』の一節が引かれ、「さらに未来から振り返った過去の歴史」として未来が描かれている。

宇宙ものからスタートした光瀬作品が、やがて『寛永無明剣』『征東都督府』『歌麿《うた》さま参る』『幻影のバラード』など時間パトロール局員が活躍する時代SFへと移行し、さらに『明治残侠探偵帖』『秘伝宮本武蔵』『平家物語』『豊臣太平記』とSF要素のない時代小説へと移っていったのは自然な流れであった。

現在、この光瀬SFの手法を受け継いで大きな成功を収めているのが田中芳樹である。氏の代表作『銀河英雄伝説』が、「さらに未来から振り返った過去の歴史」として描かれていたことを思い出していただきたい。

そして光瀬龍のこのスタイルは、宇宙年代記ものに限らず、タイトルに年代のつかない一連の作品、つまり本書に集成した作品群でも変わることはないのである。

本書に収めた作品の初出は、以下のとおり。

第一部

無の障壁　〈SFマガジン〉64年4月号

勇者還る　〈SFマガジン〉65年2月号

決闘　〈SFマガジン〉63年7月号

スペース・マン　〈SFマガジン〉68年9月増刊号

異境　〈SFマガジン〉69年4月号

訣別　〈SFマガジン〉70年1月号

クロスコンドリナ2　〈SFマガジン〉70年2月号

第二部

廃虚　〈推理ストーリー〉65年11月号

星と砂　〈SFマガジン〉65年11月号

星の人びと　〈SFマガジン〉65年10月号

ひき潮　〈SFマガジン〉67年9月号

第三部
東キャナル文書　〈SFマガジン〉71年6月号
アマゾン砂漠　〈SFマガジン〉74年2月号
火星人の道《マーシャン・ロード》Ⅰ　〈SFマガジン〉72年9月増刊号
火星人の道《マーシャン・ロード》Ⅱ　調査局のバラード　〈SFマガジン〉75年7月号

第一部と第二部の初刊本と文庫版の関係がなかなか複雑なので、こちらもリストにしておこう。ハヤカワ・SF・シリーズからは四冊の短篇集が刊行されている。

A　墓碑銘2007年　63年8月
B　落陽2217年　65年5月
C　カナン5100年　68年4月
D　異境　71年12月

これらはハヤカワ文庫JAへの収録時に解体され、以下の六冊に再編集された。

①　カナン5100年　74年4月
②　多聞寺討伐　74年6月

③　宇宙救助隊2180年　75年6月
④　辺境5320年　75年6月
⑤　無の障壁　78年9月
⑥　消えた神の顔　79年6月

まず、なぜか第三短篇集のCが一篇（「ヴェトナムとハルコの間」）を割愛した形でそのまま文庫化されている（①）。続く②はBから一篇、Dから四篇を収めた時代SF作品集。③と④はAから十篇、Bから五篇、Dから二篇の宇宙年代記ものを収め、「シティ0年」を加えてタイトルの年代順に配列した作品集。⑤はBから三篇、Dから四篇を収めた宇宙SF作品集であった。⑥はAから三篇、Bから三篇、Dから一篇を収め、八篇の初収録短篇を加えたもの。本書の第一部には、この⑤をそのまま収めた。初収録単行本は、それぞれ、「無の障壁」「勇者還る」「決闘」がB、「スペース・マン」「異境」「訣別」「クロスコンドリナ2」がDである。

AとBの収録作品は全篇が文庫化されたが、Dの「廃虚」は宇宙ものであるにもかかわらず⑤に入らなかった。七篇で文庫本としては充分なページ数になったことと、お読みいただければ分かる通り、途中に特殊な活字の組み方をしている箇所があるのが収録を見送られた理由と思われる。この作品の初出誌〈推理ストーリー〉は、現在の〈小説推理〉の前身に当たる双葉社の月刊推理小説誌。

C（＝①）に入ってすでにハヤカワ文庫に収められていたため、⑤⑥では対象外となっていた宇宙年代記もの五篇は、前述のハルキ文庫版《宇宙年代記全集》に収めておいた。同じ理由で⑤の対象外となった宇宙SF三篇を「廃虚」と共に第二部に収めた。

第三部の四篇は〈SFマガジン〉に発表後、七七年四月にハヤカワ文庫JAから『東キャナル文書』として刊行された連作を、そのまま収めたもの。東キャナル市、シンシア遊水池、ユイ・アフテングリ『星間文明史』などの固有名詞が登場し、タイトルに年代こそ付いていないものの、宇宙年代記シリーズと同じ世界観に属する作品である。

「火星人の道《マーシャン・ロード》I」の冒頭に掲げられているエピグラフは、善六・キクカワの作という設定になっているが、大橋博之氏が著者の自伝的要素を含む小説とエッセイを集成して詳細な解説を付した『光瀬龍　SF作家の曳航』（09年7月／ラピュータ）によれば、菊川善六というのは光瀬龍がデビュー以前に、小説や詩を発表する際に使用していたペンネームだという。同書には菊川善六名義の未発表短篇「肖像」も収録されている。

また、昨二〇一七年には、立川ゆかり氏が〈SFマガジン〉に連載した光瀬の詳細な評伝が、『夢をのみ――日本SFの金字塔・光瀬龍』としてツーワンライフから刊行された。第三回日本SF評論賞を受賞した宮野由梨香氏の「阿修羅王は、なぜ少女か」（〈SFマガジン〉08年5月号）も出色の光瀬龍論であった。

このように、直接、光瀬龍の謦咳に接した世代の人々が、その素顔を明らかにする評論、ノンフィクションを発表してくれるのは、さらに後の世代のわれわれ読者にとっては、実にありがたいことである。無論、作者自身だけでなく、それと同時に作品が読み継がれることも重要だと思っているので、本書で初めて光瀬ＳＦに触れた方は、ぜひその他の作品にも手を伸ばしていっていただきたい。

なお、本稿の執筆および著作リストの作成に当たっては、大橋博之氏から貴重な情報を提供していただきました。また、光瀬龍の詳細な書誌情報を公開しているウェブサイト「ＳＦ辺境探査船」（http://sf-henkyo.jpn.org）を参考にさせていただきました。記して感謝いたします。

光瀬龍 著作リスト　日下三蔵編

■長篇　●短篇集　★少年もの　○再編集本　◆ノンフィクション

●1　墓碑銘２００７年
早川書房（ハヤカワ・ＳＦ・シリーズ3051）　1963年8月15日
角川書店（角川文庫）　1975年8月5日

■2　たそがれに還る
早川書房（日本ＳＦシリーズ２）　1964年11月20日
早川書房（ハヤカワＪＡ文庫３）　1973年3月15日
角川書店（角川文庫）　1985年6月25日
角川春樹事務所（ハルキ文庫）　1998年8月18日

●3　落陽２２１７年
早川書房（ハヤカワ・ＳＦ・シリーズ3082）　1965年5月15日

■4　百億の昼と千億の夜
早川書房（日本ＳＦシリーズ11）　1967年1月15日
早川書房（ハヤカワＪＡ文庫６）　1973年4月15日
角川書店（角川文庫）　1980年10月6日
角川書店（角川文庫リバイバル・コレクション）1996年2月25日
早川書房（ハヤカワ文庫ＪＡ1000）　2010年4月15日
※ハヤカワ文庫版は93年の重版以降、内容に変更あり

★5　夕ばえ作戦
盛光社（ジュニアＳＦ２）　1967年3月20日
鶴書房盛光社（ＳＦベストセラーズ）　1972年
角川書店（角川文庫）　1975年2月20日
ジュンク堂書店　2013年2月10日
※鶴書房盛光社版は奥付に発行日の記載なし、ジュンク堂版は盛光社版の限定復刻、94にも収録

●6　カナン５１００年
早川書房（ハヤカワ・ＳＦ・シリーズ3180）　1968年4月30日
早川書房（ハヤカワ文庫ＪＡ28）　1974年4月15日
※ハヤカワ文庫版は「ヴェトナムとハルコの間」を割愛

★7　北北東を警戒せよ

朝日ソノラマ（サンヤングシリーズ８）　1969年8月15日
朝日ソノラマ（ソノラマ文庫３）　1975年11月10日

■8　寛永無明剣
立風書房（立風ネオＳＦシリーズ）　1969年12月10日
早川書房（ハヤカワＪＡ文庫12）　1972年12月15日
角川書店（角川文庫）　1982年7月30日
角川春樹事務所（ハルキ文庫）　2000年10月18日

★9　暁はただ銀色
朝日ソノラマ（サンヤングシリーズ23）　1970年5月10日
朝日ソノラマ（少年少女傑作小説10）　1973年7月10日
朝日ソノラマ（ソノラマ文庫２）　1975年11月10日
※94にも収録

★10　あの炎をくぐれ！
国土社（創作子どもＳＦ全集９）　1970年5月10日

★11　その花を見るな！
毎日新聞社（毎日新聞ＳＦシリーズジュニアー版９）　1970年11月13日
秋元書房（秋元文庫）　1975年7月25日
秋元書房（秋元ジュニア文庫）　1982年6月20日

◆12　自分で工夫する小動物の飼い方
朝日ソノラマ（自分で工夫するシリーズ）　1971年10月5日

★13　作戦ＮＡＣＬ
岩崎書店（ＳＦ少年文庫10）　1971年10月10日
朝日ソノラマ（ソノラマ文庫73）　1977年5月30日
角川書店（角川文庫）　1983年10月25日
岩崎書店（ＳＦロマン文庫10）　1986年1月30日
岩崎書店（ＳＦ名作コレクション８）　2005年10月15日

●14　異境
早川書房（ハヤカワ・ＳＦ・シリーズ3282）　1971年12月15日

★15　ＳＯＳタイム・パトロール
朝日ソノラマ（サンヤングシリーズ37）　1972年5月15日
朝日ソノラマ（ソノラマ文庫12）　1975年12月10日

■16　喪われた都市の記録
早川書房（日本ＳＦノヴェルズ）　1972年7月20日
早川書房（ハヤカワ文庫ＪＡ74）　1976年2月29日

角川書店（角川文庫）　1980年12月5日
角川春樹事務所（ハルキ文庫）　1998年11月18日
※角川文庫版以降は上・下二分冊

◆17　自分で工夫する植物の観察と栽培

朝日ソノラマ（自分で工夫するシリーズ）　1973年5月30日

○18　多聞寺討伐

早川書房（ハヤカワ文庫ＪＡ32）　1974年6月10日

★19　その列車を止めろ！

秋元書房（秋元文庫）　1974年10月20日
秋元書房（秋元ジュニア文庫）　1982年8月20日

★20　明日への追跡

すばる書房（ＳＦバックス）　1974年12月20日
角川書店（角川文庫）　1976年4月30日
鶴書房盛光社（ＳＦベストセラーズ）　1977年2月20日

■21　復讐の道標

早川書房（ハヤカワ文庫ＪＡ54）　1975年4月15日
角川書店（角川文庫）　1981年4月10日

■22　宇宙のツァラトゥストラ

角川書店　1975年5月30日
角川書店（角川文庫）　1978年5月30日

○23　宇宙救助隊２１８０年　宇宙年代記１

早川書房（ハヤカワ文庫ＪＡ58）　1975年6月15日
※「シティ０年」を初収録

○24　辺境５３２０年　宇宙年代記２

早川書房（ハヤカワ文庫ＪＡ59）　1975年6月20日

■25　征東都督府

早川書房（日本ＳＦノヴェルズ）　1975年9月15日
早川書房（ハヤカワ文庫ＪＡ101）　1977年11月10日
角川書店（角川文庫）　1982年1月10日

●26　歌麿さま参る

早川書房（ハヤカワ文庫ＪＡ78）　1976年5月31日
角川書店（角川文庫）　1982年11月20日

■27　秘伝宮本武蔵　上・下

読売新聞社　1976年9月10日、11月30日
徳間書店（徳間文庫）　1982年7月15日

◆28　**ロン先生の虫眼鏡**
早川書房　1976年12月31日
徳間書店（徳間文庫）　1980年10月30日

●29　**東キャナル文書**
早川書房（ハヤカワ文庫ＪＡ81）　1977年4月30日
角川書店（角川文庫）　1983年4月10日

★30　**秘密指令月光を消せ**
三省堂（三省堂らいぶらりい ＳＦ傑作短編集3）　1977年9月20日

★31　**ＳＯＳ宇宙船シルバー号**
三省堂（三省堂らいぶらりい ＳＦ傑作短編集12）　1977年11月20日

★32　**消えた町**
鶴書房盛光社（ＳＦベストセラーズ）　1978年3月20日
徳間書店（徳間文庫）　1981年5月15日

★33　**立ち止まれば・死**
朝日ソノラマ（ソノラマ文庫101）　1978年3月31日

●34　**明治残侠探偵帖**
立風書房　1978年7月10日
徳間書店（徳間文庫）　1983年7月15日

○35　**無の障壁**
早川書房（ハヤカワ文庫ＪＡ109）　1978年9月30日

●36　**見えない壁**
立風書房　1979年2月15日

★37　**異次元海峡**
朝日ソノラマ（ソノラマ文庫133）　1979年6月30日

●38　**消えた神の顔**
早川書房（ハヤカワ文庫ＪＡ115）　1979年6月30日
※1、3、14の文庫未収録作品7篇と初収録作品8篇を合わせたもの

★39　**かれら、アトランティスより**
立風書房　1979年9月5日
徳間書店（徳間文庫）　1991年6月15日

★40　**あばよ！明日の由紀**
朝日ソノラマ（ソノラマ文庫141）　1979年10月30日

■41　**暁に風はやむか**
徳間書店　1979年11月10日

●42　**火星兵団を撃滅せよ**
徳間書店　1980年2月10日
徳間書店（徳間文庫）　1985年3月15日
●43　**宇宙航路　猫柳ヨウレの冒険**
奇想天外社　1980年5月15日
徳間書店（徳間文庫）　1984年1月15日
角川春樹事務所（ハルキ文庫）　1999年2月18日
※徳間文庫版のみ表題と副題が入れ替わっている
■44　**幻影のバラード　上・下**
徳間書店（徳間ノベルズ）　1980年6月30日
徳間書店（徳間文庫）　1988年7月15日
●45　**宇宙叙事詩　上・下**
早川書房　1980年11月15日
早川書房（ハヤカワ文庫ＪＡ530、531）　1995年10月10日
※萩尾望都との合作によるイラスト・ストーリー
●46　**アンドロメダ・シティ**
早川書房（ハヤカワ文庫ＪＡ128）　1980年11月15日
■47　**かれら星雲より**
徳間書店（徳間ノベルズ）　1981年1月31日
○48　**ベストオブ光瀬龍**
太陽企画出版（サン・ノベルズ）　1981年3月10日
※中島梓編
●49　**活人形怨之冑**
双葉社（双葉ノベルス）　1981年3月20日
双葉社（双葉文庫）　1985年4月25日
◆50　**僕がアインシュタインになる日　相対性理論講義**
朝日出版社（レクチャーブックス）　1981年3月25日
※佐藤文隆との長篇対談
●51　**新宮本武蔵　→　新宮本武蔵Ⅰ**
徳間書店（徳間ノベルズ）　1981年3月31日
徳間書店（徳間文庫）　1984年3月15日
■52　**宇宙塵版／派遣軍還る**
早川書房（ハヤカワ文庫ＪＡ133）　1981年4月30日
■53　**あいつらの悲歌**
光文社　1981年6月25日

光文社（光文社文庫） 1987年1月20日

◆54 **ロン先生の虫眼鏡 PART II**
徳間書店 1982年5月31日
徳間書店（徳間文庫） 1986年7月15日

■55 **SFマガジン版／派遣軍還る**
早川書房 1982年11月25日
早川書房（ハヤカワ文庫JA208） 1985年10月20日

■56 **所は何処、水師営**
角川書店（カドカワノベルズ） 1983年2月25日
角川書店（角川文庫） 1987年3月10日

●57 **新宮本武蔵2**
徳間書店（徳間ノベルズ） 1983年4月30日
徳間書店（徳間文庫） 1984年3月15日

◆58 **ロン先生の虫眼鏡 PART III**
徳間書店 1983年9月30日
徳間書店（徳間文庫） 1987年8月15日

■59 **平家物語 巻之一**
角川書店（カドカワノベルズ） 1983年11月25日
角川書店（角川文庫） 1987年7月25日

■60 **吹雪の虹**
集英社 1984年2月25日
徳間書店（徳間文庫） 1989年12月15日

★61 **王女よ、ねむれ**
学校図書（パンドラの匣創作選6） 1984年3月30日

●62 **オーロラの消えぬ間に**
早川書房（ハヤカワ文庫JA188） 1984年6月15日

■63 **紐育、宜候**
角川書店（カドカワノベルズ） 1984年9月25日
角川書店（角川文庫） 1987年7月10日

■64 **平家物語 巻之二**
角川書店（カドカワノベルズ） 1984年10月25日
角川書店（角川文庫） 1987年8月10日

★65 **ぬすまれた教室**
岩崎書店（あたらしいSF童話4） 1984年12月25日
岩崎書店（フォア文庫） 1990年10月

※30にも収録、フォア文庫版は奥付に発行日の記載なし

■66　平家物語　巻之三

角川書店（カドカワノベルズ）　1985年6月25日

角川書店（角川文庫）　1988年4月25日

◆67　小鳥が好きになる本　身近な野鳥図鑑　ポケットに一冊赤い鳥・青い鳥!!

ネイチャーアイランド社　1985年7月20日

■68　平家物語　巻之四

角川書店（カドカワノベルズ）　1985年10月25日

角川書店（角川文庫）　1988年6月25日

◆69　虫のいい虫の話

リヨン社　1986年4月17日

※奥本大三郎との長篇対談

●70　猫柳ヨウレの冒険《激闘編》　→　宇宙航路2　猫柳ヨウレの冒険《激闘編》

徳間書店（徳間ノベルズ）　1986年7月31日

角川春樹事務所（ハルキ文庫）　1999年11月18日

■71　平家物語　巻之五

角川書店（カドカワノベルズ）　1986年9月25日

角川書店（角川文庫）　1988年8月10日

■72　平家物語　巻之六

角川書店（カドカワノベルズ）　1987年2月25日

角川書店（角川文庫）　1988年12月25日

■73　豊臣太平記

光風社出版　1987年4月20日

■74　平家物語　巻之七

角川書店（カドカワノベルズ）　1987年10月25日

角川書店（角川文庫）　1990年2月10日

■75　錆た銀河

早川書房（ハヤカワ文庫ＪＡ253）　1987年11月30日

◆76　エジソン

講談社（少年少女伝記文学館16）　1988年1月24日

■77　平家物語　巻之八

角川書店（カドカワノベルズ）　1988年2月25日

角川書店（角川文庫）　1990年4月25日

◆78　**歴史そぞろ歩き**
大陸書房（大陸文庫）　1989年8月6日
★79　**よーすけとはな**
ペップ出版（ペップ21世紀ライブラリー7）　1990年9月11日
■80　**五三の桐のメロディー**
光風社出版　1991年2月25日
■81　**ミイラ獲りのバラード**
徳間書店　1992年2月29日
■82　**宮本武蔵血戦録　→　宮本武蔵**
光風社出版　1992年6月20日
廣済堂出版（廣済堂文庫）　2002年4月1日
■83　**魔道士リーリリの冒険**
光風社出版　1993年5月15日
■84　**闇市の蜃気楼**
有楽出版社　1993年11月25日
■85　**流れ星のバラード**
光風社出版（光風社ノベルス）　1994年9月15日
●86　**ちょっと待ちな有平糖**
徳間書店　1994年11月30日
■87　**秀吉と信長　私説 信長公記**
光風社出版　1996年11月10日
◆88　**失われた文明の記憶**
青春出版社（プレイブックス）　1996年12月5日
◆89　**新しい宇宙論　失われた時空間の謎**
青春出版社（プレイブックス）　1998年2月1日
■90　**異本西遊記**
角川春樹事務所（ハルキノベルス）　1999年2月8日
◆91　**人類最大の聖域　クローン人間が生まれる日**
青春出版社（プレイブックス）　1999年3月5日
○92　**宇宙救助隊２１８０年　宇宙年代記全集１**
角川春樹事務所（ハルキ文庫）　1999年6月18日
○93　**辺境５３２０年　宇宙年代記全集２**
角川春樹事務所（ハルキ文庫）　1999年9月18日
○94　**夕ばえ作戦**
角川春樹事務所（ハルキ文庫）　1999年10月18日

※ 5と9の合本

○95 **多聞寺討伐**

扶桑社（扶桑社文庫） 2009年4月30日

●96 **光瀬龍　ＳＦ作家の曳航**

ラピュータ（ラピュータエクセレンス） 2009年7月7日

※ 大橋博之編

○97 **日本ＳＦ傑作選５　光瀬龍　スペース・マン／東キャナル文書**

早川書房（ハヤカワ文庫ＪＡ1325） 2018年4月15日

※ 本書

本書には、今日では差別表現として好ましくない用語が使用されています。

しかし作品が書かれた時代背景、著者が差別助長を意図していないことを考慮し、当時の表現のまま収録いたしました。その点をご理解いただけますよう、お願い申し上げます。（編集部）

編者略歴　ミステリ・ＳＦ評論家，フリー編集者　著書『日本ＳＦ全集・総解説』『ミステリ交差点』，編著『天城一の密室犯罪学教程』《山田風太郎ミステリー傑作選》《都筑道夫少年小説コレクション》《大坪砂男全集》《筒井康隆コレクション》など

HM=Hayakawa Mystery
SF=Science Fiction
JA=Japanese Author
NV=Novel
NF=Nonfiction
FT=Fantasy

日本《にほん》ＳＦ傑作選《けつさくせん》５　光《みつ》瀬《せ》龍《りゆう》

スペース・マン／東キャナル文書

〈JA1325〉

二〇一八年四月　十　日　印刷
二〇一八年四月十五日　発行
（定価はカバーに表示してあります）

著者　光《みつ》瀬《せ》龍《りゆう》
編者　日《くさ》下《か》三《さん》蔵《ぞう》
発行者　早川　浩
発行所　株式会社　早川書房
郵便番号　一〇一‐〇〇四六
東京都千代田区神田多町二ノ二
電話　〇三‐三二五二‐三一一一（大代表）
振替　〇〇一六〇‐三‐四七七九九
http://www.hayakawa-online.co.jp

印刷・三松堂株式会社　製本・株式会社川島製本所

ISBN978-4-15-031325-8 C0193

本書は活字が大きく読みやすい〈トールサイズ〉です。